Zum Buch:

Auf jeder Party punkten und Typen abschleppen: Keine Frage, Harlow ist die Flirt-Queen von Strawberry Valley. Bis ein Schicksalsschlag sie aus der Bahn wirft und sie einen Schlussstrich unter ihre wilde Vergangenheit zieht. Zu dumm, dass sie sich ausgerechnet in Beck Ockley verknallt. Der ist zwar theoretisch der perfekte Kandidat: umwerfend sexy, Millionär, verboten charmant. Aber allergisch gegen jede Art von Bindung. Dabei knistert es wahnsinnig zwischen ihm und Harlow – und sein rätselhaftes Verhalten fasziniert sie immer mehr. Erst als sie erfährt, was wirklich dahintersteckt, begreift sie, worauf sie sich eingelassen hat …

„Die Figuren sind so sexy und witzig, dass man sich vom Fleck weg in sie verliebt."

Bestsellerautorin Lori Foster

Zur Autorin:

New-York-Times-Bestsellerautorin Gena Showalter glaubt, dass Liebe alles überwindet. Früher selbst passionierte Liebesromanleserin, weiß sie ihre Fans mit eigenen Pageturnern voller Humor, Gefahr und heißer Sinnlichkeit zu begeistern. Mit ihrer Paranormal-Serie der „Herren der Unterwelt" feierte sie ihren internationalen Durchbruch, mit ihrer „Broken Hearts"-Serie bringt sie ihre Leserinnen und Leser zum Schwärmen. Showalter lebt mit ihrer Familie und einigen Hunden in Oklahoma.

Lieferbare Titel:

Broken Hearts – Gefährliche Nähe (Original Heartbreakers #1)

Umwelthinweis:
Dieses Buch wurde auf chlor- und säurefreiem Papier gedruckt.

Gena Showalter

Broken Hearts – Brennende Sehnsucht

Roman

Aus dem Amerikanischen von
Christiane Meyer

mtb

MIRA® TASCHENBUCH
Band 25950
1. Auflage: September 2016

MIRA® TASCHENBÜCHER
erscheinen in der HarperCollins Germany GmbH,
Valentinskamp 24, 20354 Hamburg
Geschäftsführer: Thomas Beckmann

Deutsche Erstveröffentlichung

Titel der nordamerikanischen Originalausgabe:
The Hotter You Burn

erschienen bei: HQN Books, Toronto

Published by arrangement with
Harlequin Enterprises II B.V./S.àr.l

Konzeption/Reihengestaltung: fredebold&partner GmbH, Köln
Umschlaggestaltung: büropecher, Köln
Redaktion: Eva Wallbaum
Titelabbildung: Getty Images, München: Stuart McClymont
Autorenfoto: © Kim Haynes Photos
Satz: GGP Media GmbH, Pößneck
Druck und Bindearbeiten: GGP Media GmbH, Pößneck
Printed in Germany
Dieses Buch wurde auf FSC®-zertifiziertem Papier gedruckt.
ISBN 978-3-95649-591-5

www.mira-taschenbuch.de

1. KAPITEL

Harlow Glass stand auf der Veranda eines einhundert Jahre alten Farmhauses, das wohl mehr Persönlichkeit hatte als die meisten Menschen. Das letzte Licht des Tages schien das Gebäude liebevoll zu umfangen, die Wände, von denen einst die cremeweiße Farbe abgeblättert war und den Blick auf das morsche, verwitterte Holz freigegeben hatte, glänzten in neuer Verkleidung und frischer Farbe. Die beschädigte Versiegelung am Erkerfenster war ersetzt worden, sodass sich zwischen den Scheiben keine Feuchtigkeit mehr sammeln konnte. Früher hatte sich Efeu bis zum Dach hinaufgerankt, doch inzwischen waren die Pflanzen beschnitten und die Ranken entfernt.

Harlow sah die Auffahrt hinab. Keine Autos.

Sie lauschte an der Tür. Keine verdächtigen Geräusche.

Ein Lächeln erstrahlte auf ihrem Gesicht. Nachdem sie monatelang Pech gehabt hatte, lief endlich einmal etwas zu ihren Gunsten.

Hoffentlich würde es so bleiben.

Zitternd schob sie den Schlüssel ins Türschloss. Die Angeln quietschten, als die massive Eingangstür aus Holz aufschwang. Anheimelnde Düfte nach frischem Brot, Vanille und karamellisierten Früchten wehten ihr entgegen und ließen ihr das Wasser im Mund zusammenlaufen. Ihr leerer Magen knurrte und zog sich beinahe schmerzhaft zusammen.

„Hallo?", rief sie.

Eine empörte oder überraschte Antwort blieb aus.

Mutig schloss sie die Tür hinter sich und ging ins Wohnzimmer. Erleichtert atmete sie durch. *Ich bin wieder da.*

Ihr Zuhause aus Kindertagen erwiderte einen ächzenden Willkommensgruß, und einen Moment lang spielte sich vor ihrem geistigen Auge eine ihrer liebsten Erinnerungen ab: Martha Glass rückte das Sofa an eine neue Stelle, während sie, Harlow, auf einer der Armlehnen saß und so tat, als würde sie auf einem buckelnden Wildpferd reiten. Ihr Vater war an jenem Tag nicht da gewesen, um sie zu verhöhnen und zu beleidigen – *Du bist jämmerlich, du bist dumm, du bist eine einzige Enttäuschung!* Und so hatte eine entspannte, beinahe ausgelassene Stimmung geherrscht.

Die Erinnerung, die sie so lange in Ehren gehalten hatte, erstarb, als eine deprimierende Erkenntnis sich Bahn brach. Das hier war zwar das Zuhause ihrer Kindheit, doch es gehörte nicht länger ihr. Streng genommen hatte sie gerade einen Einbruch begangen. Aber eben nur streng genommen! Schließlich hatte sie nur … Na ja, nachdem die Renovierungsarbeiten nun abgeschlossen waren, *musste* sie sich das Haus doch einmal von innen ansehen. Und falls anschließend zufällig ein paar Nahrungsmittel verschwanden, würde sie den neuen Besitzern damit nur einen Gefallen tun – immerhin bewahrte sie diese vor fiesen Fettfallen.

„Gern geschehen“, murmelte Harlow.

Die Besitzer des Farmhauses waren die neuesten Einwohner von Strawberry Valley, Oklahoma. Es waren drei Junggesellen, die sie einige Wochen lang aus der Ferne beobachtet hatte. Lincoln West, dem sie den Titel „der Intelligente“ verliehen hatte. Beck Ockley – „der Schöne“. Und Jase Hollister – „der Wilde“. Männer, mit denen sie noch nie gesprochen hatte und mit denen sie auch in Zukunft nicht zu sprechen vorhatte. In Harlows Herzen gehörte das Haus nach wie vor ihr und würde immer ihr gehören. Und das machte die Männer zu Eindringlingen. Sie war hier geboren, und wenn alles nach Plan lief, würde sie hier auch sterben. Nur hoffentlich nicht heute.

Dies war das erste Mal, dass sie das Haus betrat, nachdem die Bank sie vor ungefähr sieben Monaten unsanft vor die Tür gesetzt hatte. Langsam drehte sie sich im Kreis und betrachtete die einzige Liebe, die noch Teil ihres Lebens war. *Zu viele Veränderungen.* Verschwunden waren die zerkratzten, fleckigen Holzfußböden. Die angeblichen Makel waren abgeschliffen worden.

Was war denn an ein paar Schwachstellen verkehrt? Die Eigenarten eines Hauses oder auch eines Menschen zeugten doch nur davon, dass gelebt wurde.

Die Tapete war entfernt, die Wände mit Rigipsplatten ausgebessert und in der Farbe eines Karamell-Latte gestrichen worden. Ehemals heruntergekommene Zierleisten und die Vertäfelung erstrahlten in neuem Glanz. Eine weibliche Note hier und da verhinderte, dass das Haus wie eine totale Junggesellenbude wirkte – Dekokissen, Schalen mit Duftpotpourri und Spitzendeckchen. Aber sie vermisste die Katzenbilder, die ihre Mutter aufgehängt hatte, oder die hier und da platzierten Stücke aus Porzellan, die Strickkörbe, die Porzellanpuppen und die kitschigen Lampen, die auf den Beistelltischen mit den Deckchen gestanden hatten.

Harlow machte sich auf eine Enttäuschung gefasst und ging in Richtung der Schlafzimmer. Zuerst kam sie ins ehemalige Gästezimmer, das inzwischen das reinste Männerrefugium war. Die eine Hälfte des Zimmers wurde von einem breiten Bett mit dunkelbrauner Bettwäsche dominiert, während die andere von einem riesigen Flachbildschirm beherrscht wurde, der oberhalb einer gigantischen Konsole mit unzähligen DVDs angebracht war.

Wie sollte sich ein Mensch in einem solchen Raum entspannen?

Der Anblick des nächsten Schlafzimmers – ihr ehemaliges Kinderzimmer – ließ sie innerlich kochen. Das Prinzessinnenparadies, das ihre Mutter für ihr Töchterchen geschaffen hatte und das sie, selbst als sie älter geworden war, aus sentimentalen Gründen nicht verändert hatte, war zu einer Spielwiese für einen großen Jungen umfunktioniert worden. Unterschiedliche Spielkonsolen standen auf einem gestuften Podest. Die Controller lagen auf dem Boden verteilt. Vor einem riesengroßen ungemachten Bett hing eine Bildleinwand, die von der Decke bis zum Fußboden reichte. Die Wände, die sie einst mit einem liebevoll gestalteten magischen Wald bemalt hatte, waren inzwischen beige. Beige!

Gut, das Wandgemälde hatte ein paar Schäden davongetragen. Dennoch hatte sie jeden Zentimeter geliebt, hatte Wochen damit zugebracht, Skizzen anzufertigen, Farben zu mischen, den ganzen Prozess zu lernen und wertzuschätzen, während sie sich von ihrer Fantasie mitreißen ließ. Natürlich hatte sie die Früchte ihrer Arbeit schon zerstört, bevor die Farbe Beige den Rest erledigte, als sie in einem Wutanfall wahllos Farbe über das Gemälde schüttete. Trotzdem. Diese monotone Wandgestaltung war viel schlimmer.

Ehe sie doch noch dem Drang nachgab, sich einen Stift zu suchen und etwas an die Wand zu malen, um ein wenig „Leben in die Bude" zu bringen – zum Beispiel zwei Hände mit ausgestreckten Mittelfingern –, verließ sie das Zimmer lieber wieder und zog die Tür hinter sich zu.

Das Hauptschlafzimmer schließlich hatte sich in den Traum eines arbeitssüchtigen Nerds verwandelt. Alle Spuren ihrer Eltern waren verschwunden. Computer und Zubehör lagen auf einem großen Schreibtisch, auf dem Bett und auf dem Fußboden. Gott, sie hielt es nicht länger aus …

Sie ging in die Küche – wo die Tapete von den Wänden abgezogen worden war. *Gut. Nicht so schlimm.* Diese Veränderung konnte sie nachvollziehen. Die Tapete war im Laufe der Jahre dermaßen vergilbt, dass die Erdbeeren, die ursprünglich frisch und fröhlich die Wände geziert hatten, zum Schluss eher wie geschwollene Hoden aussahen.

Die dazu passenden roten Arbeitsflächen auf den Küchenmöbeln waren durch glänzende weiße Marmorflächen ersetzt worden. Wenigstens die Schränke waren noch da – wenn man sie auch abgeschliffen und schwarz lackiert hatte. Nicht schlecht oder so … Einfach nur anders.

Stechender Schmerz erfasste Harlow, während sie darüber nachdachte, was sein sollte und was nicht. Der Schmerz hätte bestimmt auch noch den Rest ihres Herzens zerstört, wenn sie nicht mit einem Mal einen Blaubeerkuchen entdeckt hätte, der auf dem Herd stand.

Arbeitslos, ohne einen Cent in der Tasche und überdies obdachlos, hatte sie seit einer Ewigkeit keine anständige Mahlzeit mehr zu sich genommen. Und ein anständiges Dessert? Nicht mehr seit Mommas Tod.

Erneut durchzuckte sie dieser Schmerz – dieses Mal allerdings schlimmer. Aber wieder lenkte der gedeckte Kuchen sie davon ab. Wie in Trance ging sie darauf zu. Mit zitternden Fingern strich sie über den Rand der Kuchenform und fing einen Tropfen der noch warmen Glasur auf.

Nur mal probieren ... Nur ein einziges Mal.

In dem Moment, als sie den süßen Geschmack auf der Zunge hatte, verpuffte ihr ursprünglicher Plan, sich ein Sandwich aus ein paar Lebensmitteln zu machen, die die drei Junggesellen nicht vermissen würden. Sie hastete durch die Küche und durchsuchte die Schubladen nach den richtigen Utensilien. Mit wachsender Ungeduld stellte sie fest, dass sich nichts mehr am angestammten Platz befand.

Kies knirschte. Eine Autotür wurde zugeschlagen.

Harlow gefror das Blut in den Adern. Sie rannte ins Wohnzimmer und warf sich auf die Couch, um aus dem Fenster zu sehen.

Beck Ockley, „der Schöne“ höchstpersönlich, half gerade einer Frau aus dem Wagen. Beck ... der Mann, der sie an den Geräteschuppen auf dem hinteren Teil des Grundstücks erinnerte: außen gepflegt, innen alles durcheinander.

Er war über eins achtzig groß und muskulös und seine Haare waren eine faszinierende Mischung aus Hell- und Dunkelbraun. Die Strähnen wirkten immer etwas zerzaust. Seine Augen, in denen stets ein Ausdruck lag, als wäre er gerade aus einem Bett aufgestanden, hatten die Farbe von flüssigem Honig. Wimpern, die so lang und dicht waren, wie sie es noch nie zuvor gesehen hatte, umrahmten diese Augen. Aber selbst ein Mann wie er sollte ein paar Stunden brauchen, um einen neuen Fisch an Land zu ziehen.

Andererseits strahlte er eine geradezu magische Attraktivität aus. Vermutlich konnte er mit seinem Lächeln so gut wie jede Frau um den Finger wickeln.

Harlow schlug das Herz bis zum Hals, als sie in die Küche zurückrannte und sich den Kuchen schnappte. Wahrscheinlich war es das Beste, den Beweis ihrer spontanen Hausbesichtigung aufzuessen. *Jetzt beeil dich!* Sie jagte zur Hintertür – um im nächsten Moment wie angewurzelt stehen zu bleiben. Durch das geschliffene Glasfenster erkannte sie Jase und seine Verlobte Brook Lynn Dillon, die aneinandergekuschelt auf der Hollywoodschaukel saßen, die auf der Veranda stand.

Wie hatte sie die beiden bei ihrem Kontrollgang vorhin übersehen können?

Die Angeln der Eingangstür quietschten. *Mist!* Beck und sein Date würden jeden Moment hereinkommen. Sie sprintete durch das Wohnzimmer, den Flur entlang und in das erste Schlafzimmer – doch das Schloss am Fenster war neu und kompliziert, und egal, wie sehr sie auch daran ruckelte und zog, es ließ sich nicht öffnen. Da die Fensterverriegelungen in den anderen Räumen wahrscheinlich die gleichen waren, rannte sie zurück ins Wohnzimmer. Wenn sie sich neben die Tür stellte, würde man sie nicht sehen, wenn die geöffnet wurde. Und falls Beck vergaß, die Tür zu schließen, könnte sie sich hinausschleichen, sobald er …

„Nachdem du mich nun hierhergelockt hast", erklang eine atemlose Frauenstimme, „was hast du mit mir vor?"

Zu spät! Der Schreck lähmte sie wie tonnenschwere Gewichte an den Füßen. Sie blieb mitten im Flur stehen. Das Blut rauschte aus ihrem Kopf, das Atmen fiel ihr schwer. Es schien, als wäre das Überleben gerade zu ihrem schlimmsten Feind geworden.

Tawny Ferguson ging rückwärts. Wenn sie in diesem Moment einen Blick nach links geworfen hätte, dann hätte die Frau sie auf jeden Fall gesehen, wie sie mit weit aufgerissenen Augen und einem gedeckten Kuchen in der Hand im Flur stand. *Sieh nicht nach links. Bitte, bitte, sieh nicht nach links.*

Beck folgte der jungen Frau langsam und ohne Eile. Er verströmte sinnliche Hitze und Entschlossenheit. Unvermittelt hielt er Tawnys Hände über ihrem Kopf fest und sagte: „Ich werde mit dir tun, was auch immer ich will."

Tawny schmiegte sich aufreizend an ihn. „Sollte ich jetzt Angst haben?"

„Süße, du solltest dankbar sein."

Die erotische Wirkung seiner Stimme jagte einen wohligen Schauer über Harlows Körper. Sie hasste und liebte ihre Empfindungen gleichermaßen.

Beck beugte sich vor und war nur noch Zentimeter von Tawnys Mund entfernt. Offensichtlich wollte er sie mit dem, was kommen sollte, reizen, verlocken. „Du wirst jede Sekunde, die wir zusammen verbringen, lieben. Das verspreche ich dir."

Tawny, die offensichtlich kurz vor der Ekstase stand, erschauerte. „Oh, ich bin mir sicher, dass ich es lieben werde. Aber was passiert danach?"

Stille. Grillenzirpen.

Beck erstarrte, auch wenn er mit der Nase an ihrer Wange entlangstrich. „Danach wirst du so weiche Knie haben, dass du nach Hause kriechen musst."

Tawny kicherte. „Nein, ich meinte beziehungsmäßig. Ich weiß, dass dir der Ruf vorauseilt, König des One-Night-Stands zu sein. Wirst du mich am Morgen immer noch wollen?"

Ein Moment voller Anspannung lag im Raum, als Beck ihr Kinn umfasste und so dafür sorgte, dass Tawny den Blick nicht abwenden konnte. „Ich habe es dir gesagt. Ich habe noch keiner Frau mehr als eine Nacht versprochen. Für diese Regel gibt es keine Ausnahme."

„Aber warum?", fragte Tawny schmollend, während sie am Reißverschluss seiner Hose nestelte. „Ich wäre eine sehr … gute … Ausnahme." Bei jedem Wort öffnete sie ihn ein Stückchen weiter.

Becks Lächeln erreichte seine Augen nicht und wirkte dadurch kalt und bitter. „Ein Mädchen wie du sollte ein persönliches Happy End mit einem Kerl erleben, der weniger Altlasten mit sich rumschleppt als ich."

„Mir machen Altlasten nichts aus."

„Das spielt sowieso keine Rolle." Er drängte sich an sie und lenkte sie ab. „Im Moment zählt nur, ob du *mich* willst oder nicht."

Tawny stöhnte und schloss die Augen. „Hör nicht auf. Bitte hör nicht auf."

Nein, nein, hör nicht auf, wage es ja nicht … Mit einem Schlag kehrte Harlow in die brutale Realität zurück. Während Tawny und sogar sie den Blick für alles andere außer Beck verloren hatten, fiel es ihm nicht schwer, seine Sinne beisammenzuhalten. Er konnte meisterhaft ablenken. Und sie sollte es wissen. Sie hatte auf der Highschool immerhin das Gleiche getan. Viele Lehrer und Berater hatten sie zur Seite genommen, um ihr eine einzige Frage zu stellen.

Warum verletzt du deine Mitschüler?

Ihre Antwort? *Ich verletze sie nicht. Im Gegenteil. Indem ich auf die Schwächen hinweise, an denen sie arbeiten müssen, helfe ich ihnen.*

Unterdessen hatte tief in ihr ein schmutziges Geheimnis an ihr genagt. Die Beleidigungen, die sie geäußert hatte – und es waren tatsächlich Beleidigungen gewesen –, waren nichts im Vergleich zu den grausamen Worten, die ihr Vater ihr entgegenschleuderte.

Du bist nur in einer einzigen Sache wirklich gut, Kleine, darin, mir den Tag zu versauen.

Selbst jetzt zuckte sie noch unwillkürlich zusammen.

Eines Tages hatten all die Gemeinheiten ihres Vaters einen Schalter bei ihr umgelegt, und sie hatte grundlos eine Freundin beschimpft. Das Mädchen fing an zu weinen. In dem Moment begriff Harlow, dass sie die Gefühle anderer beeinflussen konnte. Diese Erkenntnis bedeutete Macht. Schon bald fühlte sie sich nur besser, wenn sie ihre Mitschüler verbal fertigmachte. Zumindest für eine Weile lenkte es sie von sich selbst ab und vermittelte ihr ein gutes Gefühl. Denn in Wirklichkeit war diese Macht nichts als eine Illusion gewesen, ein Kartenhaus, das jeden Tag von Schuldgefühlen und Traurigkeit zum Einsturz gebracht worden war und immer wieder neu hatte errichtet werden müssen.

Wahre Stärke erlangte man nicht, indem man andere runtermachte, sondern indem man sie aufbaute.

„Beck“, sagte Tawny. „Ich will dich. Heute Nacht … und morgen.“

„Einmal reicht.“

Seine Stimme klang so ungerührt, so tonlos, dass Harlow überrascht blinzelte. Egal, mit wem sie ihn bisher hatte reden hören – ob Mann, Frau, alt oder jung, immer hatte ein lockerer, neckischer, leicht anzüglicher Unterton in seinen Worten mitgeschwungen.

„Glaube mir.“

„Aber …“

„Einmal oder keinmal“, entgegnete er kühl. „Deine Entscheidung. Triff sie jetzt, sonst übernehme ich das für dich und bringe dich wieder nach Hause.“

Wenn Tawny in dieser Situation auf mehr drängte, würde er dann tatsächlich Ernst machen? Prinzipien vor Lust – egal, wie schräg und überzogen diese Prinzipien auch sein mochten?

Das Mädchen ließ die Schultern sinken und seufzte geschlagen. „Ein Mal.“

Als Belohnung nahm Beck ihr Gesicht in beide Hände, neigte den Kopf und gab ihr einen glühend heißen, überwältigenden Kuss. Tawny schmolz dahin, krallte die Finger in sein T-Shirt und zerknitterte den schwarzen Baumwollstoff. Harlow hätte sich beinahe verschämt eine Hand vor die Augen gehalten. Beinahe. Denn sie konnte sich nicht mehr rühren, geschweige denn atmen. Beck wusste ganz offensichtlich, was er tat. Und er war so heiß. Er leckte, saugte … Und er machte mit den Händen Dinge mit dieser Frau, dass sie jetzt schon klang, als würde sie kurz vorm Höhepunkt stehen.

Überraschende Sehnsucht rührte sich in Harlows Bauch.

Beck und Tawny boten eine perfekte Studie der Leidenschaft,

verführerisch, erotisch, schamlos. All das, was ihr in ihrem eigenen Leben fehlte. Andererseits hatte Beck mit jeder Frau, mit der sie ihn zusammen erlebt hatte, diese perfekte Studie der Leidenschaft geboten.

Sie hatte Beck schon sehr oft dabei beobachtet, wie er dieses Programm durchzog – nur mit unterschiedlichen Frauen und an unterschiedlichen Orten. Auf der Veranda. Im Garten. Selbst auf dem Dach.

Keine der Frauen hatte ihn je zurückgewiesen.

Er umfasste Tawnys Po und befahl ihr mit rauer Stimme: „Schling deine Beine um mich."

Tawny gehorchte – wie sie alle gehorchten –, und Beck wandte sich zur Couch um, sodass er mit dem Rücken zu ihr stand.

Erleichterung durchströmte Harlow. *Auf der Zielgeraden ... Nur noch ein paar Minuten ...* Verdammt, der süße Duft des Kuchens war so verführerisch.

Ausgerechnet diesen Moment wählte ihr Magen, der fiese Verräter, um laut zu knurren.

Das genügte.

Beck drehte den Kopf abrupt in ihre Richtung. Sein Körper war angespannt. Er stellte Tawny auf den Boden und trat vor sie, als wollte er sie beschützen.

Diese fürsorgliche Geste war noch heißer als der Kuss.

Auf seinem Gesicht spiegelte sich ein Ausdruck des Wiedererkennens.

„Du", sagte er und klang eher erstaunt als wütend.

Verwirrt blinzelte Harlow. „Ich?" Er kannte sie?

„Was machst du in meinem Haus?"

In meinem Haus! Harlow ersparte es sich, ihn zu korrigieren. Nichts würde ihn beschwichtigen oder ihr die Haut retten, und so rannte sie außerhalb seiner Reichweite an ihm vorbei und stürzte zur Tür. Sie riss sie auf und jagte hinaus.

„Hey!", rief Beck. „Stopp."

Sie legte noch einen Zahn zu und steuerte die Bäume an, eine riesige Eiche, einige ausgewachsene Pekannussbäume und zwei

Magnolien, die in voller Blüte standen. Grillen zirpten. Grashüpfer sangen. Vögel krächzten. Das war der makabre Soundtrack im Hintergrund, während sie den vertrauten Duft von Walderdbeeren und taubenetzten Rosen wahrnahm und sich ihre Kehle immer mehr zuschnürte.

Fast da … Nur noch ein Stückchen …

Auf dem einundzwanzig Hektar großen Grundstück standen ein Treibhaus, eine kleine Molkerei, zwei Scheunen, drei Arbeits- beziehungsweise Geräteschuppen. Außerdem waren hier diverse Gemüsebeete angelegt, um die Harlow sich nie richtig gekümmert hatte. Daneben gab es im hinteren Teil des Geländes einen wild bewachsenen Abschnitt mit knorrigen Bäumen, Dornbüschen und Gestrüpp, in dem Schlangen und Skorpione ihr Zuhause gefunden hatten. In diesen Teil des Gartens hatte sich noch keiner der Männer gewagt. Es wäre der perfekte Platz, um sich nun dort zu verstecken – wenn sie nicht ihr Lager da aufgeschlagen hätte.

Sobald sie an der Böschung vorbeigerannt war, lief sie in der entgegengesetzten Richtung weiter und jagte an der alten Eiche vorbei, in die sie früher immer geklettert war … an der Trauerweide, in deren Schatten sie ihren ersten Kuss bekommen hatte … an der Reifenschaukel, die ihr Vater in einem der raren Momente für sie gebaut hatte, in denen er nett gewesen war.

„Bleib stehen“, befahl Beck. „Sofort!“

Es hörte sich an, als wäre er dicht hinter ihr. *Zu nah.* Es klang jedoch nicht so, als wäre er außer Atem. Sie umklammerte den Kuchen – *Versuche ruhig, mir den Kuchen wegzunehmen!* und blickte zurück. *Mist!* Er war fast bei ihr. Sie lief noch etwas schneller … bis sich einige Disteln in ihre Fersen bohrten und der Schmerz sie dazu zwang, langsamer zu werden. Jede Sekunde würde Beck sie einholen …

Starke Hände umfassten ihre Taille, und zweihundert Pfund pure Muskelkraft stürzten sich auf sie. Sie fiel, und der gedeckte Kuchen flog in hohem Bogen durch die Luft.

„Neeeein!“, rief sie.

Der unsanfte Aufprall raubte ihr den Atem. Tränen schossen ihr in die Augen, doch sie wischte sie sich mit zitternden Fingern weg. Leises Wimmern entrang sich ihrer Brust, als sie sah, wie Stücke des Blaubeerkuchens sich über Steine und Unkraut verteilten und im Dreck lagen.

„Kuchenkiller!“ *Hallo, dunkle Seite.* „Falls es Gerechtigkeit auf dieser Erde gibt, wirst du dafür in der Hölle schmoren.“

„Wirklich? *Das* sagst du zu mir?“ Beck hockte sich hin und befreite sie von seinem Gewicht.

„Du hast mich zu Boden gerissen. Ich sollte dich auf Schmerzensgeld verklagen.“

„Ja, tu das ruhig. In der Zwischenzeit werde ich dich wegen Einbruchs anzeigen. Und jetzt erkläre mir, was du mit meinem Kuchen vorhattest.“

Mit meinem Kuchen! Sie hatte ihn rechtmäßig gestohlen. Aber der Vorwurf des Einbruchs ließ sie vorsichtig werden. „Wenn du mal wie ein vernünftiger Erwachsener darüber nachdenkst, wirst du feststellen, dass dein Verbrechen viel schlimmer ist als meins. Deine Tat hat immerhin zum schmerzvollen Tod eines unschuldigen Desserts geführt.“ Jetzt würde sie eine weitere Nacht hungrig einschlafen müssen.

Ihr Magen, dieser Hurensohn, knurrte laut.

„Der Kuchen wäre heute Abend sowieso gekillt worden. Ich habe nur angenommen, dass mein Mund das übernehmen würde und nicht eine dreckige kleine Diebin, die entschlossen ist, einem anderen die Schuld in die Schuhe zu schieben.“

Er erhob sich und überraschte sie damit, dass er ihr eine Hand reichte, um ihr aufzuhelfen. Das konnte nur ein mieser Trick sein. Harlow lehnte dankend ab, indem sie allein auf die Beine kam. Im Übrigen hatte sie gesehen, wo diese Finger schon überall gewesen waren. Und sie musste nicht unbedingt herausfinden, wie sie sich anfühlten. Ob sie hart und rau waren … und heiß genug, um sie zum Brennen zu bringen und sie erschauern zu lassen wie Tawny und unzählige andere Frauen vorher.

„Was machst du hier?“, wollte er wissen.

Warum sollte sie ihm nicht die Wahrheit sagen? Er musste nur die Bewohner Strawberry Valleys fragen, um zahllose Geschichten über ihre Schreckensherrschaft auf der Highschool zu hören. Vielleicht würde ein besonders zuvorkommender Mensch ihm sogar erzählen, dass einmal ein Abstimmungszettel am Schwarzen Brett auf dem Marktplatz gehangen hatte: *Wenn Sie die Möglichkeit hätten zu wählen, wen würden Sie lieber foltern? Den Teufel oder Harlow Glass?*

Sie hatte einen erdrutschartigen Sieg davongetragen.

„Ich bin Harlow Glass, und ich habe hier mal gelebt.“

Beck ließ seinen Blick über sie gleiten, um sie dann erneut langsamer von Kopf bis Fuß zu mustern. „Es ist mir eine Ehre. Harlow Glass höchstpersönlich. Ein seltenerer Anblick als Bigfoot.“

Woher wusste er das? Immerhin hatte er keinen Grund gehabt, nach ihr zu suchen.

Und wow. Seine Stimme. Er klang noch rauer, noch besser als zuvor, fesselnd und verführerisch, und jagte ihr lustvolle Schauer über den Körper.

Achtung! Achtung! Gefahr! Sie vergrößerte den Abstand zwischen ihnen.

„Oh nein, das lässt du schön bleiben. Wir gehen jetzt zurück nach Hause.“ Beck gab ihr ein Handzeichen.

Bleib stark. „Wie süß. Das war echt lustig.“

Seine Miene wurde ernster. Sein Gesichtsausdruck versprach Konsequenzen, wenn sie sich weiterhin weigerte, Folge zu leisten. Trotzdem wurde seine gesamte Haltung weicher, war nicht mehr so bedrohlich.

„Entschuldige, dass ich mich nicht so klar ausgedrückt habe, Süße. Du kommst jetzt mit mir. Basta.“

„Nein. Nichts *basta.* Ich habe keine Lust, mir eine weitere Lektion in Mund-zu-Mund-Beatmung mit Tawny anzusehen. Lass uns einfach einen Schlussstrich unter die Sache ziehen, ja?“

Das Lächeln, das nun auf sein Gesicht trat, wirkte freudlos. Dennoch brachte es sie vollkommen durcheinander. Sie fühlte sich völlig neben der Spur.

„Du hast zwei Möglichkeiten. Erstens: Wir besprechen den Diebstahl und die Zerstörung meines Kuchens bei mir zu Hause im privaten Rahmen und überlegen uns gemeinsam, wie du Wiedergutmachung leisten kannst. Oder zweitens: Ich rufe Sheriff Lintz an."

Verdammt! Er hatte sie bei den Eiern, und er wusste es. „Hör mal, du könntest mich mit Waterboarding foltern, und trotzdem würde ich nicht gestehen …"

„Gut zu wissen, dass ich dein Einverständnis fürs Waterboarding habe."

„… ein Verbrechen begangen zu haben. Also, warum entschuldige ich mich nicht einfach für die kleine Störung, und wir belassen es dabei?"

„Gibt es zu der Entschuldigung eine Kuchenbeilage?"

„Nein", presste sie zwischen zusammengebissenen Zähnen hervor.

„Dann belassen wir es nicht dabei."

Dachte ich mir schon. „Erwartest du von mir, dass ich dir einen neuen Kuchen backe?"

„Ja, Ma'am. Das erwarte ich."

„Wirst du mir tausend Fragen darüber stellen, *wie* ich getan habe, was ich angeblich getan habe, oder *warum* ich getan habe, was ich angeblich getan habe?"

„Sehe ich wie jemand aus, den das Wie oder Warum interessiert?"

Nein. Nein, so sah er nicht aus. Er sah wie ein Typ aus, den überhaupt nicht viel interessierte – abgesehen von seinem eigenen Vergnügen. „Okay. Also gut." Sie hätte so ziemlich alles getan, um ihn (1) von ihrem Camp fernzuhalten, (2) ihn endlich loszuwerden und (3) ihn zu besänftigen, damit die ganze Sache unter ihnen blieb. Doch er musste sich auf eine unangenehme Überraschung gefasst machen. Ihre Mutter hatte ihr nicht ohne

Grund den Titel „Schlechteste Köchin aller Zeiten“ verpasst. „Du hast gewonnen.“

Hocherhobenen Hauptes stolzierte sie an ihm vorbei. Er folgte ihr und ging dann neben ihr her. Eine Hand hatte er leicht auf ihren Rücken gelegt. Die Geste sollte sicherstellen, dass sie nicht abhaute, aber die Wärme, die sie spürte, löste bei ihr Sehnsucht aus. Sehnsucht nach … irgendetwas.

„Du weißt schon, dass es mehrere Stunden dauert, einen gedeckten Kuchen zu backen, oder?“ Zumindest hatte es bei ihrer Mutter so lange gedauert. „Lässt du mich denn allein in der Küche meiner Beschäftigung nachgehen, während du dich mit Tawny zurückziehst, damit ihr eurer Beschäftigung nachgehen könnt?“

„Tawny wird warten müssen. Wenn ich zwischen Sex und Kuchen wählen kann, zieht Sex immer den Kürzeren.“

„Wow“, entgegnete sie und verdrehte die Augen. „Kein Wunder, dass in deiner Gegenwart reihenweise die Schlüpfer fallen. Deine Worte sind die reinste Poesie.“

„Willst du mir damit sagen, dass dein Schlüpfer praktisch auch schon gefallen ist?“

Sie sah ihn erst ungläubig, dann verblüfft an. Schwindendes Sonnenlicht traf ihn, streichelte ihn mit goldenen Strahlen und ließ ihn beinahe übermenschlich schön aussehen. Überirdisch. Erneut verspürte sie in ihrem Innersten diesen sehnsüchtigen Schmerz.

„Der Tag, an dem mein Höschen für dich fällt“, sagte sie ohne jede Schärfe in der Stimme, „ist der Tag, an dem ich hinter einen der Gartenschuppen gestellt und erschossen werden möchte.“

„Weil du weißt, dass du mich danach nie wieder haben wirst, und weil du mit dem Verlust nicht leben kannst?“

Sie schnaubte verächtlich, dennoch bezauberte sein schräger Sinn für Humor sie irgendwie.

Nein. Nicht irgendwie. Beck wusste genau, was er tat, was er sagen musste.

„Ja“, erwiderte sie trocken. „So etwas in der Art.“

Seine goldenen Augen funkelten belustigt und seine Mundwinkel zuckten verdächtig. „Also gut. Ich verspreche dir, es so schnell und schmerzlos wie möglich zu machen."

Wie nett. „Noch mal kurz zurück zum Anfang. Vorhin hast du mich angesehen, als würdest du mich kennen. Außerdem hast du angedeutet, dass du nach mir gesucht hast. Warum?"

Schlagartig war die Belustigung aus seinen Augen verschwunden. „Womöglich verwechselst du Schock mit Vertrautheit."

Sie hatte vielleicht keine überragende Menschenkenntnis, aber sie besaß sie. „Die beiden sind so weit voneinander entfernt, dass sie sich nicht verwechseln lassen."

„Du findest den Gedanken, dass du mich getroffen und mich wieder vergessen hast, also plausibler?"

Tja. Der Einwand war nicht ganz von der Hand zu weisen.

Als sie die Bäume hinter sich ließen, erblickten sie Tawny. Die junge Frau wartete auf der Veranda. Sie stützte sich auf der Brüstung ab, in die die Initialen H. G. geschnitzt waren, und drückte mit den Oberarmen unauffällig ihre Brüste zusammen. Als hätte sie in der Hinsicht wirklich Unterstützung nötig. Die Frau war klein und kurvig, verglichen mit ihr, der mädchenhaften Harlow, ein fleischgewordenes Pin-up-Girl.

Tawny kniff ihre stahlgrauen kühlen Augen zu schmalen Schlitzen zusammen und zischte wie eine Schlange kurz vor dem Angriff: „Ich hatte gehofft, einen Albtraum gehabt zu haben." Eine Windböe hob Strähnen ihrer rockigen Frisur an, als sie die Stufen hinunterlief, um ihnen entgegenzukommen. „Aber nein. Du bist es wirklich. Die Leibhaftige."

Harlow schwieg. Die früher einmal übergewichtige Tawny war auf der Schule Zielscheibe ihrer Grausamkeiten gewesen, also akzeptierte sie die Beleidigung. Sie hatte es nicht anders verdient.

Rückblickend wusste sie, dass es keine Entschuldigung für all die verletzenden Dinge gab, die sie zu den anderen gesagt hatte. Der tyrannische Vater? Der Wunsch, sich selbst besser zu fühlen? *Ach, bitte.*

Zumindest hatte sie am Ende die gerechte Strafe bekommen.

Unwillkürlich rieb Harlow über die Narben an ihrem Oberkörper – Beweise dafür, dass sie innerhalb eines winzigen Augenblicks von der Tyrannin zum Opfer geworden war.

Beck legte einen Arm um ihre Taille. Die Berührung wirkte wie ein elektrischer Impuls, der durch ihren Körper jagte und sie aus ihren Gedanken riss. Tawny bemerkte die Geste und fluchte.

Harlow wollte einen Schritt zur Seite machen, weg von dem Playboy. Wenn es darum ging, die Sünden ihrer Jugend wiedergutzumachen, konnte sie Tawny nicht viel geben. Doch sie konnte ihr zumindest das Feld überlassen, wenn es sich um die Aufmerksamkeit der bekanntesten und berüchtigtsten männlichen Schlampe der Stadt handelte.

Es gab nur ein Problem. Beck wollte sie offensichtlich nicht loslassen, sondern nutzte seine gut ausgebildeten Muskeln, um sie festzuhalten. Der Kontakt ihrer Körper brachte Harlow aus der Fassung – sie spürte augenblicklich nicht zu leugnende und beinahe unerträgliche Verzückung, ein Hochgefühl.

Jetzt reiß dich mal zusammen, Glass.

„Wenn du schlau bist“, sagte Tawny zu Beck, „schneidest du ihr die Schlangenzunge raus und lässt sie am Straßenrand liegen, wo sie verbluten kann.“

Autsch.

„Vielleicht später“, entgegnete er. „Im Moment haben sie und ich etwas Wichtiges zu besprechen.“

An der Treppe blieb er kurz stehen und legte den anderen Arm um Tawny. Die Blondine fauchte förmlich, sie wollte anscheinend in keinster Weise mit ihr in Verbindung stehen.

Na schön. An der Tür löste Harlow sich aus Becks Umarmung, indem sie so tat, als wollte sie ihre Sandalen zuschnüren – die allerdings keine Schnürsenkel hatten.

Beck, der sich als äußerst stur erwies, wartete, bis sie sich erhob, zog sie wieder an sich und führte sie in die Küche.

„Bleib hier“, sagte er zu ihr und warf ihr einen eindringlichen

Blick zu. „Falls du versuchst wegzulaufen, werde ich dich schnappen. Und was dann passiert, wird dir nicht gefallen."

Ihr Herz setzte einen Schlag lang aus. „Soll das eine Drohung sein?"

„Süße, das ist ein Versprechen. Ich werde so schnell Sheriff Lintz an der Strippe haben, dass dir schwindelig wird."

Sheriff Lintz hatte allen Grund sie zu hassen. In der zehnten Klasse hatte sie seinen Sohn öffentlich abserviert – und das nicht auf die nette Art. „Ich bleibe", versprach sie.

Während er die protestierende Tawny durch den Flur schob, konnte Harlow die gedämpfte Unterhaltung zwar nicht verstehen, aber trotzdem mitbekommen, wie Tawny jammerte und wie Beck sie beruhigte. Dann hörte sie etwas deutlicher, wie er sagte: „Warte hier."

Eine Tür fiel ins Schloss. Schritte erklangen. Er kam um die Ecke gebogen, betrat die Küche und blieb an der Anrichte stehen. Dort legte er die Hände auf die Arbeitsplatte. Sein Blick war auf sie gerichtet, Harlow konnte die Hitze spüren.

Mit der Zungenspitze strich sie sich über ihre mit einem Mal trockenen Lippen.

„Also dann", sagte er. „Jetzt kommt der Teil, wo ich keine tausend Fragen über das Wie und Warum stellen muss – denn du wirst mir alles freiwillig erzählen. Sonst passiert was."

2. KAPITEL

Beck hätte lieber ein Springseil aus seinem Dünndarm gedreht, als eine Veränderung zu akzeptieren. Veränderungen waren scheiße. Selbst der Umzug nach Strawberry Valley, Oklahoma, vor ein paar Monaten hatte für ihn eine besondere mentale und emotionale Qual dargestellt. Nur auf Drängen seiner Freunde hin, die er wie Brüder liebte, hatte er es überhaupt durchgezogen.

Er musste sich noch immer einleben und an die neue Situation gewöhnen. In der Großstadt konnte er einkaufen oder in die Bank gehen, ohne belästigt zu werden. Hier blieb so ziemlich jeder, dem er über den Weg lief, stehen, um ihn um einen Gefallen zu bitten. Oder um einen Ratschlag einzuholen. Oder einfach, um nachzufragen, was er gerade so machte – als hätte die ganze Welt ein Recht darauf zu erfahren, was bei ihm so los war.

Obwohl Miss Harlow Glass sich dessen nicht bewusst war, hatte sie sein Leben schon in vielerlei Hinsicht verändert. Und das hatte nichts mit ihrem Besuch hier zu tun.

„Ich habe dir bereits gesagt, dass ich nichts gestehen werde." Sie verlagerte das Gewicht von einem Fuß auf den anderen. „Das war mein Ernst."

Er bewunderte ihre Entschlossenheit, unter dem Druck seines eindringlichen Blicks nicht ins Wanken zu geraten. Doch jedes Wort, das sie äußerte, spürte er wie eine Liebkosung voller Sünde und Herzschmerz, die ihn tief berührte. Auf diese augenblickliche, heftige Wirkung, die diese Frau auf ihn hatte, war er nicht vorbereitet.

„Mir ist egal, was du gesagt hast, Süße. Du bestimmst hier nicht die Regeln. Ich bestimme sie."

„Regeln sind dazu da, um gebrochen zu werden, oder?"

„Ja? Du klingst nicht besonders überzeugt."

Sie hob das Kinn. Es war eine Haltung, die er wiedererkannte.

Er kannte sie, diese schwarzhaarige Schönheit, die so feminine, so zarte Züge hatte, dass seine Urinstinkte sich regten und entfesselt werden wollten. Schon seit Wochen beherrschte sie seine Träume.

Als er, Jase und West in das Glass-Haus gezogen waren – so nannte jeder in Strawberry Valley das Haus auch jetzt noch –, fand er einen alten Karton mit Fotos, den der Vorbesitzer zurückgelassen hatte. In der Pappschachtel lagen die Bilder einer jungen Frau, die ihre Entwicklung vom Kind bis zur Erwachsenen dokumentierten. Jedes Bild faszinierte ihn. Als Kind hatte Harlow Glass traurig gewirkt, gequält und eindringlich. Auf jedem Foto hielt die Kleine den Kopf geneigt und die Schultern hochgezogen. Diese Haltung kannte er gut, denn er hatte sie als Kind selbst viel zu oft eingenommen. Es war der unbewusste Versuch, sich unsichtbar, sich zu einem kleineren Ziel zu machen.

Bei der Jugendlichen verschwand die Traurigkeit dann langsam und wurde von kalkulierter Schärfe überdeckt. Der Verlust der Unschuld. Bei der Frau schließlich standen in ihren Augen, die in einem überwältigenden Meeresblau erstrahlten, Schuldgefühle, Trauer und Schmerz. Emotionen, die auch er jedes Mal sah, wenn er in den Spiegel schaute.

Er behielt die Fotos für sich und versteckte sie vor allen anderen. Kein Wunder. Als ehemaliges Pflegekind waren ihm seine Spielsachen und seine Kleidung alle sechs bis acht Monate wieder abgenommen worden, wenn die jeweilige Familie ihn zurückgeschickt hatte. Das hatte bei ihm eine ziemlich leidenschaftliche Abneigung gegen das Teilen geweckt.

Irgendwie gehörte dieses Mädchen ihm.

Er hatte beobachtet, wie sich Harlows Leben entwickelte. Er hatte über sie nachgedacht, war neugierig, beinahe besessen gewesen und war sogar auf der Suche nach ihr durch die Stadt gestreift. Und da war sie nun. Ein Geschenk des Himmels, das ihm direkt in den Schoß gefallen und noch viel herrlicher war, als er es sich vorgestellt hatte.

„Dein Schicksal liegt in meinen Händen. Vielleicht versuchst du mal, ein bisschen nett zu sein, Süße."

Unter ihren gesenkten Wimpern hervor warf sie ihm einen Blick zu und nagte an ihrer vollen Unterlippe. Sie war so schön, dass es beinahe wehtat, sie anzusehen.

„Wirst du Sheriff Lintz anrufen?"

Beck verschränkte die Arme vor der Brust und tat so, als müsste er einen Moment lang darüber nachdenken. Er ließ sie zappeln. Der Gedanke, dass diese junge Frau Ärger mit dem Gesetz bekommen könnte, gefiel ihm überhaupt nicht. Gut, er bezweifelte, dass Harlow mehr als eine Verwarnung oder höchstens ein paar Stunden gemeinnütziger Arbeit bekommen würde, aber der Eintrag in ihre Akte würde sie für den Rest ihres Lebens verfolgen.

„Nein", sagte er schließlich und achtete darauf, möglichst missmutig und schroff zu klingen. „Ich werde den Sheriff nicht anrufen."

Ein erleichterter Ausdruck huschte über ihr Gesicht.

„Woher soll ich wissen, ob du die Wahrheit sagst?"

„Süße, ich bin mir sicher, dass ich genauso ehrlich zu dir bin, wie du zu mir warst." *Das* musste sie erst mal schlucken. „Ich will ja auch nur ein paar Antworten von dir. Ganz harmlos, keine übertriebenen Forderungen – nur das, was mir zusteht."

Er war vielleicht ein kalter, gefühlloser Mistkerl, wie einige Frauen ihn genannt hatten, nachdem er sein Wort gehalten und nach dem One-Night-Stand den Kontakt zu ihnen abgebrochen hatte, aber er war nicht herzlos. Harlow hatte einmal in diesem Haus gelebt, und die Zwangsversteigerung hatte an ihrem Gefühl, noch immer die Besitzerin zu sein, offenbar nichts geändert. Er hätte bestimmt genauso empfunden. Zwar wohnte er erst seit ein paar Monaten hier, doch im Fall der Fälle müsste man ihn schon gewaltsam mit einem Kran aus dem Haus holen. Auf den einundzwanzig Hektar Land des Anwesens wuchsen Pekannussbäume, Kirsch- und Pflaumenbäume, dazu Walderdbeeren, Brombeeren und Blaubeeren. Alles, was Brook Lynn, die Verlobte von Jase, für ihre Kuchen brauchte.

Es gab einen Pool, den er und seine Freunde renoviert hatten, einen Schwimmteich und einen kleinen Teich, in dem Barsche lebten. Außerdem gab es einen Schuppen Schrägstrich sicheren Unterschlupf, der inzwischen mit Waffen und Nahrungsmitteln ausgerüstet war, falls es zu einer Zombie-Apokalypse kommen sollte. Diese Apokalypse war etwas, vor dem Brook Lynn tatsächlich Angst hatte.

Nun diese Einbruchsgeschichte – Harlow war nicht der Mensch, der gegen das Gesetz verstieß. Angesichts der Tatsache, dass jeder in der Stadt sie hasste und niemand ihr einen Job geben wollte, musste sie pleite und halb verhungert sein.

Der Gedanke brachte ihn dazu, zum Kühlschrank zu gehen. Er bereitete ein Truthahnsandwich zu.

„Hier“, sagte er.

„Nein, nein. Das kann ich nicht.“ Sie wich zurück, auch wenn ihr Blick an dem belegten Brot klebte und ein sehnsüchtiger Ausdruck in ihre Augen trat.

„Du kannst meinen Kuchen stehlen, aber kein Sandwich annehmen?“

„Hey, es war ein ‚mutmaßlicher Diebstahl‘. Und vielleicht habe ich die Lektion gelernt, wie gefährlich es sein kann, etwas von Fremden anzunehmen.“

„Vielleicht will ich nicht allein essen.“ Obwohl er bereits mit Tawny zu Abend gegessen hatte, machte er noch ein zweites Sandwich. „Ist dir das schon mal in den Sinn gekommen?“

„Oh! In dem Fall.“

Harlow schnappte sich das angebotene Sandwich so schnell, dass sie vermutlich ein Schleudertrauma davontrug. Anfangs versuchte sie anmutig zu essen und nur hier und da mal ein bisschen zu knabbern, doch bald gab sie es auf und biss so ausgehungert in das Brot, dass es Beck das Herz brach.

Wieso war sie so lange in Strawberry Valley geblieben? Ja, die sanften Hügel und die bunte Main Street mit den hübschen Geschäften hätten glatt einem Kitschbild des „Malers des Lichts“ Thomas Kinkade entsprungen sein können. Und die öffentlichen Barbecues, Straßenpartys, Feste des Schwimmvereins, Festivals und sonstigen Feierlichkeiten für alles Mögliche – von der ersten Zahnspange des Kindes bis zum ersten Date des Teenagers – waren so charmant, dass sich sogar jemand wie er in ihren Bann hatte ziehen lassen. Aber Harlow schaffte es nicht, sich hier ihren Lebensunterhalt zu verdienen. Warum also war sie nicht in die Großstadt gezogen und hatte von vorn begonnen?

Waren es ihre Wurzeln, die sie zurückhielten? Das war etwas, das er gerade erst zu verstehen begann.

Als kleines Kind hatte Beck durch den Krebs seine Mutter verloren und schon bald darauf seinen Vater – durch die gute alte Selbstsucht. Sein lieber Daddy hatte ihn bei einer Tante abgegeben und war einfach nie mehr zurückgekommen. Nachdem Tante Millie es leid gewesen war, sich um ihn zu kümmern, hatte sie ihn an ein anderes Familienmitglied weitergereicht. So hatte sich das fünfmal wiederholt, bis kein weiteres Familienmitglied mehr übrig gewesen war. Keiner von ihnen hatte ihn für immer aufnehmen wollen. So war er schließlich in die Obhut des Staates gekommen und von einer Pflegefamilie in die nächste gereicht worden. Während einige Familien ganz nett waren, hatte er bei anderen die Hölle auf Erden erlebt.

Die Hintertür ging auf, wobei die Türangeln quietschten. Jase Hollister kam mit Brook Lynn im Schlepptau in die Küche. Beide hatten gerötete Wangen und waren außer Atem.

„Hey, Mann." Jase klatschte Faust an Faust mit ihm ab.

„Hey."

Jase und West waren ebenfalls Staatsmündel gewesen und hatten das Gleiche durchgemacht wie er. Sie hatten ihn besser verstanden als er sich selbst. Gleich, als sie sich zum ersten Mal begegneten, freundeten sie sich an und wurden füreinander die Familie, die sie nie gehabt hatten. Wie Pech und Schwefel hielten sie zusammen und gingen gemeinsam durch dick und dünn. Er liebte die beiden. Mann, er würde für sie sterben.

Brook Lynn bemerkte Harlow, und ihr Blick verfinsterte sich. „Was will *die* denn hier?"

Harlow hatte für diesen Tag offenbar genug Beleidigungen

klaglos über sich ergehen lassen, denn sie warf ihr Haar über die Schultern zurück und sagte: „Beck hat mich gesehen und ist mir hinterhergelaufen. Er hat darauf *bestanden*, dass ich hier bei ihm zu Hause etwas Zeit mit ihm verbringe. Ungestört."

Beck strich sich über den Mund, um ein Lächeln zu verbergen. „Das kann man so sagen."

„Beck." Brook Lynn war die Besorgnis deutlich anzumerken. „Du kennst sie nicht und weißt nicht, wozu sie fähig ist. Schlaf nicht mit ihr. Bitte. Sie ist ..."

Jase fiel seiner Freundin ins Wort. „Und hier trennen sich unsere Wege", sagte er zu ihm und Harlow und zog Brook Lynn hinter sich her.

In den vergangenen Monaten war Jase weicher geworden – er, der Mann, den viele als „abgebrühten Kriminellen" bezeichneten. Ausnahmsweise musste Beck zugeben, dass eine Veränderung auch etwas Positives bedeuten konnte.

Nach Jases neunjährigem Gefängnisaufenthalt hatte er einen Neuanfang an einem neuen Ort gebraucht. Er hatte sich Strawberry Valley ausgesucht, da die weite Landschaft und der enge Zusammenhalt in der Gemeinde ihn faszinierten.

Mit Jase hierherzuziehen, war für ihn selbstverständlich gewesen. Obwohl es eine Herausforderung dargestellt hatte. Dass er so lange auf seinen Freund hatte verzichten müssen, war schon schlimm genug, doch er und West schuldeten Jase mehr, als sie ihm je zurückgeben könnten. Die Tatsache, dass er so tief in Jases Schuld stand, war der Grund dafür, dass Beck sich nie beklagt hatte, als Jase das heruntergekommene Farmhaus renovierte. Und der Grund dafür, dass er lächelte, auch wenn seine Umgebung sich Stück für Stück immer weiter veränderte.

„Ich sollte gehen", verkündete Harlow.

Beck blickte sie an. „Netter Versuch, Süße, aber wir sind noch nicht fertig miteinander. Wie bist du überhaupt ins Haus gekommen?" Er hatte keinerlei Einbruchsspuren gesehen. Nicht, dass er besonders darauf geachtet hätte, bevor oder nachdem er ihr hinterhergerannt war und sie geschnappt hatte.

„Na ja … ich habe irgendwie einen Schlüssel." Sie zupfte sich einen unsichtbaren Fussel vom T-Shirt und fügte hinzu: „Ist es ein ungünstiger Zeitpunkt, um zu erwähnen, dass mir die Veränderungen, die ihr am Haus vorgenommen habt, überhaupt nicht gefallen?"

„Du kannst keinen Schlüssel haben. Jase hat das Schloss gleich am ersten Tag austauschen lassen." Der Mann traute keinem Fremden. Genau wie er selbst und West auch. Sie hatten gelernt, nicht zu vertrauensselig zu sein.

„Na ja … es könnte sein, dass er die Schlüssel mal auf der Veranda hat liegen lassen, als er in den Garten gelaufen ist, um sein Werkzeug zu holen."

Und sie war zufällig in der Nähe gewesen und hatte das beobachtet? Und keinem von ihnen war es aufgefallen? „Von morgen an wird dein Schlüssel jedenfalls nicht mehr passen."

In ihren meeresblauen Augen blitzte kurz Wut auf, die jedoch schnell einem resignierten Ausdruck wich. Sie senkte den Kopf und zog die Schultern hoch, wie er es auf so vielen Fotos von ihr gesehen hatte. „Ja. Das habe ich mir schon gedacht."

Verdammt. Ihre Worte versetzten ihm einen Stich. Wie viele Schicksalsschläge hatte dieses Mädchen bereits erdulden müssen?

Und warum kümmerte ihn das überhaupt? Ja, die Fotos von ihr hatten ihn gefesselt. Ja, sie war heiß. Doch so viel Zeit und Energie in eine einzige Frau zu stecken, entsprach nicht seiner üblichen Vorgehensweise.

„Wenn du hungrig warst, wieso bist du dann nicht gekommen, hast geklingelt und *gefragt*, ob wir dir etwas zu essen geben?"

Sie straffte unwillkürlich die Schultern. „Ich brauchte … ich brauche eure Hilfe nicht."

Aha. Stolz. Der Untergang so vieler Menschen. Er hatte sich früher auch einreden wollen, keinen anderen Menschen zu brauchen und ganz gut allein zurechtzukommen. Aber immer, wenn er eine glückliche Familie sah, hatte er sich gefühlt, als wäre er von einem Auto überfahren worden.

„Du brauchtest … du brauchst doch Hilfe, sonst wärst du nicht hier.“ Als sie ihn wütend anfunkelte, fügte er hinzu: „Wie konnte es überhaupt so weit kommen, dass du das Haus verloren hast?“

„Das geht dich nichts an“, erwiderte sie knapp.

„Du hast das Geld, das du von der Versicherung deiner Mutter bekommen hast, auf den Kopf gehauen. Verstehe.“ Als sie das Haus kauften, erzählte der Makler ihnen, dass die verzogene Glass-Göre am Anfang des Jahres die Mutter verloren hatte und sich weigerte, sich einen Job zu suchen, weil es unter ihrer Würde sei. Er hörte nur mit halbem Ohr zu und bereute das bitter, seit er den Karton mit den Fotos gefunden hatte. Jetzt versuchte er, sich an irgendetwas zu erinnern, das er vielleicht aufgeschnappt hatte. Doch vergeblich. „Was bist du, Harlow Glass?“

Harlow schürzte die Lippen, lenkte mit dieser Geste seinen Blick auf ihren Mund und hielt ihn dort gefangen. Diese Lippen waren noch besser, als die Fotos es versprachen. Voll und rot. Lippen, die jeder Mann gern verschlungen hätte … und von denen er sich gern verschlingen lassen würde. Harlow verlagerte das Gewicht von einem Fuß auf den anderen und wirkte nervöser als in dem Moment, als er sie im Haus entdeckt hatte.

„Was meinst du damit? Was bin ich? Was soll das für eine Frage sein?“

„Eine absolut zulässige Frage. Womit verdienst du deinen Lebensunterhalt? Bist du Life-Coach? Buchhalterin? Unterwäschemodel?“ Er ließ seinen Blick über sie schweifen und achtete darauf, ihr hübsches Gesicht auszusparen – der Rest von ihr war für seine geistige Gesundheit allerdings genauso gefährlich. „Bist du eine Femme fatale?“

„Ich bin keine Herzensbrecherin, so viel ist klar. Nicht so wie andere Leute, die ich kürzlich kennengelernt habe.“

„Meinst du mich?“

„Ja, dich“, sagte sie und nickte. „Wen sonst? Du hast dich mit keiner Frau zweimal getroffen. Jedenfalls nicht, seit du hier wohnst.“

Eigentlich bisher nie. „Und?" Ja, er vögelte in der Gegend herum. Warum auch nicht? Sex fühlte sich gut an, und ein paar Stunden lang konnte er sich in der Lust verlieren. Keine Gedanken. Keine Probleme. Keine Sorgen. Seine Version einer Psychotherapie.

„Ich war noch nicht fertig. In deinem Schlafzimmer wartet eine Frau auf dich, aber du bist hier und …" Sie fuchtelte mit den Händen herum. „… und flirtest mit mir."

„Das ist doch kein Flirt, Süße. Das ist ein Verhör."

„Ha! Ein Verhör setzt voraus, dass ich bedroht werde, aber das Einzige, was an mir im Augenblick in Gefahr ist, ist mein Mund. Du starrst."

Tat er das? „Mache ich dir Angst? Oder errege ich dich?"

Sie riss die Augen auf. „N… nichts von beidem."

Ein Stammeln. Bezaubernd. „Lass uns mal herausfinden, wie du reagierst, wenn ich tatsächlich flirte." Aufreizend langsam ging er um die Anrichte herum.

Harlow wich zurück, einen Schritt, zwei Schritte. Sie wäre noch weiter zurückgegangen, wenn der Herd ihren Rückzug nicht gestoppt hätte. Ein Triumphgefühl erfasste Beck, als er die Hände links und rechts von ihr abstützte und sie so gefangen nahm. Er beugte sich vor und strich mit der Nase über ihre Nasenspitze. Der Duft von Erdbeeren und Pekannüssen war unglaublich verlockend. „Wenn nicht jeder Mann, dem du je begegnet bist, voller Lust auf diesen Mund geschaut hat", sagte er, und in seiner Stimme schwang ein Verlangen mit, das er nicht verbergen konnte, „wäre ich schockiert."

Harlow berührte ihre Lippen mit den Fingerspitzen. Diese Geste war so sinnlich, so unschuldig, dass er alles getan hätte, um sie zu verderben … Alles, um einen Kuss zu stehlen.

Wie du mir, so ich dir – eine Köstlichkeit für die andere.

„Dann darfst du jetzt schockiert sein", flüsterte sie.

„Was für dumme Männer." Als er ihr nun so nahe war, sah er die winzigen Details, die ein Foto nicht abbildete. Er sah den Schwung ihrer schwarzen Wimpern. Die versprengten Sommersprossen auf ihrer Nase. Die rosige Röte ihrer Wangen. „Aber lass uns zum Punkt kommen, Süße. Du schuldest mir etwas – und zwar nicht nur für das Essen. Sondern für die mentalen Qualen, die ich erleiden musste."

„Mentale Qualen?", wiederholte sie.

„Genau." Er beugte sich noch ein kleines Stückchen vor. Er konnte nicht anders, es war wie ein Zwang. Sein Oberkörper berührte ihren.

Scharf sog sie die Luft ein, atmete schnell und kurz wieder aus. Es war eine instinktive Reaktion, aus dem Bewusstsein geboren, dass er ihr so unglaublich nahe war. Beck spürte augenblicklich, wie seine Lust zunahm.

„Ein Teil von mir ist zusammen mit diesem Kuchen kaputtgegangen", sagte er und strich wieder mit seiner Nase über ihre.

„Kaputtgegangen?", flüsterte sie.

„Hmm." Seine Lippen waren nur Zentimeter von ihren entfernt, und ihr Atem vermischte sich mit seinem. *Verdammt.* Wie war es möglich, dass es sinnlicher war, diese Frau *nicht* zu berühren, als eine andere Frau auszuziehen? „Ich habe dich gefragt, was du bist, weil ich wissen muss, wie ich eine angemessene Wiedergutmachung festlegen soll. Sag mal, weißt du eigentlich, wie schmerzvoll es sein kann, etwas mit jeder Faser zu begehren? Sich etwas noch mehr zu wünschen als die Luft zum Atmen?"

„Das weiß ich." Sie schmiegte sich an ihn, ihr zarter Körper verschmolz mit seiner Härte. „Das weiß ich wirklich."

Wie kurz war sie davor, sich ihm hinzugeben?

Er unterdrückte einen Fluch. Die Antwort spielte keine Rolle. Sie durfte keine Rolle spielen. Harlow war nicht hier, um mit ihm zu schlafen. Was sie zuvor gesagt hatte, war die Wahrheit. In seinem Schlafzimmer wartete eine andere Frau auf ihn. Auch wenn er es praktisch mit jeder trieb, wollte er doch nicht mit einer Frau rummachen, während eine andere in seinem Bett auf ihn wartete. Diese Grenze wollte er nicht überschreiten.

Zurück auf Kurs. „Genauso sehr will ich … den Kuchen."

Sie verstand und schob ihn entsetzt von sich. Eine klägliche Geste, er wich trotzdem zurück.

„Danke für diesen kleinen Einblick in deine Flirtkünste", sagte sie und grinste spöttisch. „Aber wie du siehst, hinterlässt es bei mir einen üblen Nachgeschmack."

Nein. Sie hatte sich in diesem Moment verloren. Verdammt, *er selbst* hatte sich in diesem Moment verloren.

Sie machte den Mund auf und schloss ihn wieder. „Hör mal. Es tut mir leid, dass ich deinen Kuchen gestohlen habe. Okay? Ich schätze … Na ja, ich war irgendwie verbittert, missgünstig. Ihr lebt in dem Haus, in dem ich eigentlich wohnen sollte, und ich bin einfach … Es tut mir leid. Es wird nicht noch mal vorkommen."

„Ich nehme deine Entschuldigung an."

„Toll. Ich denke, ich werde jetzt gehen."

Sie wollte sich an ihm vorbeischieben, doch er streckte den Arm aus und hielt sie auf.

„Du findest alle Zutaten im Kühlschrank beziehungsweise in der Vorratskammer und die Schüsseln und Ähnliches in den Schränken neben der Spüle."

Einen Moment lang starrte sie ihn verdutzt an. „Vergebung sollte ohne irgendwelche Verpflichtungen auskommen."

„Ich gebe dir nur die Möglichkeit, deinen Worten Taten folgen zu lassen, um zu beweisen, dass du auch meinst, was du sagst, und dass du mir helfen wirst, meinen Verlust zu verkraften."

„Gut." Sie massierte sich die Nasenwurzel. „Ich werde für dich backen."

Das war der sinnlichste Satz, den er je gehört hatte. „Du kannst mit einem gedeckten Kuchen anfangen und mit einer Torte, einem Dutzend Cookies und ein paar Cupcakes enden."

„Wow, das sind eine Menge Ansprüche."

„Habe ich schon erwähnt, dass ich auch eine Menge Schmerz verspüre?"

Sie warf ihm einen vernichtenden Blick zu. „Ich hoffe, du magst deinen gedeckten Kuchen, die Torten, Cookies und Cupcakes gut durch. Es ist mir nämlich noch nie gelungen, irgendetwas zu backen, das nicht angebrannt wäre."

„So schlecht kannst du nicht sein."

„Willst du eine Wette darauf abschließen?"

Mit einem unglaublich verführerischen Hüftschwung ging sie nun durch die Küche und deutete wortlos auf eine schwarze Stelle am Abzug über dem Herd – es war das Einzige, was Jase noch ausbessern musste.

„Was hat zwei linke Hände und zerstört alles, was es berührt?", fragte sie und richtete beide Daumen auf sich. „Dieses Mädchen."

Tja, Scheiße. „Dann vergiss das Backen. Was schlägst du als Wiedergutmachung vor?"

Sie zwirbelte eine Haarsträhne zwischen ihren Fingern und sagte: „Ich kann … ich weiß nicht … Ich könnte den Garten auf Vordermann bringen? Mir ist nicht entgangen, in welch jämmerlichem Zustand die Rosen sind."

„Das ist uns auch schon aufgefallen. Als wir hier eingezogen sind." Wochenlang hatten die beiden anderen ihn angefleht, einen Gärtner zu engagieren. Diese Aufgabe fiel in seinen Bereich, weil er erwartete, dass vom Mähen bis hin zum Unkrautjäten alles auf eine bestimmte Art und Weise erledigt wurde – nämlich auf seine. Wenn es nicht so lief, wie er es sich vorstellte, musste es noch einmal gemacht werden. Doch er schob diese Angelegenheit vor sich her, weil er sich nicht mit einer weiteren neuen Person in seinem Leben auseinandersetzen wollte.

Aber … wenn Harlow sich um die wild wuchernden Rosenbüsche im Garten kümmern würde, könnte er sie über ihre Vergangenheit ausfragen, könnte seine Neugierde ein für alle Mal stillen und diese Frau dann vergessen und weiterziehen. Weiterziehen war etwas, das er kannte. Und er liebte es, wenn er etwas kannte, wenn ihm etwas vertraut war.

„Also gut", sagte er und nickte. „Du kannst morgen früh anfangen. Es sei denn, du hast einen Job, von dem ich noch nichts weiß?"

„Habe ich nicht. Ich werde in aller Frühe hier sein."

Ihre Antwort weckte sein Misstrauen. „Wie bezahlst du eigentlich deine Miete? Und da wir gerade von Miete reden: Wo wohnst du überhaupt?"

In ihren Augen blitzte ein panischer Ausdruck auf, der allerdings genauso schnell wieder verschwunden war.

„Hör mal, es ist schon spät. Ich bin müde." Sehnsüchtig sah sie zum Ausgang. „Ich muss jetzt gehen. Okay?"

Nein, nicht okay. In seinem Kopf schrillten sämtliche Alarmglocken. „Wo wohnst du, Harlow?"

„Also, als ich meinte, ich hätte keinen Job, wollte ich damit eigentlich sagen, dass es kein Job ist, auf den ich stolz sein könnte." Sie lachte leicht hysterisch. „Ich bin … äh … ich bin Stripperin. Ja, genau. Ich ziehe mich aus und tanze an der Stange, um mir meinen Lebensunterhalt zu verdienen. Und ich verdiene sehr viel Geld. Furchtbar viel Geld. *Unfassbar viel.* Ich habe ein wundervolles Apartment. In der Stadt. In der Nähe vom Stripclub. Wo ich arbeite."

„Wie heißt der Stripclub?"

„*Boobie Bungalow*", entgegnete sie wie aus der Pistole geschossen und schien sich von Minute zu Minute sicherer mit ihrer Geschichte zu fühlen.

Er hätte beinahe seine Zunge verschluckt. *Lügnerin, Lügnerin.*

„Was ist?" Sie funkelte ihn finster an. „Es ist ein sehr exklusiver Club."

„Ich weiß. Ich bin ein sehr exklusiver Mann, und ich war schon dort."

„Tatsächlich?", krächzte sie.

„Ja, das war ich." Seine Kunden machten manchmal lieber Geschäfte, während sie Eindollarscheine in Höschen steckten. „Ich kann mich nicht erinnern, dich da gesehen zu haben, und du bist keine Frau, die ich vergessen könnte."

„Tja … äh … Ich habe gerade erst angefangen."

Er schenkte ihr sein unschuldigstes Lächeln, ehe er zum entscheidenden Schlag ausholte. „Ich habe eine Idee. Warum arbeitest du deine Schuld nicht anders ab? Du kommst morgen wie geplant vorbei. Aber statt im Garten zu buddeln, machst du einen Lapdance für mich."

Die Farbe wich aus ihren Wangen, während sie nervös am Kragen ihres T-Shirts zupfte. „Nein. Meine Leidenschaft ist und bleibt die Gartenarbeit."

„Bist du dir sicher? Ich kann dir anschließend eine Note geben und dir sagen, was du beim nächsten Mal besser machen könntest."

„Das glaube ich gern."

Er seufzte übertrieben laut. „Also gut. Aber falls du es dir anders überlegen solltest …"

„Das werde ich nicht."

„Falls doch, lautet meine Antwort Ja." Er brachte sie zur Vordertür. „Bis morgen dann, Harlow Glass."

Sie schluckte. „Bis morgen dann, Beck Ockley."

Als sie auf die Veranda eilte, fiel ihm auf, dass auf der Auffahrt kein Auto stand. „Wie kommst du nach Hause, Süße?", rief er.

Sie blieb stehen, drehte sich jedoch nicht um. „Nur, weil du den niedlichen kleinen Camaro ein Stück die Straße hinunter nicht sehen kannst, heißt das nicht, dass er nicht existiert, oder?" Damit rannte sie los, so schnell ihre Beine sie trugen.

Irgendetwas stimmte nicht. Er musste den Impuls unterdrücken, ihr hinterherzulaufen, und schloss die Tür. Eine Frau gegen ihren Willen festzuhalten, würde nur Probleme bringen – und nicht nur Probleme der moralischen Art. Er und seine Freunde konnten sich einen weiteren Zusammenstoß mit dem Gesetz nicht leisten.

Jase hatte beim letzten Mal teuer genug dafür bezahlt.

Vor zehn Jahren war Wests Freundin nach einer Studentenparty überfallen und vergewaltigt worden. Tessas tränenreiches

Geständnis hatte bei ihnen drei Jungs unbändigen Zorn entfacht. Jase und er hatten sie wie eine Schwester geliebt.

Zusammen hatten sie den verantwortlichen Mistkerl gejagt, ihn gestellt und ihn zusammengeschlagen. Sie hätten einfach gehen sollen, sodass er sich irgendwann erholt und seine gerechte Strafe bekommen hätte. Aber sie waren nicht gerade die emotional stabilsten jungen Männer gewesen, und so hatten sie immer weiter auf den Kerl eingeschlagen.

Gedanken, die mit der damaligen Situation eigentlich gar nichts zu tun gehabt hatten, waren auf ihn eingeprasselt. Er hatte sich an die Pflegemutter erinnert, die ihn im Alter von vierzehn Jahren zum Sex gezwungen hatte. Er hatte sich daran erinnert, wie jede verbotene Berührung ihn mit Schuldgefühlen und Scham erfüllt hatte – und trotzdem hatte er sich dabei auch seltsam gut gefühlt, ja, als etwas Besonderes. Er hatte sich daran erinnert, wie er sich eingeredet hatte, dass er, wenn er alles tat, was sie wollte, ihre Liebe gewinnen würde, dass sie ihn behalten würde, dass sie eine Familie sein könnten. Und er hatte sich daran erinnert, wie er geweint hatte, als sie ihn später mit einem Lächeln und einem fröhlichen Winken in die nächste Familie geschickt hatte. Während er also Tessas Vergewaltiger schlug und trat, legte er seinen Frust, seine Enttäuschung und seine Wut auf seine eigene Vergangenheit in jeden einzelnen Schlag.

Der Vergewaltiger – Pax Gillis – starb in seinem Blut, das in den Boden sickerte.

Beck würde nie seinen Namen vergessen, niemals das Gefühl von Reue abschütteln können.

Er hätte eigentlich einen hohen Preis dafür bezahlen müssen, daran beteiligt gewesen zu sein, das Leben eines anderen Menschen zu beenden – auch wenn dieser Mensch Abschaum war. Doch er und West waren verschont worden, weil Jase die gesamte Schuld auf sich genommen hatte. Jase hatte seinen Freunden die Chance bieten wollen, ihre Träume zu verwirklichen, und hatte von ihnen verlangt, den Mund zu halten. Zwischen ihnen gab es eine Regel: Was einer der Freunde verlangte, das machten die anderen, ohne Fragen zu stellen. Und aus dem Grund hatten sie sich gefügt. Aber im Laufe der Jahre waren die Schuldgefühle und die Reue immer größer geworden.

Er hätte sich irgendwann melden müssen, um zumindest zu versuchen, Jases Strafe ein wenig zu verkürzen. Wenigstens um die Hälfte. Er hätte endlich etwas Gutes mit seinem Leben anstellen müssen. Tatenlos hatte er mit angesehen, wie Tessa nach einem Streit mit West in den Trümmern ihres Wagens starb und wie West daraufhin den Drogen verfiel und sein Stipendium am *Massachusetts Institute of Technology* verlor.

Er war nicht mal derjenige gewesen, der West dabei geholfen hatte, wieder clean zu werden. Sein Freund schaffte es ganz allein. Dann entwickelte West ein Computerprogramm, das er, Beck, der geborene Verkäufer, für einige Millionen Dollar verkaufte. Den Gewinn teilten sie durch drei und legten das Geld auch für Jase klug an, damit der nach seiner Entlassung aus dem Gefängnis zumindest keine Geldsorgen haben musste.

Verflucht, er brauchte ein Bier. Nein, er brauchte eine Ablenkung von seinen Problemen und den quälenden Gedanken. Glücklicherweise erwartete ihn eine in seinem Schlafzimmer.

Beck ging den Flur entlang und öffnete die Schlafzimmertür. Frauenkleidung lag auf dem Fußboden verteilt und bildete eine Spur zum Bett. Und dort rekelte sich Tawny. Nackt und willig.

„Ich habe dich vermisst." Mit einem Finger strich sie zwischen ihren üppigen Brüsten hindurch. „Sag mir, dass du die ‚Böse Hexe des Südwestens' losgeworden bist, dann mache ich sehr, sehr ungezogene Dinge mit dir."

„Sie ist keine Hexe, und wir werden jetzt nicht über sie reden." Mit einem Fußtritt schloss er die Tür hinter sich. „Aber die sehr, sehr ungezogenen Dinge wirst du trotzdem mit mir machen."

3. KAPITEL

Harlow blickte von ihren blutenden Händen zu den verstümmelten Überresten des Rosenbusches, den sie gerade „beschnitten" hatte, und stöhnte auf. Drei Stunden lang hatte sie unter der erbarmungslos vom Himmel knallenden Sommersonne so hart gearbeitet wie noch nie zuvor in ihrem Leben. Und das war das Ergebnis?

Das kam ihr ein wenig ungerecht vor.

„Durstig?"

Die Frauenstimme riss sie aus ihrem Selbstmitleid, und sie sah auf. Sie erblickte die unglaublich hübsche blonde Brook Lynn Dillon, die vor ihr stand. Die junge Frau war mit ihrem Leben so zufrieden, dass sie von innen heraus zu strahlen schien. Neid wollte sich bei ihr breitmachen, doch Harlow beachtete die unwillkommene Empfindung gar nicht. Brook Lynn hatte es verdient, glücklich zu sein.

Jahrelang hatte diese Frau mit dem großen Herzen auf ihre partysüchtige Schwester Jessie Kay aufgepasst, während sie nebenbei zwei Vollzeitjobs gehabt hatte, damit sie die Miete bezahlen konnte – und das alles hatte sie getan, obwohl sie krank war. Sie litt an einer Störung des Innenohrs. Harlow war sich nicht sicher, wie man die Krankheit nannte; sie wusste nur, dass die Hörgeräte, die Brook Lynn trug, dafür sorgten, dass sie leise Geräusche oder ein Flüstern nicht genauso laut hörte wie ein Schreien.

Zwar hatte sie ihre Boshaftigkeit nie an Brook Lynn ausgelassen – selbst eine Tyrannin wie sie hatte Grenzen –, aber Jessie Kay und ihre beste Freundin Kenna Starr hatten nicht so viel Glück gehabt.

„Ist das Arsen oder Bleichmittel?", scherzte sie.

„Ich habe nicht gefragt, ob du das willst, was jeder in der Stadt dir gern servieren würde", erwiderte Brook Lynn streng, und Harlow zuckte zusammen. „Ich wollte nur wissen, ob du Durst hast."

„Das habe ich", entgegnete Harlow und erhob sich. „Danke."

Während ein alter, hässlicher Hund Brook Lynn verspielt in die Hacken biss, reichte die ihr ein Glas mit eiskaltem Wasser.

Harlow versuchte anfangs, ganz damenhaft einen winzigen Schluck nach dem anderen zu nehmen, doch das kühle Wasser auf ihrer Zunge ließ sie alle Zurückhaltung vergessen, und sie leerte das Glas in einem Zug. Bis auf den letzten Tropfen. Kein Getränk war je kühler oder beruhigender gewesen, hatte ihre Zunge und ihren staubtrockenen Hals je so wundervoll benetzt.

„Danke", sagte sie noch einmal und fühlte sich wieder wie ein Mensch.

Brook Lynn nahm ihr das Glas ab. „Eigentlich musst du dich nicht bei mir bedanken. Du solltest dich bei Beck bedanken."

Allein der Klang seines Namens ließ Harlows Puls schneller schlagen. Ständig hatte sie zur Hintertür geblickt und gebetet, er möge rauskommen und nach ihr sehen. Auf diese Weise hatte sich bei ihr ein gewisses Verlangen angestaut, und die berauschende Wirkung, die Beck auf sie hatte, war in diesem Moment stärker als ohnehin schon.

„Ist er da?" War er noch immer mit Tawny im Bett? Unwillkürlich ballte sie die Hände zu Fäusten.

„Nein", antwortete Brook Lynn. „Er hat einen Termin, aber er hat mich gebeten, mich um dich zu kümmern, solange er unterwegs ist."

Erst spürte sie zufriedene Aufregung, die jedoch im nächsten Moment von einer verwirrenden Erkenntnis verdrängt wurde. Es lag ihm nicht mal genug an ihr, um selbst kurz nach ihr zu sehen? *Wow. Na ja, scheiß auf ihn.* Er verwirrte sie, raubte ihr den Atem und ließ sie mit einem einzigen Blick erschauern. *Na und?* Körperliche Anziehung hielt nie besonders lange. Und Beck blieb sowieso nicht lange. Einmal und nie wieder – der König des One-Night-Stands.

Harlow hatte kein Interesse daran, benutzt und weggeworfen zu werden und für den Mann, dem sie sich hingab, nicht mehr als eine blasse Erinnerung zu werden. Sie wollte Zuneigung und

Liebe. Die Art von Liebe, von der sie in Büchern gelesen und die sie in Filmen gesehen hatte. Die Art von Liebe, für die ein Paar kämpfte, auch wenn es mal schwierig war. Die Art von Liebe, die beschützte und umsorgte. Die verteidigte. Die schätzte.

Tiefe Sehnsucht ergriff sie. Es würde keine Beschimpfungen geben. Keine Bloßstellungen. Keine Demütigungen.

Bevor sie die Highschool verlassen hatte, um zu Hause unterrichtet zu werden, war sie mit Jungs zusammen gewesen. Mit *vielen* Jungs. Sie hatte sich mit ihnen verabredet und sie genauso schnell wieder fallen gelassen wie Beck seine Frauen. Sie hatte nach irgendjemandem gesucht, der die Leere in ihr füllte. Eine Leere, die größer geworden war, als bei *Dairyland*, einer Molkerei südlich der Stadt, eine Maschine explodierte und die halbe Belegschaft in den Tod riss – inklusive ihres Dads.

Er war ein furchtbarer Mensch gewesen, also hätte sie jubeln sollen, oder nicht? All ihre Probleme hätten sich schlagartig in Luft auflösen müssen. Doch dem war nicht so gewesen.

Brook Lynn drehte sich um und ging ohne ein weiteres Wort davon. Der Hund hechelte ihr hinterher.

„Brook Lynn", rief Harlow, und die junge Frau blieb stehen, ohne sich umzusehen. „Es tut mir leid, wie ich mich benommen habe. In der Vergangenheit, meine ich … Und in letzter Zeit natürlich." *Ruhe in Frieden, Blaubeerkuchen.*

„Das ist schön, und ich freue mich", antwortete Brook Lynn. „Taten sagen jedoch mehr als Worte, und bisher hast du überhaupt nichts bewiesen."

„Ich weiß. Aber ich bin immer noch hier und erledige diese Aufgabe, damit ich irgendwie beweisen kann, dass ich mich geändert habe."

„Bitte. Das hier ist, wie ihr es so schön nennt, eine Abgeltung." Brook Lynn sah sie über die Schulter hinweg an und wirkte wie ein Racheengel. „Ich frage mich allerdings, ob du den Garten aus einem bestimmten Grund ruinierst? Willst du damit Beck treffen? Weswegen? Was hat er dir getan? Welches Verbrechen hat er dir angetan? Das gleiche Verbrechen, das der Rest der Stadt begangen hat? Einfach zu existieren?“

Harlow ließ den Kopf sinken und zog die Schultern hoch. *Ich habe es nicht anders verdient. Ich habe es wirklich nicht anders verdient.* „Er hat mir nichts getan. Er ist wundervoll.“ Und das war er. Als ihr Boss – oder ihr Gläubiger oder was auch immer er gerade für sie war – war er umwerfend. Er stand nicht neben ihr und ließ sie nicht aus den Augen, sondern gab ihr die Freiheit, ihr eigenes Ding zu machen. Und weil er wusste, dass er nicht da sein konnte, hatte er dafür gesorgt, dass sie alles bekam, was sie brauchte.

Aber Beck als Mann? Was ihn betraf, war sie sich nicht sicher. Er hatte diese Einstellung, einmal mit einer Frau zu schlafen und dann nie wieder. Und es war auch eine Tatsache, dass er ihren Familiensitz gekauft hatte, obwohl sie ihn nicht verkaufen wollte. Die Bank hatte sie von ihrem Grund und Boden vertrieben, ihren Anspruch auf das Land für nichtig erklärt. Und das alles, weil ihre Mutter ein paar Jahre zuvor ein kleines Darlehen aufgenommen und das Haus als Sicherheit gedient hatte. Als ihre Mutter starb, hatte sie versucht, einen Job zu finden.

Sie hatte sich in jedem Geschäft in der Stadt vorgestellt und vorgeschlagen, zum Beispiel die Schaufensterscheiben mit Gemälden zu verzieren oder Porträts von Familienmitgliedern zu malen. Sie hatte sogar angeboten, Häuser zu streichen. Als diese Bitten abgelehnt worden waren, hatte sie sich auf jede verfügbare Stelle beworben – sie hatte sich als Müllmann angeboten, sich bereit erklärt, beruflich Vogeldreck zu entfernen oder Füße zu pflegen. Doch sie hatte nur Absagen bekommen. Die meisten Ladenbesitzer hatten sie ausgelacht. In die Großstadt zu ziehen, wäre ein kluger Schachzug gewesen. Niemand dort kannte die alte Harlow, und irgendjemand hätte sie bestimmt engagiert, damit sie irgendetwas tat. Aber ihr Herz schlug für Strawberry Valley. Ihre Mutter war hier aufgewachsen. *Sie* war hier aufgewachsen. Sie glaubte daran, dass die Leute hier ihr nichts antun würden, auch wenn sie sie nicht ausstehen konnten. Das dürfte in einer Stadt voll fremder Menschen sicher anders aussehen.

Außerdem hatte sie einen Fünf-Punkte-Plan. Punkt eins: Sie wollte beweisen, dass sie nicht die Inkarnation des Bösen war. Bisher war ihr das noch nicht gelungen, doch wie sie selbst schon erlebt hatte, konnten sich die Umstände von einer Sekunde auf die andere ändern.

„Ich weiß nicht genau, wie man gärtnert", gab sie zerknirscht zu. „Aber ich tue mein Bestes."

Die blonde Frau zog eine Augenbraue hoch und sah sie mit einem ungläubigen Ausdruck auf dem Gesicht an. „Tja, dann solltest du dich ein bisschen mehr anstrengen, würde ich sagen."

„Engel?" Eine raue Männerstimme wehte herüber, und die Angeln quietschten, als die Hintertür aufschwang.

Brook Lynn hüpfte ihrem Verlobten Jase entgegen, um ihn zu begrüßen. Jase nickte ihr, Harlow, zu. In seinen grünen Augen lag ein kluger, neugieriger Ausdruck. Dann wandte er sich wieder Brook Lynn zu.

„Ich habe dich vermisst", sagte er.

Es war ihm offenbar egal, dass auch sie ihn hören konnte. Mit gespreizten Fingern strich er durch Brook Lynns helles Haar.

„Ich war doch nur zwei Minuten weg", erwiderte Brook Lynn mit einem hinreißenden Lächeln.

„Auch eine Sekunde ist schon zu viel. Vielleicht ist es an der Zeit, endlich die Operation durchführen zu lassen, über die wir gesprochen haben, und dich an meine Seite nähen zu lassen."

Brook Lynn lachte leise. „Wenn ich zusätzliche zweihundertfünfzig Pfund an meinen Körper nähen lasse, wird es nicht gerade leichter, Zombies in den Hintern zu treten."

„Ich werde dich beschützen."

„Eigentlich bin ich mir ziemlich sicher, dass du einer der Ersten sein wirst, die gebissen werden."

Er knabberte zärtlich an ihren Lippen. „Gut. Ich zeige dir mal, was ich mit dir machen werde, wenn ich zum Zombie mutiere."

Die beiden Turteltäubchen erinnerten Harlow an „Die Schöne und das Biest“. Romantik pur. Jase war ein großer Mann, hochgewachsen und muskulös, das dunkle Haar stand lässig in Stacheln von seinem Kopf ab – er war ein absoluter Bad Boy. Gerüchte besagten, dass Brook Lynn erwähnt hatte, diesen Style zu mögen, und, *zack*, am nächsten Tag hatte er seinen Look geändert. Tattoos zierten seinen Körper vom Hals bis zur Taille hinunter. Vielleicht hatte er sogar noch an anderen Stellen Tätowierungen. Harlow hatte ihn mal mit freiem Oberkörper an der Fassade des Hauses arbeiten sehen; sie hatte sich gewundert, dass ein Mann wie er tatsächlich existierte.

Brook Lynn hingegen wirkte nach außen hin zerbrechlich – hübsch, aber nutzlos wie eine Puppe. Allerdings wusste jeder, dass sie so gar nichts mit diesem Spielzeug gemein hatte. Sie hatte nicht nur den Drachen bezwungen, der neu in der Stadt war – was an sich schon eine Heldentat war –, sondern nebenbei auch noch ihren eigenen florierenden Cateringservice aufgebaut.

Die Liebe der beiden zueinander inspirierte Harlows Traum von einem Happy End entscheidend, und wenn Leinwand und Farben nicht ihr Budget von null Dollar gesprengt hätten, hätte sie die zwei in einem Porträt verewigt.

Als Brook Lynn und Jase hineingegangen waren, wischte sie sich den Schmutz von den Händen. Das reichte, beschloss sie. Zumindest für heute. Sie würde erst ein bisschen über Gartenarbeit recherchieren. Was bedeutete, dass sie in die Stadt musste … und dass sie sich dem Gespött stellen musste …

Sie verließ ihren Besitz nur selten. Selbst als sie noch in dem Haus gelebt hatte, war sie nicht oft in die Stadt gegangen. Aber seit man sie von dem Anwesen vertrieben hatte, tat sie es so gut wie gar nicht mehr. Ihre Suche nach Arbeit hatte sie ein paar Mal in die Stadt geführt, doch sie hatte schnell gelernt, dass sie einen hohen Preis dafür zahlen musste, wenn sie sich dorthin wagte, wo sie nicht erwünscht war.

Reiß dich zusammen und jammere nicht rum. Sei ein braves Mädchen und schluck deine Medizin.

Den Kopf gesenkt und die Schultern hochgezogen, ging sie die schmale unbefestigte Straße entlang. Es dauerte nicht lange, bis ein Wagen langsamer wurde. Der Fahrer starrte sie neugierig an.

Die Aufmerksamkeit verunsicherte sie, und sie ertappte sich dabei, wie sie über die Narben an ihrem Bauch rieb. Manchmal hatte sie das Gefühl, die Flammen immer noch zu spüren, die ihr T-Shirt als Zunder benutzt und von ihrem Nabel bis hoch zu ihren Schlüsselbeinen über ihren Körper geleckt hatten.

Doch sie wollte jetzt nicht an den schlimmsten Tag ihres Lebens denken. Der Schock darüber war genauso wenig ihr Freund wie der nächste Fahrer, der an ihr vorbeikam, das Fenster herunterkurbelte und sie auslachte. Sie ging schneller und atmete erleichtert auf, als der Wagen endlich hinter dem Hügel verschwand.

Das dritte Auto, das sie überholte, verlangsamte ebenfalls das Tempo und rollte neben ihr her.

„Harlow Glass", sagte der Fahrer und grinste höhnisch.

Sie unterdrückte ein gequältes Stöhnen. Scott Cameron. Auf der Highschool war er ein bekannter Sportler gewesen. Und er war der Erste, der den berühmt-berüchtigten „Glass-Laufpass" bekommen hatte. Der „Glass-Laufpass" war die brutale Abfuhr gewesen, die sie Jungs erteilt hatte, nachdem sie sich mit ihnen zu einem Date getroffen hatte. In Scotts Fall war es besonders grausam gewesen, weil er seine langjährige Freundin verlassen hatte, um mit ihr zusammen zu sein. Trotzdem hatte Harlow ihn am Tag nach ihrem ersten Date eiskalt abserviert.

Ja, so ein Mädchen war sie gewesen.

Jemand musste ihn angerufen und ihm erzählt haben, dass sie hier gesehen worden war.

„Ich muss schon sagen, Glass, du siehst echt nicht gut aus."

Selten hatte man wahrere Worte gehört. Sie hatte einen Sonnenbrand, war total verschwitzt, und ihre Klamotten waren vollkommen verdreckt. „Tja, kann ich von dir nicht behaupten." Unter dem Schirm seiner Mütze sah sie sein blondes Haar, das perfekt frisiert war. Sein weißes Hemd war frisch und gebügelt, und seine Haut schimmerte bronzefarben. „Du siehst toll aus."

Er verengte die Augen zu schmalen Schlitzen. Anscheinend hatte er in ihrer Stimme einen sarkastischen Unterton wahrgenommen, der jedoch gar nicht mitgeschwungen hatte.

Sie seufzte. „Und, ja, mir ging es schon besser."

„Gehst du in die Stadt?"

Sie nickte und lief weiter. „Ja."

„Das sind sechseinhalb Kilometer."

„Stimmt."

„Da bist du mit Sicherheit noch eine gute Stunde in der prallen Sonne unterwegs."

„Ja", sagte sie wieder. Es war nicht nötig, sie daran zu erinnern.

„Ich wette, du hättest nichts gegen eine Mitfahrgelegenheit."

Um ehrlich zu sein …

„Viel Glück bei der Suche danach."

Laut lachend gab er Vollgas und raste davon, während Harlow in einer Wolke aus Staub und Steinchen stehen blieb. Hustend wedelte sie vor ihrem Gesicht hin und her. *Ich darf mich nicht beklagen. Nur eine weitere Dosis meiner Medizin.*

Am späten Nachmittag erreichte sie die Fragaria Street, und vor Erschöpfung drohten ihre Beine den Dienst zu versagen. Zu dieser Jahreszeit hing hier immer der Duft von Erdbeeren in der Luft, der von den unzähligen Hektar wilder Beete herüberwehte.

Eine Handvoll Wagen überholten sie, und einige Leute schlenderten die Gehwege entlang. Die Gebäude, die an der Straße standen, waren bunt gestrichen – von Blau über Gelb bis hin zu Rot – und unterschiedlich groß. Einige waren hoch, andere eher niedrig. Einige waren breit, andere schmal. Einige waren aus Ziegelsteinen gemauert, andere aus Holz gezimmert. Ein Sammelsurium verschiedenster Stile. Sie liebte jeden Zentimeter.

Virgil Porter und Anthony Rodriguez saßen in ihren Schaukelstühlen vor dem *Style Me Tender,* dem Friseursalon von

Mr. Rodriguez, und spielten Schach. Harlow hielt sich im Schatten, sodass die meisten Leute keine Notiz von ihr nahmen. Dennoch entdeckten die beiden älteren Herren sie sofort.

„Wie geht es Ihnen, Miss Glass?", rief Mr. Porter. Er war Besitzer des *Swat Team 8 – Wir vernichten Flöhe, Zecken, Silberfische, Kakerlaken, Bienen, Ameisen, Mäuse und Ratten!* –, und er war einer der wenigen Menschen, die sich dafür zu interessieren schienen, wie es ihr ging. Aber wahrscheinlich täuschte dieser Eindruck, denn in ihrer Glanzzeit hatte sie seinen Sohn aufs Übelste beschimpft.

„Mir geht es gut, danke", murmelte sie knapp, um weiteren Fragen aus dem Weg zu gehen. Sie hatte immer ein schlechtes Gewissen, wenn sie schwindelte, doch die Wahrheit war nicht besonders angenehm. *Ach, wissen Sie, Mr. Porter, ich bin, ehrlich gesagt, obdachlos. Gerade hat man mich als Diebin auf meinem eigenen Grund und Boden erwischt, und ich bin zurzeit obendrein arbeitslos. Und bei Ihnen so? Haben Sie nach wie vor Probleme mit Ihren Leberflecken?*

„Ich höre Ihnen gern zu, wenn Sie Ihre Antwort noch einmal umformulieren wollen, Miss Glass. Wir können uns bei einem schönen Glas süßem Eistee unterhalten." Er hob sein Glas und ließ die Eiswürfel klirren. „Vielleicht können wir ja auch das Teegebäck mit Erdbeeren essen, das Brook Lynn mir gebracht hat."

Ihr lief das Wasser im Mund zusammen, und ihr Magen verkrampfte sich vor Hunger schmerzhaft. Dennoch zwang sie sich zu sagen: „Nein danke." Je eher sie die Stadt verließ, desto schneller würde sie sich wieder beruhigen.

„Harlow?"

Eine bekannte Männerstimme wehte von der anderen Straßenseite zu ihr herüber. Als Harlow sich umdrehte, hätte sie vor Nervosität beinahe die Fassung verloren. Da war er – Beck Ockley. Mann, es war einfach nicht fair. Er sah zum Anbeißen aus. Die goldenen Strähnen in seinem Haar glänzten, und seine makellose, von der Sonne geküsste Haut wirkte, als hätte ein

Künstler sie gemalt. Ob er überhaupt Poren hatte? Die Ärmel seines weißen Hemdes waren aufgerollt und gaben so den Blick auf seine muskulösen Unterarme und die feinen Härchen darauf preis.

„Äh … Hi“, rief sie und winkte lahm.

Er lächelte sie an – frech und zugleich anständig – und raubte ihr mit diesem Lächeln den Atem.

Lincoln West stand neben ihm. Er war nur ein kleines Stückchen größer, doch genauso durchtrainiert und umwerfend. Und er erinnerte an einen Schwerverbrecher, der sich die Frau zur Henkersmahlzeit auswählt, die sein Blick zuletzt trifft. Nicht, dass er dieses unausgesprochene Versprechen je einhalten würde. Anders als Beck praktizierte er Zurückhaltung und hatte seit seiner Ankunft in der Stadt noch kein einziges Date gehabt.

Beck und West waren in Begleitung einer Frau und eines Mannes in Geschäftskleidung unterwegs. Harlow kannte das Paar nicht. Beide waren attraktiv. Der Mann sah aus, als wäre er Ende dreißig, und die Frau – eine elegante Rothaarige – wirkte wie Ende zwanzig. Sie war also ungefähr in ihrem Alter. Und ungefähr tausendmal erfolgreicher.

Wieder verspürte Harlow den altbekannten Stich ins Herz.

Ob die supererfolgreiche Dame wohl Becks neueste Eroberung war? Oder ob sie es werden sollte? War ihr bewusst, dass er am Morgen danach weiterziehen würde?

Beck sagte etwas zu der Gruppe, das sie nicht verstehen konnte. Harlow nutzte den unbeobachteten Moment und ging weiter. Es gab keinen Grund, stehen zu bleiben, aber unzählige Gründe weiterzugehen. Doch Beck überraschte sie, indem er über die Straße gerannt kam und neben ihr herlief.

„Ich bin ehrlich gesagt erstaunt, dich hier zu treffen“, sagte er zur Begrüßung.

Diese Stimme! Sie hatte ganz vergessen, wie tief und rau sie manchmal war. Jedes Wort, das er sagte, klang irgendwie verheißungsvoll.

Sie konnte gar nicht anders, als ihn anzusehen. Er blickte sie ebenfalls an, und von einer Sekunde auf die andere war die Luft wie elektrisch aufgeladen und hinterließ eine Gänsehaut bei ihr.

„Hast du erwartet, dass ich immer noch in eurem Garten schufte?“, brachte sie heraus.

„So etwas in der Richtung.“ Sein Blick glitt über sie, kraftvoll, sinnlich … beinahe besitzergreifend. „Bist du in der Stadt, weil deine Schicht im *Boobie Bungalow* anfängt?“

Ihre Wangen glühten, als ihr die Geschichte wieder einfiel, die sie ihm aufgetischt hatte. Es war keine Lüge, wenn sie selbst daran glaubte, oder? Als eingefleischte Leserin von Liebesromanen hatte sie sich oft ausgemalt, eine Frau zu sein, die vom Glück verlassen worden war – mitunter sogar eine Stripperin, warum denn nicht – und die dann von einem Prinzen aus einem fernen Land gerettet wurde.

„Vielleicht habe ich ja diese Woche frei. Vielleicht bedeutet es für die anderen Mädchen ja eine Ertragseinbuße, wenn ich da bin, und ich dachte, ich gebe ihnen die Chance, sich die Miete zu verdienen.“

„Wie überaus nett von dir.“

Seine Mundwinkel gingen nach oben, und seine Belustigung war genauso sinnlich und verführerisch wie der Rest von ihm.

„Wohin willst du, Schatz?“

Schatz. Ihr verräterisches Herz setzte einen Schlag lang aus, und ihr Blut erhitzte sich gefährlich, bis ihr sogar der Schweiß ausbrach. Verdammt, sie hasste sich dafür, dass sie so heftig auf etwas reagierte, das ihm überhaupt nichts bedeutete. Er gab jeder Frau, die er traf, einen Kosenamen. Was sie wütend machte, weil … Ach, einfach nur so.

Sie musste es ihm mit gleicher Münze heimzahlen. Er brauchte einen Löffel voll von seiner eigenen Medizin – genau, wie sie so oft ihre schlucken musste.

„Ich will in die Bibliothek, Mr. Knackarsch. Warum?“

„Das sollte *ich* fragen.“

Er legte ihr eine Hand zwischen ihre Schulterblätter, strich langsam ihren Rücken hinunter und ließ sie dann kurz über ihrem Po liegen. Die Berührung war unschuldig, nicht offensichtlich erotisch, dennoch machte sie sie nervös.

„Was willst du in der Bibliothek?"

Als sie gerade den Mund aufmachte, um zu antworten – was sie sagen würde, wusste sie selbst noch nicht –, kam Tim Whatson zu ihnen und ging neben Beck her.

„Hey, Mann. Können wir reden?"

Beck erstarrte, packte den Saum ihres T-Shirts und zwang sie so, ebenfalls stehen zu bleiben. Mit seinen Fingerknöcheln strich er sacht über ihre Haut, und etwas Heißes, Dunkles durchzuckte sie.

Ich will mehr. Sofort.

„Hey", sagte Beck zu Tim, den er anscheinend kannte. „Wie läuft's?"

War ihm gar nicht bewusst, welche Sehnsüchte er mit der Berührung bei ihr weckte?

„Nicht so gut. Ich brauche deine Hilfe. Meine Freundin spinnt. Ich habe unser dreimonatiges Jubiläum vergessen, und sie droht jetzt damit, Schluss zu machen. Was soll ich tun?"

Beck, der neue Beziehungsexperte? „Du solltest ihr ein wohlüberlegtes persönliches Geschenk machen", sagte Harlow. „Es gibt nichts Wohlüberlegteres und Persönlicheres als ein Porträt, und ich habe zufällig ein bisschen Zeit. Ich könnte …"

„Was meinst du, Beck?", unterbrach Tim sie.

„Mach ihr ein wohlüberlegtes persönliches Geschenk", wiederholte Beck. „Es gibt nichts Wohlüberlegteres und Persönlicheres als ein Porträt."

Tim nickte, als hätte er gerade die Antwort auf all seine Gebete bekommen, und Beck ließ sie los, um sie sanft anzustoßen, damit sie weiterging.

„Also", sagte er, als sie wieder allein waren. „Wo waren wir stehen geblieben?"

Deine Haut auf meiner … „Äh … Ich habe dir erzählt, wie

ich heute Morgen deine Rosenbüsche ruiniert habe – aus Versehen natürlich – und dass ich jetzt auf dem Weg in die Bibliothek bin, um herauszufinden, wie ich sie retten kann. Du warst gerade dabei, mir zu verzeihen."

„Eine Sekunde mal." Unvermittelt stellte er sich ihr in den Weg.

Vollkommen unvorbereitet auf diesen Schritt, rannte sie gegen ihn und prallte zurück. Blitzartig schlang er die Arme um sie und hielt sie fest.

„Wow. Ich habe dich."

Ihr Pulsschlag beschleunigte sich mit einem Mal, und als sie ihn ansah, schien der Rest der Welt um sie herum zu verschwimmen. Sie nahm nur noch Beck wahr. Ihr Oberkörper war an ihn gepresst, und ihr Atem ging schnell und flach, als wäre das Luftholen in seiner Nähe plötzlich schwerer.

„Geht es dir gut?", erkundigte er sich.

In seinen Augen stand ein Ausdruck, der alles andere als besorgt wirkte – heiß und gefährlich –, sie hatte es zuvor auch schon so empfunden.

„Nein. Ich meine, ja. Vielleicht. Ich weiß es nicht."

Er legte ihr erneut eine Hand auf den Rücken und spielte mit den Haaren in ihrem Nacken. Es kitzelte angenehm.

„Ich glaube, du meinst: Ja, Beck, bei dir fühle ich mich immer gut."

Harlow erschauerte und packte sein T-Shirt. Fast unmerklich, aber trotzdem spürbar kam er ihr noch näher und achtete darauf, dass kein Raum mehr zwischen ihnen war. Er starrte auf ihre Lippen …

Begehrte er sie?

Sie wünschte sich, er würde sie begehren.

Nein. Nein. Er war kein Mann für sie, war weder beständig noch zuverlässig. Um ihre Entschlossenheit zu untermauern, machte sie einen Schritt zur Seite. Von einer Sekunde auf die andere war die reale Welt wieder da. Harlow sog die nach Erdbeeren duftende Luft ein, und ihr wurde klar, dass sie die ganze

Zeit über seinen würzigen Geruch eingeatmet hatte, der sie offensichtlich um den Verstand brachte.

Beck schüttelte den Kopf und runzelte die Stirn. „Noch mal zurück … Du hast meine Rosen ruiniert?"

„Ja. Jetzt weißt du über mein neuestes Verbrechen Bescheid. Du solltest zu deinem Meeting zurückkehren. Lass dich von mir nicht aufhalten."

Beck, der Frauenheld, zwinkerte ihr zu. „Warum sollte ich mit Geschäftspartnern zu Mittag essen, wenn ich mich durch staubige Bücher wühlen und zusammen mit der süßesten Kuchendiebin der Stadt etwas über Gartenarbeit lernen kann?"

Ohne die geringste Spur von Verstimmung sagte er das. Es schwang sogar etwas wie Begeisterung in seiner Stimme mit. Hatte er ihr wirklich verziehen? Wollte er tatsächlich Zeit mit ihr verbringen? Aufregung erfasste sie – nur, um im nächsten Moment von Enttäuschung verdrängt zu werden. Er hatte ein Händchen dafür, dass jede Frau, die er traf, sich wie etwas ganz Besonderes fühlte, sie durfte das nicht vergessen.

„Tut mir leid", sagte sie. „Ich arbeite besser allein."

„Das denkst du nur, weil du noch nie mit mir zusammengearbeitet hast. Komm schon."

Er legte einen Arm um ihre Schultern und ging mit ihr los. Die Berührung war fast zu viel für sie. Die paar Frauen, an denen sie vorbeikamen, warfen ihm sehnsüchtige Blicke zu und funkelten sie missmutig an. Beck schien das alles nicht zu bemerken.

„Wenn wir in der Bibliothek fertig sind, holen wir uns etwas zu essen, und du erzählst mir alles über deine Kindheit."

„Du wirst dich zu Tode langweilen."

„Ich werde gefesselt sein – versprochen. Sie sind unglaublich interessant, Miss Glass."

Nur eine lapidare Bemerkung. Ganz bestimmt. Beinahe trotzig entgegnete sie: „Soll ich mit meiner ersten Periode beginnen?"

„Siehst du?" Der tiefe, ernste Tonfall war wieder da.

Beck drückte sie an sich, und sie konnte nicht anders und schmiegte ihre Wange an seine Schulter.

„Ich kann es kaum erwarten, alle Details zu hören.“

„Es ist nur fair, dich zu warnen. Meine Kindheit wird dir die Tränen in die Augen treiben. Und wenn nicht, hast du anschließend bestimmt das Bedürfnis zu beten.“

„So schlimm?“

Schlimmer. „Wirst du mir auch von deiner Kindheit erzählen?“

„Beinhaltet meine Kindheit denn Geschichten über dich?“, erwiderte er gut gelaunt.

Und wieder lenkte er ab. „Vielleicht. Du könntest schließlich der Junge sein, der jeden Sommer in Strawberry Valley verbracht und seine Nächte damit zugebracht hat, in mein Schlafzimmerfenster zu spähen.“

„Wohl kaum. Ich hätte mich niemals damit zufriedengegeben, draußen zu bleiben. Ich wäre bei dir eingestiegen. Und, ja, du hättest mich dazu eingeladen. Dafür hätte ich gesorgt.“

„Du bist so überzeugt von dir.“ Sie schnalzte missbilligend mit der Zunge, obwohl sie atemlos war. „Ich war eine Eiskönigin. Ich hätte dich überhaupt nicht beachtet.“

„Ich war ein feuriger Typ. Ich hätte dich zum Schmelzen gebracht.“

Sie lachte kurz auf und seufzte dann. *Er zieht mich viel zu leicht in seinen Bann.* „Wenn du etwas über meine Kindheit erfahren willst, gut.“ Der Gedanke an eine warme Mahlzeit war viel zu verlockend. „Solange ich wählen darf, wo wir essen, und solange du alles bezahlst.“ Abgesehen von dem Sandwich, das er ihr am Tag zuvor gegeben hatte, hatte sie nur das gegessen, was sie gebunkert hatte – zwei Pekannüsse, die die Eichhörnchen übrig gelassen hatten.

Langsam strich er mit den Fingern über ihren Arm und sagte: „Und du wirst nicht mal alibimäßig so tun, als wolltest du die Rechnung übernehmen?“

Achte nicht auf das erregende Kribbeln auf deiner Haut. Achte nicht auf die Wahnsinnshitze in deinem Inneren. „Machst du Witze? Niemals!“

Er lachte leise. Kurz darauf erreichten sie die Bibliothek. Es war ein kleines rot-weißes Gebäude mitten im Ort. Ein paar Stufen führten zu einer schmalen Veranda und der Eingangstür aus Glas hinauf. Vier Säulen hielten die Überdachung. Auf einer Seite wehte eine amerikanische Flagge stolz im Wind, während die Flagge der Stadt auf der anderen Seite flatterte. Das Stadtwappen zeigte eine Blüte mit weißen Blättern und einer leuchtend gelben Mitte.

„Warte.“ Panik verdrängte ihre gute Laune, als Beck mit ihr das Gebäude betreten wollte. Abrupt blieb sie stehen. „Ich brauche einen Moment, um mich vorzubereiten.“

„Worauf?“

Auf eine demütigende Erfahrung. So viel stand fest. Und er würde Zeuge dieser unschönen Szene werden.

Mist! Sie löste sich aus seiner Umarmung. Die Vorstellung, die Wut der Leute ertragen zu müssen, während dieser perfekte Mann alles mit ansah, war zu viel für sie. „Ich warte draußen. Du gehst hinein und holst die Bücher, ja? Und dann gehen wir etwas essen.“

„Ich soll die schweren Bücher ganz allein schleppen?“ Beck schüttelte den Kopf. „Nein. Das machen wir schön gemeinsam.“

Schweißperlen rannen ihr über die Stirn, traten ihr auf die Oberlippe und liefen ihr sogar den Nacken hinab. Seltsam, da ihr das Blut in den Adern gefroren zu sein schien. „Ich will nur … Ich gehe nicht da rein. Okay?“

„Was? Willst du nicht mit mir zusammen gesehen werden?“ Er zog eine Augenbraue hoch und sah sie an. „Was, wenn ich dir verspreche, dass es sich für dich lohnen wird?“

Er verstand es nicht. Ein Kerl wie er, der in jeder Hinsicht Glück hatte, würde so etwas niemals verstehen.

Sie wich zurück und sagte: „Es tut mir leid, Beck, aber mir ist gerade eingefallen, dass ich jetzt zur Arbeit muss. Eine Privatparty.“ Damit machte sie auf dem Absatz kehrt, eilte davon und drehte sich nicht um.

4. KAPITEL

Am nächsten Tag hatte Beck einen Termin in Oklahoma City. Er beschloss, die Gelegenheit zu nutzen und sich ein wenig abzulenken.

Die ganze Nacht lang hatte er sich schlaflos hin und her gewälzt. In seinem Kopf hatten sich die Gedanken überschlagen und ihm keine Ruhe gelassen. Er wusste, dass er für eine langfristige Beziehung mit einer Frau nicht geschaffen war. Doch Harlow hatte ihn tief getroffen, als sie sich nicht mit ihm in der Öffentlichkeit blicken lassen wollte. Sie war sogar vor ihm davongelaufen.

Er wünschte, er hätte niemals die Fotos von ihr gefunden, wünschte, er hätte sie in der Stadt nicht auf der anderen Straßenseite entdeckt. Sie hatte so bezaubernd ausgesehen mit dem Schmutz im Gesicht und an den Armen, mit ihrem Haar, das so schwarz war, dass es in der Sonne blau geschimmert hatte, mit der rosigen Haut und den Sommersprossen, die deutlicher als sonst zu sehen gewesen waren. Sie hatte unfassbar entzückend ausgesehen. Die fleischgewordene Fantasie des wilden Landmädchens – ihm war gar nicht bewusst gewesen, dass er von so etwas träumte.

Der Stoff ihres weißen T-Shirts war so dünn und so verschwitzt gewesen, dass er die Umrisse ihres BHs darunter hatte erkennen können. Es war ein zweckmäßiger weißer Baumwoll-BH, der dennoch irgendwie aufreizender gewirkt hatte als ein roter Spitzen-BH, weil *sie* ihn eben getragen hatte. Dass ihre Nippel sich praktisch vor seinen Augen aufgerichtet hatten, hatte es für ihn nicht leichter gemacht.

Das Verlangen nach ihr hatte ihn schlagartig erfasst, hatte ihn beinahe um den Verstand gebracht. Sein Atem war schneller gegangen. Das Wasser war ihm im Mund zusammengelaufen, als er sich vorgestellt hatte, wie sie wohl schmecken mochte. Es hatte ihn in den Fingern gejuckt, sie zu berühren. Wenn sie ihm ein Zeichen gegeben oder ihn irgendwie ermutigt hätte, hätte er nur allzu gern den Tag damit verbracht, sie zu genießen.

Doch sie hatte ihn nicht ermutigt, und mittlerweile war er froh darüber. Harlow Glass war anders als die Frauen, denen er für gewöhnlich nachjagte. Sie wollte nicht nur ein bisschen Spaß haben, und sie würde ganz sicher am nächsten Morgen nicht den Mund halten und einfach gehen. Sie hatte schon erwähnt, dass sie Interesse an seiner Vergangenheit hatte, und sobald sie ihm von sich erzählt hatte, würde sie garantiert auch Dinge über ihn erfahren wollen.

Durch sie würde sich seine Situation nur verkomplizieren, und das war etwas, das er im Augenblick überhaupt nicht gebrauchen konnte. Also würde er sich eine andere Frau suchen. Ganz einfach. Und er würde es heute tun.

Der Bleistift, den er in den Händen hielt, brach entzwei.

Dane Michaelsons neue Assistentin ... Sarah? Samantha? Wie auch immer. Sie eilte herbei, um den zerbrochenen Stift einzusammeln und ihm einen neuen zu reichen. Er musterte sie von oben bis unten. Sie war unauffällig, aber hübsch, hatte braunes Haar und leuchtend grüne Augen. Nicht, dass es eine Rolle gespielt hätte. Eine Frau war eine Frau. Und diese hier könnte er haben. Sie würde ihn nehmen – zu seinen Bedingungen. Für die paar Stunden, die er zwischen ihren Schenkeln verbringen würde, könnte er sich einreden, alles wäre gut. Keine Gedanken. Keine Probleme. Keine Sorgen. Das rief er sich in Erinnerung. Nur Lust, nur Spaß.

Er lächelte sie an, und sie erwiderte sein Lächeln. Gut. Das war gut. Das war vertrautes Terrain.

„Das wäre alles, Sasha", sagte Dane. „Danke."

Sie verließ das Büro und warf ihm über die Schulter hinweg noch einen Blick zu. Beck zwinkerte ihr zu.

„Du überraschst mich. Ein Flirt? Während eines Geschäftstermins?"

Dane saß ihm entspannt an seinem kunstvollen Schreibtisch aus recyceltem Holz gegenüber. Für einen schwerreichen Ölmagnaten war er verdammt jung. Achtundzwanzig. So alt wie er. Sie kannten einander schon ... Wie lange? Fast sechs Jahre?

Auch wenn sie bis vor Kurzem nur in telefonischem Kontakt gestanden hatten.

Der Mann war in Strawberry Valley aufgewachsen. Obwohl er einige Jahre in der Großstadt gelebt hatte, war es ihm nie gelungen, sich ganz von seiner Heimatstadt zu lösen. Er hatte sogar Tattoos von Erdbeerranken auf den Armen.

„Und jetzt ignorierst du mich auch noch", brummte Dane. „Seit zehn Minuten sitzen wir hier und schweigen. Willst du mir nun etwas über das neue Sicherheitsprogramm erzählen oder nicht? Das ist doch der Grund, warum du hier bist, oder?"

„Wir wissen beide, dass du es kaufen wirst – egal, was ich dazu sage. West liefert nur erstklassige Arbeit ab, und du wirst nirgends ein besseres Sicherheitsprogramm finden."

„Könnten wir wenigstens so tun, als würden wir über den Preis verhandeln?"

„Nein. Ich würde lieber über Harlow Glass reden. Kennst du sie?" *Verdammt.* Was war nur aus seinem Vorsatz geworden, ab sofort nichts mehr mit ihr zu tun zu haben und sie hinter sich zu lassen?

Was zum Teufel machte sie so besonders? Ja, er hatte Fotos von ihr aus ihrer Kindheit gesehen. Ja, er hatte den wahnsinnigen Wunsch, mehr über das Mädchen zu erfahren, das sie gewesen war, und mehr über die Frau, die sie geworden war. Doch diese Besessenheit von ihr war vollkommen untypisch für ihn.

„Kennen?", sagte Dane. „Nein. Etwas über sie wissen? Ja. Sie ist praktisch über Nacht von einem schüchternen süßen Mädchen zu einer niederträchtigen Göre mutiert. Sie war das böseste und gemeinste Mädchen auf der Schule." Er biss die Zähne zusammen. „Sie hat Kenna sehr oft zum Weinen gebracht."

Danes Verlobte Kenna war knallhart, und so war es schwer vorstellbar, dass sie weinend zusammenbrach. Und ebenso schwer vorstellbar war es, sich Harlow, die Möchtegern-Stripperin, als Schrecken des Schulhofs auszumalen. Andererseits sahen die meisten Menschen in ihm auch keinen Mörder.

Dane beäugte ihn nachdenklich. „Warum interessierst du dich so für sie?"

„Sie und ich haben eine Rechnung offen." Mehr sagte er dazu nicht. Seine Empfindungen waren zu persönlich – und zu roh, unverarbeitet. „Was weißt du noch über sie?"

„Nicht viel. Ich habe einmal mitbekommen, wie Kenna und Brook Lynn sich über sie unterhielten, und soweit ich verstanden habe, hat sie die Highschool im dritten Jahr verlassen und wurde zu Hause unterrichtet. Danach ist sie kaum auf die Straße gegangen." Dane lehnte sich in seinem Schreibtischsessel zurück und klopfte mit seinem Stift gegen die Schreibtischkante. „Ich muss zugeben, dass dein Interesse mich sehr überrascht."

„Warum?"

„Zum ersten Mal, seit wir uns kennen, hast du aus einem Geschäftstermin eine private Klatschstunde gemacht."

So war es, oder? *Verdammt!* Es war eine kleine Veränderung, aber es war eine Veränderung.

Beck rückte seine Krawatte zurecht, bevor er ein bisschen zu eilig aufstand. „Also gut. Das Meeting ist vertagt. Ich werde West sagen, dass du sein neues Programm so schnell wie möglich haben willst und dass du den vollen Preis dafür bezahlst."

„Du könntest mir zumindest einen Freundschaftspreis machen."

„Das *ist* ein Freundschaftspreis. Jeder andere müsste das Doppelte hinblättern." Damit verließ er das Büro, ehe er noch etwas Dummes tat, wie zum Beispiel weitere Fragen über Harlow zu stellen.

Danes Assistentin erblickte ihn und sprang auf. Nervös strich sie sich den Rock glatt. „Sie gehen schon, Mr. Ockley?"

Nicht nur die perfekte Ablenkung, sondern das perfekte Mittel zum Zweck, beschloss er. Harlow war ihm *nicht* wichtig, durch sie würde es keine weiteren Veränderungen in seinem Leben geben. Das würde er beweisen. „Nachdem ich Sie jetzt so sehe", sagte er und lehnte sich an den Empfangstresen, „ist zu gehen das Letzte, das ich möchte."

Sie klimperte mit den Wimpern und wickelte sich eine Haarlocke um den Finger. „Danke. Ich fühle mich geschmeichelt."

„Das freut mich." Aber freute ihn das wirklich? Die Worte kamen ihm ganz automatisch über die Lippen. Die wahre Begeisterung fehlte allerdings. Wo war das Vergnügen? Wo blieb das Triumphgefühl?

Oder war das noch eine Veränderung, die er Harlow zu verdanken hatte?

„Gehen Sie mit mir essen?", fragte er und ballte die Hände zu Fäusten.

Die grünen Augen wurden rund, und ihre kirschroten Lippen formten ein stummes Oh. „Ich … Ja. Wann?"

„Wie wäre es mit heute Abend? Je eher ich Sie wiedersehe, desto besser." Das meinte er mit jeder Faser seines Körpers.

Sie zitterte praktisch vor Aufregung, als sie ihre Telefonnummer herunterratterte.

„Ich zähle schon die Minuten."

Als Beck nach Hause kam, war das Farmhaus verlassen. West war im Büro, und Brook Lynn und Jase lieferten Sandwiches für ihren Cateringservice „Sie haben es sich verdient" aus.

Beck warf in seinem Zimmer die Aktentasche auf den Fußboden und ließ sich auf den Stuhl an seinem Schreibtisch fallen. Auf dem Tisch lagen die Fotos von Harlow verstreut. Traurige meeresblaue Augen sahen ihn an, hielten seinen Blick gefangen und flehten ihn an, ihr zu helfen … sie zu retten. Sein Magen zog sich beinahe schmerzhaft zusammen. Er war niemandes Retter. Er kam ja nicht mal mit seinem Leben klar.

Man musste ihn doch nur ansehen. Er lebte von Moment zu Moment, ohne einen Gedanken an die Zukunft zu verlieren. Bei der bloßen Vorstellung von einer Bindung brach ihm der Schweiß aus. Er hasste Veränderungen aus tiefster Seele. Seine erste sexuelle Erfahrung hatte er mit einer verheirateten Frau gehabt, die seine Mutter hätte sein können. Er hatte dabei geholfen, einen Menschen totzuschlagen, und dann zugelassen, dass sein bester Freund für die Tat neun Jahre lang im Gefängnis saß.

Beck stützte die Ellbogen auf den Knien ab und legte das Kinn in die Hände. Offensichtlich brauchte er jemanden, der *ihn* rettete.

Als könnte irgendjemand ihn retten.

Aber … vielleicht war es für Harlow noch nicht zu spät. Auch wenn er kein Retter war, so gab es doch Dinge, die sogar ein Typ wie er tun konnte, um zu helfen. Wie zum Beispiel, ihr finanziell unter die Arme zu greifen oder ihr einen Umzug in die Großstadt zu ermöglichen, wo sie nicht ständig beschimpft werden würde. Als Bonus für ihn wäre sie damit fort – aus den Augen, aus dem Sinn.

Ja. Er nahm den Hörer von der Gabel und fing an herumzutelefonieren. Er veranlasste alles Nötige, um auf Harlows Namen eine Art Treuhandfonds einzurichten, und erklärte dann seinem Makler, nach welcher Art Wohnung in Oklahoma City er suchen sollte. Schließlich rief er West an.

„Bist du gerade am Computer?", fragte er statt einer Begrüßung.

„Bist du der Topanwärter auf den Titel ‚Größter Frauenheld aller Zeiten'?"

„Ich verstehe das als ein Ja. Jetzt zaubere mal ein bisschen und erzähle mir, wie Harlow Glass ihren Lebensunterhalt verdient hat." Um so lange über die Runden zu kommen wie sie, musste sie irgendwo etwas Geld verdienen.

„Okay." Tastaturgeklacker ertönte, und die Minuten verstrichen. „Tja, das ist seltsam."

„Was?"

„Meine Superkraft besteht darin, Informationen zu beschaffen – hübscher Treuhandfonds übrigens, den du da für sie eingerichtet hast –, aber ich kann nicht herausfinden, wo Harlow arbeitet. Oder wo sie wohnt. Sie hat keine bekannte Adresse und zahlt auch keine Steuern. Sie hat keine einzige Kreditkarte und kein Konto. Sie hat keinen Wagen angemeldet."

Verdammt. „Danke, West."

„Jederzeit, Mann. Sorry, dass ich dir nicht helfen konnte."

„Kein Problem. Tu mir nur einen Gefallen und such weiter." Damit legte er auf. In seinem Kopf überschlugen sich die Gedanken. Wo zur Hölle wohnte Harlow? Wie hielt sie sich über Wasser? Wie schaffte sie es, sich etwas zu essen zu besorgen?

Die Antwort auf die letzte Frage schien ein eindeutiges „Gar nicht!" zu sein. Einen Moment lang wurde ihm schwarz vor Augen, und Wut kochte in ihm hoch. Niemand sollte so leben müssen, und ob es Harlow nun gefiel oder nicht, er würde es in ihrem Fall nicht dulden.

Am späten Nachmittag des nächsten Tages war Beck bereit, sich einweisen zu lassen – zur Erholung. Harlow war am Morgen nicht zur Gartenarbeit erschienen, und im Ort hatte er sie nicht gefunden. Er hatte sich umgehört, doch niemand hatte sie gesehen. Ein paar Leute hatten spontan angeboten, einen Lynchmob zu bilden und sich auf die Jagd nach ihr zu machen; nur mühsam hatte er den Drang unterdrücken können, mit Fäusten zu antworten. Harlow schien sich in Luft aufgelöst zu haben.

Nun baute er die Kugeln auf dem wohl teuersten Poolbillardtisch der Welt auf. Die Umrandung bestand aus der limitierten Auflage eines 1965 Shelby GT 350. Für gewöhnlich hütete er den Tisch wie seinen Augapfel. *Mein Schatz!* Doch heute verspürte er den Wunsch, die Bespannung herunterzureißen und ihn Stück für Stück auseinanderzunehmen.

Sein Date mit Sandra ... Oder Sally? Wie auch immer ... Das Date könnte auf einer Liste der „schrecklichsten Erlebnisse aller Zeiten" jedenfalls locker Platz eins einnehmen. Den ganzen Abend über hatte er an Harlow gedacht und sich gefragt, wo sie wohl steckte und was sie gerade tat. Enttäuscht, weil er keine Antworten auf diese Fragen bekommen hatte, hatte er bei der Frau alles gegeben und sie so heiß gemacht, dass sie ihn praktisch angefleht hatte, die Nacht mit ihr zu verbringen. Eigentlich gab es keine bessere Ablenkung als Sex. Doch als S. sich auszog, war er in Gedanken schon wieder bei Harlow. Er hatte an das leckere

Steak gedacht, das er beim Dinner verspeist hatte, und hatte sich gefragt, ob sie überhaupt etwas zu essen bekam.

Kein Wunder, dass er in dieser Situation keine Erektion bekam, obwohl sich eine wunderschöne Frau auf seinem Schoß rekelte.

Er war gegangen, ohne mit ihr zu schlafen, und die Beschämung darüber war noch immer spürbar.

„Du bist dran", sagte Jase und schnipste vor seiner Nase mit den Fingern.

Beck nahm sein Queue und hätte es beinahe durchgebrochen, so fest war sein Griff.

„Vorsicht. Was ist denn los mit dir?"

„Mir geht es gut." Auf keinen Fall würde er mit Jase über seine Probleme reden. Der Mann hatte schon genug ertragen müssen. Eher würde er sterben, als ihn mit alldem zu belasten.

„Lüg uns nicht an. Bitte."

West sagte das. Er war von der Hantelbank aufgestanden, die Jase Anfang der Woche im Raum aufgestellt hatte. Obwohl er im hinteren Teil des Hauses einen Fitnessraum eingerichtet hatte, fanden immer mehr Trainingsgeräte ihren Weg auch in andere Zimmer. So konnte jeder, der den Drang verspürte, etwas für seinen Körper zu tun, überall trainieren und dennoch mit denjenigen zusammen sein, die gerade keine Lust dazu hatten.

Dunkle Locken klebten an Wests Stirn, und er benutzte das Shirt, das er fürs Training ausgezogen hatte, um sich den Schweiß abzuwischen. Schweißperlen rannen ihm über die muskulöse Brust und über sein einziges Tattoo – den Namen Tessa, den er sich über sein Herz hatte stechen lassen.

West nahm ihm das Queue ab. „Bad Boys dürfen das beste Spiel, das je erfunden wurde, nicht spielen."

Mit einer Körperlänge von knapp einem Meter neunzig – womit West gute fünf Zentimeter größer war als Beck – war West sein härtester Konkurrent, wenn es um die Chancen beim anderen Geschlecht ging. Nicht, dass sie jemals ernsthaft konkurriert hätten. West suchte sich pro Jahr genau eine Frau, mit der er dann exakt zwei Monate lang zusammenblieb. Wenn die Zeit abgelaufen war, machte er mit irgendeiner fadenscheinigen Erklärung Schluss.

West hatte seine Gründe, also sagte er nichts weiter dazu.

„Also gut." Beck hob die Hände. „Ihr habt mich. Mir geht es nicht gut, aber das ändert sich bald wieder. Kein Grund, sich Sorgen zu machen."

„Wir machen uns Sorgen, wenn wir es für richtig halten", entgegnete Jase. „Wir haben dich nicht mehr so aufgeregt und neben der Spur erlebt, seit du in der zehnten Klasse mit Kara Bradburry auf dem Parkplatz rummachen wolltest."

West lachte laut auf. „Mann. Du warst so nervös und hast so gezittert, dass du am Verschluss ihres BHs gescheitert bist."

Die einzigen sexuellen Erfahrungen, auf die er damals hatte zurückgreifen können, hatte er mit einer Frau gemacht, die doppelt so alt wie Kara gewesen war und ihm Schritt für Schritt gesagt hatte, was er tun sollte.

Na toll. Jetzt brauchte er einen Drink.

Er nahm sich ein Bier aus dem Tischkühlschrank und trank es halb aus. „Als hättet ihr euch bei euren Dates geschickter angestellt." Damals hatten sie drei keine Bedenken bei solchen halböffentlichen Fummeleien auf dem Parkplatz gehabt, denn sie waren Teenager gewesen, und Teenager waren dumm. Vor allem männliche Teenager. Jungs hatten nicht nur einen Kopf, der für sie das Denken übernahm, sondern zusätzlich einen Schwanz, der in der Regel die wichtigsten Entscheidungen traf. Das lief in etwa so ab: *Sie. Sie. Nein, nicht die … Na gut, die geht auch.*

West bereitete einen Stoß vor. Den Blick auf ihn gerichtet, versenkte er im nächsten Moment eine von den ganzen Kugeln in der Ecktasche. „Lass mich raten. Es geht um Harlow Glass."

Allein ihren Namen zu hören, bewies, dass der Durchhänger mit S. am Abend zuvor eine Ausnahme gewesen war, und es ärgerte ihn, obwohl er zugleich erleichtert war.

„Sie ist hübsch", sagte Jase beiläufig.

Hübsch? Das war, als würde man einen Ozean eine Pfütze nennen. „Sie ist umwerfend."

West richtete sich auf und grinste. Es war ein aufrichtiges Lächeln, und es war schön, das zu sehen. Die letzten Wochen waren für ihn alles andere als leicht gewesen. Tessas Todestag hatte seinen Tribut gefordert.

„Wirst du jetzt poetisch? Weil Poesie gerade nicht auf meinem Stundenplan steht", sagte West. Er lebte nach der Uhr – und wenn es nach ihm ginge, würde er auch danach sterben.

„Ich werde überhaupt nicht poetisch", erwiderte Beck. „Außer, wenn es um Kuchen geht. Und Torte. Notfalls auch mal bei Cookies, aber das hängt davon ab. Alles, was Rosinen enthält, sollte in einen Karton gepackt und mit dem Aufdruck ‚Zurück an den Absender' in die Hölle geschickt werden."

Jase lachte leise. „Wie wäre das hier? Rosen sind rot, Veilchen sind blau. Beck will Harlow, das weiß ich genau."

Beck, der gerade die Bierflasche ansetzen wollte, hielt inne. Vor Schreck war er wie erstarrt. Jase hatte seit einer Ewigkeit keine Witze mehr gemacht, und bis zu diesem Moment war ihm gar nicht bewusst gewesen, wie sehr ihm diese spielerische Seite seines Freundes gefehlt hatte.

„Beck, Kumpel", sagte Jase und betrachtete ihn stirnrunzelnd. „Sieh mich nicht an, als wäre ich ein Fabelwesen. Nicht nachdem ich dich aufgefordert habe, die Vergangenheit endlich loszulassen. Ich habe das längst getan."

„Ich weiß. Es tut mir leid. Ich hab dich einfach lieb, Mann, das ist alles." Beck stellte die Flasche hin und nahm West das Queue ab. Er zielte … und schaffte es nicht, eine der ganzen Kugeln zu versenken. Für gewöhnlich konnte er ein Spiel mit verbundenen Augen und hinter dem Rücken gefesselten Händen gewinnen.

Ja, *so* gut war er tatsächlich.

„Ich hab dich auch lieb." Jase klopfte ihm auf die Schulter, bevor er eine der halben Kugeln anvisierte, die noch auf dem

Tisch lagen. „Aber ich will, dass du zugibst, dass du dich in Harlow verknallt hast.“

Der Mann wusste gar nicht, wie viel Kraft er hatte, und hätte ihn mit seinem „liebevollen Tätscheln“ beinahe in die Knie gezwungen. Beck genoss diese Geste trotzdem, denn sie durchdrang all seine finsteren Emotionen.

„Gut, ich stehe auf sie“, sagte er. „Seid ihr jetzt zufrieden? Ich bin neugierig und mache mir Sorgen um sie. Ich kann nicht aufhören, an sie zu denken.“

„Tja, das ist was ganz Neues“, brummte West.

„Was du nicht sagst. Aber sie will nichts von mir.“

„Mann. Du klingst genauso wie Jase, als er zum ersten Mal Brook Lynn begegnet ist.“ West zielte wieder und schaffte es, gleich zwei der ganzen Kugeln zu versenken. „Du kommst gerade echt wie ein Jammerlappen rüber. Jetzt reiß dich mal zusammen und mach dich an sie ran. Sie wird irgendwann nachgeben. Das tun sie immer.“

Vielleicht. Und was dann? Würde er beiläufig fallen lassen, dass er vorhatte, sie den Rest ihres Lebens zu finanzieren, ehe er sie verließ? Würde er sie wie all die anderen Frauen vergessen und sich seiner nächsten Eroberung, dem nächsten Moment zuwenden?

Das war der Punkt, an dem es kniffelig wurde. Er wollte sie nämlich nicht vergessen. Er wollte bei ihr sein, wollte jederzeit, wenn es ihn überkam, wissen, wie es ihr ging, und dafür sorgen, dass sie alles hatte, was sie brauchte … Verdammt, er wollte das Recht haben, sie zu beschützen.

Er wollte jemand anders beschützen als sich selbst? *Oh, bitte.*

In seinem Innersten machte sich wieder diese Sehnsucht breit – wie eine lästige Fliege, die er nicht erwischen konnte. Er wollte, dass Harlow das bekam, was er niemals haben würde: ein Happy End. Doch er wusste, dass Geld und Sicherheit nicht alles waren. Frauen wie sie wünschten sich für gewöhnlich mehr. Sie träumten davon, sich zu verlieben und sich nicht nur körperlich, sondern auch emotional zu binden. So etwas hatte er noch nie getan. Er war sich nicht mal sicher, ob er dazu überhaupt imstande war.

Er prostete seinen Freunden mit der Bierflasche zu und leerte sie in einem Zug.

Jase hatte Mitleid mit ihm und wechselte das Thema. „Es wird dich freuen zu hören, dass Brook Lynn die Planung des Fußballfests übernimmt."

„Dann sind wir ja in guten Händen." In den besten Händen. Seit acht Jahren unterstützten und coachten er und West eine Fußballmannschaft von Kids, die es im Leben nicht so gut getroffen hatten. Jede Saison wurde mit einem rauschenden Fest beendet. Sie liebten die Veranstaltung, hassten jedoch die Planung.

„Brook Lynn ist wie ein Einhorn am Ende eines doppelten Regenbogens", sagte West. „Und da wir gerade von Feierlichkeiten sprechen, sollte ich euch warnen. Ich habe einen Anruf von Charlene Burns bekommen. Sie richtet das jährliche *Berryween Festival* aus. Das scheint eine Art Halloweenfeier speziell für Strawberry Valley zu sein. Sie hat uns gebeten, einen eigenen Marktstand zu organisieren."

„Und was soll es an diesem Stand geben?", wollte Beck wissen.

„Küsse. Und wenn keine Küsse, dann irgendetwas anderes, was uns gerade einfällt."

„Da kennt uns jemand nicht besonders gut", stellte Jase fest. „Denn sonst hätte sie uns eine zehnseitige Liste mit Auflagen gegeben. Fürs Erste."

„Ich habe Charlene gesagt, dass wir keinen eigenen Stand organisieren, aber dass wir bereit wären, das ganze Fest zu finanzieren", sagte West, „solange ‚Sie haben es sich verdient' das Catering für die gesamte Veranstaltung machen darf."

Jase klopfte West auf die Schulter – vielleicht war es auch eher ein amtlicher Schlag. „Guter Junge."

West versuchte, sich nichts anmerken zu lassen und cool zu bleiben, doch sein Grinsen, das von einem Ohr bis zum anderen reichte, verriet ihn. „Das fällt dir erst jetzt auf? Du bist echt scheiße."

Die Vordertür ging quietschend auf und fiel kurz darauf wieder ins Schloss. Dann waren Schritte zu hören. „Jase?", rief Brook Lynn.

Sein Freund fing so zu strahlen an, dass Beck tatsächlich den Blick abwenden musste.

„Hier hinten, Engel."

Die Schritte wurden schneller, und Jase ging seiner Freundin entgegen. In der Tür trafen sie sich und schlossen sich in die Arme.

Er und West teilten einen Moment stummer Eifersucht, freuten sich jedoch auch für die beiden. Jase hatte es verdient, glücklich zu sein, und es war toll, ihn so zufrieden zu erleben.

„Habt ihr eure Frühstücksauslieferung erledigt?", erkundigte Jase sich bei Brook Lynn.

„Ja, endlich. Wir hatten elf Kunden mehr als sonst."

„Es spricht sich allmählich herum, wie gut ihr seid."

Einem Teil von Beck missfiel der durchschlagende Erfolg, den sie mit ihrem Geschäft hatte. Denn je mehr sie arbeitete, desto weniger Zeit blieb ihr, für ihn zu backen und zu kochen. Wie zum Beispiel diesen himmlischen Auflauf, den sie „Just for the Halibut – Nur für den Heilbutt" getauft hatte. *Meins!* Eine egoistische Einstellung, aber jeder, der jemals eins ihrer Gerichte gekostet hatte, konnte es nachvollziehen.

Wenn Harlow doch nur backen und kochen könnte …

Was zur Hölle spielte das für eine Rolle?

„Übrigens", sagte Brook Lynn und blickte an Jase vorbei zu ihm. „Ich habe Harlow Glass in der Stadt gesehen."

Beck verlor augenblicklich das Interesse am Spiel. Nicht, dass er vorher besonders viel Lust gehabt hätte. „Wo ist sie?"

„Sieh mal einer an. Ich dachte mir doch, dass dich das interessieren könnte", sagte sie und schüttelte den Kopf. „Ich habe nur gehofft, ich hätte mich geirrt und dass du …"

Beck unterbrach sie mit einem knappen: „Wo?"

„Sie hat vor der Bibliothek herumgelungert.“

Schon wieder die Bibliothek? Er rannte aus dem Spielzimmer, schnappte sich sein Portemonnaie und rief: „Ich bin gleich zurück.“ Er brauchte keinen Autoschlüssel, denn sein Wagen hatte einen Startschalter, der allein auf seinen Daumenabdruck reagierte.

Das Gelächter seiner Freunde verfolgte ihn bis nach draußen, doch es war ihm egal. Er fuhr so schnell, dass er Reifenspuren auf dem Asphalt hinterließ und sämtliche Tempolimits überschritt. Die üppigen Bäume, sanften Hügel und Erdbeerfelder schienen an ihm vorbeizufliegen. Erst, als er den Marktplatz von Strawberry Valley erreichte, wurde er langsamer. Fußgänger schlenderten die Gehwege entlang, und Kinder, die zu jung waren, um zur Schule zu gehen, spielten unter einem riesigen rot-weiß gestreiften Sonnenschirm Fangen.

Jeder, der ihn erblickte, lächelte und winkte ihm zu, und er fühlte sich seltsam.

Er stellte den Wagen hinter der Bibliothek auf dem leeren Parkplatz ab. Harlow war nicht zu sehen. Wenn sie inzwischen gegangen war ... Tja, er würde die Stadt auf den Kopf stellen, um sie zu finden. Er rannte um das Gebäude herum zum vorderen Eingang – und hatte mit einem Mal das Gefühl, endlich wieder durchatmen zu können.

Sie stand vor der Tür und sprach leise mit sich selbst. „Ich schaffe das. Ich kann das. Ich habe die Eier. Große Eier. Riesig.“

Beck unterdrückte ein Grinsen. Eier?

Sie hatte ihn noch nicht bemerkt, also nahm er sich einen Moment, um ihren Anblick in sich aufzunehmen. Den Glanz ihrer dunklen Haare. Den Schimmer ihrer Haut, die inzwischen nicht mehr wie beim letzten Mal dreckig, sondern sauber und rosig war. Erstaunt stellte er fest, dass mehr Sommersprossen zu sehen waren, als er gedacht hätte und als er hätte zählen oder mit der Zunge nachzeichnen können. Aber ihre Wangen wirkten etwas eingefallen, wie er mit einem Stirnrunzeln feststellte. Ob sie heute schon etwas gegessen hatte?

Seine Belustigung war mit einem Schlag verschwunden. Sie trug wieder ein zu dünnes Shirt und Jeansshorts, die ihr viel zu groß waren und tief auf ihren Hüften saßen. Ihre Sandalen waren am Verschluss leicht ausgefranst.

Wie arm war sie wirklich?

„Harlow", sagte er. Ihm gefiel der Geschmack ihres Namens auf seiner Zunge.

Nichts. Keine Reaktion.

„Ich kann das", murmelte sie wieder.

Von hinten trat er näher zu ihr und konnte nicht anders, er strich mit den Fingerknöcheln über ihre Wange. Ein Fehler. Nicht nur, weil sie keuchte und herumwirbelte, wobei sie eine Hand erschrocken auf ihr Herz legte und den anderen Arm ausstreckte, um ihn wegzustoßen, sondern auch, weil der unvermutete Kontakt ihn endgültig aus der Bahn warf und ihn durcheinanderbrachte. Er wünschte sich nichts sehnlicher, als sie noch einmal zu berühren. Egal wie – Hauptsache, die Berührung kam von ihr.

Ihre Panik wandelte sich in Verwirrung, als sie ihn wiedererkannte. „Beck." Sie nahm sich einen Augenblick, um sich zu sammeln und ruhiger zu atmen. „Was machst du denn hier?"

„Was denkst du denn? Ich bin hier, um mich über die Kunst der Verführung weiterzubilden."

„Na klar."

Diese unglaublichen blauen Augen schienen mühelos hinter die Fassade zu blicken, die er in jahrelanger Arbeit errichtet hatte, und drangen in seine schwarze Seele, die er so gern geläutert hätte.

„Auf dem Gebiet bist du doch bereits Experte – und das weißt du auch."

„Dann bist du meinem Charme also schon erlegen?" Ein Mann durfte ja wohl noch hoffen.

„Ich? Dir erliegen? Niemals!" Sie warf ihr Haar über die Schulter und sagte trotzig: „Du bist wie ein Bruder für mich."

Er achtete darauf, möglichst ruhig zu sprechen, als er erwiderte: „Bist du deshalb gestern weggelaufen?" Es gelang ihm sogar, eine nachsichtige Miene aufzusetzen, als er sich nun an den Türrahmen lehnte. „Weil ich wie ein Stiefbruder für dich bin und du nicht aufhören kannst, von mir zu träumen?"

Röte stieg ihr in die Wangen und breitete sich bis in ihren Nacken aus. Diese zarte Röte brachte ihn auf Ideen. Auf unanständige Ideen.

„Ich bin nicht vor dir davongelaufen, sondern davor, was passieren wird, wenn ich durch diese Tür trete", gab sie zu.

Erleichterung erfasste ihn, und er streckte einen Arm aus. Er musste sie einfach berühren, und er hätte es nicht verhindern können, selbst wenn er es versucht hätte. *Ich muss sie fühlen.* Er verschränkte seine Finger mit ihren, ihre Haut an seiner zu spüren, war verlockend und reizvoll. Obwohl Harlow sich erst zierte und sich der Berührung entziehen wollte, wurde sie irgendwann still. Beinahe mit Händen zu greifende Funken sprühten zwischen ihnen, bohrten sich in sein Innerstes und breiteten sich dort aus. Beck erschauerte und kam ihr näher. Er musste ihr ganz nahe sein. Er musste von ihr nehmen. Und er musste ihr geben.

„Beck?", flüsterte sie atemlos. „Was machst du da?"

Er wusste es nicht. Er schien seine Reaktion auf sie nicht unter Kontrolle zu haben. Sein Körper brannte für sie.

Wütend und enttäuscht von ihr und von sich selbst, ließ er sie los und trat einen Schritt zurück. „Hattest du gestern Abend Schicht im *Bungalow*? Bist du deshalb heute Morgen nicht gekommen?"

Sie rieb sich das Handgelenk, als könnte sie ihn noch immer dort spüren. Diese Geste weckte bei ihm den Wunsch, sie wieder zu berühren und sie nicht mehr loszulassen.

„Äh … ja. Genau. Das stimmt. Ich hatte ein paar Schwierigkeiten mit einem meiner Stammkunden."

„Wurde er während einer deiner erotischen Tanzeinlagen zudringlich?"

„Ja. Zum Glück haben die Türsteher ihn rausgeschmissen, ehe es unschön werden konnte."

Zumindest blieb sie bei ihrer Geschichte. „Ich verspreche dir, meine Hände bei mir zu behalten … wenigstens eine Zeit lang … wenn du es dir doch noch anders überlegst und einen Lapdance für mich machen willst."

„Tut mir leid, aber für dich arbeite ich nur im Garten. Nachdem ich gelernt habe, wie Gartenarbeit funktioniert."

„Warum recherchierst du nicht bei dir zu Hause? Wo du ungestört bist? Am Computer? Du hast doch einen Computer, oder? Oder zumindest ein Smartphone mit Internetzugang." *Sag mir die Wahrheit, Liebling. Wenigstens dieses eine Mal.*

„Vielleicht mag ich es ja lieber auf die altmodische Art und Weise. Ist dir das schon mal in den Sinn gekommen?"

Eher eine Hypothese als eine Lüge. *Ich durchschaue dich allmählich, Süße.* „Dann lass uns mal reingehen."

Sie nagte an ihrer Unterlippe. „Die Bibliothekarin hasst mich, weil ich als Teenager mal eine kleine Dummheit begangen habe …"

„Aha. Probleme zwischenmenschlicher Art zu lösen, ist zufällig mein Spezialgebiet." Er legte einen Arm um ihre Schultern, beachtete nicht weiter, wie richtig es sich anfühlte, ihre zarten Rundungen an seinem harten Körper zu spüren, und ging mit ihr im Arm los. „Gib mir fünf Minuten, und sie wird dich lieben."

„Ausgeschlossen", erwiderte Harlow, doch dieses Mal ließ sie sich anstandslos hineinführen.

Er fühlte ihren Blick auf sich, und wie alles andere an ihr berührte auch das ihn tief. „Was bekomme ich, wenn ich erfolgreich bin?"

„Meine ewige Dankbarkeit."

„Na ja, das ist zumindest ein Anfang."

Der Raum war nicht besonders groß und vollgestellt mit Regalen. Der Geruch von alten Büchern und Staub drang in Becks Nase. Eine kleine rundliche Frau mit silbernen Strähnen in ihrem zurückgekämmten schwarzen Haar kam mit militärischzackigen Schritten um den Verleihtresen herum. Eine Brille baumelte um ihren Hals und hüpfte bei jedem Schritt mit.

„Harlow Glass.“ Missmutig zog sie das Gesicht zusammen. „Du bist hier nicht willkommen. Ich habe dir wiederholt gesagt, dass du nicht …“

„Ms. Cavanaugh“, unterbrach Beck sie nach einem kurzen Blick auf das Namensschildchen am Kragen ihres Kleides. „Es ist so schön, Sie endlich kennenzulernen.“ Er ergriff ihre Hand und hauchte einen Kuss auf ihre Fingerknöchel. „Hätte ich gewusst, dass eine Frau wie Sie diese wertvollen Schinken bewacht, wäre ich schon viel früher hierhergekommen.“

„Ja. Tja …“ Sie räusperte sich und wandte die Aufmerksamkeit wieder Harlow zu. „Du weißt, dass du nicht …“

„Ich hoffe, Sie verzeihen uns diesen Überfall, aber Harlow hatte gehofft, einen Moment Ihrer kostbaren Zeit stehlen und sich für alle Unannehmlichkeiten entschuldigen zu können, die sie Ihnen bereitet hat“, ging er sanft dazwischen. „Da Sie eine Frau sind, die das Wissen zu schätzen weiß, bin ich mir sicher, dass Sie daran interessiert sind, was sie zu sagen hat.“

Auf dem Gesicht der alten Dame spiegelten sich verschiedenste Emotionen, doch am Ende nickte sie steif. „Also gut. Sprich.“

Harlow tat genau das. „Es tut mir so unendlich leid, dass ich vor zehn Jahren den ‚Schüler gegen schwachsinnige Bücher‘-Protest organisiert habe. Irgendjemand hatte mich kurz zuvor dabei erwischt, wie ich einen Liebesroman las, und ich schämte mich dafür. Der Protest war meine Art, ein paar Pluspunkte bei den coolen Kids zu sammeln. Aber ich fühlte mich innerlich die ganze Zeit so, als müsste ich den Schmutz abduschen – vor allem, als die Bücher brannten. Bücher sind super. Go Bücher!“

Schüler gegen schwachsinnige Bücher? Mann.

„Gut. Die Zeit wird es zeigen“, sagte Ms. Cavanaugh. Sie wirkte nach wie vor unnachgiebig.

„So ist es.“ Beck hauchte noch einen Kuss auf ihre Hand. „Harlow, Süße, warum erzählst du Ms. Cavanaugh nicht von den Büchern, die du gern ausleihen und lesen würdest?“

„Das wird nicht nötig sein.“ Ms. Cavanaugh setzte die Brille auf und blickte ihn an. „Wie Harlow weiß, hat sie eine lebenslange Sperre und wird nie wieder einen Bibliotheksausweis bekommen. Ich kann an diesen Regeln nichts ändern. Kein Bibliotheksausweis, keine Bücher."

„Ich verstehe", sagte Beck mit einem milden Lächeln. „Deshalb werden wir die Bücher auf meinen Ausweis ausleihen. Nachdem ich den Papierkram erledigt habe natürlich."

Ein paar Sekunden lang herrschte angespanntes Schweigen, bevor die Bibliothekarin erneut knapp nickte. „Ich hoffe, Sie wissen, was Sie tun, junger Mann."

Als sie davonging, sah Harlow ihn mit großen Augen an. „Beck", flüsterte sie, schlang die Arme um ihn und drückte ihn an sich.

Er erwiderte die Umarmung nicht – zumindest nicht sofort. Es war ein wundervolles Gefühl, ihre zarten Brüste an seinem Oberkörper zu spüren, unglaubliche Hitze erfüllte ihn, sein Körper schien praktisch in Flammen aufzugehen.

„Danke. Du bist der Beste. Danke", wiederholte sie.

Langsam legte er die Arme um sie und hielt sie fest. Wahrscheinlich hielt er sie sogar ein bisschen *zu* fest, aber es schien ihr nichts auszumachen. „Jederzeit gern, Liebling." Die Rauheit seiner Stimme war ihm unangenehm. Als er dann auch noch anfing zu zittern, wusste er, dass es Zeit war, die Umarmung zu beenden. Er ließ sie beinahe ein wenig zu schnell und zu ruppig los und räusperte sich geräuschvoll.

Ein Glöckchen über der Tür bimmelte und ersparte es ihm, sich eine Entschuldigung für sein seltsames Verhalten ausdenken zu müssen.

Eine Frauenstimme erklang: „Beck! Du bist tatsächlich hier." Eine attraktive Brünette kam auf ihn zu und grinste. „Ich habe deinen Wagen draußen stehen sehen und bin nur kurz reingekommen, um Hallo zu sagen."

Woher kannte er sie noch mal?

Tja, einmal darf ich raten. „Hey, Hübsche." Er zwinkerte ihr zu und fühlte sich auf bekanntem Terrain wieder sicherer.

Harlow schnaubte. „Wenn wir schon mal hier sind, willst du dir ja vielleicht ein paar Bücher ausleihen, die die Folgen aufzeigen, eine männliche Schlampe zu sein.“

„Du meinst extrem viel Spaß und unverbindliche, vorübergehende Lust?“

Missmutig verzog Harlow den Mund. „Wenn es um deine komischen ‚Herzensangelegenheiten‘ geht, dürfte das Einzige, von dem du dir wünschen solltest, dass es ‚unverbindlich‘ und ‚vorübergehend‘ bleibt, eine Geschlechtskrankheit sein.“

Tief in seinem Inneren hatte er gewusst, dass sie sich gegen etwas Oberflächliches, Kurzfristiges sperren würde. Jetzt musste er sich auf die Wange beißen, um eine Empfindung zurückzudrängen, die sich verdächtig nach Enttäuschung anfühlte.

Die brünette Frau trat zu ihm und warf Harlow einen finsteren Blick zu, ehe sie sich zusammenriss und mit den Fingernägeln über seine Krawatte strich. „Vor ein paar Wochen hast du mich gefragt, ob ich mit dir ausgehen würde. Erinnerst du dich?“

„Glaubst du wirklich, ich könnte das vergessen?“, wiederholte er ruhig, obwohl er noch immer keine Ahnung hatte, wer sie war.

Sie schüttelte erleichtert den Kopf. „Damals habe ich Nein gesagt, aber ich habe es seitdem ständig bereut.“

Bei ihren Worten regte sich eine Erinnerung. Stimmt. Sie hatte sich unnahbar gegeben und nicht leicht zu haben. Als sie ihn zurückwies, hatte er sich eine andere Frau gesucht. *Nichts passiert, schon vergessen.*

„Ihr zwei habt einander verdient. Ich hoffe, ihr seid glücklich … vorübergehend.“ Harlow richtete ihre Aufmerksamkeit auf ihn und warf ihm einen vernichtenden Blick zu. „Ich warte derweil draußen. Ich gebe dir zehn Minuten, um deinen Ausweis zu organisieren und die Bücher auszuleihen, nach denen ich deinen Garten gestalten soll. Dann bin ich weg. Ich habe zu tun.“

Er wollte nicht, dass sie ging, wollte sie nicht aus den Augen verlieren, doch er sagte: „Wenn du gehen willst, geh. Ich werde dich nicht aufhalten.“ Weder jetzt noch in Zukunft.

Während er sprach, hakte die Brünette sich bei ihm unter. Mit dieser Geste wollte sie ihre Besitzansprüche deutlich machen. Er hätte sie beinahe abgeschüttelt, aber das Gefühl war so neu, so unerwartet – so anders –, dass er sich nicht rührte.

Harlow sah von ihm zu der Frau und von der Frau wieder zu ihm. Der ernste Ausdruck, den er bereits auf den Fotos bemerkt hatte, als sie schon etwas älter gewesen war, legte sich auf ihr Gesicht.

„Vergiss die Bücher und fick dich", fauchte sie und wandte sich der Tür zu. „Fickt euch beide."

Er wusste es. In diesem Moment wusste er es ohne jeden Zweifel. Sie mochte ihn. Und zwar mehr als einen Bruder. Eifersucht war der einzige Grund, wieso sie verbal so um sich schlug.

„Harlow", rief er.

„Was?", zischte sie.

„Bleib in der Nähe. Ich hole dich gleich ab."

5. KAPITEL

Harlow ging vor der Eingangstür zur Bibliothek auf und ab. Die alten Holzdielen der Veranda ächzten und knarrten. Die warme Brise fühlte sich auf ihrem feuchten Nacken tatsächlich kühl an. In ihrem Kopf überschlugen sich die Gedanken.

Wie dumm war sie? Suzie Quaid war in die Bibliothek gekommen, und sie war vor Eifersucht beinahe in Flammen aufgegangen. Alles nur, weil Beck gelächelt hatte und seinen Charme spielen ließ. Die größte männliche Schlampe des Südwestens lächelte und ließ den Charme *immer* spielen. Er hatte sogar die harte und vollkommen humorlose Ms. Cavanaugh um den Finger gewickelt.

Warum sollte es sie interessieren, dass er sich verhielt, wie man es nun einmal von ihm erwartete, und dem Mädchen seine Aufmerksamkeit schenkte, dem man früher auf der Schule am ehesten von allen Schülern eine glanzvolle Karriere als „Wackelpeter-Wrestlerin" zugetraut hätte?

Beck war vielleicht umwerfend und nett und umwerfend und charismatisch und umwerfend, doch er war trotzdem nicht der richtige Mann für sie, Harlow. Er würde niemals der richtige Mann für sie sein. Nicht einmal vorübergehend. *Vor allem* nicht vorübergehend. Wollte sie erfahren, wie wundervoll und beglückend es war, seine Frau zu sein, um ihn dann im nächsten Moment wieder zu verlieren? Nein danke.

Ihr Blick blieb darauf gerichtet, was sie gewinnen wollte: Stabilität und Sicherheit. Sie wollte sich verlieben, ein Zuhause schaffen und eine Familie gründen. Ihre Wünsche würden sich niemals mit seinen unter einen Hut bringen lassen. Es war das Beste, sich um seinen Garten zu kümmern, wie sie es versprochen hatte, und weiterzuziehen.

Gerade noch rechtzeitig kam er aus der Bibliothek und schenkte ihr sein überwältigendstes Lächeln. Er reichte ihr die Bücher, die er ausgeliehen hatte.

„Bis später dann, Süße.“ Damit schlenderte er weiter und pfiff eine kleine Melodie. Es klang wie „Baby Got Back“.

Ernsthaft? Das war's? Er ließ sie einfach hier stehen?

Hatte er sich mit Suzie zum Mittagessen verabredet? Oder vielleicht zum Abendessen – mit einer anschließenden Runde Bettgymnastik?

Ihre Verärgerung nahm zu, und um sich abzulenken und auf andere Gedanken zu kommen, drückte Harlow sich die Bücher an die Brust. Die drei gebundenen Ausgaben mussten pro Stück so ungefähr eine Tonne wiegen, und ihre Arme fingen an zu zittern. Während sie weiterging, achtete sie darauf, sich im Schatten zu halten. Mr. Porter und Mr. Rodriguez spielten kein Schach mehr. Stattdessen hatten Jessie Kay Dillon und ihre Freundin Sunny Day es sich auf den beiden frei gewordenen Stühlen bequem gemacht, sie tranken Whiskey aus der Flasche und verteilten Punkte an die Männer, die vorbeigingen.

Jessie Kay stieß einen Pfiff aus. „Oh, Baby. Ich gebe dir eine Zehn. Du siehst aus, als würdest du auf Einsatz und Hingabe stehen. Komm und zeig's mir!“

„Oh, Süßer, Süßer“, rief Sunny. „Ich wette, du hast eine gute Beziehung zu deiner Mom. Willst du mich heiraten?“

Während die Typen die Aufmerksamkeit der beiden fesselten, tat Harlow ihr Bestes, um unentdeckt zu bleiben.

Leider vergeblich.

„Sieh mal, wer gerade in mein Territorium eingedrungen ist.“ Sunny riss die Faust hoch. „Jemand Lust auf eine Schlägerei?“

Geh einfach weiter. Harlow war zwar kein Mann, doch sie bekam trotzdem ihre Punkte. Beide Mädchen hielten eine Null hoch.

Ich habe mehr als einmal das Wort „Schlampe“ auf Jessie Kays Spindtür geschmiert. Ich habe Sunny ihren Freund Scott ausgespannt, um ihn dann am nächsten Tag fallen zu lassen. Ich habe das hier verdient.

Schlechte Entscheidungen, böse Folgen. Für diese Regel gab es keine Ausnahme.

„Du hast Glück, dass wir keine negativen Zahlen haben, Glass“, schrie Jessie Kay.

Wenn sie jetzt versuchen würde, nett zu sein, würde es ja möglicherweise besser laufen, überlegte Harlow. „Du siehst heute echt hübsch aus, Sunny“, sagte sie also und warf ihr ein Lächeln zu. Etwas gequält, aber trotzdem aufrichtig. Die blonde Frau sah wirklich atemberaubend aus. „Und, Jessie Kay, ich glaube, du wirst jedes Mal schöner.“

Sunny schnappte nach Luft. „Du dreckige, miese *Schlampe*. Wie kannst du es wagen zu behaupten, dass wir hässlich sind?“

Hässlich? *Das muss ein Scherz sein.* Würde irgendjemand im Zweifel auch mal zu ihren Gunsten entscheiden?

Ihr Fünf-Punkte-Plan könnte hier und da noch ein bisschen optimiert werden.

Kopf runter. Schultern hoch. Lauf schneller. Als sie um die Ecke bog, bemerkte sie Mr. Brooks, der mit einem riesigen Schild kämpfte, auf dem *10 % auf alles* stand. Offensichtlich wollte er es in das Schaufenster seines Antiquitätengeschäfts hängen.

Harlow eilte ihm zu Hilfe. „Warten Sie, ich helfe Ihnen schnell.“ Sie legte die Bücher auf den Boden und wollte nach dem Schild greifen.

Mr. Brooks hätte bei dem Versuch, sie davon abzuhalten, sein Eigentum zu berühren, beinahe das Gleichgewicht verloren. „Willst du mir schon wieder was klauen, Harlow Glass?“

„Nein, nein. Ich wollte nur …“

„Du willst das Schild entweihen, es beschmieren und in irgendjemandes Vorgarten stellen. *Ich weiß.*“

„Nun machen Sie bitte mal halblang“, flehte sie ihn an und hob ihre Bücher auf. „Ich habe mich geändert. Ich wollte Ihnen nur helfen.“

„Oh, ich kenne dich ganz genau und weiß, wer du bist. Und jetzt verschwinde. Verschwinde!“ Er trat nach ihr.

„Gut. Dann viel Spaß mit den Rückenschmerzen.“ Damit

stürmte sie davon und erblickte die alte Mrs. Winthorp, die eine Tüte mit Lebensmitteln über die Straße schleppte.

Ihre Blicke trafen sich. Wortlos drehte Mrs. Winthorp sich um und ging in die andere Richtung davon.

Nett.

Vielleicht hätte sie damals lieber in der Schule bleiben sollen, statt sich für den Unterricht zu Hause zu entscheiden. Als sie die Schule verlassen hatte, hatte sie sich schon geändert. Wenn sie geblieben wäre, hätten ihre Mitschüler Zeit mit der neuen Harlow verbringen müssen und sie womöglich irgendwann gemocht. Körperlich war sie jedoch nicht in der Lage gewesen, lange zu sitzen. Sie hatte zu große Schmerzen gehabt.

Es juckte ihr in den Fingern, an ihren Narben zu kratzen. Es war zu einer Gewohnheit geworden. In solchen Momenten wollte sie sich den Angriff bewusst machen und den Beweis spüren, dass sie diese Attacke überlebt hatte. Doch sie konnte nur die Bücher noch fester an sich drücken.

Als sie damals wieder stark genug gewesen war, um sich nach draußen zu wagen, hatten ihre Freunde nichts mehr mit ihr zu tun haben wollen.

Sie brauchen nur Zeit. Das hatte ihre Mutter ihr gesagt. *Du bist ein gutes Mädchen, das in einem unbeständigen, konfliktreichen Umfeld aufgewachsen ist, und das ist meine Schuld. Ich hätte deinen Vater in dem Moment verlassen sollen, als er sein wahres Gesicht gezeigt hat. Aber ich habe es nicht getan, und du musstest den Preis dafür bezahlen. Jetzt werde ich es wiedergutmachen. Solange ich atme, werde ich alles in meiner Macht Stehende tun, um mich um dich zu kümmern.*

Ihre Mutter hatte Wort gehalten und sie jeden Morgen mit einem Frühstück und einer Umarmung geweckt. Sie hatte sie zum Lernen ermutigt und sie für ihre Leistungen gelobt. Jeden Abend hatte sie auf ihrem Kissen eine kleine Nachricht hinterlassen – eine positive Bestärkung, um Harlows Selbstbewusstsein zu festigen.

Du bist ein helles Licht.

Es gibt nichts, was du nicht schaffen kannst.

Du bist eine wahre Schönheit und strahlst von innen heraus.

„Ich vermisse dich so sehr, Momma", flüsterte sie in Richtung Himmel.

Martha Glass war von einer Trittleiter gestürzt. Obwohl sie damals nur ein paar Prellungen davongetragen zu haben schien, hatte sich durch den Aufprall offenbar ein Blutgerinnsel gelöst. Am nächsten Morgen war sie tot gewesen.

Harlows Kinn zitterte. Eine einzelne Träne rann ihr über die Wange – heiß und stechend wie die Sonne. Auch wenn sie sich auf einen Rückgang der Temperaturen freute, hatte sie andererseits Angst davor. In Strawberry Valley gab es vier Jahreszeiten, aber im Gegensatz zum Rest der Welt hießen diese Jahreszeiten „heißer als die Hölle", „Tornado", „ein kurzer Zeitraum intensiver Eiseskälte" und „die Aufwärmphase, bevor es heißer als die Hölle wird". Ihr Zelt kam ihr im Moment oft vor wie eine Sauna. Doch wenn es erst Schnee und Eis gab, würde es sich wie eine Kühltruhe anfühlen.

Hinter ihr erklangen Schritte, und sie wirbelte mit erhobenem Arm herum, um sich notfalls zu verteidigen. Ein finster dreinblickender Scott Cameron stürmte in ihre Richtung, und sie trat zur Seite. Er rempelte sie mit der Schulter absichtlich an.

„Pass doch auf, wo du hinläufst", knurrte er.

Sie geriet ins Taumeln, und nur die Wand des Postamts verhinderte, dass sie aufs Gesicht fiel. „Warum lässt du dir nicht ein Paar Eier wachsen und benimmst dich wie ein Mann?", rief sie ihm hinterher. Sie konnte sich die Worte nicht verkneifen. Ein Mädchen hielt nur ein gewisses Maß an Demütigungen und Beleidigungen aus, ehe es anfing, sich zur Wehr zu setzen – egal, wie die Folgen aussahen.

Scott drehte sich um. Die Muskeln in seinen Schultern spannten sich an, und für einen Augenblick fürchtete sie, er würde zurückkommen und … Ja, und was dann? Würde er sie schlagen? Sie wollte nicht schlecht über ihn denken, aber er ließ ihr keine andere Wahl. Am Ende richtete sein Blick sich hinter sie, seine Augen weiteten sich, er wandte sich um und marschierte weiter.

Endlich ging etwas zu ihren Gunsten aus, doch es deprimierte sie nur noch mehr. Die Tatsache, dass ein Typ sie nicht geschlagen oder sie fürchterlich beschimpft hatte, war also das Highlight ihres Tages? *Wow.*

Sie machte sich auf den langen Weg aus der Stadt hinaus. Ab und an blieb sie stehen, um Müll von jemandes Rasen aufzuheben, während die Moskitos – auch bekannt als fliegende Vampire – scharenweise über sie herfielen und ein köstliches Mahl genossen. Als sie sich wieder einmal auf ihren Arm schlug, um einen der lästigen Sauger zu töten, kribbelte es in ihrem Nacken, und sie hatte das Gefühl, nicht mehr allein zu sein. Angespannt blickte sie sich um – Bäume, Unterholz, herabgefallenes Laub –, aber sie konnte niemanden entdecken.

Ihr Gehirn schmolz offenbar in der gnadenlosen Hitze. Sie ging weiter und blieb nicht stehen, bis sie Virgil Porters Haus erreichte. Abgestorbenes Gestrüpp war in seinen Garten geweht, hatte sich vor seinem Briefkasten gesammelt und versperrte den Zugang dazu. Mr. Fritz, der Postbote, war ein unleidlicher Mensch, der sich weigerte, die Post zuzustellen, wenn er dafür aus seinem Wagen steigen und sich umständlich einen Weg bahnen musste.

Bereits seit zehn Minuten räumte sie die Zweige und Äste zur Seite, als eine Bewegung in Mr. Porters Wohnzimmer ihre Aufmerksamkeit fesselte. Das Herz schlug ihr bis zum Hals hinauf, als sie Daniel Porter erblickte. Mr. Porters Sohn.

Er war vor ein paar Jahren in die Armee eingetreten und hatte Strawberry Valley verlassen. Die Leute erzählten sich, dass er erst vor einigen Tagen zurückgekehrt sei. Wow, er trug kein Shirt, und sie sah seinen muskulösen, tätowierten Oberkörper. Die Hände in die Hüften gestemmt, stand er da und beobachtete sie. Ob er herausstürmen würde, um sie anzuschreien, weil sie einfach das Grundstück betreten hatte?

Harlow griff sich eilig ihre Bücher und rannte davon. Als sie die Hälfte des Heimweges hinter sich gebracht hatte, fingen ihre Beine so sehr an zu zittern, dass sie fürchtete, hinzufallen und nie wieder aufstehen zu können. Irgendwie fand sie die Kraft, trotzdem weiterzugehen, auf Skorpione zu achten und zu horchen, ob sie das verräterische Zischen von Schlangen hörte.

Endlich erreichte sie ihr Ziel. Sie ließ die Bücher fallen, als ihre Arme schließlich den Dienst versagten. Ihre Muskeln zitterten und brannten, und sie wusste, dass sie am nächsten Tag Muskelkater haben würde. Seufzend sank sie neben den dicken Büchern auf den Boden und betrachtete den Ort, der seit einigen Monaten ihr Zuhause war. Ein kleines blaues Zelt mit einem defekten Reißverschluss stand in der Nähe eines Teiches, der noch kleiner war. Aus Steinen hatte sie eine Feuerstelle gebaut. Trockene Zweige lagen innerhalb der Steinbegrenzung, damit sie ein Feuer entfachen und darauf in dem einzigen Topf, den sie besaß, Wasser kochen konnte. Überall waren niedrige Hügel, die die Erdhörnchen eifrig aufschütteten, und ständig flog Erde in alle Richtungen. Wenigstens gab es ein paar Eichen, die Schatten spendeten – und von deren Ästen die Vögel ihren Dreck auf ihr Camp fallen ließen.

Sie malte sich aus, wie Beck zu ihr kommen würde, um „Tee“ zu trinken. Abgekochtes Wasser aus dem Teich.

Oh, wie tief die Königin doch gefallen ist. Von ganz oben nach ganz unten. Vom Luxushaus hierher. Dies war kein echtes Zuhause. Es bot keine Sicherheit. Sie konnte nicht einfach etwas essen oder trinken, wenn sie das Bedürfnis danach hatte. Es gab kein gemütliches Bett und auch sonst keine Annehmlichkeiten.

Harlow wandte ihre Aufmerksamkeit ihren neuen Büchern zu – und blinzelte erschrocken. *Gartenarbeit für Dummköpfe. 101 Wege, den Traummann zu verführen. Der männliche Penis: Was Sie wirklich wissen sollten.*

Aber … aber … Seit wann konnte man in der Bibliothek dieses kleinen Nests *solche* Bücher ausleihen? Früher hätten sie beinahe eine Romanserie verbannt, die von supersexy, von Dämonen besessenen Kriegern gehandelt hatte, weil sie angeblich zu gewagt gewesen war!

Sie wollte das Buch über die Gartenarbeit in die Hand nehmen – wirklich. Doch ihre Finger legten sich irgendwie um den Rücken des Bandes *101 Wege, den Traummann zu verführen.* Sie blätterte darin herum. *Wow!* Es gab sogar Bilder. Sie „las" so lange, bis die letzten Sonnenstrahlen verschwunden waren.

Zurück an die Arbeit. Mit dem Feuerzeug, das sie gefunden hatte, machte sie ein Feuer. Zu dieser späten Stunde würde der Rauch niemandem mehr auffallen. Sie stellte einen Topf mit Wasser auf. Nachdem sie getrunken hatte, machte sie es sich in ihrem Zelt bequem, um zu schlafen. Durch den Riss im Zeltdach sah sie die Sterne, die wie Diamanten in einem Meer aus schwarzem Samt funkelten. Eine von Gottes schönsten Schöpfungen – nach Strawberry Valley. Und da sie gerade an Strawberry Valley dachte: Es war an der Zeit, den Tatsachen ins Auge zu blicken. Ihr Fünf-Punkte-Plan musste nicht nur ein bisschen optimiert werden, sondern verschrottet. Unter diesen Umständen würde nicht einmal ein Hundert-Punkte-Plan funktionieren.

Wenn sie etwas Neues erreichen wollte, musste sie auch etwas Neues tun. Die Lösung war eigentlich ganz einfach: Sie musste sich ein Herz fassen und in die Großstadt ziehen.

Sofort erfasste sie Panik und Schmerz. Nein. Nicht das. Noch nicht. Das hier war ihre Heimat, und der Mann ihrer Träume lebte hier. Er musste hier leben. Sie würden sich ineinander verlieben und ihre Kinder hier großziehen.

Aber wer würde sie wollen? Als Angehöriger des Militärs war Daniel Porter es gewohnt, mit feindlich gesinnten Menschen und schwierigen Situationen umzugehen. Könnte er ihr die Vergangenheit vergeben?

Vor ein paar Jahren war Jeffery James nach Strawberry Valley gezogen. Er hatte bestimmt inzwischen Gerüchte über sie gehört, doch er hatte sie bisher nicht persönlich kennengelernt und selbst auch noch keine Erfahrungen mit ihr gemacht. Gut, sie fühlte sich nicht zu ihm hingezogen, aber was spielte das schon für eine Rolle? Liebe konnte aus Halt, Zuneigung und Stabilität erwachsen.

Wieder dieses Wort: *Stabilität.* Das Mutterschiff. Der Heilige Gral.

Wer konnte ihr etwas so Wertvolles geben? Lincoln West vielleicht. Er war gut aussehend, nett, und er hatte wie Jeffery auch noch keine persönlichen Erfahrungen mit ihr gemacht. Außerdem lebte er in ihrem Elternhaus. Falls sie sich ineinander verliebten, könnte sie zurück in das Haus ziehen. Und Beck rausschmeißen, dachte sie mit einem Lächeln.

Was wusste sie über West? Er war bisher mit keiner Frau aus dem Ort zusammen gewesen … was seltsam war, wenn sie so darüber nachdachte. Er war nicht nur gut aussehend, sondern *gut aussehend,* und er hatte genauso viele Verehrerinnen wie Beck. Er legte nur nicht bei jeder sich bietenden Gelegenheit eine von ihnen flach. Er war noch größer als Beck, muskulös und ausgesprochen freundlich. Er hatte für jeden ein Lächeln. Und er arbeitete wie ein Wahnsinniger und programmierte unterschiedlichste Computersoftware.

Sie wusste nur über seine Geschäfte Bescheid, weil sie sein Büro in der Stadt am Tag nach der Eröffnung aufgesucht hatte. Seine Assistentin aus Oklahoma City war dort gewesen, und Harlow hatte Fragen gestellt und ihren Lebenslauf eingereicht. Einen Lebenslauf, der ein echtes Prachtexemplar war: *bisherige Jobs – null; Berufserfahrung – keine; Stärken – noch immer auf der Suche danach.* Sie hatte gehofft, die Büroräume mit Wandgemälden verschönern zu können oder als Empfangsdame angestellt zu werden. Doch überraschenderweise *(ha, ha)* war sie nie zu einem Vorstellungsgespräch eingeladen worden; dabei hatte sie extra die Nummer des einzigen öffentlichen Fernsprechers im ganzen Ort angegeben und tagelang dort ausgeharrt.

Aber vielleicht brauchte sie gar keinen Job von West … Vielleicht brauchte sie *ihn.*

Auf was für Frauen stand er?

Falls die Antwort „unscheinbare, manchmal streitlustige obdachlose Mädchen“ lautete, dann hatte sie gewonnen. Falls nicht, würde sie sein Interesse eben auf andere Weise wecken müssen.

Was kein Problem sein sollte. Dank Beck hatte sie nun eine Gebrauchsanweisung.

Zum ersten Mal seit Monaten war sie voller Hoffnung, als sie einschlief. Doch leider war es nicht Wests Gesicht, das sie in ihren Träumen sah …

West und Jase versuchten, mit ihm zu reden, als Beck nach Hause kam.

„Tut mir leid, Jungs, aber ich kann nicht“, sagte er. „Jetzt nicht.“

Sie stellten ihm keine Fragen, dafür war er ihnen dankbar. Er schloss sich in seinem Zimmer ein, setzte sich ans Fußende seines Bettes, stützte die Ellbogen auf die Knie und legte den Kopf in die Hände. Er bemühte sich, gleichmäßig zu atmen, seine Gedanken zu sortieren, sich etwas zu beruhigen und die Flut von Emotionen einzudämmen, die ihn durchströmte. Was er gerade erlebt hatte …

Er war Harlow heimlich gefolgt, weil er gehofft hatte, ein paar ihrer Geheimnisse aufzudecken. Vielleicht hätte er nicht in ihre Privatsphäre eindringen sollen, doch er hatte sich Antworten gewünscht, und sie hatte sie ihm nicht geben wollen. Obwohl er es versucht hatte, war ihm klar geworden, dass er diese Antworten auf andere Weise nicht bekommen würde.

Daher hatte er getan, was nötig war.

Fast hätte er den Plan, in Deckung zu bleiben, über Bord geworfen, als ein brutaler Kerl sie absichtlich angerempelt hatte. In einigen der Pflegefamilien, in denen er gewesen war, hatte er mitbekommen, wie Mädchen und Frauen psychisch, emotional und auch körperlich misshandelt worden waren, und es hatte ihn immer wütend gemacht.

Mit mir nicht.

Nur der Gedanke daran, dass er sich diesen Kerl später vorknöpfen würde, hatte es ihm erlaubt, Harlow weiter heimlich zu folgen.

Sie lebte in tiefster Armut auf seinem Grundstück. Die Leute behandelten sie wie Dreck, und sie nahm es stillschweigend hin, als müsste sie Buße tun und als wäre es ihre gerechte Strafe. Dennoch fand sie, auch wenn sie müde und hungrig war, noch immer die Kraft, um denen zu helfen, die sie verletzten.

Er fragte sich, wie sie ihre Wäsche wusch und wie sie duschte, denn er wusste, dass sie beides tat.

Er fragte sich, was sie aß, *wenn* sie denn mal etwas aß. Er hatte sie stundenlang verfolgt, und sie hatte in der ganzen Zeit keinen Bissen zu sich genommen. Das einzige Wasser, das ihr zur Verfügung stand, war das Teichwasser, das sie abkochte. Er fragte sich auch, was sie während der kommenden Wintermonate tun wollte und ob sie vielleicht sogar in Kauf nehmen würde zu erfrieren, anstatt sich an ihn zu wenden und um Hilfe zu bitten.

Er stellte sich all diese Fragen – und er wurde wütend. Das kleine Mädchen von den Fotos sollte nicht so leben müssen. Die Frau, die sie inzwischen geworden war, sollte nicht so leben müssen. Er hatte ein Zuhause mit vielen Zimmern. Er hatte einen Kühlschrank, der mit Lebensmitteln gefüllt war. Er hatte unbegrenzten Zugang zu frischem Wasser. Er hatte warme Decken und einen ganzen Schrank voller Mäntel und Jacken. Verdammt, er hatte alles, was dieses Mädchen brauchte und sich wünschte. Und sie war da draußen und litt?

Ihr verfluchter Stolz, dachte er und biss die Zähne so fest zusammen, dass es schmerzte. Wenn er jetzt einfach zu ihr ginge, würde sie ihn zurückweisen. Daran bestand kein Zweifel. Es war an der Zeit, sich etwas zu überlegen.

Es war ihm schwergefallen, sie dort in ihrem Zelt zu lassen. Er hätte es beinahe nicht übers Herz gebracht. Aber er hatte sich mit dem Gedanken getröstet, dass es ihre letzte Nacht unter freiem Himmel wäre, ihre letzte Nacht, in der sie den Elementen und den wilden Tieren ausgeliefert wäre. Kojoten, Schlangen und Skorpione lebten da draußen, und diese dumme, leichtsinnige Frau würde ein schmackhaftes Mahl abgeben.

Es spielte keine Rolle, dass sie so lange überlebt hatte. Morgen würde ihr Leben sich drastisch ändern. Und sie würde nichts tun können, um das zu verhindern.

6. KAPITEL

Helle Sonnenstrahlen fielen durch die Risse in Harlows Zelt und weckten sie, obwohl sie noch gar nicht bereit war aufzustehen. Mühsam öffnete sie die Augen und erblickte bauschige weiße Wolken und einen Schwarm Amseln, die am Himmel ihre Kreise zogen. Ein aufmunternder und zugleich Unheil verkündender Anblick. *Super.*

Sie setzte sich auf. Wie befürchtet, hatte sie einen Muskelkater. Und zwar nicht zu knapp.

Ihr Plan für den Tag sah folgendermaßen aus: Zuerst würde sie eine Stunde lang lesen, wie Gartenarbeit funktionierte, dann würde sie das, was sie gelernt hatte, bei Becks Rosen anwenden, und schließlich würde sie West suchen und mit ihm flirten.

Idiotensicher.

Sie nahm das Körbchen mit ihren wenigen Pflegeutensilien – Zahnbürste, Zahnpasta, Haarbürste und eine allmählich immer dünner werdende Rolle Toilettenpapier – und kroch aus ihrem Zelt.

Ein schriller Schrei entfuhr ihr. Ein Eindringling!

Beck. Es war nur Beck, wie sie einen Moment später feststellte. Sie legte eine Hand auf ihr rasendes Herz. Er saß auf dem Findling, den sie irgendwie neben die Feuerstelle gewuchtet hatte, als sie sich hier einrichtete, und sah sie mit leicht zusammengekniffenen Augen an. Das Feuer, das sie in der vergangenen Nacht angezündet hatte, war längst erloschen, und es stieg auch kein Rauch mehr auf, der ihre Sicht hätte behindern können. Sie sah also jeden Zentimeter des Mannes, der sie in ihren Träumen verfolgt hatte – von seiner harten, störrischen Miene bis zu seinem starken, muskulösen Körper. Verschwunden war die charmante Fassade, die er für gewöhnlich so gekonnt aufrechterhielt. Jetzt lag Entschlossenheit in seinem angespannten Gesicht.

Die Veränderung war überraschend und schön. Er war ein

Kunstwerk, und er weckte bei ihr den Wunsch, das Unmögliche herbeizusehnen. Oder wenigstens ein paar Stunden in seinem Bett – egal, wie hoch der Preis dafür sein mochte. Die Haare standen ihm stachelig vom Kopf ab und schienen in zahllosen Gold- und Brauntönen von blassem Flachsblond bis hin zum dunkelsten Schwarz zu schimmern. Seine Augen standen leicht schräg, seine Wangenknochen waren ausgeprägt und sein Kinn energisch. Seine breiten Schultern wirkten, als könnten sie jede Last tragen, und sie wünschte sich, er wäre die Art von Mann, der sie in einem Arm halten und sie mit dem anderen beschützen würde.

Aber das ist er nicht, also ist er nicht der richtige Mann für mich.

„Ich bin mir nicht sicher, ob es mir gefällt, wie du mich ansiehst", sagte er. „Das spielt im Augenblick jedoch keine Rolle. Komm her und sprich mit mir."

Schluckend kam sie ganz aus dem Zelt. „Wie hast du mich gefunden?"

„Wie wohl? Ich bin dir gefolgt", erwiderte er. Sein Tonfall war hart und unnachgiebig. „Du hättest mich schon lange um Hilfe bitten müssen."

Beschämung erfasste sie. „Ich bin gerade erst aufgewacht. Ich brauche einen Moment für mich. Wenn du mich kurz entschuldigen würdest ..." *Ich werde blitzschnell verschwinden, mich verstecken und mich erst mal sammeln.*

Unterhalb seines rechten Auges zuckte ein Muskel. „Du bekommst deinen Moment für dich. Aber du bekommst ihn bei mir zu Hause."

Bei mir – es ist mein Zuhause. „Ich würde lieber ..."

„Es gibt was zu essen. Ein Festessen."

„... so in den Tag starten, wie ich es immer ... Ein Festessen?" Ein Ächzen kam ihr über die Lippen.

„Du kommst auf jeden Fall mit. Wenn es sein muss, werde ich dich tragen." Er verengte die Augen zu schmalen Schlitzen, und seine Wimpern verdeckten den finsteren, erwartungsvollen

Ausdruck, der mit einem Mal in seinem Blick lag. „Und, Harlow, so wütend, wie ich bin, hoffe ich, dass ich es tun muss."

Sie verstand nicht, was gerade passierte. Wie sollte sie auch? Ihre Erfahrungen mit dem männlichen Geschlecht beschränkten sich auf die Jungs, die auf der Junior High und der Highschool den „Glass-Laufpass" bekommen hatten.

„Okay. Ich komme mit. Aber ich laufe selbst." Seine Hände auf sich zu spüren, wäre das Ende für ihre Selbstbeherrschung. „Ist West da?", fragte sie und beschloss, die Gelegenheit beim Schopfe zu ergreifen und den ersten Schritt zur Umsetzung ihres Plans fürs persönliche Happy End zu machen. Je eher sie damit begann, desto besser.

Sein Blick verfinsterte sich. „Ja. Warum?"

„Nur so", entgegnete sie und war zugleich aufgeregt und nervös. Sie stellte ihr Körbchen mit den Pflegeutensilien ins Zelt. Die Zahnbürste steckte sie ein.

Beck bedeutete ihr vorzugehen.

„Ich weiß, ich hätte mir die Erlaubnis holen sollen, hier zu übernachten", sagte sie und marschierte los. „Aber du wirst es mir sicher verzeihen, wenn ich dir sage, dass es nur für eine Nacht war, oder?"

„Es war nicht nur für eine Nacht, und das wissen wir beide." Er lief neben ihr her und achtete darauf, sie nicht zu berühren. „Lüg mich nicht an. Nie mehr."

Der herausfordernde Ton war wieder da, und er verlangte mehr von ihr, als sie zu geben bereit war.

„Du bist keine Stripperin", stellte er fest.

„Das bin ich! In meiner Vorstellung", murmelte sie. In ihrer Fantasie war sie schon so vieles gewesen. Eine geschiedene Mutter, die ihre fünf Kinder allein durchbrachte … und die zufällig das Interesse des reichsten Geschäftsführers in der Stadt auf sich zog. Eine fähige Chirurgin, die noch drei Wochen zu leben hatte … und die zufällig die Aufmerksamkeit eines unglaublich gut aussehenden Patienten auf sich zog – der zufällig ein brillanter Wissenschaftler war, der seine Karriere aufs Spiel setzte, um ihr Leben zu retten. Sie war sogar eine Prinzessin aus einer anderen Welt gewesen, in der alle Länder durch Krieg zerstört worden waren … und die zufällig die Aufmerksamkeit des feindlichen Anführers auf sich zog und endlich den lang ersehnten Frieden schaffte.

Ohne einen Fernseher oder einen Computer musste sie sich eben mit sich selbst beschäftigen, damit ihr nicht langweilig wurde. Und da sie ein unverbesserlicher Bücherwurm war, hatte sie sehr viele Inspirationsquellen.

„Wie auch immer …“ Beck schob einen Zweig zur Seite, der ihr den Weg versperrte. „Du lebst nicht in der Stadt. Du hast kein Auto und keinen Job. Du lebst auf diesem Grundstück, seit man dich aus dem Farmhaus geworfen hat. Und mit ‚leben‘ meine ich ‚existieren‘. Habe ich was vergessen?“

„Nein.“ Sie eilte an ihm vorbei und wurde dank ihm nicht von Dornen zerkratzt. Für einen Idioten war er sehr umsichtig und fürsorglich. „Danke.“

„Gern geschehen.“

Er klang noch immer wütend.

Am Haus angekommen, hielt er die Tür für sie auf. Sie betrat das Wohnzimmer, und in der Sekunde, als sie den Duft von Frühstück wahrnahm, wurde sie unwillkürlich schneller. Auf dem Küchentisch war tatsächlich ein Festessen aufgebaut worden. Dazu sah sie zwei leere Teller und zwei Gläser Orangensaft. Ihr Magen knurrte, die Knie wurden ihr weich, und ihr lief das Wasser im Mund zusammen.

„Setz dich.“ Er legte eine Hand auf ihren Rücken und schob sie sanft Richtung Tisch.

Während sie Platz nahm, fing er an, von jeder Speise etwas auf einen Teller zu geben. Rührei. Bacon. Kleine Frikadellen. Kleine Würstchen. Pancakes. Waffeln. Brötchen und Soße. Der Teller konnte das Essen kaum fassen. Nachdem er ihn vor sie gestellt hatte, setzte er sich neben sie.

„Iss“, sagte er.

Sie gehorchte. *Wow.* Dieser Geschmack! Noch besser als der

Blaubeersaft, den sie mit den Fingern vom Kuchen stibitzt hatte.

„Gut, oder?“, sagte er, und sie hörte den Stolz in seiner Stimme.

„Hast du das gekocht?“, fragte sie mit Rührei im Mund. Sie konnte sich nicht zusammenreißen, konnte nicht verhindern, mit vollem Mund zu sprechen, konnte nicht so tun, als wäre sie besonders damenhaft oder anständig.

„Das ist meine Spezialität.“

Das Frühstück. *Natürlich.* Das gab es jeweils am Morgen nach seinen Sexabenteuern. „Tja, Hut ab für den perfekten Trostpreis.“

„Ich glaube, ich weiß nicht genau, was du meinst, Süße.“

„Das bekommen die Frauen von dir doch anstelle einer Beziehung, oder?“

Er ließ die Gabel auf den Teller fallen. Darauf waren Reste, während sie ihren beinahe abgeleckt hatte.

„Willst du das noch?“ Sie wies auf die Waffel, die in Butter und Sirup getränkt war.

„Das ist kein Trostpreis. Das ist ein Frühstück. Nicht mehr und nicht weniger.“

Er schob den Teller in ihre Richtung, und sie aß die Waffel.

„Was ist dein Problem mit festen Beziehungen?“

„Beziehungen hinterlassen Narben“, sagte er.

„Manchmal.“

„Immer.“

„Na ja, diese Narben verheilen wieder.“

„Manchmal“, entgegnete er und wiederholte damit ihre Antwort. „Aber warum geistige oder emotionale Verletzungen riskieren, wenn ich etwas viel Besseres geben kann?“

Sie errötete. „Was könnte denn besser sein als eine Beziehung?“

„Ich glaube, wir haben schon einmal darüber geredet. Lust. Vergnügen. Und zwar jede Menge davon.“

Seine raue Stimme lud sie ein, sich zu ihm hinüberzubeugen und all das zu erleben, was er anzubieten hatte …

Sie tat ihr Bestes, um die Schauer zu ignorieren, die ihr über den Rücken rieselten, und konzentrierte sich auf ihren Bacon. Jeder Bissen schien besser zu sein als der vorherige, und als sie fertig war, hätte sie fast den Teller auch noch aufgegessen. Es war so lecker! Aber sie hatte so viel gegessen, dass es ihr beinahe wieder hochkam.

Wie auch immer. Jeder Bissen war es wert gewesen. Sie rieb sich den Bauch und sagte: „Danke, Beck. Echt."

„Fertig?"

„Ja."

Beck erhob sich und streckte ihr die Hand entgegen. Harlow zögerte, doch am Ende konnte sie den Mann, der sie so gut versorgt und sich so liebevoll um sie gekümmert hatte, nicht zurückweisen. Sie verschränkte ihre Finger mit seinen und spürte, wie hart und rau seine Hände sich auf ihrer Haut anfühlten.

Sie bemühte sich, gelassen und cool zu wirken, als er ihr beim Aufstehen half. Er führte sie in den Flur und zum zweiten Zimmer auf der rechten Seite. Ihr altes Schlafzimmer. Woher wusste er das?

„Mein Zimmer", sagte er.

„Ernsthaft?" Wie beim letzten Mal, als sie hier gewesen war, nahm sie sich einen Moment, um ihrem breiten Bett mit der Tagesdecke mit dem Blümchenmuster, ihrem antiken Nachttischchen, der gewölbten Decke mit den angeschlagenen Zierleisten und den zerstörten Wandgemälden nachzutrauern.

Harlow erinnerte sich an den emotionalen Zusammenbruch, den sie kurz nach dem Tod ihrer Mutter erlitten hatte. Damals hatte sie in ihrer Wut und Verzweiflung verschiedene Farben auf das magische Märchenland an der Wand gespritzt und es damit ruiniert.

„Hast du die Wandgemälde beschädigt?", erkundigte er sich.

Ihr wurde klar, dass sie an die Wand gestarrt hatte, und es war ihm nicht schwergefallen, die Richtung zu erraten, in die ihre Gedanken gegangen waren. „Ja. Am Tag von Moms Beerdigung."

„Es tut mir leid, dass du deine Mutter verloren hast. Es tut mir aber auch leid, dass du das getan hast. Ich mochte die Bilder und hätte sie gern gerettet, doch du hast dafür gesorgt, dass sie nicht wiederherzustellen waren."

Die Worte erschreckten sie. „Dir hat meine Kunst gefallen?"

„*Du* hast die Bilder gemalt?"

„Ja. Warum bist du so überrascht?"

Er ging nicht auf ihre Frage ein, sondern sagte: „Du bist unglaublich talentiert, Süße."

„Danke." Harlow errötete leicht, als sie sein Kompliment hörte, und sah sich den Rest des Schlafzimmers an. „Ich hätte niemals gedacht, dass es dir gefallen könnte. Ich meine, du hast entschieden, die Wände beige streichen zu lassen."

„Magst du kein Beige?"

„Beige ist langweilig."

„Das Haus, in dem ich vorher gelebt habe, hatte beige Wände."

„Und jetzt kannst du nicht mehr mit ein bisschen Farbe leben?"

Verärgerung blitzte in den goldenen Augen auf, die jedoch schnell von dem frechen, verführerischen Ausdruck verdrängt wurde, den sie so oft dort bemerkt hatte.

„Hast du mein Bettzeug nicht gesehen? Es ist blau."

Ich werde nicht zum Bett schauen.

„Warum nimmst du nicht eine Dusche und entspannst dich?", fragte er. „Im Schrank neben der Wanne sind Handtücher, und neben dem Waschbecken findest du frische Kleider. Und, Süße? Falls du vorhast, aus dem Fenster zu steigen, werde ich dich suchen und dich finden. Dir wird nicht gefallen, was anschließend passiert." Er hielt inne, lächelte bedächtig und gefährlich. „Vielleicht wird es dir aber auch ein bisschen zu sehr gefallen."

Wie peinlich. Er wusste, welche Wirkung er auf sie hatte. „Beck …"

„Dusch jetzt." Er schloss die Tür und ließ sie allein.

Gut. Sie ging ins Badezimmer. Früher war es mit pinkfarbenen Fliesen gekachelt gewesen. Pink war ihre Lieblingsfarbe. Inzwischen erstrahlte alles in Weiß und Schwarz, und die Armaturen waren aus Chrom, gepflegt und sexy für einen modernen Mann. Doch die Veränderungen machten ihr mittlerweile nicht mehr so sehr zu schaffen. Vielleicht lag es daran, dass sie sie an Beck erinnerten.

Sie putzte sich die Zähne – zur Sicherheit gleich zweimal. Dann zog sie sich aus und trat unter die Dusche. Dampf breitete sich aus, und der Duft von Beck – männlich und sinnlich – drang ihr in die Nase, als sie sich die Haare wusch. Sie hatte sich an kalte Duschen gewöhnt. Wenn die Besitzer der umliegenden Häuser zur Arbeit gefahren waren, hatte sie sich mit dem Wasser aus den Gartenschläuchen gewaschen. Und sie mochte kalte Duschen. Zumindest hatte sie sich das eingeredet. Jetzt gestand sie sich jedoch ein, dass sie sich etwas vorgemacht und versucht hatte, sich ihre Situation schönzureden.

Während nun das heiße Wasser über ihren Körper rann, setzte sie sich auf den schwarz-weißen Boden der Duschkabine. Würde Beck mit ihr reden wollen, nachdem sie fertig war? Würde er sie für immer vom Grundstück vertreiben?

Er hatte das Recht dazu, aber … aber … Tränen schossen ihr in die Augen. Warum konnte es nicht ein einziges Mal gut für sie laufen? Nur ein einziges Mal?

Beck ging im Wohnzimmer auf und ab und versuchte, sich nicht auszumalen, wie Harlow nackt unter der Dusche stand oder wie Seife und Wasser über ihre wundervolle Haut rannen, die er so gern einmal berührt hätte, dass er dafür sogar seine Seele verkauft hätte. Er bemühte sich, doch es gelang ihm nicht. Er wollte sie spüren, wollte verrückte Dinge mit ihr anstellen. Böse Dinge. Schöne Dinge. Er wollte, dass sie sich unter ihm wand, dass sie keuchte, dass sie ihn um mehr anflehte. Immer mehr.

Das Verlangen wurde größer, und seine Reaktionen auf sie verstärkten sich ebenfalls. Wut, die zu fühlen er sich nie erlaubt hatte, verbrannte seine letzte Zurückhaltung. Harlow wohnte und lebte so, um sich selbst zu bestrafen, ob ihr das nun bewusst war oder nicht. Aber das würde heute ein Ende finden.

Von jetzt an würde sie nur noch Lust und Vergnügen erleben.

Zum ersten Mal in seinem Leben begehrte er eine bestimmte Frau. Keine andere außer ihr würde diese Sehnsucht stillen können. Wieder eine Veränderung, die ihm zwar zu schaffen machte, aber nicht so sehr, dass es ihn davon abhalten würde, seinen Wunsch zu verfolgen. Er wollte sie, sie wollte ihn, also würde er sie auch bekommen.

„Ist sie hier?“, fragte Jase, der ins Zimmer kam.

„Ja. Hast du herausgefunden, welche Verbrechen sie als Teenager begangen haben soll?“ Am vergangenen Abend hatte Jase auf sein Drängen hin seine Freundschaftspflichten erfüllt und seine Freundin eingehend über Harlows Vergangenheit ausgehorcht.

„Sie war eine typische Tyrannin. Sie hat andere beleidigt, sich über sie lustig gemacht, sie zum Weinen gebracht. Sie hat anderen Mädchen den Freund ausgespannt, um ihn dann gleich wieder in den Wind zu schießen. Alles hörte schlagartig auf, als sie mitten in der elften Klasse die Schule verließ.“

„Warum genau hat sie die Schule verlassen?“

„Brook Lynn wusste es nicht. Offenbar kennt niemand den wahren Grund.“

Irgendetwas musste vorgefallen sein. Kinder verließen nicht einfach aus einer Laune heraus und zum Spaß die Schule. Vor allem keine Kinder, die auf der Schule praktisch die „Könige des Pausenhofs“ waren.

„Soll ich jemanden damit beauftragen herauszufinden, was damals mit ihr passiert ist?“, wollte Jase wissen.

„Schon erledigt.“ Er hatte am vergangenen Abend jemanden angerufen.

„Ja, aber du kennst nicht die richtigen Leute. Meine Leute forschen an Orten nach, von denen deine Leute noch nicht einmal wissen, dass es sie gibt.“

An illegalen Orten. „So weit will ich nicht gehen." Er vertraute Jase, doch er wollte nicht, dass irgendjemand anders auf Harlow aufmerksam wurde. „Aber danke."

„Kein Problem. Sag einfach Bescheid, wenn du es dir anders überlegst."

„Mach ich." Rohre quietschten – ein Zeichen dafür, dass die Dusche gerade abgestellt worden war. Er musste seine Aufregung unterdrücken. „Ich weiß, dass Jessie Kay auf dem Weg ist, um Brook Lynn bei den Sandwiches zu helfen. Ruf deine Freundin an und bitte sie, mit ihrer Schwester zu reden, damit sie ihre Wut im Zaum hält und sich mal ein bisschen zusammenreißt. Keine Beschimpfungen. Keine Beleidigungen." Mitzuerleben, wie Jessie Kay und Sunny am Tag zuvor über Harlow hergefallen waren, hatte seinen neu erwachten Beschützerinstinkt geweckt. „Wenn Jessie Kay sich nicht wie ein erwachsener Mensch benehmen kann, muss sie sich von Harlow fernhalten."

„Du bringst mich in Teufels Küche. Deinetwegen sitze ich zwischen den Stühlen. Das ist dir klar, oder?"

„Das ist mir klar, und es tut mir leid." Er hasste es, Jase um irgendetwas bitten zu müssen. „Ich bin dir aber auch dankbar."

„Hey, ich wollte mich nicht beklagen", entgegnete Jase grinsend. „Ich steh auf Versöhnungssex."

„Dann schuldest du mir vermutlich was."

Jase schnaubte und ging hinaus. Gerade noch rechtzeitig. Das leise Patschen von nackten Füßen erklang. Harlow kam um die Ecke – und Beck hatte das Gefühl, als hätte ihm jemand die Faust in den Magen gerammt.

Unsicher umklammerte sie den Saum ihres T-Shirts. Sie war offenbar nervös. Wenn er bedachte, was er geplant hatte, dann hatte sie auch allen Grund, nervös zu sein.

Das feuchte Haar klebte ihr am Hals und an den Armen. Ihr weißes T-Shirt hatte feuchte Flecke. Durch den nassen Stoff hindurch erhaschte Beck einen Blick auf ihren roten Spitzen-BH. Bei der Größe hätte er raten müssen: klein, aber perfekt.

Er konnte es kaum erwarten, seine Hände auf diese wundervollen Brüste zu legen.

Die Shorts, die sie trug, waren eigentlich eine abgeschnittene Jogginghose von ihm. Er sah ihre endlos langen Beine, die sie bestimmt leicht um seine Taille schlingen und mit denen sie sich an ihm festklammern könnte, bis sie fertig waren.

„Nimm Platz“, sagte er und wies auf die Couch.

Sie verlagerte das Gewicht von einem Bein auf das andere, rührte sich jedoch nicht von der Stelle. „Beck, ich will nicht über meine Vergangenheit sprechen.“

„Dann musst du das auch nicht.“ Wieder zeigte er Richtung Couch. „Setz dich. Bitte.“

Mit einem Stirnrunzeln ging sie zum Sofa und nahm Platz. Er setzte sich ihr gegenüber in den Sessel. Er wollte ein bisschen Abstand zu ihr – verdammt, er brauchte diesen Abstand sogar, um klar denken zu können. Doch es half nicht. Ihr Duft hatte sich verändert. Der Geruch nach Erdbeeren wurde nun von Sandelholz übertönt, hing in der Luft, drang in seine Nase und in seinen Kopf – und er spürte es in seiner Körpermitte.

„Ob es dir nun gefällt oder nicht, wir werden über deine Zukunft reden. Du, Harlow Glass, arbeitest ab sofort für *WOH Industries.*“ Noch eine Veränderung. Zu viel, zu schnell, wie alles, was sie betraf. Und es reichte, um ihn vollkommen durcheinanderzubringen. Aber es gab keinen besseren Weg, um sie im Auge zu behalten, sie zu schützen und sie in der Nähe zu haben.

„Warte.“ Sie schüttelte den Kopf, als wäre sie sich sicher, ihn missverstanden zu haben. „Wie bitte?“

„Du bist unglaublich talentiert. Und darum …“

„Aber du hast nur meine zerstörten Wandgemälde gesehen. Woher willst du wissen, ob ich talentiert bin?“

„Ich kann nicht glauben, dass du das fragst. Während deine Superkraft das Malen ist, ist meine der Röntgenblick. Ich habe durch die Farbspritzer hindurch das Wesen des Gemäldes gesehen.“ Na gut, in dem Karton befanden sich auch Fotos von den intakten Gemälden. „Darf ich jetzt fortfahren?“

Sie nagte an ihrer Unterlippe und nickte.

„Du wirst die Hintergründe, also die Sets, und die Figuren gestalten, die West in seinen Spielen verwendet. Du wirst alles praktisch zu Papier bringen, und er wird deine Entwürfe dann einscannen. Heute wird ein Wohnmobil geliefert, das im Garten aufgestellt wird. Darin wirst du wohnen. Ein Antrittsgeld für deine Dienste in unserer Firma – das würde ich jedem geben, der bei uns anfängt." Wahrscheinlich. „Wir arbeiten oft nicht zu den gewöhnlichen Bürozeiten."

„Aber ... aber ... du hast meinen Lebenslauf noch gar nicht gesehen. Obwohl ich den, um ehrlich zu sein, schon am Tag nach der Eröffnung eures Geschäfts bei einer eurer Assistentinnen abgegeben habe."

„Die Assistentin ist gerade lange genug geblieben, um eine Rezeptionistin aus Strawberry Valley einzustellen, keine Künstlerin. Und ich muss deinen Lebenslauf nicht sehen. Deine Arbeit spricht für sich selbst." Als sie ihn weiterhin nur anstarrte, beschloss er, einen Vorstoß zu wagen. „Sag einfach Danke. Aber mach nicht den Fehler, zu glauben, dass dein Job leicht sein wird. Du wirst uns vierundzwanzig Stunden pro Tag an sieben Tagen in der Woche zur Verfügung stehen. Wenn wir von dir verlangen, um zwei Uhr morgens den Entwurf einer Figur zu zeichnen, wirst du es tun."

„Braucht ihr überhaupt eine Zeichnerin im Team?"

„Ja. West arbeitet sowieso schon viel zu viel, und ständig neue Freischaffende anzuwerben, kostet zu viel Zeit. Diese Lösung wird ihm eine große Last von den Schultern nehmen."

„Warum habt ihr dann nicht längst einen Zeichner eingestellt?"

Statt die Wahrheit zuzugeben – beim bloßen Gedanken daran, neue Leute einzustellen, bekam er schon Ausschlag –, sagte er: „Vielleicht habe ich den richtigen Sklaven ... äh ... ich meine, die richtige *Person* für die Stelle noch nicht gefunden."

Ihre Mundwinkel zuckten, wie er es beabsichtigt hatte.

Plötzlich war das Knallen einer Autotür zu hören, und Harlow erstarrte. „Erwartest du Besuch?"

„Das ist nur Jessie Kay."

Schlagartig wich die Farbe aus ihren Wangen. „Sie wird wütend darüber sein, dass ich hier bin. Ich sollte mich vielleicht hinten rausschleichen, bevor du zwei kreischende Frauen, die sich heillos in den Haaren liegen, voneinander lösen musst."

„Erstens: Ich würde niemals zwei Frauen voneinander lösen, die sich in den Haaren liegen. Ich würde vielmehr zusehen. Und zweitens: Sei nicht albern. Das hier ist nicht ihr Haus, und du bist mein Gast. Sie wird damit zurechtkommen."

Der beinahe ehrfürchtige Blick, den sie ihm zuwarf, verunsicherte ihn – und machte ihn an.

Jessie Kay blieb stehen, um erst Harlow und anschließend ihn anzufunkeln. Dann marschierte sie in die Küche und rief: „Brook Lynn. Lass uns anfangen zu kochen, bevor ich hier einen Ziegelstein durch eine Fensterscheibe schleudere."

Die Anspannung wich allmählich aus Harlows Körper. „Tja. Das ging besser, als ich gedacht hätte."

West kam verschwitzt und mit nacktem Oberkörper aus dem Fitnessraum. Es war klar, warum er ausgerechnet jetzt auftauchte. Er hoffte, einen Blick auf Jessie Kay erhaschen zu können.

In der Nähe dieses Mädchens war West wie ein Verhungernder an einem All-you-can-eat-Buffet. Das Problem war nur, dass er sich kein Ticket für das Essen kaufen wollte.

Als Beck in Strawberry Valley angekommen war, hatte er Jessie Kay um ein Date gebeten, war mit ihr ausgegangen, hatte mit ihr geschlafen. Und als sie in Freundschaft auseinandergegangen waren, hatte sie sich Jase an den Hals geworfen. Noch ein One-Night-Stand, doch es war bereits passiert und nicht mehr zu ändern. Für West, der sich erst zu Jessie Kay hingezogen gefühlt hatte, nachdem er und Jase bereits ihre Bekanntschaft gemacht hatten, würde die Verjährungsfrist wohl niemals ablaufen – Jessie Kay war für alle Zeiten tabu.

„Hi, West", sagte Harlow und winkte ihm zu. „Wir sind einander offiziell noch gar nicht vorgestellt worden. Ich bin Harlow Glass, und ich würde mich freuen, dich kennenzulernen. Setzt du dich zu mir? Ich glaube, Beck wollte gerade gehen."

Bitte? „Nein, das wollte ich nicht."

Sie errötete, aber sie nahm ihre Einladung nicht zurück.

West sah zwischen ihnen beiden hin und her, ehe er lächelte und zum Sofa kam. „Tja, das dürfte interessant werden."

7. KAPITEL

Harlow tat so, als würde sie es sich auf der Couch noch etwas bequemer machen, als West an Beck vorbeiging und neben ihr Platz nahm. Allerdings war sie in Wahrheit alles andere als entspannt. Das war die wohl nervenaufreibendste Erfahrung ihres Lebens. Der Mann, mit dem sie sich eigentlich wünschen sollte, zusammen zu sein, saß neben dem Mann, den sie nicht begehren durfte. Ersterer musterte sie mit belustigter Miene, die sie nicht ganz verstand, während der Zweite sie wütend anfunkelte, was sie auch nicht verstehen konnte.

Sie versuchte, das Selbstvertrauen ans Licht zu holen, das sie vor dem schlimmen Zwischenfall gehabt hatte, der ihr Leben vollkommen veränderte. Sie sah West mit einem aufreizenden Blick an. Laut der Anleitung zur Verführung musste sie mutig sein und durfte keine Angst davor haben, ihr Interesse zu bekunden. Sie musste dem Auserkorenen, dem „Objekt der Begierde" zeigen, dass er Chancen bei ihr hatte, und ihn spüren lassen, wie weit sie gehen würde, um mit ihm zusammen zu sein.

„Erzähl mir von dir", sagte sie mit einem gezwungenen Lächeln. „Ich interessiere mich für jede Kleinigkeit und könnte mir nichts Schöneres vorstellen, als hier zu sitzen und dir zuzuhören."

Beck stieß seinem Freund unsanft gegen die Schulter. „Also gut. Du bist jetzt offiziell entlassen."

West lehnte sich jedoch zurück, verschränkte die Arme vor der Brust und kreuzte die Fußknöchel. „Warum sollte ich gehen? Ich habe gerade nichts anderes vor und eine Vergangenheit, über die ich reden möchte."

Beck fuhr sich mit der Zungenspitze über die Zähne und konzentrierte sich auf sie. „Soeben ist eine neue Firmenregel in Kraft getreten: Keine Flirts innerhalb des Teams. Niemals."

„Aber ich habe überhaupt nicht geflirtet." Es war vielmehr der Versuch gewesen zu flirten. „Meinen neuen Arbeitgeber besser kennenzulernen, hilft mir dabei, mir ein Bild davon zu machen, was im Job von mir erwartet wird und was ich erwarten kann." Zuerst hinsichtlich der Anstellung bei *WOH* und später dann hinsichtlich ihrer Position als neue (und hoffentlich dauerhafte) Freundin von West.

„Da es um einen Job geht, für den *ich* dich gerade engagiert habe ..."

Beck setzte sich um, sodass sein Knie ihres berührte, und sie keuchte auf.

„Wie wäre es, wenn ich dir alles über *mich* erzähle?"

„Du? Du willst über dich reden?" Ihr atemloser Ton war ihr ein wenig unangenehm, doch sie fuhr trotzdem fort: „Sei nicht albern."

„Ja, Beck", sagte West und versuchte nicht länger, ein Grinsen zu unterdrücken. „Jetzt erzähl uns schon von deinem Leben. Wir *sterben* praktisch vor Neugierde."

Beck knurrte leise, und die Intensität des Lautes verwirrte Harlow.

„Musst du nicht irgendwohin, Westley?"

Was war mit ihm los? Er verhielt sich wie ein eifersüchtiger Freund, der ...

Sie unterdrückte ein weiteres Aufkeuchen, dieses Mal ein erschrockenes. War er etwa eifersüchtig?

Nein. Nein, natürlich nicht. Als ein Mann, der nur ein einziges Mal mit einer Frau schlief und dann nie wieder, war ihm ein solches Gefühl fremd. Oder?

„Ich habe viel Zeit, schon vergessen?" West rieb sich die Hände. „Fang mit deiner allerersten Erinnerung als Kind an und ende mit deiner heimlichen Verliebtheit in ..."

„Verschwinde." Beck wies zur Tür.

„... mich", beendete West den Satz und lachte laut auf. Er versuchte, das Lachen hinter einem Hustenanfall zu verbergen, und warf einen Blick auf seine Armbanduhr. „Na ja. Ich habe meine Verfügbarkeit anscheinend ein bisschen überschätzt." Er räusperte sich, erhob sich und ging langsam los. „Ich glaube, ich höre da … Was ist, Jase?“, rief er, obwohl niemand irgendetwas gesagt hatte. „Du brauchst mich? Kein Problem. Ich bin schon unterwegs.“ Er blieb in der Tür stehen, um ihr zuzuzwinkern. „Wir müssen das bald mal wiederholen.“

„Ja, bitte.“ War es Liebe auf den ersten Blick? Nein. War es der Beginn einer Romanze? Vielleicht. Was erste Kontakte betraf, hatte sie schon Schlimmeres erlebt. *Yeah, weiter so!*

Beck sah sie eine ganze Weile nur schweigend und vor sich hin brütend an. „Kannst du mir mal verraten, was das sollte?“

„Nein. Eigentlich möchte ich das nicht.“ Er würde sie nur an West verraten und ihn womöglich vor ihr warnen.

Das Schnurren eines großen Motors erklang, gefolgt vom Geräusch knirschenden Kieses. Durch den Spalt im Vorhang erhaschte sie einen Blick auf ein nagelneues luxuriöses Wohnmobil. Beck hatte es mit dem Antrittsgeld anscheinend ernst gemeint.

Vor lauter Aufregung sprang sie auf. „Ist das wirklich meins? Egal, was passiert?“

„Nimmst du mein Jobangebot an?“

Damit wird mein Traum, meinen Lebensunterhalt als Künstlerin zu verdienen, endlich wahr! „Ja!“

Langsam erhob er sich, stand vor ihr und wirkte zugleich bedrohlich und beschützend.

„Dann gehört das Wohnmobil dir. Egal, was passiert.“

„Danke, danke, tausend Dank, Beck.“ Sie wollte ihn umarmen. Sie wollte sich ihm an den Hals werfen. Doch am Ende klopfte sie ihm nur auf die Schulter. „Ich werde dir ewig dankbar sein.“

Er sah ihr tief in die Augen, und sie erwiderte seinen Blick. In den goldenen Iris schienen Flammen zu lodern.

„Deine Dankbarkeit will ich nicht, Harlow.“

Als sie den rauen Ton seiner Stimme hörte, stockte ihr der Atem. Sie wartete und starrte ihn an, während ihr Herz wie wahnsinnig klopfte, aber er sagte ihr nicht, was er stattdessen von ihr wollte.

Harlow konnte es nicht begreifen. Innerhalb eines einzigen Tages war ihre Welt komplett auf den Kopf gestellt worden. Wieder einmal.

Nachdem sie monatelang in einem zusammengeflickten Zelt übernachtet hatte, hatte sie nun endlich in einem richtigen Bett geschlafen. Weichheit hatte sie umhüllt. Sie hatte eine Dusche in ihrem eigenen Bad genommen und so lange unter dem Wasserstrahl gestanden, bis das heiße Wasser verbraucht war. Sie hatte immer dann gegessen, wenn sie Hunger verspürt hatte, und immer dann ein großes Glas Saft getrunken, wenn sie einen trockenen Mund gehabt hatte.

Das Leben war mit einem Mal wundervoll. Als das helle Licht des neuen Morgens zu ihr hereinfiel und sie ausgestreckt in ihrem Bett lag, musste sie lachen. Das breite Bett nahm den kompletten hinteren Bereich des Wohnmobils ein. Die Laken und das Bettzeug waren unglaublich weich auf der Haut. Sie musste keine Angst mehr vor dem bevorstehenden Winter haben, in dem sie sich nur mit alten Kleidern, schäbigen Decken, die andere weggeworfen hatten, kleinen Lagerfeuern, die sie anzünden könnte, und einigen spärlichen Sonnenstrahlen hätte warm halten können.

Auf ihrem Nachttischchen lag ein nagelneues Handy. Ein echtes Smartphone mit Apps und allem Drum und Dran. Der Kühlschrank war gut gefüllt, um eine ganze Armee zu versorgen – obwohl sie bereits genug Lebensmittel verzehrt hatte.

Nur eins vermisste sie, jemanden, mit dem sie ihr Glück teilen konnte.

Sie malte sich aus, wie Beck neben ihr lag, wie er sie in seinen starken Armen hielt, wie sein warmer Atem in ihrem Haar kitzelte, und die Luft schien mit einem Mal elektrisch aufgeladen zu sein. *Dumme Harlow.* Er war vielleicht ihr Wohltäter, doch hinter der hübschen Fassade dieser männlichen Schlampe verbarg sich kein Retter in der Not. Er wollte nur etwas Vorübergehendes. Sie wollte etwas Festes.

„Klopf, klopf“, erklang die Stimme des besagten Mannes, als

er das Wohnmobil betrat, *ohne* angeklopft zu haben. „Raus aus den Federn, Dornbusch."

„Dornbusch?" Sie setzte sich auf, ohne darauf zu achten, sich die Decke vor die Brust zu ziehen. Sie war in ihren Kleidern eingeschlafen, und sie war in diesem Moment sehr dankbar dafür. Denn sie spürte die Kettenreaktion von Gefühlen, die er bei ihr auslöste. Das Kribbeln auf ihrer Haut, die Feuersbrunst in ihrem Inneren – beides raubte ihr den Atem.

„Ich probiere gerade unterschiedliche Kosenamen aus, bis ich den Namen finde, der zu dir passt", sagte er achselzuckend.

„Was ist denn falsch an ‚Süße' und ‚Liebling'?"

„Beide Namen passen nicht zu dir."

Wow. Okay. Sie hatte das Gefühl, einen Schlag in die Magengrube bekommen zu haben. Aber sie riss sich zusammen und schenkte ihm das strahlendste Lächeln, zu dem sie in der Lage war.

Er rollte mit den Augen. „Das ist gut. Denn du bist einzigartig und unvergesslich. Im Gegensatz zu den anderen."

Oh.

„Tja, ich hätte da eine Idee", sagte sie und bemühte sich, ihre Freude über seine Worte zu verbergen. „Versuche es doch mal mit ‚Harlow'. Es ist ganz leicht. Sag es mit mir zusammen: Harrr-looow."

„Hayyy-booow."

Sie kicherte. Er lachte und hielt ihr zwei Kaffeebecher hin. Der Duft von Kaffee, Zucker und Milch stieg ihr in die Nase. „Möchtest du einen?"

„Ja!"

Er stellte beide Becher in der kleinen Küchenzeile auf die Arbeitsfläche aus Granit. Sie befanden sich für Harlow gerade außer Reichweite. Ein deutlicher Ansporn, endlich „aus den Federn" zu kommen.

„Du bist ein grausamer, grausamer Mann."

„Ich tue nur, was ich tun muss."

Er lehnte sich mit der Schulter in den Rahmen der offenen

Tür. In seinem dunklen Nadelstreifenanzug sah er unverschämt gut aus. Das Haar hatte er zurückgekämmt, und ein leichter Bartschatten bedeckte Wangen und Kinn.

Mein Herz schlägt jetzt nicht schneller. Mein Blut gerät nicht in Wallung.

„Das ist der erste Tag, an dem du für mich arbeitest", stellte er fest.

„Du meinst, für *WOH Industries.*"

„Nein. Ich meine, für mich." Er zog eine Augenbraue hoch und wollte sie offensichtlich dazu herausfordern, ihm noch einmal zu widersprechen. „Bist du nervös?"

„Wohl kaum."

„Das solltest du aber sein. Dein Chef wird dich anschreien, wenn du zu spät kommst."

„Du bist mein Chef *und* meine Mitfahrgelegenheit."

„Genau. Und ich komme immer zu spät."

Heute würde sie ihn wohl nicht verstehen. Notiert.

„Bevor wir losfahren, sollte ich dir wahrscheinlich die Grundregeln erläutern." Er gab ihr nicht die Möglichkeit, etwas darauf zu erwidern. „Im Büro werde ich dich Miss Glass nennen. Du wirst mich Mr. Ockley nennen."

Belustigung spiegelte sich in seiner Miene. Dieser Ausdruck machte ihn – falls das überhaupt möglich war – noch schöner.

„Oder du kannst mich ‚Sir' nennen. Ja, du solltest mich ‚Sir' nennen."

„Auf keinen Fall. Das hier ist kein erotischer Roman", sagte sie.

„Erotisch, hm?" Sein Lächeln war breit und umwerfend. „Erzähl dem Sir von all den unanständigen Dingen, über die du in deinen Büchern gelesen hast."

Sie lachte und versuchte, sich nicht total von ihm verzaubern zu lassen. „Na ja, erst gestern Nacht habe ich über das Liebesleben der Pinguine gelesen. Wusstest du, dass sie …"

„Das ist auch ein Weg, die Funken, die gerade noch zwischen uns gesprüht haben, augenblicklich zum Erlöschen zu bringen."

„Zwischen uns haben Funken gesprüht?", fragte sie, nur um zu widersprechen.

„Zieh dich jetzt an", sagte er. „Oder auch nicht. Ja, vielleicht solltest du dich nicht anziehen. Es wird ein bedeutender Tag, wir haben viel zu tun, und ich könnte einen kleinen Augenschmaus vertragen, um kreativ zu denken."

Einen Moment lang wollte sie dieses wundervolle Kompliment einfach nur genießen. Er hielt sie für einen Augenschmaus? Doch plötzlich fiel ihr ein, dass er ihre Narben noch nicht gesehen hatte. „Ich werde diesen Anflug sexueller Belästigung einfach vergessen und mich anziehen, sobald du mein Schlafzimmer verlässt."

„Warum? Du hast nichts, was ich nicht schon gesehen hätte."

„Tatsächlich stimmt das so nicht", entgegnete sie und warf ein Kissen nach ihm. Es traf ihn an der breiten Brust und fiel zu Boden. Er lachte. Sein Lachen war genauso schön wie der Rest von ihm. „Das, was ich zu bieten habe, könnte sogar besser sein als alles andere, was du bisher zu Gesicht bekommen hast." Das stimmte nicht. Das stimmte ganz und gar nicht. Sie war so vernarbt, dass selbst ein Mann, der so wahllos vorging wie er, es nicht aushalten würde.

„Glaubst du?" Sein Blick fiel auf ihre Brüste. „Zeig es mir." Seine Stimme war nicht mehr als ein Krächzen. Aber war es ein Befehl? Oder eher eine Bitte?

Verlangen vermischte sich mit Panik, und sie schluckte. „Nicht einmal, wenn du mich anflehst."

„Ich habe noch nie irgendjemanden angefleht." Seine Stimme klang tief und rau. „Doch es gibt für alles ein erstes Mal, oder?"

Mit einem Mal hatte Harlow das Gefühl, nicht mehr richtig atmen zu können. Allmählich gewöhnte sie sich daran. Sie verspürte Sehnsucht. Sie verzehrte sich nach etwas, das anscheinend nur er ihr geben konnte.

Ihr wurde bewusst, dass sie einen taktischen Fehler begangen hatte. Sie hatte einen Playboy herausgefordert. „Jetzt … verschwinde einfach", brachte sie hervor. „Bitte."

Er ließ seinen heißen Blick bedächtig über sie schweifen. Ein unglaublich sinnliches Gefühl. „Bist du dir sicher, dass du das wirklich willst?“

Nein. „Bitte“, wiederholte sie.

„Also gut. Ich erlaube es dir, dich zurückzuziehen. Dieses Mal.“ Er verließ den Schlafbereich und schloss die Tür hinter sich.

Beck nahm sich ein Bier aus Harlows Kühlschrank. Er hatte nicht geschlafen, also war dieser Morgen genau genommen eine Verlängerung des vergangenen Abends. Er trank einen großen Schluck aus der Flasche, während er sich die Fächer und Regale im Kühlschrank ansah. Er sah sein Lieblingsbier. Seinen Lieblingsaufschnitt. Seinen Lieblingskäse. Er hatte keine Ahnung gehabt, was sie gern aß und trank, hatte aber den Kühlschrank nicht leer stehen lassen wollen. Jetzt verspürte er etwas wie ein Gefühl von Zusammengehörigkeit oder Besitzdenken. *Mein Essen, ihr Kühlschrank. Unsere Sachen. Zusammen.*

Verwirrt schlug er mit der Faust gegen die Tür. Er konnte solche Empfindungen nicht gebrauchen.

Er erinnerte sich an Harlows Reaktion, als sie die Dinge gesehen hatte. Ihr waren die Markennamen egal gewesen, und es hatte für sie auch keine Rolle gespielt, dass er darauf geachtet hatte, dass die vier Nahrungsmittelgruppen in den empfohlenen Mengenverhältnissen vorrätig waren. Sie hatte sich darüber gefreut, etwas zu essen zu haben. Punkt. Und es hatte ihm das Herz gebrochen.

Also. Ja. Ein paar Biere, um sich etwas zu entspannen, waren eine gute Idee. Er nahm noch einen Schluck. Die Situation mit Harlow wurde von Minute zu Minute komplizierter, und es musste etwas passieren. Schnell. So weit war es gekommen: Er war ein Mann, der Veränderungen hasste und der nun vor einer Veränderung stand, die er nicht aufhalten konnte – die er nicht aufhalten wollte. Er fühlte sich wie ein Schnellkochtopf, der kurz davorstand zu explodieren. Jeden Tag … jede Minute … jede Sekunde …

Wenn das passierte, würde er sich ihr gegenüber nicht mehr zurückhalten können. Aber was zog eine Explosion nach sich? Zerstörung. Alte Gewohnheiten würden sich nicht einfach so ablegen lassen.

Es gab so viele Dinge, die er mit ihr machen wollte, die er mit ihr zusammen erleben wollte. Eine Nacht würde dafür auf keinen Fall ausreichen.

Zwar sahen die meisten Leute es anders, doch es ging bei seinen One-Night-Stands nicht nur um Sex. Es war auch nicht seine Form der Selbsttherapie. Für ein paar Momente war er kein Stück Dreck mehr, das man einfach liegen ließ; er war ein Mann, den man begehrte. Ein Mann ohne Vergangenheit, ohne Fehler oder Versäumnisse. Und wenn er die Frau anschließend verließ, war er für sie ein Traum, an den sie sich gern erinnerte.

Was würde er für Harlow sein? Ein gebrochenes Herz?

Er trank das Bier aus und warf die Glasflasche mit mehr Schwung in den Mülleimer, als er vorgehabt hatte. Für gewöhnlich konnte er eine Frau nehmen oder eben nicht. Wenn eine Frau ihn nicht wollte, war das in Ordnung. Es würde eine andere kommen. Doch Harlow konnte er nicht so einfach verlassen. Trotz der Komplikationen. Trotz der Qualen. Er begehrte sie, er wollte sie viel zu sehr. Er wollte sie, obwohl sie ihn nicht dazu ermutigte.

Dagegen hatte sie West ganz eindeutige Signale gegeben.

Als sie mit seinem Freund geflirtet hatte, hatte sich jeder Muskel in seinem Körper angespannt. Sein Blut hatte sich in Benzin verwandelt, und ein brennendes Streichholz war in seine Blutbahn geworfen worden. *Hallo, Flächenbrand.* Er hätte beinahe einen Streit begonnen. Wegen nichts.

Wests Verhör an diesem Morgen war auch nicht besonders hilfreich gewesen.

„Warum hat deine Freundin versucht, mich auszufragen?“, hatte sein Freund wissen wollen. „Und um welche Stelle ging es?“

Jase war ebenfalls aufgetaucht. Er hatte gegrinst. „Hat sie dich gebeten, deine größte Schwäche zu nennen, Beck?“

„Du meinst, mein Unvermögen, weniger als umwerfend zu sein?", hatte er gescherzt. „Nein. Weil sie *mich* nämlich nichts gefragt hat. Sie hat West ausgefragt. Ich habe keine Ahnung, warum." Fühlte sie sich zu diesem Kerl hingezogen?

Tja, Pech. Er hatte sie zuerst gesehen. Sie gehörte ihm.

Verdammt. Er könnte sie haben, doch er würde niemals Besitzansprüche auf sie anmelden.

In diesem Moment kam Harlow aus dem Schlafzimmer und sah in ihrem schlichten weißen T-Shirt und dem Jeansrock unglaublich frisch, hinreißend und jung aus. In der letzten Nacht hatte er ihr Zelt verbrannt und die wenigen Habseligkeiten aus ihrem Camp mitgenommen. Er fühlte sich schlecht, weil er bei seinem Einzug alles aus dem Haus geworfen hatte, was sich darin befand. Alles, bis auf die Fotos. Die Sachen, die noch im Haus gewesen waren, hatten ihr gehört. Sie hatte alle Dinge aus ihrer Kindheit zurückgelassen, und er hatte das alles gedankenlos auf den Müll geworfen.

„Was denkst du?", fragte sie.

„Du bist …" *Erstaunlich. Und du bist es wert, dass man einfach alles für dich tut.* „Das wird schon gehen." Wert, dass man alles für dich tut? Verdammt, nein.

„Das ist nicht gerade fürs Büro geeignet, ich weiß", sagte sie und strich sich den Rock glatt. „Aber das sind die besten Klamotten, die ich besitze."

Ihre Unsicherheit zerriss ihn beinahe. Diese wundervolle Frau sollte eigentlich immer selbstsicher sein. Und, verflucht, er musste einen Weg finden, um sich von ihr zu lösen. Schnell.

„Wie gesagt, es wird schon gehen."

Stirnrunzelnd sah sie ihn an. „Für einen unverbesserlichen Frauenhelden, der immer ein nettes Wort für die Frauen in seinem Leben übrig hat, bist du gerade echt schlecht."

Sie hatte recht. Zu flirten war für ihn die Norm, Komplimente waren seine Währung. Er sollte Nettigkeiten sagen, statt sie zu beleidigen, während er sie mit hoffnungslosem Verlangen anstarrte. Doch er schaffte es nicht. Wenn sie ihn anlächelte, wenn sie lachte, fing ihr Gesicht an zu strahlen. *Auf Wiedersehen, Selbstbeherrschung.*

„Komm. Lass uns gehen." Er zog es vor, schon weit vor acht im Büro zu sein, bevor der Rest der Stadt zum Leben erwachte und es zu einer Art Sport wurde, ihn auf dem Gehweg anzusprechen.

Die zehnminütige Fahrt verlief schweigend, und er war froh darüber. Er nutzte die Zeit, um sich zu sammeln und zu beruhigen.

Cora, die Rezeptionistin, saß hinter dem Empfangstresen in der Lobby und lächelte, als sie ihn erblickte. „Guten Morgen, Mr. Ockley."

„Morgen, Cora. Das ist …"

Die ältere Frau schnaubte verächtlich. „Ich weiß, wer sie ist. Sie ist die furchtbare Tyrannin, die so viele meiner Schüler zum Weinen gebracht hat."

Cora war eine ehemalige Lehrerin. Er hatte gehört, sie besaß den Zeigefinger der Hölle. Wann immer sie diesen Zeigefinger damals in der Schule auf jemanden gerichtet hatte, hatte derjenige gespürt, wie die Flammen hochschlugen und an den Füßen geleckt hatten. „Also, Cora", sagte er.

„Es tut mir leid", meldete Harlow sich zu Wort und trat vor. „Jeden Tag bereue ich, wie ich mich als Kind verhalten habe, und ich hoffe, Sie geben mir die Chance zu beweisen, dass ich mich geändert habe."

Beck fand es gut, dass sie sich nicht herausredete. Sie gab ihr Fehlverhalten zu und übernahm die volle Verantwortung dafür.

Cora war nicht so leicht zu überzeugen. „Die Zeit wird es zeigen, Miss Glass. Die Zeit wird es zeigen."

„Da stimme ich Ihnen zu."

Er legte einen Arm um Harlows Taille, um seine Unterstützung zu demonstrieren. Aber er bereute diese Entscheidung sofort. Sie passte perfekt zu ihm. Viel zu perfekt. „Falls Sie uns brauchen, wir sind in meinem Büro." Beck führte Harlow durchs Gebäude und sagte: „Was hältst du von Wests ‚Nerdatorium'?"

„Die Wände sind beige", entgegnete Harlow, und er lachte laut auf.

Er hätte wissen müssen, dass ihr zuerst die langweilige Wandfarbe auffallen würde.

Sobald sie sich auf die Couch in seinem Büro gesetzt und er an seinem Schreibtisch Platz genommen hatte, sagte er: „Warum warst du als Kind so eine Tyrannin?"

Unwillkürlich hob sie das Kinn an. Es war eine Geste, die er wiedererkannte und die er allmählich zu hassen begann. Doch sie strich sich zugleich mit den Fingern über den Bauch, als würde sie einem vertrauten Muster folgen. „Vielleicht bin ich ja schon verdorben bis ins Mark auf die Welt gekommen."

Mittlerweile kannte er sich mit ihren Tricks aus und schüttelte den Kopf. „Ich habe Jase gebeten, sich umzuhören. Und ich habe Fotos von dir gesehen, als du noch ein Kind warst." Es bestand kein Grund zu lügen. Es war an der Zeit, ehrlich zu sein. Zwischen ihnen entstand gerade ein kleines bisschen Vertrauen, das allerdings auf sehr wackeligen Beinen stand. Eine einzige Lüge würde das zarte Gebilde zum Einsturz bringen. „Früher warst du ein Schatz mit traurigen Augen."

„Fotos?" Sie blinzelte verwirrt, bis es ihr dämmerte. „Du hast meinen Karton gefunden. In meinem … deinem … Schrank."

„Ja."

„Aber … warum hast du sie nicht weggeworfen wie alles andere auch?"

Er rutschte auf dem Stuhl hin und her und fühlte sich mit einem Mal unbehaglich. „Vielleicht habe ich ja gehofft, dass ich ein Aktbild der erwachsenen Harlow finden würde."

Ihre Wangen erstrahlten in leuchtendem Rot. „Ja, na ja, ich bin sicher, die Leute in der Stadt haben Jase ganz genau von den Gelegenheiten erzählt, als ich *kein* Schatz gewesen bin."

„Das haben sie, aber es ist mir egal, was du früher einmal getan hast. Ich möchte nur wissen, was der Grund dafür war. Ich hatte selbst eine interessante Kindheit."

Leise sagte sie: „Echt?"

In der Hoffnung, dass sie sich erweichen lassen und zugänglicher werden würde, wenn sie etwas über ihn erfuhr, gestand er: „Ich bin aus mehreren Pflegefamilien abgehauen. Ich war an vielen körperlichen Auseinandersetzungen und an ein paar anderen geschmacklosen Taten beteiligt. Außerdem pflastern einige gebrochene Herzen meinen Weg."

Sie machte den Mund auf und schloss ihn wieder. Öffnete ihn, schloss ihn wieder. „Du warst ein Pflegekind?"

„Ja. Also, was ist mit dir passiert?"

Sie zupfte am Saum ihres Rocks und sagte: „Nichts Besonderes eigentlich. Mein Dad hat mich beschimpft, und ich habe im Gegenzug andere Leute beschimpft."

Die Vorstellung, dass die kleine Harlow verbalem und mentalem Missbrauch ausgesetzt gewesen war, machte ihn wütend. „Dein Dad ist mittlerweile gestorben?"

„Ja."

Ein Jammer. Denn er hätte es genossen, ihn auch einmal leiden zu sehen. „Warum warst du dann irgendwann keine Tyrannin mehr?"

Sie wandte den Blick ab und strich sich mit der Zungenspitze über die Lippen. „Was soll ich als Erstes tun, Chef?"

Verdammt, er hatte zu schnell zu viel gewollt und sie bedrängt. Was war nötig, damit sie sich ihm öffnete? Und warum spielte es überhaupt eine Rolle für ihn? Schließlich musste er ihre Geheimnisse nicht kennen, um ihren wundervollen Körper genießen zu können.

„Setz dich da hin und sei hübsch, während ich etwas Arbeit erledige", brummte er und konzentrierte sich auf den Computerbildschirm und die tausend E-Mails, die beantwortet werden wollten. „Das Set oder die Figurenbeschreibungen für den letzten Auftrag habe ich noch gar nicht gesehen."

Es gelang ihm, Harlow auszublenden und nicht weiter zu beachten … bis sie sich auf der Couch bewegte. Ihr Jeansrock rutschte hoch und gab den Blick auf ihre Schenkel preis. *So wundervolle Schenkel.* Es würde ihm viel Freude machen, mit der

Zunge von ihren Knien bis hinauf zum Saum ihres Rocks zu lecken. Wenn er dann mit den Fingern ein bisschen nachhalf und den Stoff zur Seite schob, könnte er die Reise beenden und würde …

„Beck“, sagte sie atemlos. „Woran auch immer du gerade denkst …“

Ihm fiel auf, dass er sie anstarrte, dass er die Schreibtischkante umklammert hatte und dass er sich nichts mehr wünschte, als die Jalousien herunterzulassen und sich auf sie zu stürzen. „Es würde dir gefallen. Frag nur freundlich, dann zeige ich es dir.“

Die Eingangstür des Gebäudes ging auf, und Sonnenlicht strömte herein, als Mark und Kimberly von *S&S Financial* eintraten. Sein Acht-Uhr-Termin. Eine willkommene Ablenkung.

„Egal.“ *WOH Industries* hatte das Unternehmen erst kürzlich als Kunden gewonnen, und nun musste er ihnen das Betriebssystem genauer erklären.

„Mr. Ockley“, ertönte Coras Stimme aus der Gegensprechanlage. „Mr. Timberlane und Miss Potus sind hier.“

Er nahm den Telefonhörer in die Hand. „Schicken Sie sie herein.“

Während die beiden Kunden sich auf den Weg in sein Büro machten, fragte Harlow: „Soll ich draußen warten?“

Damit sie nicht mehr in seiner Nähe war? „Du musst dich mit den internen Abläufen des Unternehmens vertraut machen. Bleib hier und merk dir alles.“

„Ja, Sir.“

Ihre meeresblauen Augen waren auf Mark gerichtet, als er ins Büro trat, und Beck war schlagartig angespannt. Ein Fluch drohte ihm über die Lippen zu kommen … Doch in dem Moment richtete Harlow die Aufmerksamkeit schon auf Kimberly und musterte die junge Frau von Kopf bis Fuß. Ein sehnsüchtiger Ausdruck trat in ihre Augen. Sie sah an sich selbst hinab und zupfte sich einen Fussel vom T-Shirt.

Bei dieser kleinen Geste, die Harlows Unsicherheit spiegelte, schmolz Becks Herz praktisch dahin. Harlow war tausendmal schöner als die andere Frau, doch das war ihr nicht bewusst.

Mark räusperte sich.

Das Meeting. Richtig. Beck erhob sich, ging um seinen Schreibtisch herum und schüttelte Mark und Kimberly die Hand. „Schön, Sie wiederzusehen."

Kimberly lächelte reizend. Genau genommen, war alles an ihr reizend. Vom ersten Moment an, als er sie kennengelernt hatte, hatte sie ihn an Zucker erinnert. Sie war einfach zu jedem nett, den sie traf. Er hatte mit dem Gedanken gespielt, sie um ein Date zu bitten, aber jetzt war er froh darüber, dass er es nicht getan hatte. Ihm wurde allmählich klar, dass er Frauen bevorzugte, die ein bisschen mehr Schwung hatten.

Harlow stand auf. Kimberly nickte ihr zur Begrüßung zu, und Mark zog fragend eine Augenbraue hoch.

„Unsere neueste Angestellte", erklärte Beck. „Sie wird ein wenig zuhören, um die Vorgehensweise zu lernen. Zögern Sie nicht, zwischendurch eine Pause zu machen und sie zu bitten, alles zu wiederholen, was wir gesagt haben."

Harlow wurde blass, und Beck musste sich mühsam ein Lachen verkneifen.

„Nett, Sie beide kennenzulernen", krächzte Harlow.

Alle nahmen Platz, und eine gute Stunde lang erläuterte Beck die Besonderheiten und Details von Wests neuestem Programm. Er fragte sich, was Harlow dachte, und beobachtete sie mehr als seine Geschäftspartner, doch ihre Miene verriet nicht, was in ihr vor sich ging.

„Bitte, verstehen Sie mich nicht falsch", sagte Kimberly und strich sich eine Haarsträhne glatt. „Aber ich bin ein bisschen verloren und geschafft. Es sind so viele Informationen, die da verarbeitet werden müssen."

„Ich weiß. Und deshalb wäre es das Beste, wenn einer von Ihnen diese Woche in Strawberry Valley verbringen würde." Andere Firmen als *WOH Industries* hätten einen Angestellten losgeschickt, der die Mitarbeiter von *S&S Financial* vor Ort schulte, doch so arbeitete er nicht. Der abgewandelte Arbeitsalltag und der fremde Ort wären für seinen Geschmack zu viele Veränderungen auf einmal. „Ich kann Sie dann hier ganz ausführlich schulen."

Kimberly nickte. „Danke. Ich würde gern bleiben."

„Wunderbar." Beck sah Harlow an. Sie hatte die Armlehne der Couch so fest umklammert, dass ihre Fingerknöchel schon weiß hervortraten, und warf Kimberly vernichtende Blicke zu.

War sie wütend?

Ausgeschlossen. Das ergab überhaupt keinen Sinn. Er würde Kimberly schulen – nicht mehr und nicht weniger. Aber wenn er sie schulte, würde er auch Zeit mit ihr verbringen müssen. War Harlow etwa eifersüchtig?

In seinem Kopf überschlugen sich die Gedanken. Er war noch mit keiner Frau lange genug zusammen gewesen, dass sie sich von einer anderen möglichen Eroberung hätte bedroht fühlen müssen oder dass sie ihn als eine Art Preis betrachtet hätte, den sie gern für sich gewonnen hätte. Der Gedanke, dass Harlow entschlossen sein könnte, ihn zu gewinnen, berauschte ihn und wirkte sich verheerend auf seinen Körper aus, der schon jetzt auf sie reagierte.

Das konnte nicht richtig sein. Diese Art von Intensität konnte nicht normal sein. Er nahm sich einen Stift und trommelte damit auf seinen Oberschenkel. Vielleicht war es ja auch normal. Jase funktionierte ohne Brook Lynn auch nicht richtig. Allerdings war Jase auch verliebt in diese Frau.

Liebe. Mit einem Mal schrillten in seinem Kopf sämtliche Alarmsignale. Er begehrte Harlow, aber er wollte es sich selbst auf keinen Fall erlauben, sich in sie zu verlieben. Er wollte nicht das Gefühl haben, sie oder eine andere Frau zu *brauchen*. Denn das Gefühl, jemanden zu brauchen, war eine Art Käfig. Man war darin gefangen, und sobald man versuchte, aus diesem Käfig zu fliehen, erlitt man schlimmste Verletzungen.

Ich muss hier raus. Er erhob sich so schnell, dass sein Stuhl ins Wanken geriet. „Ich werde Sie zum *Strawberry Inn* begleiten“, sagte er zu Kimberly. „Miss Glass wird hierbleiben und alles, was wir gerade besprochen haben, zu Papier bringen.“

„Werde ich das?“ Harlow räusperte sich und nickte. „Ich meine, das werde ich. Jawohl.“

Er reichte Kimberly die Hand. „Sollen wir dann?“

„Ja. Danke.“ Kimberly schlang die Finger um seine und erhob sich.

Beck führte sie und Mark aus dem Büro und verspürte ein seltsames Kribbeln im Nacken. Er drehte sich um und sah zu Harlow – er konnte einfach nicht anders.

Ihre Blicke trafen sich. Es war ein Moment, in dem die Funken zu sprühen schienen. Wie ein Schock für ihn, den er bis in sein tiefstes Innerstes spürte. Mit Kimberly hier zu stehen und ihre Hand zu halten, kam ihm mit einem Mal falsch vor. Zu Harlow zu rennen, kam ihm dagegen wie eine sehr gute Idee vor. Doch er hielt die Hand der rothaarigen Frau weiterhin fest und kehrte nicht zu Harlow zurück.

Es war das Beste, jetzt zu gehen. Wenn er sich nicht selbst vor einem möglichen Verlust beschützte, wer sollte es dann tun?

8. KAPITEL

Was für ein Tag. Harlow ging in ihrem Wohnmobil auf und ab und suchte verzweifelt nach Ablenkung – vergeblich. Immer wieder schweiften ihre Gedanken zu Beck und quälten sie.

Am Morgen hatte er das Büro verlassen und war über drei Stunden lang weg gewesen. Wenn sie bedachte, wie er seinen Arm um die Taille der eleganten Kimberly gelegt hatte, als sie gemeinsam aus dem Bürogebäude gegangen waren, konnte sie sich vorstellen, was die beiden getan hatten, sobald die Schlampe … äh, die Dame ein Zimmer im *Inn* angemietet hatte.

Nicht, dass es sie interessiert hätte, was Beck tat. *Der Mistkerl!*

Nachdem sie ihre Notizen aus dem Meeting abgetippt hatte – *bla, bla, bla* Firewall, *bla, bla, bla* HTML *bla, bla, bla* –, hatte sie den Rest der Zeit damit zugebracht, nach den Regeln aus dem Verführungsbuch Briefe an West zu schreiben. Und, ja, sie hatte auch gegrübelt und war immer wütender und wütender geworden. Wie konnte Beck es wagen, sie an ihrem ersten Arbeitstag einfach allein zu lassen?

Wenigstens hatte er etwas zu essen mitgebracht, als er endlich zurückgekommen war. Bœuf Stroganoff aus dem *Two Farms,* dem „einzigen Speiselokal, in dem es schmeckt". Das sagte zumindest der Besitzer. Und auch nur der Besitzer. Obwohl sie ganz genau hingesehen hatte, ob Becks Kleider zerknittert waren oder ob er irgendwo Lippenstiftspuren hatte – eine gute Angestellte musste schließlich ein Auge darauf haben, dass der Chef immer tadellos aussah –, hatte sie nichts entdecken können. Ein bisschen von ihrer Anspannung war daraufhin von ihr abgefallen. Doch nur ein bisschen und das auch nur kurz.

„Musst du so ungeniert flirten?", hatte sie hervorgebracht und sich im selben Augenblick gewünscht, sie hätte besser den Mund gehalten. Kurz bevor er gegangen war, hatte er sie angesehen, als könnte er es keine Sekunde länger aushalten, nicht in ihr zu sein, und trotzdem war er mit Kimberly am Arm abgezogen.

„Ich habe nicht mit Kimberly geflirtet. Ich habe sie ‚ge-businesst'. Und, ja, ich habe gerade ‚ge-businesst' als Verb benutzt. So kreativ bin ich."

Er hatte die Hände flach auf den Schreibtisch gelegt und sich zu ihr gebeugt. Und er hatte aggressiv und beinahe wütend gewirkt – so, als hätte *sie* etwas falsch gemacht.

„Brauchst du noch ein Beispiel dafür, was man unter ‚flirten' versteht?"

Verärgerung hatte sie erfasst. „Behalte dein *Beispiel* für dich – ich weiß, wo es gewesen ist."

Er hatte sie angefunkelt. „Vorsicht, Liebling. Du klingst glatt, als wärst du eifersüchtig."

„Deine Mutter ist eifersüchtig", hatte sie gezischt. Wie ein Kind. Doch er hatte sie „Liebling" genannt. Was war mit ihren besonderen Kosenamen passiert?

Er hatte die Augen leicht zusammengekniffen und mit der Zungenspitze über seine Schneidezähne gestrichen. „Du erzählst jetzt tatsächlich einen ‚Mutter-Witz'? Du musst mal ordentlich flachgelegt werden, Harlow."

Bei seinen schroffen Worten hatte sie erschrocken aufgekeucht.

„Aber hier sind die guten Neuigkeiten", hatte er hinzugefügt. „Ich stelle mich gern zur Verfügung, um das zu übernehmen."

Es war der erste eindeutige Vorstoß, gemeinsam Sex zu haben, den er ihr gegenüber gemacht hatte. „Krieg dich wieder ein!", stieß sie hervor. „Du bist für meinen Geschmack ein paar Mal zu oft ‚crowdgesourced' worden … Im Übrigen habe ich es dir schon gesagt. Ich will eine Beziehung."

„Eine Beziehung?", hatte Beck geschnaubt. „Du meinst, verlängerten Schmerz und endloses Leiden?"

„Weil Schmerz und Leiden alles sind, was ich deiner Meinung nach zu bieten habe?" Sie hatte ihm die Notizen auf den

Schreibtisch geworfen, hatte sich ihre Briefe und ihr Essen gegriffen und war aus dem Büro gestürmt. Und, ja, sie hatte das Schiff nach der Hälfte ihres ersten Arbeitstages verlassen – nicht gerade ein angemessenes Verhalten für einen eben erst eingestellten Arbeitnehmer. Sie hatte sich genauso danebenbenommen wie Beck.

Während des gesamten Heimwegs hatte sie sich gefragt, warum sie so wütend gewesen war und so überreagiert hatte. Er hatte nichts falsch gemacht. Jedenfalls nicht wirklich. Er war ihr Chef. Ihr Freund. Der einzige Freund, den sie hatte. Sie waren kein Paar, und sie hatte kein Recht, ihn für seine Lebensentscheidungen zu kritisieren – egal, wie fragwürdig sie auch sein mochten.

Es juckte ihr in den Fingern, und mit einem Mal verspürte sie das Bedürfnis, einen Pinsel zu nehmen und ihre Gefühle in ihre Kunst fließen zu lassen. In der Vergangenheit hatte die Aufgabe, aus dem Nichts etwas zu erschaffen, sie immer beruhigen können – auch wenn sie noch so aufgewühlt gewesen war. Doch sie hatte keine Malutensilien. Nur einen Stift und Papier. Das Papier, auf das sie die Briefe an West geschrieben hatte. Egal. Es würde schon gehen.

Sie setzte sich in ihre kleine Küche, drehte ein Blatt Papier um, sodass sie eine leere Seite vor sich liegen hatte, und nahm den Stift. Sie überließ ihrer Fantasie die Führung und war sich selbst nicht sicher, was sie zeichnete … bis sie schließlich Becks energisches Kinn erkannte.

Das ergab vermutlich Sinn. Er war ein schönes Motiv, und im Laufe der vergangenen Tage hatte er sich – gegen ihren Willen – in ihrem Kopf breitgemacht und ihre Sehnsucht beherrscht.

Als sie fertig war, betrachtete sie kritisch ihr Werk. Eigentlich nicht, um sich selbst zu loben … Doch sie musste sich tatsächlich selbst loben. Sie hatte jedes Detail genau getroffen. Von seiner Frisur über den Schwung seiner Augenbrauen bis hin zum hitzigen, entschlossenen Ausdruck, der immer dann auf sein Gesicht trat, wenn seine Freundlichkeit einmal wich.

Plötzlich klopfte es an der Tür, und sie zuckte erschrocken zusammen. Sie richtete sich unwillkürlich auf und versteckte eilig das verfängliche Bild hinter ihrem Rücken.

„Harlow?“, rief Brook Lynn. „Bist du da?“

Es war nicht Beck, stellte sie fest und stieß die Luft aus, die sie unbewusst angehalten hatte. *Ich bin nicht enttäuscht.*

„Einen Moment bitte.“ Sie stopfte das Bild in einen Schrank und eilte zur Tür. Sie öffnete sie und ließ die Sonne herein. Draußen wartete nicht nur Brook Lynn. Jessie Kay und Daphne, die Frau, mit der Jase früher einmal zusammen gewesen war, standen neben ihr. Alle drei Frauen hatten Taschen mit … Kleidern dabei?

„Hobo-Chic passt ja vielleicht zu einem Barbecue am Samstagabend – oder vielleicht auch nicht. Ja, wohl eher nicht. Aber fürs Büro ist so ein Outfit auf jeden Fall unpassend.“ Jessie Kay drängte sich herein und zwang Harlow, zur Seite zu gehen, wenn sie nicht umgerannt werden wollte. „Es ist an der Zeit für ein Umstyling – nach Dillon-Art.“

Hobo-Chic? Ich mach sie fertig!

Wow. Beruhige dich. Warum ging sie in die Defensive? Jessie Kay hatte schließlich recht. Sie konnte kaum unpassender fürs Büro gekleidet sein – außer sie würde sich Becks Vorschlag zu Herzen nehmen und noch mehr Haut zeigen.

Moment. Noch mal zurück. Sie waren hier, um ihr zu helfen?

Harlow legte eine Hand auf ihr Herz. Sie war so gerührt, dass sie es nicht in Worte fassen konnte.

Die anderen folgten Jessie Kay herein.

„Beck hat gesagt, dass wir nicht reingehen sollen“, sagte Brook Lynn zu ihrer Schwester. „Wir sollen nur die Klamotten abgeben und wieder gehen.“

„Beck ist nicht mein Boss. Für den unschlagbaren Preis von einer Million Dollar pro Jahr könnte ich mich allerdings umstimmen lassen.“

„Das ist wirklich unschlagbar“, sagte Daphne. „Letzte Woche waren es noch zwei Millionen.“

„Wirtschaftlichkeit“, sagte Jessie Kay, als würde das Wort alles erklären. „Übrigens …“ Sie sah Harlow eindringlich an. „… ‚nach Dillon-Art‘ bedeutet, dass wir notfalls Gewalt anwenden, also tu dir selbst einen Gefallen, mach mit und setz dich in Bewegung.“

Brook Lynn schlug ihrer Schwester auf den Arm. „Wie unhöflich!“

„So, wie sie uns warten lässt?“, sagte Jessie Kay mit einem Nicken. „Ich *weiß*.“

Die Verachtung, die Harlow hörte, ließ sie erstarren. Die drei waren vielleicht gekommen, um ihr zu helfen, doch sie taten es nicht freiwillig. „Wenn ihr mich die ganze Zeit beleidigen wollt“, sagte sie, und etwas von ihrer alten Art kam durch, „dann könnt ihr gleich wieder gehen.“

„Wir sind nicht hier, um Ärger zu machen. Versprochen“, sagte Daphne, eine wunderschöne Brünette mit freundlichen Augen und einer herzlichen Art, und lächelte sie an. „Wir sind uns noch nicht einmal vorgestellt worden. Ich bin …“

„Oh, ich weiß, wer du bist.“ Die Mutter von Jases neunjähriger Tochter. Wochenlang hatten alle in der Stadt darüber geredet, dass sie Jase verlassen hatte, ohne ihm zu sagen, dass sie schwanger war, und dass er erst kürzlich erfahren hatte, dass er Vater eines Kindes war. Aber seitdem hatte Daphne alles getan, was in ihrer Macht stand, um ihre Fehler von damals wiedergutzumachen. Und es war ihr gelungen. Deshalb bewunderte Harlow sie. „Ich freue mich, dich kennenzulernen. Und … äh … hat Beck die Kleider ausgesucht, die ihr mitgebracht habt?“ Würde sie in den Taschen also nur Höschen und BHs finden?

„Das hat er. Er hat sich da auch nicht reinreden lassen“, fügte die braunhaarige Frau hinzu. „Aber er musste heute weg, und ich bin froh darüber. Seit Jase erwähnt hat, dass du viel Zeit mit Beck verbringst, wollte ich unbedingt mit dir reden.“

„Echt?“, entgegnete Harlow überrascht. „Mit mir?“ Wollte sie die Tyrannin einfach nur mal aus der Nähe sehen? Oder wollte sie etwa Freundschaft mit ihr schließen?

Daphne legte den Kopf schräg und runzelte verwirrt die Stirn. „Warum nicht mit dir?"

Harlow rang um Worte, um ihr zu antworten. *Soll ich die Gründe aufzählen?* „Zuerst einmal bin ich zum Beispiel mit dem Teufel verglichen worden."

„Das stimmt", sagte Jessie Kay. „Das weiß ich zufällig genau, weil ich es nämlich war, die diesen Vergleich angestellt hat."

„Tja." Brook Lynn räusperte sich geräuschvoll. „Wie sieht es eigentlich mit unseren *Mighty Stallions* aus? Ich habe gehört, dass unsere glorreiche Highschool dieses Jahr am bundesstaatlichen Wettbewerb teilnimmt?"

„Wie hast du Beck kennengelernt?", wollte Daphne von ihr wissen und beachtete die Schwestern nicht weiter.

Jessie Kay wies mit dem Daumen in Harlows Richtung. „Sie hat im Wald auf dem Grundstück gezeltet. Was nicht so erstaunlich ist, wie es sich anhört. Sogar ich könnte in der Wildnis überleben – mit einer Handvoll Kreditkarten, einem Beutel mit Pflegeprodukten und einer Schachtel Schmerztabletten."

Brook Lynn rollte mit den Augen. „Ja. Du bist eine echte Überlebenskünstlerin. Nachdem wir uns einander jetzt vorgestellt haben, sollten wir mal langsam loslegen. Wie wäre es, wenn du damit anfängst, diese Kleider anzuprobieren?"

Eine Entschuldigung, um sich im Schlafzimmer einzuschließen, sich einen Moment zu nehmen, um sich zu sammeln und die Emotionen unter Kontrolle zu bringen? Ja! Harlow schnappte sich die Taschen und die Briefe, die sie auf die Anrichte gelegt hatte, warf einen nervösen Blick auf den unverschlossenen Schrank, in den sie das Bild von Beck gestopft hatte, und zog sich zurück. Neugierig warf sie den Inhalt der Taschen auf ihr Bett. Kein BH und kein Höschen in Sicht. Nur Kostüme, Sommerkleider, Täschchen, Schmuck und Schuhe. Alles in ihrer Größe.

Ihre Hände zitterten, als sie über den weichen Kaschmirstoff strich, über die glatte Seide und über die hübschesten Muster, die sie je gesehen hatte. Die meisten Kleider waren in unterschiedlichen Blautönen gehalten. Etwa, damit ihre Augen besser zur Geltung kamen? Einige Kleidungsstücke waren jedoch auch mit pinkfarbenen Bändern verziert.

Warum sollte Beck das für sie tun? Vor allem, nachdem sie sich heute so verhalten hatte?

„Wir wollen es sehen“, rief Brook Lynn.

Harlow zog sich aus, erhaschte im Spiegel einen Blick auf ihren Körper und zuckte zusammen. Es war, als würde sie sich Frankensteins Schwester ansehen. Ihre unzähligen Narben waren pink, zerklüftet und nicht zu ignorieren. Sie bildeten in Verbindung mit der transplantierten Haut ein Muster. Der Schaden erstreckte sich von den Schlüsselbeinen bis zu ihrem Bauch. Zu sagen, dass es hässlich wäre, wäre noch nett ausgedrückt. Ihr Seelenverwandter – wer auch immer es sein mochte – würde sich auf jeden Fall erst in ihre Persönlichkeit verlieben müssen und müsste dann lernen, mit dem Rest von ihr klarzukommen.

Sie zitterte und zog das hübscheste Sommerkleid an, das sie finden konnte. Es hatte einen griechischen Schnitt, Spaghettiträger, einen tiefen Ausschnitt und war in der Taille zusammengebunden. Vorne endete der Rock knapp über ihren Knien, doch hinten reichte die lange, durchsichtige Schleppe bis zu ihren Knöcheln. Noch nie hatte sie sich so feminin gefühlt – nicht einmal zu ihren besten Zeiten. Dennoch würde sie dieses Kleid niemals in der Öffentlichkeit tragen. Es zeigte einfach zu viele ihrer Narben.

Ihre Instinkte schrien protestierend auf, als sie nun das schlichteste Kleid anzog, das sie finden konnte. Ein Kleid mit langen Ärmeln und einem U-Ausschnitt. Wenigstens schmiegte sich der azurblaue Stoff eng an ihre Kurven.

Sie legte die Hand auf den Türknauf und bemerkte, dass sie nicht mehr so sehr zitterte. Sie lebte auf. Die Mädchen waren vielleicht gezwungen worden, bei ihr zu sein, doch sie waren hier, und sie hatten das Wohnmobil noch nicht in Brand gesteckt. Hoffnung erfüllte sie, als sie so beschwingt wie seit Langem nicht mehr das Schlafzimmer verließ.

Am Abend saß Beck in seinem neuen Sessel – einem eleganten schwarzen Lederungetüm, das er sich liefern und neben das Fenster in seinem Schlafzimmer hatte stellen lassen. Er blickte nach draußen. Der Mond stand zwar hoch und rund am Himmel, wirkte aber auch unheimlich. Wolkenfetzen zogen daran vorbei. Die Wolken verdeckten die Sterne, und das Wohnmobil im Garten lag in völliger Dunkelheit.

Was hielt Harlow von den Kleidern, die er ihr gekauft hatte? Welches gefiel ihr am besten? Was trug sie in diesem Augenblick?

Er würde es nicht erfahren.

„Ich will eine Beziehung“, hatte sie heute gesagt.

Er umklammerte die Armlehnen des Sessels. Sie wünschte sich das, was er ihr nicht geben konnte. Und da das gefürchtete B-Wort nun im Spiel war, hätte sein Verlangen nach ihr sich eigentlich abkühlen müssen. Sich an einen einzigen Menschen binden? Einem einzigen Menschen vertrauen, der ihn selbst durch die schwierigsten Zeiten begleiten sollte? *Verdammt, nein. Niemals.* Doch sein Verlangen kühlte sich nicht ab. Genau genommen, wurde es immer stärker und drohte überzusprudeln.

Er hätte sich an Kimberly ranmachen sollen. Zwar war sie zu nett, und er stand eher auf Frauen mit Ecken und Kanten, doch sie war eine Frau, und sie hätten zusammen Spaß haben können. Er hätte ein paar lustvolle Momente erleben können – ohne Drama und ohne Sorgen. Stattdessen hatte er ihr nur einen höflichen Handkuss gegeben und sie am Eingang zum Hotel stehen lassen. Sein Körper, der Verräter, war nicht an einem Ersatz für Harlow interessiert. Was überhaupt keinen Sinn ergab!

Ein Teil von ihm hasste die schwarzhaarige Hexe, weil sie ihm das antat, weil sie ihn dazu brachte, sich verwirrt und durcheinander zu fühlen. Solch ein innerlicher Aufruhr war scheiße. In seiner Kindheit hatte er schon genug davon erlebt.

Und verdammt! Er hätte Harlow gleich aus seinem Leben streichen sollen, als er zum ersten Mal einen Anflug von Unsicherheit empfunden hatte. Er hätte alles in seiner Macht Stehende tun sollen, um dafür zu sorgen, dass alles wieder so wurde wie zuvor. So, wie er es brauchte. Sein Leben war ohne sie ganz in Ordnung gewesen. Locker und unkompliziert. So, wie er es schätzte.

Doch er hatte sie nicht aus seinem Leben gestrichen. Und jetzt hatte er eine neue Lebenswirklichkeit. Eine, in der sich alles um eine Frau drehte, die er mehr brauchte als Wasser zum Trinken. Es machte ihm wahnsinnige Angst. Es verunsicherte ihn und versetzte ihn in Panik. Er war sich nicht sicher, wie lange er noch so würde weitermachen können.

Wütend stieß er etwas wie ein Knurren aus, trat gegen die Wand vor sich und hinterließ einen Riss im Putz. Harlow hatte nicht nur seine Wünsche, sein Verlangen verändert, sie hatte auch seine älteste Regel ins Wanken gebracht: *Tu nichts, was die Aufmerksamkeit der Gesetzeshüter erregt.* Während sie die neuen Kleider anprobiert hatte, hatte er Scott Cameron einen Besuch abgestattet, und die Unterhaltung hätte beinahe in einem tätlichen Angriff geendet.

„Halte dich von Harlow Glass fern“, hatte er in dem Moment gesagt, als der Mann die Tür geöffnet hatte. Sie waren fast gleich groß, wobei Beck allerdings viel muskulöser war als sein Gegenüber. Außerdem war er trainierter. Cameron wusste das. Wahrscheinlich waren dem Kerl auch die Narben an seinen Fingerknöcheln aufgefallen, als er sich mit zwei Fingern über das Kinn gestrichen hatte. „Wenn du es nicht tust, wirst du es bereuen. Dafür werde ich sorgen.“

Cameron hatte höhnisch gelacht. „Bist du jetzt hinter ihr her, Stadtmensch?“

„Sie arbeitet für mich, und ich pflege all das zu beschützen, was mir gehört. Ich habe gesehen, wie du sie angerempelt hast. Falls das noch mal passieren sollte, wirst du nicht einfach so weitergehen können. Wahrscheinlich wirst du dann nicht mal mehr kriechen können.“

Cameron hatte die Augen zu schmalen Schlitzen verengt.

„Wenn du im Glass-Haus wohnst, solltest du nicht mit Steinen werfen. Ich schlage keine Frauen, doch *wenn* eine Frau eine ordentliche Tracht Prügel verdient hat, dann Harlow Glass. Sie will nur die Typen, die sie nicht haben kann. Aber du glaubst natürlich, bei dir wäre alles anders, weil du sie unbedingt haben willst. Ich verstehe das. Genau, wie ich verstehe, dass du nicht hier bist, um mich wegen meines Verhaltens zurechtzuweisen. Du willst nur einfach freie Bahn haben."

„Was ich will, spielt im Augenblick keine Rolle. Es zählt nur, was du in Zukunft tun wirst."

„Von Mann zu Mann sage ich dir, dass diese Frau das reinste Gift ist. Sie wird dein Leben ruinieren."

„Von Mann zu Junge: Deine Verbitterung lässt sich nicht leugnen. Du musst über die Vergangenheit hinwegkommen. Und zwar schnell." Die Vergangenheit war nur ein Anker, der einen hinunterzog. Erst, wenn es zu spät war, merkte man, dass man ertrank. Hatte Jase ihm nicht genau das sagen wollen, wenn er ihn immer und immer wieder gedrängt hatte, nach vorn zu blicken und weiterzumachen? Schuldgefühle und Scham loszulassen und die Hoffnung, die Zukunft beim Schopfe zu packen? „Was sie dir angetan hat, ist schon lange her. Sie ist nicht mehr dieselbe."

Cameron hatte gelacht. „Du bist verloren – daran besteht kein Zweifel. Wenn du erst den ‚Glass-Laufpass' bekommst, dann komm nicht zu mir. Und sag nicht, ich hätte dich nicht gewarnt." Damit hatte er ihm die Tür vor der Nase zugeschlagen.

Beck hätte beinahe die Tür aus den Angeln gehoben, um den Kerl zu erwischen. Harlow hatte eine „ordentliche Tracht Prügel" verdient? Dafür hatte der Typ selbst eine Abreibung verdient. Doch auch wenn er all das beschützte, was ihm gehörte, so war es eine Tatsache, dass Harlow ihm eben nicht gehörte. Also war er gegangen.

Er trank den Rest seines Biers aus. Seine Gedanken verweilten bei einem anderen Vorfall. Vor ein paar Wochen hatte Jase zu viel getrunken und sehr, sehr lange über den Unterschied zwischen „Sex“ und „Liebe machen“ geplappert. „Liebe machen“ war ein Ausdruck inniger und beständiger Zuneigung, hatte eine tiefe Bedeutung, war ein überwältigender Akt, der einem Menschen emotional unglaublich viel gab.

„Es macht dich verletzbar – aber auf eine gute Art und Weise“, hatte Jase hinzugefügt. „Du betest die Frau an, mit der du zusammen bist. Sie ist deine Partnerin, der eine, ganz besondere Mensch, und sie erwidert dieses Gefühl, diese Liebe.“

Wenn dieser „ganz besondere Mensch“ die Macht hatte, einen in den Wahnsinn zu treiben, dann war Harlow für ihn mit Sicherheit dieser „ganz besondere Mensch“. Doch für jede gesunde Beziehung, über die Jase gesprochen hatte, gab es auch unzählige Beispiele, bei denen es überhaupt nicht lief. Und bestand tatsächlich die Möglichkeit, dass er zu den wenigen Glücklichen zählte, bei denen die Beziehung gut war? Wie hoch standen die Chancen dafür?

War es den Versuch wert? Sollte er es ausprobieren, um vielleicht genauso glücklich zu werden wie Jase?

Es klopfte an der Tür. „Beck“, rief West. „Hast du einen Augenblick Zeit?“

Für seine Freunde? „Immer.“ Er schaltete die Lampe ein, die neben ihm stand, und stellte die leere Bierflasche zur Seite. „Was ist los?“

West kam herein, er trug sein neuestes Lieblingsoutfit. Eine Sweathose. Er hatte mal wieder trainiert. Versuchte er damit, in Gedanken nicht ständig bei einer bestimmten Blondine zu sein?

Er setzte sich auf die Bettkante und sagte: „Ich habe über dein Mädchen nachgedacht.“

„Sie ist nicht ‚mein Mädchen‘.“ Die Worte hinterließen einen bitteren Nachgeschmack auf seiner Zunge.

Wünschte er sich, Harlow wäre sein Mädchen?

„Hör auf, dich selbst zu belügen und dir etwas vorzumachen. Du würdest dein linkes Ei dafür geben, sie einmal haben zu dürfen, und das weißt du auch“, entgegnete West.

„Du hast recht. Das würde ich." Sich von ihr fernzuhalten, hatte ihm überhaupt nichts gebracht. Vielleicht war es an der Zeit nachzugeben und zu ihr zu gehen.

„Das ist doch schon mal ein Anfang."

Beck fiel das zerknitterte Blatt Papier auf, das West in der Hand hielt. „Was hast du da?"

Die Anspannung war West deutlich anzumerken, als er antwortete: „Bevor ich dir das hier zeige, möchte ich, dass du weißt, dass ich sie in keinster Weise ermutigt habe."

Beck erstarrte. *Nein. Verdammt. Nein!* Wenn West ihm jetzt sagte, er habe Interesse an Harlow …

Ich werde das nicht einfach so stehen lassen und weitermachen können.

„Jessie Kay hat Harlows Sachen durchsucht und ihrer Schwester das hier gegeben. Die hat es Jase gegeben. Und der hat es mir gegeben." West reichte ihm das Stück Papier. „Jetzt gebe ich es dir."

Beck nahm das Blatt entgegen und ließ sich in seinen Sessel sinken. Er faltete es auseinander und erblickte eine Zeichnung seines Gesichts. Eine sehr naturgetreue Darstellung.

Ohne Zweifel hatte Harlow es gemalt. Und die Miene, für die Harlow sich entschieden hatte? Es war der Gesichtsausdruck, mit dem er sie angesehen hatte, als sie in seinem Büro gewesen waren und er sich hatte zusammenreißen müssen, um sitzen zu bleiben und sich nicht auf sie zu stürzen, um sie zu nehmen.

Beck war zufrieden und grinste.

Dann sagte West: „Dreh das Blatt um."

Er drehte es um und sah den Brief, den sie geschrieben hatte. Als er ihn las, erstarb sein Grinsen und ein Knurren entrang sich seiner Kehle.

~~Mein liebster~~ West,
dir zu begegnen, ist vielleicht das Beste, was mir je passiert ist. Du scheinst ein Mann mit einer unvergleichlichen ~~sexuellen Ausstrahlung~~ Persönlichkeit zu sein, und ich würde

mich wahnsinnig freuen, dich näher kennenlernen zu können. Wie wäre es mit ~~einem Abendessen einem Kinobesuch~~ einem Kaffee?
~~In Liebe~~ Bis bald
Harlow

Beck fühlte Zorn, den er so noch nie zuvor verspürt hatte. Sie wollte mit West zusammen sein.

„Ich werde mich mit ihr treffen – aber nur, um ihr zu sagen, dass ich kein Interesse an ihr habe“, versicherte West ihm.

Man kann den Menschen, mit dem man zusammen sein will, nicht dazu zwingen, diese Gefühle zu erwidern. Man kann eine Frau, die entschlossen ist, einen zu verlassen, nicht davon überzeugen, bei einem zu bleiben. Diese Mahnung erdete ihn, auch wenn sie alte Wunden aufriss, die gerade erst zu verheilen begonnen hatten.

„Mir würde es nichts ausmachen, wenn du Interesse an ihr hättest“, presste er zwischen zusammengebissenen Zähnen hervor. „Du verdienst es, glücklich zu sein.“

„Ich werde nicht glücklich. Nicht mit ihr jedenfalls.“

Das sagte sein Kumpel jetzt. Aber sobald Harlow ihn mit allem, was sie zu bieten hatte, verführte, würde West irgendwann einknicken und nachgeben. Sie war keine Frau, der ein Mann lange widerstehen konnte.

Beck hätte fast wieder gegen die Wand getreten. *Doch nicht so geerdet wie gedacht.*

West stand auf und klopfte ihm auf die Schulter. „Ich hab dich lieb, Mann, und ich würde niemals irgendetwas tun, um dich wütend oder traurig zu machen.“

„Ich hab dich auch lieb. Mach dir keine Sorgen um mich. Ich komme schon klar.“

West war nicht davon überzeugt. „Nichts ist mir wichtiger als dein Glück. Du warst an meiner Seite und hast mich nicht aufgegeben, als ich im Drogensumpf zu versinken drohte. Du hast mich jedes Mal unterstützt, wenn ich versucht habe, clean zu werden, und du hast mich angefeuert, als ich endlich die Kraft dazu gefunden hatte. Es gibt nichts, das ich nicht für dich tun würde."

Beck sah seinem Freund lange in die Augen, in denen Besorgnis stand. Er war sich sicher, dass West die Vergangenheit ein wenig zu sehr romantisierte. Hilfe? Unterstützung? Er? *Nein.* Schließlich zuckte er scheinbar ungerührt die Schultern. „Im Moment würde es mich freuen, wenn du dich verkrümelst. Ein solches Gesicht kommt nicht von ungefähr. Ich brauche meinen Schönheitsschlaf."

West blieb einen Augenblick stehen, als hätte er noch etwas zu sagen, seufzte dann und ging. Leise zog er die Tür hinter sich ins Schloss.

9. KAPITEL

Er fand keinen Schlaf. Beck wälzte sich stundenlang hin und her. Schließlich gab er auf, stieg fluchend aus dem Bett und zog sich an. Er musste hier raus.

Ziellos fuhr er durch die Gegend und erreichte irgendwann die Stadt und seine Lieblingshotelbar. Er trank viel zu viel Whiskey und flirtete mit jeder Frau, die ihm über den Weg lief. Sein Typ Frau. Die Art von Frau, die er immer bevorzugt hatte. Locker und lustig. Ohne Wenn und Aber. Doch nach einer Weile passierte etwas Seltsames. Die Frauen fingen an, ihn zu nerven. Sie taten schüchtern und spielten mit seinen Haaren, während sie sich zu ihm herüberbeugten und er einen Hauch zu viel Parfüm wahrnahm und einen Blick auf ihr üppiges Dekolleté erhaschte. Raubtiere, die ihn und das, was er zu bieten hatte, benutzen wollten.

Irgendwann wurde er schroff und unfreundlich, und sie verzogen sich. *Und Tschüss!*

Er stürzte noch ein paar Gläser Whiskey herunter, bevor er sich ein Zimmer nahm. Am Morgen war er ausgenüchtert und rief West an, um ihm zu sagen, dass er es nicht ins Büro schaffen würde. Dann rief er eine Frau an, die er einmal engagiert hatte, um Jases vorzeitige Entlassung aus dem Gefängnis zu erwirken. Eine Frau, mit der er nie geschlafen hatte, weil das Geschäftliche oberste Priorität gehabt hatte.

Patricia, eine fünfunddreißigjährige Verteidigerin, stand Beziehungen anscheinend genauso misstrauisch gegenüber wie er. Sie würde ihm nicht das Gefühl geben, sich am Rande eines Abgrunds zu bewegen. Sie würde keine Beziehung fordern, und bei ihr würde er sich auch nicht fühlen, als würde seine ganze Welt aus den Fugen geraten und ihm entgleiten.

Harlow wollte mit West zusammen sein. Gut. Sie konnte ihn haben. Er würde sich ihr nicht in den Weg stellen. Er würde einfach so weitermachen wie früher. So, wie er es schon immer getan hatte und wie es ihm gefiel.

Er holte Patricia in ihrer Eigentumswohnung im Herzen von Oklahoma City ab. Die Wände waren beigefarben gestrichen, und als er diese Wände sah, wollte er mit der Faust darauf einschlagen. Stattdessen flirtete er mit Patricia, als sie im *Mickey Mantle's* zu Abend aßen, und bemühte sich, unverbindlich zu sein, damit das Ganze möglichst locker und leicht blieb. Anschließend spazierten sie durch Bricktown. Goldene, pinkfarbene und rote Lichter fielen von den Leuchtreklamen an den Gebäuden auf das Wasser des Kanals und spiegelten sich dort, während Enten vorbeischwammen. Die Luft war kühl, die perfekte Temperatur, aber der Duft nach Walderdbeeren fehlte.

Der Duft der Heimat, der genauso lebensnotwendig war wie sein Herz oder seine Lunge.

Wann war das passiert? Wann war es so weit gekommen? Anfangs hatte er den süßen Duft, der allgegenwärtig war, gehasst und den Geruch von Autoabgasen, von unterschiedlichsten Parfüms und Rasierwässern tatsächlich vermisst.

„Wow, Tiger. Du zerdrückst meine Finger." Patricia löste ihre Hand aus seiner und zog eine elektrische Zigarette aus ihrer Tasche. Sie nahm einen Zug, und Rauch waberte durch die Luft. „Stimmt etwas nicht?"

Reiß dich bloß am Riemen. „Ich bin bei dir. Was sollte nicht stimmen?" Wie leicht ihm solche Worte früher über die Lippen gekommen waren. Doch heute Abend? Er zuckte innerlich zusammen.

Patricia musterte ihn. In ihren Augen lag ein wissender Ausdruck. „Ich weiß, dass du mir nur sagst, was ich deiner Meinung nach hören will, aber das ist schon in Ordnung. Mir gefällt, was ich höre." Sie rückte seine Krawatte zurecht.

Er wäre beinahe zurückgewichen, als wäre es ein Betrug an Harlow, diese Berührung zuzulassen.

„Lass uns zu mir gehen und vergessen, dass der Rest der Welt existiert."

Ein Moment der Glückseligkeit – nicht mehr und nicht weniger.

Ein Moment ohne Harlow. Die einzige Frau, mit der er wirklich zusammen sein wollte.

Der Schmerz in seinem Innersten, der ihn schon gequält hatte, nachdem er Harlow zum ersten Mal getroffen hatte, kehrte mit voller Wucht zurück. Verdammt, wenn er über sie hinwegkommen wollte, musste er mit Patricia schlafen. Doch eine andere Frau als Ersatz zu benutzen, fühlte sich jetzt genauso mies an wie bei Kimberly.

Warum? Sex war nur Sex. Oder nicht?

Wie soll ich die Wahrheit kennen, wenn ich nie etwas Besseres erlebt habe?

„Scheiße", knurrte er. Er zog Patricia vom Gehweg herunter und weg von den anderen Fußgängern. „Ich kann das nicht. Es tut mir leid. Ich will es, aber ich kann es nicht."

Ihre Augen wurden rund. „Du machst Scherze, oder? Ich habe dich in Aktion gesehen. Du hast noch nie gesagt, dass du nicht könntest."

„Ich weiß, doch die Dinge haben sich … verändert." Allein dieses Wort auszusprechen, war schmerzvoller, als einen Kinnhaken einstecken zu müssen.

Patricia wusste einen Moment lang nicht, was sie sagen sollte. „Bist du, Beck Ockley, etwa gebunden?"

Er dachte fieberhaft darüber nach, was er sagen könnte, um ihre Stimmung wieder aufzuhellen. *Es gibt keine andere auf der Welt, wenn ich mit dir zusammen bin, Süße.* Doch sosehr er sich auch bemühte, er fand einfach nicht die Energie, um charmant zu sein und ihr zu schmeicheln. Er atmete aus und akzeptierte die Wahrheit. Schließlich nickte er. „Sie will mich nicht, und im Augenblick bin ich mir selbst nicht mehr sicher, ob ich sie eigentlich mag. Trotzdem übt sie eine unglaubliche Anziehungskraft auf mich aus."

Ein trauriger Zug umspielte Patricias Mundwinkel. „Keine Sorge. Ich verstehe das. Ich war auch schon mal in deiner Situation."

„Was ist passiert?"

„Was immer passiert, wenn ein Märchen endet. Ich habe ihn verloren."

Becks Herz schlug schneller, und sein Atem ging hastig. Dann machte sie alles noch schlimmer, indem sie hinzufügte: „Ich habe mich nie davon erholt."

Irgendetwas stimmte nicht mit Beck. In den nächsten drei Wochen sprach er nur sehr wenig mit ihr. Jeden Morgen um sieben Uhr klopfte er an die Tür des Wohnmobils. Er klopfte zweimal energisch an, das war alles. Nie betrat er den Wohnwagen, und nie machte er ihr Komplimente über ihre neuen Kleider. Er schwieg, wenn sie zum „Nerdatorium" fuhren, und wenn sie dann dort waren, reichte er ihr nur Zettel mit Anweisungen. *Zeichne dieses Set und diese Figur.* Er überließ ihr sein Büro, während er bei West arbeitete und so tat, als würde sie nicht existieren.

Trotz seiner derzeitigen miserablen Behandlung ertappte Harlow sich dabei, wie sie sein Verhalten anderen gegenüber beobachtete. Selbstverständlich nur auf rein wissenschaftlicher Basis. Sie musste anerkennen, dass er ein besserer Mensch war, als ihr klar gewesen war. Er trainierte eine Jugendfußballmannschaft. Er spendete Geld für wohltätige Zwecke und kümmerte sich um die Einwohner Strawberry Valleys, die einen Rat brauchten. Er sah nach Cora, um sicherzustellen, dass sie immer genügend Eistee hatte. Er war sogar nett zu seinen abgelegten Eroberungen.

Als Tawny zum Beispiel ankam, um ihn zu besuchen, und sich erhoffte, vielleicht ihre Affäre wiederzubeleben, sagte er freundlich: „Jeder Mann kann sich glücklich schätzen, mit dir zusammen zu sein, Süße, aber du verdienst es, für diesen Mann das Zentrum der Welt zu sein, und das ist einfach nicht mein Stil."

Kimberly – diese Schlampe – hatte gelauscht und umarmte Beck. „Das war sehr taktvoll von dir", sagte sie zu ihm.

Harlow zeigte den beiden innerlich den Finger und dachte,

dass die zwei durchbrennen und viele taktvolle Babys haben sollten.

Ich hasse mich.

Kimberly war alles, was sie, Harlow, nicht war, alles, was sie gern sein würde. Neid zerfraß sie.

Sie hatte nicht die Chance gehabt, ihre Verführung von West weiter voranzutreiben – vor allem nicht, weil sie nicht den Mut aufbrachte, ihm einen der Briefe zu geben. Andererseits hatte sie das Gefühl, den richtigen noch nicht geschrieben zu haben. Irgendetwas stimmte an den Briefen nicht. Und sie vergaß auch nicht, wie West sie erst vor Kurzem zur Seite genommen und gesagt hatte: „Wir können Freunde sein – mehr aber nicht. Jetzt gewöhn dich an den Gedanken. Und zwar schnell."

Damals hatte sie sich keine Sorgen gemacht. Freunde? Wundervoll! Als leidenschaftliche Leserin von Liebesromanen wusste sie, dass aus Freundschaft große Liebe entstehen konnte. Doch inzwischen verließ West jedes Mal den Raum, wenn sie hineinkam. Er behandelte sie, als wäre sie giftiger Abfall.

Hoffnung und Zuversicht schwanden schnell.

Die Tür zu ihrem Büro ging auf. Erschrocken zuckte sie zusammen. Beck kam herein. Sein Schritt war stark und anmutig wie der eines Panthers.

Ohne sie anzusehen, sagte er: „Bist du hungrig? Brook Lynn hat gerade etwas zu essen gebracht."

„Echt?" Harlow sprang augenblicklich auf und hastete an ihm vorbei. Mit ihrer Schulter berührte sie seine Brust, und seine Wärme schien sie zu versengen. Ihr Körper reagierte sofort.

Geh weiter. Geh einfach weiter.

Brook Lynn hielt einen Korb mit Sandwiches in der Hand und sagte zu allen, die im Büro waren: „Ich brauche Testobjekte für ein paar meiner neuen Kreationen, und ihr seid meine Versuchskaninchen. Also: Ich habe Honig und Käse, Truthahn und Cranberry-Chutney, Erdnussbutter und Banane, Marshmallow und Bacon sowie Lachs mit eingelegten Tomaten. Wählt eure Lieblingssorte."

„Ich möchte Bacon mit Marshmallow!“, platzte Harlow heraus, sie erinnerte sich selbst dabei an einen ausgehungerten Hund, der den einzigen Knochen im Umkreis von mehreren Kilometern erspäht hatte. Brook Lynn kreierte das schmackhafteste Essen aus den seltsamsten Zutaten, doch nichts konnte Bacon übertreffen. Niemals.

Kimberly bat jedoch gleichzeitig ebenfalls um dieses Sandwich.

Harlow und sie sahen einander mit leicht zusammengekniffenen Augen an und versuchten, die andere dazu zu bewegen, den Blick abzuwenden. Im Kampf um knusprigen Bacon waren alle Nettigkeiten unangebracht.

Fünf-Punkte-Plan, schon vergessen? „Ich nehme Truthahn mit Cranberry-Chutney“, lenkte Harlow ein. Ihre Enttäuschung war groß, doch es gelang ihr hoffentlich, sie gut zu verbergen. „Es sei denn, jemand anders möchte es lieber als ich?“

Niemand meldete sich.

Brook Lynns Blick blieb eine Sekunde länger, als es höflich gewesen wäre, auf sie gerichtet. Ein seltsamer Ausdruck stand auf ihrem Gesicht, als sie ihr das Sandwich gab. War es Verwirrung?

„Danke“, sagte Harlow.

„Nachdem ihr aufgegessen habt“, verkündete Brook Lynn, „möchte ich gern von euch allen wissen, ob das Sandwich absolut umwerfend war, fast umwerfend oder alles andere als umwerfend.“

„Wird gemacht“, entgegnete Harlow und drückte das wertvolle Sandwich an ihre Brust. Worüber beklagte sie sich eigentlich? Ein Bissen von diesem Brot wäre wie eine Explosion in ihrem Mund und würde sie den Bacon vollkommen vergessen lassen.

Zu viel!

Anders ausgedrückt: würde sie den Bacon für einen oder zwei Momente vergessen lassen.

Schon besser.

Sie drehte sich um und bemerkte, dass Beck sie mit dem gleichen verwirrten Gesichtsausdruck ansah wie Brook Lynn – als wüsste er nicht, was er über sie denken sollte. Das verstand sie nicht. Sie hatte doch nichts falsch gemacht.

Sie zwang sich zu einem Lächeln. Beck war schließlich der Grund, weshalb sie überhaupt ein Sandwich bekam. Ohne den Job, den er ihr gegeben hatte, hätte Brook Lynn niemals mit ihr gesprochen und ihr erst recht kein so himmlisches Häppchen angeboten.

„Ich bin dann mal in … äh … meinem Büro“, murmelte sie.

„Ich glaube, du meinst, in *meinem* Büro“, korrigierte er sie.

„Ich glaube, du hast deine Rechte daran abgetreten, als du dich geweigert hast hereinzukommen, weil ich da war.“ Damit ging sie um ihn herum und warf die Tür ins Schloss.

Kimberly folgte ihr, lächelte und wirkte dennoch schuldbewusst. „Ich dachte, wir könnten zusammen Mittag essen. Um uns vielleicht ein bisschen anzufreunden.“

Harlow wollte die Frau hassen, doch es gelang ihr nicht, und sie wies auf die Couch. „Ich bin in der Hinsicht etwas eingerostet, aber ich will es gern versuchen.“

Die rothaarige Frau nahm auf dem Sofa Platz und biss in ihr Bacon-Sandwich. Sie stöhnte zufrieden auf. Harlow biss ebenfalls in ihr Sandwich – und bekam direkt einen Gaumen-Orgasmus.

Was dann passierte, wäre ihnen beiden wahrscheinlich peinlich gewesen, wenn sie außer ihrem Mahl noch irgendetwas anderes wahrgenommen hätten. Sie stürzten sich auf ihr Sandwich, ließen jegliche Zurückhaltung und alle guten Manieren vermissen und holten erst wieder Luft, als der letzte Krümel in ihrem Mund verschwunden war.

„Ich muss Ihnen eine Frage stellen, und ich hoffe, ich gehe damit nicht zu weit“, sagte Kimberly, knüllte das Papier zusammen, in dem sich das Sandwich befunden hatte, und warf es in den Mülleimer.

„Schießen Sie los."
„Sieht Beck jemanden?"
Harlow erstarrte. „Definieren Sie ‚sehen'."
„Daten."
„Definieren Sie ‚daten'."
Kimberly lachte leise, als wäre es ein Spielchen, das sie hier spielten. „Schläft er mit jemandem?"
„Nein. Ich glaube nicht, dass er schläft, wenn er mit einer seiner zahllosen Frauenbekanntschaften zusammen ist." Harlow tippte sich ans Kinn und fügte hinzu: „Ich sehe ihn eher als Rein-raus-aus-die-Maus-Typ, der sich aus dem Staub macht, sobald er fertig ist."
Kimberly seufzte. „Ich habe schon vermutet, dass er ein Frauenheld sein könnte. Ich hatte gehofft, mich zu irren."
„Sie … wollen ihn?"
„Ja. Er ist so *lecker*."
Angriff!
Nein, nein. „Tja, Sie wären eigentlich perfekt für ihn." Harlow bohrte unbewusst die Fingernägel in ihre Oberschenkel, als ihr Blick auf Beck fiel, der bei Cora in der Lobby stand. Die Ärmel hatte er aufgekrempelt, und die Hände hatte er in die Hosentasche gesteckt. Ein Mann, der seinesgleichen suchte. Stark, schön und unerreichbar. Ein Traum, der davonschweben würde, sobald die Sonne aufging.
„Mach dir nicht die Mühe, eine verwelkte Blume weiter zu gießen", hatte ihre Mutter immer gesagt.
Weise Worte. Wenn ihr Körper doch nur auf sie hören würde.
„Sie mögen ihn", stieß Kimberly erschrocken hervor. „Oh, Harlow. Es tut mir so leid. Ich wusste nicht … mir war nicht klar …"
Einen Moment lang rang Harlow nach Worten. „Ich bin nicht … Er ist nicht … Er ist mein Chef. Und mein Freund." Zumindest war er das, bevor er angefangen hatte, nicht mehr mit ihr zu sprechen. „Ich bin an West interessiert."
Kimberly blinzelte verwirrt und schüttelte den Kopf. „West?

Ernsthaft? Aber … Ich habe nie mitbekommen, dass Sie ihn so angesehen hätten, wie Sie Beck ansehen."

„Sie irren sich." Die Frau musste sich irren. „Was halten Sie von Strawberry Valley?", fragte sie, um das Thema zu wechseln.

Obwohl es so schien, als wollte sie widersprechen, ging Kimberly darauf ein und sagte: „Es ist heiß hier, aber hübsch."

„Hübsch? Es ist umwerfend. Außergewöhnlich!"

Lächelnd wischte Kimberly sich ein paar Brotkrümel vom Rock. „Sie haben recht, Sie haben recht."

„Das wäre das erste Mal", sagte Beck, der ins Büro kam.

Mit jeder Faser ihres Körpers spürte Harlow seine Anwesenheit.

„Kimberly, Süße."

Er schlug seinen umwerfendsten Tonfall an, und Harlow bekam eine Gänsehaut.

„Ich müsste mal eben unter vier Augen mit Miss Glass sprechen." Er blieb an der Tür stehen und hielt sie auf. „Wenn du uns kurz entschuldigen würdest …"

„Natürlich." Kimberly warf ihr ein ermutigendes Lächeln zu, ehe sie aufstand und sich auf den Weg zur Tür machte.

„Ich denke übrigens, dass du für heute genug gelernt hast", sagte Beck zu Kimberly. „Du kannst gern schon gehen. Ich hole dich dann um sieben Uhr ab."

Harlow hatte mit einem Mal einen trockenen Mund.

„Sieben?", wiederholte Kimberly.

„Wir haben doch ein Date", erwiderte Beck.

Kimberlys Blick ging zu ihr. „Ich … äh … Ich muss dringend mit dir darüber reden, Beck."

„Ich fürchte, das wird warten müssen, Süße. Mein Meeting mit Miss Glass ist dringender." Damit schob er sie sanft aus dem Zimmer und schloss die Tür hinter ihr.

„Date?", krächzte Harlow.

Seine Miene wirkte plötzlich leer und undurchdringlich. „Sie hat mich heute früh gefragt, ob ich mit ihr ausgehen möchte. Ich habe Ja gesagt."

„Sie ist nett“, entgegnete Harlow tonlos. „Ihr werdet sicher viel Spaß zusammen haben.“

„Ich will nicht über sie reden.“

Er setzte sich auf den Platz, den Kimberly gerade verlassen hatte, und Harlow spürte einen Stich in ihrem Innersten. Es gefiel ihr nicht, dass Beck die Wärme der Frau fühlte, die gerade noch dort gesessen hatte.

„Mir ist aufgefallen, dass du die neuen Kleider trägst, die du bekommen hast. Aber du ziehst immer wieder die gleichen Teile an und nie die anderen.“

Er legte einen Arm auf die Rückenlehne der Couch und lehnte sich zurück. Es war eine Pose, die entspannt und zugleich unglaublich verführerisch wirkte. Da es so viele Fenster und Wände aus Glas gab, konnte das Sonnenlicht ungehindert ins Zimmer strömen und sich in seinen Haaren fangen.

„Warum?“

Instinktiv legte Harlow eine Hand auf ihren Bauch, strich mit den Fingerspitzen über ihre Narben und zeichnete das Muster nach. „Sie zeigen zu viel Haut.“

Er zog einen Mundwinkel nach oben. Das schiefe Lächeln war bezaubernd.

„Also, Miss Glass. Sind Sie etwa zimperlich?“

Wenn es um die abscheulichen Male auf ihrem Körper ging? „Ja, Sir, das bin ich.“

„Tja. Das überrascht mich.“

„Warum überrascht dich das?“ Bisher hatte sie schließlich seiner Anziehung beharrlich widerstanden. Er sollte sich eigentlich fragen, ob sie möglicherweise einen Keuschheitsgürtel trug.

„Du bist wunderschön. Ich möchte, dass du auch wunderschöne Kleider trägst. Das ist alles.“

Schwindelig …

Mit einem Mal wirkte er aufgewühlt, als hätte er zu viel verraten. Er erhob sich und ging zum kleinen Bartisch in der Ecke, wo er sich einen Whiskey einschenkte. „Also. Der Grund, weshalb ich hier bin, West hat den Auftrag bekommen, ein weiteres Computerspiel zu programmieren.“

Okay. Also gut. Zeit, sich wieder dem Geschäft zu widmen. „Dann sind wohl Glückwünsche angebracht.“

„Ja. Uns bleibt jedoch keine Zeit für eine Party. Ich bin gerade dabei, die Figuren für das Spiel zusammenzustellen.“

Aufregung erfasste sie. „Könntest du dich beeilen? Ich meine, ich will mich nicht beklagen, aber die letzte Zeichnung, die du vor einigen Tagen angefordert hast, habe ich längst abgegeben.“ Sie konnte es kaum erwarten, mit dem nächsten Auftrag zu beginnen.

„Ich werde im Laufe des Tages damit fertig sein. Außerdem würde ich gern Farben, Pinsel und Leinwand in das Wohnmobil bringen lassen. Ich möchte dich beauftragen, ein Bild von mir zu malen.“

Sie wäre fast aufgesprungen, riss sich jedoch zusammen. *Ich sollte nicht übereifrig erscheinen.* „Gut“, sagte sie daher und spielte mit der Ecke eines Blattes Papier. „Wenn du darauf bestehst. Und wenn das Honorar stimmt.“ Sie hatte schon unzählige Bilder von ihm gezeichnet, doch die Vorstellung, ihn maßstabsgetreu zu malen und ihn in voller Farbe dabei zu sehen, berauschte sie. Sie könnte mit unterschiedlichen Gold-, Braun- und Bronzetönen spielen und mit einer Fülle von Grüntönen arbeiten, um die Sprengsel abzubilden, die tief in seinen Augen verborgen waren.

Vielleicht hatte Kimberly den Nagel auf den Kopf getroffen. Vielleicht hatte sie Beck aus Gründen angestarrt, die nichts mit der Arbeit zu tun hatten.

„Nenn einen Preis.“ Langsam und lässig ging er mit dem Glas Whiskey zurück zur Couch und setzte sich. „Wie hoch auch immer er sein mag, Lollipop, ich werde ihn bezahlen.“

Der Kosename überraschte sie, denn in den vergangenen drei Wochen hatte er sich keine neuen Namen für sie ausgedacht. Die Tatsache, dass er mit „Lollipop“ etwas Süßes und Köstliches gewählt und sich für ein Wort entschieden hatte, das er bei keiner anderen Frau je verwendet hatte …

Ich bedeute ihm was.

Oh nein, nein, nein. Alarmstufe Rot! Alarmstufe Rot! Das war das Gefährliche an diesem Mann. Er gab jeder Frau das Gefühl, etwas ganz Besonderes zu sein.

„Es ist sehr gewagt, so etwas zu sagen“, erklärte sie ruhig.

„Aber es ist trotzdem wahr.“

Sie stützte die Ellbogen auf dem Schreibtisch ab und beugte sich vor. „Also gut. Der Preis ist …“ Ihr kam eine Idee, und sie lächelte durchtrieben. „Du darfst eine Woche lang keinen Sex haben.“

Er verengte die Augen zu schmalen Schlitzen, doch er wirkte alles andere als verärgert. „Was kümmert dich mein Sexleben?“

„*Du* liegst mir am Herzen, und ich glaube, dass Abstinenz dabei hilft, den Charakter zu formen.“

Er antwortete sofort: „Also gut, ich nehme den Preis an.“ Keine Zeit, diesen Triumph zu feiern. „Mit zwei Einschränkungen“, fügte er hinzu. „Die Woche wird erst beginnen, wenn das Bild fertig ist.“ Nun lächelte er, und es war ein ebenso gefährliches Lächeln. „Und ich möchte, dass es ein Aktbild wird.“

Ihr stockte der Atem, und sie fing an zu husten. „Ich … du … Wie bitte?“

„Ein Aktbild. Das heißt, dass ich keine Klamotten tragen werde. Wenn du dich beim Malen auch ausziehen möchtest, geht das natürlich in Ordnung.“

Das war die Strafe dafür, dass sie mit ihrer Forderung sein Sexleben behinderte. „Ich habe noch nie … das gemalt, was du von mir verlangst, und ich weiß nicht, ob ich es kann.“ Oder ob sie es überleben würde.

„Ich habe vollstes Vertrauen in deine Fähigkeiten. Und von dir als Künstlerin, als *Profi*, erwarte ich, dass du mich ganz objektiv betrachtest. Das kannst du doch, oder?“

„Selbstverständlich“, entgegnete sie. Sie konnte ihn absolut, hundertprozentig objektiv betrachten … wenn er einen Mantel trug, der ihn unsichtbar machte. Aber selbst dann wäre es fraglich, ob es ihr gelingen würde. „Warum willst du unbedingt ein

Aktbild?", wollte sie wissen und hoffte, ihn derart in Verlegenheit zu bringen, dass er seine Forderung zurücknahm.

„Vielleicht gefällt mir die Vorstellung, mich vor dir auszuziehen."

Seine Stimme klang leise und rau, wie eine verlockende Liebkosung. Harlow erschauerte.

„Vielleicht gefällt mir die Vorstellung, dass dein Blick über meine nackte Haut gleitet und dass deine Hände meinen Körper formen."

Sie schluckte. Bisher hatte sie es immer nur mit Jungs zu tun gehabt und nicht mit echten Männern, und so wusste sie nicht, wie sie auf diese unverhohlenen Worte reagieren sollte.

„Oder", sagte er, und in seiner Stimme schwangen wieder die für ihn so typische Belustigung und der sexy Unterton mit, „vielleicht bin ich narzisstisch und möchte jeden Zentimeter meines Körpers für die Nachwelt festhalten. Wer weiß das schon?"

Ja, wer? „Wann soll es losgehen?"

„Heute Abend."

Ich werde mich selbst dafür hassen, dass ich ihn daran erinnert habe, aber … „Was ist mit deinem Date? Ich kann und will Kimberly nicht verletzen."

„Ich denke, wir wissen beide, dass sie mir gerade absagen wollte. Was auch der Grund dafür ist, mich zu fragen, worüber ihr miteinander gesprochen habt."

Harlow rutschte unsicher auf dem Stuhl hin und her. „Ich werde niemals das Vertrauen eines anderen Menschen missbrauchen."

„Ich könnte dich davon überzeugen, es dir anders zu überlegen, aber das werde ich nicht. Ich bewundere deine Haltung."

Sein Blick fiel auf ihren Hals, wo vermutlich ihr Pulsschlag sichtbar war.

„Ich komme um sieben zu dir und bringe etwas zu essen mit."

„Ja. Das wäre schön." *Sehr schön sogar.* Und es war nicht der Gedanke an das Essen, der ihr Herz schneller schlagen ließ, sondern die Vorstellung, dass er bei ihr zu Hause sein würde. Allein ... nackt ... in Reichweite ...

Sie atmete scharf ein. *Oh ... Scheiße.* Der schlimmste Fall war eingetreten.

Kimberly hatte sie durchschaut, aber sie hatte ihr Bestes getan, um alles abzustreiten. Bis es sich nicht länger leugnen ließ. Wie hatte sie sich vormachen können, sich in West verlieben zu können ... da sie sich doch schon längst in Beck verliebt hatte?

„Was ist los, Täubchen?“, fragte er leise. Er kam um den Schreibtisch herum und setzte sich auf die Ecke des Tisches. Vorsichtig drehte er den Schreibtischstuhl um, bis sie zwischen seinen Beinen gefangen war. „Gerade noch warst du gut drauf, und mit einem Mal bist du betrübt.“

Er wusste immer, was in ihr vorging, während sie sich anstrengen musste, um seine Launen zu verstehen. Das Leben war nicht fair. „Im Moment möchte ich nicht darüber reden“, sagte sie. Sie wollte ihn nicht anlügen. Aber sie musste mit jemandem über all das hier sprechen.

Nur mit wem? Sie hatte keine Vertrauensperson, und jedes Geheimnis, das sie anderen anvertraute, konnte gegen sie verwendet werden. Es war für viele ein Spiel geworden, sie zu demütigen.

„Was muss ich tun, damit du mir vertraust?“

War das sein Ernst? „Beck, in den letzten drei Wochen hast du mich behandelt, als wäre ich der Überträger der Cholera. Warum willst du, dass ich dir vertraue?“

„Du bist meine Freundin.“

Aber ich will mehr sein. „Ja“, sagte sie und räusperte sich. „Du hast recht. Das bin ich.“

„Also rede mit mir wie mit einem Freund. Teile deine Vergangenheit mit mir. Erzähl mir, was dich in der Highschool so verändert hat.“

Ihr Mund wurde trocken. Immer wieder kamen sie auf diesen Punkt zurück. „Vergiss, dass ich zugestimmt habe, deine Freundin zu sein. Wir sind Feinde.“

„Die lockeren, ungezwungenen, leichten Dinge deines Lebens erzählst du mir, aber du teilst nichts mit mir, das schwer ist, das dich belastet hat.“

„Ich will nicht über das nachdenken, was mich verändert hat. Es tut zu weh.“

„Der Schmerz verblasst. Zieh das Pflaster ab und gib der Wunde die Chance zu heilen.“

„Nein.“ Falls sie darüber redeten, würde sie es ihm auch zeigen müssen. Wenn sie es ihm zeigte, würde er sie nicht mehr begehren oder mit ihr zusammen sein wollen. Im Augenblick wollte er sie jedoch. Es war eindeutig. So, wie er sie ansah …

Er beugte sich zu ihr, bis seine Nasenspitze beinahe ihre berührte. „Eines Tages, Harlow, wirst du dich mir öffnen.“

„Eines Tages“, flüsterte sie. „Vielleicht. Aber wahrscheinlich nicht.“

Er legte eine Hand in ihren Nacken. Als sie seine Wärme spürte, rang sie leise nach Luft.

„Es wird so kommen. Und du wirst dich mir nicht nur auf eine Weise öffnen. Dafür werde ich sorgen.“

10. KAPITEL

Beck klopfte an Harlows Tür. Dies war vielleicht der größte Fehler seines Lebens, doch er nahm an, dass es auch der schönste werden würde.

Fast einen Monat lang hatte er sich zurückgehalten – selbst als Harlow, dieses heiße kleine Ding, in den sexy Sommerkleidern, die er gekauft hatte, durch das Büro getänzelt war und sich der dünne Stoff so perfekt an ihre Kurven geschmiegt hatte, dass es eigentlich verboten sein sollte. Er hatte sein Bestes getan, um sie zu ignorieren. Sie begehrte West. Oder zumindest glaubte sie, dass sie ihn begehrte. Von Tag zu Tag hatte er sie intensiver beobachtet und festgestellt, dass ihr Umgang mit seinem Freund überhaupt nicht von romantischen Gefühlen, sondern nur von Unsicherheit geprägt war.

Und dann gab es noch die unbestreitbare Tatsache, dass Harlow sich zu ihm hingezogen fühlte. Nachdem er im Laufe der Jahre so viele Frauen gehabt und so viele Erfahrungen gesammelt hatte, konnte er sogar mit verbundenen Augen erkennen, ob eine Frau ihn besonders anziehend fand oder nicht. Jedes Mal, wenn Harlow in seine Richtung blickte, stand ein so glühender Ausdruck des Verlangens in ihren blauen Augen, dass er das Gefühl hatte zu verbrennen. Wenn er sich ihr näherte, veränderte sich ihre Atmung. Und wenn er sie berührte, bekam sie eine Gänsehaut. Als er darüber gesprochen hatte, nackt für sie zu posieren, hatte sie unwillkürlich die Lider leicht gesenkt und so ausgesehen, als wären sie bereits gemeinsam im Bett.

Sie wollte ihn genauso sehr, wie er sie wollte. Und auch wenn sie die ganze Zeit von einer Beziehung sprach, würde sie sich mit dem zufriedengeben, was er ihr schenken könnte – eine leidenschaftliche Nacht, die so sinnlich werden würde, dass sie ihren eigenen Namen vergessen würden. Die Verlockung forderte ihr Recht.

Harlow öffnete die Tür. Sie trug ein Tanktop und Shorts. Ihr Lächeln wirkte nervös.

„Pünktlich auf die Minute."

Er wollte sie berühren, riss sich jedoch zusammen. „Das bin ich immer.“

„Außer, wenn du mal zu spät kommst, stimmt's?“ Harlow trat zur Seite.

Beck kletterte ins Wohnmobil und gab ihr den Teller mit dem Essen, das er mitgebracht hatte.

Ihre Augen weiteten sich vor Freude. „Ich rieche Bacon.“

„Ich habe Brook Lynn gebeten, gefüllte Paprikaschoten mit deiner Lieblingszutat zu machen.“

„Ernsthaft?“

Als er nickte, riss sie die Folie vom Teller und stieß einen kleinen Jubelschrei aus.

„Das ist kein Bacon mit Marshmallows, aber sie hatte keine Marsh…“

„Es ist perfekt!“ Harlow schlang die Arme um seinen Nacken. „Danke, Beck. Ich danke dir so sehr.“

Die Zartheit ihrer Rundungen passte sich der Härte seines Körpers an. Inzwischen aß sie wieder regelmäßig und war etwas kurviger geworden. Ihm gefiel es. Sehr sogar. Ihr Duft nach Erdbeeren überdeckte den der Paprikaschoten mit Bacon und schien seinen Verstand zu umhüllen. Ihre Wärme streichelte über seine Haut und erinnerte ihn an die ersten Sonnenstrahlen nach einem langen, harten Winter. Er hielt Harlow fester, als er es eigentlich vorgehabt hatte. In seinem Inneren machte sich gespannte Erwartung breit, und das Gefühl der Hitze wurde schlimmer – und besser.

Der Drang, sie hochzuheben und auf die Küchenanrichte zu setzen, war beinahe überwältigend. Ein Knopf an den Shorts. Vermutlich einhundertundfünfzehn Zähne am Reißverschluss. Mit einem beherzten Griff wären die Shorts weg und sie würde nur noch ein Höschen tragen. Und nur eine dünne Schicht Stoff würde seine Finger … seinen Mund … von ihrem intimsten Punkt trennen.

Noch nicht. Er zwang sich dazu, sie loszulassen. Er hatte sich Gedanken gemacht, hatte über ihre Einsamkeit und den Hass der Stadtbewohner nachgedacht, und er bezweifelte, dass sie seit der Highschool ein Date gehabt hatte. Er war sich nicht sicher, wie weit sie damals gegangen war, wusste nur, dass die Jungs in ihrem Alter den Weg zum Orgasmus nicht einmal mit einer Wegbeschreibung und einer Taschenlampe gefunden hätten. Er musste Schritt für Schritt vorgehen.

Sie lächelte noch immer so strahlend, dass sein Innerstes sich schmerzhaft zusammenzog, und hüpfte zum Küchentisch. Hatte sie eine Ahnung, wie sehr er sie wollte?

Vorhin hatte die für gewöhnlich so nette Kimberly endlich einmal die Krallen gezeigt – wegen eines Bacon-Sandwiches. Harlow, die sich das belegte Brot offenbar mehr gewünscht hatte als einen Lotteriegewinn, hatte nachgegeben und freiwillig verzichtet. Das Mädchen, das in den vergangenen Monaten oft gehungert hatte, hatte der Frau, die noch nie auf irgendetwas hatte verzichten müssen, das Sandwich überlassen. In der Sekunde, in dem Augenblick, in diesem Lebensmoment war sein Panzer aus Eis dahingeschmolzen.

Danach hatte sich die Wahrheit nicht mehr leugnen lassen. Keine Chance mehr, sich zu bremsen oder etwas zu verdrängen, denn sämtliche Zurückhaltung war ausgelöscht. Er wollte Harlow, und er würde sie bekommen. Egal, wie die Konsequenzen aussehen mochten.

„Hast du Hunger?“, fragte Harlow und bot ihm eine der gefüllten Paprikaschoten an.

„Ich verhungere“, entgegnete er. Seine Stimme klang tief und ernst. Er nahm neben ihr am Tisch Platz und achtete darauf, dass sich ihre Schultern und Beine berührten.

Er nahm wahr, wie ihr der Atem stockte, und sah, wie sie eine Gänsehaut auf den Armen bekam. Und wieder schien sich durch seine Adern Feuer in ihm auszubreiten. Beide wandten sie ihre Aufmerksamkeit der Paprika zu. Wahrscheinlich aus unterschiedlichen Gründen. Sie aßen schweigend, und zwischen ihnen war die Anspannung beinahe mit Händen zu greifen. Sie hatte an diesem Tag viele seiner Hinweise übersehen, doch diese Nähe … Das konnte sie nicht leugnen.

Ihre Finger zitterten, als sie nach dem Glas griff und einen Schluck Wasser trank. Sie leckte sich einen Tropfen von der Unterlippe. Becks Erregung nahm zu, sodass er es kaum ertrug, als er sich vorstellte, was sie mit ihrer kleinen rosigen Zunge sonst noch auflecken könnte.

„Woran denkst du gerade?“, fragte sie und faltete die Ecke des Einwickelpapiers zurück.

„Ehrlich? Du bist nicht bereit für die Antwort.“ Er zupfte an einer ihrer Haarsträhnen. „Im Übrigen würde ich lieber über die Lügen reden, die du mir erzählt hast, als wir uns zum ersten Mal begegnet sind.“

Vor Scham zog sie die Schultern hoch. „Es tut mir leid. Aber ich verspreche dir, dass ich dich nie wieder belügen werde – egal, wie schmerzhaft die Wahrheit auch sein mag.“

„Gut. Beweise es mir, indem du mir etwas über deine Vergangenheit erzählst.“ Als sie den Mund aufmachte, um zu protestieren, fügte er hinzu: „Fang mit deiner Lieblingserinnerung an das Farmhaus an.“ Das Bedürfnis, mehr über sie zu erfahren, hatte nicht nachgelassen.

„Meine Lieblingserinnerung …“ Ein versonnener Ausdruck trat in ihre Augen, als sie die Gedanken schweifen ließ. „Weihnachten. Ein Jahr, nachdem mein Dad gestorben ist. Meine Mutter und ich haben das ganze Haus mit Bändern und Schleifchen dekoriert. Danach hat sie Kürbiskekse gebacken. Zum ersten Mal hatten wir keine Angst davor, dass jemand unsere Bemühungen kritisieren würde.“

„Und vorher hattet ihr Angst?“, fragte er sanft. „Vor deinem Vater?“

Ihr Nicken kam zögerlich, doch es war eine Antwort, und es war ein Fortschritt.

„Du hast erwähnt, dass er dich beschimpft hat. Hat er dich auch geschlagen?“

„Das musste er gar nicht. Mit seinen Worten hat er schon genug Schaden angerichtet.“

Beck hielt ihre Hand und verschränkte seine Finger mit ihren.

„Manchmal ist das noch schlimmer. Körperliche Verletzungen heilen. Innere Wunden können anfangen zu eitern."

Sie hielt ihn fest, riss sich zusammen, und er verspürte wieder den Schmerz in seiner Brust. Doch allmählich gewöhnte er sich daran. Der Schmerz war fast wie ein alter Freund.

„Dir hat man auch wehgetan", sagte sie, und es war eher eine Feststellung als eine Frage.

Oh nein, das machte sie jetzt nicht. Es ging hier nicht um ihn. „Hast du es noch nicht gehört?" Er lächelte, als er sie losließ und die Hände auf seine Knie legte. „Ich bin Superlover. Stärker und härter als Stahl."

Sie verdrehte die Augen. „Außerdem lenkst du ab."

„Nein, ich benenne Tatsachen. Also, was ist dein Lieblingsessen?"

„Bacon. Ist das nicht bei jedem so?"

„Dein Lieblingsgetränk?"

„Limonade. Und was ist mit dir?", fragte sie. „Was ist deine Lieblingserinnerung an das Farmhaus? Und versuche nicht, dich mit einem Flirt und einem frechen Spruch um die Antwort herumzudrücken. Dann werfe ich dich aus meinem Wohnmobil."

„Echt streng, Harlow. Echt streng. Aber gut. Ich habe es genossen, eine Blaubeerkuchendiebin in meinem Flur zu ertappen." Als sie stumm auf die Tür wies, sagte er: „Das ist mein Ernst. Du hast zugleich ängstlich und willensstark und mutig gewirkt – als wärst du wehrlos und dennoch entschlossen, notfalls zu töten, um das stibitzte Dessert zu verteidigen."

„Das hätte ich auch getan", entgegnete sie, und ein Lächeln umspielte ihre Mundwinkel.

Ein Lächeln, das er schmecken wollte.

„Hase", sagte er und streckte die Hand aus, um mit den Fingerspitzen über den Saum ihrer Shorts zu streichen. Das Bedürfnis, sie zu berühren, war ganz instinktiv. „Hast du eigentlich schon darüber nachgedacht, in welcher Position ich für das Bild Modell stehen soll?"

Zarte Röte überzog ihre Wangen, und ihr stockte der Atem.

„Ja. Du solltest über die Couch gebeugt daliegen, dein Hintern rot von einigen harten Schlägen."

„Du stehst auf Schmerzen und Bestrafung? Gut zu wissen. Schnapp dir die Malutensilien, die ich habe schicken lassen, und dann geht es los", sagte er. Und während sie noch nach einer passenden Antwort suchte, fing er schon an, sein Hemd aufzuknöpfen.

Wieder einmal lernte sie eine neue Seite von Beck kennen. Diese Veränderung kam allerdings vom anderen Ende des Spektrums und machte sie nervös. Er war charmant, viel charmanter als sonst, und er war offensichtlich auf eine Verführung aus. Hatte sie die Kraft, ihm zu widerstehen?

„Warte", sagte Harlow. „Ich habe nachgedacht. Ich sollte dich erst angezogen malen. Du weißt schon ... damit du dich wohler fühlst."

„Vertrau mir. Ich fühle mich nackt auch wohl."

Darauf würde ich wetten.

Er machte noch einen Knopf auf. Mit seinen flinken Fingern hatte er bereits die Hälfte der Knöpfe geöffnet, und was sie von seinem Oberkörper sehen konnte, fesselte sie. Ausgeprägte Bauchmuskeln, die von einer Spur schwarzer Haare bedeckt waren, die goldene Spitzen hatten. Sonnengebräunte, makellose Haut. Ein Sixpack, das sie schon nach dem ersten Blick verzückte. Er war perfekt und absolut traumhaft.

Seine ehemaligen Geliebten waren wahrscheinlich genauso perfekt gewesen. Man musste sich nur mal Tawny ansehen. Oder Kimberly, mit der er zwar nicht geschlafen hatte, doch mit der er hatte ausgehen wollen. Und im Gegensatz dazu sie, deren Oberkörper wie eine Patchworkdecke aussah. „Willst du dich nicht erst vergewissern, dass ich dich obenrum in den richtigen Proportionen darstelle, ehe du mich deinen Unterleib malen lässt?"

Seine Augen funkelten gefährlich. Ein Ausdruck des Verlangens stand darin. „Denkst du, ich könnte zu groß für die Leinwand sein?"

Töte mich. Töte mich auf der Stelle. „Lass einfach deine Hose an!"

Er zog sich das Hemd aus und sagte: „Bist du dir sicher?"

Nicht im Geringsten. Sie zwang sich dazu zu nicken.

Er seufzte schwer, als würde er ihr einen riesigen Gefallen tun. „Also gut. Die Hose bleibt an. Vorerst."

„Setz dich auf die Couch", wies sie ihn an und holte die Staffelei, die Farben und die Pinsel aus dem Schrank. Sie hatte ihm zuvor eine Liste der Dinge gegeben, die sie brauchte, und hatte eine Entscheidung treffen müssen, ob sie Acrylfarben oder Farben auf Ölbasis nehmen wollte. Am Ende hatte sie sich für die Ölfarbe entschieden. Acrylfarbe trocknete einfach zu schnell, selbst wenn sie sie mit einem Retarder oder Trocknungsverzögerer mischte. Mit einer so schnell trocknenden Farbe war es schwierig, Farbnuancen zu mischen oder Übergänge zu schaffen.

„Ich will deine Gefühle nicht verletzen, indem ich ehrlich sage, dass du dich irrst", sagte er, „aber selbst ich weiß, dass das Bett einen visuell wesentlich ansprechenderen Hintergrund bietet."

Das Bett. Beck legte sich auf die Matratze und schmiegte sich in die Kissen.

Ihre Finger bebten, als sie alles vorbereitete. „Du musst still liegen bleiben."

„Ich kann alles tun, was du von mir verlangst, Liebste."

Seine Stimme klang wieder leise und rau und streichelte liebevoll über sie.

„Du musst es mir nur sagen, dann tue ich es."

Ihre Hand zitterte noch stärker, als sie nun einen Pinsel nahm. „Du sollst nicht mit dem Personal flirten."

„Das bleibt unser kleines Geheimnis", sagte er. „Du hast schon Porträts gemalt?"

Sie fing an, seine Silhouette zu skizzieren. „Ja. Meine Mutter war mein Lieblingsmotiv."

„Was ist mit den Bildern passiert? Weil sie nicht im Haus waren, als ich eingezogen bin. Die Leinwände wären mir mit Sicherheit aufgefallen."

Wieso sollte sie es ihm nicht sagen? „Ich habe sie verbrannt." Sie hatte beobachtet, wie sie zu Asche verglüht waren.

Er runzelte die Stirn und war mit einem Mal ernst. „Warum?"

„Es hat mir nicht gefallen, wie ich mich fühlte, wenn ich sie betrachtet habe."

„Ich dachte, deine Mutter hätte dich gut behandelt?"

„Das hat sie auch, aber jedes Mal, wenn ich ihr Bild gesehen habe, wurde ich daran erinnert, dass ich niemals so war, wie sie es sich erträumt hatte. Ich habe mich an die Jahre erinnert, die sie meinetwegen an das Haus gefesselt war, und ich habe einfach … Ich schätze, ich habe einfach beschlossen, sie loszulassen, damit sie endlich frei sein kann."

„Du hast sie geliebt. Und sie hat dich geliebt", sagte er.

In seiner Stimme schwang eine Empfindung mit – Neid, wie sie vermutete.

„Ja. Sehr sogar." Tränen traten ihr in die Augen, und die Linien auf der Leinwand verschwammen. Sie hielt einen Moment inne, beruhigte sich, indem sie ein paar Mal tief durchatmete, und fuhr dann fort: „Was ist mit deinen Eltern?"

Er schwieg. Natürlich. Er durfte in ihrem Leben herumstochern, aber sie hatte kein Recht dazu, ihn etwas zu seinem Leben zu fragen.

„Die biologischen? Die Pflegeeltern?", hakte sie nach.

Wieder Schweigen.

„Weißt du", sagte sie und versuchte gar nicht erst, ihre Verärgerung zu verbergen, „du bestehst darauf, dass ich dir alles Mögliche über mich erzähle, aber du selbst machst jedes Mal zu, wenn ich etwas über dich wissen möchte. Es ist nicht fair. Ich will die Informationen doch nicht gegen dich verwenden, sondern dich einfach nur besser kennenlernen."

Eine weitere Minute verstrich, bevor er sagte: „Meine Mom starb, als ich fünf Jahre alt war. Mein Dad brachte mich eine Zeit lang bei verschiedenen Verwandten unter, bis die Gastfreundschaft irgendwann überstrapaziert war. Am Ende trat er dann seine Rechte an mir ab."

„Oh, Baby. Das tut mir so leid." *Moment mal. Habe ich ihn gerade „Baby" genannt?* Der peinliche Ausrutscher war ihr so selbstverständlich über die Lippen gekommen, dass es ihr Angst machte.

Glücklicherweise schien es Beck nicht aufgefallen zu sein. Er zuckte nur mit den Schultern und sagte: „Es ist, wie es ist."

„Nein. Ich weigere mich, so zu denken. Was geschehen ist, hat dich offensichtlich sehr verletzt. Und das hätte nicht passieren dürfen." Er hatte einen Elternteil verloren, nur um von dem anderen verstoßen zu werden. Harlow hätte nicht gewusst, was sie getan hätte, wenn ihre Mutter sie direkt nach der Beerdigung ihres Dads weggegeben hätte. „Du hast was Besseres verdient."

Beck räusperte sich. „Künstler brauchen Inspiration, um etwas zu erschaffen", sagte er und lenkte die Unterhaltung in eine neue Richtung. „Was inspiriert dich?"

Sie protestierte nicht gegen den Themenwechsel. „So ziemlich alles."

Er schnalzte missbilligend mit der Zunge. „Harlow hat zum ersten Mal an diesem Abend gelogen. Dieses Mal lasse ich es noch durchgehen, beim nächsten Mal kostet es dich allerdings etwas."

„Ich habe nicht gelogen", erwiderte sie ernst. *Aber … was wird die nächste Lüge mich kosten?*

„Wenn du dich von allem hättest inspirieren lassen, hättest du niemals aufgehört zu malen."

„Ich war zu arm und konnte mir die Utensilien einfach nicht leisten."

„Arm oder nicht – wenn du hättest malen wollen, hättest du auch einen Weg gefunden, um es zu tun."

Damit hatte er recht. „Erlaube es mir, meine Äußerung zu berichtigen." Sie strich mit dem Pinsel über die Leinwand und erweckte mit ihren Farben den gemalten Beck zum Leben. „Alles inspiriert mich – wenn ich mich sicher fühle."

„*Sicher.* Interessante Wortwahl, wenn man bedenkt, dass ein halb nackter Mann in deinem Bett liegt."

Als müsste man mich daran erinnern. „Hm", murmelte sie. Sie wollte nicht darauf antworten. Und einen Herzschlag lang, vielleicht für eine Ewigkeit, verlor sie sich in der Kunst … Sie verlor sich in Beck. In seiner Schönheit und seiner Ausstrahlung. In seiner Sinnlichkeit. Das alles lag in seinem Blick, in seinen Augen, und starrte sie sowohl aus dem Bett als auch von der Leinwand aus an. Schon bald keuchte sie, als wäre es körperlich anstrengend, einen Pinsel mit Farbe zu benetzen und ihn über die Leinwand zu führen. Ihre Haut war erhitzt, beinahe fiebrig, und sie zitterte nicht nur, sondern ihr Körper schien elektrisch geladen zu sein.

„Geht es dir gut?", erkundigte Beck sich. „Du siehst erhitzt aus."

„Mir geht es gut", entgegnete sie atemlos. „Sehr gut."

„Lügst du schon wieder?"

„Nein."

„Mein ‚Spinnensinn' sagt mir aber etwas anderes."

„Du bist Superlover, schon vergessen? Du hast einen Röntgenblick, keine übermenschlichen Sinne. Und was wäre, wenn ich lügen würde? Was würdest du dann tun?" Die freche Seite von ihr musste es wissen.

Er verlagerte sein Gewicht, rutschte höher, ließ die gebeugten Beine auseinanderfallen und schuf damit einen Platz für sie. „Lass es mich dir zeigen", sagte er und winkte sie mit dem Zeigefinger zu sich. „Komm her."

Ihr Selbsterhaltungstrieb zwang sie dazu zu sagen: „Auf keinen Fall."

„Komm her", beharrte er. „Bitte, Harlow."

Bitte …

Ihr Körper verriet sie und setzte sich in Bewegung, ohne dass ihr Verstand seine Zustimmung gegeben hätte. Sie legte den Pinsel zur Seite und trat hinter der Staffelei hervor. Als sie den Raum halb durchquert hatte, wurde ihr bewusst, was gerade passierte, und sie blieb stehen.

Argwöhnisch fragte sie: „Was hast du mit mir vor?"

Er lächelte träge. „Alles, was ich mir immer gewünscht habe."

Alarmstufe Rot! Er hatte anscheinend vor, eine leidenschaftliche Nacht mit ihr zu verbringen … Nur, wie man es von ihm kannte, würde er am Morgen die Sache beenden.

„Wenn du lieber weiterarbeiten möchtest, ist das auch in Ordnung", sagte er. „Dann ist mein Körper deine Leinwand und deine Zunge der Pinsel."

So offensichtlich. Wut erfasste sie wie ein Leuchtfeuer im Chaos ihrer widersprüchlichen Gefühle. *Er will mich wirklich. Mich! Aber er wird mich trotzdem wegwerfen.*

Würde er sie anschließend auch feuern?

Sie bohrte die Fingernägel in ihre Handflächen. Spulte er dieses Programm bei jeder Frau ab? Lockte er sie mit ein bisschen Romantik, fing sie dann mit einem winzigen Seelenstriptease ein und zog sie an Land, indem er sie davon überzeugte, ihn zu berühren?

Mistkerl! Jemand musste ihm eine Lektion erteilen.

Willkommen im Klassenzimmer von Miss Glass.

„Weißt du, Beckham", begann sie mit einem sonnigen Lächeln und wünschte sich, ihr wäre ein originellerer Kosename eingefallen – und zwar einer, der ihn beleidigte und ihm nicht schmeichelte, „mir fallen einige Dinge ein, die du für mich tun könntest." Als sie nun zu ihm trat, wobei sie darauf achtete, die Hüften zu wiegen, blitzte Verlangen in seinen Augen auf, und sie strahlten heller denn je. Sie bemerkte es und geriet ins Wanken.

Das hier ist nur ein Spiel für ihn … Natürlich ist es nur ein Spiel für ihn.

Sie setzte sich auf die Bettkante und legte eine Hand auf seine. Es kribbelte, und Wärme durchströmte sie. Sie ignorierte beides.

Beck wurde ganz ruhig. Nur sein Pulsschlag ging schneller. Harlow rang den Wunsch nieder, sich vorzubeugen und über die Stelle an seinem Hals zu lecken, wo sein Puls sichtbar wurde. Es war ein Wunsch, den sie nie zuvor verspürt hatte. Auf der

Highschool war ein Knutschfleck ihre Spezialität gewesen, doch sie hatte es nie aus einem leidenschaftlichen Gefühl heraus getan. Sie hatte die Jungs damit einfach nur als ihr Eigentum markiert.

„Die Haltung deiner Hände ist ungünstig", sagte sie und widmete sich wieder dem ursprünglichen Grund, aus dem er hier war. „Du solltest sie besser *so* halten. Immer." Sie krümmte seine Finger, einen nach dem anderen, und ließ nur einen gerade – den Mittelfinger. „Ja, so ist es gut. Fick dich selbst!"

Abrupt hob er den Kopf und blickte ihr in die Augen.

„Ich weiß, was du vorhast", sagte sie. „Du willst, dass ich deine nächste Eroberung, dein nächster One-Night-Stand werde. Doch da spiele ich nicht mit."

„Na, na, Klößchen. Du verletzt meine Gefühle."

„Als hättest du echte Gefühle!" Sie schlug ihm gegen die Brust. „Aber weißt du was? Ich habe welche. Und willst du wissen, was gar nicht nett ist? Eine Frau zu benutzen, mit ihr zu schlafen und sie anschließend zu ignorieren!"

Als sie wieder ausholte, um ihn noch mal zu schlagen, packte er blitzschnell ihr Handgelenk. Er grinste nicht, er schmunzelte nicht, sondern sah sie nur mit hungrigem Blick an.

„Du willst doch auch mit mir schlafen. Gib es zu."

Wenigstens tat er jetzt nicht mehr so, als wäre es anders, er sagte die Wahrheit. „Ich gebe hier überhaupt nichts zu."

„Wären wir dann wieder an diesem Punkt angelangt?"

Er zog sie zu sich und drehte sie im gleichen Moment um. Sie landete auf der Matratze, federte leicht hoch. Im nächsten Augenblick war Beck über ihr.

„Erstens: Ich würde dich danach nicht ignorieren. Wir würden Freunde bleiben. Und zweitens: Wenn ich diese Finger nehmen würde", sagte er und hielt sie ihr vor die Nase, „auch gern den, den du anscheinend am liebsten hast, und sie in deine Shorts … in dein Höschen … schieben würde, würde ich feststellen, dass du feucht bist."

Der Mistkerl formulierte es nicht einmal als Frage.

„Nein!“ *Du würdest feststellen, dass ich* mehr *als feucht bin.* „Wage es ja nicht. Ich … Ich will mit jemand anders zusammen sein.“

„Mit West?“ Er schüttelte unnachgiebig den Kopf. „Ich weiß, dass du das denkst, Baby, aber du irrst dich. Du willst mich.“

Sie hatte schon erkannt, dass sie West nicht wirklich wollte, doch unter keinen Umständen würde sie Beck die Genugtuung bereiten, das laut zuzugeben. Also, zumindest würde sie nicht *alles* zugeben.

„Ich will einen Traummann, und du bist es nicht.“

Er war nicht verärgert und sagte sanft: „Dann erzähl mir von ihm.“ Zärtlich strich er mit den Fingerknöcheln über ihre Wange.

Sie rang um Selbstbeherrschung. „Zuerst einmal ist er an einer Ehe interessiert und nicht nur an einer Affäre.“

Beck lachte. Er lachte tatsächlich.

„Und du glaubst, dass West der Typ für die Ehe ist?“

„Warum sollte ich das nicht glauben? Er hat sich schließlich nicht durch die weibliche Bevölkerung des Landes geschlafen.“

Ein Tiefschlag. Er zuckte zusammen, und seine Belustigung war mit einem Mal verschwunden.

„Du bist keine viktorianische Jungfer, Harlow. Du musst nicht heiraten, um mit einem Mann zu schlafen.“

„Du hast recht. Ich muss nicht heiraten, aber ich möchte es gern. Zumindest möchte ich mir jedoch sicher sein können, dass ich auf dem richtigen Weg bin, bevor ich einen solchen Schritt mache. Ich will wieder Teil einer Familie sein.“

Der Blick, den er ihr zuwarf, war dunkel und gefährlich.

„Hast du vor der Ehe *geübt*?“

„Das geht dich nichts an.“

„Ich verstehe das als ‚sehr wenig‘.“

„Oder sehr viel.“ Oder überhaupt nicht. Wie auch immer.

„Und du denkst, dass West ein Teil deiner Familie sein soll?“, fragte er. „Also gut. Dann komm mit. Wir sollten es hinter uns bringen, damit wir endlich weitermachen können.“ Er erhob sich, zog sein Hemd an und knöpfte es halb zu, bevor er sie auf die Beine zog. Er hielt ihre Hand fest und zog sie daran mit sich zur Tür.

„Wohin gehen wir?“

„Ins Haus. Als guter Freund, der ich nun mal bin, helfe ich dir, West etwas besser kennenzulernen.“

Hatte seine Stimme am Ende ein bisschen gezittert? Oder war der Wunsch Vater des Gedankens? „Ich brauche deine Hilfe nicht.“

„Doch, die brauchst du, sonst hättest du ihn schon längst für dich gewonnen und wärst mit ihm zusammen.“

„Es ist kein Fehler, wenn man es langsam angehen lässt.“

„Aber es ist ein Fehler, wenn man es vor sich herschiebt“, sagte er und zog sie durch die Nacht, während um sie herum die Grillen zirpten. „Vergiss eines nicht: Du hast dir das gewünscht.“

11. KAPITEL

Er hatte es eindeutig übertrieben – das war ihm klar. Doch jetzt gab es kein Zurück mehr. Er musste entweder weitermachen oder aufgeben und aussteigen. Und er war noch nicht bereit zu kapitulieren und es einfach sein zu lassen. Er verzehrte sich nach Harlow, und dieses Verlangen konnte nur gestillt werden, indem er mit ihr schlief. Wenn der einzige Weg, sie für sich zu gewinnen, darin bestand, ihr zu beweisen, wie falsch sie mit West lag, dann sollte es so sein.

Beck zerrte Harlow auf die Veranda. Das Mondlicht und der schwache Schein der Verandabeleuchtung fielen auf sie und betonten ihre entzückenden Züge noch. In diesem Moment war sie eine Frau, die seinem schönsten Traum entsprungen war – und seinem schlimmsten Albtraum. Jemand, der die Spielregeln änderte. Sie war reizend, beinahe wie aus einer anderen Welt, und in ihren Augen erhaschte man einen flüchtigen Blick auf den Morgenhimmel. Endlos, unergründlich. Atemberaubend. Sein Magen zog sich in einer Mischung aus Wut und Begierde zusammen.

„Ich hoffe, du bist bereit", sagte er. Er war es jedenfalls nicht. Er machte die Tür auf, hörte Stimmen aus der Küche und legte einen Arm um Harlows Taille – nur für den Fall, dass sie vorhatte, einen Rückzieher zu machen und zu flüchten. Sie schmiegte sich so perfekt an ihn …

„Ich muss nicht bereit sein. Ich mache da nicht mit."

Die Art, wie sie sich an ihn lehnte, strafte ihre Worte Lügen. Es wirkte beinahe, als hungerte sie nach dem Kontakt, der Berührung, und sein Verlangen nach ihr verdrängte seine Wut.

Er musste sie haben. Bald. Und auf diese Weise würde er sein Ziel erreichen.

Die Hunde schliefen im Wohnzimmer. Sparkles, Brook Lynns Schatten, erwachte jedoch, als er die Schritte auf dem Holzfußboden hörte, hob den Kopf, spitzte die Ohren und sah ihn missmutig an.

„Geh weiter“, sagte Beck leise zu Harlow. Dieses Höllenvieh beschloss vielleicht in diesem Moment, dass es Zeit fürs Abendessen war. Oder Zeit, um ihm mal wieder auf die Schuhe zu pinkeln.

Die Unterhaltung in der Küche verstummte, als man sie bemerkte.

„Hi, Harlow“, sagte Daphne. „Schön, dich mal wiederzusehen.“

„Danke“, entgegnete Harlow, und er spürte, wie sie zitterte. „Ich freue mich auch, dich zu sehen.“

„Onkel Beck! Weißt du was?“ Hope, Jases neunjährige Tochter, hüpfte auf ihrem Stuhl auf und ab, und ihre Zöpfe flogen ihr um den Kopf. „Wir haben *Monopoly* gespielt, und ich habe gewonnen.“

„Nur, weil du eine Tyrannin bist“, erwiderte West. Zuneigung schwang in seiner Stimme mit. Seine Miene verfinsterte sich, als er Jessie Kay ansah. „Und du bist eine schlechte Verliererin.“

„Weil ich mich geweigert habe, in deinem Hotel zu bleiben und mir möglicherweise Läuse einzufangen?“

„Ich bin ja auch in deinem geblieben, obwohl man nicht mal genau sagen kann, was ich mir da hätte holen können.“

Jessie Kay zischte.

„Und das ist unser Stichwort zu gehen. Hol deinen Hund, Hope.“ Daphne stellte das leere Glas in die Spüle und sagte an Harlow gewandt: „Steve, der Satansbraten … ich meine, der kleine Prinz … hat ursprünglich bei Jase gelebt, doch Hope erträgt es nicht, von ihm getrennt zu sein – obwohl das Tier mich hasst.“

„Alle Hunde hassen dich“, rief Beck ihr in Erinnerung.

„Das stimmt allerdings.“

„Mah-mah!“ Hope stampfte mit dem Fuß auf. „Onkel Beck ist gerade erst gekommen, und er hat eine Freundin mitgebracht, also …“

„Hol Steve“, beharrte Daphne. „Sofort.“

„Na gut.“ Hope stand auf. „Aber ich setze das mit auf meine immer länger werdende Beschwerdeliste.“

Jase ergriff die Hand des kleinen Mädchens und küsste sie. „Vergiss nicht, dass du versprochen hast, den morgigen Tag mit Brook Lynn und mir zu verbringen.“

„Nur Babys vergessen so was, und ich bin kein Baby mehr“, schimpfte sie.

„Aber du bist müde. Das ist auch der Grund, weshalb du kratzbürstiger bist als ein Stachelschwein“, bemerkte Brook Lynn.

„Das ist *keine* Beleidigung“, verkündete Hope, während Daphne mit ihr aus der Küche ging. „Stachelschweine sind nämlich süß!“

Jessie Kay erhob sich ebenfalls. „Tja. Das ist mein Stichwort zu gehen.“ Sie beugte sich vor, um Brook Lynn einen Kuss auf die Wange zu geben. „Bis später, Schwesterherz. – Jase, gib's ihr heute Nacht richtig.“ Sie sah West finster an und wandte dann schnell den Blick ab.

Als sie an ihm, Beck, vorbeiging, tätschelte sie ihm die Wange.

West tat so, als müsste er gähnen. „Ich habe mir vorgenommen, früh ins Bett zu gehen …“

„Bleib“, sagte Beck, bevor er Jase ansah und mit einem Kopfnicken Richtung Ausgang wies.

Jase verstand den Hinweis und half Brook Lynn auf die Beine. „Also gut, Zeit für die Mietabrechnung, Engel. Ich habe nicht vergessen, wie oft ich dich in einem meiner Hotels habe übernachten lassen.“

„Mich übernachten lassen? Du hast mir das Doppelte berechnet!“

„Ja, aber du hast dir mit dem Geld nur eine Atempause verschafft. Jetzt musst du die Zinsen bezahlen.“

Brook Lynn lachte leise und winkte den anderen noch einmal zu, bevor sie Jase aus der Küche folgte und rief: „Nacht, Leute.“

„Nacht!“, erwiderten die anderen.

Endlich waren West, Harlow und er allein.

Beck beugte sich zu Harlow und flüsterte ihr ins Ohr: „Los jetzt. Zeig dein Bestes." Er schob sie sanft Richtung Tisch.

„Jemand sollte mich mal aufklären", bat West. „Was ist hier eigentlich los?"

„Ich gehe. Das ist los", entgegnete Harlow.

Entschiedene Worte, patziger Tonfall. Sie versuchte, sich aus seinem Griff zu winden.

„Oh nein." Beck verstärkte seinen Griff nur noch. „Wir werden jetzt zusammen ein Glas Eistee trinken, während ihr beide euch besser kennenlernt."

Harlow stemmte die Hände in die Hüften. „Weißt du was? Du hast recht. Wir *werden* uns besser kennenlernen. Aber dazu ist deine Anwesenheit nicht nötig, Beck. Also geh."

„Auf keinen Fall."

„Wir brauchen keinen ..."

Er unterbrach sie und knurrte leise: „Wenn ihr beide heiratet und euer Happy End habt, wirst du dich daran gewöhnen müssen, dass ich in der Nähe bin."

Sie klappte den Mund zu, hob ihr Kinn an und zischte dann: „Das ist sehr bedauerlich." Sie warf West ein strahlendes Lächeln zu und nahm auf dem Stuhl Platz, den Jase gerade freigemacht hatte. „Ich bin bereit, wenn du es bist."

Beck zitterte vor Ärger, als er eine Karaffe mit Eistee und drei Gläser an den Tisch brachte und sich zwischen West und Harlow quetschte. „Meine Kleine hat bestimmte Vorstellungen von dem Mann, mit dem sie sich einlassen will", erklärte er, „und ich würde gern herausfinden, ob ihr beide zusammenpasst."

West schien zu verstehen, und ein kaum wahrnehmbares Lächeln umspielte seine Mundwinkel. Er räusperte sich und setzte seine gleichgültigste Miene auf.

„Klar. Wie auch immer."

Beck schenkte Tee ein und reichte den anderen je ein Glas. Harlow umklammerte ihres, als wäre es eine Rettungsleine.

„Fang an, Liebling", sagte er. „Erzähl meinem guten Freund

Lincoln – das ist übrigens sein Vorname, falls du es noch nicht gewusst hast – ein bisschen von dir."

„Also gut." Ihre Stimme zitterte leicht. „Ich bin sechsundzwanzig Jahre alt, und ich war bisher nicht verheiratet."

„Willst du dafür eine Medaille?", brummte West, während er auf sein Handy starrte und eins der Spiele spielte, die er entwickelt hatte.

Harlow funkelte ihn an, doch Beck zog nur eine Augenbraue hoch.

Mach keine Pläne mit Männern, die du nicht kennst.

„Ja, genau genommen, hätte ich eigentlich gern eine Medaille dafür, wenn man bedenkt, dass ich heiß, mir dessen jedoch nicht bewusst bin – was mich nur noch heißer macht." Das Zittern in ihrer Stimme war verschwunden, der patzige Tonfall war unverändert da. „Es ist ein Wunder, dass mich bisher noch niemand weggeschnappt hat. Aber man weiß ja, dass die meisten Männer Idioten sind, also …"

West lächelte. Im nächsten Moment fiel ihm sein Fehler auf, und er starrte finster auf das Display seines Handys.

Beck stützte sich mit den Ellbogen auf dem Tisch ab. „Du willst also behaupten, dass äußerliche Schönheit alles ist, was zählt."

„Wohl kaum. Meine Persönlichkeit ist ebenfalls heiß. Aber, Beck, mein Liebling", sagte sie süßlich. Viel zu süßlich. „Du nimmst an diesem kleinen Kennenlernen nicht teil, auch wenn du darauf bestehst, hier das fünfte Rad am Wagen zu sein. Also, tu uns allen einen Gefallen und halt den Mund."

Damit wandte sie sich von ihm ab und beachtete ihn nicht weiter. Sie richtete ihre Aufmerksamkeit auf West und strich mit ihren Fingerspitzen über den Kragen ihres Oberteils. Es war eine so feminine Geste, dass Becks Instinkte aufschrien und mehr forderten.

„Also, Lincoln. Wie alt bist du?"

West spielte weiter an seinem Handy, schließlich ließ er sich dazu herab, ihr zu antworten. „Ich bin achtundzwanzig Jahre alt, aber ich habe das Stehvermögen eines achtzigjährigen Komapatienten. Ich bin ein grauenvoller Liebhaber. Und ein noch schlechterer Schmuser."

„Na ja, so etwas kann man ja lernen", entgegnete sie, streckte einen Arm aus und strich ihm über die Schulter. „Auf jeden Fall bist du sehr jung, um so erfolgreich zu sein. Das ist beeindruckend."

Es war beeindruckend. Beck war sich nicht sicher, wo er ohne diesen Kerl wäre.

West zuckte die Achseln. „Ich arbeite hart", sagte er. „Vielleicht zu hart", fügte er hinzu. „Ich neige dazu, die Menschen in meinem Leben zu ignorieren. Vor allem die Frauen."

„Also, ich verstehe, wie anstrengend so ein voller Terminkalender sein kann, und ich bewundere dich dafür."

Sie strich ihm erneut über die Schulter, und Beck hätte die beiden beinahe voneinander getrennt.

„Ich hoffe, die Frauen in deinem Leben sind genauso verständnisvoll wie ich."

„Ich schätze, schon", sagte West und zuckte wieder mit den Schultern.

„Wow, sieh dir diese Muskeln an, West. Du bist umwerfend stark, oder?"

Mit leicht zusammengekniffenen Augen warf sie Beck einen Blick zu. Anscheinend wollte sie sichergehen, dass er zusah, während sie mit dem Stuhl näher an West rückte.

„Weißt du", sagte sie und strich mit einer Fingerspitze über den Rand von Wests Glas.

Als sie einen Tropfen vom Kondenswasser auffing, hob sie den Finger an die Lippen und leckte ihn ab. Beck spürte beinahe schmerzhaft die Erregung.

„Ich habe selbst ein Talent – es ist allerdings ein bisschen unanständig."

West blickte abrupt auf. Das Handy war vergessen. „Erzähl mir davon."

„Ja. Erzähl davon." In Beck kochte wieder Wut hoch. Und

unglaubliches Verlangen. Er strich Harlow eine Strähne aus dem Gesicht. Es war nur eine kleine Berührung, und er wollte mehr.

Ihr stockte der Atem, aber sie wich zurück und beugte sich weiter und weiter zu West hinüber, bis ihr Mund ganz nah an seinem Ohr war. Mit heiserer Stimme, die wie ein Flüstern war, jedoch immer noch laut genug, dass er sie ebenfalls hören konnte, sagte sie: „Ich bin super beim … *Parken.*"

Stich mich mit einer Gabel an. Ich bin fertig. Fertig mit der Unterhaltung. Fertig damit, das Objekt seiner Begierde dabei zu beobachten, wie es alles tat, um einen anderen Mann zu erregen. „Darüber muss West nichts wissen. Lass uns …"

„Sogar Jungs aus den benachbarten Landkreisen träumten davon, mit mir im Mondschein irgendwo zu parken und auf der Rückbank ihres Wagens rumzumachen", fuhr sie mit müheloser Sinnlichkeit fort. „Ich bin *sehr* biegsam."

Beck stellte mit Nachdruck sein Glas auf den Tisch. Der Eistee schwappte über. „Harlow hat vor, sich häuslich niederzulassen", sagte er knurrend. „Sie glaubt, dass du einen wunderbaren Ehemann abgibst."

„Ehe?" West grinste höhnisch, sein Widerwille war ihm anzumerken. „Ich? Verdammt, nein. Niemals."

„Er ist sehr dafür, dass alle anderen sich finden und glücklich werden, aber wenn es um ihn selbst geht, sollte das *Newlywed Game* für frisch Verheiratete besser *Grabe-dein-eigenes-Grab-Game* heißen", erklärte Beck und entspannte sich ein wenig, nachdem die Unterhaltung nun in eine andere Richtung ging.

Harlow setzte ein leichtes Lächeln auf. „Vielleicht hast du nur noch nicht die richtige Frau getroffen, Lincoln. Es macht dir doch nichts aus, wenn ich dich Lincoln nenne, oder?"

„Nenn mich, wie du willst, aber ich *habe* die richtige Frau schon getroffen." Seine Stimme brach. „Sie ist gestorben." Er erhob sich so abrupt, dass der Stuhl hinter ihm ins Wanken geriet. Dann stürmte er aus der Küche.

„Ich hoffe, du bist zufrieden. Das ist deine Schuld“, blaffte Harlow Beck an – von der braven, willigen Frau war keine Spur mehr zu erkennen.

„Meine?“

„Ja, deine“, zischte sie. „Du wolltest mir nur zeigen, dass ich nicht in der Lage bin, die Zuneigung eines anderen Mannes zu gewinnen, dass ich dich am Hals habe und dass ich dafür vorherbestimmt bin, deine neueste Eroberung zu werden.“

„Du hast mich am Hals?“

„Ja, genau. Du bist nicht der Hauptgewinn, für den du dich selbst hältst, Beck Ockley. West ist es hingegen vielleicht schon. Vielleicht ist er es wert, dass man um ihn kämpft. Vielleicht hat er im Gegensatz zu dir das Herz und die Fähigkeit, auch an andere Menschen zu denken und nicht nur an sich selbst.“

„Ich habe ein Herz. Und ich kümmere und sorge mich um andere.“

Sie schien ihn gar nicht zu hören, sondern stürmte weiter voran.

„Es gibt viele Männer in der Stadt. Warum sollte ich meine Anstrengungen auf einen einzigen beschränken? Ich bin mir sicher, dass sehr viele Typen liebend gern die Chance ergreifen würden, mein neues Ich kennenzulernen. Ich kann sie mit in mein Wohnmobil nehmen …“

„In *mein* Wohnmobil.“

„… und üben, wie es ist, verheiratet zu sein – so, wie du es vorgeschlagen hast.“

Beck schoss durch den Kopf, dass er, bevor es so weit kam, eher das Wohnmobil in Brand setzen würde.

Es war schon zu spät, um das Gefühl, dass sie ihm gehörte, einfach abzustellen, daher legte er einen Fuß um ihr Stuhlbein und zog sie näher zu sich heran. Ihre Oberschenkel berührten sich. Harlow rang nach Luft – ob es nun an der Kraft lag, mit der er sie an sich gezogen hatte, oder am Verlangen, das sie möglicherweise empfand, konnte er nicht sagen.

Er packte sie an der Taille und hob sie mühelos auf den Tisch.

Einen Augenblick später stand er zwischen ihren Beinen und blickte ihr tief in die Augen.

„Ich will dich, und es ist schon lange an der Zeit, dass ich dir zeige, wie sehr. Du wirst deinen süßen Hintern auf diesem Tisch ... *parken* und *mir* deine Fähigkeiten beweisen. Mir. Sonst niemandem.“ Er legte eine Hand in ihren Nacken und zog sie an sich.

Was zum Teufel passierte hier gerade?

Die Frage ging Harlow durch den Kopf, als Beck sie nun voller Leidenschaft küsste. Ihr stockte der Atem, und sie zitterte vor Verlangen und vor Hitze. Vor zwei Sekunden noch hatte sie ihn beschimpfen wollen, weil er dafür verantwortlich war, dass dieser Abend die reinste Katastrophe war. Und jetzt? Jetzt wollte sie einfach nur dahinschmelzen.

Sein Geschmack nach Minze und Zucker fesselte sie, und sie wollte augenblicklich mehr. Sie konnte keinen klaren Gedanken fassen, als er ihren Mund erkundete, und obwohl sie sich an seinem Shirt festklammerte, war ihr schwindelig, und sie fühlte sich unsicher auf den Beinen. *Es ist so lange her, dass ich für einen Mann das Zentrum der Welt war. Doch so wie jetzt war es noch nie.*

Er erforschte sie. Der Druck, den er ausübte, war heftig, aber nicht unangenehm. Es war, als wäre sie ein Schatz, den er entdecken und zugleich schützen wollte. Er schob die Finger in ihre Locken, neigte sanft ihren Kopf und vertiefte so den Kuss.

Lust durchströmte sie, und Nerven, von denen sie gar nicht gewusst hatte, dass es sie gab, erwachten zum Leben. Das Blut rauschte durch ihre Adern, und es war unmöglich, einfach still vor ihm zu sitzen. Mit den Händen strich sie über seine starke Brust und schlang ihre Arme dann um ihn. Sie wollte mehr von ihm berühren, verzehrte sich danach, ihn zu spüren.

Sie fühlte die Anspannung, bohrte ihre Finger in seinen Rücken und versuchte, ihn dazu zu bewegen, ihr noch näher zu kommen. Sein Oberkörper streifte ihre Brust, das Gefühl war unbeschreiblich und jagte ihr wohlige Schauer über den Rücken.

„Beck."

Er knabberte an ihrer Unterlippe, und im nächsten Moment geriet der Kuss, den sie ohnehin schon für wild gehalten hatte, vollkommen außer Kontrolle. Falls es bei ihr einen Widerstand gegeben hatte, so war er in dieser Sekunde verschwunden. Beck umfasste ihren Po. Als er zudrückte und sie seine Haut an ihrer spürte, wurde ihr bewusst, dass der Saum ihrer Shorts nach oben gerutscht war.

„Du fühlst dich so gut an, Harlow."

Er hatte ihren Namen verwendet und keinen albernen Kosenamen, und irgendwie war es so noch tausendmal süßer. Er machte damit unmissverständlich klar, dass er wusste, welche Frau er gerade in den Armen hielt. Er wusste genau, wen er in diesem Moment küsste, als würde sein Leben davon abhängen.

„Mehr", forderte sie. „Bitte, mehr."

„Ich werde mich um dich kümmern." Er neigte ihren Kopf und knabberte zärtlich an ihrem Kinn. Er leckte und saugte an ihrem Hals und hinterließ eine Spur von Feuer. Mit der Zunge strich er über ihren hämmernden Puls, und sie wäre beinahe vom Tisch gesprungen. Die Hitze seines Mundes auf ihrer Haut … heiß und feucht …

Stöhnend krallte sie die Finger in sein Haar, um ihn festzuhalten, damit er genau dort weitermachte.

„Die Laute, die du ausstößt … das bringt mich um, Baby."

Das war nur fair, wenn man bedachte, dass gerade auch Teile von ihr einen grausamen Tod starben. Die Einsamkeit. Der Schmerz. Die Schuldgefühle und die Scham, die sie angesichts einer Vergangenheit verspürte, die sie nicht mehr ändern konnte. Hier und jetzt gab es nur Beck. Und seinen Mund. Und seine Hände. Sie existierte nur, um Lust zu erleben, *seine* Lust, und die Begierde raubte ihr beinahe den Verstand.

Nur ihre Instinkte führten sie. Sie zeigte zwar nicht besonders viel Raffinesse, aber auch keinerlei Widerstand, kein Zögern, als sie den Gürtel seiner Hose ergriff und Beck an sich zog, während sie ihr Becken nach vorn schob. Seine Erektion drängte sich zwischen ihre Schenkel, und sie stöhnte vor Verlangen auf.

„Du hast gesagt, du würdest dich ... um mich kümmern ... Beck, bitte."

Dieses Mal musste sie ihn nicht körperlich dazu bewegen. Er ließ die Hüften kreisen und stieß immer wieder gegen sie. Bei jeder Berührung rang sie nach Luft und flehte nach mehr. Wenn er sich in diesem Moment entscheiden sollte, ihr das Höschen vom Leib zu reißen und mit ihr zu schlafen, würde sie ihn nicht daran hindern. Es war ihr egal, dass jederzeit jemand hereinkommen und sie erwischen konnte. Es war ihr auch egal, dass sie nicht darüber gesprochen hatten, was dieser Akt bedeuten oder wie er die Basis ihrer Beziehung verändern würde. Sie hatte einen Punkt erreicht, an dem *... ja, ja ... genau so ... genau dort!*

Seine Stöße wurden drängender, schneller, heftiger. Der Tisch rutschte rückwärts gegen die Wand. Eins der Bilder an der Wand wackelte und drohte hinunterzufallen.

„Schling deine Beine um mich", forderte Beck sie auf.

Diese Worte rissen sie brutal aus dem Taumel ihrer Lust. Er hatte das schon mal gesagt – *schling deine Beine um mich!* –, allerdings nicht zu ihr ... zu einer anderen Frau. Zu Tawny hatte er das gesagt. An dem Abend, als sie, Harlow, in sein Haus eingebrochen war.

Einmal und nie wieder.

Sie war kurz davor, sich einem Mann hinzugeben, der keine Versprechungen für den Tag danach machte.

Es spielt eine Rolle, dachte sie. Die Erkenntnis traf sie wie ein Schlag. Diese Nacht würde ihr etwas bedeuten, doch für ihn würde es nur eine von vielen Nächten sein. Sie würde sich mehr wünschen – immer mehr –, aber er wäre fertig mit ihr. Einmal und nie wieder. Keine Ausnahme. Sie würde zusehen müssen, wie er seine nächste Eroberung machte.

Harlow stemmte die Hände gegen seine Brust und schob ihn weg. Natürlich war er zu stark, als dass sie ihn wirklich wegzuschieben vermochte, immerhin hob er den Kopf. Im Licht leuchteten seine Augen wie geschmolzenes Gold. Seine Lippen wirkten rosig, feucht und geküsst. Und als die Spannung, die sie in ihm spürte, sich in feinen Linien um die Augen zeigte, fand sie, er hatte nie schöner ausgesehen. Er war ein Krieger, der direkt aus dem Kampf kam – entschlossen, seine Beute zu genießen.

„Nein", sagte sie und schüttelte den Kopf. „Nein. Wir können das nicht tun."

„Wir *können.*"

„Wir sollten es nicht tun."

„Du willst mich. Ich will dich. Ich sehe das Problem nicht."

Nein, oder? „Du siehst nie ein Problem, Beck. Mit niemandem. Und das ist ein Problem für mich."

Er ließ sie los, als wären ihr gerade Hörner und Fangzähne gewachsen. Ein Aufschrei der Enttäuschung kroch in ihr hoch, doch sie schluckte ihn hinunter.

„Ich will keinen One-Night-Stand mit dir", flüsterte sie und wünschte sich, sie würde nicht so zittern. West war nicht der richtige Mann für sie und würde es niemals sein – das hatte sie inzwischen verstanden. Beck war es jedoch auch nicht, selbst wenn sie ihn unglaublich anziehend fand. *Mist.* Der Wunsch, sich zusammenzurollen und zu heulen, war fast übermächtig.

„Wir werden eine Menge Spaß miteinander haben, Harlow. Das verspreche ich dir."

„Ich weiß. Aber will ich das, was du zu geben hast, kurz kosten und es dann wieder verlieren? Nein", sagte sie und schüttelte den Kopf. *Ich habe in meinem Leben einfach schon zu viel verloren.* „Entweder ist es für immer oder eben gar nicht."

Er sah sie voller Verlangen an.

Er sah sie voller Angst an.

Er sah sie voller Wut an.

Er wich einen Schritt zurück, und die Nerven, die er in ihr zum Leben erweckt hatte, schrien protestierend auf. Sie hatte nicht einmal annähernd genug von ihm bekommen. Sie hatte noch nicht genug.

Seine Miene wirkte mit einem Mal verschlossen. Seine Gefühle waren hinter diesem undurchdringlichen Ausdruck verborgen.

„Ich weiß nicht, was ich dir geben kann. Doch egal, wie lange wir zusammen sein werden, es wird nicht für immer sein. Die Zukunft ist zu unvorhersehbar."

„Dann eben gar nicht", erwiderte sie, und Tränen schossen ihr in die Augen. Tief in ihrem Innersten gab es einen Teil von ihr, der sie anschrie, sich zusammenzureißen und um ihn zu kämpfen. Wegzulaufen wäre leicht. Eine emotionale Qual, aber leicht. Und „leicht" wäre dann auch ihre einzige Belohnung. Um ihn zu kämpfen, wäre dagegen schwer. Doch der potenzielle Lohn dafür wäre viel besser. Andererseits bestand die Möglichkeit, dass sie Schmerz erleiden, versagen und verlieren würde, was sie sich in ihrem Leben aufgebaut hatte, und diese Vorstellung machte ihr unglaubliche Angst.

„Es ist nicht genug", sagte sie.

Er lachte bitter auf. „Und genau das ist es, Süße. Ich genüge niemals."

12. KAPITEL

Harlow kroch aus dem Bett und zog sich zerrissene Shorts und ein Shirt aus der Highschool an, auf dem stand: *Go, Stallions!* Im Wohnmobil gehörte ihr sonst nicht viel. Von ihrem wöchentlichen Gehalt als Angestellte von *WOH* hatte sie kaum etwas bezahlt, weil es nicht nötig gewesen war; Beck hatte ihr Geld sowie Lebensmittel, Toilettenartikel und Kleider zur Verfügung gestellt. So hatte sie eine kleine Summe ansparen können. Da sie vermutlich bald rausgeworfen werden würde, musste sie sich wenigstens keine Gedanken über Gepäck machen. Sie fragte sich, ob Beck wie immer an die Tür klopfen, jedoch nicht sagen würde: „Raus aus den Federn!", um sie zur Arbeit zu fahren, sondern: „Runter von meinem Grundstück!", sodass sie den *Walk of Shame* vom Anwesen gehen müsste. Vielleicht würde er aber auch einfach von ihr erwarten, dass sie verschwand, ohne dass er es ihr sagen musste.

Sie hatte die Uhr im Blick behalten … Jetzt würde sie jede Sekunde die Antwort auf diese Fragen bekommen …

Es klopfte zweimal an der Tür. „Harlow", knurrte Beck. „Steh auf. Wir müssen los."

Sie schrie unterdrückt auf und öffnete. Sie war sich nicht sicher, wieso sie überrascht war, nachdem sie doch eine gefühlte Ewigkeit auf genau diesen Moment gewartet hatte. Er stand in der Sonne. Das dunkle Haar mit den hellen Spitzen war nach hinten gekämmt, seine Augen waren zu schmalen Schlitzen verengt, die Anspannung vom vergangenen Abend hatte sich anscheinend verdoppelt.

Er musterte sie von oben bis unten und runzelte die Stirn. „So willst du heute ins Büro?"

Er wollte sie nicht feuern und warf sie auch nicht vom Grundstück? „Na ja … Ich wusste nicht genau, ob ich im Büro weiterhin willkommen sein würde."

Er sah ihr in die Augen und kniff sie noch ein bisschen mehr zusammen. „Du nimmst immer nur das Schlechteste von mir an.“

Schuldgefühle versetzten ihr einen Stich ins Herz. „Ich nehme nicht immer nur das Schlechteste von dir an. Ich denke nur, dass mir immer das Schlechteste passieren wird. Das ist ein großer Unterschied.“

„Was auch immer du dir da einreden willst, Süße … Also, lass uns gehen.“

Zum ersten Mal hielt er ihr nicht die Wagentür auf, und er flirtete auch nicht mit ihr. Er schaltete das Radio ein, sodass sie nicht gerade ermuntert wurde, ein Gespräch zu beginnen. Doch schon bald konnte sie den Hardrock nicht mehr ertragen.

Sie stellte das Radio aus und sagte: „Bist du …“

„Ich will nicht über gestern Abend sprechen.“

„Gut. Ich nämlich auch nicht.“ Es ging ihr zu nahe. Sie stand noch immer neben sich. Ein Kuss hatte ihre Schutzmauern eingerissen und sie die Ziele, die sie sich für ihre Zukunft gesteckt hatte, vergessen lassen. „Ich wollte nur fragen, ob du heute Abend rüberkommst, damit ich an deinem Bild arbeiten kann.“

„Nein. Ich gehe aus.“

„Mit wem?“ Die Frage kam ihr über die Lippen, ehe sie sie zurückhalten konnte. Sie spielte mit dem Gedanken, augenblicklich aus dem Auto zu springen. Unsanft auf dem harten Asphalt aufzuprallen, wäre weit weniger schmerzhaft als diese Unterhaltung.

„Das geht dich nichts an.“

Sie krallte die Finger in ihre Oberschenkel. Erst letzte Nacht hatte er sie leidenschaftlich geküsst, und jetzt behandelte er sie, als wäre sie nichts Besonderes. Weil sie, wenn sie ehrlich war, auch nichts Besonderes war. Nicht für ihn jedenfalls. Doch wie viel schlimmer hätte es sie verletzt, wenn sie tatsächlich mit ihm geschlafen hätte und dann heute so hätte weitermachen müssen, als wäre nichts passiert? *Dafür sollte ich dankbar sein.*

„Du hast recht. Vergiss, dass ich etwas gesagt habe“, brachte sie heraus und bemühte sich, locker zu klingen. Sie schaltete das Radio wieder ein.

Als sie im Büro ankamen, wartete sie nicht darauf, ob er um das Auto herumkommen würde oder nicht. Sie stieg allein aus und ging so lässig wie möglich ins Gebäude. Die Utensilien, die sie benötigte, um die neuesten Figuren zu zeichnen, lagen wie versprochen in ihrem Büro bereit. Die Beschreibungen, die Stifte, das Papier. Außerdem fand sie eine Nachricht von Kimberly.

Liebe Harlow,
ich wollte niemals in Ihr Territorium eindringen! Ich hatte wirklich keine Ahnung, dass Sie an Beck interessiert sind. Damit Sie beruhigt sind, sollten Sie wissen, dass wir unser Date abgesagt haben. Außerdem fahre ich zurück zu S&S Financial. *Ich drücke Ihnen die Daumen. Wenn irgendjemand einen Playboy zähmen kann, dann sind Sie das. Sie sind wie eine Rose – mit Dornen und allem. Sie hinterlassen Ihre Spuren. (Und das ist auch gut so!)*
Schicken Sie mir unbedingt eine Einladung zu Ihrer Hochzeit.
Kimberly

Harlows Herz setzte einen verräterischen Schlag lang aus.

Sie hörte, wie Beck das Büro betrat, hörte das Geräusch, als er seinen Aktenkoffer abstellte, hörte seine Schritte, als er das Büro wieder verließ. Dann vernahm sie, wie die Tür leise ins Schloss fiel. Ihr Herz hämmerte. Sie blickte auf und sah durch die Glaswände, wie Beck in Wests Büro ging, das im Augenblick leer war.

Enttäuschung und Verzweiflung durchströmten sie. Beck hatte sie nicht gefeuert und auch nicht rausgeworfen, doch er hatte sie ganz offensichtlich aus seinem Leben gestrichen. Und sie wusste nicht einmal genau, warum. Sie hatte ihm gesagt, dass sie keinen One-Night-Stand wollte. Aber schon vorher war ihm bekannt gewesen, dass sie sich eine langfristige Beziehung wünschte. Wieso also tat er so, als hätte sie ihm das Herz aus der Brust gerissen und wäre darauf herumgetrampelt?

Vielleicht hatte Kimberly recht. Vielleicht hatte sie ihre Spuren hinterlassen.

Ich sollte mir keine Hoffnungen machen. Sie spielte die Figuren des neuen Spiels im Geiste durch und ließ sich von ihrer Vorstellung die Hand führen. So arbeitete sie einige Stunden lang. Es entstand ein Bild nach dem anderen, aber keins stellte sie zufrieden. Der Funke sprang nicht über. Die Bilder passten zwar zur Geschichte, doch ihnen fehlte das Leben. Als sie sich dabei ertappte, wie sie unbewusst Becks Züge in den Helden der Geschichte einarbeitete, beschloss sie, es gut sein zu lassen und Feierabend zu machen.

Sie musste mit jemandem darüber reden, was gerade vor sich ging. Sie brauchte dringend einen Ratschlag. Ihre Unwissenheit widerte sie an und raubte ihr die Luft zum Atmen. Wenn sich daran nichts änderte, würde sie niemals etwas zustande bringen. Aber wen könnte sie anrufen und fragen?

Beck war ihr einziger richtiger Freund, doch der Ratschlag, den er ihr gegeben hatte, lautete: *Zieh dich aus und leg dich ins Bett.*

Brook Lynn würde ihr vielleicht zuhören. Zwar waren sie keine Busenfreundinnen, aber sie hassten einander auch nicht. Zumindest hoffte Harlow das. Es gab nur einen Weg, um das herauszufinden …

Harlow nahm das Telefon in die Hand und wählte. Beck hatte ihr, nachdem sie für ihn zu arbeiten begonnen hatte, eine Liste mit Namen und Nummern gegeben, falls sie Fragen haben und er nicht da sein sollte, um ihr zu helfen.

Brook Lynn nahm beim dritten Klingeln ab. „Hey, Beck. Was gibt's?"

„Äh … Hier ist Harlow."

„Oh. Äh … hi."

„Hör mal, ich weiß, dass es seltsam ist, dass ich dich anrufe, und mir ist klar, dass du niemals mein größter Fan werden wirst, aber ich weiß nicht, an wen ich mich sonst wenden soll. Ich brauche Hilfe."

Es herrschte kurz unbehagliches Schweigen.

„Rufst du an, weil du darüber sprechen willst, was du bei der Zombie-Apokalypse tun wirst?"

„Nein. Nichts dergleichen." Harlow blickte durch die Glasscheibe in Wests Büro. Beck telefonierte. Er warf den Kopf in den Nacken und lachte über irgendetwas, das sein Gesprächspartner am Telefon gesagt hatte. Machte er gerade mit seinem Date Pläne für den Abend? Eifersucht versetzte ihr einen schmerzhaften Stich ins Herz.

„Was willst du dann, Harlow?", wollte Brook Lynn wissen.

„Harlow? Etwa Harlow Glass?", erklang Jessie Kays Stimme im Hintergrund. „Warum ruft sie dich an?"

Ignorier sie einfach. „Tja, das Problem ist Beck, und ich …"

„An dieser Stelle möchte ich dich gern unterbrechen", ging Brook Lynn dazwischen. „Ich werde ihn weder anschwärzen noch hinter seinem Rücken über ihn reden."

„Sie will, dass du ihn anschwärzt?", keuchte eine andere Stimme im Hintergrund. Kenna Starr vermutlich.

„Ich will nicht, dass irgendjemand angeschwärzt wird", brachte Harlow eilig hervor. „Im Übrigen weiß ich über seine Vergangenheit Bescheid."

„Wie das?", wollte Brook Lynn wissen.

Gut, dieser Anruf war offensichtlich ein Fehler gewesen. „Er hat es mir erzählt. Wie denn sonst?"

„Er hat es dir *erzählt*?"

„Ja." Doch das hatte nichts mit ihrem Problem zu tun. „Hör mal, ich hätte nicht …"

„Was hat er dir erzählt?"

Verflixt … Warum musste das Mädchen sie dauernd unterbrechen? „Du musst verstehen, Brook Lynn, dass ich auch nicht über ihn reden werde. Ich weiß nicht, was er dir erzählt hat und was nicht. Ich werde sein Vertrauen nicht missbrauchen."

Schweigen.

Würde Brook Lynn jetzt auflegen?

„Also gut. Wie kann ich dir helfen?“, fragte Brook Lynn, nun schwang ein warmherziger Unterton in ihrer Stimme mit.

Tja, wenn das nicht verwirrend war. Doch wenn die beherzte Blondine, der es gelungen war, den Drachen der Stadt zu zähmen, ihr zuhören wollte ... „Also, Beck und ich haben uns gestern Abend geküsst und ...“

„Ihr habt euch *geküsst*?“

„Sie haben geküsst!“, stieß Jessie Kay hervor.

Argh! „Würdest du bitte aufhören, mich dauernd zu unterbrechen? Es ist gerade echt schwierig mit dir.“

„Tut mir leid, tut mir leid“, sagte Brook Lynn eilig. „Wo bist du? Ach, vergiss bitte, dass ich gefragt habe. Du bist in Becks Büro. Mann. Rufnummernerkennung. Also, in ein paar Minuten wird Beck einen Anruf bekommen. Kurz darauf wird er verschwinden. Und danach werde ich auftauchen – gerade bin ich im *Two Farms* –, und wir werden diese Unterhaltung von Angesicht zu Angesicht zu Ende führen.“

Klick.

Okay. Wow. Aber wie versprochen bekam Beck einen Anruf auf dem Handy, nach dem er den Kopf durch die Tür zu ihrem – eigentlich seinem eigenen – Büro steckte.

„Ich muss gehen“, verkündete er. Er erwiderte ihren Blick nicht.

„Oh. Stimmt etwas nicht?“ Klang sie zu fröhlich?

„Nichts, was ich nicht in den Griff bekomme.“

Ein paar Sekunden später war er fort – und Harlow wurde bewusst, dass sie ihn jetzt schon vermisste.

Was zum Teufel ist nur los mit mir?

Sie tigerte auf und ab und bemerkte, dass Cora ebenfalls einen Anruf erhielt und kurz darauf ging. Dann erschien Brook Lynn mit ihrer Schwester und Kenna Starr im Schlepptau. Die beste Freundin. Harlow war zu durcheinander, um sich über den möglichen Hass-Mob Gedanken zu machen.

Die jungen Frauen kamen zu ihr ins Büro und zogen sich Stühle an den Schreibtisch. Brook Lynn wirkte aufgeregt, Jessie Kay argwöhnisch und die rothaarige Kenna verwirrt.

„Wie hast du Beck dazu gebracht zu verschwinden?", wollte Harlow wissen.

„Ich habe Jase gebeten, ihn wegen eines Notfalls unter Kumpeln anzurufen", antwortete Brook Lynn. „Das heißt, dass Jase ihm endlich erzählt, wie Tawny Ferguson ins Haus gekommen ist und Fragen über Beck gestellt hat. Sie ist im Augenblick übrigens auch da."

Was?

Ich meine: Na und? Schließlich machte ihr eine alte Flamme von Beck überhaupt nichts aus. Bei ihm gab es niemals einen Nachschlag. „Ihr seid doch hier, um mir zu helfen, oder?", fragte Harlow zögerlich.

„Ja", entgegneten Brook Lynn und Jessie Kay wie aus einem Munde.

„Ja?", fragte Kenna.

Sie war eine hübsche Frau. Ihr Haar war flammend rot, ihre Augen stahlgrau, und auf ihrer blassen Haut tummelten sich einige lustige Sommersprossen. Harlow hatte eine Idee! Kenna würde das perfekte Modell für Midnight Romp, eine der Figuren in Wests Computerspiel, abgeben. Tagsüber grimmiger Racheengel, nachts Verführerin.

Harlow nahm sich vor, Kenna zu fragen, ob sie Modell stehen würde, da riss Brook Lynn sie aus ihren Grübeleien.

„Also ... Wie war der Kuss?"

„Oh, er hat ihr ohne Zweifel sehr gefallen", meldete Jessie Kay sich zu Wort. „Das muss sie mir nicht erzählen. Das kenne ich schon aus eigener Erfahrung."

Wieder versetzte ihre Eifersucht ihr einen Stich. *Ebenfalls nicht wichtig.*

„Jessie Kay hat recht. Mir hat es gefallen. Aber jetzt weiß ich nicht, was ich tun soll", sagte Harlow. „Ich hätte mehr getan, als ihn nur zu küssen – allerdings will ich eine Beziehung, und er will nur eine Nacht. Also haben wir am Ende einen Schlussstrich unter die Sache gezogen. Und nun behandelt er mich, als wäre ich der Leibhaftige."

Kenna machte den Mund auf.

„Das bin ich nicht", beharrte Harlow, und Kenna schloss den Mund wieder. „Jedenfalls nicht mehr."

„Das klingt frei erfunden. Beck ist *immer* nett", sagte Jessie Kay. „Sogar zu seinen abgelegten Abenteuern. Auch das weiß ich aus eigener Erfahrung."

„Ich glaube, ich habe ihn wirklich verärgert. Aber ich habe keine Ahnung, wie das passiert ist."

Jessie Kay tippte sich mit einem Finger ans Kinn. „Ich habe da eine Vermutung, doch ich brauche mehr Informationen, bevor ich sie äußere. Erzähl mir mal, wie er dich behandelt."

Das war leicht. „Er blafft mich an. Er funkelt mich wütend an. Und er hat aufgehört, mir die Wagentür aufzuhalten. Er nennt mich nicht mehr ‚Lollipop' oder ‚Täubchen'."

„Moment mal. Noch mal zurück. Warum genau wollen wir Harlow Glass noch mal helfen?", fragte Kenna.

„Es besteht die Möglichkeit, dass sie nicht mehr das Mädchen ist, das wir früher kannten", erklärte Brook Lynn.

Das klang nicht gerade nach uneingeschränkter Zustimmung, doch Harlow nahm es hin.

„Also mögen wir sie jetzt?", wollte Kenna wissen.

„Darüber müssen wir noch entscheiden." Brook Lynn machte es sich auf dem Stuhl bequem. „Aber wie auch immer – *heute* helfen wir ihr."

„Könnt ihr das?", fragte Harlow und wagte nicht zu hoffen. „Was vermutest du denn, Jessie Kay? Du hast es nicht verraten."

„Tja, ich denke, dass er dich nach wie vor will, obwohl du eine feste Beziehung willst. Und da du ihn zurückgewiesen hast und er glaubt, dass er dir nicht geben kann, was du dir wünschst, verhält er sich nun wie ein Kleinkind, dem man das Lieblingsspielzeug weggenommen hat."

Der Sturm, der in ihr wütete, flaute ab, und im nächsten Augenblick schien in ihrem Inneren die Sonne.

„Eine unerwartete Wende, stimmt's?", fragte Jessie Kay. „Wünschst du dir denn jetzt, dass Beck nur netter zu dir ist, oder wünschst du dir noch immer, dass er sich bindet?"

„Beides?" War er denn in der Lage, sich zu binden? Warum jagte er so vielen Frauen hinterher? Nur, weil er es konnte? Oder gab es einen tieferen Grund dafür, dass er sich wie eine männliche Schlampe verhielt – so wie es auch einen tieferen Grund für ihr tyrannisches Verhalten gegeben hatte?

Was wusste sie über Becks Vergangenheit? Der Verlust seiner Mutter, die Ablehnung durch seinen Vater, die Verwandten, die ihn irgendwann rausgeworfen hatten. Die Pflegefamilien. Niemand konnte ahnen, was er alles gesehen, gehört und erlebt hatte, während er von einer Pflegefamilie in die nächste geschoben worden war.

Harlow nahm sich vor zu recherchieren, welche mentalen und emotionalen Schwierigkeiten Kinder, die in Pflegefamilien aufgewachsen waren, als Erwachsene bekommen konnten.

Jemand schnipste mit den Fingern vor ihrem Gesicht. Sie blinzelte und erblickte Jessie Kay, die sich über den Schreibtisch gebeugt hatte, um ihre Aufmerksamkeit zu erlangen.

„Wo warst du?", wollte Jessie Kay wissen.

Harlow stützte sich mit den Ellbogen auf der Tischplatte ab und legte das Kinn in die gefalteten Hände. „Das ist nicht so wichtig. Was allerdings wichtig ist? Jungs."

„Jungs?", wiederholte Brook Lynn.

„Ich kenne mich nur mit Jungs aus, und Beck ist ein Mann. Also spielt er in einer völlig anderen Liga. Mein letztes Date hatte ich im dritten Jahr auf der Highschool. Ich bin nur selten zweimal mit demselben Typ ausgegangen und habe deshalb nie … Na ja. Ihr wisst schon."

„Du hast nie was?" Jessie Kay rutschte auf ihrem Stuhl ganz nach vorn. „Meine Gedanken gehen gerade in sehr seltsame Richtungen."

Wenn sie es aussprach, gab es kein Zurück mehr. Diese Mädchen würden eins ihrer Geheimnisse kennen, und wie Brook Lynn klargestellt hatte, hatten sie sich bis jetzt noch nicht entschieden, ob sie Freundinnen sein wollten oder nicht. Sie könnten sie betrügen, sie angreifen, wenn sie am Boden lag – so, wie sie es früher mit ihnen gemacht hatte.

Tu es einfach. Sag es ihnen. Ihre Reaktion darauf würde ihre wahren Absichten verraten. Und vielleicht würde diese Reaktion auch das kleine bisschen Glück zerstören, das sie sich erkämpft hatte. Aber was sollte es.

„Ich bin … Ich habe nie … Ich war nie mit jemandem … zusammen, okay?", schloss sie leise.

„Was?", schrie Jessie Kay. „Noch nie im Leben haben meine Ohren so eine Lüge gehört. Bluten sie? Sie fühlen sich an, als würden sie bluten."

Wäre es tyrannisch, wenn sie mit einem Stift nach ihr werfen würde, fragte Harlow sich.

„Bist du dir sicher, dass du nie mit einem Mann geschlafen hast?", fragte Brook Lynn sie.

„Du meinst, ob die Möglichkeit besteht, dass ich vielleicht ausgerutscht und auf den Penis eines Mannes gefallen bin und es nur vergessen habe?" Ihr Tonfall war trocken. „Nein. Nein, da bin ich mir wirklich nicht sicher."

„Aber … eine Jungfrau", keuchte Kenna. „Du warst doch die ‚Königin des Mondscheinparkens'."

„Ich weiß nicht, ob ihr es wusstet, doch … *parken* muss nicht immer mit Sex enden."

Die rothaarige Frau runzelte die Stirn. „Ich erinnere mich ganz genau an Scott Cameron, Tyler Bishop und Cory Yinny, die erzählt haben, dass …"

Harlow warf gereizt die Hände in die Luft. „Ich bin mir sicher, dass die Jungs viel gesagt haben, aber mehr als Fummeln hat es mit mir nie gegeben, denn weiter bin ich nicht gegangen. Und ich schäme mich nicht dafür, dass es so war." Sie war froh, dass sie gewartet hatte. Damals wäre es ihr beim Sex eher um

Kontrolle und nicht um die Verschmelzung mit einer anderen Seele gegangen. Ein Spiel um Macht, ohne dass das Herz dabei gewesen wäre. „Alles, was ihr gehört habt, ist vollkommen übertrieben."

Wenn jemand wusste, wie es sich anfühlte, wenn Gerüchte über einen im Umlauf waren, dann war es Kenna. Kennas Ruf war genauso ramponiert gewesen wie ihrer. Eigentlich sogar mehr. Nach einer Nacht, in der sie sich auf einer Party betrunken hatte, war sie schwanger geworden, und augenblicklich hatte der ganze Ort sie als Flittchen abgestempelt. Heute jedoch war alles anders. Inzwischen war sie mit einem der reichsten Männer der Welt verlobt.

„Weiß Beck, dass du noch Jungfrau bist?", wollte Jessie Kay wissen und klang dabei, als würde sie über irgendeine Krankheit sprechen.

„Nein." Außer er hatte es sich in der vergangenen Nacht zusammengereimt – was durchaus möglich war. So erfahren, wie er war, wusste er vermutlich sogar, wie viele Männer sie schon geküsst hatte. „Ich fänd's gut, wenn ihr es ihm auch nicht sagen würdet." Wenn ein Junge auf der Highschool es erfahren hatte, dann hatte er auf eine von zwei Arten darauf reagiert: Entweder hatte er es als Herausforderung verstanden und derjenige sein wollen, der sich die Trophäe holte, oder er hatte es als Spaß betrachtet und versucht, sie durch die drohende Bloßstellung dazu zu zwingen, ihre Jungfräulichkeit endlich aufzugeben.

Allerdings war Beck kein Junge mehr. Er beschloss vielleicht, nichts mit ihr zu tun haben zu wollen.

Hatte er das nicht schon getan?

„Schau mich nicht an", sagte Jessie Kay und hob abwehrend die Hände. „Ich habe nicht vor, es irgendjemandem zu erzählen. Ich würde dermaßen in Lachen ausbrechen, dass ich mich übergeben müsste, noch ehe ich das J-Wort überhaupt über die Lippen gebracht hätte. Nicht wegen der J-Geschichte natürlich, sondern weil ausgerechnet *du* es bist, um die es geht."

Danke. „Das ist toll. Großartig. Bisher habt ihr mir kein Stück geholfen."

„Also, als ich Beck ins Bett locken wollte", begann die Blondine, „habe ich einfach …"

„Mann! Nein. Ihn ins Bett zu bekommen, ist nicht das Problem. Wie ich ihn dort *halte*, ist das, was mich wirklich interessiert." Obwohl sie sich fragte, ob sie ihn noch immer in ihrem Bett willkommen heißen würde, wenn er heute Abend mit einer anderen ausging und mit ihr schlief – und das, nachdem er sie geküsst hatte.

Nein. Natürlich würde sie ihn nicht willkommen heißen.

Also wahrscheinlich nicht.

„Dann bin ich draußen", sagte Jessie Kay. „Obwohl ich neulich mit Daniel Porter aus war und er mich anschließend gefragt hat, ob ich ihn wiedersehen wollen würde."

„Er ist echt heiß", sagte Kenna, sah ihre Freundin an und hob beide Daumen.

Zähne zu ziehen war leichter, als von diesen Frauen brauchbare Antworten zu bekommen. „Genug von Daniel!"

„Da ist aber jemand gereizt." Jessie Kay stieß ihre Schwester an. „Hey, wie hast du Jase halten können?"

„Er sagt, ich sei der Sonnenschein in seiner Dunkelheit. Weißt du was? Das bin ich auch."

„Das ist schön für dich, ich bin allerdings für niemanden irgendwas Strahlendes." Harlow ließ die Schultern sinken.

„Du könntest versuchen, für Beck zu kochen und zu putzen", schlug Jessie Kay vor. „Typen mögen so etwas. Jedenfalls habe ich so was gehört."

Harlow schüttelte den Kopf. „Ich glaube fest daran, dass Männer den Dreck, den sie produziert haben, selbst wegräumen sollten. Ohne die Hilfe einer Frau. Amen."

„Also gut. Was ist mit dir, Ken?", fragte Jessie Kay. „Wie ist es dir gelungen, Dane zu halten?"

„Laut Dane ist der Grund dafür einfach der, dass ich existiere und atme."

Genau das. *Das* wollte sie auch. Sie wollte etwas Besonderes sein. Sie wollte geschätzt werden. Beck gab ihr natürlich dieses Gefühl, aber eben nur manchmal. Und „manchmal“ reichte nicht. „Zu existieren und zu atmen wird bei mir niemals ausreichen.“

„Dann erlaube es mir, die Stimme der Vernunft zu sein“, sagte Kenna. „Sei einfach du selbst. Tu und sage nur das, was dir ganz selbstverständlich in den Sinn kommt. All das, was sich für dich richtig anfühlt. Wenn er nicht das ist, was du brauchst, wenn er sich der Herausforderung nicht stellt, dann ist er nicht der Richtige für dich und alle Zeit und Mühe nicht wert. Und du musst weitergehen und ihn vergessen.“

Endlich! Ein Ratschlag. Und es war ein guter Ratschlag. Der Tritt in den Hintern, den sie gebraucht hatte. Doch er bereitete ihr auch Sorgen. War sie denn das, was Beck brauchte? So viele Fragen waren während der Unterhaltung ans Licht gekommen. Vielleicht zu viele. Warum war er so, wie er war? Und konnte ein Mensch, der Veränderungen so sehr hasste, sich ändern?

Leider konnte nur die Zeit die Antworten auf diese Fragen bringen.

13. KAPITEL

Beck stand in der hinteren Ecke des Festsaals im Hotel. Er war umgeben von Luxus. Beeindruckende Kronleuchter, von denen jeder mit unzähligen herzförmigen Kristallen geschmückt war, hingen von der kunstvollen Kassettendecke. Die Wände waren mit pflaumenblauem Samt bespannt und mit funkelnden Lichtern besetzt. Der Fußboden zeigte ein spektakuläres, wenn auch schwindelerregendes Muster aus Ebenholz und Elfenbein. Es gab fünfundzwanzig Tische, auf denen mittig Rosenbuketts und Kerzen platziert waren. „Klassische Eleganz" hatte Brook Lynn es genannt.

Die Kinder aus seinem Fußballteam blickten sich mit großen Augen um und murmelten „Oh!" und „Ah!".

An diesem Abend feierten sie eine erfolgreiche Saison, und obwohl die Kids zwischen acht und zwölf Jahre alt waren, hatten sie sich festlich gekleidet. Etwas, um das er, West und Jase sich gekümmert hatten und was Brook Lynn überwacht hatte.

Er selbst trug einen maßgeschneiderten Smoking. Doch die Krawatte fühlte sich wie ein Strick um seinen Hals an. Er wollte, dass Harlow an seiner Seite war, zugleich war er froh, dass sie nicht in seiner Nähe war. In seinem Inneren fand ein Tauziehen statt, und er fühlte sich hin- und hergerissen.

Er konnte sie nicht haben, ohne sich an sie zu binden. Er musste sie haben, aber er konnte sich nicht an sie binden. Es wäre der sicherste Weg, sie für immer zu verlieren. Schon jetzt vermutete sie, dass er nicht gut oder gefestigt genug für sie sein könnte. Und wenn sie feststellte, dass sie recht hatte und dass er nicht gefestigt genug war, würde nichts, was er tat oder sagte, sie davon überzeugen, bei ihm zu bleiben.

Falls er überhaupt wollte, dass sie bei ihm blieb.

Verdammt! Wenn er das Fest überstand, ohne mit der Faust gegen eine Wand zu schlagen, wäre das für ihn schon ein Sieg. Er sollte gar nicht über sie nachdenken. Es sollte ihm egal sein, dass sie alles beendet hatte, noch bevor es angefangen hatte. Er könnte einfach weitermachen wie bisher. Aber das wollte er nicht. Irgendwie war sie zu seiner neuen Realität, zu seinem neuen „Normal" geworden. Und, Scheiße, er würde doch mit der Faust gegen eine Wand schlagen.

Jase trat neben ihn, hielt ihn von seinem Vorhaben ab und reichte ihm ein Glas Champagner. „Du siehst aus, als könntest du einen Schluck vertragen."

„Diesen Schluck und noch einige mehr."

„Bist du wütend wegen Tawny?"

Tawny. Offensichtlich war die kurvige Blondine nach ihrem Date in seiner Abwesenheit des Öfteren bei ihm zu Hause aufgetaucht und hatte Jase mit Fragen über ihn gelöchert. *Hat Beck sich mit anderen Frauen getroffen? War Beck jemals verliebt? Was denkt Beck über Kinder?*

Ja. Nein. Und, Mädchen, bitte. Kinder waren in seiner Lebensplanung nicht vorgesehen und würden es auch nie sein. Er hatte sogar darüber nachgedacht, sich sterilisieren zu lassen – vielleicht würde er es noch tun.

„Nein. Daran verschwende ich keinen Gedanken mehr." Er hatte sich mit Tawny zusammengesetzt und ihr behutsam von Angesicht zu Angesicht erklärt, dass sie kein Paar waren und dass sie niemals ein Paar werden würden. Während er geredet hatte, hatte sie versucht, auf seinen Schoß zu krabbeln und ihm an die Wäsche zu gehen.

Er hatte streng werden müssen und ihr gesagt, dass sie auch nicht mehr miteinander schlafen würden und dass er daran von Anfang an keinen Zweifel gelassen hatte.

Als sie schließlich mit Tränen in den Augen gegangen war, hatte er ein Bier getrunken, die leere Flasche an die Wand geschleudert und beobachtet, wie sie in tausend Scherben zersplittert war.

„Warum regst du dich dann so auf?", fragte Jase.

Beck hätte sich lieber beide Eier abgeschnitten, als Jase mit seinen Problemen zu belasten. „Mir geht es gut."

Jase sah ihn finster an.

„Es geht mir bald wieder gut“, korrigierte er.

Brook Lynn kam zu ihnen, schmiegte sich an Jases Seite und schenkte ihm, Beck, ein zuckersüßes Lächeln. „Habe ich dir erzählt, dass ich Harlow heute gesehen habe? Was auch immer du gerade mit ihr machst – nicht nachlassen. Sie sieht *grauenvoll* aus.“

Die Worte versetzten ihm einen schmerzhaften Stich ins Herz. „Seit wann bist du so böse?“ Seit wann war er es?

Den ganzen Tag über hatte er sich Harlow gegenüber wie ein Arsch verhalten. Und warum? Weil sie ihm nicht gegeben hatte, was er sich wünschte?

Tja, er hatte ihr auch nicht gegeben, was sie sich wünschte, und sie war nicht so durchgedreht, sondern verhielt sich normal. „Ich will nicht, dass es Harlow schlecht geht.“

Brook Lynn sah ihn eindringlicher an, als ihm lieb war.

„Also ... Du willst sie lieber glücklich und zufrieden sehen?“

„Ja.“ Sie hatte es verdient, glücklich und zufrieden zu sein und ihren Traum von einem Ehemann und einer Familie leben zu können. Sie hatte die Beständigkeit verdient, die er ihr nicht geben konnte.

Nicht geben kann ... oder nicht will?

Unwillkürlich ballte er die Hand zur Faust.

„Gut. Ich wollte dich auf die Probe stellen, und du hast den Test bestanden.“ Brook Lynn strahlte ihn an. „Ich habe eine grandiose Idee. Du und ich werden zusammenarbeiten, um den perfekten Mann für sie zu finden. Wir fangen natürlich bei deinen Freunden an – bei Männern, denen du trauen kannst und die ihr geben können, was sie braucht.“

Beck spürte, wie sich in seinem Inneren ein zorniges Knurren bildete, das ihm langsam die Kehle hinaufkroch und versuchte, über seine Lippen zu kommen. Er sollte einen Mann für Harlow suchen? Nur über seine Leiche.

Brook Lynn nagte an ihrer Unterlippe. „Bist du wütend? Du siehst irgendwie wütend aus. Du hast doch gesagt, dass du dir wünschst, dass sie glücklich und zufrieden ist, oder? Das habe ich richtig verstanden, stimmt's?"

„Das hast du." Jedes Wort fühlte sich an wie durch den Fleischwolf gedreht – schmerzhaft, falsch.

„Gut. Sie wünscht sich einen gefestigten, netten Mann. Wer tut das nicht? Sie ist sich sicher, dass Stabilität und Sicherheit sie glücklich machen werden, und ich stimme ihr da zu. Also denk über deine Freunde und darüber nach, welcher von ihnen am besten zu Harlow passen könnte. Wir sprechen dann morgen über deine Wahl." Damit zog Brook Lynn ihren Jase auf die Tanzfläche.

Versonnen rieb Beck sich die Brust, um den Schmerz zu vertreiben, den er mit einem Mal verspürte. Ein Kellner kam mit einem Tablett voller Champagnergläser vorbei. Beck trank seinen letzten Schluck aus und nahm sich ein neues Glas, das er ebenfalls in einem Zug leerte.

Vom anderen Ende des Festsaals aus erblickte West ihn und kam zu ihm herüber. Er bot ihm noch ein Glas Champagner an.

Beck packte das Glas so schnell, dass der Champagner über den Rand schwappte. „Danke", murmelte er und trank auch das Glas aus. Er hatte immer ein bisschen Angst, wenn sein Freund in Besitz von Alkohol war. Seine Einstiegsdroge, sein Zugang.

„Revanchiere dich, indem du da rausgehst und dein Ding machst."

„Was ist denn ‚mein Ding'?", fragte Beck und versuchte verzweifelt, Brook Lynns „grandiose" Idee zu vergessen.

„Was denkst du denn? Mit den alleinstehenden Müttern tanzen."

Mit anderen Worten: Er sollte flirten. Ausnahmsweise war er dazu nicht in der Stimmung. „Dafür bräuchte ich eine ganze Flasche Alkohol."

„Warum? Du bist doch sonst immer die Ballkönigin."

„Heute Abend nicht."

„Weil ich dich in meinem Smoking einschüchtere? Gut zu wissen. Aber eine der Singlemütter hat ihre Schwester mitgebracht, und ich habe beschlossen, dass ich sie kennenlernen will. Das heißt, dass du die Sache in die Hand nehmen, mir helfen und dich für das Team opfern musst – eingeschüchtert oder nicht."

Dass sein Freund so offen aussprach, dass er diese Frau kennenlernen und haben wollte, war nicht weiter schockierend. Im Laufe der vergangenen acht Jahre hatte Beck so etwas einmal im Jahr von West gehört. Das war auch der Grund, weshalb er das Ende schon vorhersagen konnte: West würde die Frau für sich gewinnen – das gelang ihm immer. Er würde viel Zeit mit ihr verbringen, für sie schwärmen und sie mit Geschenken überhäufen. Exakt zwei Monate später würde er sie dann mit irgendeiner fadenscheinigen Erklärung verlassen und sich monatelang dafür hassen.

„Welche ist es?", fragte Beck. Er würde nicht tatenlos zusehen. Dieses Mal nicht. Im Augenblick kam er selbst kaum zurecht und hielt sich nur schwer über Wasser. Er hatte nicht vor, zuzulassen, dass West wieder in diesen Strudel geriet und dass einer weiteren Frau das Herz gebrochen wurde.

West wies auf eine hübsche, ungefähr dreißigjährige Frau mit kurzen blonden Haaren und blauen Augen. „Sie ist es."

„Tut mir leid, Mann, aber ich habe sie zuerst gesehen. Sie gehört mir."

West wirkte beinahe erleichtert. „Was ist mit Harlow?"

Der Schmerz in Becks Brust nahm zu. „Was soll mit ihr sein? Wir sind Freunde – das ist alles."

„Freunde mit gewissen Vorzügen?"

„Nur Freunde." *Auch wenn sie mir gerade fehlt, als hätte ich einen wichtigen Teil meines Körpers verloren.* „Die Blondine ..."

„Mach dir keine Sorgen. Sie gehört dir." West klopfte ihm auf die Schulter. „Ich werde dir nicht im Weg stehen."

Er hatte gewusst, dass West so reagieren würde. Genauso, wie ihm klar gewesen war, dass er selbst sich zurückgezogen und die blonde Frau West überlassen hätte, wenn der ihn darum gebeten hätte – auch wenn er Zweifel an Wests Plänen hatte.

Beck nahm zwei weitere Gläser Champagner vom Tablett

eines vorbeischreitenden Kellners und trank sie aus. Danach nahm er den Rest des Abends ein wenig verschwommen wahr. Er aß, als das Abendessen serviert wurde, und hielt eine Rede, in der er jedes einzelne Mitglied des Teams lobte. Er flirtete und tanzte mit Donna … Dana? Wie auch immer. Mit Wests Blondine jedenfalls. Sie war Krankenschwester in der Notaufnahme, frisch geschieden, hatte keine Kinder, und sie wollte ihrem Leben ein bisschen neuen Schwung verleihen.

„Wenn du immer noch vorhast, deinem Leben neuen Schwung zu verleihen", sagte er, „bedeutet das, dass du ihn bei mir nicht gefunden hast?"

Ihr Lächeln war breit und verspielt. „Noch nicht."

„Aber weil du so nett bist, willst du mir die Chance geben, es weiterhin zu versuchen?"

„So bin ich."

„Dann sollte ich wohl lieber in erstklassiger Form sein, oder?"

Sie lachte leise. „Heißt das, dass du manchmal nur in zweitklassiger Form bist?"

„Oder sogar in drittklassiger Form. Doch das bin ich nur, wenn ich echt verzweifelt bin."

„Dann ist es gut, dass du nicht verzweifelt hinter mir her bist?" Stirnrunzelnd sah sie ihn an.

„Süße, ich habe ‚verzweifelt' übersprungen und habe direkt angefangen, grenzdebil nach dir zu lechzen, als du durch die Tür gekommen bist." Die Worte kamen ihm ganz leicht über die Lippen – wie immer. Dennoch fühlten sie sich hohl und leer an. Früher einmal hatte er diese Neckereien genossen, diese kleinen Flirts, bevor es ernst geworden war. Jetzt wusste er nicht, wann er sich je schlechter gefühlt hatte.

Donna/Dana strich mit den Fingern durch sein Haar, und er wäre beinahe zurückgezuckt. Ihm fiel ein, wie Harlow am Abend zuvor das Gleiche getan hatte. Seine Kopfhaut hatte angefangen zu kribbeln, und sein Blut war in Wallung geraten. Er erinnerte sich daran, wie sie ausgesehen hatte, als sie ihn so streichelte. Als wäre sie trunken vor Glück … berauscht von ihm. Als wäre er etwas ganz Besonderes und nicht nur irgendein Kerl, mit dem sie Spaß haben konnte.

„Erzähl mir von dir“, sagte Donna/Dana.

„Um dich zu Tode zu langweilen? Auf keinen Fall. Ich würde lieber etwas über dich erfahren.“

Als sie anfing, über sich zu sprechen, glitten seine Gedanken in eine Richtung, in die sie eigentlich nicht gehen sollten. Brook Lynn erwartete von ihm, dass er einen Mann für Harlow fand. Einen Liebhaber. Einen potenziellen Ehemann. Ob er das tatsächlich konnte? Ob er es sollte?

Vergebene Frauen waren unsichtbar für ihn. Er hatte nie die Scham vergessen, die er empfunden hatte, weil ihm bewusst gewesen war, dass seine Pflegemutter Carol ihren Mann mit ihm betrog. Seine Schuldgefühle waren im Laufe der Jahre noch angewachsen, weil er hatte zusehen müssen, wie eine Familie nach der anderen wegen Untreue zerbrochen war.

Vielleicht … vielleicht bestand die Lösung all seiner Probleme darin, das zu tun, was Brook Lynn vorgeschlagen hatte. Wenn Harlow mit einem anderen Mann zusammen wäre – er musste einen Fluch herunterschlucken –, würde seine Sehnsucht nach ihr bestimmt nachlassen.

„Beck?“, sagte Donna/Dana und schmiegte sich an seine Wange. „Bist du noch da?“

Er wich zurück, vergrößerte den Abstand zwischen ihnen und gab ihr einen Kuss auf die Fingerknöchel. „Glaubst du wirklich, dass es einen Ort gibt, an dem ich in diesem Moment lieber wäre?“

„Tja, ich hoffe nicht.“

Immer mehr Familien verließen die Party, bis nur noch West, Jase und eine sehr müde Brook Lynn übrig waren.

„Ich fahre, Beck“, sagte West. „Wie stellst du dir den Rest des Abends so vor?“

Beck sah zu Jase, der Brook Lynn fest im Arm hielt. Brook Lynn lehnte sich an ihren Mann und konnte sich sicher sein, dass er sie mit seinem Leben beschützen würde. Er sah zu West, der bereit war, ihn und Donna/Dana zu ihr nach Hause zu bringen und dann im Wagen zu warten, damit er eine Mitfahrgelegenheit nach Hause hätte, wenn er fertig wäre. West war sogar bereit, ihn und Donna/Dana zu ihnen nach Hause zu fahren – wo Harlow die Show dann aus der ersten Reihe beobachten könnte. Er sah Donna/Dana an, die genauso beschwipst war wie Beck, die ihn anlächelte und die wahrscheinlich bereit war, alles für ihn zu tun. *Sie* würde ihn ganz sicher nicht aufhalten, ehe er ihr die Kleider ausgezogen hätte und vor Lust in Flammen stehen würde, um ihn um mehr zu bitten, als er ihr geben konnte.

West stieß ihn an. „Also? Was ist jetzt?"

Harlow hatte den ganzen Abend an ihrem Handy verbracht und ihr Datenvolumen verbraucht, indem sie alles über mögliche Probleme recherchiert hatte, die verlassene Kinder in ihrem späteren Leben entwickeln konnten. Sie hatte so lange im Internet gelesen, bis sie glaubte, Becks Problem erkannt zu haben und benennen zu können. Eine schwere Bindungsstörung. Nachdem er immer und immer wieder alles verloren hatte, was ihm wichtig gewesen war, hatte er gelernt, zu allem und jedem Distanz zu halten.

Ihr Herz hatte sich zusammengezogen, als sie ins Bett gefallen war und wie ein Stein geschlafen hatte, bis sie geweckt worden war, durch …

Bumm, bumm, bumm. „Mach auf, Harlow."

Dadurch.

Mit brennenden Augen warf sie nun einen Morgenmantel über und taumelte zur Tür des Wohnmobils. Vom Albtraum, in dem Beck sich quer durch eine Parade von Frauen vögelte, hin zu Beck, der leibhaftig vor ihrer Tür stand – mitten in der Nacht.

Bumm, bumm. „Du hast noch genau zwei Sekunden, um aufzumachen, dann trete ich die Tür ein."

„Ich komme, ich komme. Immer langsam mit den jungen Pferden." Sie öffnete – und schnappte nach Luft. Der schwache

Lichtschimmer der Verandabeleuchtung fiel auf Beck. Er trug einen Smoking. Ein umwerfender, wohlhabender Mann, der fast zu schön war, um ihn wirklich anzufassen. Er wirkte wie einem Magazin entsprungen. Sein dunkles Haar stand ihm vom Kopf ab, und in seinen Augen lagen Feuer und Entschlossenheit.

„Echt dumm von dir." Er hatte die Lippen aufeinandergepresst. Seine Sprache klang leicht verwaschen. „Ich hätte ebenso gut ein Fremder sein können, der dich umbringen will."

„Bist du betrunken?"

„Höchstens eine 3,65 auf der Richter-Skala ... Oder vielleicht auch eine 6,53 ... Was spielt das schon für eine Rolle?" Er drängte in das Wohnmobil und schob sie sanft zurück. Mit dem Fuß zog er die Tür ins Schloss. „Du musst vorsichtiger sein, mein kleines Eis am Stiel."

Neuer Kosename. Sie freute sich, das zu hören, auch wenn es ihr eigentlich nichts bedeuten sollte. „Was machst du hier? Es ist zwei Uhr morgens."

Er nickte, als hätte sie ihm die Worte aus dem Mund genommen. „Es ist zwei Uhr morgens, und du arbeitest für mich. Ich habe dir gesagt, dass es Zeiten geben wird, in denen ich dich bitte, mitten in der Nacht etwas für mich zu entwerfen und zu zeichnen."

„Also soll ich malen?", fragte sie und trat einen Schritt zurück, um etwas Platz zum Atmen zu haben. Seine Nähe machte ihr zu schaffen und weckte bei ihr die Sehnsucht nach alldem, was sie schon einmal gespürt hatte und nie wieder erleben würde – seinen Mund und seine Hände auf ihr, seinen Körper, der sich an sie schmiegte.

„Nein, ich will nicht, dass du malst. Sei nicht albern. Ich will mit dir reden, will dir erklären, was Brook Lynn und ich beschlossen haben."

Er ließ den Blick über sie gleiten. Mit einem Mal wirkte er viel entspannter. Er lehnte sich an die Wand hinter ihm und warf ihr ein bedächtiges, gefährliches Lächeln zu. Ein umwerfendes Lächeln, dem sie nicht widerstehen konnte.

„Ich will diesen Morgenmantel zum Abendessen einladen, und dann will ich ihn dir ausziehen."

Sie zitterte. „Mein Morgenmantel ist … äh … er ist nicht hungrig."

„Das ist egal. Du hättest etwas anderes tragen sollen." Er machte einen Schritt auf sie zu. „Bei deinem Anblick vergesse ich glatt, warum ich eigentlich hergekommen bin."

Vorsicht. Bei ihm würde *sie* noch ihre Bedenken vergessen. „Du und Brook Lynn habt etwas beschlossen … Und was?"

Er hielt inne. Wut blitzte in seinen Augen auf, war jedoch im nächsten Moment wieder verschwunden. „Lass uns jetzt nicht darüber reden."

Er kam weiter auf sie zu, setzte einen Fuß vor den anderen und drängte sie langsam, aber sicher gegen die Küchenzeile. Er verströmte eine unglaubliche Hitze, und Harlow stieß unterdrückt einen Aufschrei aus.

„Ich habe dich heute Abend vermisst. Ich wollte, dass du an meiner Seite bist, und habe es gehasst, dass du nicht da warst", knurrte er.

Ob er ihr Herz hämmern hören konnte? „Wo warst du denn?"

„Wir haben ein Fest für das Fußballteam gegeben, das West und ich trainieren. Schsch, sag nichts."

Er legte einen Finger auf ihre Lippen, und sie musste den Drang niederringen, mit der Zungenspitze darüberzulecken. Erleichterung und Verlangen durchströmten sie.

„Frauen werden verrückt, wenn sie es erfahren."

Wem sagst du das. Sie war zufällig eine von ihnen. „Ich weiß, dass du Kinder trainierst, die es im Leben nicht so gut getroffen haben. Ich arbeite schließlich für dich und übernehme die eine oder andere Aufgabe, schon vergessen?" Wie zum Beispiel Telefonanrufe von Müttern entgegenzunehmen, die sich plötzlich nicht mehr daran erinnern konnten, wann das nächste Training stattfinden sollte – auch wenn es jede Woche am gleichen Wochentag war. „Hatten die Kinder Spaß?"

„Auf jeden Fall. Und ich habe Donna/Dana weggeschickt. Ich wollte sie nicht."

„Donna/Dana?"

Er nickte. „Sie hätte mit mir geschlafen, und *sie* hätte mich nicht um mehr gebeten."

Eifersucht versetzte ihr einen schmerzhaften Stich. Doch im nächsten Moment wurde dieses Gefühl von Überraschung verdrängt, die sie liebevoll umarmte. Er hatte ein potenzielles Betthäschen abgelehnt – obwohl sie beide betrunken gewesen waren –, um hierherzukommen und bei ihr zu sein, auch wenn sie alles andere als einfach war.

„Sprich weiter", drängte sie und schmiegte sich an ihn.

„Ich würde dich lieber so lange genießen, wie ich kann." Zärtlich strich er mit der Nase an ihrem Kinn entlang, an ihrer Wange und zupfte an den Aufschlägen ihres Morgenmantels. Die Seide glitt über ihre erhitzte Haut und kitzelte sie. „Es tut mir leid, dass ich so gemein zu dir war. Du hast mich so durcheinandergebracht, dass ich mich selbst nicht mehr wiedererkenne." Er knabberte an ihrem Ohrläppchen. „Und, verdammt, ich fange an zu glauben, dass das gar nicht so schlecht ist."

Ihre ohnehin schon weichen Knie drohten ihr den Dienst zu versagen. Sie wäre beinahe hingefallen, aber er fing sie auf und setzte sie auf die Anrichte. Die Hände legte er auf ihre nackten Schenkel. Ihr Morgenmantel war ohnehin kurz, doch so, wie sie nun dasaß, war er noch kürzer als kurz.

Beck drückte ihre Beine auseinander und stellte sich dazwischen, als hätte er jedes Recht dazu. „Du bist so schön." Sein Blick blieb auf seine Finger gerichtet, als er nun langsam die Aufschläge ihres Morgenmantels hinauf- und wieder hinabstrich. Und jedes Mal schob er den Stoff des Mantels ein Stückchen weiter beiseite.

Sie war unter dem Morgenmantel zwar nicht nackt, doch das spielte keine Rolle. Sie hätte genauso gut nackt sein können. Sie trug nur ein Tanktop und ein Höschen. Wenig Schutz gegen ein so drängendes Verlangen. „Das bin ich nicht. Schön, meine ich.

Das bin ich wirklich nicht." Sie wollte nicht, dass er sah, wie unschön sie tatsächlich war, aber sie brachte es auch nicht über sich, ihn daran zu hindern, noch etwas von ihrer Haut zu enthüllen. Noch nicht.

„Du bist rätselhafter als das nie entschlüsselte *Voynich-Manuskript,* weißt du das?", sagte er. „Vielleicht ist es dir so gelungen, mich zu fesseln und zu halten. Ich möchte das Rätsel lösen, das du geschaffen hast."

„Du stehst auf Rätsel?"

„Bis jetzt eigentlich nicht."

„Aber du willst meins lösen?"

Er schien sie gar nicht zu hören. Sein Blick war auf ihre Schultern und auf den Morgenmantel gerichtet, der jeden Moment an ihr hinabgleiten würde. „So wundervolle Haut."

Ihr Magen zog sich zusammen, und sie bedeckte sich wieder mit dem Morgenmantel. „Warum schauen wir nicht ein bisschen fern?" Sie wies auf den Fernseher – der im Schlafzimmer stand.

„Ich würde lieber dich ansehen."

Als er einen ihrer Fußknöchel packte und ihren nackten Fuß anhob, keuchte sie erschrocken. Im nächsten Moment begann er, ein paar Stellen an ihrem Fuß zu massieren, von denen sie gar nicht gewusst hatte, wie empfindlich sie waren. Sie stöhnte leise auf.

„Sag mir, wann dein letztes Date war."

„Auf der Highschool." Nachdem ihre Verletzungen verheilt waren und ihr klar geworden war, dass niemand in der Stadt ihr jemals ihr unmögliches Verhalten verzeihen würde, hatte sie ihre Zeit im Farmhaus verbracht. Sie hatte für ihre Mutter, deren Sehvermögen sich im Laufe der Jahre immer weiter verschlechterte, medizinische Dokumente abgetippt. Leider hatte sie den Job nach dem Tod ihrer Mutter nicht weitermachen dürfen, weil sie nicht hatte zugeben können, dass sie die Arbeit in der vergangenen Zeit allein erledigt hatte – denn damit hätte sie den Beitrag ihrer Mutter klein gemacht.

„Wie ich vermutet habe“, sagte Beck, „was bedeutet, dass die Latte nicht besonders hoch liegt.“

„Definitiv. Jungs auf der Highschool sind die reinsten Schweine.“

Er drängte sich noch dichter an sie, und sie stöhnte wieder auf.

„Wie lange hat deine längste Beziehung gedauert?“

„Nur ein paar Wochen.“ Sie sah ihn argwöhnisch an. „Ich habe die Jungs früher sehr schnell gewechselt. Es hing davon ab, wer mich zu wenig beachtet hat. Wenn der Junge, den ich haben wollte, eine Freundin hatte, dann war er die ziemlich bald los.“

„Es gab Jungs, die dich nicht beachtet haben?“

„Nur die klugen“, entgegnete sie und war überrascht von seinen Worten, die zeigten, was ihm an ihrer Äußerung wichtig gewesen war.

„Aber du hast dich verändert. Was hat dich verändert?“, wollte er wissen und drängte auf Antworten.

Mann! Ihre Körpertemperatur sackte von siedend heiß auf eiskalt. Sie löste sich von ihm und zog sich zurück. Er ließ es zu und packte ihren anderen Fuß. „Ich hätte wissen müssen, dass du wieder auf den Zwischenfall zu sprechen kommen würdest.“

„*Der Zwischenfall.* Das heißt, dass es ein ganz besonderes Ereignis gab. Erzähl mir davon“, bat er.

„Nein. Ich möchte nicht darüber reden.“

„Hast du denn *jemals* darüber geredet? Oder hast du es in dich hineingefressen und in deinem Innersten gären lassen?“

Sie presste die Lippen aufeinander und weigerte sich, diese Fragen zu beantworten. Wenn sie jetzt nachgab und ihm entgegenkam, würde er nur mehr und mehr nehmen, bis nichts mehr übrig wäre.

„Was wäre, wenn ich dir im Gegenzug ein Geheimnis über *mich* erzählen würde?“, fragte er. „Etwas, das ich noch niemandem je gesagt habe?“

Sofort spürte sie einen drängenden, beinahe verzweifelten Wunsch. Sie würde *alles* tun, um mehr über ihn zu erfahren –

sogar einem Tauschhandel zustimmen. „Ja. Gut. Du verrätst mir ein Geheimnis, und ich werde dir von dem Zwischenfall erzählen. Aber nur die nötigsten Fakten."

Er schnaubte verächtlich und schüttelte den Kopf. „Als würde ich mein Geheimnis so billig verkaufen. Du wirst mir alles über den Zwischenfall erzählen – jedes Detail."

„Fünf Details für fünf deiner Geheimnisse."

„Zehn Details, zwei Geheimnisse."

„Vier Details, vier Geheimnisse", erwiderte sie.

„Zwölf Details, keine Geheimnisse", beharrte er.

Sie verengte die Augen zu schmalen Schlitzen. „Verrate mir all deine Geheimnisse, und ich verrate dir eins von meinen."

„Wirst du mir dann alles darüber sagen?"

„Alles", stimmte sie seufzend zu.

Er grinste breit. „Dann haben wir einen Deal, Baby."

Beck berührte eine besonders empfindliche Stelle an ihrem Fuß, und Harlow stöhnte wieder und drückte den Rücken durch. Ihre Brüste zeichneten sich unter dem dünnen Stoff ihres Morgenmantels ab.

„Das fühlt sich … Oh … Oh!"

Mit einer Stimme, die gedämpft und verführerisch klang, sagte er: „Ich könnte dafür sorgen, dass du dich noch viel besser fühlst … überall. Wenn du mich nur lässt."

Das Verlangen nahm zu, wurde immer drängender, bis sie kurz davor war, sich ihm hinzugeben.

Diese Blume ist verwelkt …

Mit dem letzten Rest Willenskraft, den sie aufbringen konnte, zog sie ihren Fuß aus seinem Griff und verschränkte die Arme vor der Brust. Sie verbarg ihre Nippel, die sich vor Lust aufgerichtet hatten. „Du fängst an", murmelte sie. „All deine Geheimnisse."

„Damit du dich drücken kannst?"

Sie warf ihm den Blick zu, den die meisten ihrer Lehrer ihr im Laufe der Jahre zugeworfen hatten – autoritär und doch mitleidig. „Damit du mir langweilige Geheimnisse über deine ‚Sexkapaden' erzählen kannst?"

„Sieh mal einer an. Miss Glass kennt meine Masche. In mehr als einer Hinsicht." Einen Moment lang starrte er stumm auf ihre Lippen. „Geheimnis Nummer eins: Als Teenager bin ich zwei Mal verhaftet worden."

„Wie ungezogen von dir." Ein Verbrecher, der ausschließlich nach seinen eigenen Regeln lebte. Das hätte sie sich auch denken können.

Wow. Da zeigt sich mein Liebesroman-Hintergrund.

Er sah sie eindringlich an, beobachtete jede ihrer Regungen und strich mit den Fingern über ihre Unterschenkel und hinauf bis zu ihren Knien. „Einmal wegen Diebstahls. Und einmal, weil ich einen Typ zusammengeschlagen habe – obwohl ich für ähnliche Vergehen eigentlich noch sehr viel öfter hätte verhaftet werden müssen. Ich brauchte damals Geld, also habe ich gegen Männer gekämpft, die doppelt so groß und doppelt so alt waren wie ich. Gegen jeden, für den mir jemand Geld bezahlte, damit ich ihn richtig zusammenschlug."

„Gut zu wissen", sagte sie und fühlte mit. „Aber das ist wohl kaum dein bestgehütetes Geheimnis. Ich bin mir sicher, dass Jase und West darüber Bescheid wissen."

„Du hast recht. Sie wissen es."

Er strich sich übers Kinn, und sie hörte das leise Kratzen der Bartstoppeln.

„Du willst nichts über meine sexuellen Abenteuer wissen, und du willst auch nichts über mein Vorstrafenregister erfahren. Was *willst* du denn hören?"

Es juckte ihr in den Fingern, ihn zu berühren, und sie zupfte am Kragen seines Hemds. „Erzähl mir von einer der schlimmsten Pflegefamilien, in der du je untergebracht warst."

Er erstarrte, und es verstrichen einige Sekunden, in denen er nichts sagte. Das war er nun – der Moment der Wahrheit. Wenn er jetzt einen Rückzieher machte, wüsste sie, dass er noch nicht bereit war. Wenn er keinen Rückzieher machte, würde er sie überraschen.

Er überraschte sie.

„Da gibt es einige", sagte er. „Eine fällt mir ein … Der Vater hatte ein Problem mit seiner Selbstbeherrschung und wusste genau, wie man blaue Flecke verheimlicht. Er hat mich geschlagen und mich mit Zweigen oder auch mal einem Tischtennisschläger verhauen. Manchmal reichte es, ihn bloß anzusehen, damit er die Kontrolle verlor."

Harlow spürte, wie ihr schlecht wurde. „Oh, Baby." Sie schlang die Arme um ihn und hielt ihn fest. Sie versuchte, alles zu tun, um ihn zu trösten. „Es tut mir so leid." Anfangs blieb er starr. Aber nach einiger Zeit entspannte er sich, und am Ende erwiderte er die Umarmung. Er zog sie so eng an sich und drückte sie so fest, dass sie wahrscheinlich blaue Flecke bekommen würde, doch es war ihr egal. Sie genoss es, in diesem Moment seine Rettungsleine zu sein.

„Es gab noch eine Pflegefamilie", flüsterte er. „Eine, die noch schlimmer war. Die Mutter schlich sich nachts in mein Zimmer …"

Harlows Übelkeit verschlimmerte sich, brannte in ihr. „Wie alt warst du damals?"

„Vierzehn."

Zu jung. Viel zu jung. Wut erfasste sie. „Ich werde dieses Miststück umbringen!"

„Ich war für mein Alter schon ziemlich weit entwickelt."

„Als ob das eine Rolle spielen würde. Was sie getan hat, war falsch. Und das wusste sie auch. Ich werde sie nicht nur umbringen. Ich werde sie quälen, wie sie es sich in ihren kühnsten Träumen nicht hätte vorstellen können."

Er gab ihr einen Kuss auf das Schlüsselbein, hielt inne und küsste es erneut, bevor er sich zurücklehnte, um ihr Gesicht mit beiden Händen zu ergreifen. Seine Handflächen waren hart und rau und perfekt.

„Willst du noch ein Geheimnis erfahren? Du bist eins der besten Dinge, die mir je widerfahren sind, Harlow. Du bist so süß."

„Süß, weil ich das mieseste Stück Dreck quälen will, das je auf dem Angesicht der Erde unterwegs war?"

„Ja."

Mit den Daumen strich er über ihr Kinn und ihre Wangen, erhitzte ihre Haut mit dem Feuer, das er so mühelos in ihrem Innersten entfachen konnte.

Das Bedürfnis, ihn zu trösten, die Schrecken der Vergangenheit, die traumatischen Erlebnisse wiedergutzumachen, war noch immer da. Es war eine Besessenheit, die nicht enden wollte.

Ihr wurde klar, dass dieser erstaunliche Kämpfer keine männliche Schlampe war. Er war nur ein Mann, der versuchte, die Karten, die das Schicksal verteilt hatte, möglichst klug auszuspielen. Wie konnte sie es wagen, ihn zu verurteilen? Wie konnte sie es wagen, ihm das Gefühl zu geben, sich für seine Entscheidungen schämen zu müssen?

Sie hatte ihn nicht gut behandelt. Doch jetzt würde alles anders werden. Ihn abzuweisen – ein „Wir" abzuweisen –, war der falsche Weg. Sie wollte ihn mehr, als sie je einen anderen Mann gewollt hatte. Warum sollte sie ihn dann nicht nehmen? Warum sollte sie die Zeit mit ihm nicht genießen?

Falls anschließend das Schlimmste eintrat und er sie verlassen würde, dann wäre es eben so. Sie hätte zumindest versucht, ein Happy End zu erleben. Sie würde damit zurechtkommen.

„Beck", flüsterte sie und rieb mit der Nasenspitze über seine Wange. „Du bist auch eins der besten Dinge, die mir je passiert sind, und ich will mit dir zusammen sein."

Er erstarrte und schien nicht einmal mehr zu atmen.

„Ich bin nicht das Beste, ich bin das Schlimmste. Du willst das nicht."

„Du bist das Beste. Und ich will es doch. Wirklich. Lass es mich beweisen." Sie rang ihre Schüchternheit nieder, legte eine Hand zwischen seine Schenkel und streichelte ihn … rauf und runter, rauf und runter. Er war groß und hart und perfekt. So unglaublich perfekt.

Beck sog den Atem ein. „Harlow."

Ihren Namen aus seinem Mund zu hören, verzauberte sie noch immer. „Bitte, Beck."

Ihm entrang sich ein Stöhnen, das kaum menschlich klang.

„Ja, meine Schöne. Ich werde dir geben, was du brauchst. Was ich brauche."

Er umfasste ihre Brüste. Trotz des Morgenmantels und des Tanktops war die Wirkung, die seine Berührung auf sie hatte, anscheinend eindeutig sichtbar.

„Ich werde dir etwas geben …" Sein Blick verfinsterte sich.

„Was ist los?"

„Jemand anderen." Er taumelte zurück, war für sie nicht mehr zu erreichen.

„Jemand anderen?" Verwirrt blickte sie ihn an. „Ich verstehe nicht."

„Ich bin nicht das, was du brauchst. Du hast es selbst gesagt."

Mit einem Mal fröstelte sie. Die Worte, die sie so unbedacht ausgesprochen hatte, rächten sich nun. „Doch, das bist du."

„Nein. Ich habe beschlossen, dass ich alles Nötige tun werde, um sicherzustellen, dass du glücklich bist." Er wankte zum Kühlschrank und nahm sich ein Bier.

„Äh … Bist du dir sicher, dass du das jetzt brauchst?"

„Ich war mir nie sicherer."

Er öffnete die Flasche und trank sie aus. Und tatsächlich wirkte er sicherer, als er sie auf die Anrichte stellte und sein Jackett auszog. Er nahm die Krawatte ab und machte die obersten drei Knöpfe des Hemds auf, als würde der Stoff ihm die Luft zum Atmen rauben.

„Ist die Heizung an?", fragte er. „Warum hast du mitten im Sommer die Heizung angeschaltet?"

„Sie ist nicht an."

Er öffnete drei weitere Knöpfe.

„Hast du Fieber?" Seine Lippen waren ungewöhnlich heiß gewesen. Sie legte die flache Hand auf seine Stirn. Seine Haut war so heiß wie seine Lippen bei ihrem Kuss, sie fühlte sich jedoch nicht klamm oder krank an.

Er schmiegte sich an ihre Handfläche und schloss die Lider. Doch viel zu schnell hatte er seine goldenen Augen wieder auf sie gerichtet und kniff sie nun leicht zusammen.

„Ich bin müde", sagte er und klang erschöpft. „Ich sollte ins Bett gehen."

Obwohl ihr Körper protestierte, stieß ihr Verstand ein erleichtertes Seufzen aus. Sie mussten dringend darüber sprechen, was gerade passiert war – und darüber, was sie sich wünschte –, aber es wäre besser, wenn er bei diesem Gespräch nüchtern wäre.

„Also gut. Ich bringe dich nach Hause."

Er schüttelte den Kopf. „Ich will nicht gehen. Noch nicht. Du hast vorgeschlagen, dass wir zusammen fernsehen könnten, erinnerst du dich?" Er verschränkte ihre Finger miteinander und führte Harlow ins Schlafzimmer. Es war ein sehr kurzer Weg, und dennoch schien eine Ewigkeit zu vergehen. Er legte sich auf die Matratze.

Er ist in meinem Bett. Zitternd schlug sie die Decke über ihn. „Vergiss den Fernseher und ruhe dich lieber ein bisschen aus."

„Bleib bei mir." Er ergriff ihre Hand und zog Harlow zu sich heran.

Er liegt in meinem Bett. Mit mir. Ihr Verstand hatte Probleme, diese außergewöhnlichen Ereignisse zu verarbeiten. Frauen auf der ganzen Welt erfuhren das wundervolle Phänomen, so in den Armen gehalten zu werden. Harlow hatte es hingegen noch nie erlebt. Es war ihr erstes Mal, und es dauerte nur einen winzigen Moment, bis sie sich sicher war, dass es nicht das letzte Mal sein sollte. Seine Wärme umhüllte sie und beschützte sie vor der Welt, die so kalt zu ihr gewesen war. Seine Stärke war ihr Anker, an seinen harten, muskulösen Körper konnte sie sich anlehnen. Sein berauschender Geruch nach Champagner mischte sich mit ihrem natürlichen Duft – und wurde zu *ihrem gemeinsamen* Duft.

„Verrate mir dein Geheimnis." Sein warmer Atem strich über ihre Stirn. „Ich muss mehr über dich wissen. Es ist ein Drang, eine Notwendigkeit."

„Nicht jetzt." Sie würde nur den Moment ruinieren.

„Bitte, mein Keks."

„Ich … ich werde es dir morgen früh erzählen." Wenn er wieder nüchtern wäre. „Okay?"

„Versprichst du es mir?“

Sie holte tief Luft, hielt den Atem an und atmete langsam aus. „Ich verspreche es dir.“

Er gab ihr einen Kuss auf die Schläfe. „Dann schlaf jetzt.“

Sie wollte nicht einschlafen. Sie wollte wach bleiben und das Gefühl genießen, festgehalten zu werden, fast geliebt zu werden. Doch er schlang seine Arme noch fester um sie, als würde er in diesem Moment der Verletzlichkeit fürchten, dass er sie verlieren könnte. Es dauerte nicht lange, bis sie schließlich mit einem Lächeln auf den Lippen einschlief.

Ob er es sich nun eingestehen wollte oder nicht, sie war ihm wichtig.

14. KAPITEL

Harlow blinzelte, bis sie ihre Umgebung klar erkennen konnte. Sie war in ihrem Schlafzimmer. Es war alles so, wie sie es kannte – bis auf das Männerhemd und die Krawatte, die an der Gardinenstange über dem Fenster hingen.

Was …

Neben ihr regte sich etwas. Warmer Atem strich über ihren Nacken. Sie erstarrte und drehte langsam den Kopf. Beck lag schlafend da.

Beck!

Stimmt. Er war mitten in der Nacht zu ihr gekommen, weil sie etwas für ihn hatte malen sollen, was er dann allerdings doch nicht mehr gewollt hatte. Er war in ihr Bett gekrochen und hatte sie mitgezogen. Dann hatte er die Arme um sie geschlungen und sie festgehalten. Ein Arm lag noch immer auf ihrem Bauch. Im Morgenlicht warfen seine Wimpern zackige Schatten auf seine Wangen.

Seine sanfte Miene ließ ihn beinahe jungenhaft wirken, unbekümmert, und in ihrem Innersten breitete sich ein Gefühl zärtlicher Zuneigung aus. Sie erinnerte sich an ihre Unterhaltung, an seine Hände auf ihrer Haut. Augenblicklich ging sie in Flammen auf, und ihr Verlangen nach ihm war mit einem Schlag zurück – wenn es denn je weg gewesen war.

Warum sollten sie nicht da weitermachen, wo sie aufgehört hatten?

Ja, oh ja.

So leise, wie sie konnte, kroch sie aus dem Bett und schlich auf Zehenspitzen ins Badezimmer. Dort wusch sie sich und putzte sich die Zähne, bevor sie sich wieder zu ihm legte. Beck, der sich noch nicht gerührt hatte, schmiegte sich an sie, als hätte er auf sie gewartet. Sein warmer Atem in ihrem Nacken war wie eine Liebkosung.

„Beck“, flüsterte sie und hoffte, ihn sanft wecken zu können.

Er seufzte leise, schob ein Bein zwischen ihre Schenkel und legte eine Hand unterhalb ihrer Brüste auf ihren Bauch. Die freudige Erwartung ließ sie erstarren. Falls er die Hand nur ein kleines Stückchen nach oben bewegte …

Langsam strich Beck höher, und Harlow hielt die Luft an. *Tu es, bitte, tu es …* Doch er stoppte, ehe er tatsächlich ihre Brust umschloss. Heiße Schauer durchzuckten sie, und sie verkniff sich ein Aufstöhnen.

„Beck. Wach auf.“ *Bitte.*

Mit dem Daumen streichelte er sie und schickte immer neue heiße Schauer durch ihren Körper. Von Sekunde zu Sekunde wurde sie verzweifelter, sehnsüchtiger und drängte sich an ihn. Als die Qual weiterging, rutschte sie schließlich ein Stück hinunter und zwang ihn so dazu, mit seiner Hand ihre Brust zu berühren. Zwar bewegte er seine Finger, erreichte jedoch nicht ihren aufgerichteten Nippel.

Sie stieß die Luft aus. „Beck“, wiederholte sie, bog den Rücken durch, rieb sich an seinem Schenkel – *ja, ja!* – und brachte sich mit dem Versprechen nach mehr fast selbst um den Verstand.

Die Bewegungen seiner Finger wurden langsamer, immer langsamer, während er sich der Stelle näherte, an der sie ihn brauchte – er war nahe dran, aber nicht nahe genug.

Mann! „Beck. Es ist mein Ernst. Aufwachen, das Frühstück ist fertig!“

Wieder strich er mit dem Daumen nach oben. Und dieses Mal … dieses Mal streichelte er sie. Ein kleiner Aufschrei entrang sich ihr, und Lust durchströmte sie. Und ihr kam eine Erkenntnis. Das konnte er unmöglich im Schlaf tun. Das ging einfach nicht. Die Wirkung war zu beeindruckend, die Berührung zu geschickt.

Sie schlug die Augen auf – und ertappte Beck dabei, wie er sie mit einem frechen Ausdruck im Blick anlächelte.

„Du duftest nach Zimt und Pfefferminz, Baby. Hast du dir die Zähne geputzt, weil du gehofft hast, dass ich dich küssen würde?“ Die Vorstellung brachte ihn total durcheinander. *Sie* brachte ihn total durcheinander.

„Ja. Ja.“

Beck wusste, dass er eigentlich standhaft bleiben sollte. Er war hergekommen, um ihr von dem Vorhaben zu erzählen. Er würde sie mit einem anderen Mann zusammenbringen. Aber nun lag er hier – in ihrem Bett, eng an sie geschmiegt, voller Sehnsucht nach ihr.

Er konnte ihr nicht widerstehen. Er war schon immer ein sehr körperlicher, sinnlicher, sexueller Mensch gewesen, doch nicht in diesem Maße. Er erkannte sich selbst nicht wieder. Sie brachte ihn irgendwie dazu nachzulassen, sämtliche Anstandsregeln zu vergessen und sich beinahe wie ein Wilder zu verhalten.

„Du willst mich, obwohl ich mich nicht binden will?“ Zwischen ihnen sollte es keine Missverständnisse geben. „Du bist trotzdem bereit, mit mir zusammen zu sein?“

Sie erstarrte. „Ja, trotzdem.“

Das schlechte Gewissen nagte an ihm, an seiner Begierde. Ihre Reaktion, trotz ihrer Worte … Er sollte aufstehen, sich anziehen und verschwinden. Stattdessen liebkoste er ihren Hals. Das Verlangen ließ sich nicht abstreiten oder verdrängen. „Ich werde dafür sorgen, dass du dich gut fühlst, Baby.“

„Das hier“, sagte sie und schmiegte sich an ihn, an seine Hände, „ist schon mal ein wunderbarer Einstieg.“

Das hier war erst der Anfang. „Gut.“ Er hob den Kopf. „Rühr dich nicht.“

„Aber …“

„Das ist mein Ernst.“ Er erhob sich aus dem Bett und tapste ins Badezimmer, wo er sich mit ihrer Zahnbürste die Zähne putzte. Sie würde nicht die Einzige mit einem frischen Atem sein. Als er fertig war, kehrte er ins Bett zurück. Falls er noch Bedenken oder Zweifel gehabt hatte, so waren die in dem Moment verschwunden, als er sie nun ansah. Ein makelloser Leckerbissen, der nur darauf wartete, von ihm vernascht zu werden.

Die Ungeduld drängte ihn – *nimm sie, jetzt, sofort!* –, doch er blieb standhaft. „Damit es keine Missverständnisse gibt, musst du mir sagen, wie weit ich gehen darf."

Sie strich sich mit der Zungenspitze über die Lippen. „Du kannst mich mit deinen Händen ... mit deinem Mund berühren. Schenk mir Lust. Ich habe von dir geträumt ... habe mich die ganze Nacht lang nach dir gesehnt."

Unbarmherziges Verlangen erfasste ihn, als er auf sie zukroch. „Lust ... im Sinne von Sex?"

Jetzt zögerte sie. „Ich habe nicht ... ich ..."

Also gut. Er verstand das als ein Nein. *Egal.* Er konnte mit seinen Händen und seinem Mund genug tun. Und sie konnte im Gegenzug mit ihren Händen und ihrem Mund genauso viel machen. „Ich glaube, gestern Abend waren wir hier stehen geblieben ..." Er nahm ihre Hand, legte sie sich auf seine Erektion und sog scharf die Luft ein, als die Begierde wie eine Flutwelle durch ihn hindurchströmte und ihn mit sich riss.

„Ja", stöhnte sie und drückte ihn. „Du bist so groß."

Zärtlich biss er ihr in die Unterlippe und knabberte verspielt daran. „Damit ich dich besser befriedigen kann." Er schob ihr Tanktop hoch und entblößte ihre Brüste. Ihre wundervollen Brüste mit den rosigen Spitzen ...

„Warte." Verzweifelt wehrte sie sich dagegen. „Nicht. Ich behalte mein Oberteil an ..."

Es war zu spät. Er sah die Narben. Eine Collage von Narben begann unterhalb ihres Schlüsselbeins und dehnte sich bis zu ihrem Nabel aus. Sogar ihre Brüste waren bedeckt. Es waren zackige pinkfarbene Linien und aufgeworfene Stellen, die aussahen, als hätte man ihr die Haut eines anderen Menschen verpflanzt. Der Anblick warf ihn vollkommen aus der Bahn. Nicht, weil es hässlich gewesen wäre – an Harlow gab es nichts Hässliches –, sondern wegen der Schmerzen, die sie hatte aushalten müssen.

Eine Welle der Zärtlichkeit durchflutete ihn, und er küsste eine der Narben ... und dann eine weitere. Er musste wissen, was ihr zugestoßen war, und er musste es jetzt wissen. Aber als sein Blick auf ihr Gesicht fiel und ihm bewusst wurde, dass sie über seine Schulter hinweg ins Nichts starrte und wie versteinert auf sein Urteil, seine Zurückweisung zu warten schien, beschloss er, dass er nicht fragen konnte. Nicht jetzt jedenfalls.

„Du wirst mit jeder Sekunde, die verstreicht, immer noch schöner, Baby. Wie ist das möglich?“ Er neigte wieder den Kopf, hauchte einen Kuss auf eine der Narben und strich mit der Zunge darüber.

Ganz allmählich ließ ihre Anspannung nach. Sie legte einen Arm um ihn und bohrte ihre Fingernägel in seinen Rücken.

„Du musst mich nicht anlügen.“

„Ich lüge nicht. Ich werde dich niemals belügen. Weder wegen dieser Sache noch wegen sonst etwas. Du hast es mir versprochen, und jetzt verspreche ich es dir.“ Er umschloss mit den Lippen einen ihrer Nippel. Als er daran saugte, schrie sie auf und hob unwillkürlich die Hüften an. „Wie eine Walderdbeere – süß und süchtig machend. Und ich kann nicht nur eine haben.“ Damit widmete er sich ihrer anderen Brust, saugte an ihrem Nippel und strich mit der Zunge darüber, um die Sehnsucht zu stillen. Die Brustspitze richtete sich unter seinen Liebkosungen auf, eine stumme Bitte nach mehr.

„Beck.“ Ein Keuchen, und Harlow drängte die Hüften an ihn.

Er zog ihr das Tanktop aus. Jedes Hindernis musste weichen. Strähnen tiefschwarzen Haars fielen über ihre Schultern auf das Kissen. Als er mit den Fingern zwischen ihren Brüsten entlang bis zu ihrem Bauch strich, spürte er weitere Narben. Es waren viel mehr, als ihm klar gewesen war. Er schlug die Decke zurück und entblößte so den Rest von ihr. Einige der Narben waren größer als andere, gingen offensichtlich tiefer.

Er fühlte mit ihr, küsste die Narben und zeichnete sie mit den Fingerspitzen weiter hinunter nach … bis er den Bund ihres Höschens erreicht hatte und sie unter den Stoff schieben konnte. Seine Augen wären beinahe in seinen Hinterkopf gerollt. Sie war feucht. Nein, nicht einfach feucht. Sie war nass, und sie glühte so, dass er sich fast die Finger verbrannte.

Sie wird so süß wie ein Bonbon schmecken.

Er bewegte seine Hand, verteilte ihre Feuchtigkeit, verstärkte so ihre Begierde und schürte seine eigene Ungeduld. „Spreiz deine Beine für mich, Harlow", befahl er rau.

In dem Moment, als sie seiner Aufforderung nachkam, drang er mit einem Finger in sie. Sie war so eng. Schweißperlen glitzerten auf seiner Stirn. Der Wunsch, ihr das Höschen vom Leib zu reißen und in sie zu stoßen, war unglaublich stark.

Beherrschung! „Kannst du noch einen Finger aufnehmen?"

„Ja. Bitte, ja."

Die Art, wie sie sich an ihn klammerte, als wäre er so lebensnotwendig wie die Luft zum Atmen, verstärkte die Empfindungen, die ihn durchströmten. In diesem Augenblick war *sie* für ihn lebensnotwendig.

Ein Schatz. Als er mit dem zweiten Finger in sie drang, stieß sie einen unterdrückten Schrei aus und hob die Hüften an. Eine instinktive Reaktion und eine unwiderstehlich gierige noch dazu. Er presste den Handballen auf die Stelle, an der sie seine Berührung am meisten brauchte, und als er spürte, wie sie erschauerte, begann er selbst zu zittern. Seine Beherrschung, die so wichtig war, entglitt ihm mehr und mehr.

„Berühr mich", forderte er sie auf.

„Aber … aber tue ich das nicht schon?"

In dem Moment verstand sie, was er meinte, und streifte ihm eilig die Unterwäsche ab.

Was nur Sekunden zuvor bloß ein Vergnügen gewesen war, wurde nun zu einer süßen Qual. Auch wenn ihre Bewegungen vielleicht nicht so geübt oder raffiniert waren, berührte ihre uneingeschränkte Aufregung und Begeisterung ihn tief in seinem Innersten. Bisher hatte er das nicht zugelassen, noch nie jemandem diesen Zutritt gewährt.

Er kannte Frauen, kannte ihre Reaktionen und wusste, dass Harlow ihn nicht mit einstudierter Lust, sondern mit ursprünglicher, unverfälschter Leidenschaft beglückte. Das Gleiche galt für ihn. Wenn er mit ihr zusammen war, war er zu gefesselt von ihr, um dem gewohnten Schema zu folgen. Bisher hatte er in so einem Fall Hände und Mund bewusst eingesetzt, um im Gegenzug das zu bekommen, was er wollte. Jetzt dachte er jedoch nur darüber nach, diese Frau als seine zu markieren, sie festzuhalten und nie mehr loszulassen. Sie zu besitzen – so, wie sie ihn besaß.

„Ich weiß, dass du noch mehr willst." Er drängte einen dritten Finger in sie und sie keuchte. Sie stöhnte. Sie warf den Kopf hin und her, und ihr schwarzes Haar umrahmte zerzaust ihr Gesicht.

„Zu viel? Tue ich dir weh?" Es würde ihn zwar umbringen, aber er würde sofort aufhören.

„Ich brauche nur ... einen Moment ... um mich daran zu gewöhnen."

Er wartete. Jeder Muskel in seinem Körper zitterte vor Ungeduld, wollte sich unbedingt bewegen ... *musste* sich bewegen. Doch ihr Genuss, ihr Vergnügen war ihm wichtiger als alles andere. „Du fühlst dich so gut an. Ich habe noch nie etwas Schöneres gespürt." Er ließ den Daumen kreisen und reizte sie damit.

Unwillkürlich spreizte Harlow die Beine weiter. Sie schien auf der Matratze dahinzuschmelzen und war der Erlösung nahe, so nahe. Und in diesem Augenblick zog er seine Finger zurück.

Mit einem enttäuschten Aufschrei packte sie sein Handgelenk. „Nein! Bleib! Es tut nicht mehr weh."

„Es geht gleich los, keine Sorge." Nichts würde ihn davon abhalten.

Zögerlich ließ sie ihn los, und er verteilte ihre Feuchtigkeit auf seinem Schwanz. Vom Ansatz bis zur Spitze. Er legte ihre Hand auf seinen Schaft und brachte seine Finger wieder zum Einsatz. Harlow seufzte zufrieden und packte ihn hart und fest – so, wie er es mochte.

„Sieh mich an", forderte er sie auf.

Der Blick aus ihren blauen Augen war verschleiert. Es fiel ihr offenbar schwer, sich zu konzentrieren und die Aufmerksamkeit auf ihn zu richten. Ihre Pupillen waren vor Lust geweitet, und er hatte das Gefühl, sich darin verlieren zu können. Aber sie hatten noch einen Weg vor sich. „Wenn ich meine Finger in dich stoße, bewegst du deine Hand nach oben. Wenn ich mich zurückziehe, bewegst du deine Finger nach unten."

„Ja, ja."

Während er sie stürmisch küsste und seine Zunge an ihre presste, schob er seine Finger tief in sie. Harlows Stöhnen vibrierte an seinen Lippen, gleichzeitig strich sie mit der Hand nach oben. Beck zog seine Finger zurück, und sie ließ ihre Hand seinen Schaft hinabgleiten. Ein Knurren stieg irgendwo tief aus seiner Brust auf, an einem Ort, von dem er nicht gewusst hatte, dass es ihn gab, an dem ein Funke Gier nie ganz erloschen war.

Sie gehört mir.

Diese Anspruchshaltung hätte ihm Angst gemacht – machte ihm Angst –, doch er war längst über den Punkt hinaus, sich zu sorgen. Er war viel zu angespannt und erregt. Jeden Moment würde es ihn an die Grenze des Erträglichen katapultieren.

„Schneller", sagte er, und der Klang ihrer flachen, stoßweise kommenden Atemzüge hallte durch den Raum. Beck hätte schwören können, dass die Luft um sie herum sich wie elektrisch aufgeladen anfühlte.

Ihre Hüften folgten jeder seiner Bewegungen, während seine ihren folgten. Er vertiefte den Kuss, drang mit seinen Fingern wieder tief in sie und winkelte im letzten Moment sein Handgelenk an. Ihr Griff um ihn verstärkte sich, und sie schrie verwundert auf, als ihre Muskeln zu zucken begannen.

Als die Lust sie mit sich riss, stieß sie unglaublich reizende Laute aus und schenkte ihm einen Ausdruck von solcher Befriedigung, dass er sich sicher war, dieser Anblick würde ihn für den Rest seines Lebens nicht mehr loslassen. Er spürte ihre Fingernägel über seinen Rücken ratschen, als wollte sie ihn als ihr Eigentum kennzeichnen, und er verlor die Kontrolle und ließ sich ebenfalls gehen.

Völlig ausgepowert sank er neben Harlow auf die Matratze. Er hatte keine Ahnung, wie viel Zeit vergangen war, bis er die Kraft fand, sich aufzurichten, ein Handtuch zu suchen und sie damit abzuwischen.

Harlow bedeckte ihre Augen mit den Händen, ihre Wangen färbten sich entzückend rosa. War sie etwa verlegen? Nach allem, was sie gerade zusammen erlebt hatten?

Wieder empfand er dieses zärtliche Gefühl, das nun noch stärker war als zuvor, und warf das Handtuch zur Seite. Er nahm ihre Hände von ihrem Gesicht und lächelte sie an. „Du bist ein Schatz, weißt du das eigentlich?" Er strich ihr eine feuchte Locke aus der Stirn. „Bleib immer so."

Sie packte die Decke. In ihren blauen Augen sah er Befriedigung – und Furcht.

„Ist das jetzt der Zeitpunkt, an dem du mich davonjagst?"

Ihre Lippen waren vom Küssen rot und geschwollen, und es dauerte einen Moment, bis er sich vom Anblick ihres Mundes losreißen und sich auf ihre Worte konzentrieren konnte. „Dich davonjagen? Du bist meine Freundin, Hase. So leicht wirst du mich nicht los."

„Tja. Das ist doch schon mal was." Sie senkte den Blick, erhob sich und zog sich ihr Tanktop und die Shorts an. „In der letzten Nacht hast du angedeutet, dass du und Brook Lynn irgendwas für mich tun wollt."

Augenblicklich hatte er das Gefühl, keine Luft mehr zu bekommen, und Schweißperlen rannen ihm den Nacken hinunter. Er nahm sein Hemd und zog es an. Ihm wurde bewusst, dass er zitterte, als er es planlos zuknöpfte. Seine Hose ließ er offen.

„Lass uns später darüber reden, ja?" Viel später … Oder auch nie. *Ja.* Noch nie hatte etwas so gut geklungen.

„Das hast du gestern Abend schon gesagt. Beck, was ist los?" Sorge lag in ihrem Blick. „Sag es mir, bevor ich eine Panikattacke bekomme."

„Kein Grund zur Panik, Baby. Es ist nichts Schlimmes." Er hatte ihr versichert, dass er sie niemals anlügen würde, und zu diesem Versprechen stand er. Bisher hatte er sie auch nicht belogen. Was er und Brook Lynn vorhatten, war für Harlow wirklich nicht schlimm.

Wie es ihm damit ging, stand auf einem anderen Blatt.

„Beck."

Nervös zerrte er an seinem Kragen und sagte: „Brook Lynn denkt, dass es eine gute Idee wäre, wenn wir dir einen ... Mann suchen würden. Jemanden, der besser für dich ist als ich." Eine Naht riss, und er ließ die Hand sinken. Den Rest der Erklärung konnte er nur mit Mühe hervorbringen. „Jemanden, der all deine Bedürfnisse erfüllt."

Harlow taumelte zurück, als hätte er sie geschlagen. Die Farbe wich aus ihrem Gesicht, sie wirkte blass und wächsern.

„Du und Brook Lynn denkt ..."

Er sah den Schmerz, der sie erfasste, als sie fieberhaft nach einer Antwort suchte.

„Du willst, dass ich mit einem anderen zusammen bin? Jetzt schon?"

Niemals, hätte er beinahe geknurrt. Er hasste die Vorstellung, sie könnte sich einem anderen Mann zuwenden. Es bestand durchaus die Möglichkeit, dass der Typ ins Krankenhaus eingeliefert werden würde, noch bevor alles vorüber war. „Ich will, dass du glücklich bist. Du hast es verdient, glücklich zu sein. Es ist das Beste so."

Der Schmerz auf ihrem Gesicht wich Wut.

„Für wen soll es das Beste sein?", zischte sie.

„Für mich bestimmt nicht!", brüllte er unvermittelt und ließ im nächsten Moment beschämt den Kopf sinken. Er hatte kein Recht, sie anzuschreien. Er trug die Verantwortung – ganz allein er. „Es tut mir leid."

„Du kannst mich mal mit deiner Entschuldigung." Sie wies zur Tür. „Verschwinde."

Nein. Auf keinen Fall würde er jetzt einfach so gehen. „Wenn du nicht willst, musst du nicht mit einem anderen Mann zusammen sein. Aber ..."

„Raus!"

Er schüttelte den Kopf und versuchte verzweifelt, doch noch zu ihr durchzudringen. „Ich werde erst gehen, wenn ich bekommen habe, was du mir versprochen hast. Du wolltest mir dein Geheimnis verraten."

„Ich werde dir überhaupt nichts verraten", fauchte sie.

„Du hast es versprochen."

„Das war allerdings, bevor ich wusste, dass du vorhast, mich mit einem anderen zusammenzubringen."

Innerlich zerrissen, sagte er: „Wenn ich eine Bindung eingehen könnte, würde ich für den Rest meines Lebens mit dir zusammen sein wollen, Harlow. Ich wollte noch nie eine Frau so sehr, wie ich dich will, aber ich bin nicht dazu geschaffen. Ich bin kein Typ für eine Beziehung. Ich will keine Familie. Und du willst das alles immer noch, oder?"

Einen Moment lang schwieg sie. Dann nickte sie langsam.

Ihre Bestätigung war zwar keine Überraschung, doch sie war trotzdem ein Schlag, auf den er nicht vorbereitet gewesen war. „Wie gesagt, ich kann dir das alles nicht geben." Er hasste diese Worte. Sie waren endgültig. Das Ende von dem, was auch immer zwischen ihnen gewesen war. Er wollte auf die Knie fallen und sie anflehen zu vergessen, dass er irgendetwas gesagt hatte.

Aber er tat es nicht. *Lieben und verlieren.* Das war die Geschichte seines Lebens. Selbst wenn er sie lieben könnte, so könnte er den Gedanken nicht ertragen, sie zu verlieren.

Harlow machte den Mund auf und schloss ihn gleich wieder. Wortlos musterte sie ihn einen Augenblick lang. Was auch immer sie sah, bewirkte eine Veränderung bei ihr. Sie ließ die Schultern sinken.

„Glaubst du, dass du mich betrügen wirst?", fragte sie.

„Nein! Ich weiß, dass ich so etwas nie tun würde. Ich weiß, wie sehr Untreue alle Beteiligten belastet, und bei so etwas würde ich niemals mitmachen. Aber ich würde mich auch niemals in die Lage bringen, für das Glück eines anderen Menschen verantwortlich zu sein."

„Ich bin selbst verantwortlich für mein Glück."

Sie sagte es und glaubte es wahrscheinlich auch. Doch wenn sie zusammen wären, würde er eines Tages irgendetwas tun, das sie wütend machte, und sie würde es bereuen, dass sie bei ihm geblieben war. Sie würde ihn verlassen. „Dein Geheimnis", beharrte er.

„Du willst über nichts anderes reden."

„Erzähl mir, was dir passiert ist, dann werde ich aufhören zu fragen."

„Nein."

„Sag es mir."

„Nein!"

„Verdammt, Harlow. Verrate es mir! Du schuldest es mir."

Harlow funkelte ihn aufgebracht an, und ihre Brust hob und senkte sich so schnell, dass er fürchtete, sie könnte in Ohnmacht fallen.

„Du willst es wirklich wissen? Gut! Jemand hat mich mit Benzin übergossen und angesteckt."

Man hatte sie *angezündet*? „Harlow", sagte er, und seine Stimme war nicht mehr als ein schwaches Flüstern. Er wollte ihre Hand ergreifen.

„Nein! Behalte dein Mitleid für dich", fauchte sie und wich zurück. „Ich will es nicht."

„So ein Pech. Dein dummer Stolz kann dich nämlich nicht trösten – ich dagegen schon."

„Du? Wie solltest du mich trösten, Beck? Im Augenblick bist du es doch, der mich quält."

Er verkniff sich einen Fluch. „Erzähl mir, wer dir wehgetan hat." Er würde den Kerl finden. Das Mädchen. Wen auch immer. Was danach geschah, würde eben geschehen.

Ihre Wut verrauchte, und sie schlang die Arme um ihren Oberkörper. „Meine Mom und ich waren in Dallas shoppen. Ich wollte damals ständig shoppen gehen. Ich musste den Anschein aufrechterhalten, verstehst du?" Sie lachte bitter auf. „Wenn ich nicht die Beste war, war ich nicht glücklich. Aber genau genommen, war ich nie glücklich. Auch an dem Tag verhielt ich mich meinen Mitmenschen gegenüber unmöglich. Ich war unverschämt zu den Verkäuferinnen, zum Kellner, der uns das Mittagessen servierte. Sogar zu meiner Mutter. Es passierte, als wir zu unserem Auto zurückgingen. Der Gehweg war vollkommen überfüllt. Überall waren Leute, und jemand rempelte mich an und stieß mich weg. Ich merkte, wie etwas Nasses über mich geschüttet wurde, dann fühlte ich brennenden Schmerz auf meinem Bauch. Ich taumelte zurück und wurde weitergeschoben. Ich verlor mich in der Menschenmenge, und das Brennen wurde immer schlimmer. Plötzlich fingen die Menschen an zu schreien und um mich herumzulaufen. Meine Mutter versuchte mich zu erreichen, doch es waren zu viele Leute im Weg. Ich fiel hin, und die Leute stürzten sich auf mich, erdrückten mich fast. Aber wenigstens gelang es ihnen, die Flammen zu löschen."

„Konntest du den Täter sehen?"

„Nein. Ich kann mir jedoch denken, wer es war. Es war jemand, den ich an dem Tag schlecht behandelt hatte."

Das reichte ihm nicht. Er wollte einen Namen hören. Er schwor sich, dass er diesen Namen herausfinden würde – und wenn es das Letzte war, was er tat. Es gab immer Mittel und Wege. „Erzähl mir, was danach passierte."

„Die Menge machte Platz, und meine Mutter konnte endlich zu mir. Sie hatte jahrelang für Dr. Vargus gearbeitet, der eine ganze Zeit lang der einzige Arzt in Strawberry Valley gewesen war, bis vor zwei Jahren Dr. Chastain in die Stadt gekommen war. Die beiden flickten mich, so gut es ging, zusammen und überwiesen mich zu einem Spezialisten, der die Hauttransplantationen vornahm. Wir entschlossen uns, damit nicht zur Polizei zu gehen, weil meine Mutter fürchtete, dass man mich ans Kreuz nageln und sagen würde, ich hätte es nicht anders verdient. Was auch stimmt."

„Nein", erwiderte er und wurde wütend. „Du hast so etwas nicht verdient."

Vielleicht ahnte sie, wie kurz davor er war, sie an sich zu ziehen, denn sie ging zur Tür und drehte den Griff. „Jetzt kennst du mein Geheimnis. Du kannst also gehen."

„Harlow …"

„Ich werde heute nicht zur Arbeit kommen. Ich nehme mir den Tag frei."

„Gut, aber du wirst nicht kündigen." Sie waren nicht zusammen, trotzdem konnte er den Gedanken nicht ertragen, sie zu verlieren. Noch nicht.

Niemals.

„Ich habe nicht gesagt, dass ich kündige. Ich will nur einen Tag freinehmen."

„Okay. Also gut." Zumindest das war er ihr schuldig. „Allerdings möchte ich, dass du dein Handy die ganze Zeit bei dir hast. Widersprich nicht. Du bist vielleicht nicht im Büro, aber du stehst auf Abruf bereit."

„Gut."

„Und wir werden dieses Gespräch irgendwann beenden."

„Du meinst, das Gespräch, in dem du mir sagst, dass du mich mit einem anderen Mann verkuppeln willst?" In ihrer Stimme schwangen Nuancen von Bitterkeit mit – Zorn und sehr viel Schmerz.

Er biss die Zähne zusammen und massierte sich die Nasenwurzel. „Ja."

„Toll. Ich kann es kaum erwarten. Und jetzt verschwinde endlich."

15. KAPITEL

Harlow suchte ihre Farben zusammen und stapfte den kurzen Weg bis zum Haus, in dem sie aufgewachsen war. Da Beck und West im Büro waren und Jase mit Brook Lynn weggefahren war, war es leer. Eigentlich war sie sich sicher, dass ihr Schlüssel nicht mehr funktionierte und dass sie darauf zurückgreifen müsste, mit einem Stein ein Fenster einzuschlagen, aber sie beschloss, es trotzdem zu versuchen.

Klick.

Sie erschrak, und ein Teil ihrer Wut verrauchte. Das hatte doch etwas zu bedeuten, oder? Eilig ging sie in ihr ehemaliges Zimmer, in dem ein Duft hing, den sie inzwischen nur allzu gut kannte. Becks Duft. Augenblicklich kehrte ihre Wut zurück. Ihre Emotionen waren in Aufruhr, und sie brauchte dringend ein Ventil. Die wenigen Leinwände, die sie in ihrem Wohnmobil hatte, reichten nicht aus. Und auch das Wohnmobil selbst reichte nicht aus.

Sie deckte den Fußboden und alle Möbelstücke mit Plastikfolie ab, zerrte die Trittleiter, die sie im Flurschrank gefunden hatte, ins Zimmer und drückte die Farben, die sie verwenden wollte, auf die Palette.

Der Wunsch, etwas Neues zu erschaffen, ließ sie erschauern. Mit grimmiger Entschlossenheit strich sie mit dem Pinsel über die Wände.

Was auch immer die dunklen Linien am Ende darstellen würden, eins war klar: Beck würde es hassen. Denn es war eine Veränderung. Nicht, dass ihr das etwas ausmachte. Die Alternative zum Malen als Ventil bestand darin, Beck mitten auf einem Ameisenhaufen festzubinden. Bevor sie das Gleiche mit sich selbst machte! Für eine Nacht, für eine Stunde in seinen Armen hatte sie ihre Regeln über Bord geworfen. Und ja, er hatte ihr ein solches Vergnügen geschenkt, wie sie es nie für möglich gehalten hätte. Sein Kuss – erfahren. Seine Berührungen – meisterhaft. Sein Körper – wie geschaffen für ihren. Sie war verloren gewesen, war haltlos auf den Wellen der Lust getrieben, und er war ihr Anker. Zu atmen war nur von Bedeutung gewesen, weil sie seinen Atem geteilt hatte.

Und dann der Rausch und die Qual, die sie erlebt hatte, als er ihre Narben küsste ... Er war so ehrfürchtig, so liebevoll und hatte sie sogar einen „Schatz" genannt. Aber die ganze Zeit über hatte er vorgehabt, sie einem anderen Mann zu überlassen.

Mit einem Aufschrei schleuderte sie einen Klecks schwarzer Farbe an die Wand.

Er hatte gesagt: *Wenn ich eine Bindung eingehen könnte, würde ich für den Rest meines Lebens mit dir zusammen sein wollen, Harlow. Ich wollte noch nie eine Frau so sehr, wie ich dich will, aber ich bin nicht dazu geschaffen.*

Wie in dem Moment, als er sie ausgesprochen hatte, verpuffte bei der Erinnerung an diese Worte auch jetzt ihre Wut. Zurück blieb Verwirrung. Warum glaubte er, keine Beziehung eingehen zu können? War ihm nicht klar, dass er schon längst eine Bindung zu ihr aufgebaut hatte? Zumindest zu einem Teil. Er hätte sie jederzeit stehen lassen können, doch wieder und wieder kümmerte er sich um sie. Und hatte er nicht selbst zugegeben, sie vermisst zu haben, als sie nicht bei ihm gewesen war?

Vielleicht wollte er mehr als nur eine Nacht mit ihr verbringen. Vielleicht hatte er nur Angst, es zu benennen. Immerhin hatte er Bindungsängste. Was durchaus nachvollziehbar war. In seinem Leben hatte er alle Menschen und alle Besitztümer verloren, die ihm je etwas bedeutet hatten. Bis auf West und Jase natürlich, doch ihm war vermutlich nicht bewusst, wie tief die Freundschaft zu den beiden, wie fest das Band zwischen ihnen war. Vielleicht verachtete er auch nur Bindungen im romantischen Sinn.

Tränen stiegen ihr in die Augen, und ein Gefühl der Hoffnungslosigkeit brachte sie dazu, einen weiteren Klecks Farbe an die Wand zu schleudern. Stabilität und Sicherheit waren ihr noch immer wichtig und würden es immer sein, doch von Beck würde sie das alles nicht bekommen. Aber was er gesagt hatte, stimmte. Ihr Stolz konnte sie nicht trösten. Ihr Stolz würde sie nachts auch nicht warm halten oder ihr so wundervolle Lust bereiten.

Um mit ihm zusammen sein zu können, würde sie wahrscheinlich ihre Träume opfern und ihren Stolz riskieren müssen. Sie würde um ihn kämpfen müssen – und zwar mit allen Mitteln. Sie würde sogar dabei zusehen müssen, wie er sich mit anderen Frauen traf, während sie so tat, als würde sie seinen Plan befolgen, sich mit anderen Männern zu treffen. Vor Abscheu schauderte sie.

Ich will ihn. Nur ihn. Ich bin vielleicht tatsächlich in ihn …

Ihr Verstand wich vor dem L-Wort zurück. Liebe war alles verzehrend und allumfassend, war einerseits eine Handlung und andererseits eine Empfindung. Liebe gab, statt zu nehmen, und stellte die Bedürfnisse des anderen über die eigenen.

Ein seltsames Summen riss sie aus ihrer Grübelei. Sie runzelte die Stirn und sah sich um. An ihrem Handy leuchtete ein rotes Licht auf. Seit Beck es ihr geschenkt hatte, hatte sie es nur für Internetrecherche genutzt. Sie hatte jedoch vor dem Tod ihrer Mutter schon einmal ein Handy besessen und wusste, dass sie gerade eine Nachricht bekommen hatte.

Als sie nun von der Trittleiter stieg und ein paar Schritte von der Wand weg machte, betrachtete sie das, was sie bisher geschaffen hatte. Es war ein nächtlicher Himmel mit einem vollen Blutmond. Dicke, rötlich gefärbte Wolken dominierten das Bild, und sie konnte das Vibrieren des Donners beinahe körperlich spüren. Blitze zuckten Unheil verkündend.

Nicht schlecht. Selbst mit den chaotischen schwarzen Löchern, die sie unbewusst gestaltet hatte.

Mit einem Tuch wischte sie sich die Hände ab und nahm ihr Handy. Sie biss die Zähne zusammen, als sie den Text las.

Baby: Was ist blau und steht am Straßenrand?

Beck, dieser Idiot, hatte offenbar ihren Kosenamen programmiert. Als sie den Namen sah, stiegen ihr wieder Tränen in die Augen. Dieser Mann brachte sie zum Lachen und forderte sie heraus, obwohl ihr nicht einmal klar gewesen war, dass sie genau das brauchte. Und ob er es nun zugeben wollte oder nicht, er war verrückt nach ihr. Sie konnte ihn nicht einfach aufgeben. Sie konnte es nicht.

Die Entscheidung war getroffen. Sie würde um ihn kämpfen – egal, wie hoch der Preis sein mochte.

Während ihr eine tonnenschwere Last von den Schultern genommen wurde, tippte sie ihre Antwort ein:

Was?

Baby: Eine Frostituierte!

Ihre Mundwinkel zuckten verdächtig, und sie tippte:

Uralt. So'n Bart.

Baby: Nicht so unterkühlt, Kleines.

Sie lachte laut auf.

Baby: Du hast gerade ge'lol't. Leugnen zwecklos.

Harlow wirbelte herum, um sicherzugehen, dass er sich nicht gerade ins Zimmer geschlichen hatte.

Ich habe über dich gelacht, nicht mit dir.

Baby: Gemein. Hey, würdest du dir lieber den Fuß abhacken oder mich zum Abendessen zu dir einladen?

„Kommt drauf an“, sagte sie zu ihrem Handy. „Wirst du versuchen, mich mit einem anderen zu verkuppeln, während wir essen?“

Doch sie tippte etwas anderes ein:

Klar. Komm vorbei. Ich habe beschlossen, mich auf euren Plan einzulassen.

Nur nicht so, wie du es dir vielleicht erhofft hast, fügte sie in Gedanken hinzu.

Sie wartete eine oder zwei Minuten, doch er antwortete nicht mehr. *Gefällt dir meine bereitwillige Zustimmung nicht, Mr. Ockley?*

Ein Mädchen durfte ja noch hoffen. Und Harlow hoffte. Es war das einzige Rettungsfloß inmitten eines großen, fürchterlichen Sturms.

Sie tippte eine weitere Nachricht ein:

Hier sind meine Wünsche für den neuen Mann: 1) Einwohner SVs, 2) berufstätig, 3) ehrlich, 4) nett, 5) muss Beige hassen.

Wieder kam keine Antwort von Beck. Also schrieb sie weiter:

Ach, und noch etwas: Bei jedem Date, das du ausmachst, musst du anwesend sein. Allein. Ich mag keine Fremden. Du wirst mein Bodyguard sein.

Lächelnd legte sie das Handy zur Seite und trat zu der einzigen Wand, die sie bisher nicht bemalt hatte. Vielleicht war es an der Zeit, einen sonnigen Sommertag zu zaubern.

„Beck.“

Jase riss ihn aus seinen finsteren Grübeleien, und er blickte auf. „Was ist?“

Jase und West saßen auf den Stühlen vor seinem Schreibtisch. Sie hatten ihn am Morgen gesehen, als er Harlows Wohnmobil verließ, um einen Privatdetektiv anzurufen, mit dem er auch schon früher zusammengearbeitet hatte. Seine Entschlossenheit herauszufinden, wer sie verletzt hatte, war ungebrochen. Er war im Haus herumgelaufen, hatte unterdrückt geflucht, und sie hatten ihn zur Arbeit begleitet, um mit ihm zu reden.

„Wenigstens sieht er jetzt menschlich aus", sagte West. „Oder hat menschlich ausgesehen – für ein paar Minuten. Jetzt ist er wieder im Bestien-Modus."

Beck legte sein Handy zur Seite und versuchte, nicht an Harlows letzte Kurznachrichten zu denken. Er versuchte es … und scheiterte kläglich.

Harlow hatte die Lust, die er ihr verschafft hatte, offenbar bereits vergessen.

Sie erwartete von ihm, dass er zusah, wie ein anderer Mann sie verführte? Und *dabei* sollte er ruhig bleiben und nicht durchdrehen und etwas tun, das ihn möglicherweise hinter Gitter brachte? Der Bleistift in seiner Hand zerbrach, und er warf die beiden Stücke durchs Zimmer.

„Und wir haben ihn wieder verloren", murmelte Jase.

Mit gespreizten Fingern zerfurchte Beck sich die Frisur und presste zwischen zusammengebissenen Zähnen hervor: „Dank Brook Lynn muss ich einen Typen finden, der sich mit Harlow trifft."

„*Darum* geht es?", rief West aus. „Mann. Sag Brook Lynn doch, dass du nicht mitspielst."

Jase warf seinem Freund ein mitleidiges Lächeln zu. „Natürlich kannst du ihr sagen, dass du nicht mitmachst. Aber dann wird sie die Sache einfach selbst in die Hand nehmen."

Beck lehnte sich in seinem Schreibtischsessel zurück und starrte an die Decke. „Ich werde ihr nicht sagen, dass ich nicht mitspiele. Harlow wünscht sich einen Ehemann, und ich will, dass sie glücklich wird."

„Soweit ich weiß, wünscht sie sich, dass du mit ihr zusammen bist und eine Beziehung mit ihr führst", sagte Jase. „Das heißt nicht zwangsläufig, dass man heiraten muss."

„Was hast du überhaupt gegen die Ehe?", wollte West wissen und vergaß dabei offensichtlich, dass er selbst kein Fan davon war. „Uns allen ist klar, dass eine Ehe nur um der Ehe willen nicht funktioniert. Aber zwei Menschen, denen etwas aneinander liegt und die sich lieben, können alles erreichen."

„Äh … Das stimmt so nicht", erwiderte Beck. West hatte Tessa geliebt, und Tessa hatte West geliebt, und dennoch hatte er sie am Ende verloren.

Er selbst hatte nie geglaubt, dass es ein Unfall gewesen war. Tessa sollte im Regen nicht mehr die Kontrolle über den Wagen gehabt haben? Nein. Er hatte die hoffnungslose Verzweiflung in Tessas Augen gesehen, als sie das Apartment verließ, in dem er und West gemeinsam wohnten. Sein Freund hatte Drogen konsumiert und vergessen, Tessa die versprochene Abschluss-Party zu schmeißen. Ihr war in dem Moment alles zu viel geworden, sie hatte den Kopf verloren und war mit dem Auto gegen einen Laternenmast gerast. Dass sie sich nie von der Vergewaltigung erholt hatte, spielte dabei ebenfalls eine nicht unerhebliche Rolle. Sie hatte oft davon gesprochen, das Elend nicht mehr auszuhalten und endlich ihre Ruhe haben zu wollen. Das war ein stummer Hilfeschrei gewesen, den keiner von ihnen beachtet hatte.

Warum sollte er sich mit ebensolchem Schmerz belasten?

„Ich will nicht darüber reden", erklärte er.

Jase nahm eins der Fotos hoch, die Beck gerahmt und mit zur Arbeit genommen hatte. Es zeigte die junge Harlow, die in der Reifenschaukel saß und denjenigen anlächelte, der das Foto machte. Ihre Mutter wahrscheinlich. „Ich bin zwar ein ehemaliger Gefängnisinsasse, aber wenn ich euch beide so sehe, fühle ich mich wie ein strahlender Stern geistiger Gesundheit."

„Gern geschehen", sagte West und klopfte ihm auf den Rücken.

„Haltet einfach den Mund und helft mir, einen Mann für Harlow auszusuchen.“ Beck umklammerte die Armlehnen seines Schreibtischsessels so fest, dass er fürchtete, sie könnten abbrechen. Im Augenblick bestand die einzige Chance, in das alte Leben zurückzukehren, das er kannte, darin, das Interesse an Harlow zu verlieren. Und der einzige Weg, das zu erreichen, war, Brook Lynns Plan in die Tat umzusetzen. „Nur den Besten für sie.“

Er hasste es, doch er würde es tun. Und zwar richtig. Am Ende war er selbst einfach nicht der Beste – weder für sie noch für sonst irgendjemanden. Er genügte nicht.

„Was ist mit Mark Timberlane von *S&S*?“ West breitete die Arme aus, als hätte er die Lösung des Problems gefunden. „Er hat sein eigenes Unternehmen, verdient unglaublich viel Geld und ist frisch geschieden.“

Ich kann meinem Freund keinen Vorwurf machen, weil er genau das tut, um was ich ihn gebeten habe. „Er ist nicht der Richtige.“

Jase lächelte bedächtig. „Was du nicht sagst.“

„Hast du West nicht zugehört? Mark ist frisch geschieden. Er hat nicht um seine Ehe gekämpft, was bedeutet, dass er keine echte ‚Klebkraft‘ hat, wenig beständig ist und zu schnell aufgibt. Deshalb ist er nicht der richtige Mann für Harlow. Der Nächste bitte.“

„Was ist mit diesem Typ, der mich engagiert hat, das neue Videospiel zu programmieren?“, schlug West vor. „Er hat einige von Harlows Skizzen gesehen und fast einen Augen-Orgasmus bekommen.“

„Nein.“ Beck hatte viel Zeit mit dem Mann verbracht, um ihn dazu zu veranlassen, West als Programmierer zu wählen und kein anderes Computergenie. „Er ist unentschlossen.“

„Und das ist für Harlow ein Ausschlusskriterium?“ Jase lachte laut auf. „Sieh es ein, Mann, du willst nicht, dass sie mit irgendjemand anders zusammen ist, außer dir selbst.“

Beck sprang auf und ballte unwillkürlich die Hände zu Fäusten. Der Wunsch, ein Loch in die Wand zu schlagen, war beinahe überwältigend. Und was zur Hölle machte er? Er setzte sich wieder. Denn die Antwort war klar.

„Was ist mit Dorian Oliver?“, fragte er barsch. Dorian lebte zwar nicht in Strawberry Valley, aber sonst erfüllte er Harlows Kriterien.

West stieß einen leisen Pfiff aus. „Der Typ ist einfach für *jeden* perfekt. Wenn ich auf Männer stünde, wäre ich auch hinter ihm her.“

„Ich erinnere mich an Dorian.“ Jase ließ die Fingerknöchel knacken. „Er soll sich bloß von Brook Lynn fernhalten. Frauen sehen ihn an und erleben diese ... Wie heißt es gleich? Liebe auf den ersten Blick.“

Das stimmte, doch Dorian war kein Frauenheld, kein Spieler. Wie West war er sehr wählerisch. Aber anders als er selbst und West suchte Dorian eine feste Beziehung. Er hatte seine Highschool-Freundin geheiratet und wäre noch immer ein glücklicher Ehemann, wenn sie nicht an Krebs gestorben wäre.

Beck hatte vor Jahren einen Sommer mit ihm verbracht, weil sie beide in derselben Pflegefamilie untergebracht gewesen waren. Sie hatten sich von Anfang an gut verstanden und den Kontakt über die Jahre gehalten.

Er rang den Drang nieder, sein Telefon durchs Zimmer zu schleudern, nahm es stattdessen in die Hand und machte den Anruf.

Harlow rechnete damit, dass Beck kommen und an ihre Tür klopfen würde. Nicht, weil sie eingewilligt hatte, den Abend mit ihm zu verbringen, sondern wegen der Werke an seinen Schlafzimmerwänden. Als die Tür aufging, funkelte er sie jedoch nicht finster an. Er lächelte und hielt ihr einen Strauß pinkfarbener und weißer Blumen entgegen.

„Für dich.“

Was zum ... „Äh ... danke?“ Wollte er sie dazu bringen, ihre Verärgerung zu vergessen? Sie nahm das Geschenk an. Der süße Duft stieg ihr in die Nase. „Wofür sind die?“

„Brauche ich einen Grund?“

Ja! Sie nagte an ihrer Unterlippe und schüttelte den Kopf.

„Sie haben mich an dich erinnert“, sagte er. „Zart und hübsch, grazil und frisch.“

Du machst mich fertig. „Warst du nicht zu Hause?“

„Nein. Warum?“

„Na ja … äh … Ich habe irgendwie meine … *deine* Schlafzimmerwände neu gestaltet.“

Er runzelte die Stirn. „Irgendwie?“

„Gut. Ich habe sie *ganz sicher* angemalt.“

„Wieso hast du das getan? Mir hat mein Zimmer so gefallen, wie es war.“

„So? Dir wird es jetzt bestimmt noch besser gefallen.“

„Wird es nicht.“

„Tja, Pech für dich“, sagte sie und warf das Haar über die Schulter.

Sein Stirnrunzeln wich einem finsteren Blick. „Nimm deine Farben. Und wenn du die ganze Nacht lang arbeiten musst – morgen früh sind die Wände wieder beige.“

„Träum weiter. Du wolltest das Wandgemälde doch auch behalten, als du eingezogen bist.“

„Aber jetzt habe ich mich an die beigefarbenen Wände gewöhnt.“

Dieser Kerl. „Wir sprechen morgen über die Wände.“

„Harlow …“

„Brook Lynn ist zufällig vorbeigekommen und hat gesehen, was ich getan habe. Sie hat mich gebeten, auch bei ihr zu Hause eine Wand zu gestalten.“ Dieses Wandgemälde sollte natürlich Zombies zeigen – damit sie besser trainieren konnte. „*Sie* erkennt ein wahres Talent, wenn sie es sieht.“

„Hast du ihr abgesagt und erklärt, dass du schon einen Job hast?“

„Ach, bitte. Ich habe so schnell zugestimmt, dass ich es damit ins *Guinness-Buch der Rekorde* schaffe. Ich werde mir die Arbeit mit Essen bezahlen lassen.“

Er erstarrte und schnupperte. „Ist in diesem Wohnmobil ein Kuchen, Harlow?“

„Nein“, entgegnete sie, und er ließ enttäuscht die Schultern sinken. „Es sind sogar *zwei* Kuchen. Ich habe zwar noch nicht mit dem Wandgemälde begonnen, aber ich habe schon mal einen Vorschuss verlangt.“

Er drängte sich an ihr vorbei und schnüffelte wie ein Drogenhund, der kurz davor war, den dicksten Fang seiner Karriere zu machen. „Blaubeere und Apfel. Braves Mädchen.“

Sie gab Kuchen auf zwei Teller und setzte sich dann mit Beck zusammen an den kleinen Küchentisch. Ein Bissen, und sie stöhnten beide auf. Das Warten war beinahe unmöglich gewesen, doch irgendwie war es ihr gelungen. Sie hatte diesen Moment unbedingt mit Beck teilen wollen. Jetzt freute sie sich, dass sie sich so entschieden hatte.

Er zwinkerte ihr zu, und seine goldenen Augen funkelten.

Sie lächelte ihn an – sie konnte nicht anders.

Beck streckte eine Hand nach ihr aus, ließ sie jedoch sinken, bevor er sie berührte. Mit einem Mal wirkte er angespannt und blickte über ihre Schulter hinweg ins Leere.

„Also … Ich habe einen Mann für dich gefunden.“

Bei ihr kam sofort der Wunsch auf abzulehnen. „So schnell?“

„Ja. Sein Name ist Dorian. Ich werde dir einen Laptop besorgen, dann kannst du ihn googeln. Die Mädchen machen das heutzutage so.“

„Toll. Wunderbar.“

„Du solltest die Bilder sehen, die einige Leute von mir gepostet haben. Also, eigentlich …“ Er zog sein Handy hervor. „Ich zeig sie dir.“

„Nein danke. Lass uns über Dorian reden“, sagte sie, um ihn zu ärgern.

Er verengte die Augen zu schmalen Schlitzen, steckte aber das Handy wieder ein. „Ich kenne ihn, seit ich fünfzehn bin. Er ist Feuerwehrmann und laut dem Mädchen, das neben der Pflegefamilie gewohnt hat, bei der wir untergebracht waren,

‚megacool'. Er ist klug, nett und absolut ehrlich. Allerdings lebt er in der Stadt. Falls das ein Ausschlusskriterium für dich ist …"

„Nein", antwortete sie. Er wollte dieses Spielchen spielen, also würde sie mitmachen.

„Nimm dir Zeit, denk darüber nach." Beck ließ die Gabel fallen, und das Metall klapperte auf dem Glasteller. „Wir müssen jetzt nicht darüber reden. Ich weiß, dass es dich aufwühlt."

Dass es *sie* aufwühlte? „Nein, nein", erwiderte sie. „Erzähl mir mehr von ihm."

Beck schob seinen Teller zur Seite, als hätte er den Appetit verloren. Diese Reaktion fand sie sehr interessant und freute sich darüber. Er konnte den Gedanken nicht ertragen, dass sie mit einem anderen Mann zusammen war, oder?

Nun kratzte er sich an der Brust und sagte: „Möchtest du fernsehen? Es läuft bestimmt etwas Gutes." Er stapfte in den Schlafbereich und ließ sich aufs Bett fallen.

„Verdammt", sagte er ein paar Sekunden später. „Ich habe Kuchen auf meinem Hemd."

„Dann zieh es doch aus." *Bitte.*

Um ihn zu quälen, aß sie in aller Ruhe ihren Kuchen auf – und gab sich gleich noch ein Stück auf den Teller –, bevor sie zu ihm ins Schlafzimmer ging. Er hatte es sich bequem gemacht, die Schuhe ausgezogen und, ja, auch das Hemd. Fesselnde Aussichten. Er war mehr als nur Verführung und Versuchung – er war ein wahr gewordener Traum. Seine Bauchmuskeln waren hart und trainiert, und beim Anblick seines Sixpacks und des Streifens dunkler Haare, der in seiner Hose verschwand, lief ihr das Wasser im Mund zusammen.

Wie sollte sie da die Hände bei sich behalten?

Und was noch wichtiger war: Wie sollte er es?

Fast ein bisschen trotzig zog sie ihre Schuhe aus und kletterte zu ihm aufs Bett. „Rutsch zur Seite, Bettdeckendieb."

Ohne zu protestieren, rückte er ein Stück und streckte sogar den Arm aus, damit sie sich an ihn kuscheln konnte. Eine Einladung, die sie dankend annahm. Sie legte den Kopf auf seine Brust. Sein Herz raste, hämmerte wie eine Kriegstrommel, weckte Hoffnung bei ihr.

Sie würde nicht den ersten Schritt unternehmen. Nein, das würde sie nicht! Doch sie würde es ihm auch nicht leicht machen. „Mir gefällt der Name Dorian."

„Den meisten Mädchen geht es so." Mit Nachdruck betätigte er die Tasten auf der Fernbedienung und zappte sich durch die Kanäle.

„Er klingt sexy."

Wieder schaltete er um. „Er klingt blöd. Door-e-ann hört sich wie der Name einer Urgroßmutter an."

„Oder wie der Name eines männlichen Strippers, dem ich Eindollarscheine in den Slip stecken kann."

Erneut schaltete er um. Diesmal erwischte er einen Pornofilm. Im Schlafbereich hallten die Geräusche des Streifens wider: schweres Atmen, raschelnde Laken, quietschende Matratzenfedern. Harlows Pulsschlag ging mit einem Mal schneller, und ihr Innerstes schien zu schmelzen.

„Kennst du diesen Film?", fragte er.

„Nein. Erzähl mir davon."

Beck legte die Fernbedienung weg und strich mit den Fingern über ihren Arm, während Harlow sich bemühte, nicht auf die nackten Leiber zu starren.

„Die Handlung ist superkompliziert. Du musst sehr genau hinsehen."

„Ich verstehe, dass einen die Sache mit ‚Stecken Sie Lasche A in Öffnung B' durcheinanderbringen kann", murmelte sie. Zur Hölle mit ihm! Ihr Puls ging noch schneller. Wollte er, dass sie über ihn herfiel?

Ihr kam folgende Erkenntnis: Ja, er wollte es. Er wollte hundertprozentig und ohne Zweifel, dass sie über ihn herfiel. Wenn er sie dazu bringen könnte, den ersten Schritt zu tun, würde er das als Erlaubnis verstehen, gleich den nächsten zu machen. Wie hinterhältig.

Ich habe den längeren Atem. Sie nahm die Fernbedienung und schaltete den Fernseher aus. „Lass uns ein Spiel spielen."

„Gute Idee." Er spielte mit einer ihrer Haarsträhnen. „Ich weiß, wie gern du dir vorstellst, jemand anders zu sein. Die Stripperin zum Beispiel."

„Du kannst gleich aufhören. Ich werde nicht für dich strippen."

„Als wäre mir das nicht klar. Ich schlage ein Rollenspiel vor. Du bist eine Stripperin, die von der Stange gefallen ist. Ich bin der Arzt und muss dich gründlich untersuchen, um sicherzugehen, dass du morgen wieder zur Arbeit kommen kannst."

Ihre „Hur-mone" spielten verrückt. Doch ihr Selbsterhaltungstrieb gewann die Oberhand. Die meisten Frauen hätten sich durch seinen Vorschlag verletzt gefühlt.

Sie schlug ihm gegen die Brust und spielte mit dem Gedanken, ihm kräftig in eine seiner Brustwarzen zu kneifen. Aber sie widerstand der Versuchung. „Das Spiel spare ich mir für meinen neuen Freund auf, danke."

Er schürzte die Lippen. „Gut. Dann lass uns ‚Wer zuerst spricht, verliert' spielen."

„Ich verliere freiwillig. Lass uns reden. Daniel Porter ist von seinem Einsatz als Soldat zurück, und er ist superheiß." Beide Äußerungen entsprachen der Wahrheit; sie verschwieg nur, dass Jessie Kay vorhatte, sich mit ihm zu treffen. „Er lebt in Strawberry Valley. Vielleicht sollte ich ihn anrufen, statt mich mit deinem Freund Dorian zu verabreden."

Beck packte ihr ein wenig zu fest in den Nacken, ließ sie jedoch sofort wieder los. „Ich habe Daniel im Ort getroffen, und ich bin mir ziemlich sicher, dass ich das Gerücht gehört habe, er hätte einen Donut aus der *Strawberry Valley Community Church* gestohlen."

„Wäre das nicht ein Zeichen, dass er der perfekte Mann für mich ist? Immerhin bin ich eine geläuterte Kuchendiebin. Wie auch immer – die Kirche verschenkt die Donuts."

„Ich traue ihm trotzdem nicht. Ich werde ihn überprüfen, aber bis dahin möchte ich, dass du dich von ihm fernhältst."

Echt viele Einwände, oder Baby? „Ich sag es ja nicht gern, Mr. Ockley, aber Sie sind nicht mein Boss."

„Genau genommen, Miss Glass, bin ich das sehr wohl. Du arbeitest für mich. Eigentlich gehört mir also deine Seele."

Sie schlug ihm wieder gegen die Brust. „Ich meine, du bist nicht der Herrscher über mein Privatleben."

„Wie kannst du es wagen?" Er packte ihr Handgelenk. Mit einem Ruck zog er sie auf sich und fing an, sie unter den Armen zu kitzeln. „Ich *bin* der Herrscher über dein Privatleben. Los, sag es."

„Nein", brachte sie hervor, während sie laut lachte. „Niemals!"

„Sag es."

„Stopp … stopp … bitte hör auf …" Sie rollte sich auf die andere Seite des Bettes, doch er folgte ihr und kitzelte sie noch ein bisschen stärker. „Ich mach mir gleich in die Hose!"

„Das wird peinlich für dich. Wie lauten die Zauberworte?"

„Du … du bist der Herrscher …"

Schlagartig hörte er auf, sie zu kitzeln. „Über?"

Ihre Brust hob und senkte sich schnell, und Harlow rang nach Luft. „Du bist der Herrscher über … über …" Als sie sich genug gesammelt hatte, um sich zu bewegen, warf sie sich auf den Boden vor dem Bett und schrie dabei: „Du bist der Herrscher über nichts!"

Beck knurrte gespielt böse und erhob sich. „Dafür wirst du bezahlen, Klößchen."

Sie kam auf die Beine und wich vor ihm zurück. Sie versuchte, nicht wieder in Gelächter auszubrechen, und hob abwehrend die Hände, um ihn von sich fernzuhalten. Aber er kam immer näher. Aus dem Augenwinkel sah sie den zweiten Kuchen. Den Apfelkuchen. Den Kuchen, den er noch nicht probiert hatte.

Sie nahm den Kuchen hoch und sagte: „Wenn du näher kommst, muss er dran glauben!"

Grenzenloses Entsetzen stand Beck ins Gesicht geschrieben. „Das geht zu weit, Harlow Glass. Viel zu weit!"

„Du hast recht, du hast recht. Es tut mir leid." Behutsam stellte sie den Kuchen wieder auf die Anrichte, warf dem Gebäck eine Kusshand zu und formte dann mit den Händen den Buchstaben T. „*Timeout.*"

Beck verschränkte die Arme vor der Brust. „Du kannst kein Timeout nehmen – in der Liebe und im Krieg ist das nicht möglich."

„Hast du eine Ahnung. Ich habe es nämlich gerade getan." Sie ging zum Kühlschrank und dachte kurz nach. Dann nahm sie zwei von Becks Bierflaschen, machte sie auf und wandte sich zu ihm um. „Die Auszeit ist vorbei. Wenn du näher kommst, müssen die Biere dran glauben."

Er lachte laut auf, hatte sich jedoch im nächsten Moment wieder im Griff und setzte eine undurchdringliche Miene auf. „Nicht mein Lieblingsbier", sagte er und rieb sich mit zwei Fingern übers Kinn. „Alles, nur nicht mein Lieblingsbier ... Aber ich kann mich auch nicht einfach von dir fernhalten." Trotz der Gefahr fürs Bier kam er ihr Schritt für Schritt näher.

„Ich werde es tun. Ich werde sie ausgießen." Drohend hielt sie die Flaschen über die Spüle.

„Wenn du das tust, wird es sehr, sehr unschön. Dann kann ich für nichts mehr garantieren."

„Ach ja?" Harlow legte die Daumen auf die Flaschenöffnungen, schüttelte die Biere und spritzte Beck unvermittelt damit voll. Er riss die Augen auf.

Als ein Großteil des Biers herausgesprudelt war, leckte Beck sich die Tropfen vom Mund. „Also", sagte er ungerührt. „Ich schätze, jetzt wird es unschön." Und dann kam er auf sie zu.

Kurzerhand nahm er ihr die Flaschen aus der Hand und machte es ihr nach – er schüttelte sie und spritzte sie mit dem restlichen Bier voll. Lachend versuchte Harlow, ihm zu entkommen. Er drängte sie jedoch in eine Ecke, ließ die Flaschen fallen und hielt sie mit einer Hand fest, während er mit der anderen den Wasserhahn in der Spüle aufdrehte. Er spritzte sie von oben bis unten mit Wasser voll. Als sie schrie und gleichzeitig lachte, machte er einen Schritt zurück, betrachtete sein Werk und nickte zufrieden.

Als sein Blick auf ihre Brüste fiel, wurde aus seiner Zufriedenheit schnell glühende Lust. „Deine Nippel sind ganz hart." Seine Stimme klang heiser und leicht verwaschen, als wäre ihm das Bier zu Kopf gestiegen.

Ihre Belustigung erstarb, und sie atmete mit einem Mal schwer. „Sieh weg."

„Ich kann nicht."

Er stützte sich mit den Händen an den Schränken neben ihrem Kopf ab und hielt sie so gefangen. Hinter ihr war die Anrichte, vor ihr ein erregter Mann.

„Sag Ja, und ich werde dich von oben bis unten sauber lecken."

Schlagartig war ihr Mund trocken, und ihre Knie fingen an zu zittern. *Ja, ja, tausendmal ja.* Ein Moment der Lust erwartete sie … Aber es wäre nur ein Moment.

Er hatte sie gerade praktisch mit einem anderen Mann verkuppelt; sie musste ihm jetzt widerstehen. „Nein", flüsterte sie. „Mein Date …"

Wut überschattete seine Augen, ehe er sich von ihr abwandte. „Dein Date. Stimmt."

„Du hast das eingefädelt, Beck. Du bist verantwortlich dafür. Sonst niemand."

„Du solltest mir dankbar sein. Er ist Mr. Perfect. Er ist all das, was ich nicht bin."

„Was soll das bedeuten?"

„Das bedeutet überhaupt nichts."

Er tat ihr leid – und es tat ihr leid um sie beide. Sie seufzte und sagte: „Ich glaube, das ist das Problem. Dir bedeutet nichts irgendetwas."

16. KAPITEL

Beck lag in seinem Bett und starrte an die Schlafzimmerdecke. Das erste Licht des Morgens drang durch den Spalt im Vorhang. Er hatte sich die ganze Nacht herumgewälzt und das Gefühl vermisst, Harlow in den Armen zu halten.

Nachdem sie das Wohnmobil gesäubert hatten, war er ins Haus zurückgekehrt, um zu duschen und sich frische Klamotten anzuziehen. Der Drang, zurückzugehen und die Sache mit ihr wieder geradezurücken, war beinahe übermächtig gewesen, doch es war ihm irgendwie gelungen, standhaft zu bleiben. Das Mädchen brachte ihn vollkommen durcheinander – und genau das war der Grund, weshalb er den von ihm eingeschlagenen Weg weitergehen musste.

Müde und schlecht gelaunt, wie er war, geisterte ihm jedoch etwas ganz anderes durch den Kopf. *Was soll's?* Er putzte sich also die Zähne, zog sich um und ging wieder zum Wohnmobil. Da sie kein Problem damit hatte, ihren Schlüssel zu benutzen, um in sein Haus einzudringen, hatte er auch kein Problem damit, seinen Schlüssel zu benutzen, um ins Wohnmobil zu steigen. Leise trat er ein und fand Harlow im Bett. Sie lag zusammengerollt auf der Seite. Ihr Gesicht war ihm zugewandt, und ein Lichtstrahl fiel auf sie, sodass sie fast aussah wie Dornröschen. Unwillkürlich streckte er die Hand nach ihr aus, hielt jedoch inne, bevor er sie berühren konnte, und schluckte einen Fluch hinunter.

Er suchte alles zusammen, was er brauchte, um sein berühmt-berüchtigtes „Frühstück für den Morgen danach" zuzubereiten. Als der Bacon in der Pfanne zu brutzeln anfing, setzte Harlow sich schlaftrunken im Bett auf. Sie wirkte wie ein Zombie, der aus dem Grab kletterte. Beck lachte, und sie riss die Augen auf.

Sie war unglaublich hinreißend – verdammt, er musste den Blick abwenden. Sein Körper war mit einem Mal angespannt. Noch mehr Druck, und er würde explodieren.

„Beck?“

„Genau der.“

„Was machst du hier?“

„Ich koche. Ich hoffe, du hast Hunger, Prinzessin.“

„Auf Bacon? Immer. Aber lieber hätte ich dich“, murmelte sie.

Er musste sich an der Anrichte festhalten, um stehen zu bleiben. „Du hast heute Abend ein Date, schon vergessen?“

„Was?“, keuchte sie. „Wie soll ich mich daran erinnern, wenn du es mir nicht mal gesagt hast? So schnell?“

„Warum nicht?“ Je länger er es vor sich herschob, desto verrückter würde es ihn machen.

„Ach … leck mich.“

Das Geräusch von Schritten. Das Geräusch der Badezimmertür, die ins Schloss geworfen wurde.

„Kein Morgenmensch“, rief er. „Verstanden.“

Sie kam in die Küche, als er gerade Eier, Bacon, Rösti, Pancakes und noch mehr Bacon auf zwei Teller lud. Sie setzten sich einander gegenüber an den kleinen Tisch, und er schob ihr einen der Teller hin.

„Sieh mal einer an“, sagte sie. „Ich habe nicht mit dir geschlafen, aber ich bekomme das ‚Abschiedsfrühstück‘ trotzdem. Habe ich heute Geburtstag?“

„Theoretisch hast du mit mir geschlafen. Auch wenn ich mir nicht sicher bin, warum ich zurückgekommen bin. Ich musste mir die ganze Nacht lang dein Schnarchen anhören …“

„Ich schnarche nicht!“

„Süße, du klingst wie ein Güterzug.“

„Du bist so ein Lügner.“ Sie warf die Gabel nach ihm. „Sag mir, dass das nicht wahr ist.“

„Um tatsächlich zum Lügner zu werden? Nein. Gern geschehen übrigens. Dass ich hier bin und dir Frühstück gemacht habe. Wann hast du eigentlich Geburtstag?“

„Am dritten Dezember.“

„Das ist ja bald.“

Sie zuckte die Achseln. „Das wird mein erster Geburtstag ohne meine Mom."

Hallo, Schmerz. Ich habe dich vermisst. „Tja, es wird auch dein erster Geburtstag mit mir, du glückliche junge Dame, und ich schwöre dir hiermit, dass es der beste Geburtstag deines Lebens wird."

Sie wirkte von Minute zu Minute verletzlicher.

„Wie willst du das anstellen?"

Er lächelte bedächtig. „Haben Sie gerade schmutzige Gedanken, Miss Glass? Willst du, dass ich dir etwas *Persönliches* schenke?"

„Ach, halt den Mund und lass mich essen." Sie nahm sich eine neue Gabel.

„Na, na, na." Er zog ihr den Teller weg. „Erst, wenn du mir verraten hast, was du dir zum Geburtstag wünschst."

„Gib mir mein Frühstück, sonst wirst du meine Gabel zu spüren bekommen."

„Sag es mir."

„Einen Ehering. Wie ist das?"

Göre. „Ich wäre bereit, dir eine Hochzeitsnacht auf Probe zu schenken." Er schob den Teller wieder zu ihr und säuselte mit verstellter Stimme: „Danke, Beck. Du siehst heute Morgen so gut aus, Beck."

Harlow fing an zu essen und ignorierte ihn.

„Also, Beck Joseph Ockley", ahmte er sie weiter nach, „du hast immer die besten Ideen."

Harlow hob den Kopf. „Dein zweiter Name ist Joseph?"

„Ja. Und deiner?"

„Adrianne."

Er wollte gerade eine Gabel mit Ei in seinen Mund schieben, hielt jedoch inne und ließ sie sinken. „Hast du gesagt … Adrianne?"

„Ja." Sie kaute auf einem Stück Bacon herum. „Warum?"

„Na ja, ich hatte keine Ahnung, dass deine Initialen HAG, also englisch für ‚Hexe' sind."

Entsetzt keuchte sie auf: „Wage es ja nicht, mich Hexe zu nennen."

Er grinste sie an. Gab es eine Frau, die noch anbetungswürdiger war?

Dorian würde garantiert vom ersten Moment an verrückt nach ihr sein.

Mit einem Schlag war seine gute Laune verflogen. Er stürzte sich auf sein Essen. Als er fertig war, ging es ihm schlecht, aber er erhob sich und brachte seinen leeren Teller zur Spüle.

Ohne sie anzusehen, sagte er: „Dein Date kommt um sieben Uhr hierher. Sei dann bitte bereit."

„Keine Sorge, das werde ich sein. Und ich werde ein sexy Kleid tragen. Zum Beispiel eins der gewagteren Kleider, die du mir gebracht hast."

Er konnte seinen finsteren Blick kaum verbergen. „Eins der gewagteren Kleider, die du für mich nicht anziehen wolltest?"

„Ganz genau."

„Toll." Entweder war sie mittlerweile etwas selbstbewusster geworden, oder sie hoffte, ihn mit ihren Worten zu quälen. „Ich werde einen Anzug tragen."

„Als mein Bodyguard wäre es angemessener, wenn du einen Tarnanzug trägst."

„Es wird keine Rolle spielen, was ich trage, Hexe. Wenn ich beschließe, dein Date auszuschalten, wird er mich nicht mal kommen sehen."

Nachdem Beck gegangen war, rief Harlow nach Verstärkung. Zu ihrer Überraschung und Freude kamen Brook Lynn und Jessie Kay um fünf Uhr vorbei, um ihr dabei zu helfen, sich für das Dreier-Date beziehungsweise die Dreier-*Folter* vorzubereiten.

„Wenn wir mit dir fertig sind", sagte Jessie Kay, „wird Beck sich wünschen, er hätte seinen Penis bei einem tragischen Unfall beim Bullenreiten verloren."

„Hoffen wir das Beste." Wie ein Haremsmädchen in einem Liebesroman wurde Harlow zurechtgemacht, gewachst und geölt, ihre Haare aufgedreht und frisiert. Trotz des Wagemuts, den sie zuvor empfunden hatte, zog sie schließlich einen Kaschmirpullover über das offenherzige Etuikleid, das sie sich ausgesucht hatte, und versteckte darunter ihre Narben.

Als die Mädchen mit ihr fertig waren, drehte sie sich vor dem bodentiefen Spiegel hin und her, den sie im Schlafzimmer angebracht hatte. Sie war zufrieden mit dem, was sie sah. Die kühle Farbe des Kleides brachte das Blau ihrer Augen zum Strahlen und hob sogar ihre Haarfarbe hervor. Drei gesunde Mahlzeiten pro Tag hatten ihr einen rosigen Teint und feminine Kurven verliehen, um die sie andere Frauen immer beneidet hatte.

„Wenn er es schafft, nicht zu sabbern“, sagte Jessie Kay, „dann ist er stärker als ich.“

Brook Lynn rollte mit den Augen. „Als ob je irgendjemand stärker sein könnte als du.“

„Das stimmt allerdings.“

Harlow hätte alles gegeben, um Teil ihrer Familie zu sein. Die beiden verband eine ungezwungene Kameradschaft. Sie unterstützten und liebten einander – egal, was passieren mochte.

Brook Lynn warf einen Blick auf ihr vibrierendes Handy und seufzte. „Es ist schon wieder Jase. Er schreibt, ich soll sofort nach Hause kommen, weil ich dort gebraucht werde. Seit er erfahren hat, dass Dorian Oliver in der Stadt ist, dreht er durch.“

„Ich sollte wahrscheinlich hierbleiben“, sagte Jessie Kay. „Ihr wisst schon, als Harlows moralischer Kompass.“

„Du lädst dich selbst nicht zu dem Date ein – und auch nicht in Dorians Hose“, entgegnete Brook Lynn streng. „Und wenn du ein moralischer Kompass bist, dann habe ich echt Angst um die Zukunft dieser Welt.“

„Was ist mit dir und Daniel Porter?“, fragte Harlow.

Jessie Kay starrte auf den Fußboden, sodass man ihre Augen nicht sehen konnte. „Wir treffen uns zwar nach wie vor, aber wir sind nicht zusammen. Er ist gerade erst von einem jahrelangen Militäreinsatz zurückgekehrt und noch nicht bereit, sich zu binden.“

Pfui. Er war vielleicht noch nicht bereit, doch *Jessie Kay* war es auf jeden Fall. *Ich kenne das.* Harlow streckte einen Arm aus und drückte ihre Hand. „Tut mir leid."

„So ist es nun mal. Die Geschichte meines Lebens."

„Ihr zwei könnt einen echt runterziehen." Brook Lynn schob ihre Schwester zur Tür. „Komm, lass uns gehen, bevor du Harlow zum Heulen bringst."

Sobald sie allein war, wischte Harlow sich die Hände, die mit einem Mal ganz verschwitzt waren, an den Oberschenkeln ab. Das hier würde ihre erste Verabredung als erwachsene Frau werden. Warum hatte sie darauf bestanden, dass Beck mitkam? Jetzt musste sie diesem Dorian eine Abfuhr erteilen, ohne es so aussehen zu lassen, als würde sie ihm eine Abfuhr erteilen, während sie Beck ermutigte, ohne es so aussehen zu lassen, als würde sie ihn ermutigen.

Ganz leicht.

Es klopfte an der Tür, und Harlow zuckte erschrocken zusammen. Es war Viertel vor sieben, und Beck war noch nie zu früh gekommen. Sie nahm an, dass die Mädchen etwas vergessen hatten und zurückgekommen waren, um es zu holen. Ihr Lächeln verschwand jedoch schlagartig, als sie die Tür aufmachte und Beck erblickte, der, wie versprochen, einen Nadelstreifenanzug trug und umwerfend aussah, elegant und unerreichbar für sie.

Ein Mann, den sie noch nie zuvor gesehen hatte, stand neben ihm. Brook Lynn und Jessie Kay hielten sich im Hintergrund und starrten ihn an. Jessie Kay fächerte sich Luft zu und tat so, als würde sie jeden Moment in Ohnmacht fallen.

Beck stieß einen beifälligen Pfiff aus. „Gnade, oh Herr. Hexe, du bringst mich um den Verstand. Ich kann nicht einmal mehr wütend auf dich sein, weil du meine Schlafzimmerwände entweiht hast."

„Hexe?", fragte der Fremde.

„Ein Spitzname, für den Beck in Zukunft bestimmt einen Körperteil einbüßen wird", sagte sie. „Und ich habe seine Wände nicht entweiht. Ich habe sie verschönert. Sie waren beige."

Der Fremde lachte, und sie hätte schwören können, dass ein paar Feen aufschluchzten.

„Dann werde ich, glaube ich, bei Harlow bleiben.“ Er streckte die Hand aus. „Ich bin Dorian Oliver.“

Als sie so voreinander standen, musterte sie ihn ganz genau. Er war über eins achtzig groß, aber damit dennoch einige Zentimeter kleiner als Beck. Er hatte dichtes helles Haar, seine Augen waren eine Mischung aus Rauch und Abendlicht, und sein Gesicht …

Seine Züge waren so symmetrisch und perfekt, wie sie es noch bei keinem anderen Menschen zuvor gesehen hatte. „Ich möchte dich zeichnen“, platzte sie heraus.

Beck trat vor ihn. Die Anspannung stand ihm ins Gesicht geschrieben. „Dafür ist keine Zeit. Wir haben fürs Abendessen einen Tisch reserviert.“

„Wir?“, meldete Dorian sich hinter ihm zu Wort.

Beck ließ sie nicht aus den Augen. „Habe ich vergessen zu erwähnen, dass mein Schatz hier nach einem Bodyguard verlangt hat?“

Sein Schatz? „Ich habe es mir anders überlegt“, erklärte sie. „Du kannst hierbleiben …“

„So ein Jammer.“ Beck warf ihr einen bösen Blick zu. „Ein Rückzieher ist leider ausgeschlossen.“

„Mach dir keine Sorgen“, sagte Dorian. „Verurteile mich bitte nicht dafür, aber als er mich angerufen hat, um dieses Date zu organisieren, habe ich tatsächlich mit dem Gedanken gespielt, ihn zu fragen, ob er uns begleitet. Ich habe noch nie ein Blind Date gehabt, und ich war mir nicht sicher, ob es mir gefallen würde.“ Er zwinkerte ihr zu. „Inzwischen bin ich ein großer Fan davon.“

Geschmeichelt lächelte sie ihn an. „Mir geht es genauso. Ich will nur … äh …“ *Hirntot?* „Ich hole nur schnell meine Tasche, und dann geht es los.“ Doch alles, was sie tun musste, um ihre Tasche zu „holen“, war, hinter sich zu greifen und die Hand um den Griff zu legen. So viel zum Thema „dringend benötigte Atempause“.

Beide Männer wollten ihr die Hand reichen, um ihr die Stufe vorm Wohnmobil herunterzuhelfen. Sie warf Beck einen Blick zu, der sagen sollte: „Das hast du dir alles selbst zuzuschreiben!“, ergriff Dorians Hand und verschränkte ihre Finger mit seinen.

„Ich habe eine Idee“, sagte sie zu Dorian. „Wir tun einfach so, als wäre der Idiot nicht da.“

Dorian stieß wieder dieses magische Lachen aus, und Beck gab ein Knurren von sich.

„Ich fahre“, verkündete er, als sie die Auffahrt erreichten, auf der einige Autos standen.

„Sehr schön. Dann können Harlow und ich uns nach hinten setzen und uns besser kennenlernen.“ Dorian half ihr beim Einsteigen.

Bevor Dorian um das Auto herumgehen und ebenfalls einsteigen konnte, hielt Beck ihn auf. Die beiden führten mit gedämpfter Stimme eine hitzige Diskussion, die eine halbe Ewigkeit dauerte. Harlow konnte nicht verstehen, was sie sagten – doch war es vermessen zu hoffen, dass Beck seinen Fehler einsah und dem Kerl jetzt sagte, dass er nach Hause gehen sollte?

Offensichtlich war es vermessen. Die beiden Männer stiegen ein. Beck setzte sich hinter das Lenkrad und Dorian zu ihr nach hinten.

„Will mir einer von euch erzählen, worum es ging?“, fragte sie.

„Nein“, entgegnete Beck.

„Der Idiot hat mir einen kleinen Vortrag darüber gehalten, auf meine Manieren zu achten“, sagte Dorian belustigt.

„Wieso? Waren sie zu gut?“, scherzte sie.

Beck streckte einen Arm nach hinten und drückte ihr Knie. Sie stieß einen kleinen Schrei aus. Dann besaß er auch noch die Frechheit zu sagen: „Versuchst du, mich dazu zu bringen, den Wagen zu schrotten? Benimm dich da hinten.“

Sie schob seine Hand weg und schenkte Dorian ein Lächeln. „Also. Wie habt ihr beide euch kennengelernt?“

„Wir waren in derselben Pflegefamilie."

„Ich hoffe doch, dass es eine gute Familie war." Was hatten diese Jungs im Laufe der Jahre erdulden müssen?

„Es war eine der besten." Dorian lächelte liebevoll. „Ich war zum ersten Mal in meinem Leben glücklich und wollte nicht mehr gehen."

Sie legte eine Hand auf ihr Herz. „Ist dir bewusst, dass du dich mir gerade einfach so geöffnet und etwas über dich preisgegeben hast? Kannst du dich etwa auch in ein Einhorn verwandeln?"

„Ich weiß zwar nicht genau, was das bedeuten soll", meldete Beck sich zu Wort und bog um eine Kurve. „Aber ich öffne mich ständig."

„Ja, dazu muss ich allerdings eine Kneifzange benutzen."

Sie erreichten ihr Ziel. Es war ein idyllisches italienisches Restaurant vor den Toren der Stadt. Dorian eilte um den Wagen herum und machte ihr die Tür auf. Straßenlaternen säumten den Parkplatz und vertrieben die Schatten der Nacht. Der Platz war überraschend leer, wenn man bedachte, dass über dem Eingang in roten Neonbuchstaben das Wort „geöffnet" leuchtete.

„Danke", sagte sie.

„Und was ist mit *meiner* Tür?", fragte Beck, während er ausstieg.

„Warum bleibst du nicht einfach im Auto?", schlug Harlow vor. „Dann kannst du ein bisschen die Ruhe und den Frieden genießen."

„Das ist der Dank für alles? Nachdem ich das ganze Restaurant gemietet habe?"

Verdammt, sie schmolz dahin. Ihr Wohlbehagen stand für ihn an erster … *Moment mal. Falle ich etwa darauf herein?* Sie hatte hier ein Date mit dem Mann, den er für sie ausgesucht hatte, verflucht noch mal. „Ich schicke dir morgen einen Präsentkorb." Sie hob das Kinn. An Dorian gewandt, sagte sie: „Tut mir leid. Ich bin vermutlich unhöflich und beachte dich nicht genug, aber …"

Dorian lachte leise, als er sie mit sich zog und Beck ein paar Schritte hinter ihnen war. Er lehnte sich zu ihr und flüsterte: „Hör mal, ich weiß, dass zwischen euch irgendetwas ist. West hat mich vorhin angerufen und mir gesagt, dass du Beck gehörst. Ich soll meine Hände bei mir behalten und Beck dabei helfen zu erkennen, dass er einen schrecklichen Fehler macht."

West unterstützte sie?

„Sprecht lauter, damit die anderen auch was hören können." Beck überholte sie und hielt ihnen die Restauranttür auf.

Aufgekratzt und ein bisschen sündhaft legte Harlow den Kopf an Dorians Schulter und tätschelte seinen Arm. „Ist es nicht offensichtlich? Wir lernen uns besser kennen ... und verlieben uns vielleicht sogar ineinander."

Runde eins endete nicht zu Harlows Gunsten, und die ganze Rückfahrt über schmollte sie. Außer ihr, Dorian und Beck waren nur noch zwei weitere Personen im Restaurant gewesen: die Bedienung und der Koch – beide weiblich. Natürlich. Beck hatte sich an einen Tisch am anderen Ende des Gastraumes gesetzt, und wenn er nicht gerade schamlos mit der Kellnerin geflirtet hatte, hatte er schamlos mit der Köchin geflirtet.

Ohne den Druck, Dorian einen Korb geben zu müssen, hatte sie sich etwas entspannen und sich amüsieren können. Sie hatte selbst ein wenig geflirtet und gehofft, damit Becks Eifersucht anzufachen. Er hatte jedoch kaum Notiz davon genommen. Und während der Abend seinen Lauf nahm, war er immer vertrauter mit dem Personal geworden.

Nun neigte sich der Abend dem Ende zu, und Beck parkte den Wagen auf der Auffahrt vor dem Farmhaus. Dorian half ihr hinaus und sagte: „Ich bringe dich noch zur Tür."

Beck sprang aus dem Auto und klopfte ihm auf die Schulter. „Das ist nicht nötig, mein Freund. Ab hier übernehme ich."

„Wie nett von dir", sagte Dorian.

„Nicht wahr? Wir hatten übrigens einen wundervollen Abend."

Harlow funkelte Beck an. „Werden *wir* ihn anrufen und um ein zweites Date bitten?“

Beck setzte ein Lächeln auf, das jedoch alles andere als fröhlich wirkte. „Darüber werden wir noch sprechen.“

Dorian versuchte, sein Gelächter hinter einem Hustenanfall zu verbergen. „Na ja, ich hoffe jedenfalls, du meldest dich, Harlow Glass. Ich kann mich nicht daran erinnern, wann ich zuletzt so viel Spaß hatte.“

Sie warf ihr Haar über die Schulter, wobei Beck die Spitzen ihrer Locken ins Gesicht bekam. „Du bist ein Mann mit Geschmack. Anders als andere Männer, die ich kenne.“

Beck schob Dorian in Richtung des süßen kleinen 1965 Nova. „Ich rufe dich morgen an und lasse dich wissen, zu welchem Urteil wir gekommen sind.“

„Bitte, tu das“, erwiderte Dorian.

„Überspring einfach den Mittelsmann. Du hast ja meine Nummer“, erinnerte Harlow ihn, und Dorian zwinkerte ihr zu, bevor er sich in seinen Wagen setzte.

„Du hast ihm deine Telefonnummer gegeben?“, donnerte Beck.

Ich sollte jetzt nicht grinsen. „Hast du ein Problem damit?“

Er antwortete nicht, sondern sah zu, wie Dorian den Motor seines Wagens anließ und mit dem Auto von der Auffahrt fuhr. Als die Rücklichter um die Ecke verschwunden waren, drehte er sich zu ihr um und brüllte: „Verdammt, ja! Ich habe ein Problem damit. Ich sollte dir das nicht sagen müssen, Mäuschen, aber er ist nicht der Richtige für dich. Das wusste ich schon nach fünf Sekunden. Warum ist dir das nicht aufgefallen?“ Er schlang einen Arm um ihre Taille und ging mit ihr zusammen zum Wohnmobil. „Ich habe dir einen Gefallen damit getan, indem ich ihn weggeschickt habe. An der Tür hätte er bestimmt versucht, dich zu küssen.“

Vielleicht, doch am Ende hatte Beck vor allem sich selbst einen Gefallen damit getan. Auch wenn sie nicht in einen anderen Mann verliebt wäre, so wären sie und Dorian nicht die Richtigen füreinander. Beck hatte den Nagel auf den Kopf getroffen. Zwischen ihr und Dorian fehlte das gewisse Etwas.

„Ist dir jemals in den Sinn gekommen, dass ich vielleicht geküsst werden *will*?", fragte sie.

„Baby, du solltest auf die Knie fallen und mir dafür danken, dass ich hier bin, um dich vor dir selbst zu schützen."

Sie stellte sich ihm in den Weg und stemmte die Hände gegen seine Brust, um ihn zu stoppen. In diesem Moment spürte sie die Anspannung in ihm, die er kaum unterdrücken konnte, die starren Muskeln, seinen hämmernden Herzschlag.

„Ein Kuss ist doch keine große Sache, Beck. Oder?"

Mit finsterem Blick antwortete er: „Sollte er aber sein."

Allmählich mache ich bei diesem Mann Fortschritte. Und das ist auch nötig. „War es je eine große Sache für dich?"

„Nur mit dir." Im nächsten Augenblick drückte er sie gegen die kühle Seitenwand des Wohnmobils, presste die Lippen auf ihre und drang fordernd mit der Zunge in ihren Mund vor.

Harlow ermahnte sich, sich zurückzuziehen, ihn wegzustoßen – *irgendetwas* zu tun. Sie waren noch zu keiner Einigung gekommen, und er hatte ihr gerade ein Date mit einem anderen Mann verschafft. Doch sie schlang die Arme um seinen Nacken und klammerte sich an ihn. Sie legte sogar den Kopf schräg, damit sie den Kuss vertiefen konnten. Das Verlangen, das schon die ganze Zeit unter der Oberfläche schwelte, brach hervor, quoll über und verzehrte sie.

Ihre Beine zitterten, ihre Knie wurden weich. Beck packte den Saum ihres Kleides und schob den Stoff hoch bis zu ihrer Taille. Warme Luft strich sinnlich über ihre Haut.

„Bist du bereit für mich? Bist du feucht?"

„Ja", flüsterte sie.

„Nur für mich?"

Sie presste die Lippen aufeinander und weigerte sich, ihm zu antworten.

Unterhalb seines Auges zuckte ein Muskel. „Mal sehen." Er legte eine Hand auf ihren Bauch und ließ sie aufreizend langsam – die Fingerspitzen voran – unter den Stoff ihres Höschens gleiten.

Die gespannte Erwartung war zu viel für Harlow. „Beck. Bitte."

„Spreiz die Beine."

Er knabberte verspielt an ihrem Ohrläppchen, konnte jedoch nicht länger darauf warten, dass sie ihm gehorchte, und schob ihre Beine auseinander. Als sie keuchte, drang er mit einem Finger in sie ein. Er stöhnte, und sie drängte sich ihm entgegen, wollte mehr.

„Du bist feucht", knurrte er. „Ich will dich schmecken."

Sie dachte, er würde den Finger aus ihr herausziehen und ihn vielleicht ablecken. Das wäre vermutlich das Heißeste, was sie je gesehen hatte, doch er sank vor ihr auf die Knie. Ihr stockte der Atem. Das war noch viel heißer.

„Ich hoffe, es ist nicht dein Lieblingshöschen." Mit einem Ruck riss er es ihr vom Leib. Nun konnte er sie sehen.

Harlow zitterte vor Aufregung, vor Begierde. Der Mond stand am Himmel, und die Beleuchtung auf der Veranda war eingeschaltet. Silbriger Mondschein und der goldene Schein der Lampe breiteten sich wie flatternde Bänder aus. Aber die Seite des Wohnmobils lag im Schatten, sodass die Lichtbänder sie nicht erreichten. Sie waren vor neugierigen Blicken geschützt.

„Ich wünschte, die Sonne würde scheinen", sagte er und klang benommen. „Ich möchte dich sehen, wenn du ganz in Helligkeit getaucht bist."

„Beck."

Er beugte sich vor, und sein warmer Atem strich über sie. Und dann berührte er sie zum ersten Mal mit seiner Zunge. Harlow schrie unterdrückt auf. Mit einem Mal begannen ihre Hüften, sich wie von selbst zu bewegen, und folgten den Bewegungen seiner Zunge.

Es war … Er war … *Ich kann nicht denken.*

„So süß", murmelte er. „Du schmeckst honigsüß, Baby."

Er hatte sie schon vorher erregt, und er hatte ihr auch schon zu einem Orgasmus verholfen, doch die Lust war nie so wild und unbändig, nie so intensiv gewesen. Ihre Schreie, ihre heftigen Atemzüge und ihr Stöhnen wehten durch die Nacht. Es war das Lied des Verlangens.

„Beck, ich bin so kurz davor …"

„Du hältst durch, solange es geht." Seine Stimme klang gebieterisch. „Ich bin längst nicht fertig mit dir."

Durchhalten? Sie versuchte es. Sie versuchte es wirklich. Aber er steigerte ihre Lust mit seiner Zunge ins Unermessliche, vollführte schwarze Magie. Dann brachte er auch noch seine Finger ins Spiel, drang mit zweien in sie ein und weitete sie. Hinter ihren geschlossenen Lidern sah Harlow Sterne, sie schrie laut auf, als der Höhepunkt sie schließlich mit sich riss.

Während sie erschauerte und die Nachwirkungen auskostete, kam Beck auf die Beine. Er ragte vor ihr auf. In seiner Miene spiegelte sich sein Hunger. Jegliche Verspieltheit war verschwunden, mit seinem Blick verzehrte er sie, so wie er sie gerade mit seinem Mund verzehrt hatte.

„Ich will dich." Er knöpfte seine Hose auf und öffnete den Reißverschluss. „Hier. Jetzt."

Ja. „Beck, ich …" *Halt. Denk nach.*

Er umfasste sein hartes Glied, um die andere Hand wickelte er sich eine ihrer lockigen Haarsträhnen. „Sag Ja, Harlow. Ich passe auf dich auf. Ich schwöre dir, dass ich auf dich aufpasse."

Aber für wie lange?

Mist! Mist, Mist, Mist. Eisige Kälte erfasste sie, breitete sich in ihr aus, erstickte die Flammen, die er gerade in ihr entfacht hatte. Ihr wurde bewusst, dass sie genau dort war, wo sie begonnen hatte. Sie trat auf der Stelle, kam nicht weiter.

„Beck …" Sie musste ihm die Wahrheit sagen, und sie musste ihn dazu bringen zu verstehen, warum sie wollte, was sie wollte. „Ich kann das nicht. Sex ist für mich keine lockere Nebensache. Noch nie. Ich … Beck, ich war noch nie mit einem Mann zusammen, und ich kann nicht … Ich werde meine Jungfräulichkeit keinem One-Night-Stand schenken.“

Er erstarrte und schüttelte den Kopf, als hätte er sie missverstanden. „Aber … du kannst nicht …“ Er fuhr sich mit der Hand übers Gesicht, und in seinen goldenen Augen spiegelten sich die unterschiedlichsten Emotionen. Wut. Verlangen. Erleichterung. Vielleicht sogar Besitzgier.

„Ich habe aus meinem Wunsch nach einer dauerhaften Beziehung nie einen Hehl gemacht. Ich will mich dem Mann hingeben, mit dem ich zusammen bin, und sonst niemandem.“ *Sei du dieser Mann. Bitte.*

Er ließ sie los und machte seine Hose wieder zu, wobei er zurückwich. Angesichts der Tatsache, dass sie nur wenige Sekunden zuvor beinahe in Flammen aufgegangen wäre, brachte diese erzwungene Trennung sie fast um. Sie schluckte einen enttäuschten Aufschrei hinunter.

„Ich … Es tut mir leid, Harlow“, stammelte er. „Ich wusste es nicht, sonst hätte ich dich niemals so bedrängt …“

Er wirkte so verloren, so gebrochen.

„Du bist ein Hauptgewinn, und du verdienst mehr, als ich dir geben kann. Es tut mir leid“, wiederholte er.

Dann drehte dieser sture Mann sich um, ging die Auffahrt hinauf und verschwand ins Haus.

17. KAPITEL

Eine Woche war vergangen. Eine ganze Woche ohne einen Telefonanruf oder eine Nachricht von Beck. Nein, eigentlich stimmte das so nicht. Harlow hatte am Morgen, nachdem sie ihm erzählt hatte, dass sie noch Jungfrau war, eine Nachricht von ihm erhalten. Er schrieb ihr, dass sie den Tag freinehmen könne und dass er sich im Büro um alles kümmern würde.

Während die Tage also verstrichen, hielt er sich von ihr fern, als hätte sie ihm eröffnet, sie litte an einer ansteckenden Krankheit – oder sie sei die einzige Frau auf der Welt, die durch bloßen Blickkontakt schwanger werden könne. Nicht ein einziges Mal ließ er sich morgens bei ihr blicken, um sie mit zur Arbeit zu nehmen, und so verkroch sie sich in ihrem Wohnmobil und zeichnete. Die fertigen Spielhintergründe und Charaktere legte sie auf den Schreibtisch in Becks Zimmer.

Währenddessen gaben zwei Dinge ihr Hoffnung und weckten bei ihr die Zuversicht, dass sie zwar die Schlacht, aber nicht den Krieg verloren hatte. Er hatte nicht die Türschlösser auswechseln lassen, und er hatte auch die Kunstwerke an seinen Schlafzimmerwänden bisher nicht übermalt.

Doch ihre Hoffnung schwand immer mehr. Am Abend zuvor hatte er das Haus verlassen und war nicht wieder zurückgekehrt. Hatte er sich mit einer Frau getroffen?

An diesem Morgen war sie schließlich eingeknickt und hatte Brook Lynn angerufen. Sie hatte sich einen Ratschlag erhofft. Es endete jedoch damit, dass sie nun mit der Mädchen-Gang zum Mittagessen im *Two Farms* saß.

„Er ist das reinste Scheusal“, sagte Brook Lynn, während sie ein Brötchen mit Butter bestrich. „Er nörgelt die ganze Zeit nur und schreit jeden an.“

Jessie Kay nickte. „Man könnte meinen, du hättest ihm eröffnet, dass deine Mumu eigentlich eine Venusfliegenfalle ist und dass er seinen Penis verlieren wird, wenn er mit dir schläft.“

„Musst du das Wort sagen, während wir essen?“, fragte Daphne.

„Welches? *Penis?*“, rief Jessie Kay. Einige der anderen Gäste schnappten nach Luft. Ein paar funkelten sie wütend an. Andere schüttelten den Kopf und dachten offenbar: *Du liebes bisschen.* „Das Wort ‚Penis‘ ist nicht gleichbedeutend mit ‚Maden‘, weißt du? Obwohl es das vielleicht sein sollte …“

„Jetzt habe ich endgültig den Appetit verloren“, sagte Daphne und schob den Teller mit ihrer Hühnerfleischpastete von sich.

Kenna warf ein Stückchen ihres gebackenen Käses nach Jessie Kay. „Benimm dich mal ein bisschen, zeig Stil und nenn ihn einen ‚Babymacher‘ oder so etwas.“

Alle am Tisch wurden schlagartig still und starrten Kenna an.

„Willst du uns damit sagen, dass du schwanger bist?“, wollte Brook Lynn wissen.

„Nein!“, platzte Kenna heraus. „Was? Wir wollen noch ein paar Jahre warten. Du kannst meinetwegen auch ‚Hosenschlange‘ dazu sagen.“

Hosenschlange? Wirklich? „Was ist denn mit ‚Fleischpeitsche‘ oder ‚drittes Bein‘?“, schlug Harlow vor.

Jessie Kay nickte nachdenklich. „Oder wir könnten einen ganz simplen Ausdruck wie ‚Hammer‘ verwenden. Wenn wir in den technischen Bereich gehen wollen, ginge auch ‚Hobel‘. Oder ‚Anakonda‘ – das muss man allerdings von Fall zu Fall entscheiden.“

Daphne bemühte sich um einen ernsten Gesichtsausdruck, untergrub diese Anstrengungen jedoch mit einem unterdrückten Prusten. „Ich spiele da nicht mit. Aber wenn ich mitspielen würde, dann würde ich vorschlagen, das Ding ‚Spaßwürstchen‘ zu nennen.“

Wie waren sie auf dieses Thema gekommen? „Meine Damen.“ Harlow klatschte in die Hände, um ihre Aufmerksamkeit zu bekommen. „Können wir vielleicht weiter über Beck herziehen?“

„Der Kerl, der seit vielen Jahren ‚Mr. Happy Meals' verteilt, um überall in der Gegend Kundinnen glücklich zu machen? Ja. Bitte, fahr fort." Jessie Kay winkte majestätisch.

Und die habe ich wirklich um Hilfe gebeten? „Warum sollte er mich ignorieren, seit er erfahren hat, dass ich … ihr wisst schon … unberührt bin?"

„Er hat kein Wort darüber verloren", entgegnete Brook Lynn und klang schuldbewusst. „Um ehrlich zu sein, hatte ich keine Ahnung, was los war, bis du angerufen hast."

Großartig! „Warum hast du überhaupt eingewilligt, ihm dabei zu helfen, einen Mann für mich zu finden?"

„Ich habe nicht eingewilligt – ich habe es vorgeschlagen."

„Was? Wieso das denn?"

„Um ihn zu ärgern und dazu zu bewegen zuzugeben, dass er dich für sich allein haben will." Brook Lynn grinste. „Er hat mich neulich zur Seite genommen und mir gesagt, dass ich dich mit niemandem zusammenbringen soll. Er würde sich um alles kümmern und es allein auf die Reihe kriegen."

„Tja, er kriegt nichts auf die Reihe. Wo war er denn letzte Nacht?"

Die blonde Frau zuckte zusammen.

Sag nicht, dass er ein Date hatte. Sag nicht, dass er ein Date hatte.

„Er war in der Stadt … und hatte mit Dorian gemeinsam ein Doppeldate." Brook Lynn tätschelte Harlows Hand. „Tut mir leid. Ich weiß es nur, weil Beck gestern spät noch Jase angerufen und Bescheid gegeben hat, dass er nicht nach Hause kommen würde."

Harlow ließ die Schultern sinken. Was von ihrer Hoffnung übrig gewesen war, starb einen schnellen und brutalen Tod.

Über der Tür klingelte ein Glöckchen. Harlow hob den Kopf und erblickte Scott Cameron, der ins Restaurant kam. Er sah sich um, als würde er jemanden suchen. Unvermittelt blieb sein Blick an ihr hängen, und er lächelte kalt.

Darauf habe ich gerade wirklich überhaupt keine Lust. Hatte der Mann eigentlich keinen Job?

Scott nahm die Baseballkappe ab und trat zu ihnen an den Tisch. Zum ersten Mal seit Jahren konnte Harlow ihn aus der Nähe betrachten. Ihr fiel auf, dass er längst nicht mehr der athletische Typ war, der er früher einmal gewesen war. Er hatte einen leichten Bauchansatz und einen … Wie nannte man das? Rettungsring? Ohne die Mütze konnte er auch seinen fliehenden Haaransatz nicht mehr verbergen.

„Äh … Hi, Scott", sagte Brook Lynn. „Können wir dir irgendwie behilflich sein?"

„Ja, ihr könnt mir zum Beispiel verraten, warum ihr mit der bösen Hexe des Südwestens abhängt."

Jessie Kay wurde wütend. „Du hast recht. Sie ist eine Hexe. Aber sie ist *unsere* Hexe, also ziehst du dich besser zurück, bevor ich beschließe, mit meinem Buttermesser gestalterisch tätig zu werden."

Harlow starrte Jessie Kay an. *Sie … verteidigt mich?*

„Im Übrigen", meldete Kenna sich zu Wort und hob das Kinn, „ist unser Mädchen hier vergeben. Deine albernen Versuche, Aufmerksamkeit zu erregen, werden nicht funktionieren."

„Vergeben? An diesen Beck? Bitte. Jeder hier weiß doch, dass er mit allem vögelt, was atmet. Stimmt's nicht, Jessie Kay?" Scott lachte, als Jessie Kay und Harlow ihn anfauchten. „Ihr solltet aufhören zu erwarten, einen Mann zu bekommen, der euch von den Beinen fegt. Ihr solltet den Besen besser selbst in die Hand nehmen."

Oh nein, das hat er nicht gesagt. „Wie wäre es, wenn ich dir den Besen direkt in deinen miesen …" Unvermittelt landete eine Hand auf Harlows Mund.

„Das ist ein Familienrestaurant", flüsterte Brook Lynn und nahm ihre Hand wieder weg.

Scott sah aus, als hätte er noch mehr zu sagen, überlegte es sich jedoch anders und stapfte davon. Er setzte sich auf der anderen Seite des Gastraums an einen Tisch. Ihre Kellnerin lief zu ihm und tätschelte seinen Arm, während sie ihr, Harlow, einen hasserfüllten Blick zuwarf. *Okay.* Sie konnte davon ausgehen, dass die Dame in ihre nächste Bestellung spucken würde. Mindestens.

„Danke", sagte Harlow zu Jessie Kay.

„Tja, du *bist* eine Hexe. Das ist mein absoluter Ernst."

Harlow legte eine Hand auf ihr Herz. „Dieses warme Gefühl ist überwältigend. Sag, ist das Liebe? Es fühlt sich wie Liebe an."

Brook Lynn prustete los.

„Unsere Kellnerin kann nicht älter als zwanzig sein", sagte Harlow. „Ich bin nicht mit ihr zur Schule gegangen und war nie gemein zu ihr, also warum hasst sie mich dann?"

„Hast du es noch nicht gehört? Sie und Scott sind zusammen." Kenna nahm sich das letzte Brötchen aus dem Brotkorb. „Ich wette, er hat über dich geschimpft und gelästert. Meine Vermutung ist, dass sie ihn angerufen hat, als du angekommen bist. Deshalb wusste er, dass du hier bist."

Lässt man mich niemals zur Ruhe kommen?

„Vergiss sie", sagte Daphne. „Ich will wissen, was du wegen Beck unternehmen willst."

Es gab keinen Grund, noch länger darüber nachzudenken. „Nichts", erwiderte sie und seufzte, da sich Niedergeschlagenheit schwer auf ihre Schultern legte. „Er hat seine Entscheidung getroffen – und er hat sich nicht für mich entschieden."

„Er ist nur verwirrt", sagte Brook Lynn.

„Er kämpft gegen seine Gefühle für dich an", fügte Kenna hinzu.

Redeten Mädchen sich nicht schon von Anbeginn der Zeit diese Art der Lüge ein, um sich selbst zu betrügen?

„Und hast du dich überhaupt sonderlich bemüht, ihn für dich zu gewinnen?", wollte Jessie Kay wissen. „Ich habe dich zum Beispiel noch nie dabei gesehen, wie du zu ihm nach Hause gegangen bist, um dich vor ihm zu entblößen. Nicht ein einziges Mal. Und als ich neulich nachts heimlich seine Textnachrichten gecheckt habe, habe ich kein einziges schmutziges Bild von dir gefunden. Von anderen Mädchen? Ja. Und zwar von vielen. Ernsthaft: Ich hatte keine Ahnung, dass so viele Frauen in dieser

Stadt wie die Hauptfigur aus ‚Eine verhängnisvolle Affäre' ticken."

„Ich will Namen", knurrte Harlow.

Jessie Kay grinste sie an. „Ich glaube, da quillt tatsächlich Rauch aus deinen Nasenlöchern."

Kenna schlug ihrer Freundin auf den Arm. „Du solltest sie nicht wegen der schmutzigen Bilder ärgern."

„Aua." Jessie Kay sah ihre rothaarige Freundin finster an. „Ich habe sie nicht geärgert."

„Du quälst sie."

„Tue ich nicht!" Jessie Kays Blick verfinsterte sich noch weiter. „Ich versuche nur, ihr Feuer unter dem Hintern zu machen, damit sie endlich mal aktiv wird. Anders als ihr – ihr wollt nur mit ihr zusammen in Selbstmitleid versinken."

Harlow dachte nach. *Habe ich mich denn bemüht?* Er hatte sich zwar von ihr ferngehalten, doch sie hatte genauso wenig den Kontakt zu ihm gesucht. Er hatte sie zwar nicht angerufen und ihr auch keine Nachrichten geschickt, aber sie hatte es genauso wenig getan.

Der Gedanke munterte sie augenblicklich auf, und obwohl sie zitterte, holte sie ihr Handy hervor. „Also gut, Mädels. Ich habe noch nie etwas gemacht, das nicht jugendfrei gewesen wäre. Helft ihr mir?"

Jessie Kay rieb sich die Hände. „Schätzchen, da bist du genau an der richtigen Adresse."

Brook Lynn, Kenna und Daphne stöhnten.

„Wenn du eines Tages über dein Leben nachdenkst, wirst du feststellen, dass das hier der Zeitpunkt war, ab dem alles aus dem Ruder lief", sagte Brook Lynn.

„Hör nicht auf die Neider." Nachdem sie ein bisschen miteinander gerungen hatten, gelang es Jessie Kay, ihrer Schwester eine Serviette in den Mund zu stopfen. „Diese Mädchen sind von mir angelernt worden. Und sieh sie dir jetzt an. Alle drei sind in gesunden, funktionierenden Beziehungen."

„*Trotz* deiner Tipps", murmelte Kenna.

„Sag es ihnen, Daph", forderte Jessie Kay ihre Freundin auf.

„Sie hat mir tatsächlich dabei geholfen, mit Brad Lintz zusammenzukommen", gab Daph mit einem Seufzen zu.

Brad Lintz – ein Überlebender des „Glass-Laufpasses" und Besitzer von *Lintz Automotive*. Darüber hinaus war er der Sohn des Sheriffs. *Gut.* Er hatte ein Happy End verdient.

„Damit das hier klappt", begann Jessie Kay, „müssen wir diesen Dorian anrufen. Und zwar sofort. Er ist wesentliches Element und Schlüssel zu meinem ... ich meine, zu *deinem* Erfolg. Ich denke dabei nur an dich. Also tu es. Ruf ihn an und bitte ihn, ins *Two Farms* zu kommen."

„Aber ..."

„Ach, du bist schüchtern. Das ist so niedlich. Keine Sorge, ich werde den Anruf für dich übernehmen." Jessie Kay nahm Harlows Handy, durchsuchte die Kontakte und fand die richtige Nummer. Sie hielt sich das Gerät ans Ohr und wartete. „Mann! Sogar deine Stimme ist purer Sex. Aber hör mal. Ich bin Jessie Kay, Harlows beste Freundin. Du und ich haben neulich ziemlich heißen Blickkontakt gehabt. Ja ... ja ... Hm, sprich weiter. Ich meine, nein, nein, hör auf zu reden und hör mir zu. Du musst sofort nach Strawberry Valley kommen. Ins *Two Farms*. Es geht um Leben und Tod. Und sag Beck nichts davon." Sie legte auf und zupfte am Kragen ihres Oberteils. „Der Mann ist gefährlich."

„Und wir brauchen ihn ... Warum genau brauchen wir ihn?", wollte Brook Lynn wissen.

„Das werdet ihr schon sehen. Also. Der nächste Teil ist ein bisschen komplizierter. Wir müssen *alle* einen kleinen Schwips haben." Sie winkte der Kellnerin zu. Als die hübsche brünette Bedienung langsam an ihren Tisch kam, sagte Jessie Kay: „Bring uns die große Flasche Macallan-Whiskey, die hinter der Bar eingeschlossen ist."

Das Mädchen riss die Augen auf. „Aber die kostet ... *fast tausend Dollar.*" Sie flüsterte die letzten Worte, als wäre sie empört.

Harlow bekam beinah einen Herzanfall. „Wir wollen diese Flasche nicht. Weder jetzt noch sonst irgendwann."

Jessie Kay wies mit dem Daumen auf Kenna. „Doch, wollen wir. Das geht auf die Rechnung ihres Verlobten. Er kann es sich leisten."

„Das kann er", stimmte Kenna zu.

„Und wage es ja nicht, die Flasche aufzumachen und uns den Stoff in Gläsern zu bringen", fügte Jessie Kay hinzu. „Dann füllst du den guten Whiskey um, bevor er zu uns kommt, und servierst uns das billige Zeug. Ich habe hier gearbeitet. Ich habe den Trick entwickelt. Wir wollen die Flasche – ungeöffnet – und keine Gläser. Wir machen es auf die althergebrachte Tour."

„Was?", sagte Daphne. „Mit der schicken, teuren Flasche? Warum?"

Jessie Kay wurde von einer Sekunde auf die andere ernst. „Wir werden gemeinsam einen guten alten Frauenabend verbringen und uns die Flasche teilen. Das wird uns vereinen. Whiskey-Schwestern für immer."

In Harlows Ohren klang es wie ein Stück vom Himmel. Wen kümmerte schon das Geld? Falls Kennas Verlobter sich weigern sollte, dafür zu zahlen, hatte sie noch genügend Organe, die sie auf dem Schwarzmarkt verkaufen könnte. *Schwestern? Ja, bitte.* „Ich bin dabei!"

Beck wurde bewusst, dass er zum Ausgangspunkt zurückgekehrt war. Wieder einmal saß er in seinem Schlafzimmer am Fenster und blickte hinaus auf Harlows Wohnmobil. Vor einer Stunde war er losgegangen, um sie zu sehen. Wie von einem unsichtbaren Band, das er nicht zerschneiden konnte, war er dorthin gezogen worden. Doch sie hatte nicht aufgemacht. Besorgter Nachbar, der er war, hatte er sich selbst hineingelassen und festgestellt, dass sie ihn nicht ignorierte; sie war einfach nicht da.

Es war mitten am Tag. *Inakzeptabel.* Sie hatte zu arbeiten, verdammt noch mal. Wo war sie? Und mit wem war sie zusammen?

Er hatte sich viel zu lange von ihr ferngehalten, und es hatte tatsächlich schon körperliche Auswirkungen auf ihn. Wie ihm inzwischen bewusst war, war sie für ihn sein „Normal" geworden, was bedeutete, dass er ohne sie in seinen Armen nicht einschlafen konnte. Er konnte nicht essen, weil sein Magen sich schmerzhaft zusammenzog. Nicht einmal Brook Lynns gedeckter Kuchen reizte ihn.

Er hatte es vermasselt. Harlow war seine Freundin, und er hätte nach ihrer Offenbarung nicht weglaufen dürfen. Doch er war so überrascht gewesen … und so erregt. Das Gefühl, sie unbedingt besitzen zu wollen, war überwältigend gewesen. Er hatte der erste und einzige Mann sein wollen, der sie je bekam. Fast hätte er sogar freiwillig zugestimmt, für immer mit ihr zusammenzubleiben, um sie dann in sein Bett zu tragen.

Ein Bett, das er schon mit mehr Frauen geteilt hatte, als er zählen konnte.

Er hatte von Anfang an gewusst, dass sie etwas Besseres verdient hatte als ihn und das, was er ihr bieten konnte. Doch diese Neuigkeit hatte das noch einmal unterstrichen und ihn tief getroffen. Sie war unberührt und rein … und er war beschmutzt und verdorben.

Trotz des Alarmsignals, das unentwegt vor seinem inneren Auge aufblitzte, wusste er, dass er einen anderen Mann für sie finden musste – und zwar schneller als geplant. Bis morgen. Frauen, die in Beziehungen steckten, waren unsichtbar für ihn. Das Gefühl, sie haben zu wollen, würde endlich nachlassen und verschwinden. Das war dringend nötig, denn so, wie es jetzt war, konnte es nicht weitergehen.

Also. Es war an der Zeit, den nächsten Schritt zu machen. Keine Dates mehr für Harlow. Stattdessen würde er eine Party organisieren und dazu jeden Junggesellen einladen, den er kannte. Es wäre praktisch eine Art Speeddating für sie. Am Ende des Abends würde sie sich dann für einen der Männer entscheiden.

Er würde alle einladen außer Dorian.

Am Tag zuvor hatte er ein Doppeldate für sich und ihn organisiert, weil er geglaubt hatte, sein Freund könnte ein bisschen Trost von einer anderen Frau vertragen. Natürlich nur Trost –

auf keinen Fall hatte er dabei an Ablenkung gedacht, damit Dorian sich von Harlow fernhielt … Er selbst hatte sich jedoch den ganzen Abend über wie ein Arsch verhalten und beide Frauen in die Flucht geschlagen.

Sein Handy vibrierte, und er nahm es in die Hand. Eine Textnachricht ist jetzt genau das Richtige, um auf andere Gedanken zu kommen, dachte er – zumindest bis zu dem Moment, als er sah, dass ein Bild von Harlow an die Nachricht angehängt war. Als er es betrachtete und es sich direkt in sein Gehirn einbrannte, sprang er auf. Seine Süße saß auf Dorians Schoß, und der Mistkerl grinste auch noch.

Die Bildunterschrift lautete:

Schau ma, Beck! Guck, was ich gefundn hab! Ein süßen Leckerbissen!!!!!!!!

Die Schreibfehler waren reizend, und er hasste sich selbst dafür, dass er so dachte. Das war nicht lustig. Harlow ruinierte ihre Zukunft, weil sie sich für einen Moment der Lust mit einem Kerl zufriedengab, der nicht der Richtige für sie war.

Bist du betrunken?

Nur 9,99 Promille. Oder vielleicht 9,99.

Wo steckst du?

Beck wartete auf ihre Antwort und sah sich das Foto etwas genauer an. Dabei versuchte er, nicht auf Dorian oder Harlow zu blicken, sondern den Hintergrund zu analysieren. Eine vertäfelte Wand. Ein schief hängendes Bild, auf dem zwei zerfallene weiße Farmhäuser abgebildet waren. Er hatte das schon mal gesehen … Bloß wo, wo …

Two Farms.

Sein Handy vibrierte.

In meiner Hose findet 'ne tolle Party statt. Willst du auch kommen und sehen, was sich tut???????

Widerstand regte sich bei Beck. Wenn Dorian es wagte, Harlow anzufassen, während sie so aufgedreht und angetrunken war, würden die Hände seines Kumpels einen Ehrenplatz in seinem Trophäenschrank bekommen.

Er sprang auf und ging zu West. Die Tür zu dessen Zimmer stand offen. „Du musst mit mir ins *Two Farms* kommen."

„Warum?" West blickte von der Hauptplatine auf, die er gerade zusammenbaute. Er arbeitete oft von zu Hause aus, heute war glücklicherweise ein solcher Tag.

„Harlow ist betrunken, und Dorian nutzt die Situation schamlos aus."

Statt sich ebenfalls aufzuregen, sah West so aus, als würde er mühsam ein Grinsen unterdrücken.

„Er war noch nie der Typ Mann, der es ausnutzt, wenn eine Frau betrunken ist. Wenn eine Frau mehr als ein Glas getrunken hat, zieht er sich schon zurück."

Beck zog sein Handy hervor und zeigte seinem Freund das Foto. „Sieht das für dich so aus, als würde er sich zurückziehen?"

„Gut." West warf einen Blick auf die Kalender-App auf dem Display seines Handys, das neben den Computerteilen lag. „Ich kann eine halbe Stunde erübrigen. Gib mir eine Minute, damit ich mich anziehen kann."

Er stand auf, und erst jetzt fiel Beck auf, dass der Mann nur Boxershorts trug.

Minute um Minute verstrich, während sein Freund nach der perfekten Jeans suchte. Beck knurrte: „Ich würde gern noch dieses Jahr los."

„Deshalb beeile ich mich ja." West hielt zwei Shirts hoch – das eine war komplett schwarz, auf dem anderen stand auf der Brust der Schriftzug *Boyfriend Material*. „Nach welchem der Shirts ist mir gerade?", fragte er sich laut.

„Mann. Ich spiele ernsthaft mit dem Gedanken, dir den ‚Männerführerschein' abzuerkennen."

„Das ist schon in Ordnung. Ich habe zwei davon."

Beck schnappte sich das Shirt mit dem Spruch, warf es auf den Boden und trat darauf herum. „Dieses Shirt ist dreckig. Zieh das andere an."

„Sieh mal einer an. Da hat aber jemand echt miese Laune."

Dieser Jemand hatte ja auch noch vor, in einen Hintern zu treten.

Auf Wests Schreibtisch vibrierte das Handy. Beck ging hin und nahm es in die Hand – nur für den Fall, dass Dorian beschlossen hatte, ihn zu umgehen. Womöglich wollte er sich ja ein Kondom borgen. Als er eine Nachricht von Jessie Kay sah, warf er seinem Freund das Handy zu.

„Das willst du vielleicht sehen."

West starrte auf das Display. Seine Miene verfinsterte sich, als er die Bilder betrachtete, die Jessie Kay mitgeschickt hatte. Eins von ihr und Daniel Porter und eins von ihr und Dorian Oliver.

Brauch 'ne unparteiische Meinung. Welchen von beiden soll ich nehmen????

„Lass uns gehen." West war bereits auf dem Weg Richtung Tür.

Das war schon besser.

Als sie in seinem Auto saßen, kam noch eine Nachricht von Harlow. Beck konnte es beinahe nicht über sich bringen, sie zu lesen. Aber nur beinahe.

Weißte was? Dori – so nenn ich ihn jetzt – hat Scott für mich verjagt. Er is mein neuer Held. Ich schuld ihm was. Was soll ich ihm geben???? Weißt du, ob er auf eine ganz besondere … Blume steht?

Beck trat das Gaspedal durch.

18. KAPITEL

Im *Two Farms* war der Teufel los.

Harlow und ihre Whiskey-Schwestern hatten sich tatsächlich direkt aus der Flasche bedient. Nachdem sie das gute Zeug ausgetrunken hatten, waren sie auf harten, billigen Schnaps umgestiegen. Sie hatten zu laut geredet und gelacht und wären beinahe aus dem *Two Farms* geworfen worden. Vor einer Stunde dann war Dorian aufgetaucht, und Jessie Kay hatte ihm ihren „Auf Leben und Tod"-Plan erklärt, mit dem sie Beck dazu bringen wollte, sich zu wünschen, er wäre tot – oder eben verheiratet.

Dorian hatte sich eine Scheibe von Beck abgeschnitten und Mr. Calbert, dem Besitzer des *Two Farms,* eine Handvoll Scheine in die Hand gedrückt und das Restaurant für den Rest des Tages gemietet. Die anderen Gäste waren freundlich hinauskomplimentiert worden. Bis auf den superreizenden Daniel Porter, dem Jessie Kay eine Nachricht geschickt und ihn gebeten hatte, doch auch zu ihnen zu stoßen.

„Es ist schon fünf Minuten her", verkündete Brook Lynn. „Zeit für ein weiteres Foto. Kenna! Die Kamera!"

Gehorsam posierte Harlow auf Dorians Schoß, während Kenna noch ein paar Bilder machte und Dorian ihr alles über das Doppeldate mit Beck erzählte.

„Es ist mein Ernst", sagte Dorian. „Der Kerl hatte null Interesse an der Frau und hat den ganzen Abend über nur von ‚seiner kleinen Hexe' geredet."

„Das ist doch cool." Wenn „cool" das neue Wort für „fantastisch" war. Sie brachte es nicht einmal über sich, wegen des neuen Spitznamens beleidigt zu sein.

„Also gut. Ich habe eine tolle Idee: digitales Strip-Poker", rief Jessie Kay und deutete in Richtung von Harlows Handy. „Schreib es Beck, damit er es West sagen kann."

Während Jessie Kay die Regeln des Spiels erklärte, schrieb Harlow:

Ich zieh mich jetzt aus.

Das sollte als Erklärung reichen. *Senden.*

„Also", wandte sie sich an Dorian. „Erzähl mir mehr. Über das Date, über Beck, über alles." Drehte der Raum sich gerade wahnsinnig schnell im Kreis?

Dorian hielt sie fest, damit sie nicht umkippte. „Wenn du ihn haben willst, dann gehört er dir. Und selbst wenn er es nicht zugeben will – und es nicht mal sich selbst eingestehen will –, wird er der beste Partner und Freund sein, den du je hattest. Ich erinnere mich daran, wie er Paare angesehen hat, die offensichtlich verliebt ineinander waren. Er will das, was sie hatten, kann es aber nicht zugeben. Halte durch, dann wird er die Wahrheit erkennen. In der Fürsorge des Staates und diversen Pflegefamilien aufzuwachsen kann einen echt kaputtmachen. Er muss nur die Gelegenheit haben zu heilen."

Ja, doch wie lange würde das dauern? Wie viel Zeit würde er benötigen? Und würde sie im Laufe des Prozesses vielleicht daran zerbrechen?

Vielleicht, aber manchmal reichte schon ein Kuss, um eine Verletzung zu lindern.

„Ihr Mädchen aus Strawberry Valley scheint süchtig zu machen", stellte Dorian fest und sah zu Jessie Kay, die durch den Gastraum tanzte. „Man hat mich vor den Dillon-Schwestern gewarnt."

„Jase ist verrückt nach Brook Lynn, aber wer hat dir gesagt, dass du dich von Jessie Kay fernhalten sollst?"

Die Eingangstür wurde aufgestoßen, bevor Dorian etwas erwidern konnte. Beck und West stürmten wie Racheengel in den Gastraum des *Two Farms.* Harlows Herz begann wie wahnsinnig zu hämmern. Der Plan funktionierte also tatsächlich? Beck sah sich um, und als sein Blick auf sie fiel, kam er auf sie zu.

In der Zwischenzeit ging West zu Jessie Kay.

„It's showtime." Dorian half ihr auf die Beine.

Bei der schwungvollen Bewegung zog sich ihr Magen zusammen. „Verflixt und zugenäht! Ich glaube, mir wird schlecht."

Beck erreichte sie eine Sekunde später und löste sie sanft, aber bestimmt aus dem Griff seines Freundes. „Zeit zu gehen. Sofort."

Die Übelkeit konnte warten. Der Mann ihrer Träume war hier! Sie schlang die Arme um seinen Nacken und versuchte, auf seinen Arm zu klettern.

Beck hielt sie fest, während er Dorian einen Vortrag hielt. Die Worte kamen nicht so ganz bei Harlow an. Sie hörte nur ein seltsames Rauschen. Beck hielt sie im Arm und tätschelte ihren Kopf. Ganz offensichtlich trat sie in dieser wundervollen Umarmung für ein paar Minuten weg, denn das Nächste, was sie mitbekam, war, dass sie im Wasser trieb … Nein, sie wurde im kalten Wasser eines Ozeans hin und her geworfen. Ihr Magen zog sich wieder zusammen, und sie stöhnte.

Wieder trieb sie im Wasser … dann ein unsanfter Ruck.

„Mach dir keine Sorgen, Baby", sagte Beck. „Ich halte dich."

Sie kniete am Rande eines Maisfelds, wie sie jetzt bemerkte. Beck hielt ihre Haare zurück, während sie sich nach vorn beugte und jeden Tropfen Flüssigkeit erbrach, den sie an diesem Tag zu sich genommen hatte – und wahrscheinlich auch noch an den fünf Tagen davor. Als sie fertig war, versank sie in Dunkelheit und trieb wieder hin und her … Sie fröstelte. Mit einem kühlen feuchten Lappen wischte jemand ihr über die Stirn und den Mund.

„Beck", stöhnte sie.

„Ich habe dir gesagt, dass ich da bin. Ich werde immer für dich da sein."

Nach diesen Worten, die in ihrem Kopf widerhallten und die es wie nichts anderes schafften, sie zu beruhigen, schlief sie ein.

Als das Sonnenlicht durchs Fenster drang und auf sie fiel, stöhnte Harlow gequält auf.

War ihr übel?

Oh … Mist. Es ging ihr jetzt sogar noch schlechter. Die Erinnerung an den vergangenen Abend kam ihr wieder in den Sinn. Sie hatte es überlebt.

„Hier. Nimm die."

Becks Stimme. Allerdings viel zu laut. Langsam drehte sie den Kopf und sah ihn an. Er stand neben dem Bett. Neben *seinem* Bett. Er reichte ihr zwei kleine weiße Pillen und ein Glas Wasser.

Warum war er so nett zu ihr? „Danke", murmelte sie und schluckte die Pillen mit etwas eiskaltem Wasser hinunter. Ihr Magen protestierte, beruhigte sich aber schnell wieder.

Beck stellte das Wasserglas auf das Nachttischchen und setzte sich vorsichtig neben sie. „Wir müssen reden."

„Ich weiß. Es tut mir leid wegen gestern und wegen Dorian und …"

„Harlow", unterbrach er sie und legte einen Finger auf ihre Lippen. „Wofür entschuldigst du dich? Ich spiele mit dem Gedanken, Whiskey zum festen Bestandteil deiner Ernährung zu machen. Weißt du eigentlich, wie körperbetont und anlehnungsbedürftig du wirst?"

Moment mal. „Du bist nicht sauer auf mich?"

Schmerz blitzte in seinen Augen auf, in denen Bedauern stand. „Wenn ich sauer wäre, hätte ich dann jeden Kerl, den ich kenne, angerufen, um ihn zu der Party einzuladen, die ich dir zu Ehren schmeiße?"

Moment mal. Was? „Eine Party?"

„Dir zu Ehren."

„Und alle Kerle, die du kennst, nehmen daran teil?"

Beck umklammerte den Stoff der Decke so fest, dass der entzweizureißen drohte. „Wir sind noch immer auf der Suche nach dem Richtigen für dich, stimmt's nicht?"

Es fühlte sich an, als hätte man ihr ein Messer in den Bauch gerammt. Oder ihr mit einem Hammer auf den Kopf geschlagen.

Er wollte sie nach wie vor mit einem anderen Mann zusammenbringen.

Tränen brannten in ihren Augen, doch sie blinzelte sie weg. „Wann soll die Party denn stattfinden?"

An seinem Kiefer zuckte ein Muskel. „In ein paar Stunden."

Der Kloß, der ihr im Hals steckte, drohte ihr die Luft zum Atmen zu rauben. „Wie hast du denn all deine Freunde so schnell zusammengetrommelt?" Und warum die Eile?

„Einige der Typen schulden mir noch einen Gefallen."

Und er hatte beschlossen, diese Schulden jetzt einzutreiben. Damit er sie endlich los war – besser früher als später. „Tja, dann ... Dann feiern wir also eine Party", sagte sie und bemühte sich, aufgeregt zu klingen. Doch es misslang. Ihre Stimme klang hohl und leer.

Beck warf ihr ein strahlendes Lächeln zu, das jedoch freudlos wirkte.

„Toll", sagte er. „Ich habe die Männer zum Mittagessen eingeladen, damit wir heute Abend über deinen Eindruck von ihnen sprechen können."

„Toll", wiederholte sie. „Es sei denn, ich beschließe, mit einem der Männer nach Hause zu gehen."

Er erstarrte. „Beim ersten Date wirst du keinen der Typen ranlassen."

„Als könntest du mich davon abhalten."

Ohne auf ihre Worte einzugehen, sagte er: „Ich war im Wohnmobil und habe ein Kleid ausgesucht. Ich habe das Teil und dein Make-up gleich mitgebracht. Du kannst dich hier vorbereiten."

„Danke. Einen besseren Freund kann sich ein Mädchen gar nicht wünschen."

„Wir *sind* Freunde." Er streckte einen Arm aus und strich mit den Fingerknöcheln sacht über ihre Wange.

Auch wenn die Berührung noch so sanft war, erschütterte sie sie. Etwas wie ein elektrischer Impuls durchzuckte sie, rief ihr Verlangen wach und entfachte ein Feuer in ihr. Wann würde diese ganz besondere Wirkung, die nur er auf sie hatte, nachlassen?

„Freunde", stimmte sie zu.

Eindringlich blickte er sie an und sagte leise: „Ich möchte mehr als nur ein Freund für dich sein, Harlow. Und das weißt du auch. Aber ich bin nicht der Typ, der sich für immer bindet."

„Warum?" Das brennende Verlangen ließ sie verzweifeln, und die Verzweiflung weckte ihren Mut. „Warum gibst du so wenig von dir?"

Er schenkte ihr ein mildes Lächeln, und sie hatte das Gefühl, dass etwas in ihr starb. Doch als sie ihn ansah, bemerkte sie, wie zerbrechlich sein Ausdruck tatsächlich wirkte.

„Süße, ich gebe immer den besten Teil von mir."

„Nein. Nein." Sie schlug mit der Faust aufs Bett. „Hör auf abzulenken. Hör auf auszuweichen. Hör auf zu versuchen, mich um den Finger zu wickeln. Du brichst mir das Herz. Da könntest du mir zumindest die Wahrheit sagen."

Plötzlich war es, als würde ein Licht in ihm erlöschen, seine Augen wirkten mit einem Mal dunkel und finster.

„Ich bin … verkorkst."

„Das bin ich auch!"

„Harlow", sagte er, und seine Stimme klang rau. „Das verstehst du nicht."

„Nein, das verstehe ich nicht. Wir könnten zusammen glücklich werden. Du musst uns nur eine Chance geben."

„Harlow."

Mit gespreizten Fingern fuhr er sich durchs Haar, zog sie an sich und umarmte sie, als wäre sie ein kostbarer Schatz. Und in diesem Moment, in dieser Sekunde, verliebte sie sich endgültig in ihn. Die Erkenntnis strahlte heller als die Sonne und verjagte mit ihrem Licht die Schatten der Vergangenheit.

Sie liebte ihn. Sie liebte seine Liebenswürdigkeit und die Vielschichtigkeit seiner Persönlichkeit. Sie liebte die Art, wie er sie anblickte, liebte es, dass in seinen Augen dann ein bisschen Wildheit und jede Menge Begierde aufflammte. Sie liebte die Art, wie er sie festhielt.

Und vielleicht … vielleicht hatte er sich ja auch in sie verliebt und war sich dessen nur noch nicht bewusst. Er hatte mehr Zeit mit ihr verbracht als mit jeder anderen Frau in seinem Leben. Er war gern mit ihr zusammen, und er tat alles, was in seiner Macht stand, um sich um sie zu kümmern. Er war eifersüchtig auf Dorian und war gekommen, um sie zu retten.

„Wir könnten doch zusammen verkorkst sein", sagte sie, und in diesem Augenblick wurde ihr klar, dass sie niemals aufgeben, ihn niemals gehen lassen würde. Er gehörte zu ihr, und sie gehörte zu ihm. Daran würde sich nichts ändern – eine Tatsache, die ihm eigentlich gefallen sollte.

„Was wäre, wenn ich dir alles geben würde", sagte er, „und es wäre nicht genug? Ich wäre nicht genug? Was wäre, wenn du mich sowieso verlassen würdest?"

Geistesblitz! Er hatte zwar Bindungsängste, aber er fürchtete sich auch vor Zurückweisung. Die hatte er von seinem Vater bekommen, von unzähligen Familien, die ihn zurückgeschickt hatten, um ein anderes Kind zu adoptieren, und vielleicht sogar von den Kindern auf den unterschiedlichen Schulen, die er besucht hatte.

„Ich werde dich nicht verlassen", sagte sie. *Ich kann es gar nicht. Ich liebe dich.* Würde dieses Geständnis ihn noch mehr verängstigen?

Es tat ihr weh, ihn zu betrachten, auch wenn sich noch so große Verletzlichkeit auf seinem Gesicht abzeichnete.

„Die Zukunft ist noch unsicherer und instabiler als Dynamit, Baby."

„Ja, aber man kann sein Leben nicht immer nach einem 'Was wäre, wenn …?' richten."

„Ich kann mein Leben aber damit verbringen, mich auf ein mögliches ‚Was wäre, wenn …?' *vorzubereiten.*" Er drückte sie noch einmal, ehe er sie losließ und aufstand. „Manchmal ist es besser zu vermuten, wie es ausgeht, statt zu wissen, was tatsächlich passieren wird."

„Nein. So denkt und handelt ein Feigling, Beck. Auf diese Weise wirst du keine Zufriedenheit, sondern nur Missmut erleben." Keinen Frieden, sondern nur Sorgen.

Der Ausdruck um seine Augen wurde härter. „Vielleicht. Aber es gab Zeiten, in denen die Unzufriedenheit mein einziger Freund war."

„Tja, ich habe gute Neuigkeiten für dich. *Diese* Veränderung wird dir nicht wehtun, sondern dir nur helfen." *Ich werde dir alles geben. Ich werde dir ein für alle Mal beweisen, dass du der Einzige bist, den ich will – der Einzige, den ich für immer will.*

Sie würde ihre Komfortzone ohne Hilfe eines Whiskeys verlassen müssen, doch der mögliche Lohn für dieses Wagnis wäre jede vorübergehende Unannehmlichkeit wert. Dieser Mann und das Leben, das sie zusammen führen könnten, wären all das wert.

„Harlow …"

„Nein. Sag nichts." Er würde ihr nur wehtun, würde das Messer noch ein Stückchen tiefer in die Wunde stoßen, und er brauchte Zeit, um über all das nachzudenken, was sie gesagt hatte. Sie erhob sich und gab ihm einen Kuss auf die Wange. „Verschwinde hier, damit ich duschen kann. Ich muss schließlich ein Herz gewinnen." *Deins.*

An seinem Kinn zuckte ein Muskel. Er legte die Hände auf ihre Schultern und hielt sie so fest, dass sie vermutlich blaue Flecke davontragen würde. Aber dann ließ er sie los, und sie vermisste augenblicklich seine Stärke. Ohne ein weiteres Wort verließ er den Raum und zog leise die Tür hinter sich zu.

Harlow ging ins Badezimmer, wo sie sich die Zähne putzte – zweimal – und duschte. Als sie aus der Dusche herauskam, hingen die Kleider, die Beck für sie herausgesucht hatte, von innen an der Badezimmertür. Er hatte sie offenbar gebracht, während sie sich frisch gemacht hatte, denn sie hatten nicht dort gehangen, als sie ins Bad gegangen war.

Gerissener Beck. Das Glas der Duschkabine war so beschlagen gewesen, dass sie ihn nicht bemerkt hatte – doch sie würde wetten, dass er einen schönen Blick auf sie hatte erhaschen können.

Dummer Beck. Er hatte ihr den nächsten Auftritt so viel leichter gemacht.

Das Kleid, das er mitgebracht hatte, war eins, das sie bisher noch nicht getragen hatte. Der tiefe Ausschnitt würde den oberen Rand ihrer Narben nicht bedecken, aber vielleicht würde es nichts ausmachen. Die weiße Spitze würde sich an ihre Kurven schmiegen.

Das war etwas, das sie an Beck mochte. Selbst wenn er hoffte, sie mit einem anderen Mann zu verkuppeln, mit dem er sie eigentlich nicht zusammen sehen wollte, half er ihr trotzdem, so gut wie möglich auszusehen.

Sie föhnte sich die Haare und legte Make-up auf. Als sie gerade die letzten Handgriffe erledigte, klingelte es an der Haustür.

Sie sog die Luft ein. Die ersten Gäste kamen bereits.

Jetzt oder nie.

Jemand klopfte an ihre Tür. „Bist du fertig, Baby?"

So fertig, wie ich sein kann. Entschlossen hob sie das Kinn und machte die Tür auf. Beck stand vor ihr. Er hatte geduscht und trug ein enges schwarzes T-Shirt und Jeans. Unwillkürlich lief ihr das Wasser im Mund zusammen. Er verkörperte lässige Perfektion – ein Mann, mit dem jede zusammen sein wollte. Ein Mann, den jede Frau begehrte. Als er sie musterte, lag mit einem Mal Feuer in seinem Blick. Die Luft um sie herum schien plötzlich zu knistern.

Langsam drehte sie sich für ihn um die eigene Achse. „Was denkst du?"

„Du bist so wunderschön", sagte er, und seine Stimme zitterte. Er legte eine Hand in ihren Nacken, zog sie an sich und hielt sie umschlungen. „Du bist zu hübsch für all die anderen hier."

Harlow legte die Hände auf seine Hüften. „Sag mir eins, Beck."

„Alles."

Er sah sie an, als würde er nur für sie atmen und leben. So, als könnte sein Herz ohne sie nicht weiterschlagen. So, als würde er sie lieben.

Ein Zittern erfasste sie. „Hast du, als du im Badezimmer warst, gesehen, was sich unter diesem Kleid verbirgt?“

„Ich konnte an nichts anderes mehr denken“, gab er zu.

Es war zwar ein winziger Schritt, aber immerhin ein Schritt. „Es ist noch nicht zu spät, die Party abzusagen und alle wieder nach Hause zu schicken.“ Sie stellte sich auf die Zehenspitzen und strich mit ihrer Nase über seine. Selbst mit ihren unanständig hohen Schuhen brauchte sie noch Unterstützung, um ihn zu erreichen.

In seine Augen trat ein raubtierhaftes Funkeln.

„Ich will, dass du dir jemand anders suchst. Du musst dir jemand anders suchen.“

Wieder bebte seine Stimme leicht. Dieses winzige Zittern zerschlug den Schmerz, den seine Worte sonst in ihr ausgelöst hätten.

„Such ihn dir heute aus.“

„Und wenn ich schon längst jemanden gefunden habe?“ Sie gab ihm einen kleinen Kuss auf seinen wunderbaren Mund. „Was wäre, wenn ich dich ausgesucht hätte?“

Er schloss die Augen, und sein Atem ging so abgehackt wie ihrer.

„Früher warst du einmal das Mädchen, das nur das wollte, was es nicht haben konnte. Was passiert, wenn du mich hast?“

„Ich bin nicht mehr das Mädchen von damals. Ich will dich, und ich will mit dir zusammenbleiben.“

„Wirst du das wirklich tun?“ Er schlug die Augen auf, Verzweiflung, sogar Wut standen in seinem Blick. „Du wolltest, dass ich aufhöre abzulenken und auszuweichen, und dass ich über mich rede. Also gut. Ich bin der Mann, der einmal zu oft alles verloren hat, was er liebte. Den Menschen, die meine Liebe eigentlich hätten erwidern sollen, habe ich nie genügt. Wie kann ich dir genügen?“ Er schüttelte den Kopf. „Du suchst dir einfach jemand anders, dann hört für uns beide die Sehnsucht auf. Wir werden Freunde bleiben.“

Eine herzzerreißende Aufforderung, die von dieser schrecklichen Angst durchdrungen war. Es war eine Angst, die sie nicht für ihn bekämpfen konnte. Nur er selbst konnte diesen Krieg führen.

Ein Hüsteln ließ sie aufhorchen. Beinahe schuldbewusst lösten sie sich voneinander, auch wenn Beck den Kontakt nicht ganz unterbrach, indem er einen Arm um ihre Taille schlang.

„Was?“, knurrte er den Eindringling an.

Es war Jase, wie sie jetzt bemerkte. Sein Lächeln wirkte traurig. „Deine Freunde sind hier, Beck. Und offensichtlich hat jeder der Männer angenommen, er hätte ein exklusives Date mit – ich zitiere – ‚der schönsten Frau, die Gott je erschaffen hat‘.“

So hatte er sie beschrieben? Damit setzte er sie ja gar nicht unter Druck.

„Keiner der Männer wusste also, dass es hier wie bei der *Bachelorette* zugehen würde“, fuhr Jase fort. „Sie sind ein wenig erstaunt. Wenn ihr jetzt nicht bald rauskommt, wird keiner die Chance haben, Harlow kennenzulernen, weil nämlich keiner mehr da sein wird.“

„Wir sind schon unterwegs.“ Sobald Jase um die Ecke verschwunden war, zog Beck sie wieder an sich, hielt sie fest und gab ihr einen Kuss auf die Schläfe. „Es tut mir leid. Ich … Es tut mir leid.“

Zieh die Sache jetzt so durch. „Wie hast du all diese Männer dazu gebracht zu kommen? Jeder in Strawberry Valley hasst mich …“

„Sie sind nicht aus Strawberry Valley. Du hattest kein Problem damit, dass Dorian in der Großstadt wohnt, also bin ich davon ausgegangen, dass du auch kein Problem damit haben wirst, dass diese Männer nicht von hier sind.“ Er steckte ihr eine Haarlocke hinters Ohr. „Sobald sie dich sehen, sind sie sowieso bereit hierherzuziehen.“

Romantische Worte. Süße Worte. Verhasste Worte. „Bist du dir sicher, dass es das ist, was du willst?“

Er atmete tief ein und stieß die Luft langsam wieder aus. „Nein. Aber ich bin mir sicher, dass es so sein muss, weil es das Beste ist.“

Wieder ein winziger Schritt. Doch es reichte nicht. Es reichte bei Weitem nicht. „Also gut." Bald schon würden sie wissen, wie sehr ihm gefiel, was er für das Beste hielt. „Ich werde mir einen Mann aussuchen."

Er wandte sich von ihr ab, ballte seine Rechte zur Faust und hob sie sogar an, als wollte er gegen die Wand schlagen. „Gut", entgegnete er und ließ den Arm sinken, ohne irgendeinen Schaden angerichtet zu haben. „Dann lass es uns tun."

Er führte sie durch den Flur zu den wartenden Männern.

Harlow stahl allen die Show.

Beck genoss den Blick, den er auf das selbstbewusste Mädchen erhaschte, das mittlerweile aus ihr geworden war. Er genoss es genauso, wie er es hasste.

Irgendwann während der Party, nachdem er sie den elf Singlemännern vorgestellt hatte und sich dabei wie ein Zuhälter vorgekommen war, hatte sich etwas bei ihr, an ihrem Verhalten verändert. Sie hatte sich nicht mehr an ihn geschmiegt. Sie hatte seine Hand, mit der er sich an sie geklammert hatte, nur noch locker gehalten. Schließlich hatte sie ihn ganz losgelassen und nicht einmal mehr in seine Richtung geblickt. Einige der Männer brachten sie zum Lachen.

Nun hielt sie Hof. Unfähig, den Blick von ihr zu wenden, lehnte Beck sich mit der Schulter an die Wand. Harlow stand mitten im Wohnzimmer und bot einen reizenden Anblick. Die Männer standen um sie herum und hingen wie verzaubert an ihren Lippen, als sie nun die Geschichte erzählte, wie sie den Nachbarsjungen verprügelt hatte, weil er Äpfel aus ihrem Obstgarten geklaut hatte. Ihre Mutter hatte sie in ihr Zimmer geschickt. Als ihre Mom einige Zeit später gekommen war, um nach ihrer süßen Prinzessin zu sehen und sicherzugehen, dass die Kleine ihre Lektion gelernt hatte, hatte sie Harlow dabei erwischt, wie sie aus Legosteinen einen Todesstern gebaut hatte, um damit „die ganze Farm zu zerstören".

Diese Geschichte hat sie mir nie erzählt. Er konnte sich sehr gut vorstellen, was für ein Satansbraten Harlow gewesen war. Sie beide hätten sich wahrscheinlich nichts geschenkt. Vielleicht hätten sie sich sogar zusammengetan, um gemeinsam die Welt zu erobern, wenn sie sich damals gekannt hätten.

„Meinetwegen reicht's." Jase trat zu ihm. „Hat sie schon den Richtigen gefunden?"

„Nein." Obwohl Harlow jeden Einzelnen von ihnen haben könnte – oder auch alle.

Einige planen in diesem Moment bestimmt schon, wie sie sie mir wegnehmen können.

Beck trank den Rest seines Biers aus.

West kam zu ihnen. „Da würde ich dir mal vorsichtig widersprechen, Beck, mein Lieber. Ich glaube, sie steht am ehesten auf Cooper."

Cooper Hayes. *Nein. Verdammt, nein.* Harlow würde nicht Harlow Hayes werden. „Alliteration?" *Nicht mit mir.* „Nur über meine Leiche."

„Ich werde mal so tun, als würdest du dir nicht aus lauter Verzweiflung kreative Ausreden einfallen lassen, wieso es nicht passt, wenn du mir endlich erzählst, warum zur Hölle du ihn überhaupt eingeladen hast", sagte Jase.

„Ein Moment geistiger Umnachtung."

„Ein Moment, der noch immer anhält", murmelte West.

Coop ergriff Harlows Hand, hauchte einen Kuss auf ihre Fingerknöchel und entfernte sich mit ihr von den anderen. In einer ruhigen Ecke des Raumes blieben sie stehen, und er sagte etwas, das sie zum Lachen brachte.

Beck nahm Jase das Glas mit Whiskey aus der Hand und trank es aus. Dann konzentrierte er sich auf seine Atmung. *Ein. Aus. Gut.*

„Ich werde dich das nur einmal fragen", sagte West. „Bist du dir sicher, dass es das ist, was du willst? Was du brauchst? Dass sie mit einem anderen Mann zusammenkommt? Glaubst du ernsthaft, dass deine Gefühle für sie dann nachlassen? Denk gut nach, bevor du antwortest", sagte er. „Denn ich werde dich beim

Wort nehmen. Und wenn die Antwort Ja ist, dann werde *ich* es bei ihr versuchen. Denn ernsthaft, ich heirate sie, wenn es bedeutet, dich von dieser Qual zu befreien."

West und Harlow? Niemals!

Coop wollte sie berühren, und Harlow wich zurück. Sie fing sich wieder und blieb stehen, während Coop eine ihrer seidigen Locken durch seine unwürdigen Finger gleiten ließ.

Vor ihm wich sie nicht zurück, überlegte Beck. Sie schmiegte sich sogar an ihn. Doch wie lange noch? Wann würde sie anfangen, bei einem anderen Mann Trost zu suchen?

Fasziniert beobachtete er, wie sie die Locke aus Coops Griff löste. Obwohl sie kurz erschrocken war – der Kerl war einfach zu schnell für sie gewesen –, war ihr Lächeln nun aufrichtig und so süß wie Honig, als sie mit ihm sprach.

Verliebte sie sich gerade in ihn?

Das kann sie nicht. Sie gehört mir.

Die Worte hallten in seinem Kopf wider, und ausnahmsweise kämpfte er nicht dagegen an, ließ sie sein Bewusstsein erfüllen, testete ihre Wahrheit. *Sie gehört mir. Mir. Miiir.*

Stimmte das?

Er hasste die Vorstellung, dass sie mit einem anderen Mann zusammen war, und er hasste sich selbst dafür, sie in diese Richtung gedrängt zu haben. Er war am glücklichsten, wenn er mit ihr zusammen war. Er litt, wenn sie getrennt waren – und es würde niemals aufhören.

Beck rechnete mit einem Gefühl der Panik, mit dem verzweifelten Wunsch zu fliehen und der Frau zu entkommen, die drohte das Leben, wie er es kannte, zu zerstören. Doch als er ihren Anblick in sich aufnahm – die Augen, in denen er ertrinken wollte, die Haut, die er so gern berühren würde, dass er dafür seine Seele verkauft hätte –, empfand er nur herzzerreißendes Verlangen.

Veränderung? Immer her damit!

Er war ein Feigling gewesen, wie sie richtig bemerkt hatte. Er hatte die Wahrheit geleugnet, weil er zu große Angst vor den

Möglichkeiten gehabt hatte. Doch ihm wurde klar, dass er ihr niemals erlauben würde, sich einen anderen Mann zu suchen. So entschieden, wie er sie in diese Richtung gedrängt hatte, hatte er auch Hindernisse geschaffen. Sogar heute hatte er jeden der Männer gewarnt. Schmerzen erwarteten jeden, der ihr auch nur ein Haar krümmte oder ihr irgendwie wehtat.

Sie gehört mir. Es war an der Zeit, sich zu nehmen, was ihm gehörte.

„Raus“, brüllte er unvermittelt.

Alle Blicke richteten sich auf ihn.

„Raus. Sofort.“

„Endlich.“ West grinste, bevor er seine finsterste Miene aufsetzte. „Ihr habt den Mann gehört. Raus!“

„Zwingt mich nicht dazu, euch zum Gehen aufzufordern.“ Wie eine Planierraupe fing Jase an, die Leute Richtung Tür zu treiben.

Mit entsetztem Blick folgte Harlow ihrem Begleiter Coop.

„Du nicht, Baby“, sagte Beck und durchquerte das Wohnzimmer.

Ihre Augen wurden groß, als er sich ihr näherte. Verdammt, sie war so reizend. Von Natur aus sinnlich. *Und sie gehört mir allein.*

Ohne stehen zu bleiben, nahm Beck ihre Hand und führte Harlow in den Flur. Für sie war er bereit, sich in den goldenen Käfig zu begeben, den man Beziehung nannte. Er konnte sie einfach nicht gehen lassen.

„Was ist los?“, wollte sie wissen.

„Das hier hätte ich schon vor Wochen tun sollen.“ Mit einem Fußtritt schloss er die Schlafzimmertür hinter ihnen. Dann drehte er Harlow zu sich um und drängte sie mit dem Rücken an die Tür. Die finstere Anspannung, die ihn in den vergangenen Wochen fest im Griff gehabt und unter der er gelitten hatte, schwand endlich und wurde von einer anderen, viel angenehmeren Anspannung ersetzt.

„Beck.“

Harlow keuchte erschrocken, und er nutzte den Moment und presste seine Lippen auf ihren leicht geöffneten Mund. Er musste sie schmecken. Doch sie erwiderte seinen Kuss nicht; sie schob ihn von sich. Zumindest versuchte sie es. Er rührte sich nicht.

„Nein.“ Sie schüttelte den Kopf. „Ich werde nicht zulassen, dass du mir das antust. Wenn dir gerade danach ist, küsst du mich, und im nächsten Moment, wenn die Angst kommt, willst du, dass ich mir einen anderen Mann suche. Tja, ich lasse mich nicht so behandeln. Ich verschwinde.“ Sie drehte ihm den Rücken zu und zog am Türknauf.

„Jetzt, da du bekommst, was du immer wolltest, hast du Angst? Das ist ein Jammer, Baby.“ Beck stützte sich an der Tür ab, sodass Harlow sie nicht aufziehen konnte.

„Ich bekomme, was ich immer wollte?“ Über die Schulter hinweg warf sie ihm einen wütenden Blick zu. „Du hast mich angemacht und mir dann gesagt, ich soll mir jemand anders suchen. Jetzt machst du mich schon wieder an. Was passiert morgen?“

„Ich werde dich nicht in die Arme eines anderen drängen. Nicht schon wieder.“ *Nie mehr.*

Ihr Kinn begann zu beben, dann zitterte sie am ganzen Körper.

„Weine nicht. Bitte, weine nicht.“

Überwältigt und resigniert legte sie die Stirn an die Tür. „Du warst immer gut darin, die richtigen Dinge zu sagen, aber nicht so gut darin, den Worten auch Taten folgen zu lassen.“

„Es tut mir leid. Mir war nicht klar, wie schwer es sein würde, dich mit anderen Männern zusammen zu sehen. Ich habe innerlich gekocht und wollte einen eiskalten Mord begehen. Du gehörst zu mir, und niemand sonst soll dich jemals haben. Heute Nacht werde ich es beweisen. Du wolltest eine Beziehung, eine Bindung, Verbindlichkeit“, sagte er. „Genau genommen, hast du auf alldem bestanden, und wenn das der einzige Weg ist, dich zu bekommen, dann soll es so sein. Wir sind zusammen. Ich werde dich niemals belügen, und ich erwarte dasselbe von dir. Ist das für dich so annehmbar?"

Langsam drehte sie sich zu ihm um. In ihren Augen stand ein erschrockener, verwunderter, hoffnungsvoller Ausdruck und löschte die Wunden tief in seinem Innersten aus.

„Beck …"

„Sag Ja. Im Moment ist das alles, was zählt."

„Ich … ja", flüsterte sie.

Gut. „Jetzt zieh dich aus."

19. KAPITEL

Irgendetwas an Becks Worten störte Harlow. *Wenn das der einzige Weg ist, dich zu bekommen, dann soll es so sein.* Doch im Augenblick war sie zu durcheinander, zu abgelenkt, um sich darüber Sorgen zu machen. Sie und Beck waren tatsächlich zusammen. Er steckte mit drin – gemeinsam mit ihr.

„Ich weiß, dass du in solchen Dingen keine Erfahrung hast." Sein eindringlicher Blick strafte die Zärtlichkeit seines Tonfalls Lügen. „Aber ich bin kurz davor, den Verstand zu verlieren. Ich muss dich jetzt nackt sehen. So schnell wie möglich. Zieh dich aus, Baby."

Mit zitternden Händen griff sie nach dem Oberteil ihres Kleides. Sie musste den Stoff eigentlich nur abstreifen, doch sie zögerte. So verletzlich, wie sie sich fühlte, wollte sie es nicht selbst tun.

Sie ließ die Arme sinken und flüsterte: „Zieh du es mir aus."

Erfahren, wie er war, schob er die Finger in den Ausschnitt des Kleides und zog mit einem einzigen Ruck den Stoff hinunter, der schon im nächsten Moment zu ihren Füßen auf dem Boden lag. Nun trug sie nur noch Unterwäsche und die hohen Schuhe.

„Steig aus dem Kleid."

In dem Moment, als sie gehorchte, hatte er bereits ihren BH geöffnet. Er fiel ebenfalls zu Boden, und Becks glühender Blick ruhte auf ihren Brüsten. Ihre Nippel richteten sich beinahe schmerzhaft auf.

„Diese beiden Schmuckstücke sind nur für mich da." Er umfasste ihre Brüste und strich mit den Daumen über die Brustspitzen. Er war immer ein guter Verführer gewesen, doch heute, in diesem Moment, war er die fleischgewordene Sinnlichkeit – und unglaublich unwiderstehlich.

„Sie sind klein", sagte sie. Immerhin wusste sie, dass er mit ausgesprochen vollbusigen Schönheiten wie Tawny zusammen gewesen war.

„Sie sind perfekt. Sie sind alles, was ich wollte, seit ich dir begegnet bin. *Du* bist alles, was ich je wollte."

Er fiel auf die Knie, zog ihr beinahe ehrfürchtig einen Schuh nach dem anderen aus und strich dann mit der Zungenspitze am Bund ihres Höschens entlang, bis er den Stoff schließlich zwischen die Zähne nahm. Vorsichtig zog er den Slip hinunter, bis das Teil bei den anderen Sachen auf dem Boden landete.

Ihre Haut war erhitzt. Sie bekam eine Gänsehaut. Ein Beben breitete sich in ihrem Innersten aus, während Lust sie übermannte. Sie wünschte sich nur noch dahinzuschmelzen, sich an ihn zu schmiegen, mit ihm zu verschmelzen.

„Ich will dich auch sehen", sagte sie.

„Das wirst du. Vertrau mir."

Er stand auf, legte ihre eine Hand in den Nacken und die andere kurz über ihrem Po auf den Rücken. In einer fließenden Bewegung zog er sie an sich, neigte den Kopf und nahm ihren Mund in Besitz. Seine Zunge drängte sich an ihre, gab und forderte, und als sie seiner Aufforderung nachkam und mutig seinen Mund erkundete, verlor er fast den Verstand und nährte ihre stürmische Leidenschaft. Der Kuss hätte ihren Hunger stillen sollen, doch er verstärkte ihn nur noch.

Beck ging, ohne den Kuss zu unterbrechen, mit ihr zum Bett, und als sie die Matratze an ihren Knien spürte, legte sie sich hin. Er folgte ihr nicht sofort, sondern blieb zwischen ihren gespreizten Beinen stehen. Sein Atem ging flach und schnell, hohl, und die Anspannung zeigte sich deutlich in seinen Zügen. Seine Pupillen waren vor Lust so geweitet, dass seine Augen fast schwarz wirkten – wie eine stürmische Nacht.

Er packte den Kragen seines Shirts und zog es aus. Mit freiem Oberkörper stand er vor ihr. Sein Bauch war muskulös, seine Brustwarzen waren klein und braun. Er sah so stark aus. Sie wollte der Linie aus dunklen Haaren mit goldenen Spitzen mit der Zunge dorthin folgen, wo sie unter den Hosenbund verschwand.

„Lass mich." Sie setzte sich auf. Ohne den Blick von seinem

Gesicht zu wenden, machte sie seine Hose auf. Er trug Boxershorts und seine Erektion drängte sich gegen den Stoff. Sie dachte daran, wie er vor ihr auf die Knie gesunken war, und daran, was sie mit *ihm* anstellen könnte. Unwillkürlich leckte sie sich über die trockenen Lippen.

Beck legte die Finger noch etwas fester um ihren Nacken. „Küss mich“, raunte er, und sie wusste, dass er sich danach sehnte, dass sie es tat. „Küss mich und hör nie mehr damit auf.“

„Ja.“ Sie streifte ihm die Boxershorts ab und befreite so auch den Rest von ihm, dann beugte sie sich vor und leckte genüsslich über die Spitze.

Beck erschauerte, strich mit den Fingern durch ihr Haar und krallte sie hinein. Harlow ließ ihn wieder und wieder ihre Zunge spüren, bis sie ihn schließlich so tief in den Mund nahm, wie sie konnte.

Ein Stöhnen entrang sich Becks Kehle. „Genau so, Baby. Ganz genau so.“

Harlow hob den Kopf und sagte mit rauer Stimme: „Ich habe das hier noch nie gemacht. Sag mir, wenn ich etwas tue, das dir nicht gefällt.“

„Wenn du es tust, gefällt mir alles.“

Mit einem Finger strich er zart über ihre Wange. Der Ausdruck auf seinem Gesicht war unglaublich zärtlich und liebevoll.

„Nimm ihn noch einmal tief in den Mund und lass dabei die Zunge über die Unterseite gleiten. Und wenn du dich wieder zurückziehst, saug, so stark du kannst.“

Sie befolgte seine Anweisungen, und er stöhnte noch lauter auf. Ermutigt machte Harlow weiter und steigerte das Tempo.

„Du machst das so gut, Baby. Du machst mich so heiß.“

Sein Stöhnen klang inzwischen angestrengt und abgehackt … bis er schließlich nur noch keuchte. Ihre Erregung schien den Raum zu füllen. Seine Reaktion auf ihre Liebkosungen entfachte bei ihr ein loderndes Feuer. Doch unvermittelt legte er eine Hand um ihr Kinn und hob langsam ihren Kopf an.

„Ich bin noch nicht fertig“, sagte sie.

„Wenn du so weitermachst, bin ich es aber gleich. Leg dich hin."

Mit einer Frau, die er tatsächlich *kannte*, war Beck seit einer Ewigkeit nicht im Bett zusammen gewesen. Genau genommen, war das bisher nie vorgekommen … Ihm war nicht bewusst gewesen, dass die zärtlichen Gefühle, die er für Harlow entwickelt hatte, der Erfahrung eine erschreckende Tiefe verliehen, eine Verbundenheit, von der er nicht leugnen konnte, dass er sie genoss.

Sie legte sich zurück. Ihr sinnlicher Körper war bereit für ihn, offen, verletzlich.

„Beck …"

Ihr leises Flehen löste etwas bei ihm aus. Vielleicht, weil er wusste, dass sie nicht immer so klang. Vielleicht, weil er wusste, dass niemand je zuvor diese Sehnsucht bei ihr geweckt hatte und dass er allein die Macht besaß, sie in Versuchung zu führen.

Und sie allein besaß die Macht, ihn zu bändigen.

Er zog seine Schuhe aus, schlüpfte aus seiner Jeans und der Unterwäsche und legte sich zu ihr. Er betrachtete sie und nahm die Begierde, die in ihren Augen stand, in sich auf.

Mit ihren weichen, anmutigen Händen strich sie über seine Arme. Diese Berührung bedeutete ihm mehr als jede andere Intimität zuvor, ging ihm unter die Haut und durchdrang ihn vollkommen. Unter dieser Berührung erzitterte er.

„Hast du Zweifel? Willst du es dir noch mal überlegen?", fragte sie unsicher.

„Niemals." Eine Schweißperle rann ihm über die Schläfe und tropfte auf Harlows reizende Schulter. „Das letzte Mal ist schon eine Weile her, und ich möchte, dass es für dich perfekt und unvergesslich wird."

Ihr Lächeln war süß und verheißungsvoll, wie ein Sonnenstrahl in einem tosenden Sturm.

„Es passiert mit dir, also ist es längst perfekt."

Es war ihr Ernst. Er wusste, dass sie es ernst meinte. Er vertraute ihr, wie er noch nie einer Frau vertraut hatte.

„Aber“, sagte sie und nagte an ihrer Unterlippe, „was meinst du damit, dass das letzte Mal schon eine Weile her ist?“

Er küsste sie so zärtlich, wie er konnte. Der Kuss zeugte von Ehrfurcht und Leidenschaft – einer Leidenschaft, die er kaum noch im Zaum halten konnte. „‚Eine Weile‘ bedeutet: seit dem Tag, an dem ich dich getroffen habe.“

Als sie überrascht aufkeuchte, schaffte er es nicht, sich länger zurückzuhalten. Er küsste sie und ließ seinem Verlangen freien Lauf. Ihre Zunge rang mit seiner und erwiderte seinen Enthusiasmus, seine Stärke. Er verlor sich in diesem Kuss, ließ sich von den Empfindungen mitreißen und davon verzehren. Er musste sich keine Sorgen machen, dass sie zu viel von ihm verlangen würde. Er hatte ihr schon alles gegeben. Er musste weder die Uhr im Blick behalten noch musste er sich fragen, wie er sich davonstehlen könnte, wenn es vorbei wäre. Er war genau dort, wo er sein wollte. Und das mit der Frau, mit der er zusammen sein wollte.

„Was soll ich tun?“, fragte sie atemlos. „Was auch immer es ist, ich werde es tun.“

„Atme einfach weiter, Baby!“

Harlow war erregter als je zuvor in ihrem Leben. Sie verspürte eine Sehnsucht, die sich anfühlte, als hätte sie bisher nie erfahren, was Erfüllung, was Befriedigung bedeutete. Sie rechnete damit, jede Sekunde in Flammen aufzugehen. Doch als sie seine Worte hörte – *atme einfach weiter, Baby!* –, wäre sie beinahe in Tränen ausgebrochen.

Hatte je ein Mann eine Frau so beglückt, wie Beck sie beglückte?

Er machte die unterste Schublade seines Nachttischchens auf und nahm drei Kondome heraus.

„Äh … Vielleicht überschätzt du mein Durchhaltevermögen ein wenig“, sagte sie.

„Oder du unterschätzt meins.“ Er hauchte eine Spur von Küssen bis hinunter zu ihren Brüsten. Hingebungsvoll widmete er sich dabei den Narben und liebkoste sie, damit sie heilten. Dann saugte er nacheinander an ihren Nippeln und wechselte immer wieder, bis Harlow anfing, sich unruhig unter ihm zu winden.

„Jetzt sehen wir mal nach, wie es dir gefallen hat, mich mit dem Mund zu verwöhnen, ja?“ Er stieß mit einem Finger in sie. „Oh Baby. Es hat dir gefallen. Sehr sogar.“

„Das stimmt.“ Sie umklammerte sein Handgelenk und hielt seine Hand dort fest, wo sie war. „Hör nicht auf. Bitte, hör nicht auf.“

„Lieber würde ich sterben. Aber du brauchst etwas anderes, und ich werde es dir geben.“

„Ja. Ja. Bitte.“

„Halt dich über deinem Kopf am Bettgestell fest.“

Sie gehorchte und schlang die Finger um die kunstvoll gearbeiteten Messingstangen. Mit den Hüften drängte er ihre Knie auseinander. Weiter auseinander. Und noch weiter auseinander. Sie versuchte, die Beine um seine Taille zu schlingen, aber er wollte nichts davon wissen, sondern spreizte ihre Schenkel, so weit es ging.

„Ich will dich sehen“, sagte er. „Ich muss dich sehen. Alles von dir.“

Kühle Luft strich über ihren Schoß, und sie erschauerte unwillkürlich. Langsam und bedächtig nahm er ihren Anblick in sich auf. Und in diesem Moment war die Welt um sie beide herum vergessen. Es gab nur noch sie und ihn, und es war die süßeste Qual, die sie je erlebt hatte.

Er schob einen Finger in sie und stieß gleich mit einem zweiten hinterher. Sie wurde gedehnt, und es brannte. Dennoch reichte es nicht. Sie brauchte mehr. Sie brauchte ihn. Nur ihn. Für immer.

„Du hast gesagt … etwas anderes.“

„Du bist so wunderschön“, entgegnete er leise. „Ich habe beschlossen, noch ein bisschen mit dir zu spielen.“

Beck legte sich eins ihrer Beine über seine Schulter, neigte den

Kopf und saugte dann genau dort an ihr, wo sie sich nach seiner Berührung sehnte … Ihre Gedanken überschlugen sich, bis sie nicht mehr klar denken konnte. Ihre Lust steigerte sich ins Unermessliche. Ihr wurde schwindelig.

Sie schloss die Augen. Sie war diesem Mann, der ihr Herz gestohlen hatte, schutzlos ausgeliefert, verletzlich. Jetzt würde er nach ihrem Herzen auch noch Besitz von ihrem Körper und ihrer Zukunft ergreifen. Als er sein Handgelenk etwas anwinkelte und den Druck erhöhte, fürchtete sie fast zu explodieren. Es brannte, doch die Lust übertönte alles andere. Harlow ließ die Hüften kreisen und nahm seine Finger tiefer in sich auf.

„Du bist mein Tod, Baby."

„Keine Sorge", keuchte sie. „Du bist nicht allein – wenn du gehst, nimmst du mich mit."

Er spielte weiter mit ihr. Ihr Körper zuckte, und sie flehte ihn an. Sie ließ das Betthaupt los und krallte die Finger in sein seidiges Haar. Aber er forderte sie auf, sich wieder festzuhalten, und sie gehorchte. Das Versprechen der Erlösung und der Erfüllung war zum Greifen nahe. Doch er hielt sich noch zurück.

„Hör auf, mich zu quälen!", stöhnte sie schließlich.

Sein heiseres Lachen klang angespannt und war wie eine Liebkosung auf ihrer empfindlichen Haut.

„Da ich heftiger kommen werde als je zuvor, wirst du es auch."

Unvermittelt spreizte er die Finger in ihr. Diese kleine Bewegung hätte fast gereicht, um sie zum Höhepunkt zu bringen – aber eben nur fast. Und während sie auf die Erlösung wartete, verlor die Qual alles Süße. Es war schmerzhaft, nicht das zu bekommen, was sie am meisten brauchte. Sie stieß enttäuscht einen Laut aus.

Ein letztes Mal leckte er sie, bevor er sich ganz aus ihr zurückzog.

So leer. „Nein, nein", protestierte sie. „Zurück. Ich will sie wieder in mir spüren."

„Ich gebe dir etwas Besseres – so, wie ich es versprochen habe.“

Als er nun auf ihr lag und sich neben ihr abstützte, fiel das Licht vom Deckenventilator auf ihn. Die Schweißperlen auf seiner Haut glitzerten. Er sah aus, als würde das alles ihn genauso verrückt machen wie sie.

Unter ihrem aufmerksamen Blick riss er mit den Zähnen eins der kleinen Päckchen auf, die er vom Nachttisch genommen hatte. Er stützte sich mit einer Hand ab und streifte sich mit der anderen das Kondom über. Wieder berührten seine Finger sie zwischen den Schenkeln, doch statt sie in sie zu schieben, drängte er seinen Schaft an sie.

„Ich will dir nicht wehtun.“ Er drückte ihr einen Kuss auf die Stirn, auf die Wange, auf die Nasenspitze. Vorsichtig drang er ein Stückchen in sie ein. Das Brennen, das sie verspürte, als er sie dehnte, kündigte an, was sie zu erwarten hatte. Sie wollte, sie *brauchte* mehr.

Harlow stemmte die Füße in die Matratze, um besseren Halt zu haben, hob die Hüften an und nahm ihn noch ein Stück in sich auf.

„Du bist so eng“, sagte er rau. „Geben wir dir eine Minute, damit du dich an mich gewöhnst.“

Eine Minute wäre für sie wie eine unerträgliche, unendliche Ewigkeit. Die Leidenschaft hatte längst ihre Hemmungen niedergebrannt. Sie ließ sich nun von ihren Instinkten leiten. *Du willst mehr? Dann nimm es dir.* Sie griff in sein Haar, zog ihn an sich und küsste ihn. Die Verzweiflung, die Ungeduld, die Sehnsucht, die sich in diesem Akt spiegelten, entrangen ihm ein Aufstöhnen. Ihre Zunge schien ein Duell mit seiner auszufechten. Harlow war feucht, heiß, und dieser Kuss machte sie noch feuchter, noch heißer. Doch sie spürte auch, wie Becks Selbstbeherrschung mehr und mehr ins Wanken geriet. Er begann vorsichtig die Hüften zu bewegen und drang weiter in sie … nur ein bisschen tiefer …

„Beck!“

„Das ist so gut. Du nimmst mich so perfekt auf."

„Du bist so groß", keuchte sie.

Er lachte leise, und es klang halb amüsiert, halb gequält. „In ein paar Minuten wirst du mir für die Größe dankbar sein."

„Angeber! Mach weiter."

Er schob die Hüften vor und drang in sie. *Wow.* Kein Wunder, dass er es langsam angehen lassen wollte. Schmerz drohte die Lust zu übertönen. Eigentlich wollte sie ihn verfluchen, aber sie wusste, dass er, sobald sie auch nur zuckte, sofort aufhören und versuchen würde, sie besser vorzubereiten. Und das konnte sie auf keinen Fall zulassen. Sie würde es nicht überleben. Im Übrigen gehörte dieser Mann jetzt ihr. Sie würde ihn bekommen – und zwar alles von ihm. Auf der Stelle.

Sie sah keinen anderen Weg, als seinen Hintern zu umklammern, ihn an sich zu ziehen und gleichzeitig ihr Becken anzuheben. Er drang ganz in sie ein, und sie schrie auf – es war eine Mischung aus Überraschung, aus Schmerz und Lust. Doch endlich war er in ihr, erfüllte sie. Er war mit ihr verbunden. Sie waren eins.

Und die Verletzlichkeit, die sie zuvor gespürt hatte? Sie war nichts, verglichen mit dem, was sie nun empfand.

„Geht es dir gut? Sag mir, dass es dir gut geht."

Zumindest war er bei ihr. Die Anspannung stand ihm ins Gesicht geschrieben und zeigte seine Fürsorge – und animalische Begierde. Um diese Begierde zu stillen, würde er wahrscheinlich alles tun. Er war ein Mann, der kurz davor war, das zu bekommen, was er wollte, und dennoch war die Erfüllung noch außer Reichweite. Wie lange würde seine Selbstbeherrschung anhalten?

Ein Schauer durchzuckte sie, und sie sagte: „Mach weiter." Der Schmerz ließ schon nach. Auffordernd rieb sie mit den Beinen über seine Seiten. „Bring es zu Ende."

Er schob eine Hand unter ihr Knie, brachte sie in die richtige Position und übte leichten Druck aus, während sie ihren Unterleib an ihn presste. Dann fing er an, sich in ihr zu bewegen. Zuerst langsam – nur ein Vorgeschmack dessen, was kommen würde, und reizte ihre sensibelsten Stellen. Dann stieß er tief in sie, unglaublich tief, und entlockte ihr ein lustvolles Keuchen.

„Gefällt dir das?“ Er kniete sich hin, drückte auch noch ihr anderes Bein zur Seite und hoch, sodass ihre Schenkel weit gespreizt waren, und wieder drang er in sie.

„Beck!“

Sein Daumen fand ihre Lustperle und streichelte sie kreisend. Ihre Erregung stieg ins Unermessliche. *So kurz davor. Fast da.* Er verstärkte den Druck seines Daumens. *Ja!* Der Höhepunkt riss sie mit sich. Sie schrie auf und verlor sich im Rausch der Empfindungen.

„Sieh dich an“, sagte Beck. Er klang überwältigt, ehrfürchtig, beinahe ein wenig düster. „Sieh dich an, Baby.“

Dann wurden seine Stöße härter, viel härter, und mit seiner Selbstbeherrschung war es vorbei.

Er war wild, fast brutal, und sie liebte es. Sie liebte es, ihn anzusehen. Sie liebte es, das Objekt seiner Begierde zu sein. Seine Augen funkelten, und seine Erregung steigerte sich. Seine Lippen wirkten gerötet und leicht geschwollen von den leidenschaftlichen Küssen. Er war wie ein unvergleichlicher Traum. Und er gehörte ihr.

„Harlow“, rief er, stieß ein letztes Mal in sie und packte ihre Hüften. Die Anspannung in seinen Zügen ließ allmählich nach, als er nun kam.

Schließlich sank er auf sie und rollte zur Seite, um sie nicht zu erdrücken. Da er sie nun nicht mehr in seinen starken Armen hielt, fühlte sie sich zu schwach, um sich an ihm festzuhalten, und sank ebenfalls auf die Matratze. Eine Weile lagen sie einander gegenüber, und nur ihre flachen, schnellen Atemzüge waren zu hören.

„Das war …“, sagte sie.

„Weltbewegend?“

„Ganz okay, wollte ich sagen.“ Sie verkniff sich ein Grinsen.

Beck gab ihr einen Klaps auf den Po. „Wenn Sie nicht vorsichtig sind, Miss Glass, werde ich noch mal von vorn beginnen, und ich werde nicht aufhören, bis Sie die Wahrheit zugeben."

„Nein, nein", erwiderte sie mit gespieltem Entsetzen. „Alles, nur das nicht." Dann nagte sie an ihrer Unterlippe. „*Werden* wir es denn wiederholen?"

„Auf jeden Fall."

„Wann?"

„Ungeduldig?"

„Ja!"

„Du wirst wund."

„Das ist mir egal."

Er strich ihr das Haar aus der Stirn. Plötzlich starrte er seine Hand an und hielt inne, als hätte er etwas getan, das er niemals hätte tun sollen. Ein panischer Ausdruck huschte über sein Gesicht, bevor er seine Empfindungen wieder hinter einer undurchdringlichen Fassade verbarg. Er erhob sich aus dem Bett und entsorgte das Kondom.

„Was ist los?", fragte sie. Angst vertrieb die wundervolle Befriedigung. Sie setzte sich auf und hielt die Decke vor ihrer Brust fest. Mit einem Mal fühlte sie sich so nackt und entblößt nicht mehr wohl.

Er legte sich wieder zu ihr ins Bett und drehte sie herum, sodass ihr Rücken an seine Vorderseite geschmiegt war. Dann schlang er einen Arm um sie und schob ein Bein zwischen ihre Beine.

„Runde zwei wird warten müssen. Ich bin müde, und ich brauche eine Mütze voll Schlaf. Ruh dich auch aus. Wir werden die Details morgen früh besprechen, wenn wir aufwachen."

Details? „Welche Details?"

Er gab ihr einen Kuss auf die Ohrmuschel. „Wir besprechen sie morgen früh. Jetzt schlaf."

Wie sollte sie nach diesen rätselhaften Worten Schlaf finden?

20. KAPITEL

Becks Worte quälten Harlow, während sie versuchte, zur Ruhe zu kommen. Sie quälten sie, als sie und Beck allein in der Küche zu Abend aßen und er sie fütterte. Sie quälten sie, als sie zurück ins Bett krochen und fernsahen. Sie quälten sie, als sie noch einmal Sex hatten. Und sie quälten sie, als Beck friedlich einschlief.

Als der nächste Morgen kam, hatte der Nebel der Begierde sich gelichtet. Ihre Gedanken waren so klar wie schon lange nicht mehr – eigentlich wie seit ihrer ersten Begegnung nicht mehr.

Wir werden die Details morgen früh besprechen, wenn wir aufwachen. Und bevor er mit ihr geschlafen und ihr diese wundervolle Nacht geschenkt hatte, hatte er noch etwas gesagt. *Wenn das der einzige Weg ist, dich zu bekommen, dann soll es so sein.*

„Das" bedeutete in diesem Zusammenhang Bindung, Hingabe, eine Beziehung.

Die Erkenntnis tat weh. Beck hatte sich nicht auf diese Beziehung eingelassen, weil er sie liebte oder auch nur mochte. Er hatte sich nicht darauf eingelassen, weil er den Gedanken nicht ertrug, ohne sie zu sein. Er hatte es getan, weil es der einzige Weg war, sie in sein Bett zu locken und mit ihr zu schlafen.

Mit anderen Worten: Er fühlte sich, als hätte sie ihn in die Enge getrieben.

Wie sähe ihre Zukunft aus, wenn er sich von ihr bedrängt und in die Falle getrieben fühlte? Was würde passieren, wenn er sie dafür verachten würde? *Wenn,* nicht *falls.* Die Verbitterung würde ihre spitzen Dornen zeigen – das würde passieren. Und all diese schmerzhaften Dornen wären auf sie gerichtet. Dann würde Hass folgen. Konnte sie ihm das wirklich antun? Konnte sie sich selbst das antun?

Die Sache zwischen ihr und Beck war schon zum Scheitern verurteilt, bevor sie richtig begonnen hatte.

Aber falls sie ihn verlassen würde, falls sie weggehen würde, würde sie die Flammen seiner Angst nur noch weiter anfachen. Konnte sie das verantworten?

Sie mussten miteinander reden.

Vorsichtig löste sie sich aus seiner Umarmung und tapste ins Badezimmer. Sie bemühte sich, nicht in Panik auszubrechen, während sie sich die Zähne putzte und anschließend ein Shirt und eine Sweathose von ihm anzog.

„Harlow?" Es war Becks Stimme, in der Aufregung und Angst mitschwangen.

Weil sie nicht bei ihm war?

Hoffnung keimte auf wie die einzige Rose in einem unbarmherzigen Winter. *Bitte, bitte begehre mich so, wie ich dich begehre.*

Sie riss sich zusammen, sodass ihre Miene ruhig und undurchdringlich wirkte. Dann öffnete sie die Badezimmertür. „Ich bin hier."

Er hatte die Beine über die Bettkante geschwungen, doch als sie ihn nun ansprach, wandte er den Kopf in ihre Richtung, und seine Aufregung und die Angst schwanden. Er war nackt und sah atemberaubend aus. Sein Oberkörper war komplett zu sehen, der beeindruckende untere Teil war halb von der Decke verborgen, die sie sich geteilt hatten.

Beck lächelte sie an. Es wirkte wie eine freche Einladung zu Runde drei. Sein Haar war vollkommen zerzaust, und die goldenen Spitzen leuchteten in der Morgensonne, die ins Zimmer fiel. Seine Bartstoppeln waren ein bisschen dichter geworden, und ihre Haut sehnte sich schon nach dem Kitzeln.

„Ich glaube, es ist klar, dass ich nicht geplant hatte, allein in diesem Bett aufzuwachen", sagte er.

Tu es, bevor du einen feigen Rückzieher machst. „Macht es dich glücklich, über eine gemeinsame Zukunft mit mir nachzudenken, Beck?"

Sein Lächeln wirkte mit einem Mal getrübt. „Zuerst einmal spiele ich ernsthaft mit dem Gedanken, dir den süßen kleinen

Hintern zu versohlen. Danach werde ich dir zeigen, wo du eigentlich hättest sein sollen, als ich meine Augen aufgemacht habe – und was du eigentlich hättest tun sollen."

Ihr Magen zog sich zusammen und verkrampfte sich. „Bitte. Beantworte meine Frage."

Das Lächeln erstarb, und er rieb sich die Brust. „Warum machen wir jetzt diese Fragestunde, wenn es doch so viele andere Dinge gibt, die wir tun könnten? Bessere Dinge."

Dann versuchen wir es anders. „Gestern Nacht hast du erwähnt, dass es Details gäbe, die wir noch nicht besprochen hätten. Was für Details?"

Er klopfte neben sich auf die Matratze. „Das einzige Detail, über das ich im Moment nachdenke, ist deine Distanz zu mir. Komm her."

„Welche Details?", beharrte sie.

„Und deine Klamotten", fuhr er fort, als hätte sie gar nichts gesagt. „Zieh sie aus."

„Beck. Ich bitte dich."

Er stand auf und sah aus wie ein Krieger, der Anspruch auf die Kriegsbeute erheben wollte.

Anspruch auf mich.

„Ich schreibe das deiner Unerfahrenheit zu", sagte er und umfasste seine Erektion, „aber Männer mögen es, morgens Sex zu haben, und ich werde es beweisen."

Sie hätte beinahe nachgegeben und wäre zu ihm gegangen. Es wäre leichter und auch sehr viel erfreulicher. „Fühlst du dich von mir bedrängt und in die Falle gelockt?", fragte sie geradeheraus.

Unter einem seiner Augen, in denen ein aufgewühlter Ausdruck stand, zuckte ein Muskel. Er kam zu ihr und nahm ihr Gesicht in beide Hände. „Warum machst du das?"

Das war keine Antwort. „Ich habe das Recht, es zu wissen."

„Ich bin in einer Beziehung mit dir, schon vergessen?"

„Ja, aber nur, weil es der einzige Weg war, um mich in dein Bett zu bekommen und mit mir zu schlafen."

Der Muskel unterhalb seines Auges zuckte noch schlimmer.

„Und du wirst nicht glücklich mit dem, was ich dir geben kann?“

„Was willst du mir denn geben, Beck? Du hast es mir nie gesagt. Irgendwann in der Zukunft eine Hochzeit?“

Er schürzte die Lippen und ließ die Arme sinken. „Ich gebe dir diesen Augenblick. Hier und jetzt. Und morgen. Was im Übrigen mehr ist, als ich je einer anderen Frau gegeben habe.“

„Und was ist mit übermorgen?“

Er rieb sich wieder die Brust. „Ich weiß es nicht.“

Die Flamme der Hoffnung erstarb. „Willst du mir damit sagen, dass das hier quasi probehalber läuft? Das ist das Detail, das du mit mir besprechen wolltest?“

Beinahe trotzig entgegnete er: „Jede Beziehung läuft irgendwie probehalber, Harlow. Niemand weiß, ob es für immer halten wird – vor allem nicht zu Beginn.“

„Aber sie wissen, was sie geben und was sie weiterhin zurückhalten wollen.“ Sie atmete tief durch. „Macht es dich glücklich, über eine gemeinsame Zukunft mit mir nachzudenken, Beck?“, fragte sie wieder.

„Genug jetzt. Lass uns …“

„Macht es dich glücklich?“

„Du willst nicht, dass ich dir eine Antwort darauf gebe, Baby.“

„Doch, das will ich. Das will ich wirklich.“

„Also gut.“ Er fuhr sich mit der Zunge über die Zähne. „Wenn ich mir die Zukunft vorstelle, sehe ich Unheil und Verderben. So ist es. Das ist alles, was ich je gesehen habe.“

Das war die Bestätigung ihrer schlimmsten Furcht – es war schmerzhafter, als eine Kugel direkt ins Herz zu bekommen.

Sie hatte nur die Wahl, ihn jetzt zu verlieren oder später. Sie konnte das Pflaster schnell abziehen oder die Wunde darunter eitern lassen.

Ich darf nicht zusammenbrechen. Nicht hier, nicht jetzt. „Ich will dich mit jeder Faser meines Körpers, aber ich will nicht mit einem Mann zusammen sein, der das Gefühl hat, ich hätte ihn in eine Ecke gedrängt und ihn in eine Falle gelockt. Und ich will mit keinem Mann zusammen sein, der beim Gedanken an eine Zukunft mit mir schwarzsieht. Irgendwann würdest du mich hassen."

„Tu das nicht", sagte er.

In diesem Moment strahlte er etwas Furcht Einflößendes aus. Es war, als würde ein Vorhang fallen und sie ausschließen.

„Weißt du was?" Sein Lachen klang eher verbittert als belustigt. „Ein Teil von mir hat das so erwartet. Du hattest mich, und jetzt willst du mich nicht mehr."

„Ein Teil von dir hat das so *erwartet*? Hast du deshalb so sorglos zugestimmt, dich zu ‚binden'?", sagte sie voller Bitterkeit und malte Anführungszeichen in die Luft. Ihre eigenen Ängste und der Schmerz veranlassten sie dazu, so hässlich zu sein, doch es war ihr egal. „Weil du dir sicher warst, dass ich dich sowieso verlassen würde und dass du nicht lange mit mir zusammen sein müsstest?"

„Hör auf. Hör einfach auf." Sein Tonfall war finster, gefährlich. „Lass uns den Mund halten, bevor einer von uns etwas sagt, das nicht mehr zurückgenommen werden kann. Wir fahren jetzt zur Arbeit und beruhigen uns wieder."

Sie schüttelte den Kopf. „Ich werde nirgends hingehen, bis du mir nicht meine andere Frage beantwortet hast. Fühlst du dich von mir bedrängt und in die Falle gelockt?"

„Harlow."

„Also?", schrie sie.

„Ja", knurrte er und funkelte sie wütend an. „Bist du jetzt glücklich? Ich fühle mich wie in einem goldenen Käfig, und du hast mich dort eingesperrt. Aber ich will nicht, dass du mit einem anderen Mann zusammen bist, und ich werde alles tun, um sicherzustellen, dass du mir gehörst. Ich bin sogar bereit, das hier zu tun."

Ich bin sogar bereit, das hier zu tun. Harlow schluckte. *Er zerstört mich – Stück für Stück.* „Okay." *Kopf hoch, Tränen zurückdrängen.* „Ich wünschte, es würde reichen, doch das tut es nicht."

Er zuckte zusammen, als hätte sie ihn geschlagen. „Du meinst, *ich* genüge dir nicht?"

„Nein, das meine ich nicht."

Er kam zu ihr, packte sie an den Oberarmen und schüttelte sie. „Du wirst mich nicht verlassen, Harlow. Das lasse ich nicht zu."

„Doch ... das tue ich", entgegnete sie und drängte ein Schluchzen zurück, das sich ihr zu entringen drohte. *Ich muss hier weg. Sofort.* Sie löste sich aus seinem Griff.

Finster blickend hob er ihr Kleid und ihre Schuhe auf und hielt sie fest, als wären sie die einzigen Gründe, weshalb sie noch nicht davongelaufen war. „Wage es ja nicht."

„Ich muss es tun. Verstehst du denn nicht? Ich will dich nicht einsperren. Ich will nicht dein Untergang sein. Lieber nehme ich deinen Hass in Kauf, wenn du frei bist, als deine Verachtung, wenn du gefangen bist."

Er machte einen Schritt auf sie zu. Seine Nasenflügel bebten, seine Brust hob und senkte sich in schnellem Wechsel.

„Wenn du durch diese Tür gehst, sind wir fertig miteinander. Dann kannst du deine Klamotten packen und aus dem Wohnmobil und von meinem Grundstück verschwinden."

Brennend heiße Tränen rannen ihr über die Wangen. „Ich will das nicht tun."

„Dann lass es. Bleib hier."

„Aber ich muss es tun", schloss sie und verließ das Zimmer.

Harlow hoffte, Beck würde einsehen, dass sie es wert war, ein Risiko einzugehen, und dass sie Glück bedeutete und kein Unheil, kein Verderben. Doch er war ein Mann, und diese besondere Spezies konnte manchmal extrem dumm und verbohrt sein. Also kam er nicht zu ihrem Wohnmobil. Am Abend war sie gezwungen, ihre wenigen Habseligkeiten zusammenzupacken.

Sie betete, dass er nur mehr Zeit brauchen würde. Nachdem sie ein Zimmer im *Strawberry Inn* gemietet hatte – für den doppelten Preis, da die Besitzerin sie offenbar hasste und eine

„Schlampen-Gebühr" erhob –, träumte sie sogar davon, dass er bei ihr auftauchte; doch auch das tat er nicht.

In den folgenden Tagen verließ sie ihr Zimmer nur für die Jobsuche. Das *Style Me Tender* und das *Swat Team 8* brachten nicht genug ein, um eine neue Mitarbeiterin einstellen zu können, und vom *Two Farms* und vom *Strawberries and More Lebensmittelhandel* bekam sie direkt eine Absage.

Die Tage vergingen, und ihre Ersparnisse schmolzen dahin. Ihr wurde klar, dass sie eine Entscheidung treffen musste. Entweder wohnte sie noch eine Woche, ohne zu essen, im *Inn* und suchte sich dann einen neuen Platz für ihr Zelt, oder sie suchte sich gleich einen neuen Platz für ihr Zelt, sodass sie sich mit ihren Ersparnissen ein paar Wochen lang etwas zu essen würde leisten können. Sie entschied sich für Letzteres und fand schließlich auf Dane Michaelsons einhundert Hektar großem Grundstück eine geeignete Stelle für ihr Camp.

Sie musste etwas von ihrem Geld für ein neues Zelt ausgeben. Es war ein Scheißgefühl, denn nachdem sie so lange die Vorzüge des Wohnmobils genossen hatte, zeigte die Tatsache, dass sie nun wieder auf dem harten Boden schlafen musste, nur allzu deutlich, wie tief sie gefallen war. Und wieder musste sie Teichwasser abkochen, um es trinken zu können, und musste sich unter einem Gartenschlauch waschen.

Aber die Momente, in denen sie Beck mit einer wunderschönen Frau im Arm in der Stadt sah und er durch sie hindurchblickte, waren die Momente, die am meisten wehtaten. Er hatte sie aus seinem Leben gestrichen. Einfach so.

Wenn er sie so leicht vergessen konnte, war sie ohne ihn besser dran … Dennoch weinte sie sich jeden Abend in den Schlaf. Und als eine Kaltfront aufzog und eisige Temperaturen brachte, gefroren ihr die Tränen auf den Wangen. Sie gab ihr letztes Geld für einen Schlafsack, einen Wollmantel und dicke Socken aus.

Wenn sie je wieder etwas essen wollte, würde sie entweder Fallen aufstellen oder sich einen Job suchen müssen. Und zwar schnell. Aber es gab nur ein einziges Jobangebot. Im *Strawberry*

Inn, aus dem sie kurz zuvor ausgezogen war, wurde ein Zimmermädchen gesucht. Würde Carol Mathis, die Besitzerin, bereit sein, ihr eine Chance zu geben?

Harlow machte sich auf den einstündigen Marsch zur Main Street. Unterwegs fielen ihr die Schilder mit der Aufschrift *Happy Halloween* und die Poster für das bevorstehende *Berryween Fall Festival* auf. Schon bald würde der ganze Ort in ein Paradies für Liebhaber von Spuk und Horror verwandelt werden. Man würde Marktstände errichten, von denen jeder ein bestimmtes Grusel-Thema aufgreifen würde. Die Leute würden Spiele spielen, es würde zu essen und zu trinken geben. Sie fragte sich, ob Beck ein Date mitbringen und irgendeiner blöden Frau einen blöden Stoffbären schießen würde.

Tränen stiegen ihr in die Augen.

Mist! Da waren Brook Lynn und Jessie Kay, die Frühstückssandwiches an ihre Kundschaft auslieferten. Ihr hungriger Magen zog sich zusammen und bereitete ihr Schmerzen. Eilig versteckte sie sich in einer schattigen Seitenstraße. Die Mädchen hatten sich bei Virgil und Mr. Rodriguez nach ihr erkundigt – sie hatte sie gehört –, doch sie war noch nicht bereit, mit ihnen zu sprechen. Vielleicht würden sie sie verfluchen, vielleicht würden sie sie unterstützen. Was auch immer der Fall wäre – sie war noch nicht bereit, sich damit auseinanderzusetzen, weil es einfach zu wehtat.

Sie wünschte sich, sie könnte ihre Gefühle mit ihrer Kunst verarbeiten, aber sie hatte die Farben im Wohnmobil zurückgelassen.

Plötzlich hüllte eine Rauchwolke sie ein und kratzte in ihrem Hals. Hustend drehte sie sich um und erblickte Daniel Porter, der gerade seine Zigarette austrat.

„Harlow Glass", sagte er mit einem Kopfnicken.

„Daniel. Äh … Hi." Als sie ihn zuletzt gesehen hatte, war sie vollkommen betrunken gewesen. „Du siehst gut aus."

Er erwiderte nicht: Danke, du auch, auch wenn es höflich gewesen wäre. Und sie fühlte sich auch nicht gekränkt oder verletzt. Nicht mehr. Durch Beck hatte sie gelernt, wie sich echter Schmerz anfühlte. Und so eine kleine Beleidigung? Das traf sie überhaupt nicht.

Obwohl Daniel schon seit einigen Wochen wieder in der Stadt war, ließ er sich das dunkle Haar noch immer militärisch kurz schneiden. Selbst im Schatten wirkten seine Züge wie in Stein gemeißelt. Seine Schultern waren breit, unter dem Stoff des engen Shirts zeichnete sich seine muskulöse Brust ab, die kurzen Ärmel gaben den Blick auf einige Tattoos frei.

„Hör mal, ich bin froh, dich zu treffen", sagte sie. „Ich würde mich gern für mein Verhalten als Kind entschuldigen. Du warst ... du *bist* ein wunderbarer Mensch, und ich hatte kein Recht, etwas anderes zu behaupten." Er hatte ein Problem mit Akne gehabt, aber wer hatte das als Jugendlicher nicht? „Es ist nicht so, als wäre ich perfekt oder hätte das Recht, jemanden zu verurteilen. Du solltest meine Brust sehen. Ich habe so viele Narben, dass Frankenstein gegen mich hübsch ist."

Er schob die Hände in die Hosentaschen. „Klar. Ich sehe mir gleich mal deine Brust an."

Sie rang nach Luft, ein Lächeln spielte um seine Mundwinkel.

„Hast du endlich Beck für dich gewonnen?"

„Ja, das habe ich. Aber es hat mir nicht gutgetan." Interessierte Daniel sich wirklich für sie oder fragte er nur, weil er von Jessie Kays Nacht mit Beck gehört hatte? „Ich habe ihn Jessie Kay nicht weggenommen, falls du das denkst. Die Sache zwischen den beiden war längst vorbei, als ich ihn kennengelernt habe."

Er erstarrte. „Was meinst du damit? War Jessie Kay etwa mit Beck zusammen?"

Oh Mist. Das hatte ihm niemand gesagt? „Ich ... äh ... Ich sage dazu nichts. Jessie Kay ist meine Freundin, wie sie selbst schon ein paar Mal gesagt hat, und ..." *Mist, Mist, Mist.* Seine Miene wurde nur noch finsterer.

„Entschuldige mich bitte." Er stürmte davon.

Was habe ich nur getan?

Sie wollte Jessie Kay anrufen, doch sie hatte ihr Handy im Wohnmobil gelassen, weil sie wusste, dass sie die monatlichen Gebühren sowieso nicht zahlen konnte. Ein kurzer Blick reichte, um zu sehen, dass die Dillon-Schwestern nicht mehr da waren. *Verdammt!* Sie rannte zum *Inn.*

Carol, eine attraktive Frau mit grau meliertem Haar, braunen Augen und Falten im Gesicht, die bewiesen, dass sie ihr Leben genossen hatte, stand am Empfangstresen und telefonierte übers Festnetz.

Sie bemerkte Harlow und runzelte die Stirn. „Ich rufe dich zurück, nachdem ich mich hier um ein plötzlich aufgetretenes Schädlingsproblem gekümmert habe, ja?", sagte sie in den Hörer. Dann warf sie ihn auf die Gabel. „Ich dachte, wir wären dich los."

„Ich müsste kurz Ihr Telefon benutzen. Bitte."

„Tut mir leid. Das ist kaputt."

„Sie haben es doch gerade benutzt."

„Und jetzt ist es kaputt."

Harlow verlagerte das Gewicht von einem Fuß auf den anderen, blickte sich verzweifelt um, suchte Hilfe. Aber die einzige andere Person hier war Carols jüngste Tochter Holly. Das Gothic-Mädchen kaute Kaugummi und blätterte durch ein Magazin.

Holly war nie ein Opfer von Harlow, der Tyrannin, gewesen. Ihre ältere Schwester Dottie allerdings schon. Carol hatte offensichtlich nicht vergessen, wie oft Dottie weinend nach Hause gekommen war, weil Harlow sie wieder beschimpft hatte.

Das schlechte Gewissen plagte sie. Aber, verdammt, sie hatte allein in den letzten zwei Wochen bereits über Gebühr für ihre Sünden bezahlt.

„Gut", sagte sie. „Wenn ich nicht Ihr Telefon benutzen darf, würden Sie mir dann einen Job geben?"

„Einen Job? Für dich?"

„Ich arbeite hart und mache keinerlei Probleme."

Carol schnaubte verächtlich.

„Ich arbeite für weniger Geld als alle anderen."

Endlich. Interesse. Mit einem schadenfrohen Lächeln kam Carol um den Empfangstresen herum. „Sieh mal einer an. Du bist also verzweifelt genug, um bei mir die Toiletten zu schrubben. Auch wenn du dieses Gasthaus, mein Zuhause, einmal einen ‚miesen Saftladen' genannt hast."

Harlow spürte, wie sie klein beigab, wie sie die Schultern sinken ließ und den Kopf senkte. „Das war falsch." Das Haus war toll und erinnerte sie an ihr eigenes Zuhause. Von der Decke hing ein Kronleuchter, der komplett aus Hirschgeweihen gefertigt war. Tapeten mit Erdbeermuster schmückten die Wände. Graue Steinplatten umgaben den Kamin, und die Holzfußböden zeigten Spuren der jahrelangen Benutzung.

„Tja, bevor ich zustimme, dich einzustellen, musst du mir zeigen, ob du überhaupt für die Stelle geeignet bist."

Freude schwang in Carols Stimme mit, und ein eisiger Schauer rieselte Harlow über den Rücken.

Sie nahm trotzdem allen Mut zusammen und stellte sich der Aufgabe. Immerhin kam das hier einem „Vorstellungsgespräch" schon sehr nahe, und noch nie war ein Job in so greifbarer Nähe gewesen.

„Komm. Es gibt dreißig Zimmer", sagte Carol und führte sie durch einige Flure. Überall hingen Bilder von Erdbeeren an den Wänden. Sie kamen an eine offene Tür, vor der ein Putzwagen stand. „Falls ich mich entschließen sollte, dir eine Chance zu geben, wirst du für jedes einzelne Zimmer verantwortlich sein. Jeden einzelnen Tag. Ob nun ein Gast dort wohnt oder nicht."

„Momma?", erklang eine Stimme aus dem Zimmer.

Harlow erstarrte, als im nächsten Moment Dottie herauskam. Dottie war nicht besonders groß und ein bisschen pummelig. Mit ihren dunklen Korkenzieherlocken und den Sommersprossen sah sie aus wie eine Puppe. In der Schule war sie auf ihrem Radar aufgetaucht, als sie in einem Test eine Eins bekommen hatte, während Harlow durchgefallen war.

Dafür habe ich sie beschimpft und dafür gesorgt, dass jeder in der Schule sie wie eine Aussätzige behandelt hat.

Dotties Blick fiel auf sie. Die junge Frau verengte die Augen zu schmalen Schlitzen. „Wie kannst du es wagen, hier aufzutauchen? Verschwinde!“

„Es tut mir leid“, sagte Harlow und hatte auf einmal einen Kloß im Hals. „Ich entschuldige mich für alles, was ich dir angetan habe, als wir Teenager waren.“

„Ich glaube dir kein Wort. Am Tag, als du geboren wurdest, hat sich der Teufel vor Angst in die Hose gemacht, weil er wusste, dass er seinen Meister gefunden hat.“ Dottie sah ihre Mutter an. „Was will sie hier?“

„Harlow hat mich um einen Job gebeten“, entgegnete Carol, ihre diebische Freude wurde noch größer. „Du wirst natürlich ihre direkte Vorgesetzte sein. Wenn sie deinen hohen Anforderungen nicht gerecht wird, kannst du sie rausschmeißen.“

Dottie machte den Mund auf und schloss ihn wieder. „Gut.“

Die beiden würden ihr keine Chance geben. Egal, wie gut Harlow arbeiten und wie sehr sie sich anstrengen würde – die Frauen würden immer etwas auszusetzen haben. Na ja, nicht zu ändern. Sie würde es klaglos überstehen. Vielleicht könnte sie dabei wenigstens ein paar Dollar verdienen.

„Dann mal viel Spaß. Oder auch nicht.“ Carol ging und überließ sie ihrem Schicksal.

„Ich muss dringend telefonieren. Es geht ganz schnell.“ Harlow stürzte zum Telefon auf dem Schreibtisch.

„Und schon fängst du an zu trödeln“, brummte Dottie, ihre Wut steigerte sich.

Die Mailbox sprang an. „Jessie Kay, hier spricht Harlow. Ich habe zufällig Daniel getroffen, und es tut mir so leid, aber ich habe irgendwie erwähnt, dass du mal etwas mit Beck hattest. Er hat so gewirkt, als hätte er von nichts gewusst, und … ach, es tut mir so leid.“

Dottie schnappte sich das Telefon und knallte den Hörer auf die Gabel. „Noch einen solchen Verstoß, und du bist erledigt.“

„Du hast ja recht", entgegnete sie. „Gib mir eine Aufgabe. Ich tue, was immer du sagst."

„Oh, ich werde dir eine Aufgabe geben. Worauf du dich verlassen kannst."

Und das tat sie auch. Dottie nahm sie ran wie einen Ackergaul, und schroffe Worte waren ihre Peitsche.

Ist das alles, was du draufhast?

Du solltest besser darin sein, Dreck wegzuwischen. Immerhin hast du im Laufe der Jahre genug davon verschleudert.

Ich könnte es mit verbundenen Augen und hinter dem Rücken gefesselten Händen besser als du.

Am Ende des Tages war Harlows Stolz angeknackst – was nichts Neues war –, und ihr gesamter Körper tat weh. Es schmerzten sogar einige Muskeln, von denen sie gar nicht gewusst hatte, dass sie existierten.

„Du hast dich heute ganz gut geschlagen", sagte Dottie, die gerade ein paar Handtücher zusammenfaltete und für den nächsten Tag auf den Putzwagen legte. Sie waren in der Wäschekammer, und in der Luft hing der Geruch von Waschmittel und Desinfektionsmittel. „Ich werde dich nicht feuern."

Harlow war so erschrocken darüber, dass sie fast das Gleichgewicht verlor. „Tatsächlich?"

„Kommt jetzt die Stelle, an der du um bevorzugte Behandlung bittest?"

„Nein. Natürlich nicht! Aber ... ist in dem Job vielleicht freie Kost und Logis enthalten?"

Dottie schnaubte nur, und Harlow verstand das als: Nein, auf überhaupt keinen Fall!

„Wir beginnen um sechs Uhr morgens. Sei pünktlich."

„Das werde ich." In der Tür zögerte Harlow und drehte sich zu Dottie um. „Es war übrigens mein Ernst, als ich gesagt habe, dass mir all das leidtut, was ich ..."

„Hör auf", zischte Dottie. „Spar dir deine Entschuldigungen für jemanden, den es interessiert. Wir waren Kinder. Ich bin drüber weg."

Nein. Nein, sie war nicht einmal annähernd darüber hinweg.

Harlow seufzte und fragte sich, was für ein Leben Dottie geführt hatte. Ob sie verheiratet war und Kinder hatte. Ob sie vergeben oder Single war. Die Leute im Ort redeten viel, aber nur selten über sie. Doch jetzt war nicht der richtige Zeitpunkt, um Dottie danach zu fragen. „Wir sehen uns dann morgen."

Den Rest des Abends verbrachte Harlow damit, mit Sack und Pack auf ein Grundstück der *Strawberry Valley Community Church* umzuziehen, das so nahe am Zentrum von Strawberry Valley lag, dass sie rechtzeitig zur Arbeit kommen konnte, das jedoch zugleich von ausreichend Wald umgeben war, sodass sie Schutz fand. Sie tat ihr Bestes, nicht an Beck zu denken. Oder daran, was er gerade machte. Oder mit wem er es machte …

Mitten in der Nacht, als die Grillen zirpten und ihr ein Liedchen sangen, während sie vor Kälte zitternd im Schlafsack lag, konnte sie allerdings nicht verhindern, dass sie sich nach seinen starken Armen sehnte.

Ich habe einen Krieg geführt und bin unterlegen – und dadurch wiederum habe ich den wichtigsten Teil meines Lebens verloren.

Das war ihre neue Realität: Sie ging zur Arbeit; sie lebte in einem Zelt; sie wünschte sich, Beck wäre bei ihr; sie vermisste ihn mit jeder Faser ihres Herzens; sie wünschte sich, ihn hassen zu können; sie wünschte sich, ihn beschimpfen zu können, weil er nicht einsehen wollte, dass Beziehungen auch etwas Schönes, ein Geschenk sein konnten; und sie wünschte sich, ihn anschreien zu können, weil er sie hatte gehen lassen.

Am nächsten Morgen war Harlow eine Viertelstunde zu früh im *Inn*. Ihre Augen brannten; sie waren trocken, wahrscheinlich geschwollen vom Weinen und definitiv rot vor Müdigkeit. Ihre Haare waren vollkommen zerzaust und ihre Kleider schmutzig.

Dottie war bereits in der Vorratskammer. Sie warf einen Blick auf sie und gab ihr einen Kittel. „Deine Uniform."

Ich wünsche dir auch einen guten Morgen. „Kann ich vorher irgendwo duschen?"

Dottie wies nach rechts. „Im Waschraum der Angestellten ist eine Duschkabine. Und die Kosten für das heiße Wasser ziehen wir dir natürlich vom Gehalt ab."

Natürlich.

Als Harlow geduscht, sich umgezogen und sich einen Spind eingerichtet hatte, hatte Dottie das erste Gästezimmer bereits zur Hälfte geputzt. Eine oder zwei Stunden arbeiteten sie gemeinsam weiter, ohne ein Wort zu wechseln.

Als Harlow ein Kissen neu bezog, sagte sie schließlich: „Bist du eigentlich verheiratet?"

„Warum? Willst du mir den Ehemann ausspannen?"

Okay. Kein Small Talk. Notiert.

Eine weitere Stunde verging. Dottie machte eine Mittagspause. Harlow hatte nichts zu essen dabei und auch kein Geld, um sich etwas zu kaufen, also arbeitete sie einfach weiter. Ihr Magen knurrte und erinnerte sich an die Sandwiches, Kuchen und gefüllten Paprikaschoten, die Brook Lynn bis vor Kurzem noch für sie zubereitet hatte.

Ich vermisse das Mädchen so, so sehr. Selbst jetzt konnte sie Brook Lynns melodisches Lachen hören. *Moment mal.* Hören? Sie steckte den Kopf aus der Tür und erblickte die zierliche blonde Frau, die durch den Flur auf sie zukam. Brook Lynn hatte etwas dabei, das wie eine Auflaufform aussah. Carol ging neben ihr her.

Stolz wollte sie dazu drängen, sich zu verstecken. *Sie soll mich so nicht sehen.* Doch Stolz war nicht mehr als die Angst, für unzulänglich gehalten zu werden. Und wenn sie in der Zeit mit Beck etwas gelernt hatte, dann, welche Gefahr es war, seiner eigenen Furcht zu erliegen.

Sie hatte es satt, sich zu verstecken. Sie hatte ein Leben, das sie leben wollte, und das würde sie auch tun. Brook Lynn erblickte sie und lächelte. Es war ein aufrichtiges Lächeln. Harlow stieß die Luft aus, von der sie gar nicht gewusst hatte, dass sie sie angehalten hatte.

„Danke, dass Sie mich zu meinem Zimmer begleitet haben, Carol", sagte Brook Lynn.

„Das ist nur einer von vielen Services, die ich hier im *Strawberry Inn* anbiete." Selbstgefällig fügte Carol hinzu: „Da wir gerade von Service sprechen ... Wir haben etwas ganz Neues im Angebot: Unsere auserlesensten Gäste haben das Vergnügen, Miss Harlow beim Putzen zuschauen zu können."

Sieh an, sieh an. Das wird ja immer besser.

„Was für ein tolles Angebot – da bekommt man was für sein Geld", sagte Brook Lynn. „Ich nehme Sie beim Wort. Wenn Sie uns dann also entschuldigen wollen?" Sie kam ins Zimmer und warf Carol die Tür vor der Nase zu.

„Wie hast du mich gefunden?", fragte Harlow.

„Ich habe die Ohren aufgesperrt. Gestern hat Virgil Porter dich gesehen, als du ins *Inn* gegangen bist. Daraufhin hat er sich mal eingehend mit Carol unterhalten. Er hat herausgefunden, dass du einen Job als Zimmermädchen angenommen hast, und hat mich direkt angerufen."

„Weiß Beck davon?"

„Nein. Die Gerüchte sind nicht bis zu ihm durchgedrungen. Noch nicht."

Carol hatte also nicht getratscht. Wahrscheinlich war sie von ihrer Anwesenheit ebenso peinlich berührt wie erfreut. „Ich würde es gern so lange wie möglich geheim halten."

„In einer Ortschaft dieser Größe bedeutet ‚so lange wie möglich' für gewöhnlich eine Stunde. Aber vielleicht führt das ja endlich zum unvermeidlichen Showdown." Brook Lynn hielt ihr eine Plastikdose unter die Nase. „Mein berühmter Apfel-Karotten-Auflauf."

„Für mich?" Mit einem Daumen wies Harlow auf sich, um sicherzugehen.

„Und für jeden, mit dem du ihn gern teilen willst."

Harlow nahm den Auflauf entgegen und eilte zur Couch. Sie nahm den Deckel der Dose und die Gabel ab, die Brook Lynn daraufgeklebt hatte. „Du willst vielleicht lieber wegschauen", warnte sie und langte zu. Die Süße der Äpfel und Karotten traf ihre Geschmacksknospen, und sie schloss die Augen, um den Geschmack noch intensiver zu genießen.

Brook Lynn setzte sich auf den Couchtisch. „Jessie Kay wollte dich wissen lassen, dass Daniel mit ihr Schluss gemacht hat, aber dass es nicht deine Schuld ist und dass sie auch nicht böse auf dich ist."

Harlows Freude erstarb.

„Es ist wirklich nicht deine Schuld", wiederholte Brook Lynn. „Er wollte zwar nicht fest mit ihr zusammen sein, doch es gefiel ihm auch nicht, dass sie mit Beck und Jase abgehangen hat, nachdem … Du weißt schon, was."

Harlow stellte die Dose mit dem kleinen Rest des Auflaufs zur Seite. „Hat sie geweint?"

„Nein, sie hat sich erstaunlich schnell wieder erholt. Sie hat heute Abend ein Date mit Dorian. Aber genug von meiner Schwester. Beck geht es schlecht, wusstest du das?"

Der Anflug von Hoffnung wich Verzweiflung. „Ich möchte nicht über ihn sprechen." Andererseits … vielleicht sollte sie über ihn reden. Sie war noch immer verletzt, aber sie brauchte auch Hilfe.

„Ich werde erst gehen, wenn ich weiß, was passiert ist. Ich bin gekommen und war sogar bereit, dich notfalls zu bestechen. Und du kannst nicht abstreiten, dass du das ‚Bestechungsgeld' angenommen hast, denn man sieht es in deinen Mundwinkeln. Also rede, sonst hole ich mir den Auflauf zurück – wenn's sein muss, mit Gewalt."

21. KAPITEL

Beck war noch nie so kurz davor gewesen, den Verstand zu verlieren.

Harlow war verschwunden. Nachdem sie ihn verlassen hatte, war sie ins *Strawberry Inn* gezogen. Aus einer Woche waren schnell zwei geworden. Er hatte sich so oft wie möglich im Ort aufgehalten, um sie zu sehen. Er hatte sie sehen *müssen*, und sie hatte ihn sehen sollen. Doch irgendwann hatte er sie immer seltener zu Gesicht bekommen, und in der vergangenen Woche war sie dann völlig abgetaucht.

Sieben ganze Tage lang hatte er nicht gewusst, wo sie steckte oder ob es ihr gut ging.

Er hatte jeden Quadratzentimeter seines Grundstücks abgesucht. Er hatte mit den Bewohnern Strawberry Valleys geredet – sie angeschrien. Er hatte den Privatdetektiv angerufen, der endlich die Person ausfindig gemacht hatte, die für den schrecklichen Angriff auf Harlow verantwortlich war. Er hatte den Mann gebeten, in Oklahoma City nach Harlow zu suchen, weil er dachte und fürchtete, dass sie möglicherweise per Anhalter in die Stadt gefahren sein könnte, um so weit von ihm entfernt zu sein, wie es ging. Wenn ihr irgendetwas zugestoßen war …

Er würde nicht mehr weiterleben wollen. Doch erst würde er denjenigen umbringen, der ihr etwas angetan hatte. So, wie er das Mädchen hatte umbringen wollen, das Harlow in Brand gesteckt hatte. Stacy Kellogg. Früher hatte die Frau in einer kleinen Modeboutique in Dallas gearbeitet. Inzwischen war sie tot – aber nicht durch seine Hand. Vor zwei Jahren hatte sie eine Kollegin angezündet und war gefasst worden. Sie hatte sich jedoch erhängt, bevor man sie rechtskräftig verurteilen konnte.

Seine Bewegungen wirkten abgehackt, als Beck sich nun eine Hose anzog und sein Hemd zuknöpfte. Er hatte gedacht, er würde Harlow ein paar Tage geben, damit sie sich beruhigte, über alles nachdachte und erkannte, dass sie ohne ihn nicht leben konnte. Sie hatte eigentlich reumütig zu ihm zurückkehren und ihn anflehen sollen, ihr zu vergeben, dass sie überhaupt gegangen war. Sie hatte ihre Fragen und seine Antworten vergessen und akzeptieren sollen, was er ihr anbot.

Zum Teufel mit ihr!

Er schwänzte schon wieder die Arbeit, um nach ihr zu suchen. Falls nötig würde er diese Ortschaft auseinandernehmen. Er musste sie sehen, musste mit ihr reden und ihr vielleicht ein bisschen Vernunft beibringen. Er konnte so nicht weitermachen.

Er vermisste sie. Er vermisste ihr Lächeln und ihr Lachen. Ihren Geist. Sie forderte ihn heraus. Sie brachte ihn dazu vorzutreten und ein besserer Mensch zu werden.

Einmal mit ihr zu schlafen, hatte nicht ausgereicht. Zum ersten Mal in seinem Leben hatte der Sex mit einer Frau sein Verlangen nicht gestillt, sondern – im Gegenteil – es verstärkt. Ihr Duft in seiner Nase. Ihr Körper eng an seinem. Ihre Brüste in seinen Händen. Ihr … einfach alles. Nur sie.

Noch eine Veränderung. Die größte von allen. Und eine Veränderung, die ihm, nachdem Harlow nun verschwunden war, Angst machte. Es fiel ihm ein bisschen schwerer zu atmen. Trotz allem bereute er diese Veränderung nicht. Wenn er sie hatte, war alles andere unbedeutend.

Als er gerade seine Socken anzog, stürmte Brook Lynn in sein Zimmer, ohne anzuklopfen. Sie blieb direkt vor ihm stehen und stieß ihm mit dem Zeigefinger gegen die Brust. „Du Idiot!"

„Stimmt genau." Eine Tatsache, über die er in der letzten Woche oft gejammert hatte. „Aber ich weiß nicht, was ich *dir* angetan habe."

Brook Lynn rammte ihm wieder den Zeigefinger in die Brust. „Du siehst, wenn du an eine Zukunft mit Harlow denkst, also nur Unheil und Verderben? Du hältst eine Beziehung für einen Käfig? Kein Wunder, dass sie dich verlassen hat."

Jeder Muskel in seinem Körper war mit einem Mal angespannt. „Du hast mit ihr geredet?" Er zog die Socken hoch. „Wo ist sie?"

„Ich werde es dir sagen", sagte sie mit einer Entschlossenheit, die für die Menschen aus den Südstaaten so typisch war, „nachdem du dich hingesetzt und mir zugehört hast."

Jase hörte die erhobenen Stimmen und kam aus seinem Zimmer gerannt. „Was ist los, Engel?"

„Beck ist ein Idiot – das ist los."

„Wo ist Harlow?", wiederholte Beck, er verlor allmählich die Geduld. „Sag es mir, bevor ich etwas tue, das wir beide bereuen könnten." Wenn er Brook Lynn schütteln müsste, um die Information aus ihr herauszubekommen, dann würde er es tun. Er würde wahrscheinlich beide Hände verlieren, weil Jase sie ihm anschließend abreißen würde, doch diesen Preis würde er gern bezahlen.

„Setz dich!", fuhr Brook Lynn ihn an.

Also gut. Sie war offensichtlich zum Hausdrachen mutiert. *Verstanden.* Er nahm Platz.

„Ich verstehe ja, dass ihr drei Jungs wegen eurer Vergangenheit Probleme habt", sagte sie und ging vor ihm auf und ab. „Doch denkt ihr wirklich, ihr wärt damit allein und würdet den Markt beherrschen? Meint ihr, dass Harlow keine Schwierigkeiten hat?"

Jase hob unschuldig die Hände und zog sich zurück. „Tut mir leid, Mann. Ich würde mich für dich auf diese Granate werfen, aber … ich will es nicht." Er stieß mit West zusammen, der aus seinem Zimmer gekommen war, um ebenfalls nachzusehen, was los war. „Lauf", sagte Jase zu ihm, und West gehorchte.

„Ihr seid mir ein paar Freunde", rief Beck.

„Also?", sagte Brook Lynn.

„Nein?"

„Genau. Nein. Harlow hat genauso ihre Probleme. Während ihr euch mit schlechten Eltern und dem Pflegesystem auseinandersetzen musstet, musste sie sich der Grausamkeit und dem Tod des Vaters stellen. Dann musste sie auch noch den Tod der Mutter verkraften, die die einzige Person war, die sie unterstützt hat, während die ganze Stadt sie gehasst hat. Meinst du, das wäre leicht für sie gewesen?"

„Nein", sagte er entschieden. „Also, wo zur Hölle ist sie?"

„Vielleicht ist sie in deinem blöden Käfig", fauchte Brook Lynn und hielt sich an dem Wort auf. „Ein Käfig? Ernsthaft?"

Er knirschte mit den Zähnen. „*Gefühle* sind ein Käfig." Ein Käfig, den er den Großteil seines Lebens gemieden hatte. Dann war Harlow gekommen und hatte ihm gezeigt, wie unerfüllt er war, wie unzufrieden. Er wollte sie dafür hassen, doch er mochte sie nur noch mehr.

„Tja, zumindest wissen wir jetzt, dass du Gefühle hast", brummte Brook Lynn. „Was ist mit dem Unheil und dem Verderben, die du siehst, wenn du dir eure Zukunft vorstellst?"

„Das liegt nicht an ihr, sondern allein an mir. Ich weiß nicht, wie ich etwas anderes erwarten soll."

Sie rieb sich den Nacken. „Du hättest deiner Freundin gegenüber ein bisschen deutlicher sein können. Das hätte uns allen viel Ärger erspart."

Keiner von ihnen war in der richtigen Gemütsverfassung gewesen – Vorwürfe hatten sie am Zuhören gehindert.

„Harlow geht es ohne dich gar nicht gut, Beck. Sie ist unglücklich."

„Gut." Wenn er litt, sollte sie auch leiden.

„Gut? Gut! Für eine männliche Schlampe weißt du echt nichts über Frauen. Harlow würde alles opfern, damit du glücklich bist. Alles! Sogar ihr eigenes Glück."

„Wenn sie sich solche Sorgen um mich macht, warum ist sie dann nicht hier?", platzte er heraus. Er stellte die Frage mit mehr Nachdruck in der Stimme, als er eigentlich vorgehabt hatte.

„Mäßige deinen Ton!", rief Jase irgendwo im Haus.

Beck zuckte zusammen. Er schrie die Freundin seines Freundes an? Wirklich? Er selbst würde durchdrehen, sollte einer der Jungs sich Harlow gegenüber so verhalten. „Tut mir leid", murmelte er. „Was hat Harlow sonst noch zu dir gesagt?"

Brook Lynn nahm sich einen Moment, um durchzuatmen, bevor sie zugab: „Sie hat hauptsächlich gesagt, dass ihr zwei euch unterschiedliche Dinge wünscht.“

Unterschiedliche Dinge? *Ja, klar.* „Sie wünscht sich eine Beziehung, Bindung und Hingabe, und ich habe zugestimmt und ihr das alles gegeben.“

„Na ja, du hast ihr das gegeben, was *du* darunter verstehst.“

„Genau.“ Er umklammerte seine Knie mit so viel Kraft, dass er für den Rest des Tages wahrscheinlich einen Rollstuhl benötigen würde. „Sie hat mir gesagt, dass ich ihr nicht genügen würde.“

„Hörst du eigentlich nie zu?“ Verärgert warf Brook Lynn die Hände in die Luft. „Harlow hat dir nur gesagt, dass das, was du ihr *anbietest*, nicht reichen würde. Und damit hat sie vollkommen recht. Was du zu geben bereit bist, würde niemandem reichen.“

Scheiß drauf! „Wo ist sie, Brook Lynn? Ich habe deine Fragen beantwortet, und jetzt will ich ein paar Antworten von dir.“

Sie warf ihm einen mitleidigen Blick zu. „Du hast ihr gesagt, dass du dich bedrängt und in eine Falle gelockt fühlst. Und als sie dich dann aus dem Käfig freigelassen hat, hast du ihr einen Vorwurf daraus gemacht. Sie hat geweint, Beck. Sie lebt wieder im Zelt.“

Ihre Worte versetzten ihm einen schmerzhaften Stich ins Herz, und er spielte den Streit in Gedanken noch einmal aus Harlows Sicht durch. Sie war verschreckt und unsicher gewesen, getrieben von ihren eigenen Ängsten. Sie hatte sich nur Bestätigung gewünscht. Sie hatte sich gewünscht, dass er eingestehen würde, dass sie die Chance auf etwas Gutes hatten.

Er schloss die Augen, atmete aus und sank resigniert in sich zusammen. *Verdammt.* Wenn sie gesagt hätte, dass sie sich bedrängt und in eine Falle gelockt fühlte, hätte er sie auch gehen lassen.

„Sind Beziehungen immer so schwierig?“, fragte er krächzend.

„Nur die wirklich wichtigen." Brook Lynn seufzte. „Hör mal, es ist noch nicht zu spät, um diese Beziehung zu retten. Harlow ist verletzt, und das bedeutet, dass du sie auf jeden Fall um Verzeihung bitten musst, damit sie sich anhört, was du zu sagen hast. Aber wenn du sie nicht davon überzeugst, dass du die Beziehung freiwillig führst und dass Harlow ein bedeutender Teil deiner Zukunft ist, ohne den du nicht leben kannst, wirst du sie verlieren."

Ich darf sie nicht verlieren.

„Sie *ist* ein bedeutender Teil meiner Zukunft."

„Sag das nicht mir, sondern ihr."

Brook Lynn sah sich um und verzog das Gesicht. Offensichtlich hatte sie die leeren Bierflaschen bemerkt, die er überall abgestellt hatte.

„Du bist nicht nur ein Idiot, sondern auch noch ein Schwein, und es ist echt ein Wunder, dass du dir überhaupt eine so tolle Frau wie Harlow schnappen konntest." Damit verließ sie das Zimmer und schloss die Tür hinter sich.

Er hatte es vermasselt. Was würde geschehen, wenn er Harlow nicht zurückgewinnen könnte?

Nein. Nein, das durfte er nicht einmal denken. Sie hatte ihm ihre Jungfräulichkeit geschenkt. Das bedeutete ihr etwas. Das bedeutete ihnen beiden etwas.

Er rannte hinter Brook Lynn her. „Wo ist sie?", rief er.

Brook Lynn lehnte sich an die Küchenanrichte und nahm von Jase einen Kaffeebecher entgegen. Sie blies in das heiße Getränk und ließ sich Zeit.

„Bitte", sagte er. „Bitte, bitte, verrate es mir."

Sie lächelte ihn an und war offensichtlich noch immer ganz und gar nicht in Eile. „Ich schlage vor, dass du eine Tasche packst und für eine Weile ins *Strawberry Inn* ziehst."

Seine Selbstbeherrschung geriet ins Wanken, und er war kurz davor, sie endgültig zu verlieren. „Das hier ist mein Haus. Ich gehe nirgendwo hin. Sag mir einfach, wo zur Hölle sie ist."

„Mäßige deinen Ton", knurrte Jase erneut.

Brook Lynn tätschelte Becks Wange. „Habe ich schon erwähnt, dass das *Inn* ein neues Zimmermädchen hat? Und halte dich fest: Sie scheint eine Schwäche für Idioten zu haben."

Harlow bezog eins der Kissen neu. Den ganzen Tag über hatte sie gewaschen, Staub gewischt und gesaugt, und wenn sie diesen Job behalten wollte – was sie vorhatte –, würde sie auch noch den ganzen Abend lang waschen, Staub wischen und saugen. Ihre Arme, ihr Rücken und ihre Beine schmerzten. Ihre Füße protestierten bei jedem Schritt. Trotz der kühlen Luft aus der Klimaanlage, die sie auf die höchste Stufe geschaltet hatte, hatte sich ein leichter Schweißfilm auf ihre Haut gelegt.

„Das war nicht richtig." Scott Cameron lag auf dem breiten Bett und wirkte so selbstgefällig wie ein Pascha, der sich von der Konkubine aus seinem Harem bedienen ließ, die er am wenigsten mochte. „Das musst du noch mal machen."

Obwohl sie ihn in diesem Moment weitaus lieber mit dem Kissen erstickt hätte, nahm sie den Bezug wieder ab und zog ihn erneut auf. In den vergangenen Stunden war scheinbar der halbe Ort ins *Inn* gezogen. Scott. Virgil Porter. Jessie Kay. Daphne und ihre Tochter Hope. Kenna. Vier Mädchen, die sie in der Highschool gequält hatte. Ein weiterer Kerl, der den „Glass-Laufpass" bekommen hatte. Die Sache mit den „auserlesensten Gästen" hatte sich in Windeseile im Ort herumgesprochen.

„Und putz den Spiegel auch noch mal", sagte er. „Ich kann Streifen sehen."

„Weißt du, Scott", entgegnete sie. „Wenn du nur halb so viel Zeit in den Versuch investieren würdest, deine Freundin zu befriedigen, wie du mich quälst, wäre sie wahrscheinlich das glücklichste Mädchen auf Erden."

Er funkelte sie wütend an. „Glaub mir. Über mangelnde Befriedigung kann sie sich nicht beklagen."

„Bist du dir da sicher? Die paar Mal, die ich sie gesehen habe, wirkte sie eher unglücklich."

Bevor er etwas erwidern konnte, steckte Dottie den Kopf durch die Tür. „Wir haben einen neuen Gast, der darauf wartet, dass du bei ihm putzt, Glass. Zimmer zwölf."

Toll!

„Aber sie ist hier noch gar nicht fertig", beklagte Scott sich.

„Sie ist schon über eine Stunde bei dir", erwiderte Dottie überraschend bissig. Für gewöhnlich hatte sie immer ein strahlendes Lächeln auf den Lippen und war extrem zuvorkommend zu den Gästen. „Die Zeit ist abgelaufen."

Obwohl Scott protestierte, ließ Harlow den Lappen auf den Boden fallen und verließ das sinkende Schiff. „Danke", sagte sie zu Dottie, als sie allein im Flur waren.

Die junge Frau brummte etwas Unverständliches und ging davon. Keine Beschimpfungen? Tja, wenn das kein Fortschritt war, dann wusste Harlow es auch nicht.

Als sie auf dem Weg Richtung Zimmer zwölf war, kam Carol um die Ecke und trat zu ihr. „Ach, Harlow Glass! Ist das nicht großartig? Wenn es so weitergeht, kann ich Hollys Zahnspange abbezahlen, ohne eine Hypothek auf mein Haus aufnehmen oder einen Job als Auftragskillerin annehmen zu müssen. Man hat mir tatsächlich mal einen solchen Auftrag angeboten, weißt du?"

„Wie schön für Sie."

„Ja, nicht? Nur weiter so, nur weiter so." Carol klopfte ihr auf die Schulter und wandte sich zum Gehen.

„Freut mich, dass meine Demütigung Ihnen weiterhilft."

„Ja, ja, mach weiter so." Carol nickte begeistert, bevor sie um die nächste Ecke verschwand.

Harlow erreichte Zimmer zwölf und hob die Hand, um anzuklopfen, doch die Tür war bereits offen. Noch ein Kunde, der es kaum erwarten konnte. *Yippie.* Wer war es diesmal?

Mit einem resignierten „Hallo?" betrat sie das Zimmer.

Eine Tasche lag auf dem Bett – klein, schwarz, männlich. Eine Minute nachdem das Wasser im Badezimmer abgestellt wurde, quietschten die Türangeln – und heraus kam Beck, der nichts als ein schmales Baumwollhandtuch um die Hüften trug.

Mit hämmerndem Herzen wich sie zurück und stieß gegen die Tür, die zufiel und sie einschloss. *Verflixt und zugenäht!* Er sah gut aus. Zu gut. Sein Haar wirkte noch dunkler, wenn es nass war. Die Strähnen klebten an seiner Stirn und an seinen Wangen, und Wassertropfen fielen auf seine Schultern und seine muskulöse Brust.

Er verengte die Augen zu schmalen Schlitzen und sah sie an. „Ich habe gehört, dass meine kleine Hexe den Beruf gewechselt hat, und beschlossen vorbeizukommen, um es mit eigenen Augen zu sehen."

Ein Schmerz, der nichts mit der Arbeit zu tun hatte, durchzuckte sie. Ihr Körper machte sich bereit für diesen Mann. Ein Zittern erfasste sie, und sie tat ihr Bestes, um es zu unterdrücken. Wenigstens verschwand die Erschöpfung, die sie in den letzten Stunden im Griff gehabt hatte, schlagartig und wurde von einem brennend heißen Feuer vertrieben.

Lauf zu ihm …

Nein! Nie wieder. „Ich werde das Zimmer nicht reinigen, während du zusiehst", verkündete sie.

„Gut. Das Zimmer ist ja auch nicht dreckig." Sein Lächeln wirkte finster und freudlos. „Ich fürchte, du wirst etwas anderes reinigen."

Er war hergekommen, um mit ihr zu schlafen? Nach allem, was zwischen ihnen vorgefallen war? *Mistkerl!* „Wenn du jetzt ‚meinen Körper' sagst, haue ich dir eine runter."

„Wie du unschwer erkennen kannst, ist mein Körper auch nicht schmutzig."

Sie spürte Enttäuschung und wurde noch wütender. „Worum geht es dann?"

„Worum wohl?" Er tippte sich an die Schläfe. „Meine Gedanken sind absolut schmutzig. Wenn du nur die Hälfte dessen wüsstest, was mir gerade durch den Kopf geht … die Dinge, die ich gern mit dir machen würde …"

„Natürlich willst du Sex. Du bist nicht fähig, die emotionalen Bedürfnisse eines anderen Menschen zu erfüllen."

Schmerz spiegelte sich auf seinem Gesicht. Er wollte nach ihr greifen. „Harlow."

„Nein. Ich gehe jetzt", sagte sie und bohrte die Fingernägel so fest in ihre Handflächen, dass sie beinahe zu bluten begannen. „Wir sind nicht mehr zusammen, und du triffst dich mit anderen Frauen."

„Ich treffe mich nicht mit anderen Frauen."

„So ein Jammer. Vielleicht treffe ich mich ja mit anderen Kerlen." Sie drehte sich um und ergriff den Türknauf.

Blitzschnell trat er hinter sie, stemmte die Hände gegen die Tür und hielt sie so gefangen. „Du gehst nirgendwohin, Baby. Offensichtlich haben wir ein Kommunikationsproblem, und wir werden hier und jetzt daran arbeiten."

Zu nahe! Seine Wärme umfing sie. Sein Duft drang in ihre Nase, in jede Zelle ihres Körpers. „Du irrst dich. Es gibt nichts, woran wir arbeiten müssten."

„Wenn das wahr wäre, Baby, hätte ich keinen Grund weiterzumachen."

Sie erstarrte.

Er legte seinen Mund an ihr Ohr und flüsterte: „Es tut mir leid. Es tut mir leid, dass ich dich habe gehen lassen. Es tut mir leid, dass ich dir nicht hinterhergelaufen bin. Ich war dumm, und ich habe mich geirrt."

Tränen schossen ihr in die Augen. „Das reicht nicht. Und es ist zu spät, Beck."

„Das will ich nicht glauben."

„Deine Frauen …"

„Mit den Frauen ist nichts gelaufen. Ich bin mit ihnen durch die Stadt spaziert, um dich eifersüchtig zu machen, und dann habe ich sie nach Hause gebracht. Ich habe es gehasst, und ich verspreche dir, dass es nie wieder passieren wird."

„Das ist mir egal."

„Triffst du dich mit anderen Männern?"

„Nein. *Ich* bin nicht mehr in der Highschool."

Sein Atem strich über ihren Nacken, als er erleichtert ausatmete. „Ich bewege mich hier auf unbekanntem Gebiet. Ich musste es ja vermasseln."

Bleib stark! „Du siehst für dich keine glückliche Zukunft voraus."

„Baby, ich meinte damit, dass ich immer nur Unheil und Verderben erwartet habe. Ich hatte Angst, mir etwas anderes zu erhoffen, aber mit dir zusammen *bin* ich glücklich."

„Das … Das ist mir egal."

Er war noch nicht fertig. „Als ich dir gesagt habe, ich würde mich bedrängt und in eine Falle gelockt fühlen, da habe ich das so gemeint."

„Das ist mir …" *Ach?* Sie hob die Hand, packte eine seiner Haarsträhnen und zog daran.

„Aua!"

Beck löste ihre Finger aus seinem Haar, hob sie hoch und warf sie aufs Bett. Im nächsten Moment stürzte er sich auf sie, hob ihre Hände über ihren Kopf und hielt sie dort fest, während er mit den Füßen ihre Knöchel auseinanderdrückte und ihre Beine spreizte.

Sie versuchte, ihm ins Kinn zu beißen. „Lass mich los."

Er wich aus. Durch diese Bewegung presste sein Körper sich nur noch enger an ihren. Harlow spürte Lust, die sie unvermittelt packte, und musste die Zähne zusammenbeißen, um nicht aufzustöhnen.

„Die Falle, der Käfig, bezieht sich auf meine Gefühle für dich, Baby, nicht auf dich als Person", erklärte er, und sie wurde ganz still und rührte sich nicht. Sie wagte es nicht zu hoffen. „Ich will nicht so intensive Gefühle für dich empfinden, aber es ist nun einmal so. Und ich glaube … ich glaube, du willst dich auch nicht so heftig nach mir sehnen oder von mir abhängig sein, doch es ist halt so. Wir haben beide Angst, Baby, und wir suchen nach Wegen, um uns selbst zu schützen. Aber ich würde lieber mit dir zusammen suchen."

Wieder traten ihr Tränen in die Augen. Er empfand etwas für sie. Er empfand wirklich etwas für sie. Er hatte sie gern, er begehrte sie, und sein Glück hing von ihr ab. Er hatte gesagt, dass er Angst habe, und er hatte recht. Sie hatte auch Angst. Nach seinem Eingeständnis fand sie den Mut, der Wahrheit ins Gesicht zu sehen. Als sie sich ausgemalt hatte, eine Familie zu haben, hatte sie nicht über die Verletzbarkeit nachgedacht, die sie erleben würde, oder über die Angst, eines Tages alles verlieren zu können, was sie liebgewonnen hatte.

„Mein ganzes Leben lang habe ich Gefühle für einen anderen Menschen als Gefängnis empfunden." Beck ließ sie los und legte eine Hand an ihre Wange. „Ich werde niemals in der Lage sein, deine Gefühle für mich zu kontrollieren. Ich werde niemals in der Lage sein, dich dazu zu zwingen, bei mir zu bleiben, oder zu akzeptieren, was ich geben kann. Und das macht mir Angst."

„Beck ..."

„Ich möchte, dass du uns noch eine Chance gibst, Harlow. Du musst es einfach tun. Bitte."

„Aber wir sind beide innerlich so gebrochen." Bei einer Beziehung ging es nicht nur darum, den richtigen Partner zu finden, sondern auch darum, für den anderen der richtige Partner zu sein. „Wie soll es uns gelingen, etwas Beständiges zu schaffen?"

„Wir treffen die Entscheidung, um das zu kämpfen, was wir haben."

Bei einem Kampf gab es immer einen Verlierer. „Keiner von uns weiß, wie man kämpft."

„Ich weiß, dass ich dich will, und das reicht mir. Wir werden ehrlich zueinander sein. Wir werden miteinander reden, wenn wir uns überfordert fühlen, und wenn wir uns streiten, werden wir nicht einfach weglaufen. Wir werden alles besprechen und uns dann im Bett wieder miteinander versöhnen." Er hauchte ihr einen Kuss auf den Mundwinkel. „Im Augenblick ist nur eine Frage wichtig: Genüge ich dir?"

Er blickte ihr tief in die Augen. Es war ein Moment, der emotionsgeladen, der unglaublich intim war. Die Gefühle waren nicht länger verhüllt, sondern standen offen in ihren Augen. Verlangen, Erleichterung. Furcht.

Und als er sie so ansah, glaubte sie, etwas zu erkennen … Liebe.

Plötzlich war die Antwort klar.

„Ja."

22. KAPITEL

Beck hielt Harlow eine ganze Weile in den Armen. Er hielt sie einfach nur fest und machte keine Anstalten, sie zu verführen. Ihre Worte hatte er nicht vergessen. *Du bist nicht fähig, die emotionalen Bedürfnisse eines anderen Menschen zu erfüllen.* Er würde auf jeden Fall ihre Bedürfnisse erfüllen – und wenn es das Letzte war, was er tat.

Er brannte für sie. Doch ihm gefiel auch die Intimität des Moments. Verdammt, er liebte es.

„Beck", sagte sie.

Sie hatte sich die Haare zu einem Zopf geflochten, und einige Strähnen hatten sich gelöst und umrahmten nun ihr Gesicht. Sie trug kein Make-up, ihre Augen funkelten wie Diamanten, und ihre tiefschwarzen Wimpern waren unglaublich lang. Ihre Wangen waren zart errötet, und ihre Lippen hatten einen satten Rotton.

Sie hätte herausgeputzt sein können, und es hätte keinen Unterschied gemacht. Egal, was sie trug oder auch nicht, sie erfüllte ein Bedürfnis, von dem er nie gedacht hätte, dass er es überhaupt hatte. Es war das Verlangen nach ihr. Nach ihrem Lächeln. Nach ihrem Duft. Nach ihrem Geist. Nach ihrer Wärme. Nach ihren Dornen. Niemand sonst konnte dieses Verlangen stillen – im Moment … und vielleicht nie. Wenn man einmal die Perfektion kennengelernt hatte, war alles andere nur ein blasser Abklatsch davon.

„Ja, Baby."

„Ich will dich."

„Nein. Dafür ist später noch Zeit."

„Ich *brauche* dich."

Sie spielte mit seinen Haaren. Sie duftete leicht nach Desinfektionsmittel, aber nicht einmal dieser Geruch konnte ihren eigenen Duft nach Erdbeeren überlagern, der ihn tiefer und tiefer in den Wahnsinn trieb, wo es nur noch sie gab.

„Ich habe dich so vermisst."

Es bringt mich um.

„Küss mich“, forderte sie ihn auf.

Die Welt um ihn herum hätte in Flammen stehen können, und es hätte ihn nicht davon abgehalten, dieser Aufforderung nachzukommen. Nichts hätte ihn davon abhalten können. Er hatte viel zu lange ohne sie auskommen müssen, und auch wenn er einige Minuten überleben konnte, ohne zu atmen, konnte er keine Sekunde mehr ohne diese Frau überstehen.

„Beck ... du hast mir so gefehlt.“

„Baby, ohne dich wollte ich sterben.“

Er küsste sie, und von einer Sekunde auf die andere war er überwältigt von Lust und einem Verlangen, das er nicht zu kontrollieren imstande war.

Sie ließen ihre Zungen umeinander tanzen. Harlows Geschmack war süß und köstlich und noch besser, als er ihn in Erinnerung hatte. Er liebkoste ihre Wangen und hauchte eine Spur von Küssen bis zu der Stelle an ihrem Hals, wo ihr Pulsschlag sichtbar wurde. Die Zartheit ihrer Haut riss ihn hin und erinnerte ihn an all die anderen Stellen ihres Körpers, die so weich wie Seide und so heiß wie die Hölle waren.

„Du gehörst mir, und ich gehöre dir. Das werde ich nie mehr vergessen.“ Er hob den Kopf und sah sie an. Wegen der Bartstoppeln, die er sich am Morgen nicht abrasiert hatte, wirkten ihre zarten Lippen, die vom Küssen sowieso schon leicht geschwollen und gerötet waren, jetzt noch röter. Rot wie ein Wein, der versprach, ihm direkt zu Kopf zu steigen.

Ihre Pupillen weiteten sich, sodass kaum noch etwas von ihren eisblauen Iris zu sehen war. Er wollte in diesen Augen versinken.

„Ich werde es auch nicht mehr vergessen.“

Triumphierend zog er ihr das Top aus und warf es zur Seite. Der weiße BH aus Baumwolle, den sie trug, hatte den Verschluss auf der Vorderseite. Er küsste ihren Hals hinab bis zum Verschluss, um ihn mit den Zähnen zu öffnen. Harlow keuchte, als er mit der Zunge erst über einen, dann über ihren anderen Nippel leckte, bis beide sich aufgerichtet hatten. Unwillkürlich ließ sie die Hüften kreisen. Sie suchte die Erfüllung, nach der sich zu sehnen er ihr beigebracht hatte.

Beck zog ihr die Schuhe aus und streifte ihr die Hose und den Slip ab. Sie war nackt. Ihre schlanken Schenkel auseinanderzudrücken, war wie ein innerer Zwang, dem er gern nachgab. Sie war feucht, und er leckte sich voller Vorfreude über die Lippen.

„Was ich mit dir machen werde …“ Wochen, die er ohne sie hatte überstehen müssen. Wochen, in denen er sich nach ihr verzehrt hatte, in denen er sich vorgestellt hatte, wie es mit ihr sein würde, in denen er geflucht und in denen er geträumt hatte. Sie würden dieses Bett erst wieder verlassen, wenn sie beide Erfüllung gefunden hätten und befriedigt wären.

Harlow stemmte einen Fuß gegen seine Brust. „Dass du etwas mit mir anstellst, ist toll, aber ich werde ebenso etwas mit dir anstellen. Ich will die Beste sein, die du je hattest.“

Selbstsichere Worte, doch das Zittern in ihrer Stimme strafte sie Lügen.

„Du bist schon die Beste.“ Wo ihre Haut seine berührte, spürte er unglaubliche Hitze – vor allem oberhalb seines Herzens, das im Augenblick aus seiner Brust zu springen drohte. Er ergriff einen ihrer Fußknöchel, hob ihn an und drückte einen Kuss auf ihren Unterschenkel. „Du musst mich einfach nur ansehen – damit übertriffst du alle anderen.“

Sie hauchte seinen Namen und sagte: „Steh auf. Bitte.“

Er erfüllte ihr diesen Wunsch, und sie kniete sich vor ihn. Er umfasste ihre Brüste. Ihr Brustkorb hob und senkte sich schneller und schneller, als sie nun die Hände ausstreckte und an seinem Handtuch zog. Als es sich löste, warf sie es zur Seite. Nun stand er entblößt vor ihr.

„So hart.“ Sie stöhnte und strich mit den Fingerknöcheln von der Spitze bis zur Wurzel seines Schafts. „So groß.“

„Das hast ganz allein du gemacht.“

„Dann wollen wir mal sehen, was ich noch tun kann.“ Sie schwang die Beine über die Bettkante und stellte sich neben ihn.

Er legte die Hände um ihre Taille. Wenn sie hier wegwollte, würden sie gehen. Doch sie packte ihn an den Schultern und zwang ihn sanft, aber bestimmt, sich hinzusetzen.

Während er die Bettdecke umklammerte, setzte Harlow sich vorsichtig auf seinen Schoß. Feucht und heiß strich sie über seine Erektion, und Beck sog scharf die Luft ein.

„Du musst dich bewegen, Baby. Bitte."

„So ungefähr?" Sie hob den Po an und senkte sich dann langsam wieder auf ihn.

„Schneller."

Sie wurde noch langsamer.

Er stöhnte, und sie lachte. Sie hatte in diesem Moment die Macht über ihn.

„Ich sehe dich gern leiden."

Er hob die Hüften an und versuchte, den Rhythmus zu bestimmen. Als es ihm nicht gelang, sagte er rau: „Schneller, Baby. Es wird dir gefallen."

„Mir gefällt es genau so, wie es jetzt ist."

„Baby …"

„Du kannst jederzeit gern einen Beschwerdebrief in meinen Kummerkasten stecken."

Beck beschloss, genauso unfair zu spielen wie sie, und drang mit zwei Fingern tief in sie. Sie stöhnte lustvoll auf. „Hier hinein?"

Harlow rang nach Luft, doch sie bewegte sich wieder nach unten, langsam, bedächtig, vor Lust beinahe kehlig.

Er zog sich aus ihr zurück. Sie war so feucht … Es raubte ihm den Verstand, und er wäre fast gekommen.

„Beck."

Er sah ihr tief in die Augen und leckte seine Finger ab.

Feuer trat in ihren Blick. Sie strich mit den Händen über ihren Bauch zu ihren Brüsten und massierte sie, kniff in die Nippel, bevor er ihren Zopf löste.

Ich könnte schon bei diesem Anblick kommen.

Mit einer geschmeidigen Bewegung hob sie ihre dunklen Locken an und ließ sie dann fallen. Die Haarspitzen streiften ihn, und es war wie eine Liebkosung, zugleich Qual und Rausch.

Harlow war eine fleischgewordene Fantasie. Ihre Bewegungen wurden immer schneller, immer wilder.

„Ich muss … gleich … sterben … Beck, bitte! Es ist viel zu lange her."

„Ich kümmere mich um dich." Er zog sie zu einem leidenschaftlichen Kuss an sich, reizte mit seiner Zunge ihre, drängte sich an sie. Es würde nicht mehr lange dauern, bis er kam, er konnte die ersten Anzeichen schon spüren.

Beck drehte sich um und warf Harlow auf den Rücken. Sie keuchte, sah ihn mit diesen wundervollen Augen an und schien stumm zu flehen, er solle es zu Ende bringen. Die Versuchung, ohne Kondom mit ihr zu schlafen, war groß. Noch nie hatte er ohne Gummi mit einer Frau Sex gehabt.

„Nimmst du die Pille?"

Sie schüttelte den Kopf, und ihre schwarzen Haare gerieten durcheinander.

„Du musst selbst entscheiden, ob du sie nimmst." Er zog ein Kondom aus seiner Tasche und streifte es über seinen harten Schaft. „Ich bin getestet und gesund. Alle sechs Monate gehe ich zur Untersuchung, die letzte ist erst kürzlich gewesen. Aber ich wiederhole den Test trotzdem noch mal."

„Das wäre schön", sagte sie und stöhnte. Sie hob die Hüften an. „Ich will dir ja wirklich nicht sagen, wie du deinen Job zu machen hast, doch wenn du nicht gleich aufhörst zu reden, und in mich dringst, muss ich dich leider kaltblütig ermorden!"

„Beschwerdebriefe kannst du gern in meinen …"

„Beck!"

Sein dunkles Lachen beinhaltete ein Versprechen. Er schob die Arme unter ihre Schenkel und hob ihre Hüften an. So kraftvoll, dass das Bett erzitterte, stieß er in sie. Die Lust … Das Gefühl war beinahe zu gewaltig, um es auszuhalten. Wieder und wieder drang er in sie, in seine Frau. Weil er es musste, weil er den Gedanken nicht ertragen konnte, etwas anderes zu tun.

Der Kopf des Bettes schlug bei jedem Stoß krachend gegen die Wand. Die Bilderrahmen wackelten. Er steigerte das Tempo. Verlangen trieb ihn, Besessenheit und Hingabe, ein Versprechen, dass das noch nicht alles war.

Sie keuchte seinen Namen, wand sich und bewegte sich unablässig unter ihm.

„Ich will dich dabei sehen." Beck presste den Daumen auf ihre Lustperle, und im nächsten Moment riss der Höhepunkt sie mit sich. Sie schrie, zitterte, und ihre Muskeln schlossen sich um seinen Schaft.

Beck drosselte das Tempo, zog sich aus ihr zurück und drang Zentimeter für Zentimeter wieder in sie. „Schön langsam jetzt." Schweißperlen rannen ihm über die Schläfen, als er nun mit den Fingern einen ihrer Nippel reizte.

„Beck", stöhnte sie.

Die Lust, die in ihrer Stimme mitschwang, hatte auf ihn die gleiche Wirkung wie eine ganze Flasche Whiskey. Ihr Höhepunkt war noch nicht abgeklungen, und der neue Rhythmus trieb sie in den nächsten Orgasmus. Ihr Leib zuckte, ihr Innerstes schien kleine Stromstöße auszusenden.

„Es ist … es ist … Oh, oh! Ich kann nicht aufhören. Es hört nicht auf."

Harlow bog den Rücken durch und nahm ihn noch tiefer in sich auf. Und als er so tief in ihr war, wie er konnte, war es um seine Selbstbeherrschung geschehen. Schön langsam? Das war nicht länger möglich. Er stieß mit aller Kraft, die er aufbrachte, in sie.

Jemand klopfte an die Tür.

Hatte er abgeschlossen? Er konnte sich nicht mehr daran erinnern, wusste nur, dass er jeden umbringen würde, der jetzt hereinkam.

Er hämmerte in sie, das Bett ruckelte, die Bilder an der Wand wackelten.

Wieder ein Klopfen. Eine Frauenstimme war zu hören. „Harlow?"

Der Gedanke, erwischt werden zu können, schien eine geheime Seite in Harlow anzusprechen, denn sie bekam gleich den nächsten Höhepunkt. Und dieses Mal kam er ebenfalls … Die Lust verzehrte ihn von Kopf bis Fuß. Er stöhnte, seine Muskeln zuckten, das Feuer in seinem Innern kühlte nur allmählich ab.

„Harlow. Es gibt noch ein Zimmer, das du reinigen musst", sagte die Frau vor der Tür.

Harlow keuchte und wand sich unter ihm hervor. „Ich … äh … ich komme", rief sie.

„Und zwar in jeder Hinsicht." Beck entsorgte das Kondom und verknotete es. „Ich ziehe mich an, dann können wir nach Hause fahren." Er wollte sie in den Armen halten. Er wollte ihren Atem auf seiner Haut spüren und im Dunkel der Nacht seine Geheimnisse mit ihr teilen.

„Auf keinen Fall. Du hast sie gehört. Ich muss weiterarbeiten." Sie zog ihre Kleider an.

Beck schüttelte knapp den Kopf. „Ab jetzt arbeitest du wieder für mich."

„Klar. Ich werde Figuren und Sets für die Spiele entwerfen, aber ich fange damit *nach* meiner Schicht im *Inn* an. Ich stehe gern auf eigenen Beinen, und außerdem weigere ich mich, Dottie im Stich zu lassen."

Er biss die Zähne zusammen. *Meine Schuld.* Mehr Arbeit für sie bedeutete weniger Zeit für ihn. „Was ist mit uns? Ich bin zu einhundert Prozent dabei."

Sie strich ihr Oberteil glatt, hob ihr Zopfband vom Boden auf und nahm das Haar zurück, um es als Knoten auf dem Hinterkopf zu bändigen. „Ich auch, aber wir müssen es langsam angehen lassen – einen Tag nach dem anderen."

Was zum Teufel … Es gefiel ihm nicht, dass sie seine eigenen Worte benutzte. „Wir sollten lieber in Wochen denken oder in Monaten."

Harlow lächelte ihn an. Es war ein warmherziges, süßes, etwas trauriges Lächeln, doch sie machte keinen Rückzieher.

„Ich will dir nicht schon wieder wehtun, aber ich will auch

ganz sicher nicht, dass du mir wehtust. Wir müssen uns besser kennenlernen und solche Dinge tun wie zum Beispiel ausgehen. Ich meine, wir haben zweimal miteinander geschlafen, sind aber noch nie zusammen ausgegangen."

„Das stimmt nicht. Wir haben uns, seit du meinen Kuchen gestohlen hast, häufig getroffen." Er verstand jedoch, worauf sie hinauswollte. Zwar hatte sie ihm hier und da etwas über ihre Vergangenheit verraten, doch es gab so vieles, was er nicht über sie wusste. Wollte sie Kinder haben? Oder wäre das ein weiterer Schlag für ihre Beziehung?

„Während du all deine Frauen zum Dinner ausgeführt hast, bist du mit mir nicht ausgegangen. Als wäre ich dir peinlich oder so." Ihre Stimme zitterte.

Er hatte sie verletzt. Auch wenn es unabsichtlich geschehen war, hatte er sie verletzt. „Ich gehe heute Abend mit dir aus. Nimm dir nichts anderes vor."

Sie seufzte. „Es muss ja nicht heute Abend sein. Ich will dich nicht drängen, Beck. Nicht mehr."

„Heute Abend", beharrte er. „Und jeden Abend danach."

Wieder lächelte sie traurig. „Ich werde dich in deiner Freizeit nicht vollkommen mit Beschlag belegen, und ich werde uns kein Etikett verpassen. Jedenfalls nicht offiziell."

„Kein Etikett?", platzte er heraus. „Aber genau hinter diesem Etikett warst du doch seit dem ersten Tag her."

„Mädchen dürfen ihre Meinung ändern."

Kaum hatte sie ausgesprochen, war er bei ihr und spuckte praktisch Feuer. „Hast du vor, dich mit anderen Männern zu treffen?"

„Nein." Ihr Blick war vernichtend. „Wirst du dich denn mit anderen Frauen verabreden?"

„Nein", erwiderte er. „Das habe ich dir schon gesagt. Ich habe keine Lust auf andere Frauen."

„Auch wenn ich nicht mehr mit dir schlafe? Erst wieder, wenn wir das, was zwischen uns ist, benannt und tatsächlich mit einem Etikett versehen haben?"

Er schenkte ihr ein bedächtiges, gefährliches Lächeln. „Du denkst, du kannst mich hinhalten, Baby? Wir werden ja sehen, wie lange du das durchhältst, nachdem du nun erlebt hast, wie wundervoll Sex sein kann. Heute haben wir vielleicht den ersten Hunger gestillt, aber du wirst mich bestimmt bald um mehr anflehen."

Sie erwiderte sein Lächeln. Und dieses Lächeln zeigte, dass sie eine Frau war, die wusste, welche Macht sie besaß. Becks Magen zog sich vor Verlangen zusammen.

„Oder du wirst mich anflehen."

23. KAPITEL

Harlow kam aus dem Zimmer, erblickte Dottie, die mit roten Wangen an der Wand lehnte und sich Luft zuwedelte, und errötete. Es blieb keine Zeit, eine Warnung auszusprechen. *Bedecke deine Augen … oder auch nicht. Ja, vielleicht besser nicht …* Denn schon kam Beck hinter ihr an die Tür und trug nichts weiter als das Handtuch. Er schob etwas in ihre Tasche.

„Dein Handy", sagte er und knabberte an ihrem Ohrläppchen. „Als meine Freundin ist es deine Pflicht … nein, deine Ehre, mir stündlich oder lieber alle halbe Stunde eine Nachricht zu schicken, damit ich weiß, wie es so läuft. Ich werde darauf warten. Und, ja, ich habe dich gerade mit einem Etikett versehen."

Sie spürte ein Kribbeln im Nacken. „Es ist nur ein Etikett, wenn ich es auch so akzeptiere. Und bist du dir sicher, dass du wissen willst, wie wundervoll es ist, Toiletten zu schrubben?"

„Mehr als alles andere. Ich werde gefesselt sein."

Sich in diesem Moment von ihm zu lösen, war vermutlich das Härteste, was sie je hatte tun müssen, doch es gelang ihr.

„Ich will auch so einen", sagte Dottie, als Harlow die Tür schloss und so sicherstellte, dass Beck nicht mehr zuhören konnte. „Ich bin vor ein paar Jahren in die Großstadt gezogen und habe geheiratet, aber wir haben uns nach nur sechs Monaten wieder scheiden lassen. Wenn es einen Trick gibt, einen Kerl wie Beck zu halten, musst du ihn mir verraten."

„Es gibt keinen Trick." Harlow hakte sich bei Dottie unter und ging mit ihr den Flur entlang. „Wenn es nicht reicht, dass du du selbst bist, dann ist der Typ es nicht wert, sich länger mit ihm aufzuhalten." Als Dottie enttäuscht die Schultern sinken ließ, sagte Harlow: „Du bist toll. Lass dir von niemandem etwas anderes einreden. Also. Gibt es da einen speziellen Mann, an den du dabei denkst?"

Dottie wurde rot.

„Es gibt jemanden! Wer ist es?"

Die junge Frau presste die Lippen aufeinander.

„Du kannst mir vertrauen", sagte Harlow. „Ich werde die Information nicht gegen dich verwenden. So behandelt man keine Menschen, und ich habe die Lektion gelernt. Ich würde mich lieber von einer Horde Zombies zum Abendbrot verspeisen lassen, als wieder so zu werden."

Dottie atmete tief durch, ehe sie leise sagte: „Daniel Porter."

„Er ist eine gute Wahl. Allerdings habe ich zufällig erfahren, dass er davor zurückschreckt, sich zu binden. Aber wer weiß? Du könntest das Mädchen sein, das ihn überzeugt, diesen Schritt zu machen. Und er ist gerade Single." Brook Lynn hatte gesagt, dass Jessie Kay darüber hinweg und schon auf der Suche nach einem anderen sei.

„Er ist übrigens auch hier", flüsterte Dottie und seufzte verträumt. „Er ist vor einer halben Stunde gekommen, um ein Zimmer zu mieten ... und er will deine Dienste in Anspruch nehmen."

„Warum putzt du nicht bei ihm?"

„Würde ich ja, aber er hat extra mehr bezahlt, damit du für ihn putzt."

Unter keinen Umständen würde Harlow allein in sein Zimmer gehen und riskieren, dass Dottie das Schlimmste befürchtete. „Ich werde auf jeden Fall deine Hilfe brauchen."

Dottie fuhr sich mit der Zungenspitze über die Lippen und nickte zögerlich. Sie nahmen sich einen Putzwagen und schoben ihn zu Zimmer fünfundzwanzig. Ein Schauer durchzuckte Dottie, als Harlow die Hand hob und anklopfte.

„Vergiss nicht: Sei einfach du selbst", flüsterte Harlow. „Du bist ein Schatz, und du hast es verdient, auch so behandelt zu werden."

Daniel machte die Tür auf. In seinem schwarzen Shirt und der verschlissenen Jeans sah er unglaublich gut aus. Erkennungsmarken hingen um seinen Hals, und unter dem rechten Ärmel seines Shirts blitzte ein Tattoo hervor. Er war barfuß. Dieser

Mann war ein Bad Boy, zumindest empfand Dottie es wohl so, denn ihre Nervosität wurde noch schlimmer.

„Wir sind hier, um dein Zimmer zu putzen, das eigentlich schon blitzblank ist“, sagte Harlow frech, und er trat zur Seite, um sie reinzulassen.

Er hatte keine Tasche dabei und kein einziges Kleidungsstück in den Schrank gehängt oder die Bettdecke durcheinandergebracht oder eins der Handtücher im Bad benutzt.

„W… wo sollen wir anfangen, Mr. Porter?“ Dotties Stimme klang leise und lieblich und zitterte ein bisschen.

„Ich würde gern mit Harlow sprechen, wenn es Ihnen nichts ausmacht. Unter vier Augen.“

„Natürlich.“ Dottie ließ den Kopf hängen und stapfte zur Tür, doch Harlow hielt sie am Handgelenk fest und hinderte sie daran weiterzugehen.

Sie hatte gerade erst Dotties Vertrauen gewonnen, und dieses Vertrauen war noch nicht besonders stark. Mit Daniel allein zu sein, würde das empfindliche Band zwischen ihnen gefährden.

„Was auch immer du mir zu sagen hast“, erklärte sie, „werde ich meiner Partnerin sowieso erzählen. Also erspare mir die Mühe und rede, während wir uns schon mal an die Arbeit machen.“

Daniel setzte sich an den Schreibtisch, und Harlow brachte das perfekt gemachte Bett durcheinander, um es neu zu machen. Sie stellte sich an die eine Seite, Dottie, die den Blick starr aufs Bett gerichtet hatte, widmete sich der anderen.

„Das ist jetzt die letzte Chance, dir ohne Publikum anzuhören, was ich dir zu sagen habe“, sagte Daniel knurrend.

„Schieß los“, erwiderte Harlow.

Er nickte knapp. „Da Jessie Kay so viel Zeit mit den neuen Bewohnern der Stadt verbracht hat, habe ich mal meine Kontakte spielen lassen und ein paar Leute gebeten, die Typen zu überprüfen. Jase saß wegen Totschlags im Gefängnis, West war schon ein paar Mal zum Entzug im Krankenhaus, und Beck hat eine stattliche Gerichtsakte, weil er sich als Jugendlicher geprügelt hat. Und zwar sehr oft.“

Ist mir bekannt. Das hat er mir erzählt. „Fast jeder hier im Ort weiß über Jase Bescheid. Er hat seine Strafe verbüßt, und er ist ein guter Typ. Was West und Beck betrifft …“ Harlow ging zu dem Stuhl, auf dem Daniel Platz genommen hatte, stützte sich auf den Armlehnen ab und beugte sich zu Daniel hinunter, bis ihr Gesicht nur Zentimeter von seinem entfernt war.

„Falls du vorhast, mich aus Dankbarkeit zu küssen“, sagte Daniel, „dann lass es. Ich mag dich als Freundin. Darum bin ich hier.“

Wärme durchströmte sie. *Sieh mich an. Ich habe noch einen Freund gewonnen. Wenn es so weitergeht, habe ich spätestens Weihnachten die ganze Stadt unter Kontrolle.* „Erstens bin ich in Beck verliebt. Zweitens würde Beck mich niemals verletzen. Wenn du mit dem Gedanken spielst, Gerüchte zu verbreiten, die das Gegenteil behaupten, werde ich wohl selbst ein bisschen Zeit im Gefängnis verbringen müssen – wegen vorsätzlichen Mordes. Eigentlich möchte ich dir nicht wehtun. Wir sind, wie du gerade gesagt hast, Freunde, aber ich würde es trotzdem tun.“

Eine ganze Weile musterte Daniel sie stumm, bevor er schließlich nickte.

„Danke.“ Sie umarmte ihn – sie konnte einfach nicht anders –, ehe sie sich zu Dottie umdrehte, die mit vor Überraschung weit aufgerissenen Augen vor ihr stand. „Machst du das Zimmer hier zu Ende?“

„J…ja.“

Im Flur schrieb Harlow eine Nachricht an Beck – das Bedürfnis, Kontakt mit ihm aufzunehmen, war zu stark, um es zu ignorieren.

Was trägst du gerade?

Seine Antwort kam umgehend.

Nachdem ich jetzt von dir gehört habe? Ein Lächeln auf den Lippen.

Wünschst du dir, mich zu tragen?

Mehr als alles andere.

Gut. Wünschen kannst du dir vieles, aber bekommen wirst du mich nicht. Ich wette, du wirst der Erste sein, der einknickt.

Echt?? Viel Glück dabei, dem hier zu widerstehen.

Beck hatte ein Foto angehängt, und Harlow errötete, als sie es sah. Er hatte ihr tatsächlich ein Bild von seinem nackten Hintern geschickt. Doch ein paar Sekunden später erhielt sie ein weiteres Foto, auf dem der Bildausschnitt vergrößert und zu erkennen war, dass die „Ritze", die sie zuvor gesehen hatte, nur der Spalt zwischen seinen zusammengedrückten Knien war. Sein Text lautete:

Du hast eine sehr schmutzige Fantasie.

Grinsend ging sie in das nächste Zimmer. Während sie putzte, hakte sie innerlich die einzelnen Punkte ab – sie funktionierte wie auf Autopilot. Staub wischen, schrubben, Staub saugen, das Bett machen. Das alles wiederholte sie in den nächsten Zimmern. Nur in ihrer Pause lebte sie kurz auf, als sie Beck eine weitere Nachricht schickte:

Diese Toilette ist so groß … so hart …

Ja, Baby. Ja. Erzähl mir mehr.

Sie ist so feucht.

Das ist grausam. Was trägt sie? Beschreib sie mir bis ins kleinste Detail.

Harlow lachte. *Dieser Mann …*

Als sie an die Tür zum letzten Zimmer klopfte, wurde ihr bewusst, dass sie schon seit zwölf Stunden durcharbeitete. Das hatte sie noch nie erlebt, und es fühlte sich gut an. Wie weit sie gekommen war, vom verarmten, unglücklichen Mädchen zu einer jungen Frau, die ihren Lebensunterhalt allein und ohne Hilfe von anderen bestreiten konnte. Sie hatte inzwischen zwei Jobs, und einer davon war ein Ventil für ihre größte Leidenschaft, die Kunst. Na ja, vielleicht nicht ihre *größte* Leidenschaft. Zumindest nicht mehr. Denn jetzt hatte sie Beck … Wenigstens für den Augenblick.

Dass ihre Übereinkunft nichts Endgültiges war, war der einzige Wermutstropfen an einer scheinbar wundervollen Zukunft.

Tawny Ferguson öffnete die Tür und warf ihr einen hasserfüllten, vernichtenden Blick zu. Scott Cameron – ihr Cousin – stand neben ihr und bedachte sie mit einem gefährlichen Lächeln.

Ihr macht wohl Witze. „Ich bin nur hier, um Bescheid zu geben, dass ich für heute Feierabend habe. Euer Zimmer wird warten müssen."

„Ha! Du hast Feierabend, wenn wir sagen, dass du Feierabend hast." Tawny musterte sie von Kopf bis Fuß und grinste höhnisch. „Als Scott mich angerufen und mir erzählt hat, dass du hier arbeitest, bin ich gleich hergekommen und habe das letzte Zimmer bekommen. Ich erwarte eine entsprechende Leistung für mein Geld."

Leistung oder Rache? „Du willst mich quälen, weil ich mich mit Beck getroffen habe." Auf keinen Fall würde Harlow zulassen, dass diese beiden sie kritisierten und sich über alles beklagten, was sie tat.

„Er gehört nicht dir, Schlampe." Tawny hob die Hand.

Wollte sie sie tatsächlich schlagen?

Scott packte den Ellbogen seiner Cousine und hielt sie in letzter Sekunde auf.

„Lass Harlow den ersten Schritt machen. Dann muss Carol sie rausschmeißen."

„Schlampe“, fauchte die blonde Frau wieder. „Beck hat sowieso bald die Nase voll von dir.“

„Vielleicht. Aber wir wissen beide, dass er von dir längst die Nase voll hat.“ Harlow wollte sich umdrehen und gehen, doch Scott ließ seine Cousine los, ergriff blitzschnell ihr Handgelenk und hinderte sie daran, sich zurückzuziehen.

„Lass mich los“, forderte Harlow ihn auf. „Sofort.“

„Lass sie los, sonst passiert was.“ Aus dem Flur erklang Becks gefährlich ruhige Stimme.

Harlow rang nach Luft und drehte sich um. Beck kam mit Dottie an seiner Seite auf sie zu. Die Sorge um sie stand Dottie ins Gesicht geschrieben. Auf Becks Zügen spiegelte sich Zorn. Scott ließ sie los, als hätte er auf einmal Feuer gefangen.

„Beck“, sagte Tawny und schüttelte sich das Haar auf. „Wie schön, dich zu sehen.“

„Ich habe das Zimmer vorhin schon geputzt“, sagte Dottie.

„Ja, aber meine Cousine hat dafür bezahlt, dass …“, begann Scott.

„… dass die Arbeit erledigt wird? Ich habe den Betrag gerade zurückerstattet.“ Beck warf den beiden eine Handvoll Geldscheine entgegen und blickte Scott an. „Die Schicht meiner Freundin ist offiziell vorbei. Ich schlage vor, ihr verschwindet. Wenn ihr morgen früh noch da seid, verstehe ich das als Wunsch, dass du die Unterhaltung gern weiterführen würdest.“

Tawny beachtete er nicht weiter, die junge Frau schien vor Harlows Augen zu verwelken.

Sie tut mir fast leid.

Aber nur fast.

Als Beck mit ihr am Arm gehen wollte, sah sie Dottie an. „Danke“, formte sie lautlos mit den Lippen.

Das Mädchen schenkte ihr ein zögerliches, jedoch aufrichtiges Lächeln.

„Geht es dir gut?“, wollte Beck wissen.

„Mir geht es gut, aber danke, dass du mir so ritterlich zu Hilfe gekommen bist und mich gerettet hast.“

„Das ist nur eine der zahllosen Dienstleistungen, die ich als dein Freund anbiete.“ Er atmete tief durch. „Scott hat Glück, dass ich den Wert der Zurückhaltung erkannt habe.“

„Ja“, entgegnete sie. „Er hat *echt* Glück.“

Beck blieb stehen und sah sie an. Seine Mundwinkel zuckten verdächtig. „Machst du dich über mich lustig, Baby?“

„Ich? Niemals würde ich es wagen.“ Das altmodische Ambiente des Hotels umgab ihn. Hinter ihm hingen an der Wand mit der rosa-gelb gestreiften Tapete Bilder von Erdbeeren, eingefasst von kunstvoller Spitze, und umrahmten ihn. Er war ein Mann, der inmitten dieser wunderschönen femininen Dinge nur noch männlicher wirkte. Seine Kraft und Stärke waren offensichtlich, und es kostete Harlow alle Selbstbeherrschung, die sie aufbringen konnte, die Finger von ihm zu lassen. „Du hast dich in Rage geredet, bis du fast Schaum vorm Mund hattest. Mir gefällt das.“

„Ich wette, das hier wird dir auch gefallen.“ Er drängte sie an die Wand. Sein Gesicht war nur noch wenige Zentimeter von ihrem entfernt, und sie atmeten dieselbe Luft. Diese Erkenntnis machte sie atemlos, und ihr Herz fing wie wahnsinnig zu pochen an.

„Ich warte“, sagte sie und schmiegte ihr Becken an ihn. „Jetzt mach den ersten Schritt, damit ich dich zurückweisen kann.“

Seine Nasenflügel blähten sich. „Du bist doch schon kurz davor, mich anzuflehen, dir mehr zu geben.“

„Genau wie du.“

„Das stimmt. Also, wenn du dieses Date willst, müssen wir jetzt los. Ansonsten werde ich dich nämlich auf der Stelle in unser Zimmer tragen.“

Ihre Knie hätten beinahe nachgegeben. „Ich … ich will das Date“, zwang sie sich zu sagen. Trotz der Sehnsucht und der Begierde, die sie empfand, war es ihr wichtig, ein Date mit ihm zu erleben.

Ein Moment verstrich, ehe Beck knapp nickte. „Also gut.“ Er wich zurück und streckte die Hand aus. „Wo hast du in der letzten Zeit gewohnt? Wir fahren hin und holen deine Sachen.“

Oh … Mist. Panik erfasste sie, als sie ihre Finger mit Becks verschränkte. „Das ist doch im Augenblick nicht wichtig."

Sofort standen ihm Misstrauen und Sorge ins Gesicht geschrieben. „Wo?", wollte er wissen.

Sie wollte diese Frage nicht beantworten, wollte allerdings auch nicht lügen. Davon abgesehen, würde dieser sture Kerl nicht aufhören nachzuhaken, bis er die Wahrheit kannte. „Zuerst auf Dane Michaelsons Land und dann hinter der Kirche", gab sie seufzend zu. „In einem Zelt."

Er strich sich mit der Zungenspitze über die Zähne. „Brook Lynn hat schon etwas in der Richtung angedeutet. Ich wollte es aber nicht glauben." Er schloss die Augen, und Schmerz zeigte sich in seinen Zügen. „Ich hätte dich niemals rauswerfen und dich so dazu zwingen dürfen, wieder in einem Zelt zu übernachten. Ich bin mir nicht sicher, ob ich mir das je verzeihen kann."

Sie berührte sein Gesicht, damit er sie ansah. „Wir beide haben Fehler gemacht."

„Du hast nur auf meine Fehler reagiert, aber ich schwöre dir hier und jetzt, dass du nie wieder eine Nacht in einem Zelt verbringen musst. Ich habe dir einen Treuhandfonds eingerichtet."

„Einen Treuhandfonds? Machst du Scherze?"

„Nein. Und du wirst das Geld annehmen und dich einfach darüber freuen."

„Das werde ich ganz sicher."

Er wartete darauf, dass sie weitersprach, dass sie den Satz beendete, dass sie das Wörtchen „nicht" anhängte. Doch Harlow schwieg, und ihm wurde klar, dass sie sein Geschenk angenommen hatte.

„Also gut. Dann ist das ja geklärt."

„Wenn du dein Geld für mich ausgeben willst, werde ich dich nicht daran hindern", sagte sie. Ihr Stolz würde ihr nicht länger im Wege stehen.

Beck lachte und brummte: „Ich werde dich wohl nie verstehen, oder?" Dann ging er los und zog sie mit sich. „Du bleibst ab jetzt bei mir, und wenn ich dich fesseln muss."

„Eine sexy Idee, aber das werde ich dir auf keinen Fall erlauben."

„Ich freue mich schon auf deine Versuche, mich daran zu hindern."

Harlow kannte ihre Grenzen und wusste, dass sie bei einem Kampf mit Beck diejenige sein würde, die nachgab. „Gut. Ich wohne in deinem Hotelzimmer."

„Mit mir zusammen."

„Alleine."

Er zog eine Augenbraue hoch und warf ihr einen Blick zu. „Glaubst du nicht daran, dass du mir widerstehen kannst?"

Nein! Selbst jetzt stand sie praktisch in Flammen und sehnte sich nach ihm. Um sie beide abzulenken, sagte sie: „Falls wir heute Abend ein Date haben …"

„Falls?"

„Also, dann müssen wir auch tatsächlich ausgehen", fuhr sie fort. „Zumindest zum Essen. Und du musst alles zahlen."

„Ich soll alles zahlen? Baby, ich bestehe immer auf getrennten Rechnungen."

Wohl kaum. „Alles", wiederholte sie.

„Gut. Ich werde alles bezahlen. Merkst du jetzt, wie entgegenkommend ich sein kann?" Er seufzte schwer. „Wenn du doch auch nur so entspannt wärst wie ich und wegen des Zimmers noch mal mit dir reden lassen würdest, damit wir einen Kompromiss finden."

Sie verkniff sich ein Grinsen. „Also gut. Du darfst mit mir im Zimmer wohnen – allerdings musst du auf dem Fußboden schlafen."

„Sicher. Nachdem wir den umwerfendsten Sex hatten, den du je erlebt hast."

Unverbesserlicher Kerl. „Ich mache beim ersten Date nicht rum."

Harlow war verdutzt, als Beck sie aus dem *Inn* nach draußen führte, statt sie in das besagte Zimmer zu bringen. Die Sonne ging gerade unter – ein riesiger Feuerball, der den Himmel in eine Leinwand verwandelte, die in unterschiedlichste Pink-, Rot- und Goldtöne getaucht war.

Als sie den Fußweg entlangliefen, stutzte Harlow. „Moment mal“, sagte sie. „Wohin gehen wir?“

„Zu unserem Date natürlich.“

Wie angewurzelt blieb sie stehen. „Wir können jetzt nicht ausgehen. Ich trage immer noch meinen Putzkittel.“

„Es ist nicht mein Problem, dass du beschlossen hast, dich für den Anlass etwas zu leger zu kleiden.“

Für die Zukunft merken: Wenn Beck in den Krieg zieht, kämpft er mit allen Tricks. „Wie du sicher weißt, lässt eine Frau sich eher auf die Verführung eines Mannes ein, wenn sie sich sexy fühlt.“

„Da du beschlossen hast, nicht rumzumachen, spielt das in deinem Fall wohl keine Rolle.“ Er blieb vor dem *Two Farms* stehen und sah sie mit brennend heißer Begierde im Blick an, die er kaum zurückhalten konnte. Mit leiser, heiserer Stimme sagte er: „Habe ich dir eigentlich schon gesagt, wie *sexy* du in diesem Moment bist?“

„Unverbesserlich“, murmelte sie.

„Nur verrückt nach dir.“

Er neigte den Kopf und gab ihr einen Kuss, von dem jede Frau träumte. Der Kuss war innig und so intensiv, als hätte Beck noch nie etwas so Süßes geschmeckt und als hätte er nicht vor, ihn jemals zu beenden. Aber als sie ihn gerade umarmen wollte – *ich bin so schwach, ich versuche nicht einmal, ihm zu widerstehen* –, löste er sich von ihr und zog sie mit in das Restaurant. Harlow keuchte leise, ihr war schwindelig.

„Ich hätte gern einen Tisch für zwei. Ganz hinten. Vorzugsweise in einer dunklen Ecke, damit niemand sehen kann, was ich mit meinen Händen mache“, sagte Beck zu der Dame am Empfang.

Das Mädchen, das Anfang zwanzig war, starrte ihn einen langen unangenehmen Moment an.

Ich weiß, wie sie sich fühlt. Harlow tippte ihr auf die Schulter und sagte nicht besonders leise: „Er hat Blähungen." Sie zuckte mit den Achseln, als wollte sie sagen: *Was soll man machen?*

Das Mädchen schien enttäuscht in sich zusammenzusinken. „Hier entlang, bitte."

Beck strich Harlow über den Po, als sie beide der jungen Dame nun folgten, und flüsterte: „Ernsthaft, Süße? Du hast dir als Ausrede schlechte Gerüche einfallen lassen?"

Sein nächster Klaps auf den Po fiel ein bisschen härter aus, und Harlow lachte so unbekümmert, wie sie nie zuvor gewesen war.

Einige der anderen Gäste erkannten Beck und winkten ihn zu sich heran. Er tat jedoch so, als würde er sie nicht bemerken.

Die Dame vom Empfang wies auf einen kleinen Sitzplatz in der Ecke. Harlow rutschte auf die Bank, und Beck setzte sich zu ihr. Sie nahmen die Speisekarten entgegen. Obwohl Harlow schon ihr ganzes Leben in Strawberry Valley wohnte, hatte sie erst ein einziges Mal hier gegessen – zusammen mit Brook Lynn und den Mädchen. An das Gericht konnte sie sich allerdings nicht mehr erinnern.

Beck legte einen Arm um ihre Schultern. „Ich bin mir sicher, dass du es kaum erwarten kannst zu hören, wie meine Dates für gewöhnlich ablaufen. Du hast Glück – ich werde es dir verraten. Ich bestelle für uns beide, ich stelle dir Fragen über deine Vergangenheit, und dann gehen wir anschließend zu dir oder zu mir nach Hause."

„In dem Fall wohl eher zu dir."

„Aber dieses Date wird anders."

Beleidigt stieß sie hervor: „Und warum? Nur, dass du es weißt, dieses Date droht sich zur schlimmsten Verabredung aller Zeiten zu entwickeln, und ich werde meine Kritik daran gern mit allen Frauen des Ortes teilen."

Ihre Kellnerin war ungefähr im gleichen Alter wie die Dame vom Empfang und kam mit einem viel zu strahlenden Lächeln an ihren Tisch. Sie tat ihr Bestes, Distanz zu wahren und dennoch Gehör zu finden. „Was kann ich Ihnen zu trinken bringen?“ Es war klar, dass sie den Ausschnitt ihres Oberteils nach unten gezogen und ihre Brüste noch ein bisschen gepusht hatte, um ihre beeindruckende Oberweite besser in Szene zu setzen.

Beck sah ihr in die Augen. „Wir beginnen mit dem besten Rotwein. Dann nehmen wir die Empfehlung des Tages – was auch immer das sein mag. Und nachdem Sie den Wein und das Essen serviert haben, können Sie davon ausgehen, dass alles in Ordnung ist, und sich von uns fernhalten.“

Die junge Frau wirkte erleichtert, als sie davonging. Harlow konnte nicht glauben, dass Beck so unfreundlich zu der Bedienung gewesen war. Seine Worte hatten nicht mal ansatzweise anzüglich geklungen oder wie ein versteckter Flirt.

Hatte er Fieber? War er krank?

„Ich dachte, du wolltest nicht für mich bestellen“, sagte Harlow.

Beck legte eine Hand auf ihren Nacken. Es war eine besitzergreifende Geste, die ihr gefiel. Er spielte mit ihren Haaren.

„Jetzt erkläre ich dir, wie der Abend ablaufen wird. Du bist am Zug – und ich hoffe, du verstehst das in mehr als nur einer Hinsicht. Du kannst mir Fragen über meine Vergangenheit stellen, und ich werde sie wahrheitsgetreu beantworten, auch wenn sie noch so persönlich sind. Bis zum Ende des Dinners hast du Gelegenheit dazu, dann übernehme ich.“

Sie sollte uneingeschränkten Zugang zu seiner Vergangenheit bekommen? Zwar nur für eine begrenzte Zeit, aber immerhin. *Ja, bitte.* „Ich stimme deinen Bedingungen zu. Du darfst mir allerdings nur eine Frage pro Tag stellen.“ Auf diese Weise gäbe es etwas, auf das er sich freuen konnte – abgesehen von Sex.

„Zwei Fragen.“

„Gar keine.“

Seine Mundwinkel zuckten schon wieder. „Also gut. Eine Frage pro Tag.“

Aufregung und freudige Erwartung erfassten sie und steigerten sich. Die Kellnerin kam mit dem Wein an ihren Tisch. Harlow nahm ihr die Flasche ab und scheuchte die Bedienung wieder weg. Sobald sie allein waren, füllte sie den Rotwein in die Gläser und beschloss, mit einigen leichten Fragen zu beginnen, damit Beck sich daran gewöhnen konnte und etwas lockerer wurde.

„Was ist deine Lieblingsfarbe?“

Er gab ihr einen Kuss auf eins ihrer Augenlider. „Seit ich dich kennengelernt habe? Meeresblau.“

Vielleicht mache ich ausnahmsweise doch mal beim ersten Date rum. „Dein Lieblingsessen?“

„Du.“

Hitze schoss ihr in die Wangen. „Beck.“

„Was ist? Ich habe gesagt, dass ich ehrlich sein werde.“

„Dann hätte deine Antwort ‚gedeckter Kuchen‘ lauten müssen.“

„Baby, du bist süßer als jeder Kuchen – das ist eine Tatsache.“

Sie gab ihm einen leidenschaftlichen Kuss auf den Mund und machte mit den Fragen weiter: „Was ist deine schönste Erinnerung?“

„In dir zu sein.“ Er schwenkte den Wein im Glas und trank ihn aus.

„Du denkst immer nur an das eine“, sagte sie und schnalzte missbilligend mit der Zunge. Wieder eine Antwort, bei der ihr Körper dahinzuschmelzen drohte. Aber die Information war nicht so aufschlussreich, wie sie es sich gewünscht hätte. Es ging nicht ganz in die richtige Richtung. „Deine schlimmste Erinnerung? Und wenn du jetzt sagst, dass es der Moment war, in dem du mich verloren hast, werde ich dich wahrscheinlich erst küssen, und dann setzt es was.“

„Eine solche Warnung kann man auch als Ermunterung verstehen“, sagte er und zwinkerte ihr zu. Doch dann stellte er sein Glas ab und trank ihren Wein aus.

„Ist die Erinnerung so schlimm?“

Als er ihre Finger mit seinen verschränkte, spürte sie, dass er erschauerte.

„Beck“, sagte sie. „Was immer es ist, ich werde dich nicht verurteilen. Das verspreche ich dir.“

Er verzog den Mund zu einem freudlosen Lächeln, beugte sich zu ihr und sagte leise: „Bestimmt hast du schon die Geschichten über Jase gehört. Er hat für den Totschlag an einem Kerl im Gefängnis gesessen. Der Vorfall ereignete sich, als wir achtzehn waren ... Aber es gibt etwas, das du nicht weißt. Ich war bei ihm, als es passierte. Ich war daran beteiligt."

Die Offenbarung schockierte Harlow zwar nicht, doch sie hielt trotzdem inne. Der süße, hilfsbereite und immer zu einem Flirt aufgelegte Beck hatte einen Mann zu Tode geprügelt? „Warum? Ich meine, ich habe gehört, dass Jase die Ehre eines Mädchens verteidigen wollte ..."

„Das stimmt. Wir alle wollten das. Wir hatten eine Freundin – Tessa. Jase und ich liebten sie wie eine Schwester. West war verliebt in sie. Eines Abends ging sie auf eine Party und wurde dort von einem Kerl vergewaltigt."

Harlows Narben begannen zu jucken. Sie konnte den Horror mitfühlen, den das Mädchen erlebt haben musste. „Das tut mir so leid."

„Wir verfolgten den Kerl, schlugen ihn und hörten einfach nicht mehr auf. Er starb an seinen Verletzungen. Jase übernahm die volle Verantwortung für die Sache. Er verbrachte neun Jahre hinter Gittern. Ich hätte jederzeit vortreten können, um ihn zu entlasten, aber ich habe es nicht getan."

„Wieso nicht?"

„Wir drei haben eine Art Kodex: Tu alles, um was dein Freund dich bittet, ohne Fragen zu stellen", erklärte er. „Sehr lange hatten wir ja außer uns niemanden, auf den wir uns hätten verlassen können. Wir alle hatten Verlust und Reue erlebt und brauchten jemanden, dem wir vertrauen konnten – ganz gleich, was passierte."

Ihre Mutter war der Mensch gewesen, auf den sie sich verlassen und der sie selbst in schlimmsten Zeiten unterstützt hatte. Sie verstand das Bedürfnis, so jemanden zu haben.

„Du hast sicher auch dafür bezahlt. Gewalt jeder Art hinterlässt ihre Spuren – ob nun am Körper oder in der Seele."

Beck drückte ihre Hand so fest, dass Harlow fürchtete, sie könnte zerbrechen.

„Was du erlitten hast, tut mir so weh, wie ich es nie für möglich gehalten hätte. Du hast nicht verdient, was man dir angetan hat.“

Die Kellnerin brachte kochend heiße Schüsseln mit Hühnchenfleisch und Klößen. Die köstlichen Aromen bildeten eine perfekte Harmonie: Hefebrot, süß eingelegtes Gemüse, Sahne in der Soße.

„Hat meine Vergangenheit unseren Deal zum Scheitern gebracht?“, erkundigte Beck sich, sobald die junge Frau wieder gegangen war.

Hatte sie das? Er hatte das Verbrechen als Teenager begangen. Er war damals achtzehn Jahre alt gewesen – eigentlich alt genug, um es besser zu wissen. Doch wenn sie ihm sein Verbrechen vorhielt, könnte er ihr ihre Untaten ebenso gut vorhalten. Zwar hatte sie körperlich niemanden getötet, aber sie hatte ganz sicher ein paar Seelen auf dem Gewissen.

„Nein“, sagte sie also, und er atmete erleichtert auf.

„Iss, Harlow. Bitte.“ Er streichelte ihre Wange. „Du bist so dünn geworden.“

Und sie konnte es sich nicht leisten, weiter Gewicht zu verlieren. Sie nahm einen Bissen und gleich noch einen. Als ihr jedoch einfiel, dass sie nur eine begrenzte Zeit für ihre Fragen hatte, hielt sie inne. „Du kämpfst wegen des Verbrechens nach wie vor mit Schuldgefühlen“, sagte sie, es war eine Feststellung, keine Frage. „Und wegen Jase. Habe ich recht?“

„Ja.“

Etwas über seine Vergangenheit zu erfahren, half ihr dabei, eine Verbindung zu seiner Gegenwart zu ziehen, um sie zu verstehen – und seine Zukunft. Vielleicht glaubte er ja, ein Happy End nicht verdient zu haben.

„Denkst du …“ Er schob ihr die Schüssel zu, und sie nahm einen weiteren Bissen, bevor sie ihre Frage zu Ende stellte. „Denkst du, dass du einmal heiraten wirst?“

„Es gab eine Zeit, in der ich diese Frage mit Nein beantwortet hätte. Aber jetzt? Ich würde die Möglichkeit zumindest nicht mehr ausschließen."

Es war ein Fortschritt. Mehr, als sie sich erträumt hatte, wenn man bedachte, dass er sein zerbrechliches Herz schützen wollte. Ein Herz, das jedes Mal wieder verletzt worden war, wenn er eine Pflegefamilie verlassen musste, die er lieb gewonnen hatte. Und als Jase ihm weggenommen worden war und er ihm nicht hatte helfen dürfen.

„Willst du mal Kinder haben?" Als sie sich früher ausgemalt hatte, mit dem Märchenprinzen verheiratet zu sein, hatte sie sich vorgestellt, eine Horde Kinder zu haben. Doch wenn sie nicht den richtigen Mann traf, würde der Traum von der eigenen Familie wie eine Seifenblase zerplatzen.

„Ich wollte niemals ein Kind mit einem One-Night-Stand haben. Dabei bleibe ich auch. Ansonsten würde ich sogar die Möglichkeit, Kinder zu haben, nicht länger ausschließen." Er zog eine Augenbraue hoch. „Ist das jetzt das Ausschlusskriterium für uns?"

„Nein." Sie liebte ihn so sehr, dass sie nicht wusste, ob es überhaupt etwas gab, das er sagen oder tun könnte, um eine gemeinsame Beziehung unmöglich zu machen.

Er lächelte sie an.

Harlow schluckte den letzten Bissen hinunter und setzte an, um die nächste Frage zu stellen.

„Tut mir leid, Baby, aber die kommt zu spät. Du bist mit dem Essen fertig. Jetzt bin ich an der Reihe."

Tja, Mist. Sie hätte langsamer kauen sollen. „Stelle deine Frage", sagte sie.

„Für die Information, die ich gern hätte, müssen wir allein sein." Er beugte sich zu ihr rüber und knabberte an ihrem Ohrläppchen. „Gehen wir zurück ins *Inn.*"

24. KAPITEL

Beck baute sich seinen Schlafplatz auf dem Boden. Harlow drängte ihn immer wieder, endlich seine Frage zu stellen, aber er sagte jedes Mal: „Später." Unter ihrem wachsamen Blick zog er sich langsam bis auf die Unterwäsche aus.

„Diese Muskeln kämpfen nicht fair", murmelte sie.

„Meinst du, deine Beine würden das tun?" Er machte es sich so bequem wie möglich, wenn man bedachte, dass das Verlangen ihn beinahe umbrachte.

Harlow kuschelte sich in ihre Bettdecke und schaltete die Nachttischlampe aus. Dunkelheit breitete sich im Zimmer aus.

„Während du da oben in diesem kalten, harten Bett liegst, bin ich hier auf dieser seidig-weichen Decke." Seide, Sandpapier – was auch immer. „Es ist, als würdest du dich selbst bestrafen, wohingegen ich dich verwöhnen will."

„Netter Versuch, *Becky*, aber das kaufe ich dir nicht ab."

Er verbarg sein Lächeln, bis ihm einfiel, dass sie ihn ja gar nicht sehen konnte, da grinste er breit. „Becky? Das ist der Kosename, den du dir für mich überlegt hast?"

„Magst du ihn nicht?" Sie hörte sich an, als würde sie es genießen.

„Liebling, der Name ist absolut perfekt. Komm hierher und lass dich von deinem guten Freund Becky die ganze Nacht lang beschützen."

Sie schnaubte. „Stell jetzt endlich deine Frage. Ich schlafe gleich ein."

Im Schutz der Dunkelheit sprach er leise. Sein Gewisper war beinahe wie Rauch, der durch das Zimmer wehte: „Wie sieht deine schmutzigste Fantasie aus?"

Die Bettdecke raschelte. Beck konnte Harlow zwar nicht sehen, doch er konnte sich vorstellen, dass sie sich gerade auf die Seite gerollt hatte, um das Ziehen zwischen ihren Schenkeln zu lindern – eine Sehnsucht, die nur er zu stillen vermochte.

„Ich stelle mir gern uns beide vor …"

Diese Worte bewirkten, dass seine Erregung in Sekundenschnelle ins Unermessliche schoss. Versonnen strich er über seine Erektion. „Sprich weiter."

„Ich stelle mir vor, wie wir in einem der Zimmer im *Inn* sind … und ich bin feucht … feuchter als feucht …"

„Was mache ich?"

„Du machst ganz langsam … liebevoll … das Bett für mich."

Er lachte laut auf. „Sehr böse von dir. Ich sprach von deiner *schmutzigsten* Fantasie."

„Du hast das Laken gesehen. Du weißt, wie schmutzig es ist. Im Übrigen wäre es echt heiß, dir beim Putzen zuzusehen."

„Mir bei *allem* zuzusehen, sollte dich heißmachen."

„Das stimmt. Es ist so. Ich träume von dir. Aber was macht Beck heiß?"

Alles, was Harlow machte oder sagte. Das war die Wahrheit. Sie bewegte sich, und er war erregt. Sie atmete, sie sah ihn an oder kam in ein Zimmer, und er wollte sie. Nur sie. Er wollte nur in ihrer Nähe sein. Sie entspannte und beruhigte etwas in ihm – so, als hätte er endlich das gefunden, was ihm in seinem Leben gefehlt hatte.

Und vielleicht konnte er sie dieses Mal halten. Immerhin war sie nicht davongelaufen, als er ihr seine größte Sünde gestanden hatte.

„Hast du dein erstes offizielles Date mit mir genossen?", fragte er und entschied sich, ihre letzte Frage nicht zu beantworten.

„Das habe ich. Du warst charmant …"

„Ich bin immer charmant."

„… und geistreich. Was soll das heißen, dass du immer charmant bist? Das bist du ganz sicher nicht."

„Hey, es ist nicht meine Schuld, wenn du Charme nicht einmal erkennst, wenn er dir in den Hintern beißt."

„Ha!"

Er warf ihr eine Kusshand zu, auch wenn sie ihn nicht sehen konnte. „Jetzt schlaf, Harlow. Ruh dich aus." *Du wirst es brauchen.*

Wieder raschelte die Bettdecke. „Beck?", flüsterte Harlow.

„Ja, Harlow?"

„Ich bin froh, dass du hier bist."

„Ich auch." Obwohl es Stunden dauerte, bis er endlich einschlafen konnte, lächelte er, bis es so weit war.

Der nächste Tag begann nicht gut. Beck erwachte und bemerkte, dass Harlow bereits gegangen war und damit seinen Wunsch, sie zum Abschied zu küssen, zunichtegemacht hatte.

Während er wie üblich einen Anzug und eine Krawatte anzog, nahm seine Laune sekündlich ab. Bevor er ins Büro fuhr, blieb er am Empfang des *Inns* stehen, um mit Carol über Tawny und Scott zu reden. Er erfuhr, dass die beiden schon ausgecheckt hatten – was ihnen das Leben rettete. Er bat Carol, etwaige neue Kunden abzulehnen, und versprach ihr, im Gegenzug für jedes Zimmer das Doppelte zu bezahlen. Je weniger Harlow zu tun hatte, desto mehr Energie hatte sie für andere Aktivitäten.

Bei der Arbeit starrte er unentwegt auf die Uhr, wartete darauf, dass die Zeit verstrich, und fluchte, weil sie in solchen Situationen anscheinend die Fähigkeit besaß, besonders langsam zu vergehen.

Um drei Minuten nach fünf war er sich sicher, dass Harlow ihre Pflichten für den Tag erfüllt hatte. Aber wieso rief sie ihn nicht an?

„Du solltest dich schämen", sagte West und ließ sich auf einen Stuhl vor seinem Schreibtisch fallen.

„Warum?"

„Du bist ein noch hoffnungsloserer Fall als Jase, und ich bin mir ziemlich sicher, dass seine Eier bereits abgestorben sind."

„Das sind sie nicht", entgegnete Beck. „Ich weiß es, weil sie nämlich gerade in Brook Lynns Trophäenschrank hängen." Er lehnte sich zurück und faltete die Hände vor dem Bauch. „Außerdem musst du gerade reden, Westley."

„Was soll das denn bedeuten?“

„Es gibt da eine gewisse freche Blondine, die du gern anstarrst … Klingelt es da bei dir?“

West funkelte ihn wütend an. „Sei nicht albern. Ich steh nicht auf Jessie Kay.“

„Lüg dir ruhig weiter in die eigene Tasche. Vielleicht glaubst du es ja eines Tages selbst.“

West kniff leicht die Augen zusammen. „Wenn ich Jessie Kay wollen würde, wäre ich wohl kaum auf der Suche nach einer neuen Beziehung, oder?“

Wenn West beschloss, „eine Beziehung zu führen“, wählte er immer eine Frau, die er attraktiv fand, von der er aber im Grunde nichts wollte. Jessie Kay schien geeignet zu sein. Warum versuchte er es also nicht bei ihr?

„Hast du eine bestimmte Frau im Auge?“, fragte Beck.

„Keine, über die ich gern reden würde.“

„So ein Jammer. Woher kommt sie? Aus Strawberry Valley oder aus der Großstadt?“

West blickte ihn finster an. „Aus der Großstadt. Warum?“

„Nur so.“ Falls West entschied, dass diese Frau die Richtige für ihn war – und er seinem Schema, sich mit einer Frau zu treffen, um sie dann wieder zu verlassen, treu blieb –, würde er sie am Ende ihres ersten gemeinsamen Monats dazu gebracht haben, nach Strawberry Valley zu ziehen. Doch dieses Mal vermutete Beck, dass mehr hinter der Beziehung steckte als sonst. Zum Beispiel, dass West auf diese Weise Jessie Kay auf Distanz halten wollte.

Beck sah auf die Uhr. Es war acht Minuten nach fünf. Harlow hatte noch einen zweiten Job, verdammt noch mal, und als ihr Chef konnte er etwas Rücksicht erwarten.

Er sprang auf. „Tut mir leid, aber ich muss los. Wir führen diese Unterhaltung fort, wenn du dich entschieden hast … zwischen dem Mädchen aus der Großstadt und der Frau hier aus Strawberry Valley, die du *wirklich* willst.“

West schleuderte ihm ein paar anatomisch unmögliche Flüche hinterher, während Beck aus dem Büro ging.

Er hielt sich nicht mit seinem Wagen auf, sondern stürmte zu Fuß die Straße entlang. Mr. Porter und Mr. Rodriguez spielten wie immer Schach und riefen ihm einen Gruß zu.

„Gehen Sie zu Ihrem Mädchen zurück?" Mr. Porter reckte beide Daumen in die Luft. „Schön für Sie, Junge. Schön für Sie."

„Bringen Sie ihr Blumen mit. Die Damen lieben Blumen", rief Mr. Rodriguez.

Genau. Beck kaufte in einem Blumenladen ein paar Straßen weiter einen üppigen Strauß. Doch als er endlich im *Inn* ankam, war Harlow nicht da. Er sah eine oder zwei Stunden lang in seinem Zimmer fern und ging dann eine Ewigkeit auf und ab. Schließlich gab er auf und schickte ihr eine Nachricht.

Wo steckst du?

Eine Antwort bekam er allerdings nicht.

Er wollte sich gerade auf die Suche nach ihr machen, als es plötzlich an der Tür klopfte. „Zimmerservice", erklang eine weibliche Stimme, und er schrak zusammen, als er sie erkannte.

Er riss die Tür fast aus den Angeln. Endlich konnte er frei atmen. Harlow stand vor ihm, hatte einen Arm über dem Kopf an den Türrahmen gelehnt und den anderen in die Hüfte gestemmt. Ein umwerfendes Mädchen. Sie lächelte, und mit einem Mal war seine Welt wieder in Ordnung.

Beck legte eine Hand in ihren Nacken und zog Harlow zu einem flüchtigen Kuss an sich – flüchtig, weil sie an ihm vorbeiging.

„Danke für diese wundervolle Begrüßung", sagte sie.

„Ich habe dir Blumen mitgebracht."

Die Augen weit aufgerissen, drehte sie sich um. „Blumen? Schon wieder?"

Danke, Mr. Rodriguez. „Schon wieder." Er nahm den Strauß vom Nachtschränkchen und reichte ihn ihr.

Als sie den Duft der Blumen einatmete, schloss sie die Augen, und ein Lächeln spielte um ihre Mundwinkel. Ein Ausdruck, den er gern öfter sehen würde. Jeden Tag. Dafür würde er alles tun. Fast wie in Trance ging er zu ihr, aber sie spürte offenbar seine Absicht, sie in die Arme zu schließen, denn sie wich zurück.

„Oh nein, das tust du nicht. Ich verhungere", sagte sie. „Rufst du den Zimmerservice, während ich dusche?"

„Willst du nicht noch einmal mit mir ausgehen? Ein zweites Date?"

„Ich bin zu müde. Im Übrigen", sagte sie und zwinkerte ihm zu, „habe ich dich gern für mich allein."

Er schlug sich oberhalb des Herzens mit einer Hand auf die Brust. „Du bringst mich um, Baby. Das ist dir klar, oder?"

„Ach! Es wird dich freuen, zu hören, dass ich während meiner Pause ein paar Zeichnungen fertiggestellt habe." Sie zog einen Stapel Servietten aus der Hosentasche.

Dankbar für die Ablenkung, sah er sich jede einzelne Zeichnung an. Wie immer war er von ihrem Talent beeindruckt. „Diese Figur hier hat Ähnlichkeit mit Kenna. Und diese hier sieht aus wie Brook Lynn."

„Ich weiß. Es tut mir leid. Ich kann sie ändern, aber ich dachte einfach …"

„Nein. Sie sind perfekt. *Du* bist perfekt."

Als sie ins Bad ging, hielten sie so lange wie möglich Blickkontakt. Es war ein Moment voller Hitze und Mut.

Sein Verlangen nach ihr machte ihn kribbelig. Er war kurz davor, durch die Tür zu stürmen und sie in der Dusche zu nehmen.

Auf ihre Art. Tun wir es auf ihre Art. Diese Sache war zu wichtig, als dass er das Risiko eingegangen wäre, alles zu vermasseln.

Als das Essen gebracht wurde, hatte er sich allmählich beruhigt. Doch als Harlow in eine duftende Wolke gehüllt aus dem Badezimmer kam und nur eins seiner T-Shirts und ein Höschen trug – seine größte Versuchung und seine schlimmste Qual –, wäre er beinahe auf der Stelle gekommen.

Nachdem sie gegessen hatte, machten sie es sich auf dem Bett bequem, um fernzusehen. Beck achtete darauf, sie nicht zu berühren, denn seine Selbstbeherrschung hing an einem seidenen Faden.

Stunden vergingen, doch er bekam gar nicht mit, welches Programm im Fernsehen lief. Sein Verlangen hatte ihn zu fest im Griff. Er hasste es. Er liebte es. Und als er es nicht länger aushielt, baute er sich sein Bett auf dem Boden und legte sich hin.

„Bereit für die nächste Frage?"

„Das bin ich", entgegnete sie und schaltete den Fernseher und die Lampe aus. Wieder war der Raum in Dunkelheit getaucht.

„Was magst du an mir am meisten?"

„Da entscheide ich mich für … deinen Schnauzer. Es ist in dieser Stadt praktisch ein bekanntes und begehrtes … Mittel zur Entspannung."

„Ich sage es dir ja nur ungern, Baby, aber genau genommen, habe ich gar keinen Schnauzer."

„Na ja, du hast den Hauch eines Schnauzers, und ich habe ihn ein paar Mal zu spüren bekommen." Verlangen ließ ihre Stimme erzittern. „Es hat mir gefallen", flüsterte sie.

Der Hunger, den er zuvor verspürt hatte, wurde fast unerträglich, und es bedurfte all seiner nicht unerheblichen Selbstbeherrschung, um auf dem Boden liegen zu bleiben. Er mochte ihre spielerische Seite. Er mochte ihren Sinn für Humor. Selbst wenn sie enthaltsam blieben, war er glücklich, wenn er nur in ihrer Nähe sein konnte.

„Beck", wisperte sie.

„Ja, Baby?"

„Ich mag an dir am liebsten dein Herz. Es ist weicher, als ich gedacht hätte, und ich weiß das zu schätzen."

„Was wolltest du als Kind werden?", fragte Beck. Es war ihr drittes nächtliches Beisammensein, und wieder einmal hatte er sich den ganzen Tag darauf gefreut, hatte unentwegt auf die Uhr gestarrt und geflucht, weil die Minuten nicht zu verrinnen schienen. Nur eine Sache hatte ihn abgelenkt, und das auch nur für einen kurzen Moment: ein Anruf von West. Der Mann war mit seiner potenziellen zukünftigen Freundin – dem Mädchen aus der Großstadt – ausgegangen. Er hatte sich jedoch dagegen entschieden, die Geschichte mit der jungen Frau zu vertiefen. Und natürlich hatte West ihm weismachen wollen, dass es nichts mit Jessie Kay zu tun hatte.

Oh, bitte.

Auf dem Nachttischchen stand eine Lampe. Der Schein erlaubte es ihm, Harlow, die im Bett lag, zu betrachten. Sie rollte sich auf die Seite, sodass sie ihm näher war. Eine Locke ihres dunklen Haars hing über die Bettkante und schien ihn zu reizen.

„Du wirst lachen, aber …“

„Sag es mir.“ Er musste es wissen. Er wollte jedes noch so kleine Detail über sie erfahren.

„Ich habe mir vorgestellt, eine ‚Trophywife‘ zu werden, ein ‚Schmuckstück‘, eine ‚Vorzeigefrau‘. Allerdings nur, weil ein solches Leben in Muße viel cooler klang als das, was meine Freunde so vorhatten und was sie werden wollten“, sagte sie. „Arzt? Blut ist unappetitlich. Journalist? Familienmitglieder belästigen, die gerade einen Angehörigen verloren haben? Niemals! Und wenn du jetzt sagst: ‚Welche Freunde‘, dann ersticke ich dich mit einem meiner Kissen. Ich hatte damals eine ganze Bande.“

„Eine Bande, ja? Seid ihr öfter zusammen in den Sonnenuntergang geritten?“

Er hatte nicht gelacht, doch sie nahm trotzdem eins ihrer Kissen und schleuderte es ihm ins Gesicht.

„Ich hatte mir schon alles überlegt. Ich wollte tagsüber zeichnen, während mein sehr reicher, sehr gut aussehender Ehemann im Büro wäre. Er besäße eine Firma und natürlich auch das Bürogebäude, in dem die Firma untergebracht wäre, und alle würden ihn fürchten. Abgesehen von mir, denn obwohl er nach außen hin wie ein Bär wirken würde, wäre er Wachs in meinen Händen.“

„Selbstverständlich."

„Unser Koch würde uns das Abendessen zubereiten", fuhr sie fort, „und die Dienstmädchen würden hinter uns aufräumen."

Alles machbar. Es würde ihm gefallen, ihr diese Träume zu erfüllen. „Und jetzt?" Er stopfte sich das Kissen unter den Kopf.

„Jetzt will ich absolut kein ‚Schmuckstück' mehr sein. Ich habe es dir schon mal gesagt: Ich sorge gern für mich selbst."

„Ich wette, ich könnte es hinkriegen, dass du es dir noch mal anders überlegst."

„Willst du mich hegen und pflegen, Becky?"

„Sehr, sehr gern. Wenn du mich nur lassen würdest ..."

Schweigen senkte sich über sie, und die Spannung zwischen ihnen nahm zu.

„Was ist mit dir?", wollte sie wissen.

Ihm entging nicht, dass ihr der Atem stockte.

„Ich wäre ein *unglaublich umwerfendes* ‚Schmuckstück'."

Sie prustete. „Ich meine, was wolltest du als Kind werden?"

Er hätte sich weigern können, ihr zu antworten. Es ging hier nicht um ihn. Doch wann hatte er ihr je widerstehen können? „Eine Zeit lang habe ich davon geträumt, Polizist zu werden. Ich wollte meine Waffe einsetzen und mir die Namen von Verbrechern notieren. Dann wurde ich jedoch erst wegen Diebstahls und später noch wegen Körperverletzung verhaftet, und damit war der Traum gestorben."

„Was hast du gestohlen?"

„Meistens etwas zu essen. Meine Pflegeeltern haben immer dankend die Schecks entgegengenommen, die sie für meine Versorgung bekamen, haben es allerdings versäumt, mich tatsächlich zu versorgen."

Sie streckte den Arm aus und reichte ihm die Hand. Als er ihre Finger miteinander verschränkte, sagte sie: „Ich hasse den Gedanken, dass du so ungerecht behandelt worden bist."

„Ich habe es überstanden."

„Aber du hast Verletzungen davongetragen."

„Die hat jeder von uns", erwiderte er. „Doch zum ersten Mal in meinem Leben habe ich das Gefühl, dass diese Wunden verheilen."

„Erzähl mir mehr über deine Eltern", sagte Beck in der darauffolgenden Nacht.

Harlow hatte tatsächlich ihre Decke neben sein Nachtlager gelegt, ohne dass er sie darum hätte bitten müssen. So lagen sie eng aneinandergeschmiegt auf dem Boden und blickten sich in die Augen. Er war noch nie mit so wenig so glücklich gewesen. Doch er wollte mehr. Er brauchte mehr. So nahe, wie sie ihm war, so nahe, dass er jedes Mal, wenn er einatmete, den süßen Duft ihrer Haut wahrnahm, musste er die Hände zu Fäusten ballen, weil er genau wusste, wie sich ihr seidiges Haar zwischen seinen Fingern anfühlen würde.

Er vermisste sie so sehr, dass es körperlich schmerzte.

An diesem Morgen hatte er beschlossen, nicht zur Arbeit zu gehen, weil er sie nicht hatte allein lassen wollen. Er hatte Harlow begleitet und ihr bei der Erledigung ihrer Aufgaben geholfen. Er hatte sie geneckt und mit ihr gelacht und sie auch ausgeschimpft. Sie arbeitete zu lange und zu hart, ohne sich eine Pause zu gönnen, und er hatte die Leute, die ins *Inn* gekommen waren, um sie zu demütigen, schon bald sattgehabt. Und da er die meisten der Zimmer übernommen hatte, hatten die Möchtegern-Kunden sich in die Lobby und ins Speisezimmer zurückgezogen, sodass Carol sie aufgefordert hatte, diese beiden Räume zu putzen.

In dem Moment wäre er beinahe explodiert. Und es wäre richtig schlimm geworden, wenn Harlow nicht zum Empfangstresen gestürmt wäre, wo Carol sich gerade mit Gästen von außerhalb unterhalten hatte, und geschrien hätte: „Es reicht! Ich mache es, aber ich werde nicht mehr zum Vergnügen der Leute vor ihren Augen ihr Zimmer aufräumen. Nicht ohne eine deutliche Gehaltserhöhung. Also, solange Sie meinen Lohn nicht verdreifachen, bin ich für heute durch!"

Ihr Selbstbewusstsein war rasant gewachsen, und Beck gefiel die Vorstellung, dass er einen positiven Einfluss auf sie hatte. Carol war zwar nicht die hellste Kerze auf der Torte, doch sie erkannte einen Goldesel, wenn sie einen sah, deshalb feuerte sie Harlow nicht. Das Mädchen brachte ihr viel zu viel Kundschaft – ob nun mit oder ohne den persönlichen Putzdienst.

Und Harlow? Na ja, bis auf den einen oder anderen Rückschlag schien sie ihr Leben, wie es gerade war, wirklich zu mögen. Während der Arbeit war sie locker und entspannt gewesen, hatte ihn aufgezogen und ihn geärgert, und er hatte jede Sekunde des Tages genossen.

„Wenn du als Kind krank warst, hat man dich sicher liebevoll umsorgt, oder?“, sagte er nun.

„Ja“, entgegnete sie. „Meine Mom war die Beste. Sie hat mich geliebt, und daran hatte ich nie einen Zweifel.“

„Wusste sie, dass du so tyrannisch warst?“, fragte er vorsichtig. Er wollte sie nicht aufwühlen.

„Ja. Mein Dad wusste es auch, und er hat mich jedes Mal angeschrien, wenn ein Lehrer oder ein Elternteil sich beschwert hat. Dadurch habe ich allerdings nur noch mehr um mich geschlagen.“

„Er war ein Heuchler.“

„Ja, aber ich dachte, dass seine Beachtung – ob nun positiv oder negativ – besser sei, als von ihm ignoriert zu werden.“

Arme Harlow. Sie war einsam und verlassen gewesen, hin- und hergerissen und innerlich in Aufruhr. Er kannte diese Gefühle nur zu gut. Er empfand sie jedes Mal, wenn sein Vater ihn bei irgendeiner Tante abgesetzt hatte; wenn er gesagt hatte, er würde sich melden, es jedoch nie tat; wenn er versprochen hatte, bald zurück zu sein, sich aber nie wieder blicken ließ. Wenn er zusah, wie seine Onkel mit seinen Cousins Ball gespielt hatten.

„Auch wenn mein Dad ein Versager war, habe ich ihn fast genauso sehr geliebt, wie ich ihn gehasst habe“, sagte Beck. „Ich habe immer gehofft, dass der Mann es sich anders überlegen würde, dass er mich aus dem System befreien und zu sich holen würde. Zumindest habe ich das im ersten Jahr gehofft … und noch ein bisschen im zweiten Jahr … Im dritten Jahr dann kannte ich die Wahrheit. Ich wusste, dass ich meinen Vater nie wiedersehen würde."

Harlow streichelte seine Hand und blickte ihm tief in die Augen. Was eine tröstliche Geste hätte sein sollen, jagte ihm lustvolle Schauer durch seinen sowieso schon angespannten Körper. Sein Verlangen regte sich.

„Ich hasse all das, was du durchmachen musstest", sagte sie, „aber ich liebe es, dass du mich verstehst."

„Glaub mir, Baby, ich verstehe dich." Das tat er wirklich. Es machte ihm Spaß, seine Vergangenheit mit ihr zu teilen – und das überraschte ihn. Er genoss auch ihr Mitgefühl, und es berührte ihn, wie nah ihr das alles ging. Bisher hatte er diese Art der Empathie nur bei Jase und West erlebt, und er genoss es und sehnte sich genauso sehr danach wie nach ihrem wundervollen Körper.

Mit einem Finger strich er über ihre Handfläche, und Harlow sog scharf die Luft ein.

„Beck …"

Begierde schwang in ihrer Stimme mit. Es erinnerte ihn daran, wie sie seinen Namen geflüstert, wie sie ihn in sein Ohr gehaucht, wie sie ihn herausgeschrien hatte. Falls sie jetzt näher an ihn rückte oder wenn sie zittrig einatmen sollte, würde er wissen, dass das Warten sie genauso quälte. Dann würde er in null Komma nichts über sie herfallen …

Sie rückte näher an ihn heran.

„Harlow." Er presste seine Lippen auf ihre, drang mit der Zunge in ihren Mund vor, schmeckte sie, nahm sie in Besitz – und ließ sich in Besitz nehmen. Seine Selbstbeherrschung verglühte, und als sie sich an ihn klammerte, rollte er sie auf den Rücken und legte sich auf sie.

Er verzehrte sich nach ihr und wollte sie am liebsten überall berühren. Seine Hände lagen schon auf ihren Brüsten, und er ließ seine Daumen über ihren aufgerichteten Nippeln kreisen. „Ich habe diese beiden Schönheiten vermisst."

Stöhnend strich Harlow mit den Fingernägeln über seine Kopfhaut. „Das fühlt sich so gut an, Beck."

Er ließ die Hände über ihren Körper bis hinunter zu ihrem Po gleiten, hielt sie fest und zog sie an seine Erektion. Die Reibung brachte ihn fast um den Verstand. „Ich werde dich hart nehmen, Baby. Es ist schon viel zu lange her."

„Ja ... ja ..."

Er befreite sie von ihrem Oberteil und zog sich dann ebenfalls das Shirt aus. Mit einem Griff löste er den Verschluss ihres BHs. Wieder gab er ihr einen leidenschaftlichen Kuss, doch die kühle Luft hatte sie offenbar aus ihrem Rausch gerissen, denn mit einem Mal erstarrte sie.

„Warte? Was machen wir hier?" Keuchend wand sie sich unter ihm hervor. „Wir können nicht miteinander schlafen. Noch nicht."

Er verkniff sich enttäuscht einen Kommentar. Eine ganze Weile waren nur ihre Atemzüge zu hören, doch während die Zeit endlos langsam verstrich, nahm sein intensives körperliches Verlangen allmählich ab.

Die Sehnsucht in seinem Herzen blieb jedoch.

Er schaffte es nicht, Harlow zu widerstehen, wohingegen sie kein Problem damit hatte, ihm zu widerstehen. Keine Beziehung konnte auf einer so unsicheren und unausgeglichenen Basis überleben.

Und wieder einmal sah die Zukunft nicht rosig aus.

25. KAPITEL

Am nächsten Morgen klopfte Dottie in aller Frühe an die Zimmertür und bot an, ihr das Wochenende freizugeben.

„Warum?“, fragte Harlow, sie konnte Beck rascheln hören. Während sie sich den Schlaf aus den Augen rieb, lachte Beck leise und schloss die Badezimmertür hinter sich.

Irgendetwas stimmte nicht mit ihm. Er hatte sich die ganze Nacht lang hin und her gewälzt und sie angefahren, als sie ihm einen guten Morgen gewünscht hatte. „Na ja, morgen wird kein Extraservice angeboten, damit die Mitarbeiter am *Berryween Festival* teilnehmen können. Ich gehe als ‚Dreikäsehoch mit Diadem‘. Ich trage also im Grunde ein Abendkleid und bekomme ständig Tobsuchtsanfälle. Und du?“

„Oh … äh … Ich weiß gar nicht, ob ich überhaupt hingehe.“ Sie wäre deswegen nicht traurig. Außerdem hatte sie kein Geld für ein Kostüm übrig, und nun war es auch zu spät, um sich eins zu besorgen, weil sowieso alles ausverkauft war. „Aber warum willst du mir heute freigeben?“

„Das ist meine Art, mich dafür zu bedanken, dass du mir ein bisschen Zeit mit Daniel verschafft hast.“

„Oh.“ *Oh!* „Ist etwas passiert?“

Dottie errötete zart. „Nein, nichts dergleichen. Aber wir haben uns unterhalten, und es war einfach toll, und er ist immer noch hier, sodass ich vielleicht wieder die Gelegenheit dazu bekomme, und ich war noch nie so nervös.“ Aufgeregt schlang Dottie ihr die Arme um den Nacken und drückte sie. „Danke“, sagte sie und hüpfte davon.

Als im Badezimmer die Dusche angestellt wurde, schwand Harlows glückliches Lächeln. Seit Beck in ihr Leben getreten war, brannte ihr Körper vor Sehnsucht nach ihm, doch in der vergangenen Nacht hatte sie ein neues Level der Qual kennengelernt. Sie hatte sich ihm an den Hals geworfen. Den Plan, sich erst einmal besser kennenzulernen, hatte sie in dem Moment völlig vergessen. Beck hatte sie mit einer solchen Begierde geküsst, dass sie kurz davor gewesen war, ihn zu bitten, mit ihr zu schlafen.

Aber plötzlich hatten ihre Ängste wieder ihre hässlichen Fratzen gezeigt, und sie hatte den Augenblick zerstört. Denn je eher sie mit ihm schlafen würde, desto eher würde sich auch ihre Beziehung auf Sex und nicht mehr auf Intimität und Vertrauen stützen. Ihre nächtlichen Gespräche würden aufhören. Die stillen Momente, in denen sie sich neckten und mehr übereinander erfuhren – diese Momente, nach denen sie sich mit jeder Faser ihres Körpers sehnte –, würden für immer verloren sein.

Als er nun aus dem Badezimmer kam, trug er ein weißes T-Shirt und zerrissene dunkle Jeans. Er sah so jung und schön aus – wie ein Model, das direkt vom Laufsteg kam.

„Ich freue mich, dir mitteilen zu können, dass ich die nächsten beiden Tage freihabe", verkündete sie und spielte mit dem Bündchen seines T-Shirts.

Er rubbelte sich mit einem Handtuch die Haare trocken und würdigte sie dabei keines Blickes. „Ich habe es gehört."

Seine Distanziertheit wirkte wie ein Schlag in die Magengrube und raubte ihr fast den Atem. Seit dem Tag, an dem sie sich getrennt hatten, war er nicht mehr so abweisend gewesen. „Du hast so viel Zeit hier verbracht und mir geholfen, die Zimmer zu reinigen …", stellte sie fest. Es war eine Tatsache, die sie noch immer begeisterte. „Also, warum fahren wir heute Vormittag nicht ins Büro? Du könntest die liegen gebliebene Arbeit erledigen, und ich könnte meine Zeichnungen zu Ende bringen."

Nach wie vor sah er sie nicht an. „Gute Idee."

„Danach muss ich zu Brook Lynn und Jessie Kay nach Hause, um endlich mit dem Wandgemälde zu beginnen, das ich ihnen versprochen habe."

„Kein Problem."

So kurze und höfliche Antworten waren eigentlich untypisch für ihn, das machte sie noch nervöser. Sie zögerte einen Moment lang. „Morgen ist das *Berryween Festival*. Würdest du gern …

Ich weiß nicht … Würdest du gern mit mir hingehen, auch wenn ich kein Kostüm habe?"

„Klar." Er setzte sich auf die Bettkante und zog sich die Schuhe an.

Wie unglaublich begeistert er *nicht* geklungen hatte.

Harlow duschte und zog, weil sie gut aussehen wollte, eins der Sommerkleider an, die Beck ihr zurückgegeben hatte. Sie entschied sich für das aufregend kurze eisblaue Kleid mit dem tiefen V-Ausschnitt. Obwohl es draußen kühl war, verzichtete sie auf einen Pullover. Es machte ihr nichts mehr aus, ihre Narben zu zeigen. Sie war, was sie war, und Beck mochte sie. Doch als er sie nicht wie sonst immer begehrlich von oben bis unten musterte und auf dem Weg ins Büro auch nicht mit ihr sprach, machte sie das nervös. Er redete nicht einmal bei der Arbeit mit ihr oder danach, als sie zu Brook Lynn fuhren.

„Was ist los?", fragte Brook Lynn sie nach der Begrüßung.

Endlich sah Beck sie an. Mit eindringlichem Blick wartete er auf ihre Antwort.

Harlow lächelte nur schwach. *Ich werde nicht lügen, aber ich werde auch nicht die Wahrheit zugeben.* „Hast du die Farben und Pinsel aus dem Wohnmobil geholt?"

„Ja, das habe ich. Vielmehr hat Jase das übernommen", entgegnete Brook Lynn. „Wir haben da ein besonderes System: Ich will etwas, er besorgt es mir."

Jase, der auf der Couch im Wohnzimmer saß und durch die Fernsehkanäle zappte, nickte. „Mit allen dazu nötigen Mitteln."

Brook Lynn strahlte. „Von mir bekommst du zehn Punkte für die perfekte Antwort."

„Ich glaube, ich verdiene zwanzig Punkte", erwiderte er.

„Dann muss ich dir für diese blöde Ansicht leider fünf Punkte wieder abziehen."

Er schnaubte.

„Was macht er mit diesen Punkten?", fragte Harlow leise.

Die temperamentvolle Blondine wackelte vielsagend mit den Augenbrauen, und in Harlows Innerstem zog sich etwas zusammen. *Sex. Natürlich.* Die beiden konnten diese Art von Spielchen spielen, weil Jase seine Brook Lynn von ganzem Herzen liebte. Er würde nicht zulassen, dass die Romantik zwischen ihnen erstarb, nur weil sie intim miteinander waren.

„Komm mit. Ich zeige dir, wo ich das Wandgemälde gern hätte." Brook Lynn führte sie durch einen Flur, wo sie die Kanten bereits abgeklebt und den Fußboden mit einer Folie abgedeckt hatte. „Jetzt kannst du mir verraten, was wirklich los ist", sagte sie und sah sie an.

„Na ja, erst mal bin ich vollkommen durcheinander", gab Harlow leise zu. „Ich habe Beck gesagt, dass ich vorerst nicht mit ihm schlafen werde, solange wir uns besser kennenlernen, und alles, was ich über ihn erfahre, bringt mich dazu, ihn nur noch mehr zu mögen und zu bewundern, und ich liebe ihn so sehr, doch ich will es ihm nicht sagen, weil ich ihn damit nicht in die Flucht schlagen und ihn nicht verlieren will, aber was ist, wenn ich mit ihm schlafe – so wie ich es mir wünsche – und ihn dann verliere, weil wir nicht mehr kuscheln und reden und nur noch an Sex denken, und was ist, wenn …"

Brook Lynn legte ihre eine Hand auf den Mund. „Wow. Ich merke, dass du die Kunst der Endlossätze beherrschst." Sie ließ die Hand sinken und sagte: „Der Mann ist verrückt nach dir. Aber, nein, du hast nicht die Kontrolle über sein Handeln, seine Gefühle oder seine Gedanken. Du kannst nur das kontrollieren, was *du* tust. Wenn du ihn wirklich so sehr liebst, darfst du dich bei deinen Entscheidungen nicht von deiner Angst leiten lassen. Das verdirbt nur eure gemeinsame Zeit. Fang einfach an zu leben. Denn sonst blickst du irgendwann zurück und fragst dich, warum du die Zeit nicht genossen hast, die ihr zusammen hattet. Und körperliche Intimität schließt emotionale Intimität nicht aus. Nicht, wenn echte Gefühle im Spiel sind. Hab ein bisschen Vertrauen in Beck. Und in dich selbst! Du wirst nicht zulassen, dass das Kuscheln und die Gespräche aufhören."

„Da hast du recht."

„Klar. Ich habe immer recht."

Unterm Strich hieß das, dass sie aufhören musste, ihre Entscheidungen davon abhängig zu machen, wie Beck möglicherweise darauf reagieren würde, und stattdessen anfangen musste, die richtigen Entscheidungen für sich selbst zu treffen.

„Gut", sagte sie und nickte. „Alles klar. So werde ich es machen. Und wenn mir alles um die Ohren fliegt, gebe ich dir die Schuld daran und nehme Rache. Und jetzt verschwinde, damit ich mit deinem Wandgemälde beginnen und dann den Mann meiner Träume verführen kann."

Beck saß auf dem Sofa. Zum gefühlt tausendsten Mal verlagerte er das Gewicht und setzte sich um. Harlow malte nun schon seit Stunden, und er vermisste sie, wie er eine Hand vermisst hätte – es war fast so, als wäre sie inzwischen ein lebensnotwendiger Teil von ihm geworden. Vielleicht war es sogar so. Verdammt, es war ganz sicher so.

„Frauen lieben Romantik", sagte Brook Lynn unvermittelt. Sie und Jase saßen ebenfalls auf der Couch. Sie hatten sich am anderen Ende des Möbels aneinandergekuschelt, und der Hund lag auf Brook Lynns Schoß und döste. „Wusstest du das eigentlich, Beck?"

„Da ich mir ziemlich sicher bin, mehr von ihnen gedatet zu haben als du, würde ich die Frage mit Ja beantworten."

„Du hast die Frauen weder gedatet noch warst du je romantisch. Du hast in der Gegend rumgevögelt. Verstehst du, was ich damit sagen will?", fragte sie.

„Nein, aber ich bin mir sicher, dass du es gleich erklären wirst."

„Romantisch zu sein bedeutet zu kuscheln. Geheimnisse zu teilen."

Beck sah Jase an und seufzte. „Worauf will sie hinaus?"

Sein Freund zuckte die Achseln. „Keine Ahnung. Ich bin kein Detektiv, der die Rätsel der Frauen lösen kann. Ich hätte wahrscheinlich mehr Glück als Einhorn-Hirte."

Brook Lynn schlug ihm auf die Schulter, und Beck erschrak. „Hör zu und denk nach", befahl sie. „Du bist als ein Mann bekannt, der einmal mit einer Frau schläft und dass es das dann war. Zurzeit schläfst du nicht mit deiner Freundin, sondern verbringst die Zeit mit ihr anders, unterhältst dich mit ihr, bist romantisch. Was passiert jedoch, wenn ihr wieder miteinander schlaft? Das wäre das Ende der Romantik – zumindest glaubt Harlow das."

Sieh an, sieh an. Harlow hatte sich Brook Lynn offensichtlich anvertraut. Ihm gefiel es, dass sie eine Freundin hatte, was ihm zu schaffen machte, war die Tatsache, dass sie sich nicht ihm anvertraut hatte. Stattdessen hatte sie sich in der vergangenen Nacht von ihm zurückgezogen, um allein mit ihren Ängsten fertigzuwerden, womit sie seine geschürt hatte.

Gut. Er hatte sich ihr mit seinen Ängsten auch nicht anvertraut. Statt mit ihr zu reden, hatte er den Schmerz in sich hineingefressen und war den ganzen Tag gemein zu ihr gewesen.

„Fühlst du dich immer noch so, als wärst du in einem Käfig gefangen?", erkundigte Brook Lynn sich.

„Käfig?", fragte Jase.

„Du reitest tatsächlich auf dieser Käfig-Sache herum?" Beck seufzte schwer. „Denkst du nicht, es ist an der Zeit, das mal zu vergessen? Vor allem angesichts der Tatsache, dass du nicht wirklich hereingebeten und auch nicht eingeladen worden bist mitzureden."

„*Wer* ist in einem Käfig?", wollte Jase wissen.

„Im Übrigen war ich ein braver Junge", sagte Beck, ohne auf seinen Freund einzugehen. „Vielleicht habe ich meine Lektion gelernt."

„Was denn? Dass Gefühle nicht so schlimm sind?", fragte Brook Lynn.

„Bestimmt nicht. Wenn ich etwas empfinde, muss ich sicherstellen, dass auch sie etwas empfindet."

Brook Lynn warf ihm ein finsteres Lächeln zu. „Ich freue mich schon auf den Tag, an dem dir klar wird, dass wir alle längst mit dir in deinem Käfig sind." Bevor er etwas erwidern konnte, fügte sie hinzu: „Jetzt wechsle ich das Thema, und du machst mit. Geht ihr morgen zum *Berryween Festival*?"

„Ja." Sein nächstes offizielles Date mit Harlow.

„Jase und ich gehen als Adam und Eva. Was ist mit dir und Harlow?"

„Wir gehen als Beck und Harlow."

Brook Lynn schnaubte. „Jetzt mal ernsthaft."

„Das *ist* mein Ernst."

Entsetzt entgegnete sie: „Wow. Ich weiß, dass ihr Jungs neu in der Stadt seid und dass ihr keine Ahnung habt, wie es hier so abläuft. Aber Spaß beiseite: Ich wusste nicht, dass du echt so scheiße bist."

Beck funkelte seinen Kumpel wütend an. „Erlaubst du deiner Frau, so mit mir zu reden?"

„Ja", lautete Jases Antwort.

Lachend gab Brook Lynn ihrem Freund einen Kuss auf den Mund. „Ich liebe dich."

„Nicht so sehr, wie ich dich liebe."

Becks Innerstes zog sich zusammen. Warum er so fühlte, konnte er nicht in Worte fassen. War es Abscheu? Ja, es musste Abscheu sein. „Lass uns jetzt leise sein und fernsehen", sagte er.

„Au ja!"

Mit einer Fröhlichkeit, die ihn wütend machte, klatschte Brook Lynn in die Hände und sagte: „Ich habe einige Episoden von *The Walking Dead* aufgenommen. Wir können einen Walking-Dead-Marathon veranstalten, und ich kann euch dabei erklären, wie man die bevorstehende Zombie-Apokalypse überlebt."

Es vergingen ein paar Stunden, ehe Harlow endlich ins Wohnzimmer kam. Beck musste den Kopf schütteln, um die Bilder von Blut und Eingeweiden, die er gerade in der Serie gesehen hatte, zu vertreiben. Von einer Sekunde auf die andere war das Gefühl der Anspannung, das er zuvor erlebt hatte, wieder da –

nur noch schlimmer. Sein Herz schien sich zu einer Faust zusammenzuballen und von innen gegen seine Rippen zu hämmern. Und das lag bestimmt nicht an einer Empfindung wie Abscheu. Farbreste hingen in Harlows Wimpern, bedeckten ihre Arme und ihre Kleidung. Ihre Haut war zart errötet.

Ihr Blick fiel auf ihn, und ein beinahe schüchternes Lächeln brachte ihr Gesicht zum Strahlen.

„Bist du fertig?“, erkundigte er sich.

„Das bin ich. Wollt ihr mal schauen?“

„Ich ja! Ich ja!“ Brook Lynn sprang auf und klatschte in die Hände. Natürlich wachte der Hund davon auf. Sparkles bellte, als sein Frauchen auf Harlow zustürmte und ihr Handgelenk packte. „Ich will es sehen!“

„Die Farbe ist noch feucht. Du kannst gucken, darfst aber nichts anfassen“, mahnte Harlow.

Das ist gerade mein Leben.

Brook Lynn stürmte an ihr vorbei und in den Flur, wo sie wie ein kleines Mädchen, das soeben das Geschenk seiner Träume unter dem Weihnachtsbaum entdeckt hatte, zu kreischen begann.

Harlow, die stehen geblieben war, atmete erleichtert auf. Vor Freude wurden ihre Wangen noch eine Spur röter. „Ich war mir nicht sicher, ob es ihr gefällt. Ich meine, ich weiß, dass sie Zombies an der Wand haben wollte, aber ich dachte, ihr würde aufgehen, dass sie einen schrecklichen Fehler gemacht hätte, wenn sie das Blut und die Eingeweide erblickt.“

Jase lächelte. Die Liebe, die er für Brook Lynn empfand, war nicht zu übersehen.

„Mein Mädchen ist echt schräg.“

„Du bist doch nur neidisch, weil ich im Gegensatz zu dir einen Plan habe, wenn die Zombie-Apokalypse kommt“, rief Brook Lynn aus dem Flur. „Jetzt habe ich die perfekte Wand, um davor meine Vernichtungstechniken zu perfektionieren.“

„Du hast recht, Engel. Ich bin neidisch“, rief Jase. „Noch mal zwanzig Punkte?“

Harlow blickte ihm in die Augen, als Beck aufstand. Ihre Pupillen weiteten sich, als sie einen Schritt auf ihn zu machte. „Bist du fertig?"

Er streckte eine Hand aus, und ohne zu zögern, verschränkte Harlow ihre Finger mit seinen.

Beck nickte seinem Freund Jase auf dem Weg hinaus zu. Draußen half er Harlow in den Wagen. Die Nacht war längst hereingebrochen. Der Mond war halb hinter den Wolken versteckt, und es waren keine Sterne zu sehen.

Die Bäume flogen vorbei, als er mit Harlow zusammen im Auto die Straße entlangjagte. „Wir müssen reden, Baby."

„Ich weiß", erwiderte sie leise.

„Wir waren nicht aufrichtig zueinander, und das belastet uns beide."

„Du hast mich angelogen?"

„Nein. Absolut nicht." Er sah sie stirnrunzelnd an. „Das solltest du eigentlich wissen."

Sie ließ die Schultern sacken und rieb sich das Gesicht. „Du hast recht. Es tut mir leid."

Schon besser. „Wenn diese Beziehung funktionieren soll, musst du mir sagen, wenn dir etwas Angst macht. Und ich muss es genauso machen. Wir müssen uns gegenseitig vertrauen und uns aufeinander verlassen, Harlow, und nicht auf Außenstehende."

„Ja. Damit hast du auch recht." Sie starrte auf ihre Hände und drehte den Stoff ihres Kleides zwischen ihren Fingern. „Ich wollte gestern Nacht so gern mit dir zusammen sein, dass es mir fast den Atem geraubt hat."

„Warum hast du mich dann aufgehalten?" Er kannte die Antwort, doch er wollte sie aus ihrem Munde hören.

„Ich hatte Angst davor, dass danach die Gespräche und alles, was mir so wichtig geworden ist, einfach aufhören würden. Und ich habe Angst, dass es das Todesurteil für unsere Beziehung sein könnte, wenn diese Vertrautheit nicht mehr da ist."

„Falls es dir noch nicht aufgefallen ist", sagte er, und in seiner

Brust breitete sich ein warmes, zärtliches Gefühl aus, „mir haben die Gespräche und die Vertrautheit auch gefallen."

„Echt?"

„Echt. Harlow, du bist albern und schräg, frustrierend und eine echte Herausforderung."

„Hey", sagte sie und runzelte die Stirn.

„Aber du bist der unterhaltsamste, spannendste Mensch, der mir je begegnet ist, und alles, was ich über dich erfahre, bringt mich dazu, dich nur noch mehr zu l… zu mögen." Verdammt, beinahe hätte er das L-Wort ins Spiel gebracht.

„Das ist gut", entgegnete sie, „denn ich würde lieber sterben, als diesen Teil unserer Beziehung aufzugeben."

Er streckte den Arm aus und legte seine Hand oberhalb ihres Knies auf ihren wundervollen Schenkel, der unter dem hochgerutschten Kleid zu sehen war. „Unsere Beziehung bedeutet mir viel, Baby."

Das Mondlicht funkelte in ihren kristallblauen Augen, in denen er jedes Mal, wenn er sie ansah, zu versinken drohte.

Ein entgegenkommendes Fahrzeug hupte und blendete auf. *Fahren. Rechts. Klar.*

„Du hast gerade das B-Wort gesagt, ohne dich zu übergeben. Ich bin sehr beeindruckt", sagte sie. „Aber du hast auch gesagt, dass du ebenfalls Ängste hast."

Er nickte. „Je mehr du mir bedeutest, desto sicherer bin ich mir, dass ich dich irgendwann verlieren werde. Und dieser Gedanke ist unerträglich. Wenn du mich verlässt, Harlow, dann …"

„Jetzt nimmst du das Schlechteste von mir an. Du wirst mich nicht verlieren, Beck. Ich gehöre dir." Sie löste ihren Gurt, beugte sich zu ihm und knabberte zärtlich an seinem Ohrläppchen. „Fahr rechts ran, und ich beweise es dir."

Beck ließ ihr Knie los, um das Lenkrad zu umklammern. Er packte das Steuer so fest, dass seine Fingerknöchel weiß hervortraten. „Bist du dir sicher?"

Er konnte ihr Nicken auf seiner Haut spüren.

„Ich will dich, und ich will nicht mehr warten."

Sofort fuhr er rechts ran und ein Stückchen in den Wald hinein. Als er den Motor abstellte, ging auch die Beleuchtung des Armaturenbretts aus, und Dunkelheit legte sich über sie. Ihre keuchend ausgestoßenen Atemzüge erfüllten das Wageninnere, und ein feiner Film schlug sich auf den Scheiben nieder.

„Ich bekomme einfach nicht genug von dir." Er half ihr, über die Mittelkonsole zu klettern, damit sie sich auf seinen Schoß setzen konnte. „Ich will dich so sehr, dass ich wahrscheinlich eine Therapie brauchen werde."

„Wie wäre es mit einer Intensivtherapie? Das muss unbedingt ... *vertieft* werden ..." Sie ließ die Hüften kreisen, und er stöhnte auf. „Ich will dich in mir spüren. Ich fühle mich ohne dich so leer."

Beck war hochgradig erregt, und bei ihren Worten wäre er beinahe auf der Stelle gekommen – allein ihre Worte hatten eine stärkere Wirkung auf ihn als die Berührung jeder anderen Frau. „Ich will nicht, dass du dich leer fühlst, Baby." Er schob eine Hand in ihr Höschen und spürte, wie feucht und heiß sie war. *Perfekt.*

Harlow öffnete seine Hose und umfasste sein pralles Fleisch mit ihrer warmen Hand.

„Du musst so schnell wie möglich mit der Pille beginnen", war alles, was Beck hervorbrachte.

„Ja. Gleich morgen."

Er schob seine Jeans bis zu den Knien hinunter und zog das Oberteil ihres Kleides herunter, sodass er ihre Brüste sehen konnte. Dann zerriss er ihr Höschen. „Ich kaufe dir ein neues." Im nächsten Moment drang er mit einem Finger tief in sie ein und gab ihr gleichzeitig einen stürmischen Kuss auf den Mund. Feuer brannte in ihm und züngelte über seine Haut.

Begierde sollte nicht so wild, nicht so intensiv, so verzehrend sein. Bisher hatte er immer gehen können – nackt oder nicht und ob er nun eine Frau gehabt hatte oder nicht. Doch dieses Mal würde er das nicht können. Und er wollte es auch gar nicht. Er musste eins mit Harlow werden, musste sie erfüllen, durfte sie nicht mehr verlieren. Er musste sie in Besitz nehmen. Sein Leben hing davon ab.

Im Schatten funkelten ihre Augen wie Diamanten, als sie sich nun von ihm löste und sagte: „Wo ist das Kondom?"

„Tasche."

Als Nächstes spürte er, wie sie in seiner Hosentasche herumkramte. Kurz danach erklang das Geräusch der Folienverpackung, die aufgerissen wurde. Harlow hob die Hüften an und streifte ihm das Kondom über. Jede ihrer Berührungen katapultierte ihn auf ein neues Level des Verlangens.

Er schob die Finger in ihr Haar, wurde trotz der quälenden Begierde ganz ruhig und sah ihr in die Augen. „Wir sind offiziell zusammen, Harlow. Sag es."

Sie schien dahinzuschmelzen und biss in seine Unterlippe. „Wir sind zusammen. Jetzt … und für immer."

„Für immer", wiederholte er. Dann packte er ihre Hüften, brachte sie in die richtige Position und drang in sie. Es war ein Moment süßer Erleichterung. Ihre Muskeln spannten sich an, und er wusste, dass er endlich dort war, wo er hingehörte. Doch die Erleichterung dauerte nicht lange. Die unbarmherzige, wahnsinnige Erregung ließ sie beide nicht mehr in Ruhe.

„Beck." Harlow umklammerte seinen Nacken und küsste ihn wie im Rausch. Sie nahm seinen Mund, so wie er ihren Körper nahm – sie meldete ihren Anspruch auf ihn an und nahm ihn in Besitz.

Beck nahm ihr Stöhnen auf, ihr süßes Schnurren, das zugleich gequält und wild klang. Harlow spreizte die Beine noch weiter und übernahm die Führung. Sie bestimmte das Tempo – schnell, hemmungslos – und benutzte ihn, um ihre Lust zu stillen. Er liebte es. Er liebte es, sie zu spüren. Er liebte ihren Duft nach Erdbeeren mit Sahne. Er liebte … Vor dem nächsten Gedanken schreckte er zurück, obwohl sein Körper der Erlösung dadurch immer näher kam.

Beck wollte nicht als Erster kommen und schob seine Hand zwischen sie, um sie zu stimulieren, und drückte leicht auf ihre

Lustperle. Harlow schrie auf, ließ die Hüften kreisen, versuchte, sich noch enger an ihn zu pressen. Sie bewegte sich nicht mehr nur auf und ab, sondern auch seitlich, der Druck auf seine Erektion war unvergleichlich. Perfekt.

„Beck … schneller …"

„Genau so, Baby. Genau so."

Was als leichtes Zittern begann, breitete sich aus und riss sie mit. Harlow kam und schrie dabei seinen Namen. Aufstöhnend ließ Beck sich gehen und erschauerte auf dem Höhepunkt.

Er war sich nicht sicher, wie lange sie sich zitternd gegenseitig in den Armen lagen oder wie lange es dauerte, bis sie sich wieder beruhigt hatten, aber er genoss jede Sekunde. Er hielt Harlow so fest, dass er beinahe fürchtete, er könnte ihr wehtun. Beinahe.

„Das war …"

„… erst der Anfang", schloss er den Satz für sie.

26. KAPITEL

Sich Beck tagelang zu versagen, weil sie gefürchtet hatte, dass ihre Beziehung in die Brüche gehen könnte, wenn sie miteinander schliefen, war eine blöde Idee gewesen. Er hatte recht. Sie mussten einander vertrauen und sich einander mitteilen. Anders ging es nicht.

Nach ihrer explosiven Begegnung im Auto fuhr Beck mit ihr zum Farmhaus. Er führte sie in sein Badezimmer, wo sie gemeinsam duschten. Anschließend kuschelten sie sich in sein Bett und redeten.

„Da du nicht überall in den Genuss meines nicht existierenden Gefährts kommen kannst", sagte er, „welches Auto hättest du gern? Und sag mir nicht, dass ein Wagen ein zu teures Geschenk wäre, um ..."

„Bitte. Ich mag Geschenke. Immer her damit." Harlow zuckte mit den Schultern. „Ein Auto ist ein Auto. Es ist mir egal, was für eins es ist."

Beck schnaubte ungläubig. „Ein Auto ist nicht einfach ein Auto, Miss Glass. Das nimmst du sofort zurück."

„Niemals!" Sie kreischte, als er sie durchkitzelte, und gab schließlich zu: „Ich habe keinen Führerschein."

„Was?"

Harlow zuckte die Achseln. „Ich hatte mal einen, aber ich habe ihn in der Highschool ablaufen lassen und ihn nie verlängert."

„Dann hast du jetzt einen Grund, ihn zu erneuern."

Und offensichtlich auch die Geldmittel. „Das stimmt, aber ich habe seit Jahren nicht mehr am Steuer eines Wagens gesessen. Ich wäre eine Gefahr für die ganze Stadt."

„Du brauchst nur etwas Übung. Du kannst uns zum *Berryween Festival* fahren."

„Damit legst du dein Leben in meine Hände."

Sein Blick wurde sinnlich, Begierde stand in seinen Augen. „Baby, es gibt keinen Ort, an dem ich lieber wäre."

Sie umarmte ihn, legte den Kopf an seine Schulter und malte kleine Herzen über sein Herz. „Ich passe schon auf dich auf. Ich war damals nur in sechs unbedeutende Unfälle mit Blechschaden verwickelt, und davon waren nur … fünf selbst verschuldet."

Er lachte leise, und sie spürte seinen warmen Atem in ihrem Haar.

„Da fühle ich mich gleich viel sicherer. Und ich glaube, ich sollte dir doch lieber einen Autoscooter besorgen, statt dir die Schlüssel für meinen Jaguar in die Hand zu drücken."

„Du kannst keinen Rückzieher machen", entgegnete sie. „Du hast mir den Jaguar angeboten, also werde ich ihn auch fahren. Ich habe ein Bedürfnis nach Geschwindigkeit entwickelt."

„In den letzten zwei Minuten?"

Sie knabberte an seiner Brustwarze. „Kommt mir wie eine Ewigkeit vor."

Beck packte ihre Pobacken und drückte sie. „Vorsicht. Wenn du so weitermachst, liegst du gleich auf dem Rücken, und mein kleiner Freund steckt tief in dir."

„Du meinst den ‚Baconator'?"

Er lachte laut auf. „Du hast meinen Penis den ‚Baconator' getauft?"

„Was denn? Ich mag Bacon."

„Tja, dann nenne ich deine Brüste ‚Erdbeertorte' und ‚Erdbeerküchlein'." Er drehte sie auf den Rücken, packte die Erdbeerzwillinge und leckte nacheinander über ihre Nippel. „Hey, Mädels. Habt ihr mich vermisst?"

Stöhnend strich Harlow durch sein Haar. „Sie haben dich unglaublich vermisst."

„Gut. Schling deine Beine um mich, so bekommen sie eine innige Begrüßung von mir", sagte er.

Harlow erstarrte.

Beck hob den Kopf. „Was ist los?"

Eigentlich war ihr erster Impuls, einfach zu sagen: Nichts. Alles in Ordnung. Aber wenn sie ihm vertraute, sollte sie auch all ihre Ängste und Zweifel mit ihm teilen. „Ich habe gehört, wie du genau *das* schon zu anderen Frauen gesagt hast."

Verwirrt runzelte er die Stirn. „Woher weißt du das?"

„Als ich auf meinem … ich meine, auf *eurem* Grundstück gezeltet habe, bin ich jeden Abend zum Haus gegangen. Und da warst du dann, meistens mit irgendeiner Frau." Sie schüttelte den Kopf. „Ach, es macht mir gar nichts mehr aus. Wirklich nicht. Ich weiß nicht, warum ich so reagiert habe. Es tut mir leid."

Eine ganze Weile sah er sie an. Seine Miene wirkte ernst, aber undurchdringlich. Schließlich sagte er: „Schling deine Beine um mich, Harlow."

Sie tat es, ohne zu zögern, und schmiegte sich an ihn, drängte sich an seine pralle Erektion. Ihr Atem vermischte sich mit seinem.

„Weißt du, an was ich mich bei den anderen Frauen noch erinnere?"

Sie schüttelte den Kopf und war sich nicht sicher, ob sie die Antwort wirklich hören wollte.

„An nichts. Und weißt du, an was ich mich bei dir immer erinnern werde?"

Harlow sank auf die Matratze zurück, und ihr Körper schien mit Becks zu verschmelzen, während sie mit den Fingernägeln über seinen Rücken strich. „Sag es mir."

„An alles."

Er berührte sachte ihr Kinn, damit er sicher sein konnte, dass sie ihn auch weiterhin anblickte. Er wollte, dass sie wusste und mit eigenen Augen sah, dass das, was er sagte, sein voller Ernst war.

Er liebt mich. Er muss mich lieben. Doch so schwierig und kompliziert, wie sein Leben gewesen war, war es durchaus möglich, dass er es selbst nicht erkannte.

Harlow lächelte ihn an. „Ich glaube dir. Und jetzt halt den Mund und verdiene dir ein paar Punkte. Du bekommst zehn Punkte für jeden Orgasmus, den du mir verschaffst."

Seine karamellbraunen Augen funkelten. „Ich bin erst zufrieden, wenn ich fünfzig Punkte habe. Also, mach dich bereit, denn ich werde keine Ruhe geben, bis ich mein Ziel erreicht habe – und selbst dann ist es noch fraglich, ob ich aufhöre.“

Der Morgen graute dunkel und nebelig herauf, und dicke schwarze Regenwolken hingen tief am Himmel. Es war die perfekte Atmosphäre für ein „spuk-takuläres“ Festival. An der Main Street waren Zelte errichtet worden – auch bekannt als Friedhöfe. Dort konnte man von „Hau den Schädel“ bis hin zu „Zombieschießen“ die unterschiedlichsten Spiele spielen und alles Mögliche zu essen bekommen.

Harlow hatte den Jaguar tatsächlich chauffiert. Nachdem sie jahrelang nicht am Steuer eines Autos gesessen hatte, war sie so langsam gefahren, dass die halbe Stadt ungeduldig hinter ihr gehupt und Beck sie gefragt hatte, ob sie Übungsstunden im Altersheim genommen hätte. Sie war einfach nur erleichtert, dass sie es überlebt hatte.

Nun nippte sie an einem Eistee und schmiegte sich an Beck, während sie gemeinsam die Straße entlangschlenderten. Er hatte einen Arm um sie gelegt und war stolz, mit ihr zusammen hier zu sein, auch wenn sie noch so viele ungläubige Blicke auf sich zogen.

Als sie aufgewacht war, hatte er schon zwei Kostüme bereitgelegt. Ein sexy Löwenkostüm für sie – bestehend aus falschen Ohren mit einer dichten blonden Mähne, einem Stück Kunstfell oberhalb ihrer Brüste und einem kurzen Röckchen mit einem langen geschwungenen Schwanz – und für ihn das Kostüm eines sexy Löwenbändigers.

Als sie nun in ihren hochhackigen Stiefeln aus Fellimitat die Straße entlangwankte, lachte er und sagte: „Hast du Schwierigkeiten, aufrecht zu gehen, Baby? Ich habe gestern Nacht immerhin achtzig Punkte gemacht.“

„Nur, weil ich *sehr großzügig* benotet habe.“ Heute würde er sich definitiv noch mehr Punkte verdienen. Sein Kostüm bestand aus einer orangefarbenen Jagdweste, unter der er nichts trug, einer zerrissenen Jeans und Kampfstiefeln. Ach, eine Peitsche, die über seiner Schulter hing, komplettierte das Bild.

„Nein, du hättest mir eigentlich die doppelte Punktzahl für die letzten beiden …"

Sie hielt ihm den Mund zu. „Wage es ja nicht, es auszusprechen. Außerdem solltest du dich nicht damit brüsten. Ich habe *dreihundert* Punkte verdient für die letzten zwei … du weißt schon was."

Beck schob ihre Hand weg und lächelte so zärtlich, dass Harlow beinahe dahingeschmolzen wäre.

„Das stimmt allerdings."

Sie sah sich um, um sich von seiner überwältigenden sexuellen Anziehung abzulenken. Erwachsene und Kinder, die vom Zombieclown bis hin zur Schneekönigin alle möglichen Kostüme trugen, tummelten sich in den unterschiedlichen Zelten. Rote und schwarze Luftballons waren zu Bögen aneinandergebunden worden und erstreckten sich von der rechten Häuserzeile über die Straße bis zur linken Häuserzeile. Obwohl eigentlich alles abgesperrt war, fuhr ein altmodischer grüner Truck langsam die Hauptstraße entlang. Auf der Ladefläche stand die aktuelle Miss *Strawberry Valley*, die als sexy Erdbeere verkleidet war, und winkte den Leuten am Straßenrand zu.

Es war über zehn Jahre her, dass Harlow dieses Festival besucht hatte. Als Teenager war sie für diese Veranstaltung zu „cool" gewesen, und als Erwachsene wäre sie wahrscheinlich im Wasserbottich des „Dunk Tank – Fall-ins-Wasser-Spiel" ertränkt worden. Ach, wie die Zeiten sich geändert hatten. Sie genoss jeden Moment des Festes.

„Harlow! Harlow! Hier sind wir!", rief Brook Lynn. Sie trug einen hautfarbenen Bodysuit mit Feigenblättern an den strategisch wichtigen Stellen. Sie winkte ihnen aus dem „Sie haben es sich verdient"-Stand heraus zu. Eine gefühlt einen Kilometer lange Schlange von wartenden Menschen stand an, um sich Auflauf, Sandwiches und Kuchen zu holen.

Harlow winkte zurück. Jase, Jessie Kay und Daphne arbeiteten in dem kleinen Zelt. Sie alle blickten auf und lächelten ihr zu. Jase trug ebenfalls einen hautfarbenen Ganzkörperanzug mit einem einzelnen Feigenblatt zwischen den Beinen. Wow, er sah echt gut aus. Der Stoff des Anzugs spannte über seinen Muskeln.

Jessie Kay war als sexy Zombieversion von *Alice im Wunderland* unterwegs, und Daphne war eine sexy Harpyie mit glitzernden Flügeln.

Während Harlow sie alle grüßte und so glücklich war, dass sie hätte platzen können, rief Jessie Kay: „Falls du Hunger hast, komm her. Ich verspreche dir auch, nicht in dein Essen zu spucken."

„Nein danke. Im Moment ist alles gut." Außerdem würde die Menge von Axtmördern und Skeletten sie vermutlich auseinandernehmen, wenn sie sich einfach vordrängelte. Seit sie im *Inn* zu arbeiten begonnen hatte, waren die Leute ihr gegenüber viel toleranter geworden. Vielleicht, weil das Kapitel abgeschlossen war … oder weil sie die Möglichkeit bekommen hatten, es ihr ein bisschen heimzuzahlen. Was auch immer der Grund war, es war allemal besser, als die Ausgestoßene der Stadt zu sein. Doch es gab Dinge, die sie lieber nicht riskieren wollte.

West, der an ihrer anderen Seite ging, murmelte: „Diese Frau ist eine echte Landplage, eine Bedrohung."

„Wer? Jessie Kay?"

„Als gäbe es hier jemanden, der nur halb so gefährlich ist."

Gefährlich? „Sie ist absolut toll", versetzte Harlow schroff und verteidigte ihre Freundin. „Einer der liebsten und besten Menschen, die ich kenne."

Beck gab ihr einen Kuss auf die Schläfe. „Er ist nur ein bisschen verbittert, weil es ihm bisher noch nicht gelungen ist, sie in sein Bett zu locken."

„Pass auf, was du sagst", knurrte West.

Sein Tonfall war bestimmt, aber nicht so bestimmt, dass Harlow Angst gehabt hätte, dass die beiden Männer sich gleich prügeln würden.

Beck hob beschwichtigend die Hände und signalisierte, dass er sich geschlagen gab. „Wie läuft es bei deiner Suche nach einer neuen Freundin, Mann?“

„Bist du endlich bereit, dich auf eine Frau einzulassen und sesshaft zu werden?“, fragte Harlow. „Tja, du solltest darauf achten, dass diejenige, mit der du dich triffst, weiß, dass du keinen Geschmack hast und dass du die perfekte Freundin nicht einmal erkennen würdest, wenn sie vor dir stünde. Ach, wem will ich was vormachen? Sie wird es innerhalb weniger Minuten in deiner Nähe von selbst herausfinden.“

Beck lachte.

„Ihr nervt“, murmelte West.

Carol Mathis, die als Vampirbraut verkleidet war, schlenderte an ihnen vorbei und nickte ihr zu. Damit billigte sie ihre Anwesenheit also in aller Öffentlichkeit. Dottie, die in ihrem pinkfarbenen Glitzerkleid und mit den Tränen, die sie unter ihre Augen gemalt hatte, einfach toll aussah, lief neben ihrer Mutter her. Sie lächelte und winkte ihr zu. Harlow erwiderte den Gruß fröhlich.

Als Dottie hinter der nächsten Ecke verschwunden war, fiel Harlows Blick auf Scott. Er stand auf der anderen Straßenseite, hatte ein Cowboykostüm an und beobachtete sie vom „Dead Again – Schon wieder tot“-Stand aus.

Beck erstarrte. „Ich glaube, der Kerl will, dass ich ihm mal kurz helfe“, presste er zwischen zusammengebissenen Zähnen hervor.

„Er beschimpft mich ja nicht. Ich würde sagen, er hält sich zurück“, sagte Harlow.

„Spielt keine Rolle, ob er sich nun zurückhält oder nicht“, entgegnete West. Er war mit seinem Zuhälterkostüm aufs Ganze gegangen, trug einen regenbogenfarbenen falschen Pelz, eine Schlaglederhose und sogar einen goldenen Gehstock. „Er starrt trotzdem das Eigentum eines anderen Mannes an, und das ist ein

Verbrechen, das bestraft werden muss."

Die Bitterkeit in seiner Stimme ließ vermuten, dass er wusste, wovon er sprach.

„Eigentum?", fragte sie stirnrunzelnd.

„Ich bevorzuge den Begriff ‚Spielzeug'", sagte Beck und knabberte an einem ihrer Ohrläppchen. „Ich will mit dir spielen."

Tawny und Charlene kamen zu ihnen herübergehüpft. Beide Frauen trugen Dessous. Oder zumindest Stofffetzen, die als Dessous durchgehen sollten. Sie hielten beide einen von Brook Lynns köstlichen Corn Dogs in der Hand – ein Würstchen im Maismehlmantel am Stiel. Harlow nahm sich vor, als Nächstes auf jeden Fall zu Brook Lynns Stand zu gehen und sich auch etwas zu holen – ob die Leute nun einen Aufstand machten oder nicht. *Ich will das auch haben.*

„Hi, Beck. Hi, West", sagte Tawny, ihr Blick war auf Beck gerichtet. Sie zwirbelte eine blonde Locke zwischen ihren Fingern und leckte über die Spitze ihres Corn Dogs.

Wenn sie dem köstlichen Snack in ihrer Hand jetzt einen Blowjob verpasst, explodiere ich, dachte Harlow.

„Du siehst gut aus, Beck", säuselte Charlene.

Sie war eine junge, frisch geschiedene brünette Frau und hatte sie früher einmal dabei unterstützt, die Stadt zu terrorisieren. Sie war das neue Alphaweibchen geworden, als Harlow sich zurückgezogen hatte.

„Ich muss schon sagen, dass du als stattlicher Bändiger von wilden Miezekätzchen absolut hinreißend bist", schnurrte Charlene und grinste Harlow vergnügt an. „Du darfst mich gern zähmen. Jederzeit wieder."

Tawny nickte begeistert. „Dem schließe ich mich an."

Harlow erstarrte.

Beck warf den beiden ein kaltes und dennoch umwerfendes Lächeln zu, und die Frauen strahlten. Sie waren sich anscheinend nicht bewusst, in welche Gefahrenzone sie sich begeben hatten.

„Habt ihr eigentlich schon meine Freundin Harlow kennengelernt? Ich verbringe meine ganze Zeit nur noch mit meiner Freundin Harlow." Zur Sicherheit wiederholte er noch einmal: „Meine Freundin – Harlow."

„Hi. Ich bin seine Freundin. Harlow", sagte Harlow und winkte den beiden kurz zu.

Tawny bleckte die Zähne.

„Harlow Glass", dröhnte es unvermittelt.

Es war Scotts Stimme. Harlow drehte sich um, ebenso Beck und West.

„Niemand will dich hier sehen. Hau ab!", grölte Scott.

Beck konnte seinen Zorn kaum unterdrücken, während Scott, der seine Meinung lautstark kundgetan hatte und nun zufrieden wirkte, sich an die Mütze tippte und davonschlenderte.

„Mir geht es gut", sagte Harlow zu Beck. Ihrem Freund. „Er ist es nicht wert, dass wir uns von ihm den Tag verderben lassen."

„Du bist es auch nicht wert", sagte Tawny, die plötzlich eitle Zufriedenheit ausstrahlte, „aber das hindert dich nicht daran, uns den Tag zu versauen."

West setzte ein verführerisches Lächeln auf – eins, das Harlow noch nie zuvor an ihm gesehen hatte. *Wow.* Es stellte wahrscheinlich sogar Becks umwerfendstes Lächeln in den Schatten. Die Mädchen waren natürlich nicht immun gegen dieses Strahlen. Sie seufzten verträumt und machten instinktiv einen Schritt auf West zu.

„Ladies", sagte er. „Wir kennen einander kaum, und das ist eine echte Schande. Obwohl ich glaube, mich erinnern zu können, mit dir geknutscht zu haben, Charlene, als wir beide betrunken waren – oder war es deine Nähe, die mich so durcheinandergebracht hat, dass mir ganz schwindelig geworden ist?" Er trat zu ihnen, breitete die Arme aus und schlang sie um ihre Taille – und schon war er der köstliche Belag in diesem Zickensandwich. Opferte er sich gerade für die Gemeinschaft? „Fangen wir doch damit an, dass ihr zwei Hübschen mir alles über eure Kindheit erzählt, und enden damit, wie ihr euch in mich verknallt habt, ja?", sagte er und setzte sich mit den beiden Damen in Bewegung.

Charlene folgte ihm offenbar sehr gern, während Tawny ihr, Harlow, über die Schulter hinweg noch einen verschlagenen Blick zuwarf, ehe sie sich schließlich von West wegführen ließ.

Beck sagte kein Wort, und auch Harlow schwieg, weil sie Angst hatte, die Beherrschung zu verlieren und wüste Beschimpfungen auszustoßen.

Einer Dame kommen keine unflätigen Flüche über die Lippen. Das hatte ihre Mutter immer gesagt.

Im Augenblick fühle ich mich nicht gerade wie eine Dame, Momma. Ihre Krallen waren ausgefahren, sie wollte Blut sehen.

Am Ende der Straße war ein Riesenrad aufgebaut worden. Es war das erste Mal, dass die Stadt so eine Attraktion bot. Die Warteschlange war fast genauso lang wie die vor Brook Lynns Stand, doch Beck ging ohne eine Entschuldigung an den Wartenden vorbei nach vorn. Niemanden schien das zu stören. Einige der Leute klopften ihm sogar auf die Schulter.

„Das ist bisher das beste Festival aller Zeiten", sagte jemand.

„Ihr wisst, wie man ein tolles Festival auf die Beine stellt", pflichtete jemand anders bei.

Das stimmte. Er, West und Jase finanzierten das gesamte Fest. Kein Wunder, dass es niemanden störte, dass er sich vordrängelte.

„Wir sind als Nächstes dran", sagte Beck zu Sunny Day, die ganz vorn stand und das Fahrgeld einsammelte.

„Ist das so?" Sunny war reich, hatte ein Temperament, für das sie über die Grenzen des Bundesstaates hinaus berüchtigt war, und gab nicht so leicht klein bei.

„Das ist so. Wie viel?"

Das Piercing in ihrer Nase funkelte – es war ein echter Diamant, der nicht einmal die Hilfe der Sonne brauchte, um zu strahlen. „Zwanzig Dollar. Pro Nase."

„Auf dem Schild steht aber, dass eine Runde fünf Dollar kostet", erwiderte Harlow.

Sunny kaute geräuschvoll auf ihrem Kaugummi herum. „Tut es oder lasst es."

„Wir kaufen zwei Karten."

Harlow trank die letzten drei Schlucke ihres Eistees. *Igitt!* Offenbar hatten sich am Boden des Bechers Teeblätter abgesetzt, denn das Getränk hinterließ plötzlich einen bitteren Nachgeschmack.

Beck warf den leeren Becher in den Mülleimer und zog zwei Zwanzigdollarscheine aus der Tasche. Sunny nahm das Geld entgegen und steckte es sich, ohne rot zu werden, in die eigene Tasche. Anscheinend spielte es für sie keine Rolle, dass die Einnahmen dafür verwendet werden sollten, für die *Strawberry Highschool* eine Turnhalle zu bauen.

Nachdem einige Knöpfe gedrückt worden waren, hielt das Riesenrad an.

„Alle bis auf Bürgermeister Trueman und seine ‚Assistentin'", sagte Sunny und malte Anführungsstriche in die Luft, „können sitzen bleiben."

Der Bürgermeister war gerade nicht der beliebteste Einwohner von Strawberry Valley. Vor ein paar Tagen war bekannt geworden, dass er eine Affäre mit seiner „Assistentin" hatte. Eine niederschmetternde Situation für seine Ehefrau.

Beck zog Harlow zu einer leeren Gondel und achtete darauf, dass ihr Löwenschwanz nicht im Weg war, als er sie verschloss. Dann wartete er ab, bis sie in der Luft waren, ehe er zu sprechen begann.

„Ich kann meine Vergangenheit nicht ändern", sagte er, als das Rad sich langsam drehte und die Gondel nach oben schwebte. Harlow hatte keine Chance, ihm zu entwischen.

„Ich weiß." Sie blickte auf die Stadt hinab. Je höher sie stiegen, desto mehr konnte sie erkennen. Geschwungene Hügel, flache Ebenen, Weizenfelder, Baumwolle, die die weißen Blüten verlor, Täler mit Erdbeerpflanzen, die nun, da die kalten Monate bevorstanden, allmählich vertrockneten.

„Du kannst deine auch nicht ändern", sagte er.

„Das weiß ich.“ Die Luft roch frisch hier oben. Der Tau des heraufziehenden Regens benetzte ihre Haut. Eine kühle Brise wehte vorbei, und Harlow erschauderte. Mit Beck würde es immer wieder solche Zwischenfälle geben. Frauen würden sich ihm immer wieder an den Hals werfen. Sie würden ihn immer begehren.

„Sprich mit mir.“ Beck zog sie an sich und schützte sie vor dem Wind. „Sag mir, was du empfindest.“

Unzählige unterschiedliche Dinge. Aufregung. Ein schlechtes Gewissen. Reue. Resignation. Entschlossenheit. Aber welches Gefühl stand im Vordergrund? „Eifersucht“, gab sie zu. „Du gehörst zu mir, und trotzdem kennen sie intime Details über dich. Sie reden wahrscheinlich über dich und hoffen, dich wieder in ihr Bett locken zu können.“

Er gab ihr einen Kuss auf die Schläfe und atmete ihren Duft ein. „Sie werden keinen Erfolg damit haben. Ich durfte dich kosten, Liebste, und ich bin süchtig nach dir.“

Liebste. Der Kosename berührte sie tief, war kostbar und veränderte das ganze Leben. Meinte er es so, wie sie es sich erhoffte? Liebte er sie wirklich so, wie sie es für möglich hielt?

„Ich weiß, dass wir darüber gesprochen haben, aber ich muss die Antwort noch einmal hören. Vergleichst du mich mit ihnen?“, wollte sie wissen.

„Ständig.“

Als sie erschrocken keuchte, lachte er.

„Und sie verlieren. Jedes Mal.“

Allmählich entspannte sie sich und schmiegte sich enger an ihn. Als die Gondel langsam wieder gen Erde schwebte, schien es, als würde die halbe Stadt sie und Beck beobachten. Man zwinkerte Beck zu und reckte die Daumen. Um den Leuten etwas zu bieten, legte er zwei Finger unter ihr Kinn, hob es sanft an und gab ihr einen Kuss.

Die Menge jubelte, und das Riesenrad drehte die nächste Runde. Plötzlich hatte Harlow das Gefühl, ihr Magen würde Richtung Füße sacken. Ihr wurde schwindelig, und sie fühlte sich ein wenig benommen. Zugleich machte sich brennende Begierde bei ihr bemerkbar. Wenn sie mit Beck zusammen war und sie sich küssten, ging es ihr immer so. Er schmeckte so gut. Er war Balsam für ihre geschundene Seele. Als er sich schließlich von ihr löste, keuchte sie und rutschte auf dem Sitz hin und her.

Er rieb mit seiner Nase über ihre Nasenspitze und strich mit den Daumen sacht über ihre Wangen. „Du spielst nicht mit dem Gedanken, mich zu verlassen, oder?"

„Eher würde ich sterben", erwiderte sie und setzte alles aufs Spiel.

Erleichterung trat in seine Augen, in denen mehr als nur Verlangen zu sehen war.

„Ich sollte es dir wahrscheinlich nicht sagen, aber wir sind ja offen und ehrlich zueinander. Du solltest also wissen, dass eine andere Antwort bedeutet hätte, dass ich mit harten Bandagen gekämpft und dir meine dunkle Seite gezeigt hätte."

„Du hast eine dunkle Seite?"

„Du kannst nur hoffen, dass du den ‚bösen Beck' niemals kennenlernen wirst. Er steht auf Spanking."

Sie lachte leise. „Ich glaube allmählich, dass du einen geheimen Fetisch hast."

„Geheim? Liebste, ich denke schon darüber nach, seit wir uns zum ersten Mal begegnet sind. Ich warte nur auf grünes Licht von deiner Seite."

„Tja, ich lasse mir von dir den Hintern versohlen, sobald du mir erlaubst, dir den Hintern zu versohlen."

„Also ... heute?", witzelte er.

Sie lächelte von einem Ohr zum anderen. „Du bist unverbesserlich. Das ist dir klar, oder?"

„Ich glaube, du meinst *unwiderstehlich*."

„Und Scham kennst du auch nicht, was?"

„Aber du liebst mich trotzdem."

Die Worte hingen zwischen ihnen, und er runzelte die Stirn und wich etwas von ihr zurück.

Gefiel ihm der Gedanke, dass sie ihn liebte, etwa nicht? Trotz der Tatsache, dass er den Kosenamen schon zweimal für sie verwendet hatte?

Ihr Magen zog sich so ruckartig zusammen, dass sie erschrocken keuchte. Während die Gondel weiter nach oben schwebte, wurde der Aufruhr in ihrem Magen schlimmer. In ihrem ganzen Leben war sie erst ein paar Mal richtig krank gewesen. Ihre Mom hatte immer gesagt, dass sie das Immunsystem eines Champions hätte. Doch wenn es sie erwischt hatte, hatte sie sich jedes Mal gewünscht zu sterben. Das Fieber, der Schüttelfrost, die Schweißausbrüche und die Schauer, die so stark waren, als hätte sie einen Krampfanfall, waren beinahe jedes Mal unerträglich gewesen.

Das, was sie jetzt spürte, war schlimmer.

Sie schlang die Arme um ihren Oberkörper. Schweißperlen standen ihr auf der Stirn. Sie fühlte praktisch, wie das Blut aus ihrem Gesicht wich, und wusste, dass sie kreidebleich war – sie las es an Becks entsetzter Miene ab.

„Was ist los, Liebste?"

„Mein Bauch tut so weh." Galle kroch ihren Hals hinauf.

„Bring uns runter!", brüllte Beck zu Sunny hinunter. „Sofort."

Das Mädchen streckte die Arme aus, als wollte es sagen: *Was soll ich deiner Meinung nach tun? Soll ich eure Gondel mit meinen übermenschlichen Kräften herunterziehen?*

Beck legte eine Hand auf ihren Bauch und massierte ihn leicht. „Halte noch ein bisschen durch, Baby. Ich bringe dich gleich nach Hause."

Die Übelkeit nahm erbarmungslos zu, und Harlow würgte. Voller Angst schätzte sie ab, wie lange es dauern würde, bis sie unten waren. Sie hatten noch nicht einmal die Hälfte der Strecke hinter sich gebracht. Sie würde es nicht schaffen.

„Beck", sagte sie stöhnend.

Er verstand. Er nahm ihr den Haarreif mit den Löwenohren ab, steckte ihre Haare in den Ausschnitt ihres Oberteils und hielt sie an der Taille. „Beug dich, so weit du kannst, aus der Gondel.

Ich halte dich fest."

Zu jeder anderen Zeit wäre es ihr wahrscheinlich peinlich gewesen. Doch im Augenblick waren die Schmerzen einfach zu groß. Also tat sie es. Sie beugte sich aus der Gondel und kotzte sich ohne Rücksicht auf die Leute, die unten standen, die Seele aus dem Leib.

27. KAPITEL

In seinem ganzen Leben hatte Beck noch nie so große Angst gehabt. Im Laufe der Jahre war er geschlagen, von einer Pflegemutter sexuell missbraucht, manipuliert worden, verlassen und vergessen worden. Aber das hier – das war viel schlimmer. Er war nie fest mit einer Frau zusammen gewesen, und er hatte sich nie um jemand anders als um sich selbst kümmern müssen. Jase und West waren immer unabhängig. Wenn einer von ihnen krank war, hatten sie sich zusammengerissen und jeden angebrüllt, der sich ihnen genähert hatte. Nur in der Abgeschiedenheit des eigenen Zimmers hatten sie sich zusammengerollt und gestöhnt und um Gnade gefleht. So sah es die männliche Art eben vor.

Doch als seine Freunde spät am Abend nach Hause kamen und ihr Lachen bis ins Schlafzimmer zu hören war, hatte sich Harlows Zustand weiter verschlechtert. Sie würgte trocken und war mittlerweile zu schwach, um es ins Badezimmer zu schaffen oder sich auch nur auf den Beinen zu halten. Beck musste sie tragen und festhalten, weil er fürchtete, sie könnte sonst in der Toilettenschüssel ertrinken.

„Alles wird wieder gut", sagte er zu ihr. „Dir geht es bald wieder besser."

Sie war zu erschöpft, um zu antworten, und konnte nicht mal mehr die Augen offen halten.

Als ein paar Minuten vergingen, ohne dass sie sich noch einmal übergeben hätte, trug er sie zurück zum Bett, legte sie hinein und deckte sie zu. Ihr Gesicht war vor Anstrengung gerötet, ihre Haut wächsern und klamm. Die Locken klebten an ihren schweißnassen Wangen und an ihrem Hals. Er hatte ihr ein sauberes T-Shirt angezogen, doch auch das war schon wieder durchgeschwitzt.

Brook Lynn und Jessie Kay kamen ins Zimmer und traten zu ihm.

„Ich habe gehört, dass sie den Bürgermeister vollgekotzt hat", sagte Jessie Kay. „Ich dachte, das wäre ein überaus gelungener Scherz. Mir war nicht klar, wie …“

„Ihr geht es bald wieder gut“, wiederholte Beck. Mehr, um sich selbst zu beruhigen als die beiden Schwestern.

Brook Lynn streichelte ihm über den Arm. „Warum duschst du nicht und ziehst dich um? Wir kümmern uns so lange um Harlow.“

„Nein. Ich weiche nicht von ihrer Seite.“ Diese Frau war das Zentrum seiner Welt. Er hatte sie hineingelassen, oder vielleicht hatte sie sich auch in sein Herz gestohlen. Wie auch immer – sie gehörte zu ihm, sie musste wieder auf die Beine kommen, und er musste sie dabei begleiten und sehen, dass es ihr besser ging.

Die Übelkeit war von einer Sekunde auf die andere gekommen. Sie hatte kein Fieber oder sonstige Symptome.

„Geht gerade irgendein Virus um?“, fragte er. Er war auf der verzweifelten Suche nach Antworten. Er konnte ihr nicht helfen, solange er nicht wusste, was genau ihr fehlte.

„Nein, sonst hätte ich es schon längst abbekommen“, entgegnete Jessie Kay. „Ich werde immer viel schneller und viel schlimmer krank als alle anderen. Hat sie vielleicht zu viel Junkfood gegessen?“

Harlow stöhnte leise – und erbrach Blut.

Die rote Flüssigkeit, die ihr aus dem Mund schoss, war der erschreckendste Anblick, den Beck je gesehen hatte. Er handelte sofort, hob Harlow, die reglos und schlaff im Bett lag, hoch und rannte mit ihr in den Flur. „Jase! West!“

Seine Freunde kamen angelaufen.

„Helft mir, sie in die Notaufnahme zu bringen.“

Jase holte seinen Autoschlüssel, und West hielt ihm die Eingangstür und kurz darauf die Wagentür auf.

„Fahr zum *St. Joseph Hospital.*“ Beck wollte, dass Harlow die beste medizinische Versorgung bekam und dass ihr Experten auf jedem nur erdenklichen Gebiet zur Verfügung standen. Sosehr er Strawberry Valley auch mochte, war er sich nicht sicher, wie gut die medizinischen Einrichtungen hier waren.

Sie fuhren so schnell wie möglich und erreichten das Krankenhaus in der Stadt in weniger als einer Stunde. Es war ein echtes Wunder, dass sie überhaupt ankamen und dass sie unterwegs keinen Unfall gebaut hatten oder von der Polizei angehalten worden waren. Während der Fahrt hatte West einige Anrufe getätigt, sodass bei ihrer Ankunft bereits Ärzte und Schwestern auf sie warteten.

Sofort übernahmen die Mediziner Harlow, um sich um sie zu kümmern. Beck konnte es kaum über sich bringen, sie loszulassen. Doch er tat es, auch wenn es ihm einen schmerzhaften Stich versetzte. Sie wurde auf eine Trage gelegt und ins Krankenhaus gebracht.

Während Jase den Wagen auf dem Parkplatz abstellte, führte West ihn in den Wartebereich, wo sie Platz nahmen. Stunde um Stunde verstrich, und das Warten wurde immer unerträglicher.

Beck erkundigte sich so oft bei der Schwester am Empfang nach Neuigkeiten, dass sie schon zu seufzen anfing, sobald er zu ihr trat. Irgendwann tauchten Brook Lynn und Jessie Kay auf und brachten etwas zu essen und einige Flaschen Wasser mit. Brook Lynn wollte ihn dazu überreden, etwas zu sich zu nehmen, aber er lehnte ab; er war zu aufgewühlt. Behutsam versuchte sie, eine Unterhaltung mit ihm zu führen, um ihn abzulenken, doch es gab nur einen Menschen, mit dem er im Augenblick reden wollte, und der war nicht verfügbar.

Endlich kam eine Schwester aus dem Behandlungsbereich der Notaufnahme und stellte ihnen Fragen über Harlow. Sie wollte wissen, was sie an diesem Tag gegessen oder getrunken hatte, was sie getan hatte. Beck beantwortete alles, so gut er konnte, aber als er selbst ein paar Fragen stellen wollte, eilte die Schwester davon, ohne zu antworten.

Eine weitere Stunde verging.

Er durfte Harlow nicht verlieren. Das war unvorstellbar. Er mochte … *Nein. Verdammt, nein.* Er *liebte* sie, und er würde die Wahrheit nicht länger leugnen. Er liebte sie von ganzem Herzen, mit seinem Verstand und all seiner Kraft. Er liebte sie, und er konnte sie nicht mehr missen, war abhängig von ihr. Sie war der beste Teil seines Lebens.

Das Einzige, was von Bedeutung war.

Plötzlich spürte er, dass Tränen in seinen Augen brannten. Er krallte die Finger in sein Haar und zog an den Strähnen. War es denn normal, dass man so lange warten musste? *Verdammt!* Warum zur Hölle sagte ihm niemand, was wirklich los war?

Er ging im Wartebereich auf und ab und spielte mit dem Gedanken, mit den Fäusten auf die Wände einzuschlagen. Er versuchte weiterzuatmen, während er vor seinem inneren Auge quälende Bilder von Harlow sah, die Blut spuckte.

Schließlich kehrte die Schwester zurück und führte sie von den anderen Wartenden weg zu einer gemütlichen Sitzecke. Egal, was Beck von ihr wollte, sie antwortete stets: „Es tut mir leid, aber da müssen Sie Dr. Lowe fragen."

„Ich würde ihn ja gern fragen. Wenn er so freundlich wäre, endlich sein verdammtes Gesicht zu zeigen."

Die Schwester eilte davon. Kurz darauf kam ein kleiner gedrungener Mann mit ernster Miene auf sie zu und verhinderte so, dass Beck seine Wut doch noch an der Einrichtung ausließ.

„Entschuldigen Sie bitte die Verspätung. Ich bin Dr. Lowe", sagte er und schüttelte allen die Hand. „Ich würde gern mit einem Verwandten von Miss Glass sprechen."

„Ich bin ihr Freund", meldete sich Beck. „Wie geht es ihr? Was fehlt ihr denn überhaupt?"

Der Arzt schürzte die Lippen. „Es tut mir leid, aber angesichts der neuesten Informationen, die ich bekommen habe, werde ich nur mit einem Familienmitglied sprechen."

„Warum? Was haben Sie erfahren? Was ist denn mit ihr passiert?" Beck hätte ihn beinahe an den Schultern gepackt, um die Antworten aus ihm herauszuschütteln. „Wird sie wieder gesund? Sie müssen es mir sagen. Bitte."

„Sagen Sie es *mir*. Ich bin ihre Schwester", meldete Jessie Kay sich zu Wort und trat vor. „Ich bin Jessica Glass."

Dr. Lowe nahm sie beiseite, und Beck wäre fast explodiert.

Er hatte nicht das Recht, etwas über Harlows Zustand zu erfahren, weil er nicht ihr Ehemann war? *Verdammt.* Das war inakzeptabel. Er wollte zu Jessie Kay und den Arzt treten, um Antworten zu verlangen, doch Jase hielt ihn zurück.

„Lass mich los, Mann. Sofort“, knurrte Beck.

„Beruhige dich.“ Mit einem Kopfnicken wies Jase Richtung Eingang. Zwei Securitymänner standen in der Tür, und eine etwa vierzigjährige Frau im Hosenanzug kam gerade mit einem kleinen Notizblock in der Hand herein. Sie arbeitete mit Sicherheit für die Polizei. Nach Pax' Tod hatte er mit so vielen Polizisten und Detectives gesprochen, dass er sie auf den ersten Blick erkannte.

Beck wurde bleich. Wenn die Polizei sich für den Vorfall interessierte ...

Harlow musste irgendetwas Schlimmes zugestoßen sein.

Panik erfasste ihn. Er schüttelte Jases Hand ab und rannte zu Dr. Lowe und Jessie Kay. „Es geht ihr gut. Es *muss* ihr gut gehen. Falls Sie etwas anderes sagen, drehe ich durch.“ Seine Kehle war auf einmal wie zugeschnürt, und er bekam keine Luft mehr. Ihm wurde schwindelig, und um ihn herum wurde allmählich alles schwarz. „Sie kann nicht ... sie kann nicht einfach ... Ich brauche sie doch!“

Jemand hielt ihn fest und führte ihn vorsichtig zu einem Stuhl. „Beck.“ Jessie Kays Stimme drang wie durch einen langen finsteren Tunnel zu ihm. „Du musst jetzt ruhig sein und mir zuhören, ja? Ich weiß, dass du gerade das Schlimmste annimmst, aber Harlow lebt.“

Ein tiefes Gefühl der Erleichterung drängte die größte Panik zurück. Er konnte wieder durchatmen, und der Schwindel ebbte ab. Er hob den Kopf und blickte in blaue Augen, in denen Sorge stand. „Wo ist sie? Was ist mit ihr los? Wann kann ich sie sehen? Warum ist die Polizei hier?“

Jessie Kay strich ihm über den Rücken. „Ich beantworte mal eine Frage nach der anderen, ja? Sie haben Harlow auf die Intensivstation verlegt. Es tut mir leid, aber ihr Zustand ist im

Moment alles andere als stabil. Dr. Lowe hat gesagt … Er hat gesagt, dass sie ins Koma gefallen ist.“ Tränen rannen ihr über die Wangen. „Du kannst sie nicht sehen. Noch nicht. Keiner von uns darf im Augenblick zu ihr.“

Ein Koma. Harlow lag im Koma. Auf der Intensivstation.

Jessie Kay war jedoch noch nicht fertig. „Du kennst doch Augentropfen, oder? Ein Mittel, das Leute verwenden, damit ihre Augen nicht so gerötet sind? Also, der Wirkstoff heißt Tetra… irgendwas. Auf jeden Fall irgendwas mit Chlorid. Ich kann mir das fachliche Kauderwelsch nicht merken, tut mir leid. Aber wie auch immer es genau heißt – es ist toll für die Augen, sorgt allerdings wohl dafür, dass Blutgefäße sich zusammenziehen und dass der Blutdruck dramatisch abfällt, wenn man es schluckt.“

„Willst du mir damit sagen, dass Harlow Augentropfen getrunken hat?“ Sein Ton klang hart und schroff, schneidend und laut, doch er versuchte gar nicht, sich zu mäßigen, und er entschuldigte sich auch nicht dafür.

„Nicht bewusst. Jemand hat ihr die Tropfen offensichtlich in ein Getränk gemischt. Der Arzt hat gesagt, dass Übelkeit und Erbrechen ein paar Minuten nach der Einnahme einsetzen, und da es im Riesenrad angefangen hat, muss es passiert sein, kurz bevor ihr in die Gondel gestiegen seid.“

„Nein. Unmöglich.“ Bevor sie Riesenrad gefahren waren, hatte sie ihren Eistee ausgetrunken – Eistee, den er ebenfalls getrunken hatte, als er Brook Lynn half, ihren Stand aufzubauen. Harlow hatte stundenlang an dem Getränk genippt, hatte jeden Schluck genossen, und ihr war nicht übel geworden. Ihm auch nicht.

Wer sollte so etwas überhaupt tun?

„Sie haben Tests durchgeführt“, sagte Jessie Kay vorsichtig. „Und die Symptome passen. Das Erbrechen beginnt nach wenigen Minuten, und manchmal kann es zu Krampfanfällen bis hin zu einem Koma kommen.“

Krampfanfälle. Koma. Wieder dieses Wort. Manchmal fielen Menschen ins Koma und wachten nie mehr auf.

Sein Herz zog sich zusammen. „Die Symptome passen sicher auch zu anderen Krankheiten."

„Ja, aber sie konnten Harlow noch ein paar Fragen stellen, ehe sie ins ... Na ja, sie hat jedenfalls gesagt, dass der Tee komisch geschmeckt hätte. Tee wird nicht schlecht – außer er ist von Schimmel befallen. Also haben die Ärzte ihn auf bestimmte Gifte untersucht."

„Sind Sie Beck Ockley?"

Benommen drehte Beck sich um und musterte die Person, die zu ihnen gekommen war. Es war die Polizistin. „Ja", antwortete er. Seine Stimme klang seltsam hohl.

„Ich bin Detective June, und ich würde mich gern mit Ihnen unterhalten."

Sie stellte ihm Fragen über sein persönliches Leben, über Harlow und ihre Vergangenheit und über ihre Beziehung. Er beantwortete alles und ließ nichts aus. Wer achtete in einer Situation wie dieser schon auf die Privatsphäre? In diesem Moment war nur wichtig, Harlows Leben zu retten. Es zählte nur, denjenigen zu finden, der sie vergiftet hatte – und ihn für dieses Verbrechen bezahlen zu lassen.

„Fällt Ihnen irgendjemand ein, der den Wunsch haben könnte, ihr Schaden zuzufügen?", fragte die Polizistin.

Abwesend schüttelte er den Kopf. „Alle schienen ihre Wut auf sie überwunden zu haben. Sie haben ihr zugelächelt, gewinkt, sie begrüßt."

„Nicht alle", warf Jase ein. „Nicht Tawny Ferguson und Charlene Burns."

Die Polizistin blickte Jase an. Genau wie Beck. Seit Jase aus dem Gefängnis entlassen worden war, hatte er sein Bestes getan, um nicht aufzufallen. Als ehemaliger Gefängnisinsasse mit einer gewalttätigen Vergangenheit war er der Erste, der in einem solchen Fall verdächtigt wurde – gefolgt von ihm und West. Die Tatsache, dass er jetzt sprach und seinen Verdacht äußerte, bedeutete mehr, als Beck in Worte fassen konnte.

„Das stimmt", sagte West. „Tawny und Charlene hassen

Harlow. Ich stand bei Beck und Harlow, als die Frauen zu uns kamen. Kurz darauf hat ein Mann namens Scott Cameron unsere Aufmerksamkeit auf sich gelenkt. Danach bin ich mit Tawny und Charlene weggegangen. Die beiden haben sich jedoch schnell wieder von mir getrennt und sind Beck und Harlow zum Riesenrad gefolgt. Die ganze Zeit über haben sie wegen irgendetwas gekichert. Es tut mir leid. Ich hätte nie gedacht, dass …"

Detective June schrieb etwas in ihr Notizblöckchen und sagte: „Vielleicht haben sie nicht beabsichtigt, dass es so ausgeht. Viele Leute glauben, dass man durch die orale Einnahme von Augentropfen Durchfall bekommt, aber das ist ein Irrtum. Ich werde mit Strawberry Valleys Polizeichef sprechen, und ich bin mir sicher, dass er Miss Ferguson, Miss Burns und Mr. Cameron befragen wird. Fällt Ihnen sonst noch etwas ein, was er wissen müsste?"

„Ich bin gar nicht Harlows Schwester", platzte Jessie Kay unvermittelt heraus, als könnte sie die Worte nicht länger zurückhalten. „Ich habe das nur behauptet, um zu erfahren, was ihr fehlt und wie es ihr geht. Und auf dem Weg hierher habe ich die Geschwindigkeitsbegrenzung um gute dreißig Kilometer pro Stunde überschritten. Bitte, verhaften Sie mich nicht."

Stirnrunzelnd reichte Detective June jedem eine Visitenkarte. „Dr. Lowe, rufen Sie mich bitte an, wenn Miss Glass aufwacht."

Nachdem die Polizistin gegangen war, zupfte der Arzt die Aufschläge seines Kittels zurecht. „Sie können natürlich noch bleiben, wenn Sie möchten, aber die Besuchszeit ist eigentlich vorbei. Morgen früh ab acht Uhr sind Besucher wieder herzlich willkommen. Und dann können Sie auch Miss Glass sehen – einer nach dem anderen." Damit verließ er das Wartezimmer.

Einfach so? Beck sollte die Liebe seines Lebens eine ganze Nacht lang allein lassen? Eine Frau, die im Koma lag, an unzählige Maschinen angeschlossen? Es bestand die Möglichkeit, dass sie starb, noch bevor die Sonne aufging. Es bestand die Möglichkeit, dass er sie verlor. Nach allem, was passiert war, verlor er sie vielleicht, und das hatte nichts mit seiner Vergangenheit, mit seinen Problemen oder der Angst zu tun, ihr nicht zu genügen.

Dem Tod war sein Glück egal, und er kümmerte sich auch nicht darum, dass Harlow zum Sterben viel zu jung war oder dass sie ein gutes Herz hatte. Der Mistkerl nahm ganz emotions- und vorurteilslos und ließ die Überlebenden zurück, die damit fertigwerden mussten.

Ich kann damit nicht fertigwerden.

Bis er Harlow getroffen hatte, war sein Leben unvollständig gewesen. Er hatte Freunde und Arbeit und unglaublich viel Sex gehabt, doch keine Liebe. Es hatte keinen echten Sinn in seinem Leben gegeben. Er hatte Veränderungen immer gehasst, und vielleicht war das einer der Gründe gewesen, warum er Harlow so entschlossen widerstanden hatte. Aber wo wäre er ohne diese Veränderung? Wo wäre er ohne sie?

Er wollte zur Tür stürmen, auch wenn er nicht wusste, was genau er tun sollte. Würde er nicht nur das Krankenhaus, sondern gleich Strawberry Valley verlassen, falls er Harlow verlor, und hoffen, dass die Distanz den Schmerz linderte und er das alles vergaß? Würde er sich ins Koma saufen? Würde er in ihr Zimmer schleichen? Würde er Tawny, Charlene und Scott suchen – und ihnen wehtun?

Arme legten sich um ihn wie Bänder aus Stahl, gegen die er hätte kämpfen müssen, um sie zu durchbrechen. West und Jase schlossen ihn in die Arme und schenkten ihm Trost.

Er schöpfte Kraft aus ihrer Stärke, und in einem Moment absoluter Klarheit wusste er, was er jetzt zu tun hatte. „Ich muss gehen“, sagte er und löste sich aus der Umarmung seiner besten Freunde.

„Beck, Mann. Geh nicht“, sagte Jase. „Bleib. Für sie.“

West packte sein Handgelenk. „Falls du mit dem Gedanken spielen solltest, Tawny und Charlene zu suchen, dann lass es. Wenn du hinter Gittern sitzt, kannst du nicht …“

„Versteht ihr nicht?“ Er drehte sich zu ihnen um und nahm sich einen Augenblick, um es ihnen zu erklären. Das war er ihnen schuldig. Außerdem wollte er nicht, dass sie sich Sorgen machten. „Ich habe von allen Menschen immer nur das Schlechteste erwartet. Daher bin ich vor allem davongelaufen, habe mich nie auf andere einlassen können. Bei euch beiden war es anders, weil ich mich in euch wiedererkannt habe. Und in Harlow erkenne ich mich ebenfalls wieder. Ich erkenne ihren Schmerz und den Wunsch, ein Band zu knüpfen – Bedürfnisse, die ich teile. Ich werde nichts mehr zurückhalten, werde nicht mehr zögern. Ich werde mir keine Sorgen mehr über die Zukunft oder darüber machen, was passieren wird oder auch nicht. Ich werde tun, was richtig ist und was ich schon in dem Moment hätte tun sollen, als ich Harlow zum ersten Mal begegnet bin."

28. KAPITEL

Harlow blinzelte, um den Nebel zu vertreiben, der ihren Blick verschleierte. Die Lichter im Zimmer waren viel zu hell. Tränen, die längst getrocknet waren, verkrusteten ihre brennenden Augen. Sie hörte ein gleichmäßiges Piepsen, und als sie den Kopf drehte, sah sie eine ganze Reihe von Maschinen mit blinkenden Lämpchen. Schläuche kamen aus den Geräten, und diese Schläuche waren mit ihren Armen verbunden. Eine Frau und ein Mann, die sie noch nie gesehen hatte, standen neben ihrem Bett und sprachen über ihre Herzfrequenz und die Vitalfunktionen.

Harlow runzelte die Stirn. Sie war in einem Krankenhaus?

Das ergab Sinn. Sie erinnerte sich, dass sie Bürgermeister Trueman vollgekotzt und dass Beck sie vom Festivalgelände getragen hatte. Jetzt fühlten ihre Gliedmaßen sich seltsam schwer an. Es war eine Kraftlosigkeit, die sie so noch nie erlebt hatte.

„Beck“, sagte sie. Oder vielmehr versuchte sie zu sagen. Ihr Hals war wund und ihre Stimme war nicht mehr als ein Flüstern.

Der Mann im Arztkittel hörte sie trotzdem und tätschelte ihre Hand. „Harlow, ich bin Dr. Lowe. Sie sind im *St. Joseph Hospital* in Oklahoma City. Sie waren sehr krank. Wir haben gerade den Beatmungsschlauch aus Ihrem Hals entfernt, deshalb fällt das Sprechen Ihnen schwer. Aber machen Sie sich keine Sorgen. Die Beschwerden lassen bald nach.“

Ein Beatmungsschlauch? Sie hatte Unterstützung beim Atmen gebraucht?

„Wo ist Beck?“ Sie brauchte ihn jetzt.

„Wir reden gleich über ihn“, entgegnete Dr. Lowe. Er lehnte sich mit der Hüfte ans Bett. Er war klein und untersetzt. Seine Miene war ernst. „Wissen Sie, warum Sie hier sind?“

„Ich war krank.“

„Nicht einfach nur krank. Harlow, man hat Sie vergiftet. Glücklicherweise haben Sie sehr gut auf die Behandlung angesprochen. Sie werden sich wieder vollständig erholen und keine bleibenden Schäden zurückbehalten."

Sie blieb an einem Wort hängen. „Vergiftet?" Aber ... aber ... wie? Und von wem? Die meisten Leute hassten sie nicht mehr. Oder doch? Und sie hatte nichts getan, um irgendjemandes Zorn auf sich zu lenken.

„Es sollte offensichtlich ein Spaß sein, der furchtbar schiefgelaufen ist. Jemand aus Ihrer Heimatstadt hat Ihnen Augentropfen in den Eistee getan. Sie sind vor vier Tagen ins Koma gefallen."

Moment, Moment, Moment. „Ich verstehe nicht." *Vor vier Tagen?*

„Der Polizeichef von Strawberry Valley hat mit den Verdächtigen gesprochen, und sie haben die Tat zugegeben. Ich kann mich leider nicht mehr an die Namen der Täter erinnern. Es waren zwei Frauen und ein Mann. Sie wurden angezeigt, weil sie eine Substanz, die zum menschlichen Verzehr gedacht war, mit Gift versetzt haben. Die drei haben Glück, dass sie nicht wegen versuchten Mordes angezeigt worden sind."

„Beck", krächzte sie. „Wo ist er?" Er machte sich sicherlich Sorgen. „Ich will ihn sehen."

Die Miene des Arztes blieb ungerührt. „Lassen Sie uns erst einen Blick auf Ihre Werte werfen und Ihre Vitalfunktionen prüfen, okay?"

Die nächste halbe Stunde wurde Harlow abgetastet, es wurde Fieber gemessen, ihr wurde Blut abgenommen, sie wurde ausgefragt. Sie tat ihr Bestes, um sich zusammenzureißen und die Beherrschung zu wahren. Beck war wahrscheinlich kurz davor durchzudrehen. Sie wollte sich lieber gar nicht ausmalen, was die Nachricht vom Koma bei ihm ausgelöst haben mochte.

Schließlich war die Untersuchung vorbei, und das medizinische Team verließ das Zimmer.

„Vergessen Sie nicht, Beck zu mir reinzuschicken", rief Harlow noch.

Der Arzt blieb in der Tür stehen. „Es tut mir leid, Ihnen das sagen zu müssen, Miss Glass, aber im Wartebereich ist niemand für Sie."

Harlow sank in die Kissen zurück. Ihr Herz schien ein paar Schläge auszusetzen. Da draußen wartete niemand auf sie? Wirklich nicht? „Vielleicht ist er in der Cafeteria?"

Dr. Lowes schiefes Lächeln war nicht gerade ermutigend. „Ja, ich bin mir sicher, dass er dort ist. Geben Sie ihm Zeit. Er wird bestimmt gleich da sein." Leise klickend fiel die Tür hinter ihm ins Schloss.

Beck war garantiert nicht gegangen. Er hatte sie mit Sicherheit nicht allein gelassen – nicht mal für eine Minute.

Außer, wenn die Vorstellung, sie genauso zu verlieren, wie er in seinem Leben schon so viele andere Menschen verloren hatte, ihn um den Verstand gebracht hatte. Dann hatte er sie möglicherweise verlassen, um sich selbst zu schützen.

Auf gar keinen Fall. Sie würde von dem Mann, den sie liebte und dem sie mit ihrem zerbrechlichen Herz vertraute, nicht das Schlimmste annehmen. Trotzdem würde sie ihn jetzt suchen.

Sie schwang die Beine über die Bettkante und stand auf. Ihre Knie gaben augenblicklich unter ihrem Gewicht nach. Wenn sie sich nicht geistesgegenwärtig am Geländer des Krankenbetts festgehalten hätte, wäre sie umgefallen. Als sie sich etwas sicherer auf den Beinen fühlte, ergriff sie statt des Geländers den Ständer, an dem die Beutel für die Infusion und den Katheter hingen. Ihr dünnes Krankenhaushemdchen klaffte am Rücken zwar auseinander, doch sie konnte es nicht zu- und sich gleichzeitig am Infusionsständer festhalten.

Mit so viel Würde, wie sie aufbrachte, wenn man bedachte, dass sie mit nacktem Hintern durch die Gegend schlurfte, ging sie zur Tür und dann in den Flur. „Beck! Beck!", rief sie.

Die Schwester, die Fieber gemessen und ihr Blut abgenommen hatte, eilte herbei, um sie festzuhalten und sie zu stützen. „Was machen Sie denn da? Sie müssen liegen bleiben!"

„Beck!" Glücklicherweise klang ihre Stimme wieder etwas kräftiger. „Wo ist er? Ich weiß, dass er hier ist. Er hätte mich nicht allein gelassen.“ Tränen schossen ihr in die Augen. „Das hätte er niemals getan.“

Die Schwester hatte Mitleid mit ihr. „Schon gut, Schätzchen. Wir sehen mal nach.“ Sie stützte sie und führte sie den Flur entlang.

Sechs Leute saßen auf den Polsterstühlen im Wartebereich, sahen fern oder lasen Magazine. Eine Person schlief auf der Couch. Doch keiner von ihnen war Beck oder einer von ihren Freunden.

„Er ist … er ist nicht da.“ Tränen rannen Harlow über die Wangen, und ein Schluchzen kroch ihr die Kehle hinauf und ließ ihr den Atem stocken.

„Es tut mir so leid, Schätzchen. Wirklich. Männer können solche Schweine sein.“

„Meiner nicht. Er ist …“

„Harlow? Harlow!“

Beck! Sie drehte sich um und wäre vor Erleichterung und Freude beinahe in Ohnmacht gefallen, als sie ihn aus Richtung der Aufzüge kommen sah. West, Jase, Brook Lynn und Jessie Kay folgten ihm.

Im nächsten Moment schloss Beck sie in die Arme. Mit seinen rauen Händen streichelte er über ihren nackten Rücken und spendete ihr den Trost, den sie so dringend brauchte. Ihre Tränen flossen weiter, aber jetzt waren es Tränen der Erleichterung. Er war da, und er war bei ihr.

„Es tut mir so leid, dass ich nicht da war, als du aufgewacht bist, Liebste.“ Er band ihr Hemdchen am Rücken zu, ließ jedoch einen kleinen Schlitz für seine Hand offen. „Dr. Lowe hat uns gesagt, dass du zwar aus dem Koma erwacht bist, dass die Beruhigungsmittel in deinem Blut allerdings noch ein paar Stunden wirken würden. Wir haben gedacht, genug Zeit zu haben, um einige Dinge zu erledigen, bevor du tatsächlich aufwachst. Und nun stehst du hier – gesund und munter.“ In seinem Blick mischte sich unverfälschte Erleichterung mit Freude.

„Ich wollte nicht glauben, dass du gegangen bist oder dass die

Angst, mich zu verlieren, zu viel für dich gewesen sein könnte." Ihre Stimme klang leise, schwach, sehnsüchtig, doch es war ihr egal, vertrauen und teilen.

„Ich lasse dich nicht allein, Liebste. Niemals." Er lehnte sich ein kleines Stückchen zurück, um ihr Gesicht in beide Hände nehmen zu können. „Du bist *alles* für mich. Ich musste nur ein paar Dinge erledigen."

„Wir lieben dich alle, Harlow", sagte Brook Lynn. „Du bist eine von uns, und wir werden immer für dich da sein."

„Du bist unsere Whiskey-Schwester." Jessie Kay reckte die Faust in die Luft. „Whiskey-Schwestern, vereinigt euch!"

Harlow lächelte die Mädchen an, die ihr vergeben und sie angenommen hatten, und die Jungs, die sie mit offenen Armen empfangen hatten. Doch ihr Lächeln erstarb, als sie die förmliche Kleidung ihrer Freunde bemerkte. Die Männer trugen Smoking, die Frauen Abendkleider.

Selbst Beck hatte einen Smoking an und sah unglaublich gut und fast zu schön aus, um ihn anzufassen. „Warum habt ihr euch so rausgeputzt?"

„Es gibt etwas zu feiern", entgegnete Beck.

„Gut, Herrschaften." Die Schwester klatschte in die Hände, um die Aufmerksamkeit auf sich zu lenken. „Das ist ja alles sehr nett, aber ich muss der Sache jetzt einen Riegel vorschieben. Miss Glass gehört ins Bett."

„Dann lasst sie uns ins Bett bringen." Beck hob sie hoch, und West folgte ihnen mit dem Infusionsständer.

Harlow lehnte den Kopf an Becks starke Schulter. Sie konnte sich auf ihn verlassen.

In ihrem Zimmer legte er sie vorsichtig zurück ins Krankenbett, breitete die Decke über ihre Beine und steckte sie fest. Sie hätte ihn ja zu sich auf die Matratze gezogen, doch die Schwester schloss noch einen Monitor an ihre Brust an, bevor sie schließlich ging.

„Was gibt es denn zu feiern?" Harlow nahm den Gesprächsfaden wieder auf, als hätte es keine Unterbrechung gegeben.

„Warum bist du gegangen? Welche Dinge musstest du erledigen? Und weil wir ja offen und ehrlich zueinander sind, sollst du wissen: Was auch immer du sagst, wird nicht reichen, glaube ich.“

Seine Mundwinkel zuckten verdächtig. „Danke, dass du so aufrichtig bist.“

„Gern geschehen. Und jetzt antworte mir bitte.“

Er strich ihr mit den Fingerknöcheln sachte über die Wange. Es war eine unglaublich zärtliche und beinahe ehrfürchtige Geste.

„Seit du krank geworden bist, bin ich in mich gegangen und habe mein Herz befragt, was ich mir eigentlich für meine Zukunft wünsche.“

Der Herzmonitor begann schneller zu piepsen, das hektische Geräusch war Harlow fast peinlich.

„Ohne dich wäre meine Zukunft trostlos. Harlow Glass“, sagte er, kniete vor ihr nieder und streckte ihr eine kleine Schatulle mit einem Ring entgegen. Auf dem Ring funkelte der größte Diamant, den sie je gesehen hatte. „Willst du mich heiraten?“

Vor lauter Schreck konnte sie keinen klaren Gedanken fassen. „Wie bitte?“

„Ich möchte dich heiraten, und ich möchte eine Familie mit dir gründen. Ich möchte so viele kleine Harlows bekommen, wie es geht. Ich möchte, dass du meine Malerin und mein ‚Schmuckstück‘ wirst. Ich möchte für dich sorgen, und ich möchte, dass du für mich sorgst. Ich möchte das Farmhaus mit dir teilen und mein berühmt-berüchtigtes Frühstück in Zukunft nur noch für dich zubereiten. Ich möchte jeden Abend mit dir einschlafen, jeden Morgen zusammen mit dir aufwachen und dich jederzeit mit unter die Dusche ziehen können.“

„Aber … aber …“ Das war mehr, als sie sich je erträumt hatte. Ihr größter Traum wurde Wirklichkeit. „Der Käfig …“

„Du hast mich nicht eingesperrt, Liebste. Du hast mich befreit.“ Er steckte ihr den Ring an. „Die Feier ist für dich. Wir wollen dein Leben feiern. Und unsere Verlobung – wenn du mich denn willst.“

Harlow legte sich eine Hand auf ihr pochendes Herz. Der Diamant funkelte im Licht. „Beck.“

„Sag Ja. Sag mir, dass wir so bald wie möglich eine kleine Hochzeitszeremonie abhalten können, damit ich dich endlich ganz offiziell zu meiner Frau machen kann. Später folgt dann eine große Feier. Ich weiß nicht, wie lange ich es ohne die Gewissheit, dass du auch vor dem Gesetz zu mir gehörst, noch aushalten kann.“

„Beck“, wiederholte sie, und Schauer durchrieselten sie.

„Ich liebe dich, Harlow. Jeder Teil von mir liebt jeden Teil von dir. Es gibt nichts, was ich nicht für dich tun würde, und nichts, was ich nicht tun würde, um dich zu halten. Du bist die Richtige für mich. Die Eine. Meine Einzige. Und es wäre mir eine Ehre und ein Privileg, der Mann zu sein, den du erwählst, um mit ihm dein Leben zu verbringen. Um mit ihm eine Familie zu gründen. Ich möchte zusehen, wie dein Bauch größer wird, weil darin unser Kind heranwächst. Ich will derjenige sein, den du brauchst und den du willst. Jetzt und für immer.“

Tränen der Freude füllten ihre Augen. Doch er war noch nicht fertig.

„Ich werde nicht mehr zulassen, dass meine Angst mich leitet. Ich werde dich nicht zurückstoßen und werde mich auch von dir nicht zurückstoßen lassen. Ich bin glücklich, und ich sehe eine glückliche Zukunft vor mir. Ich werde dich festhalten, Baby, und dich nie mehr loslassen. Ich bin total und unrettbar in dich verliebt, und es tut mir leid, wenn ich zu aufdringlich bin, aber … Nein, das stimmt nicht. Es tut mir eigentlich nicht leid. Du gehörst mir, und ich gehöre dir. Unsere Probleme, Fragen, Zweifel können zur Hölle fahren, wo sie hingehören. Du und ich, wir gehören zusammen.“

Jessie Kay öffnete die Tür einen Spaltbreit und steckte den Kopf ins Zimmer. „Sag endlich Ja. Aus dem Flur zuhören zu müssen, ist schwerer, als du denkst.“

„Und vergiss nicht", fügte Beck hinzu, „wenn du Ja sagst, wirst du wieder im Farmhaus leben. Du kannst jede einzelne Wand mit Gemälden verschönern. Genau genommen, bestehe ich sogar darauf."

Als hätte sie eine Entscheidungshilfe gebraucht. Sie gehörte diesem Mann längst – schon vom ersten Moment an. „Ja", sagte Harlow lachend. „Ja!"

Die anderen kamen jubelnd hereingestürmt. Beck küsste sie auf den Mund. Ihm war es offenbar egal, dass sie im Koma gelegen und keine Gelegenheit gehabt hatte, sich die Zähne zu putzen. Für ihn schien sowieso nur noch sie zu zählen, denn sie war sein Schatz, und er hatte vor, den Rest seines Lebens damit zu verbringen, sie zu hegen, zu pflegen und zu lieben.

So, wie sie auch ihn hegen, pflegen und lieben würde – in guten wie in schlechten Zeiten. „Nur, dass du es weißt", sagte sie, „das ist eine riesige Veränderung. Eine Veränderung, die das ganze Leben umkrempelt."

„Liebste, solange deine Gefühle für mich unverändert bleiben, ist alles andere unbedeutend."

Harlow packte die Aufschläge seines Smokingjacketts. „Um meine Gefühle musst du dir keine Sorgen machen. Ich liebe dich so, so sehr. Du wirst mir immer genügen."

„Nicht einmal Gift und eine Nahtoderfahrung können sie davon abhalten, mit dir zusammen zu sein", sagte Jessie Kay und klopfte ihm auf die Schulter. Beck warf ihr einen finsteren Blick zu, und sie lachte. „Was ist? Zu früh, um Witze darüber zu machen?"

„Ich werde wohl niemals Witze darüber machen können", entgegnete er.

Harlow rutschte zur Seite und klopfte neben sich auf die Matratze. Beck legte sich zu ihr ins Bett und zog sie an sich.

„Was passiert mit Tawny, Charlene und Scott?", wollte sie wissen.

„Sie werden eine Weile hinter Gittern verbringen", antwortete Jase. „Verbrechen sind scheiße, und sie lassen sich nicht einfach so unter den Teppich kehren."

Harlow hätte sich über die Neuigkeit freuen sollen, doch das tat sie nicht. Sie war nicht einmal wütend auf die drei. Nicht wirklich. Glaubte sie, dass sie verdient hatte, was sie ihr angetan hatten? Nein. Nicht mehr. Und so würde sie auch nie wieder denken. Beck hatte recht. Sie hatte für ihre Fehler bezahlt, und sie war jetzt ein anderer Mensch. Aber durch das Unglück anderer wurde ihr eigenes Unglück nicht leichter oder erträglicher, und sie fühlte sich dadurch nicht besser. Allerdings war sie gar nicht mehr unglücklich. Dank Beck war sie glücklicher als je zuvor in ihrem Leben.

„Ich stimme einer superkleinen, superschnellen Hochzeit zu, weil ich die Initialen HAG so schnell wie möglich loswerden will. Aber ich nehme dich, was die nachträgliche große Feier angeht, gern beim Wort", sagte sie zu Beck. „Ich möchte, dass die Frauen aus Strawberry Valley Zeuginnen unseres Eheversprechens werden – auch wenn ich mir sicher bin, dass sie alle in Trauerkleidung auftauchen und den Verlust ihres geliebten Beck betrauern werden."

Während die anderen sie anstrahlten, gab Beck ihr einen Kuss auf die Schläfe. „Ich bin nicht ‚ihr Beck', Liebste. Ich gehöre nur dir. Für jetzt und immer."

– ENDE –

DANKSAGUNG

Ohne meine wunderbare Lektorin Emily Ohanjanians, die wieder einmal über sich hinausgewachsen ist und mir immer wieder sanft die richtige Richtung gewiesen hat, wenn ich mal den Weg verloren hatte, wäre dieses Buch nicht das geworden, was es jetzt ist. Danke! Ich danke Gott, dem Schöpfer alles Guten, dass er dich in mein Leben gebracht hat.

Mein Respekt gebührt an dieser Stelle auch der großartigen Katie McGarry – einer Autorin, die ich bewundere und liebe –, die wertvolle Zeit mit mir am Telefon verbracht und mir bei meinen Recherchen geholfen hat (etwaige Fehler gehen auf meine Kappe). Du bist ein Schatz!

Ein besonderer Dank geht an diese fantastischen Damen und Autorinnen: Lori Foster, Carly Phillips, Jill Shalvis und Kristan Higgins. Ihr seid so klasse!

Danke auch an die wundervollen Menschen bei *Harlequin Books*, die die Gelegenheit wahrgenommen haben, diese Reihe zu verwirklichen, die ich so unbedingt schreiben wollte.

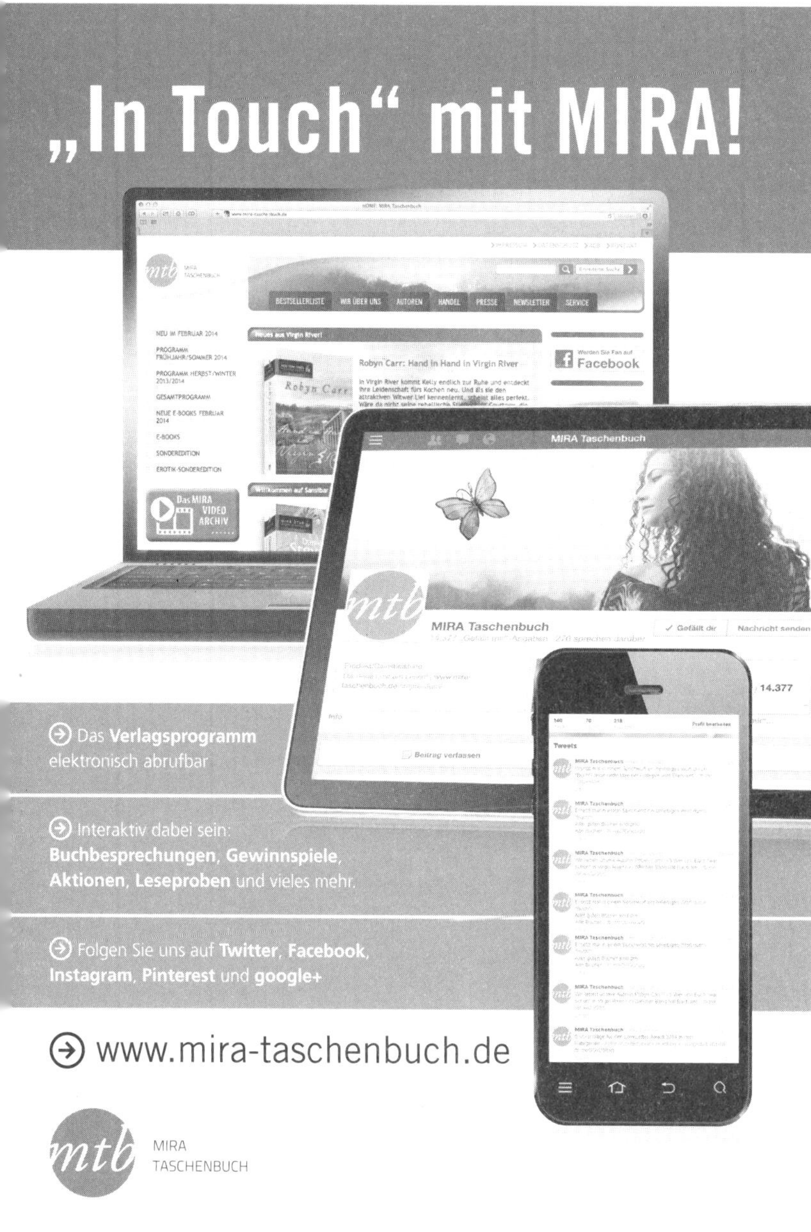
„In Touch“ mit MIRA!
Das Verlagsprogramm elektronisch abrufbar
Interaktiv dabei sein: Buchbesprechungen, Gewinnspiele, Aktionen, Leseproben und vieles mehr.
Folgen Sie uns auf Twitter, Facebook, Instagram, Pinterest und google+
www.mira-taschenbuch.de
MIRA TASCHENBUCH

Lesen Sie auch von Gena Showalter:

Band-Nr. 25909
9,99 € (D)
ISBN: 978-3-95649-278-5
304 Seiten
Auch als eBook erhältlich!

Gena Showalter
Broken Hearts:
Gefährliche Nähe

Lass dich tätowieren, spring voll bekleidet in einen See, schlepp einen Kerl ab – Brook Lynn hat sich geschworen, mehr Spaß zu haben, und sich einiges vorgenommen. Für die Date-Challenge hätte sie theoretisch auch einen Kandidaten: Jase Hollister, wahnsinnig sexy, Millionär und umgeben von einem Hauch Gefahr. Allerdings hat er mit ihrer Schwester geschlafen … Jase hingegen scheint auch etwas zwischen ihnen zu spüren. Offenbar will er ihr beweisen, dass Glück kein Fremdwort sein muss, und arbeitet mit ihr gemeinsam die Spaß-Liste ab. Schon bald wünscht sich Brook Lynn nichts mehr als eine Zukunft mit Jase. Aber als seine dunklen Geheimnisse ans Licht kommen, steht sie vor der Frage, wie weit sie ihm wirklich trauen kann …